BROCKAMP
Verlags-, Presse- und Werbe-GmbH
Hauptstraße 144, 8301 Laßnitzhöhe
Tel.: 0 31 33/35 51-0, Fax: DW 4
FN 129974 p

SCIENCE FICTION

Herausgegeben
von Wolfgang Jeschke

Das Buch

Ist Utopia möglich? Ist es überhaupt wünschenswert? Auch nach dem Scheitern der großen Ideologien halten viele an der Vorstellung fest, daß eine gute, gerechte Gesellschaft machbar ist. Dieser Roman beschreibt, wie eine solche Gesellschaft Schritt für Schritt aufgebaut werden könnte. Mitte des 21. Jahrhunderts bricht eine Gruppe von Wissenschaftlern zum Mars auf – wie die Antarktis soll der Planet der Forschung vorbehalten bleiben. Als sie durch katastrophale Ereignisse plötzlich von der Erde abgeschnitten werden, sind sie gezwungen, eine neue Form des Zusammenlebens zu entwickeln, um ihr Überleben auf dem Planeten langfristig zu sichern – eine Gesellschaft, in der die Wissenschaft dem Menschen dient und Gerechtigkeit und Vernunft die Leitmotive allen Handelns sind. Und was keiner für möglich hält: Das ›Experiment Mars‹ leitet auch auf der Erde eine Revolution des Denkens ein.

Die Autoren

Brian W. Aldiss ist neben James Ballard der einflußreichste britische Science-Fiction-Autor der Gegenwartsliteratur. Seine Romane wie ›Der lange Nachmittag der Erde‹ und die ›Helliconia‹-Trilogie wurden mehrfach preisgekrönt und gelten als Klassiker des Genres. Mit ›Der Milliarden-Jahre-Traum‹ legte er ein umfassendes sekundärliterarisches Werk zur SF vor.

Sir Roger Penrose ist eine weltberühmte Autorität auf den Gebieten der Quantenphysik und Bewußtseinsforschung. Derzeit ist er als Professor für Geometrie am Gresham College in London tätig und lehrt außerdem an der Penn State University in den USA. Seine Arbeiten beeinflußten maßgeblich die Theorien Stephen Hawkings über Raum und Zeit.

Brian W. Aldiss
In Zusammenarbeit mit
Roger Penrose

WEISSER
MARS

oder:

Aufbruch zur Vernunft

Eine Utopie des 21. Jahrhunderts

Mit einer Charta
für die Besiedlung des Mars von
Professor Laurence Lustgarten

Roman

Deutsche Erstausgabe

WILHELM HEYNE VERLAG
MÜNCHEN

HEYNE SCIENCE FICTION & FANTASY
Band 06/6350

Titel des englischen Originals
WHITE MARS OR: THE MIND SET FREE
Deutsche Übersetzung von Usch Kiausch
Das Umschlagbild ist von p. n. m. doMANSKI –
(GRUPPE d4)

Umwelthinweis:
Dieses Buch wurde auf chlor- und
säurefreiem Papier gedruckt

Deutsche Erstausgabe: 11/99
Redaktion: Sascha Mamczak
Copyright © 1999 by Brian W. Aldiss & Roger Penrose
Mit freundlicher Genehmigung der Autoren
und Thomas Schlück, Literarische Agentur, Garbsen
Copyright © 1999 der deutschen Ausgabe und der Übersetzung
by Wilhelm Heyne Verlag GmbH & Co. KG, München
http://www.heyne.de
Printed in Germany 10/99
Umschlaggestaltung: Nele Schütz Design, München
Umschlagfoto: Vanessa Penrose
Technische Betreuung: M. Spinola
Satz: Schaber Datentechnik, Wels
Druck und Bindung: Ebner Ulm

ISBN 3-453-16168-8

Inhalt

1 Bericht von Moreton Dennett,
   Sekretär des Leo Anstruther,
   über die Ereignisse am 23. Juni 2041 11
2 Aussage des diensthabenden
   Captain Buzz McGregor, 23. Mai 2041 31

Erinnerungen Cang Hais

3 Das EUPACUS-Abkommen:
   Die morsche Tür 41
4 Labor Mars 61
5 Bestechung, Bargeld und Börsenkrach 73

Aussagen des Tom Jefferies

6 Keine Zukunft ohne Hoffnung 87
7 Unter der Haut 114
8 Zuckerbrot und Peitsche 135

Erinnerungen Cang Hais

9   Wie man den Menschen bessert 167
10 Mein heimlicher Tanz 184
11 Tom, Belle und Alpha 210
12 Schliere gesucht 227

Aussagen des Tom Jefferies

13 Der Wachturm des Universums 267

Erinnerungen Cang Hais

14 Eifersucht im ›Oort-Haufen‹ 293
15 Henker gesucht 307
16 Java-Joes Geschichte 320

Aussagen des Tom Jefferies

17 Das Leben spielt mal so – mal so 335
18 Das Gebärzimmer 355
19 Die Debatte über Sex und Ehe 371
20 Die R & A-Klinik 386
21 Ein kollektiver Verstand 402

Erinnerungen Cang Hais

22 Utopia 437
23 Nachwort von Beta Greenway,
    Tochter von Alpha Jefferies 450

Anhang

Charta der Vereinten Nationalitäten
für die Besiedlung des Mars 455
Wie alles anfing: APIUM 458
Danksagung der Übersetzerin 460
Von Theoremen und Teilchen 461
»Vielleicht hat die Zukunft Verwendung
dafür...« – Ein Gespräch mit Brian W. Aldiss ... 464

Dieses Volk wohnt fünfhundert Meilen
östlich von Utopia...

– THOMAS MORUS

We are getting to the end of visioning
The impossible within this universe,
Such as that better whiles may follow worse,
And that our race may mend by reasoning

Wird das Unmögliche in diesem Universum
    vorstellbar,
so könnten bessre Zeiten auf die schlimmen
    folgen,
könnt' unsere Gattung durch Vernunft
    gesunden.

– THOMAS HARDY

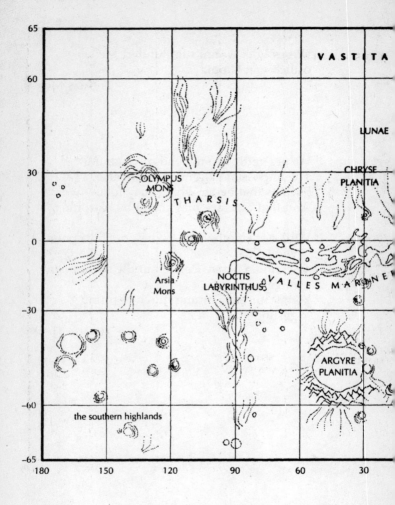

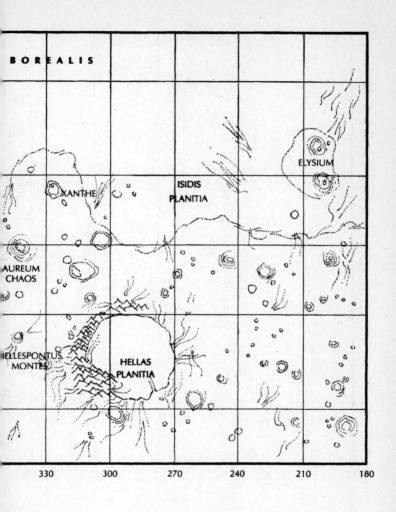

1

**Bericht von Moreton Dennett,
Sekretär des Leo Anstruther,
über die Ereignisse am 23. Juni 2041**

An diesem Tag beschloß Leo Anstruther, zu Fuß zum Flughafen zu gehen, denn er verhielt sich gern unberechenbar. Ich begleitete ihn und trug seinen Aktenkoffer. Zwei Leibwächter gingen hinter uns, sie folgten in kurzem Abstand.

Unser Weg führte durch verschlungene, schmale Hintergassen. Anstruther hielt seine Hände beim Gehen auf dem Rücken verschränkt, offenbar war er tief in Gedanken versunken. Diesen Teil seiner Insel besuchte er nur selten, er empfand ihn als wenig reizvoll. Es war eine Arme-Leute-Gegend. Man hatte die engen Häuser zu Wohnungen in Schuhschachtelgröße aufgeteilt, die Bewohner überschwemmten die Straßen, um dort ihren Geschäften nachzugehen. Reifenpannendienste, Spielzeugmacher, Schuster, Verkäufer von Flugdrachen, Drogendealer, Bauchladenhändler, Fischer und Garköche verstopften mit ihrem jeweiligen Gewerbe die Durchgangsstraße.

Ich wußte, daß Anstruther eine heimliche Verachtung für diese Leute hegte. Wie schwer sie auch arbeiten mochten, sie würden im Leben nie weiterkommen. Sie hatten kein Ziel vor Augen. Das sagte er oft. Anstruther war ein Mann, der ein Ziel vor Augen hatte.

Auf einem vor Menschen wimmelndem Platz blieb er plötzlich stehen und ließ seinen Blick über die schäbigen Mietskasernen schweifen, die den Platz ringsum säumten. »Es ist nicht einfach so, daß die Armen den Armen helfen, wie die unsinnige Redensart besagt«, bemerkte er an mich gewandt, obwohl seine Augen anderswohin blickten, »es sind auch die Armen, die die Armen ausbeuten. Sie vermieten ihre dreckigen Zimmer zu Wucherpreisen an andere Familien und bringen dadurch ihre eigenen Familien ins Elend, nur wegen ein bißchen zusätzlichen Zasters.«

Ich gab ihm recht. Ihm recht zu geben, war Teil meiner Arbeit. »Die Welt ist nicht so, wie sie sein sollte.«

In dem tristen Marktgewimmel fiel ein freundlich wirkender Stand auf. Ein älterer Mann in Jeans und Khakihemd stand hinter einem kleinen Tisch, der mit Marmeladengläsern voll eingekochter Früchte und frischen Mangos, schwarzen Johannisbeeren, Ananas, Kirschen und einer Handvoll Frischgemüse beladen war.

»Alles aus eigenem Anbau und makellos, *Señor*. Kaufen Sie, probieren Sie!« rief der Mann, als Anstruther stehenblieb.

»Wir essen nur Fabrikwaren«, sagte ich zu ihm. Er beachtete mich gar nicht und redete weiter auf Anstruther ein.

»Sehen Sie sich meinen Garten an, mein Herr, sehen Sie selbst, wie makellos und schön er ist.« Der Alte deutete hinter sich auf ein schmiedeeisernes Tor. »Von dort kommt meine Ware. Aus der Erde selbst, nicht aus einer Fabrik.«

Anstruther warf einen Blick auf seine Armbanduhr, die mit einem Piepser ausgestattet war. »Ein Garten!« sagte er verächtlich. Dann lachte er. »Warum nicht? Kommen Sie, Moreton.« Er verhielt sich, wie gesagt, gern unberechenbar. Er gab den Leibwächtern einen Wink, alarmbereit am Verkaufsstand zurückzubleiben. Einer plötzlichen Eingebung folgend, stieß er das Tor auf und betrat den Garten des Alten. Dann schlug er das Tor hinter uns wieder zu. Das würde den Sicherheitsleuten zu denken geben.

Eine ältere Frau saß auf einem umgestülpten Kübel und sortierte Paprika aus, die sie in einen Topf warf. Süß duftender Jasmin an einer Pergola über ihrem Kopf schützte sie vor direkt einfallenden Sonnenstrahlen. Sie blickte erschrocken auf, dann schenkte sie Anstruther und mir ein freundliches Lächeln.

»*Buenos días*, meine Herren. Sie möchten sich bestimmt in unserem kleinen Paradies umsehen. Treten Sie ruhig näher.«

Sie stand auf, streckte ihren Rücken und ging auf uns zu. Unter ihren Runzeln lag ein sympathisches, rundes Gesicht. Zwar wirkte sie aufgrund ihres Alters zerbrechlich, aber sie stand aufrecht und munter da. Sie wischte sich die Hände an einer alten beigefarbenen Schürze ab, die sie sich um die Taille geschlungen hatte, und deutete eine Verbeugung an.

»Paradies, sagen Sie! Da haben Sie aber ein recht beengtes Paradies, gute Frau.« Anstruther maß mit seinem Blick den von Ziegelmauern eingefaßten Garten ab.

»Eng, aber lang gestreckt. Für Leute wie Andy und mich reicht es, mein Herr. Wir haben, was wir brauchen, und wollen auch gar nicht mehr.«

Anstruther lachte sein kurzes, bellendes Lachen. »Warum wollen Sie nicht mehr haben, Frau? Mit mehr würden Sie besser leben.«

»Wenn wir mehr haben wollten, dann würden wir nicht besser, sondern nur unzufriedener leben, Sir.«

Sie machte sich daran, den Besuchern ihren Garten zu zeigen. Weiter hinten waren die Mauern von Kletterpflanzen und Weinranken überwuchert. Der Weg führte durch ein planlos wirkendes Durcheinander aus blühenden Büschen und kleinen, Schatten spendenden Laubbäumen, die wiederum von blühenden

Obstbäumen überragt wurden. Der Pfad war schmal, so daß wir rote und grüne Paprikapflanzen, an anderer Stelle Maniok und Gruppen von Lavendel und Rosmarin streiften, die bei der Berührung angenehm dufteten. Gemüse wuchs buchstäblich wie Kraut und Rüben zwischen anderen Pflanzen. Das Summen der Bienen, die zwischen den Blumen umherschwirrten, und das Vogelgezwitscher über unseren Köpfen übertönte den Lärm der Straße.

»Ich kann den Anblick nackter Erde nicht ertragen«, erläuterte die Frau. »Als Kind hab ich auf diesem Stückchen Land hier Schwarzwurzeln angepflanzt. Und sehen Sie mal, wie die seitdem gediehen sind. Schwarzwurzeln reinigen das Blut.«

Anstruther schlug nach einer Biene, die ihm zu nah ans Gesicht geflogen war. »Das alles, gute Frau, kostet bestimmt einiges an Düngemitteln.«

Sie lächelte ihm zu. »Nein, nein, *Señor*. Für solche unnützen Ausgaben haben wir kein Geld. Für unser kleines Grundstück langt als Dünger das, was die Menschen ausscheiden.«

»Sie sind an keine richtige Kanalisation angeschlossen? Sind Sie denn an AMBIENT angeschlossen?«

»Was ist das, AMBIENT?«

»Das globale elektronische Kommunikationsnetz. Sie haben nie davon gehört?«

»Für so etwas haben wir kein Geld, Sir, das müssen Sie verstehen. Und so bescheiden, wie wir leben, brauchen wir's auch gar nicht. Würde es uns zufriedener machen? Nicht ein bißchen. Uns ist's egal, was der Rest der Welt treibt.« Sie suchte in seinem Gesicht nach Spuren von Zustimmung. Er musterte seinerseits eingehend ihr sonnenverbranntes, von Runzeln durchzogenes Antlitz, aus dem ihn braune Augen anstarrten.

»Sie sagen, Sie sind *zufrieden?*« Er sprach mit einem

solchen Ausdruck von Skepsis, als sei ihm diese Vorstellung völlig fremd.

Sie gab keine Antwort, sah ihn nur weiter mit einer Miene an, in der sich eine Mischung aus Verachtung und Neugier ausdrückte – als komme Anstruther von einem anderen Stern. Da ihm ihr prüfender Blick auf die Nerven ging, wandte er sich um und machte sich auf den Rückweg, denselben Pfad hinunter, den wir gekommen waren.

»Ich merke, Sie sind nicht an Gärten gewöhnt, *Señor*.« In ihrer Stimme lag nun Stolz. »Sie schließen sich wohl in geschlossenen Räumen ein? Wir verlangen nicht viel vom Leben. In unseren Augen ist das, was wir haben, ein kleines Paradies. Verstehen Sie das nicht? Im Boden sind jede Menge Würmer, das ist das Geheimnis. Wir sind fast Selbstversorger, Andy und ich. Wir verlangen nicht viel.«

»Aber es macht Ihnen Spaß, Moral zu predigen«, sagte er halb lachend. »Wie uns allen.«

»Ich bin nur ehrlich, Sir. Schließlich haben Sie sich selbst hierher eingeladen.«

»Ich war neugierig, wollte sehen, wie ihr Leute lebt«, erwiderte er. »Heute bin ich unterwegs, um die Zukunft des Planeten Mars zu erörtern – von dem Sie wahrscheinlich nie gehört haben.«

Doch, sie hatte vom Mars gehört. Sie hielt ihn für uninteressant, da es dort kein Leben gab.

»Keine Würmer, was, gute Frau? Hätten Sie mit Ihrem Leben nichts besseres anfangen können, als in Ihrem eigenen Kot Gemüse zu züchten?«

Sie folgte uns auf dem gewundenen Pfad, strich sich eine Geißblattranke aus dem Gesicht und erklärte belustigt: »Wissen Sie, guter Herr, das ist gesund. Man nennt es Wiederverwertung. Ich hab fast siebzig Jahre in diesem Garten gelebt, ich will nichts anderes. Diese kleine Parzelle war ursprünglich die Idee meiner Mutter. ›Kultiviere deinen Garten‹, sagte sie. ›Stör die Würmer nicht bei der Arbeit. Sei zufrieden mit deinem Los.‹ Und genau das haben Andy und ich befolgt. Wir sehnen uns nicht nach dem Mars. Von dem Gemüse und Obst, das wir verkaufen, können wir ganz gut leben. Wir sind Vegetarier, wissen Sie. Die beiden vornehmen Herren sind doch nicht etwa vom Gemeinderat geschickt, oder?«

In ihrem Ton lag etwas, das Anstruther reizte. »Nein. Ganz bestimmt nicht« sagte er. »Also haben Sie Ihre ganzen Lebensjahre damit verbracht, zu tun, was Ihre Mutter Ihnen aufgetragen hat! Hatten Sie denn nie eigene Vorstellungen? Was hält denn Ihr Ehemann davon, daß Sie hier seit siebzig Jahren festsitzen und nichts anderes tun, als in der Erde zu wühlen?«

»Andy ist mein Bruder, mein Herr, falls Sie Andy meinen. Und wir sind hier völlig glücklich gewesen und haben niemandem geschadet. Sind auch nie unhöflich zu irgendeinem Menschen gewesen…«

Inzwischen waren wir wieder bei dem winzigen gepflasterten Bereich am Tor angelangt. Wir konnten den Thymian riechen, der in den Ritzen zwischen den Pflastersteinen sproß und den wir mit unseren Füßen zertreten hatten. Anstruther und die Frau sahen einander mit wechselseitigem Mißtrauen an. Anstruther war ein großer, stämmiger Mann, viel größer als die vor ihm stehende, zerbrechliche kleine Frau. Er sah, daß sie wütend war. Ich fürchtete, er könnte seinem Ärger über ihre Beschränktheit Luft machen und ihr damit alle Zufriedenheit nehmen. Aber er hielt die Worte zurück. »Nun ja, Sie haben einen hübschen Garten«, sagte er. »Sehr hübsch. Ich bin froh, daß ich ihn mir ansehen durfte.«

Sie freute sich über das Lob. »Vielleicht wird es eines Tages solche Gärten auf dem Mars geben«, bemerkte sie mit einer gewissen Leichtigkeit in der Stimme.

»Kaum anzunehmen.«

»Vielleicht möchten Sie ein paar Bohnen mitnehmen?«

»Ich habe kein Geld bei mir.«

»Nein, nein. Ich meine, als Geschenk. Vielleicht hebt das Ihre Laune – nach all der Fabrikware, die Sie verdauen müssen.«

»Werden Sie nicht geschmacklos. Ihre Bohnen können Sie selber essen.«

Er drehte sich um und gab mir ein Zeichen, das Tor zu öffnen. Draußen warteten schon die beiden Leibwächter.

Anstruthers Flugzeug brachte uns zum UN-Gebäude. Die Mitglieder der Vereinten Nationalitäten trafen sich nur selten persönlich. Sie berieten sich über das AMBIENT-Netz. Nur bei besonderen Anlässen erschienen sie vor Ort, und dies war ein solcher Anlaß, denn immerhin sollte über die Zukunft des Planeten Mars beschlossen werden.

Da nur sporadisch Versammlungen einberufen wurden, war das Gebäude klein und nicht besonders imposant – obwohl es aus Rücksicht auf das Prestige der Mitgliedsstaaten sogar noch größer war als nötig.

Vom Apparat an meiner Schulter aus wählte ich die Rechtsauskunft im dritten Stock an und wurde durchgestellt, während Anstruther unten mit anderen Delegierten zusammentraf.

Man übermittelte mir verschiedene Dateien, die EUPACUS betrafen. EUPACUS war ein internationales Konsortium, dessen Mitgliedsstaaten – die Europäische Union, die Pazifischen Randstaaten und die Vereinigten Staaten von Amerika – alle einen Anspruch auf den Mars erhoben.

Als ich eine Datei überflog, in der es um die Rechtsgeschichte der Antarktis ging, fiel mir auf, daß es dort einmal eine ähnliche Situation gegeben hatte. Zwölf Staaten hatten Anspruch auf ein Stück vom Kuchen des Weißen Kontinents erhoben. Im Dezember 1959 hatten Vertreter dieser Staaten einen Antarktis-Vertrag entworfen, im Juni 1961 war er in Kraft getreten. Der Vertrag bedeutete einen bemerkenswerten Schritt nach vorn, in Richtung Vernunft und internationaler Zusammenarbeit. Gebietsstreitigkeiten wurden ad acta gelegt, alle militärischen Handlungen geächtet, die Antarktis wurde ein der Forschung vorbehaltener Kontinent.

Ich ließ mir wichtige Einzelheiten ausdrucken. Vielleicht würden sie sich in der anstehenden Debatte als nützlich erweisen. Was das 20. Jahrhundert geschafft hatte, würden wir in unserer Zeit ganz bestimmt noch besser und in größerem Maßstab erreichen können.

Ich fand meinen Chef in den Empfangsräumen des Erdgeschosses, wo er sich zu koreanischen, japanischen, chinesischen und malaiischen Diplomaten gesellt hatte – sämtlich Angehörige interessierter Pazifischer Randstaaten. Anstruther polierte gerade weiter an seinem strahlenden öffentlichen Bild. Wie bei solchen Begegnungen üblich, traten die Kinnladen in Aktion – es wurde sehr viel gelächelt. Als der Gong zur Sitzung rief, begleitete ich Anstruther in den Großen Saal, wo wir die uns zugewiesenen Plätze einnahmen. Ich setzte mich an einen Tisch in der Reihe hinter ihm und schob ihm die Seiten mit der Rechtsauskunft hinüber. Unberechenbar wie immer, würdigte er sie kaum eines Blickes. »Heute geht es um rhetorisches Geschick, nicht um Tatsachen«, sagte er. Seine Stimme klang distanziert. Er bereitete sich innerlich auf die Debatte vor.

Als alle Delegierten versammelt waren und im Saal

Ruhe herrschte, verkündete der Generalsekretär: »Die Vollversammlung der Vereinten Nationalitäten vom 23. Juni 2035 zur Beschlußfassung über den künftigen Status des Planeten Mars ist hiermit eröffnet.«

Der ersten Rednerin wurde das Wort erteilt. Swetlana Julitschewa, die Rußland vertrat, war wortgewandt. Sie sagte, mit der Landung auf dem Mars sei eine neue Seite in der Geschichte der Menschheit aufgeschlagen worden, vielleicht sogar ein neuer Band. Alle Nationalitäten hätten sich über den Erfolg der Mars-Mission gefreut, trotz des tragischen Todes ihres Leiters. Jetzt liege der künftige Weg klar vor uns: Es müßten weitere Missionen finanziert und Vorbereitungen dafür getroffen werden, den Mars zu terraformen. Nur so könne er angemessen besiedelt und als Basis für die weitere Erforschung des Sonnensystems genutzt werden. Sie schlug vor, der Mars solle in juristischer Hinsicht dem Zuständigkeitsbereich der UN zugeschlagen werden.

Auch der lettische Delegierte war redegewandt. Er teilte Julitschewas Haltung und sagte, man müsse den raumfahrenden Nationen zu ihrem Unternehmungsgeist gratulieren. Der Verlust von Captain Tracy sei bedauerlich, dürfe weitere Fortschritte jedoch nicht behindern. »Ist die Erschließung dieser neuen Welt nicht Teil eines alten Menschheitstraums?«, lautete seine rhetorische Frage. »Des Traums, den Weltraum zu erobern, wie man es sich in der Phantasie, ob in Büchern oder Filmen, oft vorgestellt hat. In diesem Traum ist die Menschheit kühn vorangeschritten, hat alles Feindselige, das sich ihr in den Weg stellte, bezwungen und einen Planeten nach dem anderen in Besitz genommen. Was nun tatsächlich beginnt, ist die allmähliche Erschließung der Galaxis. Die Terraformung des Mars muß höchste Priorität haben!«

Die argentinische Delegierte, Maria Porua, erlaubte

sich, anderer Meinung zu sein. Sie sprach ausführlich über die hohen Kosten, die ein Vorhaben wie die Terraformung verursache, ohne daß ein Erfolg gewährleistet sei. Die Enttäuschungen aus jüngster Zeit – beispielsweise das Versagen des Hypercolliders auf dem Mond, geistiges Kind eines Nobelpreisträgers – müßten zur Vorsicht mahnen. »Auf der Erde gibt es Probleme genug. Es ist weit lohnender, die enormen Investitionen, die wir für außerirdische Abenteuer tätigen müssen, für *deren* Lösung auszugeben.«

Tobias Bengtson, der schwedische Delegierte, machte den Beitrag seiner Vorrednerin zur Zielscheibe seines Spottes, indem er zu einem großartigen Sprung in eine sich immer weiter ausdehnende Zukunft ausholte. Er erinnerte die Versammlung an die Worte Konstantin Scholkowskis, des großen russischen Luftfahrtingenieurs, der gesagt hatte, die Erde sei die Wiege der Menschheit – aber die Menschheit könne nicht ewig in der Wiege liegen bleiben. »Dieser große Visionär des 19. Jahrhunderts rief der Gattung Mensch erstmals ihre Bestimmung im Weltraum ins Bewußtsein. Im Laufe der Jahre ist der Traum immer realer, präziser und drängender geworden. Wir dürfen nicht zulassen, daß uns eine so wunderbare Perspektive entgleitet. Ein paar Todesfälle, ein paar Unkosten am Wegesrand dürfen die Nationalitäten nicht davon abhalten, unser aller Bestimmung zu erfüllen. Und diese Bestimmung ist die Eroberung des gesamten Sonnensystems, vom Planeten Merkur bis zur Region jenseits des Magnetfelds der Sonne. Nur so werden sich die Träume unserer Väter – und Mütter – erfüllen.«

Weitere Redner ergriffen das Wort. Viele traten für das Terraformen des Mars ein: »Warum überhaupt zum Mars aufbrechen, wenn nicht deshalb, um mehr Lebensraum zu schaffen?« Viele warnten davor, den Vereinigten Staaten den Mars als Stützpunkt zu überlassen. Andere mahnten, man müsse eine juristische Regelung finden, damit konkurrierende Staaten den Mars nicht als Schlachtfeld statt als Lebensraum benutzten.

»Ich werde von ganz praktischen Dingen reden«, kündigte ein Delegierter aus den Niederlanden an. »Heute habe ich hier viel Gerede über Wolkenkuckucksheime gehört. Die Wirklichkeit sieht doch so aus, daß wir einen kleinen Planeten aufgetan haben, der ganz und gar aus Ödland besteht. Was sollen wir damit anfangen? Er ist zu gar nichts nütze.« Er trommelte mit dem Daumen auf das Rednerpult, um seinen Worten Nachdruck zu verleihen. »Wer möchte dort schon leben? Man kann nichts anbauen. Allerdings könnten wir auf dem Mars unseren gefährlichen Atommüll abladen. Dort wäre er sicher. Man könnte an einem der Pole einen Müllberg aufschichten – das würde sogar dazu beitragen, daß der Ort künftig ein bißchen interessanter aussieht.«

Jetzt war Leo Anstruther an der Reihe. Der Protest, den der Beitrag des letzten Delegierten ausgelöst hatte, gab ihm Gelegenheit, seine Sache voranzutreiben. Er ging bedächtig zur Rednerbühne. Von dort aus musterte er die Versammlung eingehend, ehe er zu reden begann.

»Ist es unsere Aufgabe, die Träume unserer Mütter und Väter zu erfüllen?« fragte er. »Hätten wir das immer getan, würden wir dann nicht immer noch in einem Dschungel mitten in Afrika sitzen und uns vor der Sippe auf dem Nachbarbaum fürchten? EUPACUS – und nicht einfach die NASA – hat eine Großtat vollbracht, was Organisation und technische Leistung betrifft, und dazu gratulieren wir von Herzen. Aber keineswegs dürfen wir die Tatsache, daß eine Gruppe von Männern und Frauen auf dem Roten Planeten gelandet ist, mit einer Eroberung gleichsetzen. Genau so wenig dürfen wir den Mars in eine Müllhalde verwandeln. Haben wir denn jegliche Achtung vor dem Universum verloren, das uns umgibt?«

Dann führte mein Chef aus, er hege nichts als Verachtung für jene Menschen, die nur zu Hause herumsäßen. Aber vorwärts zu schreiten heiße nicht, sich einfach immer weiter auszubreiten. Ein solches Ausbreiten mache die Erde bereits kaputt. Jedem müsse klar sein, daß die Wiederholung unserer Fehler auf anderen Planeten kein Fortschritt sei. Bei solchem Vorgehen sei die Menschheit eher mit Karnickeln zu vergleichen, die ein ertragreiches Kornfeld niedertrampeln. »Jetzt haben wir Gelegenheit zu beweisen, daß wir nicht nur in technologischer Hinsicht weitergekommen sind, sondern auch mehr Vernunft angenommen haben. Was ist denn der Kern solcher Eroberungsträume, die die Menschheit gutheißen soll? Sind es nicht Gewalt und Fremdenhaß? Wir dürfen uns nicht erlauben, eine Phantasie auszuleben, die von anderen Phantasien gespeist wurde. Der Versuch, solche Wunschträume zu verwirklichen, bedeutet nichts anderes als den Weg in den Abgrund. Und zwar genau in dem Moment, in dem sich ein Höhenweg vor uns auftut, ein Höhenweg, der zum Gipfelpunkt unseres Jahrhunderts führen könnte. Der Geist des 19. und 20. Jahrhunderts war primitiv und blutrünstig und hat unsägliches Elend mit sich gebracht. Davon müssen wir uns lossagen – und hier bietet sich unverhofft eine Gelegenheit.« Er kritisierte die ›allzu leichtfertig benutzte Metapher‹, die behaupte, es sei eine neue Seite im Geschichtsbuch aufgeschlagen worden. Jetzt sei es an der Zeit, das alte Geschichtsbuch wegzuwerfen und als interplanetarische Spezies in spe einen neuen Anfang zu machen. Die Delegierten hätten die Aufgabe, nüchtern abzuwägen, ob sie sich auf eine neue Lebensweise einlassen oder die – oft blutigen – Fehler der Vergangenheit wiederholen wollen.

»Jede Umwelt ist sakrosankt«, erklärte Anstruther. »Der Planet Mars stellt eine sakrosankte Umwelt dar und muß als solche behandelt werden. Der Mars hat nicht Abermillionen von Jahren unberührt existiert, damit er jetzt zur billigen Vorstadt der Erde degradiert wird. Ich empfehle nachdrücklich, den Mars zu schützen und zu bewahren. Genau so, wie die Antarktis seit vielen Jahren geschützt und bewahrt wird. Der Mars muß erhalten werden – als Ort des Wunderbaren und der Meditation. Als Symbol unserer Bereitschaft, das ganze Sonnensystem in dieser Weise zu erhalten. Als Planet der Wissenschaft. Die Wissenschaft ist der Schlüssel – der einzige Schlüssel – zu unserem Selbstverständnis und zum Verständnis unseres Universums. Unser Nachbarplanet muß der Wissenschaft vorbehalten bleiben – als *Weißer Mars*.«

Der Generalsekretär unterbrach zur Mittagspause.

Der deutsche Delegierte, Thomas Gunter, kam mit einem Glas in der Hand zu Anstruther vor. Er nickte uns beiden herzlich zu. »Sie haben großes rhetorisches Geschick, Leo«, sagte er. »Bei ihrem Kampf gegen die verrückten Terraformer haben Sie mich auf Ihrer Seite. Obwohl ich nicht ganz nachvollziehen kann, daß Sie, wie Sie andeuten, den Mars als heilig betrachten. Trotz allem ist es doch nur eine tote Welt – dort gibt es nicht einen einzigen alten Tempel. Nicht einmal ein altes Grab oder ein paar Knochen.«

»Und auch keine Würmer, Thomas, soweit ich weiß.«

»Nach jüngsten Berichten gibt es dort kein Leben irgendwelcher Art, und vielleicht hat es das auch nie gegeben. *Marsianer* – das ist nur einer dieser Mythen, mit denen wir uns vollgestopft haben. Weiteren Blödsinn dieser Art können wir nicht brauchen.«

Er lächelte Anstruther schief an, als wolle er ihn zum Widerspruch herausfordern. Da Anstruther keine Antwort gab, fuhr Gunter fort: Die erfolgreiche Landung von Menschen auf dem Roten Planeten lasse sich im Grunde bis zu dem deutschen Astronomen Johannes Kepler zurückverfolgen. Der habe – mitten im Wahnsinn des Dreißigjährigen Krieges – die Gesetze der Planetenbewegung formuliert. Kepler sei einer jener Männer gewesen, die, ähnlich wie Anstruther, den verstockten Ansichten ihrer Zeitgenossen die Stirn geboten haben.

Als erster habe Kepler erklärt, die Planeten bewegten sich auf Ellipsen, in deren einem Brennpunkt die Sonne stehe. Seinerzeit sei das eine kühne Behauptung mit weitreichenden Folgen gewesen. In ähnlicher Weise werde das, was an diesem Tag im Saal der UN beschlossen werde, weitreichende Folgen haben, ob gute oder schlimme. Wieder einmal seien kühne Stellungnahmen nötig. Gunter empfahl nachdrücklich, die Delegierten nicht mit irgendwelchem Gerede über die Heiligkeit des Mars zu verunsichern. Da vieles – eigentlich alles – der Wissenschaft zu verdanken sei, müsse ihr der Planet vorbehalten bleiben. Man müsse in den Köpfen der Delegierten Zweifel säen, ob der langwierige und mühselige Prozeß der Terraformung Erfolge zeitigen werde. »Bislang hat man die Terraformung nur im Labor durchgeführt. Ursprünglich hat ein Science-Fiction-Autor die Idee ausgeheckt. Man muß schon tollkühn sein, wenn man die Terraformung auf einem ganzen Planeten testen will – noch dazu auf dem einzigen Planeten, der für die Menschheit leicht zugänglich ist. Sie könnten die Worte eines Franzosen namens Henri de Chatelier aus dem Jahre 1888 zitieren«, schlug Gunter vor. »Er hat behauptet, in jedem natürlichen System herrsche ein Prinzip des Widerstands gegen weiteren Wandel. Der Mars selbst könnte sich demnach gegen die Terraformung zur Wehr setzen – falls irgend eine Organisation verrückt genug wäre, den Versuch zu wagen.«

Er riet Anstruther, am Schlagwort ›Weißer Mars‹ festzuhalten. Der ›gesunde Menschenverstand‹, den er, genau wie Anstruther, recht jämmerlich fand, werde sich dafür aussprechen, mit dem Mars irgend etwas anzufangen. »Also gut. Was fängt man mit dem Mars an? Man überläßt ihn der Wissenschaft und schickt nur Wissenschaftler auf seine Oberfläche – eine Oberfläche, die bekanntermaßen nicht sonderlich anziehend wirkt. Man darf den Leuten nicht gestatten, dort das Schlimmste anzurichten – etwa ihre häßlichen Bürogebäude, Parkhäuser und Imbißstuben zu errichten. Man muß sie davon genauso abhalten, wie man sie daran gehindert hat, in die Antarktis einzufallen.« Es sei seine und Anstruthers Aufgabe, dafür zu kämpfen, daß der Mars der Forschung vorbehalten bleibe. Seines Wissens denke ein kalifornischer Delegierter ähnlich wie sie. »Immerhin gibt es Experimente, die nur auf jener Welt durchgeführt werden können«, erklärte er abschließend.

»Welche Experimente meinen Sie?« wollte Anstruther wissen.

Gunter zögerte mit der Antwort. »Sie werden mich für eigennützig halten, wenn ich die Frage beantworte. Aber das stimmt nicht. Ich wähle dieses Beispiel, weil es sich geradezu anbietet. Vielleicht gehen wir nach draußen auf den Balkon. Hier gibt es zu viele Ohren, die unser Gespräch gern mithören würden. Nehmen Sie eine Samosa-Pastete mit. Ich versichere Ihnen, die sind köstlich.«

»Mein Sekretär begleitet mich immer, Thomas.«

»Wie Sie wollen.« Gunter warf mir einen mißtrauischen Blick zu.

Die beiden Männer traten auf den Balkon hinaus,

der am nächsten lag. Ich folgte ihnen. Von dort aus hatte man einen wunderbaren Blick auf den wunderschönen Luisensee, dessen klares Wasser dem Himmel Farbe zu verleihen schien.

»Sie wissen doch bestimmt, was ich mit der Omega-Schliere* meine?« sagte Gunter. »Es ist das letzte Geheimnis eines Teilchens. Wenn es erforscht ist... ist alles erforscht! Ich nehme an, Ihnen ist bekannt, daß ich einer Bank vorstehe, die gemeinsam mit einer koreanischen Investmentgruppe die Suche nach der Gamma-Schliere auf Luna finanziert hat. Gleich nachdem Chin Lim Chung und Dreiser Hawkwood ihre Hypothesen formuliert hatten.« Er biß in seine Samosa-Pastete und sprach mit vollem Mund weiter. »Man nahm an, das Vakuum des Mondes werde ideale Forschungsbedingungen bieten. Leider waren die Dummköpfe dort oben schon eifrig dabei, ihre Hotels, Supermärkte und Parkhäuser für Geländewagen hochzuziehen und überall herumzubohren. Wie Sie sicher wissen, sind die Bauarbeiten für eine U-Bahn fast abgeschlossen. Wir haben viel Geld in unseren supraleitenden Teilchenbeschleunigerring investiert. Hat sich nicht ausgezahlt!«

»Sie haben Ihre Schliere nicht gefunden, wie ich gehört habe.«

»Auf dem Mond kann man sie auch nicht finden. Das Bohren und die Erschütterungen beim Bau der U-Bahn haben sie vertrieben. Die Wissenschaftler sind

---

* *Schliere:* Im Original *smudge* = soviel wie Schmutzfleck, Klecks oder undeutlicher Fleck, von Roger Penrose für ›White Mars‹ erfundener Terminus operandi. Da der Begriff Fleck in diesem Roman eine andere spezifische Bedeutung innerhalb quantenphysikalischer Versuche erhält, wird, in Absprache mit den Autoren, für die deutsche Übersetzung durchgängig der Begriff ›Schliere‹ verwendet (in der Bedeutung von verschwommener, schleimiger oder schlüpfriger Substanz). – *Anm. d. Ü.*

da zwar anderer Meinung, aber wann geben die schon mal jemandem recht! Wie auch immer, die Schliere wartet noch auf ihre Entdeckung.« Weiter erklärte Gunter, die vor fast zwei Jahrzehnten entdeckte Beta-Schliere habe nur ein weiteres *Etwas* enthüllt, eine undeutliche Reaktion, eine weitere Schliere. Gunters Bank sei bereit, ein weiteres Forschungsprojekt zu finanzieren, damit ein magnetischer Monopol verborgener Symmetrie dingfest gemacht werden könne.

»Und wenn Sie ihn finden?« fragte Anstruther, ohne seine Skepsis zu verbergen.

»Dann verändert sich die Welt… Und ich werde es sein, der sie verändert hat!« Er warf sich in die Brust und ballte die Fäuste. »Die Amerikaner und Russen haben versucht, dieses Teilchen oder etwas Ähnliches zu finden. Vergeblich. Es hat fast mystische Bedeutung. Dieses schwer zu fassende kleine Dingsda stellt zwar bislang wenig mehr als eine Hypothese dar, aber man nimmt an, daß es dafür zuständig ist, allen anderen Arten von Teilchen im Universum Masse zuzuweisen. Können Sie sich vorstellen, wie wichtig es ist?«

»Wir reden von etwas, das Welten zerstören könnte?«

Gunter machte eine abwehrende Geste. »In den falschen Händen, ja, ich denke schon. Aber in den richtigen Händen… wird dieses schwer zu fassende Etwas ungeheure Möglichkeiten eröffnen, die Möglichkeit vielleicht, schneller als das Licht durch die ganze Galaxie zu reisen.«

Anstruther schnaubte verächtlich, um zu zeigen, daß er solches Gerede als lächerlich empfand.

»Nun ja, das sind alles nur Annahmen, und ich bin kein Experte«, sagte Gunter zu seiner Verteidigung und fuhr nachdrücklich fort: »Ich bin mit meinen finanziellen Mitteln noch nicht am Ende und möchte, daß die Suche fortgesetzt wird. Man kann sie nur auf dem Mars fortsetzen. Dort können wir die Omega-Schliere aufspüren und einen Schritt über Einsteins Relativitätstheorie hinausgelangen – wenn wir heute dafür kämpfen, den Terraformern den Zugang zum Mars zu verwehren.«

Anstruther warf mir einen Blick zu. Offenbar wollte er mir zu verstehen geben, er sei sich durchaus bewußt, daß Gunter große Töne spuckte. Die einzige Frage, die Anstruther recht kühl stellte, war: »Was spricht denn Ihrer Meinung nach aus praktischer Sicht gegen die Terraformung?«

»Unsere Forschung setzt Stille voraus – eine Stille ohne jede Erschütterung. Der Mars ist der einzige stille Ort, der uns im bewohnbaren Universum geblieben ist, mein Freund!«

Als der Gong zur Fortsetzung der Sitzung rief, war die Stimmung unter den Delegierten, die zurück zu ihren Plätzen strömten, nüchterner als zuvor. Der Delegierte aus Nikaragua verlieh einer allgemeinen Verunsicherung Ausdruck. »Wir sollen ein Urteil über die Zukunft des Mars fällen. Aber trifft das Wort *Urteil* überhaupt das, was am Ende unserer Debatte herauskommen wird? Geht es uns nicht einfach darum, mit einer Situation schnell fertig zu werden, die in moralischer Hinsicht äußerst kompliziert ist? Wie können wir weise über etwas entscheiden, das eine fast unbekannte Größe ist? Wir sollten daher beschließen, den Mars, wenigstens für eine gewisse Zeitspanne, nicht anzutasten. Ich schlage vor, daß er unter die Jurisdiktion der Vereinten Nationalitäten kommt. Und daß die Vereinten Nationalitäten alle voreiligen Unternehmungen auf diesem Planeten untersagen – zumindest so lange, bis wir uns doppelt und dreifach davon überzeugt haben, daß es dort kein Leben gibt.«

Thomas Gunter stand auf, um diesen Antrag zu unterstützen. »Der Mars muß unter die Jurisdiktion der Vereinten Nationalitäten fallen, wie mein Vorredner vorgeschlagen hat. Jede andere Entscheidung wäre ein Armutszeugnis. Die düsteren Kapitel der Kolonialgeschichte – einschließlich der Verwüstung von Land und der Ausbeutung von Arbeitskräften – dürfen sich nicht wiederholen. Jeder, der zum Mars aufbricht, muß die Gewißheit haben, daß seine Rechte von genau dieser Stelle aus garantiert werden. Indem wir den Roten Planeten der Forschung vorbehalten, lassen wir die Welt wissen, daß die Zeiten rücksichtsloser Landnahme ein für allemal vorbei sind.

Wir wollen einen *Weißen Mars*.

Bei dieser Entscheidung geht es nicht um wirtschaftliche, sondern um moralische Gesichtspunkte. Manche Delegierten werden sich noch an die erbitterten Wortgefechte anläßlich unserer Entscheidung erinnern, die internationale geographische Datumsgrenze vom Pazifik mitten in den Atlantik zu verlegen. Für diese Entscheidung waren rein finanzielle Interessen ausschlaggebend. Es ging dabei nur darum, der Republik Kalifornien den Handel mit ihren Partnern in den Pazifischen Randstaaten zu erleichtern. Jetzt müssen wir eine Entscheidung treffen, die um vieles schwerer wiegt. Finanzielle Interessen dürfen dabei keine Rolle spielen. Falls wir wirklich das ganze Sonnensystem und den weiteren Weltraum erforschen wollen, dann sollte der erste Schritt auf diesem Weg unter günstigen Vorzeichen stehen und auf wohlüberlegten Entscheidungen beruhen. Wir müssen dabei mit angemessener Demut und Vorsicht vorgehen und die Wunschvorstellungen der Vergangenheit über Bord werfen. Ich bitte Sie, alle populären Mythen von interplanetarischer Eroberung außer acht zu lassen und für die Erhaltung des Mars zu stimmen – für den ›Weißen Mars‹, wie Leo Anstruther ihn genannt hat. Wenn wir uns dafür entscheiden, entscheiden wir uns für Wissen und Weisheit – und gegen die Habgier.« Gunter nickte Anstruther freundlich zu, als er mit großen Schritten die Rednerbühne verließ.

Weitere Redner gaben ihre Stellungnahmen vom Podium aus ab, doch jetzt ging es in den Wortbeiträgen mehr und mehr um technische Fragen der Verwaltung des Roten Planeten. Als schließlich abgestimmt wurde, ging bereits die Sonne über dem großen, milchig-trüben See jenseits des Sitzungssaals unter. Der Generalsekretär kündigte an, die Vereinten Nationalitäten würden eine eigene Abteilung zur Erhaltung des Mars einrichten, der Vertrag zur Bewahrung eines *Weißen Mars* werde unverzüglich in Kraft treten.

Kurz darauf nahm der Generalsekretär Thomas Gunter zur Seite und fragte ihn beiläufig, was er davon halte, Anstruther zum Leiter der neuen Abteilung zu ernennen.

»Ich würde davon abraten«, erwiderte Gunter. »Der Mann ist allzu unberechenbar.«

2

Aussage des diensthabenden Captain Buzz McGregor, 23. Mai 2041

Meine Augen waren den Anblick eines solchen Panoramas nicht gewöhnt. Ich verlor die Orientierung, so als sei meine ganze körperliche Befindlichkeit von meinem Blick abhängig. Als ich die Augen schloß, wurde mir eine weitere Ursache für das seltsame Gefühl klar: Ich stand auf festem Boden, wog aber ein paar Kilo weniger.

Ich riß mich zusammen und versuchte, unsere Umgebung zu erfassen. Hinter den Gestalten meiner Freunde in ihren Schutzanzügen lag eine Welt der Einsamkeit, unendlich und ungeordnet, auf der sich nichts befand, das dem Auge hätte Ruhe bieten können. Da ich nach etwas Vertrautem suchte, ließ ich mehrere phantastische Landschaften – von Dis bis Barsoom* – in meinem Kopf Revue passieren, aber das brachte keine Erleichterung. Ein schrecklicher Anblick? O ja, der Mars war schrecklich – aber auch unglaublich komplex, wie das Werk eines diabolischen Künstlers. Ich blickte auf etwas wunderbar Unbekanntes, Unfaßbares, das bis jetzt nicht zugänglich gewesen war. Und ich gehörte zu den ersten Menschen, die das alles in sich aufnehmen durften! Und plötzlich merkte ich, wie mich ein Hochgefühl ergriff. Der Gedanke traf mich wie ein Stich ins Herz. Aber ich

---

* *Dis*: oder auch Hades, Unterwelt, Reich der Toten; *Barsoom*: Name für den Mars bei Edgar Rice Burroughs: A Princess of Mars (1917). – *Anm. d. Ü.*

gehöre ja auch zu einer Gattung, die seltsamer als alles andere ist, das je existiert hat.

Eines Tages würde man diese Öde in eine fruchtbare Welt verwandeln, eine Welt ähnlich der Erde.

Wir lösten uns mühsam aus unserer Trance. Die erste Aufgabe war, den Leichnam von Captain Tracy aus dem Fahrzeug zu laden und in seinem Leichensack auf der Marsoberfläche abzusetzen. Obwohl er schon Ende Dreißig gewesen war, hatte Guy Tracy wie der körperlich zäheste von uns allen gewirkt, aber die Beschleunigung und spätere Drosselung der Geschwindigkeit hatten eine Herzattacke ausgelöst, an der er noch vor unserer Landung gestorben war.

Sein Tod in der Umlaufbahn des Mars hatte wie ein schlechtes Omen für die Mission gewirkt. Doch als wir den Leichnam zwischen die Gesteinsbrocken des Regolith* betteten, leuchtete etwas Glasartiges am Himmel auf, als wolle es uns willkommen heißen. Es befand sich sehr tief am Himmel, fast außerhalb unseres Blickfelds, und war, wie wir später herausfanden, eine Aurora. Von der Sonne aufgeladene Teilchen traten in Wechselwirkung mit Molekülen der dünnen Atmosphäre, die sich im schwachen Schwerefeld des Mars gefangen hatten. Die geisterhafte Erscheinung flackerte beinahe auf Schulterhöhe hin und her. Als wir vom Leichensack wegtraten, verblaßte sie und verschwand schließlich ganz. Angesichts der Tatsache, daß dieser Planet nur rund vierzig Prozent des Sonnenlichts empfängt, das der Erde so großzügig zugeteilt wird, bedeutete die kleine Festbeleuchtung eine Aufmunterung.

Funksprüche von der Basis unterbrachen unsere

---

* *Regolith*: lose Schicht über dem Grundgestein, die aus Sand, Steinbruch, vulkanischer Asche etc. besteht (aus dem griechischen rhegos = Decke und lithos = Stein). – *Anm. d. Ü.*

feierliche Stimmung. Wir hatten keine große Lust, der Erde zu antworten. Man forderte uns auf mitzuteilen, was schiefgegangen war.

»Um das zu verstehen, müßten Sie hier sein. Dazu muß man die Reise mitgemacht haben. Dazu muß man den Mars in seiner Erhabenheit erlebt haben. Dann merkt man nämlich, daß es falsch wäre, diesen uralten Planeten umzuwandeln, zu terraformen. Das wäre ein schrecklicher Fehler. Nicht nur für den Mars. Für uns. Für die ganze Menschheit.«

Es gab eine langwierige, peinliche Auseinandersetzung. Vom Mars zur Erde und wieder zurück braucht ein Funkspruch vierzig Minuten, in der Zwischenzeit machten wir einiges durch. Plötzlich wurde die Ebene in Dunkelheit gehüllt, es wurde Nacht. Über unseren Köpfen funkelten die Sterne.

Wir warteten. Wir versuchten zu erklären. Die Basis befahl uns, unsere Aufgaben pflichtgemäß zu erfüllen. Wir antworteten (alles wurde aufgezeichnet): »Wir sehen unsere Pflicht darin, Sie darauf hinzuweisen, daß die Landung auf einem anderen Planeten einen Wendepunkt in der Geschichte der Menschheit bedeutet. Wir sollten nicht diesen Planeten verändern, sondern versuchen, uns selbst zu ändern.«

Vierzig Minuten verstrichen. Beklommen warteten wir ab.

»Was meinen Sie mit diesem Geschwätz? Warum kommen Sie uns plötzlich auf die moralische Tour?«

Nach kurzer Diskussion antworteten wir: »Es muß einen besseren Weg in die Zukunft geben.«

Weitere vierzig Minuten später dann eine andere Stimme von der Basis: »Von was, zum Teufel, redet ihr überhaupt da oben? Seid ihr alle durchgedreht?«

»Wir haben ja gesagt, daß Sie das nicht verstehen würden.« Wir brachen die Verbindung ab und gingen zu unseren Kojen. Kein Laut störte unseren Schlaf.

Gehälter wie Ausbildung hatten wir vom EUPACUS-Konzern erhalten. Ich kannte und vertraute auf sein technisches Know-how. Weniger Vertrauen setzte ich in die Absichten des Konzerns. Um den Zuschlag für das Marsprojekt zu bekommen, hatte das Konsortium lediglich zusichern müssen, zehn Jahre lang Planung und Abwicklung aller Reisen zum Mars zu übernehmen und für Expeditionen zu sorgen. Es war mir durchaus klar, daß EUPACUS vorhatte, den langwierigen Prozeß des Terraformens sozusagen durch die Hintertür einzuleiten. Insgeheim hatten diese Leute die Absicht, Grund und Boden des Mars in veräußerbare Liegenschaften umzuwandeln – nur so würden sich ihre Investitionen rentieren.

EUPACUS war vertraglich das Recht zugesichert worden, auf dem Mars nach Belieben Bodenuntersuchungen und Bohrungen durchzuführen, und der Konzern konnte davon ausgehen, daß niemand Unerwünschtes seine Nase in EUPACUS-Angelegenheiten stecken würde. Sicher waren die Kapitalgeber schon ganz scharf darauf, ihr Geld mit Zins und Zinseszins zurückzubekommen, ohne daß sie sich sonderlich darum scherten, was zu diesem Zweck dort oben eigentlich angestellt wurde. Als ich aufwachte, war ich fest entschlossen, den Aktionären die Stirn zu bieten.

Genau wie alle anderen Angeheuerten hatte unsere Besatzung Computersimulationen eines von EUPACUS gestalteten Mars gesehen und sich davon verführen lassen. Kuppeln und Treibhäuser waren dort hübsch ordentlich in Reih und Glied aufgestellt. Schnell hochgezogene Fabriken produzierten Sauerstoff aus dem Marsgestein. Nukleare Sonnen leuchteten am blauen Himmel. Es dauerte nicht lange, da schritten gebräunte Menschen in T-Shirts durch glänzende Felder. Oder sie stiegen in kleine Kabinenroller und sausten damit durch das Marsgebirge, wo sich bereits Vegetation ausbreitete.

Vor Ort, inmitten dieser erhabenen Öde, schrumpfte der Traum der Generaldirektoren wie ein angestochener Ballon.

Wir waren etwa am Äquator gelandet, in der südwestlichen Ecke von Amazonis Planitia, westlich vom hohen Tharsis-Buckel. Unser Mutterschiff diente als Nachrichtensatellit, genauer gesagt als Zwischensender, so daß wir auf unserer Reise miteinander und mit der Erde Verbindung halten konnten. Überaus notwendig in einer Welt, in der der Horizont – vorausgesetzt, das Gebiet wäre flach gewesen, was es größtenteils nicht war – nur rund vierzig Kilometer entfernt war. In seiner mit dem Mars synchronen Umlaufbahn schien das Schiff, das achtzehn Kilometer über dem Boden schwebte, stillzustehen – ein tröstlicher Anblick in einer Situation, an der so vieles seltsam war.

Ehe wir mit unserer Inspektion beginnen konnten, mußten wir allerdings erst noch unsere geodätische Kuppelkonstruktion aufbauen – eine millimeterdicke Verkleidung sollte sie stützen. Trotz der Gymnastik an Bord waren wir nach dem mehrmonatigen Flug angeschlagen. Diese Schwäche machte den Aufbau der Kuppel zu Schwerstarbeit, zumal uns die Raumanzüge behinderten. Wir hatten noch nicht einmal die Hälfte geschafft, als es Nacht wurde. Wir mußten uns in die Raumkapsel zurückziehen und dort den Morgen abwarten.

Als der Morgen anbrach, gingen wir wieder hinaus. Wir waren entschlossen, uns von den anstrengenden Aufbauarbeiten nicht entmutigen zu lassen. Wir brauchten die Kuppel. Sie würde Schutz vor der größten Kälte und vor Sandstürmen bieten. Mit der Arbeit konnten wir uns Bewegung verschaffen und später in der Kuppel einen Teil der Gerätschaften abladen, die das Leben in der Raumkapsel so nervtötend beengt hatten. Natürlich konnten wir die Kuppel noch nicht mit Luft füllen, deren Druck erträglich war und die man atmen konnte, nicht einmal, nachdem wir sie völlig abgedichtet hatten. Wir schafften die Arbeit nur deshalb, weil sie geschafft werden mußte. Als wir die letzten Träger miteinander verschraubt und die letzte Bindung der Plastikverkleidung sicher angebracht hatten, konnten wir auf weitere körperliche Ertüchtigung gut und gern verzichten...

Unsere Anweisung lautete, einen Abschnitt des Planeten zu erforschen. Seine gewaltige Landmasse dehnte sich genauso weitläufig aus wie die der Erde, wenn sie auch nicht ganz so abwechslungsreich wirkte. Es gab darauf Ebenen, Steilhänge, Flußbetten, gigantische Felsschluchten – tiefer als irgend welche auf der Erde – und erloschene Vulkane. Und kein Mensch hatte diese Landschaften je durchquert. Wir schalteten die Fernsehkameras ein und stiegen in die beiden mit Methan betriebenen Geländewagen, um nach Osten zu fahren. Die Intensität dieser Erfahrung wird mir stets in Erinnerung bleiben. Vielleicht sehen die Menschen zu Hause auf ihren Bildschirmen nichts als eine zerstörte Wüste, aber bei uns löste dieser Ausflug starke Emotionen aus. Es war so, als machten wir eine Zeitreise, als reisten wir zurück in eine Zeit, in der es noch kein Leben im Universum gab. Alles lag still, verborgen, aber gestochen scharf vor unseren Augen und wartete. Keiner von uns sprach. Wir erlebten eine andere Art von Wirklichkeit – eine Wirklichkeit, die auf irgend eine Weise bedrohlich und beruhigend zugleich wirkte. So, als blicke das gewaltige Auge eines alttestamentarischen Gottes auf uns herab.

Als wir in höher gelegenes Gebiet fuhren, nahmen die Gesteinsbrocken auf der Marsoberfläche ab. Was wir durchquerten, ähnelte der von Falten durchzogenen Innenfläche einer greisen Hand. Links und rechts von uns befanden sich ausgetrocknete Wasserläufe, die ein kompliziertes Adernetz bildeten, und kleine Meteoritenkrater. Immer wieder hielten wir an, sammelten Gesteins- und Bodenproben und verstauten sie in einem Außenfach, um sie später zu untersuchen. Dabei hielten wir stets fest, aus welchem Umfeld sie stammten. Da die Bodentemperatur minus sechzig Grad betrug, hatten wir wenig Hoffnung, auf irgendeinen Mikroorganismus zu stoßen.

Je steiler der Hang anstieg, desto langsamer kamen wir voran. Die seitlichen Ränder des gewaltigen Tharsis-Buckels lagen inzwischen in Sichtweite. Majestätisch und schwermütig beherrschte Tharsis den Weg, der vor uns lag – eine besser ausgerüstete Forschungsexpedition würde sich später mit ihm befassen müssen. Sobald wir die anmutige Kuppel des Olympus Mons, eines vor langer Zeit erloschenen Vulkans, entdeckt hatten, wendeten wir und kehrten zu unserer Basis zurück. Der Staub, den wir aufgewirbelt hatten, hing auf den ersten tausend Metern unserer Rückfahrt immer noch in der dünnen Luft.

Ich war für das Labor zuständig. Bei Sonnenuntergang hatte ich angefangen, die ersten Gesteinsproben zu untersuchen. Die Messung mit dem Ionenchromatographen erbrachte kein Anzeichen von Leben. Zum Teil enttäuscht, zum Teil erleichtert gesellte ich mich zu den anderen, um in der Kantine zu Abend zu essen. Wir waren eine merkwürdig stille Gruppe. Wir wußten, daß in der Geschichte der Menschheit etwas Denkwürdiges geschehen war, und wollten das Erlebte verarbeiten.

Vor unserem Ausflug hatten wir noch die Bohrausrüstungen in der Kuppel installiert. Der Summton eines Computers machte uns darauf aufmerksam, daß jetzt Ergebnisse vorlagen und auf ihre Beurteilung warteten. 1,2 Kilometer unter der Oberfläche hatte die Bohrung Wasser ergeben. Die Analyse zeigte, daß das Wasser relativ sauber und träge war. Keine Spuren von Mikroorganismen. Wir freuten uns. Mit einem Wasserreservoir war das Leben auf dem Mars jetzt auch in praktischer Hinsicht vorstellbar. Doch der Terraformung war damit Tür und Tor geöffnet.

Erinnerungen
Cang Hais

3

Das EUPACUS-Abkommen:
Die morsche Tür

Sollten sich die Bürger – beispielsweise der USA – ausschließlich nach den Gesetzen des Mars richten, solange sie sich auf dem Mars befanden? Irgendwann hieß die Antwort: Ja! Der Mars ist keine Kolonie, sondern eine unabhängige Welt. Das war die juristische Entscheidung, die den Grundstein für die Unabhängigkeitserklärung legte. Diese Unabhängigkeitserklärung bestimmt unser Leben auf dem Mars und wird allen anderen Welten, die wir in Zukunft noch besiedeln werden, als Beispiel dienen.

Zu den größten Leistungen des letzten Jahrhunderts gehören die Maßnahmen, die eine Erforschung der Planeten einleiteten. Weniger beachtet wird die Tatsache, daß damals auch ein internationales Rechtssystem entwickelt wurde, das sich als praktikabel erwies.

Von Anfang an waren hier, auf dem Mars, Waffen verboten. Rauchen ist notwendigerweise verboten, nicht nur, weil es die Umwelt verpestet, sondern vor allem deshalb, weil man damit unnötigerweise Sauerstoff verbraucht. Nur schwachprozentiger Alkohol ist erlaubt. Betäubungsmittel, die süchtig machen, sind hier unbekannt. Ein unabhängiges Rechtssystem wurde schnell eingeführt. Bestimmte Arten von Forschung werden gefördert. Der Wissenschaft verdanken wir alles.

Unter der Ägide dieser Gesetze und der Naturgesetze haben wir unsere Gemeinschaft aufgebaut.

Wenn ich an diese frühen Tage zurückdenke, finde ich darin Trost. Meine Tochter Alpha Jefferies – inzwischen heißt sie Alpha Jefferies Greenway – hat den Mars letztes Jahr verlassen, um auf einem anderen Planeten zu leben, den sie zuvor nie gesehen hat. Ich habe Angst um sie auf dieser fremden Welt, obwohl sie jetzt einen Ehevertrag und einen Ehemann hat, der sie beschützt. Als wir noch Kontakt hatten, hat sie mir einmal gesagt, die Erde sei die Welt des Lebens. Ich stelle sie mir als Welt des Todes vor – als Welt des Hungers, des Völkermordes, des Tötens und vieler Schrecken, unten denen unsere Welt hier nicht leidet.

Meine Auseinandersetzungen mit meiner lieben, verschollenen Tochter haben mich dazu gebracht, mich noch einmal diesen ersten Jahren auf dem Mars zuzuwenden. Damals war es aufregend für uns, auf einer fremden Welt zu leben. Wir hatten durchaus noch Mythen im Kopf, die ihren Ursprung auf der Erde hatten, Mythen, die uraltes Leben auf dem Mars betrafen oder alte, landumschlossene Kanäle, die ins Nirgendwo führten. Oder auch die Suche nach großen verschollenen Wüstenpalästen, vielleicht sogar nach den Gräbern der letzten Herren von Syrtis*! Nun ja, das war jugendliche Romantik und Teil der überschäumenden menschlichen Phantasie, die diese leere Welt gern bevölkert hätte. Und genau das begeistert mich immer noch: diese große leere Welt, in der wir leben!

Ich möchte mich an dieser Stelle vorstellen. Ich bin die Adoptivtochter des großen Tom Jefferies. Meine erste Bekanntschaft mit dem Leben machte ich in der übervölkerten chinesischen Stadt Chengdu, wo ich zur Lehrerin für behinderte Kinder ausgebildet wurde. Nachdem ich fünf Jahre lang an der Behinder-

---

* *Syrtis*: Gebiet in der nördlichen Hemisphäre des Mars. – *Anm. d. Ü.*

tenschule III unterrichtet hatte, sehnte ich mich danach, es auf einem anderen Planeten zu versuchen. Ich bewarb mich für ein Arbeitsprojekt der Vereinten Nationalitäten und wurde angenommen.

Um meinen Sozialdienst abzuleisten, arbeitete ich ein Jahr als Tierpflegerin für eine Hundezucht in der Mandschurei. Das Leben dort war außerordentlich hart. Ich bestand die Prüfungen im Sozialverhalten und wurde eine vollwertige JAE*. Nach allen anderen Vorbereitungen, einschließlich des vierzehntägigen MIS, des Mars-Instruktionsseminars, durfte ich, gemeinsam mit zwei Freundinnen, an Bord des EUPACUS-Raumschiffes gehen. Ich war mit einer Rückfahrkarte für die Zeit ausgestattet, wenn der Mars in Opposition zur Erde stehen würde.

Wie aufregend! Wie grauenvoll!

Den Mars selbst malte ich mir öde aus, aber ich hatte keine Vorstellung vom Leben in den Kuppeln, das bei meiner Ankunft schon unerwartet bunt war. Als Erinnerung an die halbasiatische Zusammensetzung des Reisebüros Marvelos, das alle zum Mars und zurück zur Erde beförderte, hatte man zwischen den schlichten Wohnblocks leuchtende Lampions aufgehängt. Überall standen wandgroße Aquarien, in denen sich Fische tummelten. Blühende Bäume (Ableger des *prunus autumnalis subhirtella*) säumten die Straßen. Am liebsten waren mir die genetisch veränderten Aras** und die Papageien, die nicht krächzten, sondern mit süßen Stimmen sangen. Sie flogen frei umher und verliehen allem ein bißchen Farbe. Abgesehen von dem angenehmen Vogelgesang, war es in den Kuppeln recht still, da die kleinen Elektrobusse, die ›Jojos‹ (›Spring auf und

---

* JAE: ›Junge Aufgeklärte Erwachsene‹, wird im Verlauf des Romans erklärt. – *Anm. d. Ü.*
** *Aras*: Langschwanzpapageien. – *Anm. d. Ü.*

wieder ab‹), die für den Transport der Menschen sorgten, fast geräuschlos fuhren.

Als ich die Siedlung nach und nach besser kennenlernte, stellte ich fest, daß dieser bunte Teil nur das ›Touristenviertel‹ darstellte. Jenseits davon, hinter der Percy Lowell-Straße, lag das eher karge, nüchterne Viertel der ständigen Marsbewohner.

Das alles war natürlich von Kuppeln und Baukonstruktionen umschlossen. Draußen lag ein Planet, auf dem man nicht atmen konnte und der aus zerklüfteten Felsen bestand. Mir lief ein Schauer über den Rücken, wenn ich nur hinsah. Im Westen lagen die Ausläufer der Amazonis Planitia, wir befanden uns an ihrem östlichen Rand. Die Kuppeln hatte man am 155. Breitengrad errichtet, achtzehn Grad nördlich des Äquators. Der Ort war windgeschützt. Die heftigen Stürme, von denen die Ausläufer nach Westen hin aufgetürmt worden waren, konnten ihm nichts anhaben. Unser Unterschlupf wies in östliche Richtung, in die Richtung des gewaltigen Olympus Mons. Die klippenartigen Ränder am Fuße des Gebirges waren nur rund 295 Kilometer entfernt. Jeden Abend leuchteten seine durchfurchten Hänge in der bleichen Sonne auf.

Das Pavonis-Observatorium lieferte sofort glänzende Ergebnisse. Die Erforschung der Gasriesen wurde fast zu einem neuen Zweig der Astrophysik. Das Eintauchen in Früh- und Vorzeiten trug zum Verständnis der Geburt des Universums bei. Von der Marsoberfläche aus entsandte Sonden hatten eisenharte Proben eines Ammoniak-Methan-Gemisches vom Pluto mitgebracht. Es enthielt Fremdkörper, die nahelegten, daß dieser ferne Planet seinen Ursprung jenseits des Sonnensystems hatte.

Eine Meteoritenüberwachungsstation nahm den Betrieb auf.

Thomas Gunters Schlierendetektor wurde gerade installiert, als ich meinen ersten Ausflug nach draußen unternahm. Mir war zu Ohren gekommen, daß schlaue Rechtsanwälte an den Einschränkungen herummanipulierten, die das marsianische Recht der wissenschaftlichen Forschung auferlegte. Durch großzügige Auslegung der Bestimmungen wollten sie offenbar durchsetzen, daß, falls nötig, ein größerer Ring gebaut werden konnte. Was auch daran sein mochte: Die Leitung der Forschungsstätte, die fünfhundert Meter von den Kuppeln (dem heutigen Aeropolis) entfernt eingerichtet wurde, hatte der renommierte Teilchenphysiker Dreiser Hawkwood übernommen.

Wegen seiner späteren Bedeutung muß ich an dieser Stelle von einem Gespräch berichten, das irgendwann in jenen frühen Tagen stattfand. Wie die meisten Diskussionen der ersten Jahre wurde es aufgezeichnet, das Dokument ruht jetzt im Archiv des Mars. Vielleicht fanden ähnliche Unterhaltungen auch anderswo statt. Bedeutung erlangten sie im Licht späterer Erkenntnisse.

Vier Wissenschaftler unterhalten sich im Pavonis-Observatorium, das hoch oben auf dem Tharsis-Buckel thront. Die tiefste Stimme ist als die von Dreiser Hawkwood zu erkennen. Er ist ein massiger Mann mit altmodischem Schnauzbart und düsterer Miene.

»Als wir hier hochgefahren sind«, bemerkt eine Frau, »hatte ich dauernd den Eindruck, weiße Objekte zu sehen, so ähnlich wie Zungen. Sie glitten so schnell wie Austern, die in der Speiseröhre verschwinden, unter die Erde. Sagt mir, daß ich geträumt habe.«

»Wir haben festgestellt, daß es auf dem Mars kein Leben gibt. Also *hast* du geträumt«, erwidert ein Kollege.

»Dann hab ich wohl auch geträumt«, wirft ein anderer ein. »Ich habe ebenfalls gesehen, wie diese weißen Dinger aus dem Boden auftauchten und wieder verschwanden, als wir näherkamen. Das kam mir so unwahrscheinlich vor, daß ich nichts erwähnt habe.«

»Könnten es Würmer sein?«

»Wie das, ohne Mutterboden?« fragt Dreiser Hawkwood. Er lacht, und seine Kollegen stimmen gehorsam mit ein. »Wir werden mit der Zeit eine natürliche geologische Erklärung für das Phänomen finden. Vielleicht stellen die Dinger eine Art Tropfgestein dar.«

Das vierte Mitglied der Gruppe beteiligt sich bisher nicht an diesem Gespräch. Der Mann sitzt etwas abseits von seinen Freunden und starrt durch das Kantinenfenster auf den Olympus Mons, der nur ein paar Kilometer entfernt ist. »Wir müssen eine Expedition auf die Beine stellen, die sich den merkwürdigen Vulkan ansieht«, bemerkt er. »Die größte Besonderheit auf diesem Planeten – und wir schenken ihr kaum Beachtung.«

Olympus Mons erstreckte sich über eine Fläche von rund fünfhundertfünfzig Kilometern und ragte bis zu 25000 Metern über die Marsoberfläche auf. Deshalb konnte man ihn schon damals sehen, als nur die Teleskope auf der Erde zur Verfügung standen. Olympus galt als eines der bemerkenswertesten Phänomene im ganzen Sonnensystem. Doch trotz des Interesses der Wissenschaftler schränkte der ständig steigende Bedarf an Sauerstoff und Wasser die Feldforschungsarbeit beträchtlich ein. Der Treibstoff für die Geländewagen bedeutete zusätzlichen Verbrauch von Sauerstoff. Es sollte noch einige Zeit dauern, bis Olympus Mons erforscht wurde – oder wir uns seiner Bedeutung bewußt wurden.

Ich bin nicht daran gewöhnt, mich als Historikerin zu betätigen. Warum habe ich mir diese Aufgabe gestellt? Weil ich damals dabei war, als Tom Jefferies aufstand und erklärte: »Ich werde eine morsche Tür eintreten. Ich werde Licht für die menschliche Gesellschaft hereinlassen. Ich werde dafür sorgen, daß wir das, was wir in unseren Träumen gern sein möchten, auch ausleben: daß wir große und weise Menschen werden – umsichtig, wagemutig, erfindungsreich, liebevoll, gerecht. Menschen, die diesen Namen auch verdienen. Dazu müssen wir nur wagen, das Alte und Schwierige abzuwerfen und das Neue, Schwierige und Wunderbare willkommen zu heißen!«

Aber ich greife voraus. Am besten beschreibe ich einfach, wie es in jenen frühen Tagen auf dem Roten Planeten gewesen ist. Ich möchte all die Schwierigkeiten und Einschränkungen festhalten, mit denen wir, die ersten Menschen auf einem fremden Planeten, konfrontiert waren – und all unsere Hoffnungen.

EUPACUS hat uns hierher gebracht, EUPACUS hat diese Reise in jeder Hinsicht bestimmt. Abgesehen von allem, was später falsch lief, muß man einräumen, daß beim Transit der JAE- und VES*-Raumschiffe unter ihrer Leitung nie Verluste von Schiffen oder von Leben zu beklagen waren.

Zweifellos war man der Natur oder den ›ewigen Wahrheiten‹, wie eine meiner Freundinnen es ausdrückte, auf dem Mars sehr nahe. Der Mangel an Sauerstoff und Wasser machte einem ständig zu schaffen. Das Wasser war auf dreieinhalb Liter pro Person und Tag beschränkt; die Gemeinschaftswäscherei verbrauchte weitere drei Liter pro Kopf und Tag. Alle erhielten einen gerechten Anteil an den Vorräten. Das hatte zur Folge, daß nur selten ernsthafte Klagen laut wurden. So spartanisch diese Rationierung auch klingen mag: Im Vergleich zur Wasser-

---

* VES: ›Verdienstreiche Senioren‹, wird im Verlauf des Romans erklärt. – *Anm. d. Ü.*

situation auf der Erde waren wir noch ganz gut dran. Dort hatte sich aufgrund des langsamen, aber stetigen Bevölkerungswachstums der industrielle Bedarf an Frischwasser bis zu dem Punkt entwickelt, an dem das Wasser überall nur noch dosiert abgegeben werden konnte und so teuer wie Maschinentreibstoff mittlerer Güte war. Praktisch bedeutete das für die wirtschaftlich schwache Hälfte der Erdbevölkerung, daß ihr weniger als die marsianische Ration zugeteilt wurde.

Der Zwang, sparsam mit allem umzugehen, führte dazu, daß wir unser Essen gemeinsam einnahmen. Wir setzten uns in zwei Schichten zu Tisch, ließen uns bei unseren kargen Mahlzeiten viel Zeit und versuchten, sie durch Gespräche zu verbessern. Manchmal las uns jemand aus der Gruppe während des Abendessens etwas vor – aber das kam erst später.

Anfangs war ich schüchtern, als ich mitten unter all diesen fremden Menschen, umgeben von Stimmengewirr, herumsaß. Mit einigen dort habe ich mich später angefreundet (allerdings nicht mit Mary Fangold...), mit Hal Kissorian, Youssef Choihosla, Belle Rivers, mit dem lustigen Crispin Barcunda – ach ja, und vielen anderen. Aber glücklicherweise fand ich zufällig einmal neben einer hübschen Frau mit munterem Gesicht aus der Gruppe der JAEs Platz. Mit ihrer dunkelbraunen Lockenmähne wirkte sie völlig anders als ich mit meinen glatten schwarzen Haaren. Sie half mir, meine Schüchternheit zu überwinden. Offenbar sah sie alles, was mit dem Aufenthalt auf einem fremden Planeten zusammenhing, als wunderbares Abenteuer an. Sie hieß Kathi Skadmorr.

»Ich habe wirklich Glück gehabt«, erzählte sie mir. »Ich komme aus einer ganz armen Familie in Hobart, der Hauptstadt von Tasmanien. Ich bin eines von fünf Kindern.«

Das versetzte mir einen Schock. Da, wo ich herkam, waren fünf Kinder gar nicht erlaubt.

»Ich habe mein soziales Jahr in Darwin abgeleistet«, sagte sie, »und für die IWR, die ›International Water Ressources‹, gearbeitet. Dort habe ich viel über die seltsamen Eigenschaften des Wassers gelernt. Zum Beispiel, daß es in festem Zustand weniger wiegt als in flüssigem. Daß es aufgrund der Kapillarwirkung der Erdanziehung zu trotzen scheint. Wie es Licht leitet…« Sie brach ab und lachte. »Ich langweile dich bestimmt mit all dem.«

»Nein, ganz und gar nicht. Ich habe mich nur gewundert, daß du überhaupt mit mir reden willst.«

Sie sah mich lange und eingehend an. »Wir alle müssen hier wichtige Rollen übernehmen. Die Welt ist zusammengeschrumpft. Ich bin mir sicher, daß auch du eine wichtige Rolle spielen wirst. Du mußt sie zu einer wichtigen Rolle machen. Genau, wie ich es vorhabe.«

»Aber du bist so hübsch.«

»Das wird mich nicht daran hindern.« Sie gab ein reizendes Kichern von sich.

Fast alle dieser ersten Marsbewohner waren sich darin einig, daß zum Überleben auf dem Mars eine enge Zusammenarbeit notwendig war. Das einzelne Ego mußte sich den Bedürfnissen der ganzen menschlichen Gemeinschaft auf dem Mars unterordnen. Durch regelmäßige Fernsehberichte vom Mars wurde die Welt *dort unten* (wie wir die Erde mit der Zeit nannten) auf die Gerechtigkeit der marsianischen Verwaltung und unsere egalitäre Gesellschaft aufmerksam. Sie hoben sich in bemerkenswerter Weise von der Ungerechtigkeit und Ungleichheit auf der Erde ab.

Ich will hier nicht von meinen eigenen Problemen erzählen, aber die Reise von der Erde zum Mars hatte mich ziemlich aus dem Gleis geworfen – so sehr, daß man mich an eine Psychurgin überwiesen hatte, eine Frau namens Helen Panorios. Helen hatte eine düstere kleine Kabine auf einem der äußeren Wohntürme, dort empfing sie ihre Patienten. Sie war eine stämmige Frau mit knallrot gefärbtem Haar. Ich sah sie nie anders als in einem schwarzen, zeltartigen Overall. Sie war eine sanftmütige Frau und interessierte sich offenbar tatsächlich für meine Probleme. Die sechsmonatige Reise im Kälteschlaf hatte mich, wie ich ihr erklärte, in einen Angstzustand versetzt. Ich hatte mich von meinem Leben gelöst, und es gelang mir anscheinend nicht, mich wieder mit meinem Selbst zu verbinden. Es hatte etwas mit meiner Persönlichkeit zu tun.

»Manche Menschen verabscheuen diese Erfahrung, andere genießen sie als eine Art spirituelles Abenteuer. Man kann sie als einen Tod betrachten, allerdings ist es ein Tod, von dem man auferweckt wird – manchmal mit einem neuen Verständnis von sich selbst.« Das sagte sie mir wieder und wieder. Im Grunde sagte sie damit, daß die meisten Menschen den Kälteschlaf als neue Erfahrung akzeptierten. Schon die Reise zum Mars und die Ankunft auf dem Mars waren ganz neue Erfahrungen.

Nun ja, ich war inzwischen so weit, daß ich bereits beim Namen EUPACUS zusammenzuckte. Der Gedanke, mich auf der Heimreise zurück zur Erde noch einmal dieser Prozedur unterziehen zu müssen, die mein Ich auslöschte, machte mich starr vor Angst. Es mußte doch einen besseren Weg geben, Abermillionen von Raummeilen zu durchqueren – die *Matrix* zu durchqueren, wie es jetzt hieß. Die interstellare Matrix wimmelte nur so von Strahlungen und Teilchen, deshalb hatte inzwischen schon aufgrund bloßer Erfahrung der Ausdruck ›Raum‹ einen altmodisch-viktorianischen Beigeschmack.

Der Reiseverkehr zwischen Erde und Mars nahm ständig zu, besser gesagt: er nahm zu, bis die Katastrophe eintrat. Das Reisebüro Marvelos, eine Tochtergesellschaft von EUPACUS, hatte alle Hände voll zu tun, um die Nachfrage zu befriedigen. Raumschiffe wurden mit behördlicher Genehmigung im Erdorbit montiert. Praktisch jede Industrienation war an ihrem Bau beteiligt – und wenn die Beteiligung nur darin bestand, Kissen für die sargähnlichen Kojen herzustellen. Die Raumschiffe – allesamt höchst aufwendig ausgestattet und doppelt und dreifach gesichert – waren milliardenschwere Objekte. Die Kapitalgeber scheuten davor zurück, in eine noch schnellere Entwicklung zu investieren. Unter dem Dach von EUPACUS wurden ständig Unternehmen aufgekauft oder Fusionierungen vorangetrieben.

Helen sprach mit mir die Reise von A bis Z durch. Die Raumfähren des Konsortiums brachten die Passagiere von der Erde zu den interplanetarischen Raumschiffen, die sich im Orbit um Erde und Mond aufhielten. Mir war von Anfang an übel, trotz der druckausgleichenden Medikamente. Ich bin wirklich nicht sonderlich für solche Reisen geeignet. Dann legten wir bei den Passagierschiffen an, allgemein als ›Kühlwaggons‹ bekannt. Den seltsamen Geruch in einem solchen Kühlwaggon vergißt man nie. Ich glaube, sie lassen darin irgendein Narkotikum zirkulieren.

»Ich mochte es gar nicht, daß die Kabinen so nach Kühlsärgen aussahen«, erzählte ich Helen. Noch ehe sich das Schiff aus der Umlaufbahn gelöst hatte, tauchte man in das dunkle Niemandsland des Kälteschlafs ab, während die Körperfunktionen sich verlangsamten. Das versetzte mich in Angst und Schrecken…

»Darauf hat man dich doch vor Reiseantritt vorbereitet, meine liebe Cang Hai«, erwiderte Helen. »Du

51

weißt, daß wir uns immer noch in dem Stadium befinden, in dem wir alle unnötigen Kosten vermeiden müssen. Der Kälteschlaf der Passagiere spart Nahrungsmittel und Wasser ein, und man braucht nicht viel Sauerstoff. Andernfalls, nun ja, könnten eben keine Reisen stattfinden...«

Ich durchlebte noch einmal den rasend schnellen Aufstieg von der Erde. Bei den meisten Leuten war die Abenteuerlust stärker als irgendwelche Gefühle von Übelkeit, nicht bei mir. 256 Kilometer über uns zeichnete sich bedrohlich der faßförmige Umriß des Kühlwaggons ab, der in seiner Umlaufbahn dahin glitt. Von unten hatte er klein gewirkt, jetzt war sein Umfang einschüchternd. Die Zulassungsnummer war mit riesigen Ziffern auf die Außenhülle gemalt. Man muß zugeben, daß es in Anbetracht der Geschwindigkeit, mit der sich beide Flugkörper bewegten, ein sauberes Manöver war – beim Andocken war kaum ein Knacken zu hören. Kurz bevor wir in den Waggon hinüberwechselten, riskierte ich einen letzten Blick nach draußen, auf die Erde, die wir jetzt hinter uns ließen. Kühlwaggons haben keine Aussichtsluken.

Ich konnte nicht anders, als ein paar Tränen zu vergießen, während ich das erzählte. Wie eine Mutter (die ich nie gehabt habe) legte mir Helen zärtlich eine Hand auf die Schulter. Sie sagte nichts. Auf der Erde hatte ich meine andere Hälfte zurückgelassen. Da unten, in Chengdu. Das würde niemand verstehen können.

Sobald wir uns in dem seltsam riechenden Innenraum befanden, in dem überall das leise Rauschen irgendwelcher Maschinen zu hören war, führte man uns zu einer kleinen Kabine, genauer gesagt: in einen Umkleideraum. Dort zog man sich unter Aufsicht eines geschlechtslosen Androiden aus, verstaute seine Habseligkeiten und unterzog sich einer Strahlendusche. Es war fast so, als bereite man sich auf den Gang in die

Gaskammer vor. Auf Anweisung des Androiden mußte man als nächstes die bloßen Füße in Wandrillen festschnallen und die Stangen in der gewölbten Wand oberhalb des Kopfes fest umklammern. Dann schwang die kleine Kabine herum und rollte zu einer leeren Sargzelle. Dazu spielte Musik: die Arie ›Über meinen Füßen will Rosen ich genießen‹ aus Delaports Oper ›Superspielzeuge‹. Danach kann man sich aus irgend einem Grund kaum noch bewegen. Überwachungsgeräte entrollen sich wie Schlangen. Winzige Saugnäpfe pressen sich an den Körper. Ehe der Waggon die Umlaufbahn verläßt, sinkt die Körpertemperatur etwa nahezu auf die Temperatur von tiefgefrorenem Fleisch. Man könnte genauso gut tot sein. Man *ist* tot.

Helen und ich sprachen die Desorientierung durch, die ich erlebte, als ich in der Umlaufbahn des Mars wieder erwachte – während wir über das Durcheinander aus Felsgestein, Wüste und uraltem, zerklüftetem Land hinwegrasten. »Man muß sich wohl wirklich gern auf neue Erfahrungen einlassen, um überhaupt so weit zu kommen!« sagte ich irgendwann.

Als uns die Katastrophe traf, waren diejenigen, die sich gern auf neue Erfahrungen einließen, wirklich gut vorbereitet. Und das wirkte sich nachhaltig auf alle weiteren Geschehnisse aus.

Helen hielt mir gern Vorträge. Sie nannte es ›einen Zusammenhang herstellen‹. Marvelos organisierte zwei Arten von Marsreisen, mit jeweils unterschiedlichem Rückreise-Modus: Mit KRT (dem ›Konjunktion-Rückreise-Ticket‹) startete man dann, wenn Erde und Mars in Konjunktion standen, mit ORT (›Opposition-Rückreise-Ticket‹), wenn sie sich in Opposition befanden. In jedem Fall dauerte die Hinreise ein halbes Jahr. Es war unvermeidlich, daß man diese Reisen im Kälteschlaf hinter sich bringen mußte. (Vielleicht sollte ich an dieser Stelle daran erinnern, daß ich mit ›Jahr‹

immer ›Erdjahr‹ meine. Die Erde hat dem Denken auf dem Mars genauso ihre Zeitrechnung aufgedrängt, wie den meisten Nationen der Erde der christliche Kalender aufoktroyiert worden war, ob sie nun christlich waren oder nicht. Auf die übrigen Aspekte des marsianischen Kalenders komme ich später zu sprechen.) Die Schwierigkeit lag in der Organisation der Rückreisen. Helen wurde bei diesem Punkt ganz aufgeregt. Sie zeigte mir Vidaufnahmen. Während man mit ORT ein ganzes lästiges Jahr für die Rückreise brauchte, dauerte sie mit KRT nur sechs Monate – nicht länger als die Hinreise. Der Haken dabei war, daß ORT-Reisende nur dreißig Tage auf dem Mars verbringen konnten (was allgemein jedoch als durchaus ideale Aufenthaltsspanne angesehen wurde), während KRT einen Marsaufenthalt von mehr als anderthalb Jahren erforderlich machte. Für mich war ORT gebucht worden, und schon der bloße Gedanke an die Rückreise machte mich schaudern. Helen hatte KRT gebucht, also würde sie achtzehn mal länger als ich von der Erde weg sein. Zwar stand ich mit meiner anderen Hälfte in Chengdu in Verbindung, aber eine so lange Trennung hätte ich nicht ertragen können. Und jetzt stellte ich fest, daß ich die Aussicht auf das lange Jahr im Kälteschlaf nicht ertragen konnte.

Natürlich hatte jeder, der zum Mars kam, diese Entscheidungen vorab treffen müssen. Doch trotz solcher Hindernisse bewarben sich von Monat zu Monat mehr Menschen für die Flüge, denn die meisten Heimkehrer erzählten von einer Erfahrung, die für sie das größte emotionale Erlebnis ihres bisherigen Lebens gewesen war. Die Vereinten Nationalitäten und EUPACUS hatten sich also auf eine Begrenzung der Anzahl an Marsreisenden geeinigt. Wer zum Mars wollte, mußte seine Unbescholtenheit nachweisen.

Die Vorbereitungen für den Flug waren umständlich und langwierig. Je größer EUPACUS wurde, desto bürokratischer und verwirrender wurde alles gehandhabt. Allerdings wurde es schnell zur Regel, daß nur zwei Personenkategorien überhaupt zugelassen wurden, und selbst dann mußten sie ganz bestimmte Kriterien erfüllen. (Ausgenommen war nur das Personal, das man für die öffentlichen Dienste auf dem Mars benötigte.) Den Hauptanteil machten die JAEs aus, die *Jungen Aufgeklärten Erwachsenen*. Genau wie Kathi Skadmorr zählte ich zu dieser Kategorie, und ich hatte ein gräßliches Jahr mit der Aufzucht von Hunden in der Mongolei zugebracht, um mich zu qualifizieren. Außerdem erfüllten die VES, die *Verdienstreichen Senioren* (die Taiwanesen hatten diese Bezeichnung eingeführt) die gesetzlichen Anforderungen. Tom Jefferies war ein VES.

Sobald diese Besucher auf dem Mars ankamen – ich rede hier davon, wie es in den 2070er Jahren gehandhabt wurde –, mußten sie sich eine Woche lang der Revitalisierung und Akklimatisierung, der verhaßten ›R&A‹-Prozedur, unterziehen. Es konnte auch vorkommen, daß sie Gespräche mit einem Psychurgen führen mußten. ›R&A‹ fand im Empfangsgebäude statt (wie es damals genannt wurde), einer Kombination aus Krankenhaus und Pflegestätte. Die Leiterin war Mary Fangold. Ich kam mit ihr nicht aus. Das war in Amazonis. Später wurden auch anderswo Empfangsgebäude eingerichtet.

»Im Krankenhaus«, erinnerte mich Helen, »wurdest du einer Physiotherapie unterzogen, sie sollte möglichen Schäden an Knochen und Gewebe entgegenwirken und deine Gesundheit völlig wiederherstellen. Warum hast du dich nicht an Ort und Stelle auf eine psychurgische Behandlung eingelassen?«

An diesem Punkt mußte ich ihr gegenüber zugeben, daß ich anders als andere Menschen bin.

»In welcher Hinsicht anders?«

»Einfach… anders.« Ich wollte nicht deutlicher werden, was möglicherweise ein Fehler war.

Wenn man in der Geschichte nicht bewandert ist, mag es verwundern, daß überhaupt jemand all diese anstrengenden Reisebedingungen auf sich genommen hat. Tatsache ist, daß Menschen fast jede Unannehmlichkeit und Gefahr auf sich nehmen, um einen neuen Ort zu entdecken. In der Geschichte der Menschheit ist das immer so gewesen. Außerdem muß man berücksichtigen, daß sich auf der Erde eine Epoche ihrem Ende näherte. Die früher weit verbreitete Hoffnung, im materiellen Überfluß leben zu können, war dahin. Weder Ausbeutung noch Eroberung oder technologische Entwicklung würden ein solches Leben künftig garantieren. Die Gattung Mensch hatte sich als Heuschreckenschwarm erwiesen, der sich weigerte, seine Fortpflanzungslust und Habgier zu bremsen. Aus dem Erdball und seinen Gewässern hatten die Menschen fast alles, was gut war, herausgesaugt. Die angenehmen Zeiten des 20. Jahrhunderts, als der individuelle Reiseverkehr per Straße, Schiene oder Wasser noch gang und gäbe war, waren ein für allemal vorbei. Deshalb bedeuteten die rauhen Bedingungen auf dem Mars für junge Menschen, für uns JAEs, eine Herausforderung – und eine Einladung. In unseren Augen war die Erfahrung, auf dem Mars zu leben, sich mit dem Mars zu identifizieren, es allemal wert, im Vorfeld so viel Zeit in den Gemeinschaftsdienst und die Reise durch die Matrix zu investieren. Aber irgendwie war es bei mir… nun ja, anders. Wahrscheinlich brauchte ich einfach länger, um mich an die Bedingungen auf dem Mars zu gewöhnen. Es hatte mit meiner Persönlichkeit zu tun.

Uns steht eine Videoaufzeichnung des Berichtes einer früheren Marsbesucherin, der dreiundzwanzigjährigen Maria Gaia Augusta, zur Verfügung, wo es wie folgt heißt:

»Oh, es war eine Erfahrung, die ich nicht missen möchte. Ich möchte Reiseschriftstellerin werden. Den Gemeinschaftsdienst zur Qualifizierung als JAE habe ich im australischen Busch abgeleistet. Dort habe ich neue Waldgebiete aufgeforstet und gehegt. Ich war für die Abwechslung dankbar. Im Hinterkopf hatte ich mir vorgenommen, Material über den Mars zu sammeln, um ein verkaufsträchtiges Buch zu schreiben. Ich meine, der Mars war damals für mich ja nur irgendein düsterer Felsbrocken am Himmel. Ich begriff nicht, was daran so reizvoll sein sollte, außer daß er Neugier weckte. Aber als ich dann wirklich dort war... nun ja, es war eine andere Welt, wirklich anders. Ein anderes Leben, wenn man so will.

Wissen Sie, was die Marsoberfläche ist? Zu Stein erstarrte Einsamkeit, steinharte Einsamkeit.

Selbstverständlich mußte man sich einschränken, aber das gehörte eben dazu. Mir gefielen all die phantasievoll gestalteten Kuppeln, die sie jetzt in Amazonis Planitia hochziehen. Wirklich mitten in der Wüste. Der Anblick versetzt einen in die Stimmung von Tausendundeiner Nacht. Und man denkt: Meine Güte, was haben die Araber früher genügsam gelebt. Das schaffe ich doch auch. Und man schafft es.

Während der Revitalisierungs- und Akklimatisierungsphase nach der Landung habe ich die vorgeschriebenen Aerobic-Kurse mitgemacht, nach und nach hat's mir Freude gemacht. Ich hatte ein bißchen Übergewicht mitgeschleppt. Bei verringerter Schwerkraft sind Aerobic-Übungen echt verrückt, ein großer Spaß. Dabei habe ich einen ganz süßen Jungen kennengelernt, Renato aus San Francisco. Wir haben uns gut verstanden. Der Sex bei verringerter Schwerkraft hat uns Spaß gemacht. Vielleicht haben wir ein paar Positionen erfunden, die nicht einmal im Kamasutra stehen. Wenn wir in ein paar Jahren die Jupitermonde besiedeln, wird man den Mars vergessen können. Da draußen wird der Sex bestimmt toll sein, bei so geringer Schwerkraft! Bis dahin hat der Mars in dieser Hinsicht wohl noch am meisten zu bieten.

Renato und ich ließen uns für eine vierköpfige Expedition ins Gebiet jenseits der Kuppeln vormerken. Damals waren vier Teilnehmer üblich. Ich weiß, daß es heute anders ist. Zweier-Expeditionen hielt man für zu riskant, es hätte ja einer krank werden können. Nicht, daß es auf dem Mars besonders viele Krankheiten gibt, aber man kann ja nie wissen.

Wir sind nicht besonders weit gekommen, nur bis Margarite Sinus, Richtung Äquator, wegen der Treibstoffrationierungen. Aber das reichte auch. Natürlich gehörte zu jeder kleinen Vierer-Expedition auch eine Forschungsausrüstung – der Geländewagen sah wie ein kleines Labor aus und war mit Kameras, Elektrolysegeräten und weiß Gott was ausgestattet. Natürlich auch mit Funk, damit wir uns auf dem laufenden halten konnten und eventuelle Warnungen vor Staubstürmen mitbekamen. Wir erkundeten die Canyons in Margarite und stießen auf eine große Felswand, die der Wind glatt poliert hatte. Renato und ich waren von einer verrückten Idee besessen. Wir schlüpften in Schutzanzüge – die muß man dort tragen, der Luftdruck beträgt etwa zehn Millibar, auf der Erde dagegen tausend Millibar – jedenfalls konnte man die Luft nicht atmen. Aus dem Gepäckraum des Wagens holten wir Farbe. Dann stiegen wir aus und machten uns daran, die Felswand zu verschönern. Das andere Paar hat auch mitgemacht. Da waren wir tatsächlich ganz allein unter freiem Himmel! Es war unglaublich!

Wir malten einen reizenden, leuchtenden Marsdrachen, einen Drachen, der hoch zu den Sternen fliegt. Wir haben bis zum Einbruch der Nacht gearbeitet und nur rote, grüne und goldene Farben verwendet. Um unser Werk zu vollenden, mußten wir sogar noch die Wagenscheinwerfer einschalten. Bei all dem hatten wir eine Art... na ja, fast hätte ich ›religiöses Gefühl‹ gesagt. Als wären wir Ureinwohner des Mars und damit beschäftigt, den Felsen mit heiligen Hieroglyphen zu versehen.

Als wir dann wieder im Basislager waren, haben wir Fotos von dem Drachen herumgezeigt. Damit hätten wir fast eine Panik ausgelöst. Manche dachten, das sei wirklich das Werk marsianischer Ureinwohner! Wider jegliche Wahrscheinlichkeit, natürlich, aber manche Leute sind eben rettungslos abergläubisch.

Nein, die Zeit auf dem Mars habe ich wirklich genossen. Es war ein völlig anderes Leben. Eine Erfahrung, die mich geprägt hat. Ich wäre so gern mal allein da draußen gewesen oder nur mit Renato, doch das galt als zu riskant, jedenfalls bis zu meinem letzten Monat da oben. Nur das Gefühl, nachts da draußen zu sein, in der Wüste, in einem Sauerstoffzelt... man kann es gar nicht in Worte fassen. Man ist allein im Kosmos. Die Sterne rücken näher, sie berühren einen beinahe. Man wünscht sich, daß sie den ganzen Körper durchdringen, man möchte sie in sich aufnehmen...

Es ist eine widersprüchliche Erfahrung. Einerseits ist man völlig isoliert – man könnte der einzige Mensch sein, der je gelebt hat. Und dennoch empfindet man sich zutiefst mit allem anderen verbunden. Man weiß, daß man – wie soll ich es ausdrücken –, nun ja, daß man irgendwie ein integraler Bestandteil des Universums ist. Das Bewußtsein des Universums. So, als sei man das mit Sehkraft begabte Auge dieses unermeßlich weiten Dingsda dort draußen... Ich hab ja gesagt, es ist widersprüchlich. Ich meine, die Wahrnehmung kommt einem widersprüchlich vor, weil man so etwas noch nie erlebt hat. Und man wird es auch nie vergessen. Als trage die Seele ein Brandmal oder so...

Oh, selbstverständlich gab es auch Dinge, die ich da draußen vermißt habe. Es gab Dinge, auf die ich verzichten mußte, ohne sie zu vermissen, und andere Dinge, die mir

wirklich fehlten. Welche? Oh, mir haben die Bäume gefehlt.
Die Bäume haben mir anfangs sogar sehr gefehlt. Aber
mein Leben hat sich verändert, seit ich dort war. Ich kann
nie wieder dort hin, aber ich werde den Mars auch nie ver-
gessen. Aufgrund dieser Erfahrung bemühe ich mich, ein
besseres Leben zu führen. Und das ist gar nicht so leicht bei
dem Chaos, das wir hier unten auf der Erde haben.«

Damit endet die Aufzeichnung.

Die von Maria Gaia Augusta erwähnten *phantasie-voll gestalteten Kuppeln* sind die runden Außentürm-chen auf den gleichförmig gestalteten Unterbauten, die den Grundstock für das bildeten, was mit der Zeit ›Mars City‹ beziehungsweise ›Areopolis‹ werden sollte. Die Einförmigkeit dieser Bauelemente wurde durch miteinander verbundene, vierflächige Struktu-ren aufgelockert. Sie sahen so ähnlich aus wie die Bau-ten, die einige Jahre zuvor im Norden Sibiriens ent-standen waren. Vom Orbit aus stach diese ausladende Architektur, die sich mit ihrem weißen Anstrich scharf vom bräunlichen Regolith des Mars abhob, regelrecht ins Auge.

4

Labor Mars

Wenn ich zurückblicke, erkenne ich, wie naiv ich in jungen Jahren gewesen bin – naiv und schüchtern. Ich arbeitete in der Biogas-Abteilung und benutzte sie praktisch als Schlupfloch. Alle außer mir wirkten so schlau. Kathi war schlau. Warum gab sie sich überhaupt mit mir ab?

Ihr Hauptinteresse galt damals der Politik, darüber konnte sie endlos reden. Die Mars-Abteilung unter Leitung des Sekretärs Thomas Gunter entschied zu jener Zeit darüber, wer in die JAE- und VES-Listen aufgenommen wurde, selbstverständlich nach bestimmten Kriterien. Kathi hatte eine besondere Abneigung gegen Gunter entwickelt und behauptete, er sei durch und durch korrupt. Ob das nun stimmte oder nicht – viele Menschen lobten Gunter –, jedenfalls gab es immer böses Blut, wenn es um die Listenplätze ging. Wer in die Gruppe der JAEs aufgenommen wurde und wer nicht, hing oft von den örtlichen Strippenziehern ab. Ich fand, daß das System eigentlich ganz gut funktionierte, da es so vielen Menschen wie möglich den Besuch auf dem Roten Planeten gestattete. Die USA hielten daran fest, daß Matrixreisen (der Ausdruck *Raumfahrt* war inzwischen überholt) ein demokratisches Recht darstellten. Kathis Hauptkritik galt jedoch dem Auswahlverfahren für die JAEs. Um uns innerhalb der Altersgruppe der Sechzehn- bis Achtundzwanzigjährigen zu qualifizieren, hatten wir uns sowohl einem rigorosen Gen- und Allgemeinem Gesundheitstest als auch einem AI-Test unterziehen müssen. Der Allgemeine Intelligenztest galt als frei von kulturellen oder geschlechtsbezogenen Vorurteilen und sollte vor allem die emotionale Stabilität der Testperson prüfen. Kathi stammte zu einem Achtel von australischen Ureinwohnern ab und beteuerte, das habe ihr bei der Prüfungskommission in Sydney Minuspunkte eingebracht.

»Beim letzten Vorstellungsgespräch hatte ich es mit einem fiesen kleinen Mann zu tun. Weißt du, was er gesagt hat? Ich würde nur zugelassen, wenn ich ihm in sexueller Hinsicht entgegenkäme! Kannst du dir das vorstellen?«

Ich traute mich kaum zu fragen, was sie getan hatte.

Sie warf ihre Haarmähne zurück. »Was, zum Teufel, glaubst du denn? Ich hab mich von ihm bumsen lassen, von so einem Kerl konnte ich mich doch nicht aufhalten lassen. Am nächsten Tag hat mein Freund dem Arschloch in seinem Hinterhof aufgelauert und die Beine gebrochen, alle beide…«

Die meisten JAEs verfügten über keinerlei finanzielle Mittel, um für die außerordentlich hohen Kosten der interplanetarischen Reise aufzukommen. Außerdem waren finanzielle Beiträge auch gar nicht erlaubt – obwohl Kathi behauptete, man könnte schon etwas arrangieren, wenn man zu den Megareichen gehörte. Die Mittel flossen über die für die Matrixreisen bestimmte Steuerkasse der Vereinten Nationalitäten an EUPACUS. Kathi behauptete, Gunter zweige ›ganze Geldströme‹ davon für sich selbst ab. Ich kannte sein Gesicht vom Bildschirm und fand, daß er eigentlich ganz nett aussah.

Wenn die JAEs die Prüfungen bestanden hatten, wurden sie bestimmten Stellen zugewiesen, um dort ein Jahr lang ihren Gemeinschaftsdienst abzuleisten. Manche hatten Glück – andere, wie ich selbst, lebten wie die Sklaven. Einige leisteten Schwerarbeit in den neu eingerichteten Fischzuchtanlagen von Scapa Flow* oder bei der Sardellenzucht vor der Westküste Südamerikas. Andere arbeiteten in den großen Vogelschutzgebieten der Taiga oder in Fabriken im Orbit, zweitausend Meilen über der Erde. Es gab auch welche, die zum Mond geschickt und dort als Techniker für Arbeiten unter Tage eingesetzt wurden. Kathi hatte Glück: Sie wurde den ›International Water Resources‹ in Darwin zugeteilt. »Und dort saß der superreiche Herby Cootsmith wie eine dicke Made im Speck. Er hockte auf seinem Kapital und kaufte nach und nach ganz Darwin auf«, sagte sie.

Die ganze Gruppe der JAEs stand den Wirtschafts- und Gesellschaftsordnungen ihrer Herkunftsländer kritisch gegenüber. Die Kluft zwischen den Armen mit ihren harten Lebensbedingungen und kurzen Lebensspannen und den Megareichen, deren Leben bis auf zweihundert Jahre verlängert werden konnte, war ihnen verhaßt. Das Leben der Megareichen sei ›einsam, kümmerlich und lang‹, erklärte Kathi in Abwandlung eines Hobbes-Zitats.** Nach Schätzungen besaßen zu dieser Zeit fünfhundert Menschen neunundachtzig Prozent allen Reichtums der Erde. Die meisten gehörten zur Kaste der Megareichen, die sich die lebensverlängernden Behandlungen leisten konnte.

Nach dem einjährigen Gemeinschaftsdienst mußte man sich einer ganzen Reihe von Verhaltenstests unterziehen. Wer sie bestand, hatte sich endgültig für die Marsreise qualifiziert.

---

* *Scapa Flow*: Stützpunkt jenseits der nördlichen Küste Schottlands, bei den Orkney Islands, im Ersten und Zweiten Weltkrieg britische Militärbasis. – *Anm. d. Ü.*
** Thomas *Hobbes* (1588–1679), englischer Philosoph. Hauptwerk: Leviathan (1651). Das ursprüngliche Zitat bezieht sich auf die Menschen im Naturzustand, deren Leben Hobbes als ›einsam, kümmerlich und kurz‹ charakterisiert. – *Anm. d. Ü.*

»Wie hast du's geschafft?« fragte Kathi.

Ich zögerte erst, dann dachte ich, ich könne es ihr ebenso gut erzählen. »Ein reicher Gönner hat mit Bestechungsgeld nachgeholfen.«

Kathi Skadmorr gab ein rauhes Lachen von sich. »Also sind wir beide unter Vorspiegelung falscher Tatsachen hier! Und ich frage mich, wie viele noch – JAEs wie VES? Sehnst du dich nicht geradezu nach einer anständigen Gesellschaft, ohne Lügen und Korruption?«

Zu meiner Überraschung fand ich heraus, daß auch Tom Jefferies und seine Frau Angela, beide VES, Schmiergeld gezahlt hatten, um auf den Mars zu kommen. Davon werde ich gleich berichten. Und von Angelas Tod. Es ist schon so viele Jahre her, daß sie gestorben ist, aber ihr feines, kluges Gesicht habe ich immer noch vor Augen. Und ich frage mich, wie die Geschichte wohl verlaufen wäre, wenn sie gelebt hätte.

Es wurde vorausgesetzt, daß die VES ihren jeweiligen Gemeinschaften wertvolle Dienste geleistet hatten, sonst hätte man sie ja wohl kaum als ›verdienstreich‹ einstufen können. Wegen ihres fortgeschrittenen Alters brauchten sie sich nicht dem Allgemeinen Intelligenztest zu unterziehen. Allerdings waren die genetischen Untersuchungen und Gesundheitstests bei dieser Personengruppe besonders streng, jedenfalls lauteten so die Vorschriften. Man wollte vermeiden, daß irgend jemand während der Reise, dieser langen, sich endlos hinziehenden, mühseligen Reise zu unserem Nachbarplaneten, erkrankte. In einigen Fällen wurden auch Verhaltenstests durchgeführt.

Die Überfahrten der VES wurden in der Regel aus irgendwelchen öffentlichen Haushaltstöpfen der jeweiligen Herkunftsländer bezahlt. Im 18. Jahrhundert hat Samuel Johnson seinem Biographen Boswell* einmal erzählt, er wolle so gern die Chinesische Mauer sehen: ›Ein solcher Besuch würde dazu beitragen, daß aus den eigenen Kindern angesehene Menschen werden… Man würde sie stets als die Kinder des Mannes betrachten, der losgezogen ist, um sich die Chinesische Mauer anzusehen. Das ist mein voller Ernst, Sir.‹ Ein Marsbesuch zeichnete auf ähnliche Weise aus – und das galt nicht nur für die Männer und Frauen, die tatsächlich auf dem Mars gewesen waren, sondern übertrug sich gewöhnlich auch auf die Länder und Gemeinden, in die die Marsbesucher zurückkehrten.

Zu den aufregendsten Erlebnissen, die ein Aufenthalt auf dem Mars mit sich brachte, gehörte, daß man hin und wieder einem berühmten VES begegnete. Das mußte nicht unbedingt ein Wissenschaftler sein, es konnte auch eine Bildhauerin wie Benazir Bahudur, ein Literat wie John Homer Bateson oder ein Philosoph wie Thomas Jefferies sein. Und man stieß dort auf bemerkenswerte Persönlichkeiten wie Kathi Skadmorr, die inzwischen meine spezielle Freundin war.

Beim ersten Mal sah ich Tom Jefferies nur von weitem. Er wirkte bekümmert und in Gedanken versunken. Allerdings teilte ich auch die weitverbreitete (falsche) Vorstellung, daß alle Philosophen so aussehen müßten. Er war ein eleganter Mann mit gelichtetem Haar und einem sympathischen, offenen Gesicht. Er war damals Ende Vierzig und strahlte eine Lebenskraft aus, die ich sehr anziehend fand. Deshalb fühlte ich mich, ebenso wie viele andere Menschen, sofort zu ihm hingezogen. Trotzdem oder gerade des-

---

* Samuel *Johnson* (1709–1784), britischer Publizist und Kritiker (u. a. ›Lives of the Most Eminent English Poets‹, 1779–1781); James *Boswell* (1740–95), schottischer Autor und Rechtsanwalt, er verfaßte Samuel Johnsons Biographie (›Life of Samuel Johnson‹, 1791). – *Anm. d. Ü.*

wegen wagte ich nicht, ihn anzusprechen. Wenn ich ihn angesprochen hätte – ob ich dann wohl eine Vorahnung davon gehabt hätte, wie sehr sich unsere Wege später miteinander verschlingen sollten? Vielleicht ist das eine unmögliche Frage – aber wir mußten uns viele unmögliche Fragen stellen…

Unter den VES waren viele bekannte Wissenschaftler, der gefeierte Informatiker Arnold Poulsen etwa oder der bereits erwähnte Teilchenphysiker Dreiser Hawkwood. Ein bestimmter Prozentsatz derjenigen, die ein Konjunktion-Rückkreise-Ticket hatten (Aufenthaltsdauer, wie gesagt, über achtzehn Monate), lebten sich auf dem Mars ein und blieben dort, weil ihnen die Arbeit und die geringe Schwerkraft zusagten. Man muß hier anmerken, daß viele JAEs aus ähnlichen Gründen blieben – oder einfach deswegen, weil sie den Gedanken an einen erneuten Kälteschlaf während der Rückreise nicht ertragen konnten.

Ab dem Jahre 2059 – damals war der interplanetarische Reiseverkehr fast schon an der Tagesordnung – war jeder Marsbesucher per Gesetz verpflichtet, eine bestimmte Menge flüssigen Wasserstoffs mitzubringen (so ähnlich, wie frühere Generationen von Flugpassagieren Flaschen zollfreien Alkohols mit sich herumgeschleppt hatten). Der Wasserstoff wurde zur Erzeugung von Methan benötigt. Mathan diente als Treibstoff.

Ein weiterer Faktor verstärkte den massenhaften Andrang zum Mars: Auf dem Heimatplaneten wurde das Gerangel um eine Existenz in bescheidenem Wohlstand immer heftiger. Um seine endlose Gier nach Profit zu stillen, hatte der Kapitalismus eine Wirtschaft des Überflusses hervorgebracht – ergänzt durch eine Wirtschaft des Mangels, deren Märkte sich die kapitalistischen Unternehmer unter den Nagel reißen konnten. Die alles beherrschende Geisteshaltung des Beutemachens – die Geisteshaltung des Raubtiers – hatte bewirkt, daß nur noch die unersättliche Welt der entwickelten Nationen und eine Handvoll bankrotter Staaten (vor allem in Afrika und Zentralasien) existierten. Mit zunehmender Industrialisierung, deren Begleiterscheinungen globale Erwärmung und hohe Kosten für Frischwasser waren, wurde das Leben immer schwieriger. Das untergrub die Leistungsfähigkeit von Demokratien. Die Gefängnisse füllten sich, die Bäuche blieben leer. Zwar gab es viele, die diesen Zustand beklagten, aber sie konnten ihn genauso wenig ändern, wie sie einen Eilzug hätten aufhalten können.

Plötzlich bot sich einem Teil dieser Menschen eine Alternative.

Die Marsgemeinschaft entwickelte ihre eigene Moral. Da sie selbst in fast jeder Hinsicht arm war, ergriff sie Partei für die Armen, Unterdrückten und geistig Minderbemittelten. Sie förderte eine offene Haltung allem gegenüber, was der Mars an Fremdartigem bot, die wissenschaftliche Neugier und den Gemeinschaftsgeist. Die meisten Marsianer hatten die irdische Vergötzung des Geldes über Bord geworfen – und die anderen Götter gleich mit. Deshalb konnten sie ein religiöses Gefühl für das Leben selbst entwickeln, ein Gefühl, das durch keinerlei Ehrfurcht vor irgendeiner göttlichen Vaterfigur beeinträchtigt wurde. Das Universum mit seiner nüchternen Relativität war stets in Reichweite. Während sie knapp über dem Existenzminimum lebten, bemühten sich die Marsianer, diese Relativität zu enträtseln. Die Suche nach der *Schliere* ging mit der Hoffnung einher, mit ihrer Entdeckung viele philosophische wie wissenschaftliche Probleme lösen zu können.

Auf dem Mars lebten wir unter strengen Gesetzen – Gesetzen, mit denen jeder Besucher unverzüglich vertraut gemacht wurde. Das unterirdische Wasserreservoir würde nicht ewig reichen. Solange Wasser vorhanden war, wurde ein Teil zur Elektrolyse abgezweigt, um uns mit dem nötigen Sauerstoff zum Atmen zu versorgen. Schwieriger war es, an Puffergase heranzukommen, obwohl wir Argon und Stickstoff aus der dünnen Atmosphäre beziehen konnten. Der Druck in den Kuppeln wurde konstant bei etwa 400 Millibar gehalten.

Es leuchtet ein, daß die lebenswichtigen Einrichtungen sehr viel Energie verbrauchten. Die Techniker suchten ständig nach Möglichkeiten, unsere Ressourcenbasis zu erweitern. Vorrangig setzten sie Wärmeaustauschpumpen sowie Sonnenkollektoren ein.

Ich muß mir immer wieder sagen, daß ich ein ernsthafter Mensch und als solcher an ernsthaften Dingen interessiert bin. Ich werde hier also nicht von meiner wachsenden Zuneigung zu Kathi Skadmorr erzählen, schließlich ist sie, genau wie ich, nur eine Randfigur. Und auch nicht davon, wie sehr ich Tom Jefferies bewunderte, der, anders als ich, eine Hauptperson in diesem Stück war. Statt dessen werde ich von Würmern erzählen.

In einem der marsianischen Labors befand sich ein kostbarer Besitz, von einem Witzbold ›die Farm‹ getauft. Dreiser Hawkwood hatte sie eingeführt – nebenbei war er auch an Biochemie interessiert. Die Farm war in einer Kiste mit einer Grundfläche von zwei mal zwei und einer Tiefe von anderthalb Metern untergebracht. Sie enthielt fruchtbare Muttererde aus den botanischen Gärten Kalkuttas, deren kostspieliger Import eine Gefälligkeit von Thomas Gunter und seinen EUPACUS-Partnern gewesen war. In der Kiste wuchsen eine kleine *weigela* und ein *sambucus*. In der Erde darunter wühlten Würmer der Spezies *perichaeta*, sie arbeiteten sich durch den Boden und düngten ihn mit ihrem Auswurf.

Der Stoffwechsel der Würmer hatte sich beschleunigt. Ihre Verdauung und ihr Erdauswurf gingen sehr schnell vonstatten. Sie mühten sich damit ab, die von den Pflanzen abfallenden Blätter herunter zu zerren, und reicherten die Erde dadurch mit pflanzlichen Nährstoffen und mikrobischem Leben an. Diese Erde war für ein Beet in einer der Kuppeln vorgesehen und sollte für das erste ›natürlich‹ gezogene Mars-Gemüse sorgen. Nach und nach sollte der Ackerboden einige Morgen speziell aufbereiteten Regoliths bedecken, umgegraben und unter Treibhausdächern für den großflächigen Gemüseanbau genutzt werden.

Aus diesen bescheidenen Anfängen in der ›Farm‹ sollten sich großartige Dinge entwickeln. Es ist zweifelhaft, ob der Mars jemals mehr als nur ansatzweise hätte besiedelt werden können, wäre da nicht diese niedrige, verachtete Kreatur gewesen, der Erdwurm, den Charles Darwin so sehr schätzte. Darwin hätte wohl nicht im Traum daran gedacht, daß dieser Wurm eines Tages einen fernen Planeten umwandeln sollte – wie er ja auch die Erde selbst umgestaltet hatte. Diese Veränderung in den Methoden des landwirtschaftlichen Anbaus, die darauf abzielte, die in chemischen Behältern entwickelte Nahrung zu ergänzen, wurde und wird von der Arbeit hoch über der Marskruste unterstützt. Der Mars hatte zwei kleine Trabanten, die über den Himmel jagten, *Swift* und *Laputa*. Unermüdlich geht *Swift* zweimal am Marstag auf und unter. Frühe Astronomen hatten diesen beiden kleinen Himmelskörpern die häßlichen Namen *Phobos* und *Deimos** gegeben. Auf beiden Marsmonden sind inzwischen Menschen gelan-

---

* *Phobos* und *Deimos*: ›Furcht‹ und ›Schrecken‹, in der griechischen Mythologie die Söhne des Kriegsgottes Ares. – *Anm. d. Ü.*

det. Auf *Swift* hat man Bruchstücke von Metallen entdeckt, vermutlich Überbleibsel einer erfolglosen russischen Mission im letzten Jahrhundert. Von einer kleinen Basis auf *Swift* aus haben Techniker eine Reihe von großen Polymerspiegeln in der Umlaufbahn des Mars installiert, die das so dringend benötigte Sonnenlicht zur Marsoberfläche hin reflektieren. Diese Spiegel sind billig und können von Raumtrümmern leicht zerstört werden, aber genauso schnell kann man sie auch wieder ersetzen. Man kann sie bei Tag und Nacht sehen. Nachts leuchten sie hell, es sei denn, es herrscht einmal Sonnenfinsternis.

Diese Entwicklungen zeigen, daß der Mars – trotz aller Proteste – allmählich, aber unaufhaltsam in die Terraformung hineingezogen wurde. Trotz aller Vorschriften brachte der Zwang zum Überleben diesen Wandel mit sich.

Das Observatorium auf dem Tharsis-Buckel nahe bei Olympus Mons lieferte auch weiterhin Ergebnisse. Die meteorologische Warte nahm ihre Arbeit auf. Der neue Zweig der Astrophysik, der sich mit den Gasriesen befaßte, erhielt den offiziellen Namen ›Jovionik‹*. Die Teleskope des Observatoriums machten viele Asteroiden ausfindig, und man bemühte sich um den Nachweis, daß die kleinen Himmelskörper die Reste eines Planeten darstellten, der einst eine Umlaufbahn zwischen Mars und Jupiter beschrieben hatte, bis die Gravitation ihn auseinandergerissen hatte. Die Begeisterung, mit der Forschung betrieben wurde, war typisch für das wissenschaftliche Klima auf dem Mars. Es gab kaum etwas, das die Wissenschaftler dabei hätte ablenken können.

---

* *Jovionik*: bezogen auf den Planeten und den römischen Göttervater Jupiter, englisch ›jove‹. – *Anm. d. Ü.*

Bei Untersuchungen des magneto-gravitativen Feldes stellten sich gewisse Unregelmäßigkeiten heraus, die das Gebiet im Umkreis von Olympus Mons betrafen. Ich merkte, daß Kathi sich für dieses seltsame Phänomen interessierte. Sie behauptete, auf der Erde gebe es nichts Vergleichbares. Über AMBIENT besorgte sie sich viele wissenschaftliche Aufsätze und arbeitete sie durch. Sie erzählte mir, ihrer Meinung nach müsse ein Zusammenhang zwischen magneto-gravitativen Kräften und Bewußtsein existieren. Deshalb suche sie nach einer gegenwärtig noch nicht nachweisbaren Sache. Als ich Zweifel an einem solchen Zusammenhang anmeldete, erklärte sie geduldig, es gebe elektrische und magnetische Felder. Während positive elektrische Ladungen direkte Feldquellen elektrischer Felder bildeten, gebe es bisher keinen Nachweis für äquivalente magnetische Ladungen – das heißt, man habe bisher keine einzeln auftretenden magnetischen Pole, keine magnetischen Monopole gefunden. Der Einfluß dessen, was sie als ›Monopole verborgener Symmetrie‹ bezeichnete, auf das Bewußtsein sei sehr subtil und schwer nachweisbar – oder wirke bis jetzt zumindest so. Die scheinbar einfachen physikalischen Gesetze des Universums seien so ausgeklügelt und viele Elementarteilchen hätten so außergewöhnliche Eigenschaften, daß man durchaus auf die Idee kommen könne, dem Universum einen teleologischen, also auf ein bestimmtes Ziel hin ausgerichteten Charakter zuzuschreiben. Sie war immer noch mitten in ihren Erklärungen, als ich zugeben mußte, daß ich ihr nicht mehr folgen konnte. Mit verständnisvollem Lächeln nickte Kathi. »Wer kann das schon?« bemerkte sie.

Sie wollte unbedingt mehr über meine geliebte andere Hälfte in Chengdu wissen. Es tat mir leid, daß ich sie überhaupt erwähnt hatte. Ich mauerte. Später wurde mir klar, daß das, was sie daran interessierte, die Frage des Bewußtseins war. Anscheinend löste die für mich so selbstverständliche Existenz meiner anderen Hälfte in Kathis Kopf komplizierte Überlegungen aus.

Für Biochemiker und Xenobiologen – Biologen, die sich mit der Erforschung fremdartigen Lebens befassen – gab es wenig zu tun. Man war allgemein der Ansicht, daß auf dem Mars kein Leben existiere, und nahm an, daß hier frühe Lebensformen, wie zum Beispiel Archäobakterien, bereits Millionen Jahre vor dem Auftauchen der ersten Menschen auf der Erde zugrunde gegangen seien.

Untersucht wurde auch die Heliopause mit ihren seltsamen Turbulenzen. Während der Mars als tote Welt galt, wurden auf Ganymed, einem der bereits erwähnten Jupitermonde, mit Hilfe neuer Meßgeräte Anzeichen von Leben registriert.

Aber ich eile unserer Geschichte schon wieder voraus. Um die Beziehungen zwischen Mars und Erde stand es gar nicht mal so schlecht – als die Katastrophe eintrat, die unsere Lage völlig veränderte.

5

Bestechung, Bargeld und Börsenkrach

Man muß sich vor Augen halten, wie undurchsichtig und irrational sich die Dinge auf der Erde inzwischen entwickelt hatten, und unter den spärlichen Vergnügungen, die der Mars bot, waren viele, die man nur in ihrer Gegensätzlichkeit zur Situation auf der Erde verstehen kann.

Besonders froh war ich, der Überwachung entronnen zu sein. Auf der Erde waren wir ständiger Überwachung ausgesetzt gewesen. Denn dort war die Kriminalitätsrate inzwischen so hoch, daß die gläsernen Augen der Kameras Tag und Nacht jede Stadt, jede Straße, jedes Hochhaus, jedes Eigenheim und beinahe jeden Raum innerhalb dieser Gebäude durchdrangen. Die Verkäufer von Masken profitierten entsprechend. Und das Verbrechen gedieh.

Die Villa von Thomas Gunter war durch und durch mit Überwachungsgeräten ausgestattet – die allerneuesten Modelle selbstverständlich. Ein mit Zielfernrohr ausgerüstetes Gewehr zum Beispiel konnte meterweise Klebemasse auf jeden Hausbesucher abfeuern, dessen typische Merkmale nicht im hauseigenen Computer registriert waren. Doch nicht alle Verbrecher konnte man auf diese Weise dingfest machen. Betrug und Korruption blühten am hellichten Tag und wurden mit einem Lächeln abgewickelt, das jede Kamera irreführte. In den höheren Etagen des EUPACUS-Konzerns bediente man sich des Lächelns wie einer Maske.

Der Zusammenbruch des ganzen Unternehmens begann im Jahre 2066 mit einem scheinbar harmlosen Vorfall: Ein leitender Angestellter, der in der Zentrale von EUPACUS, einem hohen elfenbeinweißen Turm in Seoul, arbeitete, wurde bei einer Unterschlagung ertappt. Der Angestellte wurde entlassen, doch es wurde kein Strafverfahren gegen ihn eingeleitet. Zwei Tage später fand man ihn tot in seinem Appartement. Vielleicht war es Selbstmord, vielleicht Mord. Sein Tod, genauer gesagt: sein Herzstillstand, löste ein elektronisches Signal aus, das weitergeleitet und vom Bundesgericht Nordamerikas empfangen wurde. In der darauf folgenden Zeit wurde eine enorme Veruntreuung von Finanzmitteln aufgedeckt: Im Vergleich dazu, was Direktoren von EUPACUS beiseite geschafft hatten, waren die Vergehen des Angestellten nicht der Rede wert. Eine ganze Clique von Vorstandsmitgliedern war daran beteiligt. Fünf Personen wurden sofort festgenommen, aber es gelang ihnen auf mysteriöse Weise, der Untersuchungshaft zu entgehen, und sie wurden nicht wieder geschnappt. Ermittlungsbeamte, die der Residenz eines Vizepräsidenten auf Niihau, Teil der Inselkette Hawaiis, einen Besuch abstatten wollten, wurden mit Schüssen empfangen. Es folgte eine zweitägige Schlacht. In den zerbombten Ruinen des Palastes fand man Datenträger, durch die mehrere Direktoren des Konsortiums schwer belastet wurden: mit Steuerflucht in großem Stil, Bestechung von Rechtsanwälten, Einschüchterung von Personal und – in einem Fall – sogar mit Mord. EUPACUS mußte alle Geschäfte auf Eis legen.

Die Büros des Konzerns wurden für die staatsanwaltschaftliche Ermittlung geschlossen und versiegelt. Flüge wurden gestrichen, Schiffe am Auslaufen gehindert. Die Verbindung mit dem Mars wurde praktisch gekappt. Plötzlich wirkte der Abstand zwischen den beiden Planeten gewaltig.

Unsere Gefühle waren durchaus gemischt. Mit der Bestürzung ging die Erleichterung darüber einher, daß uns die niederträchtigen Machenschaften auf der Erde eine Weile erspart bleiben würden. Anfangs begriffen wir nicht, wie lange diese ›Weile‹ andauern sollte. Die Finanzgeschäfte der ganzen Erde waren mit dem riesigen Unternehmen EUPACUS eng verzahnt. Eine Bank nach der anderen machte bankrott, später folgten ganze Volkswirtschaften. Japans Außenhandelsminister Kasada Kasole beging Selbstmord. Überschuldungen von vierhundert Milliarden Yen kamen ans Tageslicht, sie waren außerhalb des komplizierten Netzwerkes der EUPACUS-Bilanzen versteckt gewesen. Die Schulden stammten aus dem *Tobashi*-Handel. *Tobashi* bedeutet: Man bürdet die Verluste eines Kunden anderen Firmen auf, damit man sie nicht offenbaren muß… Hauptbetroffene waren die koreanischen Banken, die auf eigene Rechnung sehr viel in EUPACUS investiert hatten. Ein Bilanzanalytiker erklärte, der koreanische Won (die koreanische Währung war eng mit der Volkswirtschaft Japans verknüpft) stehe inzwischen in einem Verhältnis von ›etwa einer Million‹ zum US-Dollar und ›falle immer noch‹.

In der ganzen Welt gab es Firmen und Fabriken, die von Geschäften mit EUPACUS abhängig waren oder aber in sie investiert hatten. Viele waren aufgrund verzögerter Zahlungen bereits verschuldet. Als EUPACUS nichts mehr decken konnte, löste sich das weltweite Bankensystem auf. Es setzte eine Rezession ein, von der insbesondere die EU betroffen war, da sich ihre einzelnen Mitgliedsstaaten einer nach dem anderen gezwungen sahen, den eigenen Laden dichtzumachen.

Die Aktienkurse fielen auf rund ein Viertel der Spitzenwerte des Jahres 2057. Die Immobilienwerte folgten nach. Schließlich stand auch das Handels- und

Bankensystem der Pazifischen Randstaaten mit hoffnungsloser Überschuldung und riesigen Konkursmassen da. Der Internationalen Finanzföderation gelang es nicht, vertrauensbildende Hilfsmaßnahmen in Gang zu setzen. Die Auswirkungen waren bald auch schon in Nordamerika zu spüren, und die Lage spitzte sich – nach den Worten eines amerikanischen Regierungssprechers – dramatisch zu, als asiatische Spekulanten im Bestreben, finanziellen Verpflichtungen vor Ort, das heißt in Asien, nachzukommen, ihre Aktienanteile an amerikanischen Kapitalobjekten abstießen. »Der amerikanische Binnenmarkt bricht zusammen«, erklärte der Regierungssprecher. Nur einen Monat nach dieser Erklärung brach die gesamte Weltwirtschaft zusammen.

Wir saßen auf einem anderen Planeten und beobachteten diese Vorgänge mit einer Mischung aus Entsetzen und Faszination. Auf ›schlecht‹ folgte ›schlimm‹, auf ›schlimm‹ ›katastrophal‹. Dann kam der Tag, an dem die Fernsehübertragungen von der Erde abbrachen. Jetzt waren wir wirklich allein.

Ein Fisch beginnt am Kopf zu stinken – meines Wissens ist das ein altes türkisches Sprichwort. Die Vereinten Nationalitäten hatten rigorose medizinische Untersuchungen für alle potentiellen Marsreisenden festgelegt. Aber schlechte Arbeitsbedingungen und niedrige Löhne hatten dazu geführt, daß einige Angestellte der medizinischen Abteilung von Marvelos für Schmiergelder genauso empfänglich waren wie die Leute an der Spitze der riesigen Organisation. Deshalb hatten es Antonia Jefferies und ihr Ehemann Tom auch geschafft, sich durch die genetische Untersuchung und den Allgemeinen Gesundheitstest zu mogeln und ein Konjunktion-Rückreise-Ticket zum Mars zu ergattern. Das war knapp ein

Jahr bevor EUPACUS zusammenbrach – und die Weltwirtschaft mit sich riß.

Antonia litt unter Bauchspeicheldrüsenkrebs und hatte jegliche nano-chirurgische Behandlung abgelehnt. (Erst viel später fand ich heraus, warum.) Dennoch hatte sich die tapfere Frau in den Kopf gesetzt, ihren Fuß auf den Roten Planeten zu setzen, ehe sie zu krank zum Reisen war. Ihr Interesse galt dem Schlieren-Experiment, das sie als herausragendes Beispiel dafür sah, wie eng Naturwissenschaft und menschliches Leben miteinander verbunden sind – mochte das positive oder negative Implikationen haben. Sie war Historikerin; ihr viel beachteter Videofilm *Der Kepler-Effekt* war ein Bestseller geworden. Tom Jefferies hatte früher als theoretischer Physiker gearbeitet – sein Spezialgebiet war die Suche nach magnetischen Monopolen gewesen –, hatte sich dann aber dem zugewandt, was er als ›Praktische Philosophie‹ bezeichnete. Seine neue Tätigkeit brachte ihm viel Ruhm und den Spitznamen ›Tom Paine der Wohlstandsgesellschaft‹* ein. Zum Zeitpunkt der Gesundheitstests war Tom fast vierzig, seine Frau achtunddreißig. Sie hatten keine Kinder. Er hatte Antonia erst geheiratet, nachdem der Krebs diagnostiziert worden war.

Nachdem man die Jefferies aus dem Kälteschlaf geweckt hatte, unterzogen sie sich den vorgeschriebenen Untersuchungen in der Revitalisierungs- und Akklimatisierungsklinik. Antonias Krebs hatte auf der Reise nicht geschlafen. Die Diagnose, die Mary Fangold ihr stellte, besagte, daß Antonia todkrank war. Später er-

---

* Thomas *Paine* (1737–1809), geboren in England, später amerikanischer Philosoph. Werke u. a.: Common Sense (1776). The Rights of Man (1701/92) in Verteidigung der Französischen Revolution und The Age of Reason (1794/96). Paine unterstützte den amerikanischen Kampf für Unabhängigkeit. – *Anm. d. Ü.*

zählte mir Tom, Mary habe sich ›wie ein Engel‹ verhalten, jedoch nichts mehr für Antonia tun können. Auf Antonias Bitte fuhr er sie in einem Geländewagen zum Tharsis-Buckel. Dort blieben sie sitzen, während es Nacht wurde und am Horizont die Erde aufstieg – ein ferner Stern. Sie lauschten dem ›Gesang, der absoluter Einsamkeit eigen ist‹ – so drückte Tom es aus. Hier beendete Antonia ihr Leben in den Armen ihres Mannes.

»Ich danke dir für alles«, flüsterte sie. Es waren ihre letzten Worte.

Er vergrub sein Gesicht an ihrer Schulter. »Du bist mein ein und alles, meine geliebte Frau.«

Sein Sauerstoff wurde knapp, und er mußte zur Basis zurückkehren. Ehe Antonias Leichnam in eine der Biogaskammern glitt, wurde ein Trauergottesdienst abgehalten. Ich sah, wie sie von uns ging. Während dieses Gottesdienstes gelobte Tom, niemals den Planeten zu verlassen, auf dem seine Frau gestorben war. Statt dessen würde er sich der Aufgabe zuwenden, der Gemeinschaft der Marsbewohner zu innerem Gleichgewicht zu verhelfen. Und tatsächlich gab er dafür seine eigene Forschungstätigkeit nahezu auf. Tom Jefferies war zur Stelle, als EUPACUS zusammenbrach und die Verbindungen zwischen Erde und Mars abrissen. Es ist erstaunlich, was der Wille eines einzelnen Menschen vermag.

Ich kam mit demselben ›Kühlwaggon‹ wie die Jefferies an und lernte Tom und Antonia flüchtig in der R&A-Klinik kennen. Kathi half dort als Krankenschwester aus und stellte mich ihnen vor. Antonias elfenbeinweißes Gesicht war so fein, so intelligent, daß man zwangsläufig gern in ihrer Nähe sein wollte.

Tom war ein großer eleganter Mann. Es wäre falsch, seine Art als streng zu bezeichnen, sie war eher beherrscht. Für die Sache, an die er glaubte, verfocht er mit großer Entschlußkraft, aber er milderte das durch seinen Humor. Dieser Humor hatte seine Wurzeln in der ihm angeborenen Bescheidenheit. Er war sich für Selbstironie nicht zu schade. Wenn er sprach, tat er das in der Art eines einfachen Mannes, aber was er sagte, kam oft ganz unerwartet. Unter der gelassenen Oberfläche verbarg sich ein recht vielschichtiger Charakter.

Ich will ein Beispiel geben. Kurz nachdem seine Frau gestorben war, saß ich einmal bei einem Gemeinschaftsessen zufällig neben Tom. Sein Tischnachbar Ben Borrow sagte etwas über die Seele, ich weiß nicht mehr, in welchem Zusammenhang. Er platzte damit in irgend eine Bemerkung hinein, die Tom über Maß und Zeit des Universums und menschliche Maßstäbe gemacht hatte.

»Ich will über Ihre Seele reden, Tom, und das einzige, über das Sie reden wollen, ist das verdammte Universum«, sagte Ben mit einem Anflug von Spott.

Und Tom erwiderte: »Aber Ben, wir können uns doch darin üben, zwei Melodien gleichzeitig zu hören.«

Als Ben ihn aufforderte, deutlicher zu werden, führte Tom als Beispiel den Anblick der Erde vom Mars aus an. Vom Mars aus gesehen, sei die Erde nur ein blasser Stern, der oft von anderen Sternen überstrahlt werde. Uns sei völlig klar, daß die Erde nicht den Mittelpunkt des Universums darstelle, aber gerade das habe man viele Jahrhunderte lang als religiöses Dogma aufrechterhalten. »Doch das heißt noch lange nicht, daß die Menschheit ein Betriebsunfall ohne Bedeutung ist«, erklärte er uns. »Tatsächlich hängt unsere Existenz offenbar von einer ganzen Reihe seltsamer kosmischer Koinzidenzen ab, die mit den exothermen Kernreaktionen zu tun haben, welche die schwereren Elemente erzeugen. Diese Elemente dienen dazu, Lebendiges zu erschaffen. Wie Sie wissen, bestehen wir alle aus solchen Elementen, aus der Materie erloschener Sterne, aus Sternenstaub.« Er warf einen Blick in die Runde, um sich zu vergewissern, daß wir ihm noch folgen konnten. »Das ist doch ein Beweis für unser inniges Verhältnis zum Kosmos. Natürlich braucht dieser Schöpfungsprozeß Zeit. Genauer gesagt, hat er rund zehn Milliarden Jahre gedauert. Da wir uns in einem Universum befinden, das sich ausdehnt, ist sein Raum eine Funktion seines Alters. Warum mißt das beobachtbare Universum fünfzehn Milliarden Lichtjahre in seiner Ausdehnung? Weil es fünfzehn Milliarden Jahre alt ist. Wenn man diese Tatsachen berücksichtigt, kann man wohl kaum annehmen, daß sich irgendwo viel früher als auf der Erde Leben hätte entwickeln können. Es gibt keine älteren Götter. Warum existieren wir also? Möglicherweise deswegen, weil wir ein integraler Bestandteil des universalen Bauplans sind. Kein zufälliger. Kein bedeutungsloser! Jeder von uns hat *an sich* keinerlei Bedeutung. Aber als Spezies... Nun, vielleicht sollten wir noch einmal darüber nachdenken, was ein Universum überhaupt ist, was es bedeutet. Da es selbst kein Bewußtsein besitzt, benötigt es vielleicht ein anderes Bewußtsein, um wirklich existieren zu können. Indem wir zum Mars gekommen sind, haben wir vielleicht den ersten kleinen Schritt auf einem weiten Weg getan. Ob wir diesen Weg allerdings bis zum Ende gehen...«

»Ganz recht«, stimmte Ben eilig zu. »Mmmm... na ja... mal sehen.«

Das war eines der Dinge, die Tom Jefferies von anderen abhoben. Er konnte zwei gegenläufige Melodien spielen hören und darin eine Harmonie erkennen. Vielleicht lag es daran, daß er darin geübt war, sich in eine für andere unvorstellbar ferne Zukunft hineinzuversetzen.

Selbstverständlich nahm ich am Gottesdienst für Antonia teil. Ich war tieftraurig – sie war die erste, die auf dem Mars starb. Jemand schrieb aus diesem Anlaß eine Elegie.

Als EUPACUS zusammenbrach und wir feststellen mußten, daß wir auf dem Roten Planeten festsaßen, drohten die Ereignisse auch bei uns außer Kontrolle zu geraten. Es gab Tumulte, und ich war Zeugin eines Zwischenfalls, der nur durch Toms Schlagfertigkeit beigelegt werden konnte.

Irgendein Idiot rief zur Gewalttätigkeit auf. Er brüllte, man müsse die Kuppeln zerstören. »Man hat uns belogen. Man hat uns unser Leben geraubt. Was *die* Zivilisation nennen, ist nur Heuchelei. Heuchelei, die zum Himmel stinkt. Brennt diesen Ort nieder, dann ist's aus und vorbei. Es gibt keine Wahrheit. Es ist alles eine einzige große Lüge. Alles ist Lüge!«

Tom stand auf und sagte laut: »Wenn das wahr wäre, würde allerdings der Logik zufolge auch diese Behauptung eine Lüge sein.«

Stille. Dann beklommenes Gelächter. Die Menge stand verlegen herum. Der Redner tauchte ab. Die Kuppeln blieben unversehrt.

Zugegeben: Ich war verzweifelt. Der Gedanke, für unbestimmte Zeit auf dem Mars festzusitzen, jagte mir wirklich schreckliche Angst ein. Ohne Genehmigung holte ich einen Geländewagen aus dem Fuhrpark und brach zu den Steilhängen des Tharsis-Buckels auf – um mich zu verkriechen, um mit mir selbst ins reine zu kommen und um die neue Situation zu verarbeiten. Zwar sprach ich mit meiner anderen Hälfte, aber sie war gar nicht richtig da und nicht zu fassen, wie Tang*, der unter der Wasseroberfläche dahintreibt.

Als es Abend wurde, stoppte ich den Wagen am Rande eines ehemaligen Wasserlaufs und sah zu, wie die Dunkelheit sich ausbreitete. Irgendwie tröstete mich dieses unbarmherzige, unaufhaltsame Vordringen der Dunkelheit. Es war wie der Tod, der nach Antonia gegriffen hatte. Was immer man tut, dachte ich, die Dunkelheit dringt stets ungebeten ein.

Wind kam auf, im Nirgendwo braute sich ein Sandsturm zusammen. Plötzlich fegten Böen um mein Fahrzeug, so daß es zu schwanken begann. Dann überschlug es sich mehrmals und stürzte in die Rinne. Ich schlug mit dem Kopf gegen eine Verstrebung und verlor das Bewußtsein. Trotzdem war mir merkwürdigerweise die ganze Zeit über klar, was geschah. In diesem tranceartigen Zustand kam mir die Person zu Hilfe, die mir am meisten bedeutete. Sie saß in einem Zimmer mit großem Fenster, das Ausblick auf den Perlfluß bot, und löste gerade ihr aufgestecktes dunkles Haar. Sie schüttelte es und ließ es in einem dunklen Strom herunterfließen, um mir zu zeigen, daß sie von meinem Pech wußte und sich um mich sorgte. In ihren Händen hielt sie einen silbernen Karpfen, dessen Bedeutung ich nicht erkennen konnte. Der Karpfen löste sich aus ihrem Griff und schwamm einfach so durch die Luft.

Als ich wieder zu mir kam, bemerkte ich benommen, daß irgend etwas weh tat und irgend etwas leuchtete. Der Schmerz wurde durch mein rechtes Bein verursacht – oder war daran das gleißende Licht schuld, das mich von einem Vorsprung des Tharsis-

---

* *Tang*, englisch ›weed‹, eigentlich: Unkraut. Im englischen Original ein Wortspiel: ›Weeds‹ (nur im Plural) heißt gleichzeitig Witwen- oder Trauerkleidung. – *Anm. d. Ü.*

Buckels her blendete? Wellen von Schmerz hinderten mich daran, in Zusammenhängen zu denken. Nach und nach rappelte ich mich auf. Dann wurde mir klar, daß das Licht, das ich gesehen hatte, der Saturn war, dessen Funkeln knapp über dem Felsen zu erkennen war.

Der Geländewagen war auf die Seite gekippt und lag an einer Klippe. Glücklicherweise war er während des Sturzes nicht aufgesprungen, sonst wäre ich während meiner Ohnmacht an Sauerstoffmangel gestorben. Allerdings hätte ich ebensogut tot sein können. Da mein Ausflug nicht genehmigt war, hatte ich kein Funkgerät dabei, mit dem ich hätte Hilfe rufen können. Und ich hatte auch keinen Schutzanzug, sonst hätte ich versuchen können, ins Freie zu gelangen. Hätte ich es überhaupt allein geschafft, mich in einen Schutzanzug zu zwängen? Mit dem verletzten Bein war das zweifelhaft. Ich konnte nichts anderes tun, als mich dort, wo ich war, hinzukauern und auf den Tod zu warten.

Aber die Marsianer kümmern sich um ihre Leute. Sie hatten, als der Geländewagen als vermißt gemeldet worden war, eine Suche eingeleitet. Sobald der Sandsturm sich legte, schwärmte ein großer Suchtrupp aus, und irgendwann wurde ich mir dumpf eines Lärms oberhalb meines Kopfes bewußt. Ein Mann war damit beschäftigt, den Staub vom Seitenfenster zu kratzen. Sein Gesicht konnte ich nicht erkennen. Ich wurde wieder ohnmächtig.

Als ich aufwachte, befand ich mich in einem Krankenhausbett. Ich lag im Empfangshaus und tauchte aus einer Narkose auf. Eine gut aussehende, aber streng wirkende Frau beugte sich über mich. Sanft strich sie mir mit der Hand über die Stirn. »Wissen Sie«, sagte sie, »es war unvernünftig, ohne Genehmigung einen Geländewagen herauszuholen, meinen Sie nicht auch?« Das waren die allerersten Worte, die Mary Fangold an mich richtete.

Erst später merkte ich, daß man mir mein zerquetschtes rechtes Bein amputiert und es durch ein synthetisches ersetzt hatte. Nun begriff ich, was der silberne Karpfen bedeutete, den mir meine liebe Freundin im Traum gezeigt hatte. Daß der Fisch von ihr fortgeschwommen war, bedeutete, daß man auch ohne Beine durchs Leben kommen kann…

Jeden Tag kam mich Tom Jefferies besuchen. Er war es gewesen, der mich, eingesperrt im gestohlenen Geländewagen, gefunden hatte. Vielleicht hatte er das Gefühl, man habe ihm mein Leben als Ausgleich für den Verlust von Antonia anvertraut. Ich liebte ihn auf platonische Weise. Es war wie im Märchen. Ich klammerte mich an ihn. Ich konnte ihn nicht aus den Augen lassen. Er war für mich der Vater und die Mutter, die ich nie gehabt hatte. Als ich aus dem Krankenhaus entlassen wurde, bat ich ihn wieder und wieder, ihn lieben und für ihn sorgen zu dürfen. Schließlich sei er mir vom Schicksal zugeteilt worden. Und so wurde ich seine Adoptivtochter, Cang Hai Jefferies.

Während dieser ganzen Zeit war Tom, ohne daß ich es richtig bemerkte, damit beschäftigt, sein Utopia zu entwerfen.

Aussagen des
Tom Jefferies

6

Keine Zukunft ohne Hoffnung

Gestrandet auf dem Mars!

Eigentlich wollte ich nichts anderes, als um Antonia trauern, doch eine Kraft in mir verlangte, ich müsse mich der Zukunft zuwenden und der Herausforderung stellen, die das Leben auf einem für unbestimmte Zeit völlig isolierten Mars bedeutete. Diese Aufgabe stellte sich um so dringlicher, als wir uns mit einer Welle von Selbstmorden auseinandersetzen mußten. Es gab Menschen, die innerlich nicht stark genug waren, die Herausforderung anzunehmen. Ich dagegen sah die Situation auch als Chance. Vielleicht war es aber auch schlichte Neugier, die mich zum Weitermachen trieb. Ich übernahm die Leitung und ordnete an, daß anläßlich der Selbstmorde nur ein einziger Trauergottesdienst abgehalten werden sollte. Insgesamt hatten sich einunddreißig Menschen – überwiegend alleinstehende Männer zwischen dreißig und vierzig Jahren – das Leben genommen. Ich hegte für diese Verzweiflungstaten eine gewisse Verachtung und sorgte dafür, daß der Trauergottesdienst kurz war. Er endete damit, daß die Leichname in die unterirdischen Biogaskammern überführt wurden.

»Jetzt haben wir die Freiheit, unsere Zukunft konstruktiv zu gestalten«, erklärte ich. »Unsere Zukunft liegt darin, als Einheit zu wirken. Wenn es uns nicht gelingt, zusammenzuarbeiten... wird es keine Zukunft geben!«

Die seltsame Welt jenseits der Kuppeln – eine Welt, in der man nicht atmen konnte – hatte nur am Rande mit unserem Leben zu tun. Unsere Aufgabe lag darin, das, was sich innerhalb der Kuppeln abspielte, gut zu gestalten. Nicht das, was jenseits davon lag. Und seitdem ich die Leitung übernommen hatte – was nicht ohne Widerstand geschehen war –, hatte nach und nach ein Plan in meinem Kopf Gestalt angenommen: der Plan, unsere Gesellschaft umzuwandeln – und damit die Menschheit selbst. Ich rief alle Bewohner unserer Siedlung zusammen. Ich wollte sie direkt ansprechen, nicht via AMBIENT.

»Ich werde eine morsche Tür eintreten. Ich werde Licht für eine menschliche Gesellschaft hereinlassen. Dazu brauche ich eure Hilfe.« Das waren meine Worte. »Ich werde dafür sorgen, daß wir das, was wir in unseren Träumen gerne sein möchten, auch ausleben: daß wir große und weise Menschen werden – umsichtig, wagemutig, erfindungsreich, liebevoll, gerecht. Menschen, die diesen Namen auch verdienen. Dazu müssen wir nur wagen, die alten, schwierigen, krummen Touren zu lassen und mit großem Schwung auf das Neue, Schwierige und Wunderbare zuzugehen.«

Ich wollte mit aller Entschlossenheit dafür sorgen, daß der Zusammenbruch von EUPACUS und unsere daraus resultierende Isolation auf dem Mars – wie lange sie auch dauern mochte – nicht als nachteilig betrachtet wurden. Nach all den Opfern, die jeder von uns gebracht hatte, um auf den Roten Planeten zu gelangen, war es unsere Pflicht, für unser Überleben zu kämpfen. Ich selbst hatte mich nach dem Tod meiner geliebten Frau ohnehin entschieden, den Mars nie wieder zu verlassen, sondern den Rest meiner Tage hier zu verbringen, bis mein Geist schließlich mit ihrem verschmelzen würde.

AMBIENT war bereits installiert. Wir weiteten das System so aus, daß jeder über einen eigenen Anschluß verfügte. Als nächstes verschickte ich einen Fragebogen mit neun verschiedenen Fragekomplexen. Ich wollte wissen, auf welche Elemente des Lebens auf der Erde wir jetzt, da wir vorübergehend auf dem Mars festsaßen, freudig verzichten konnten. Ich bat darum, diese Frage philosophisch anzugehen. Faktoren wie schlechte Wohnbedingungen, unsichere Wetterverhältnisse etc. wurden als selbstverständlich vorausgesetzt. Anstatt mich für eine gewisse Trauerzeit zurückzuziehen, machte ich mich an die Analyse der Antworten. Es war schon beachtlich, daß einundneunzig Prozent der Kuppelbewohner meinen Fragebogen ausgefüllt hatten.

Nachdem ich mir die Unterstützung fähiger Organisatoren gesichert hatte, kündigte ich eine Versammlung an. Dort sollten Möglichkeiten erörtert werden, eine gerechte und ehrliche Selbstverwaltung zum Wohle aller zu schaffen. Alle Bürger des Mars wurden eingeladen. Bei diesem folgenschweren Treffen übernahm ich den Vorsitz. Zu meiner Rechten saß der renommierte Wissenschaftler Dreiser Hawkwood.

Die Menschen versammelten sich in unserem größten Raum, dem Hindenburg-Saal.

»Es gibt nur einen einzigen Weg, wie wir diese Krise der Isolation überleben können«, sagte ich. »Wir müssen zusammenarbeiten wie nie zuvor. Wir wissen nicht, wie lange wir mit unseren begrenzten Vorräten auf dem Mars ausharren müssen. Aber es spricht einiges dafür, daß es ein langer Aufenthalt werden wird. Es wird einige Zeit dauern, bis die Weltwirtschaft und die Bruchstücke von EUPACUS wieder zusammengefügt sind. Wir müssen das Beste daraus machen und als menschliche Spezies zusammenarbeiten. Wir dürfen uns nicht als Opfer betrachten. Wir sind stolze Vertreter der menschlichen Rasse, denen man die einzigartige Chance eingeräumt hat, eine Phase bislang beispielloser Zusammenarbeit einzuleiten. Wir werden uns selbst und unsere Gesellschaft neu erschaffen – um eine neue Seite im Geschichtsbuch der Menschheit aufzuschlagen, wie es die neuen Lebensbedingungen, denen wir ausgesetzt sind, erfordern.«

Dreiser Hawkwood stand auf. »Im Namen aller Wissenschaftler begrüße ich Tom Jefferies' Initiative. Wir müssen als Einheit wirken und blinden Nationalstolz oder Eigeninteresse hintanstellen. Ich will dem, was wie ein Zufall aussieht, zwar keine schicksalhafte Fügung unterstellen, aber vielleicht bietet sich uns diese Chance zu dem Zweck, daß wir uns bewähren und beweisen, welche Wunder Einigkeit bewirken kann. Die bescheidene Flechte, die ihr zu Hause auf Steinblöcken wachsen seht, gedeiht in der unwirtlichsten Umgebung. Die Flechte ist eine Symbiose aus Alge und Pilz. Wir können sie als ein inspirierendes Beispiel der Kooperation betrachten. Auch wir werden auf diesem Felsblock, auf dem wir vorübergehend festsitzen, überleben. Denkt daran, daß unser Überleben nicht nur aus persönlichen Gründen notwendig ist, so wichtig diese Gründe auch sein mögen. Wir Wissenschaftler sind hier, um das Schlieren-Projekt voranzutreiben, in das schon viel Geld und Mühe investiert worden ist, und ein positives Ergebnis wird Einfluß darauf haben, in welcher Weise wir unser Universum begreifen. Auch unsere Forschung wird nur dann von Erfolg gekrönt sein, wenn Einigkeit herrscht – und das, was wir früher *gute alte Teamarbeit* genannt haben...«

Durch Hawkwoods Unterstützung ermutigt, fuhr ich fort: »Unser Unglück können wir auch als großes Glück betrachten. Unsere Lage erlaubt es, etwas Neues, Umwälzendes auszuprobieren. Unsere Bevölkerungszahl entspricht in etwa der des alten Athen, unser Intellekt wohl ebenfalls, nur unser Wissen ist viel größer. Also verfügen wir über ideale Voraussetzungen, eine kleine Republik aufzubauen. Die Lebenselemente, die uns nicht zusagen, können wir, soweit möglich, daraus verbannen und die guten in einer von uns allen gebilligten Verfassung festschreiben. Nur so können wir Erfolg haben. Andernfalls versinken wir im Chaos. Chaos oder Neuordnung? Darüber müssen wir diskutieren.«

Während ich sprach, hörte ich im Publikum abfälliges Gemurmel. Unter den JAEs gab es viele, denen das Schlieren-Projekt völlig gleichgültig war und die Hawkwood als Karrieristen betrachteten. Ein Fernsehstar aus Jamaika, ein JAE namens Vance Alysha, sprach für viele, als er sagte: »Dieses Schlieren-Projekt ist typisch dafür, wie die Wissenschaft zum Instrument der Reichen geworden ist. Heutzutage ist alles Theorie. Es gab einmal eine Zeit, da hat der wissenschaftliche oder, sagen wir, technische Fortschritt den Armen viele Vorteile gebracht. Das Leben wurde dadurch erleichtert – durch die Motorräder, Autos, Kühlschränke, Radios und durch das Fernsehen natürlich. All das waren praktische Dinge, und in der ganzen Welt haben die Armen davon profitiert. Inzwischen ist alles Theorie und vergrößert die Kluft zwischen Arm und Reich – jedenfalls gilt das für die Karibik, wo ich herkomme. Für unsere Leute wird das Leben ständig schwieriger.« Aus dem Saal kam zustimmendes Gemurmel.

»Ist es etwa reine Theorie«, fragte Dreiser, »wenn jetzt solche Krankheiten wie Krebs und Alzheimer heilbar sind? Wir können nicht genau vorhersagen, was uns die Schliere bringen wird, aber ohne Investitionen in eine derartige Forschung wären wir heute ganz gewiß nicht auf dem Mars.«

An dieser Stelle erhob sich eine junge dunkeläugige Frau und sagte mit klarer Stimme: »Manche mögen den Umstand, daß wir hier festsitzen, als Pech betrachten. Sie sollten darüber nachdenken. Ich möchte darauf hinweisen, daß schon die Tatsache, daß wir hier sind, daß wir in der ersten Gemeinschaft außerhalb von Erde oder Mond leben, ein Ergebnis der unterschiedlichsten Wissenschaften ist. Es ist ein Ergebnis des Wissens, das über Jahrhunderte hinweg gesammelt worden ist – sowohl theoretischen als auch praktischen Wissens. Wir schaden uns nur selbst, wenn wir diese Gelegenheit nicht beim Schopf ergreifen, um neue Erkenntnisse zu gewinnen.«

Als sie wieder Platz nahm, beugte sich Hawkwood vor und fragte sie, welche neuen Erkenntnisse sie meine. Sie stand wieder auf. »Das Bewußtsein zum Beispiel. Unser mit Irrtümern behaftetes Bewußtsein. Wie kommt es zustande? Wird es vielleicht von magneto-gravitativen Kräften beeinflußt? Wird sich unser Bewußtsein in der verringerten Schwerkraft des Mars positiv entwickeln, erweitern? Ich weiß es nicht.« Sie lachte entschuldigend. »Schließlich sind Sie der Wissenschaftler, Dr. Hawkwood, ich bin es nicht.« Sie setzte sich wieder. Es schien ihr peinlich zu sein, daß sie sich überhaupt zu Wort gemeldet hatte.

»Darf ich wissen, wie Sie heißen?« Und das von Hawkwood!

»Ja, ich heiße Kathi Skadmorr und komme aus Hobart in Tasmanien. Mein Gemeinschaftsjahr habe ich bei den ›International Water Resources‹ in Darwin abgeleistet.«

Er nickte und warf mir einen vielsagenden Blick zu.

Fast alle Männer, Frauen und Kinder des Planeten waren nun versammelt. Da es nicht ausreichend Stühle gab, wurden Kisten und Bänke herangezogen. Kaum wollten wir mit der Diskussion fortfahren, da wurden wir von einem Tumult an der hinteren Tür und Zurufen unterbrochen, die uns bedeuteten, noch

92

eine Minute warten. Drei Frauen in Overalls aus der Abteilung Nachrichtenwesen kamen herein, sie hatten Leuchten und Videokameras dabei. Die Leiterin, Suung Saybin, erwies sich als Frau mit Durchblick. Sie hatte an etwas gedacht, das uns übrigen gar nicht in den Sinn gekommen war. »Gestatten Sie uns, die Technik aufzubauen«, sagte sie. »Es kann ja sein, daß sich diese Veranstaltung als Ereignis von historischer Bedeutung erweist. Wir müssen sie aufzeichnen, damit andere sich später einmal damit befassen können.«

Der Raum ist ausgeleuchtet, Suung Saybin gibt das Zeichen – wir beginnen mit unserer Diskussion.

Sekunden später nimmt eine Gruppe von sechs maskierten Männern die Rednerbühne in Beschlag. Dreiser und ich werden unsanft gepackt. Einer der Maskierten brüllt: »Wir brauchen keine Diskussion. Diese Männer sind Verbrecher! Innerhalb der Kuppeln herrscht immer noch das Hausrecht von EUPACUS. Sie haben kein Recht, Reden zu halten. Wir haben hier das Kommando, bis EUPACUS wieder da ist...«

Aber es war taktisch unklug, den Namen EUPACUS so dreist zu erwähnen. Er hatte sich in einen verhaßten Namen verwandelt, in ein Etikett für diejenigen, die uns von der Außenwelt abgeschnitten hatten. Der halbe Saal stand geschlossen auf und marschierte nach vorn. Wäre einer der Störenfriede bewaffnet gewesen – aber Schußwaffen waren auf dem Mars verboten –, hätte es eine Schießerei gegeben. Statt dessen folgte eine Schlägerei, bei der die Männer mühelos überwältigt und Dreiser und ich befreit werden konnten.

Wie sollte man die Maskierten bestrafen? Es stellte sich heraus, daß sie alle EUPACUS-Techniker waren, zuständig für Landemanöver, das Auftanken der Schiffe und Reparaturen. Sie hatten sich keine Sympathien erworben. Ich ordnete an, sie für sechs Stunden mit Handschellen an Metallverstrebungen zu fesseln, die Masken wurden ihnen dabei abgenommen.

»Und das ist die ganze Strafe?« fragte einer meiner Befreier.

»Allerdings. Sie werden nicht wieder ausfällig werden. Sie haben ihre Autorität eingebüßt. Sie sind schlicht und einfach verunsichert aufgrund der neuen Lage, wie wir alle. Jeder kann sie sich anschauen – das ist Strafe genug.«

Einer der Angreifer brüllte, ich sei ein Faschist.

»Sie sind der Faschist«, erwiderte ich. »Sie wollten mittels Gewalt das Kommando übernehmen. Ich möchte durch Überzeugungskraft wirken – mit dem Ziel, hier eine gerechte und anständige Gesellschaft aufzubauen. Das ist das Gegenteil von einem Pöbelhaufen.«

Er forderte mich auf, *gerecht* und *anständig* zu definieren. Ich lehnte ab, vor allem mit der Begründung, daß ich noch nie in einer gerechten und anständigen Gesellschaft gelebt hätte. Dennoch, so sagte ich, würde ich auf Zusammenarbeit und den Aufbau einer Gesellschaft hoffen, die sich auf die Prinzipien von Gerechtigkeit und Anständigkeit gründete. Wir alle wüßten schließlich, was *gerecht* und *anständig* in der Praxis bedeutete, selbst wenn wir die Begriffe nicht genau definieren könnten. In wenigen Monaten würden wir hoffentlich feststellen, daß sich diese Prinzipien in Mars City durchgesetzt haben.

Der Mann hörte aufmerksam zu und zögerte, ehe er sprach. »Mein Name, Sir, ist Stephens, Beaumont Stephens, bekannt als *Beau*. Ich werde Sie in Ihren Bemühungen unterstützen, wenn Sie mich von diesen Handschellen befreien.«

Ich antwortete ihm, er müsse seine Strafe bis zum Ende absitzen, danach könne er mir gern helfen.

Unsere Diskussion erfuhr kräftige Unterstützung durch Mary Fangold, die Frau, die das Empfangshaus leitete. Sie war eine gepflegte, recht streng wirkende Dame Ende Dreißig, ein Mittelmeer-Typ mit dunklen, kurzgeschnittenen Haaren und auffallend dunkelblauen Augen. Ich hatte inzwischen eine starke Sympathie für sie entwickelt, da sie in den Tagen vor Angelas Tod so lieb zu ihr gewesen war.

»Wenn wir hier als Gesellschaft überleben wollen, dann muß jeder die Chance bekommen, Teil dieser Gesellschaft zu werden.« Ihre Stimme klang zwar nicht gerade schrill, aber recht nachdrücklich. Später sollte ich herausfinden, daß sie tatsächlich eine Frau von starker Willenskraft war. »Wie wir alle wissen, werden auf der Erde Millionen von Menschen auf den Müll geworfen. Sie sind arbeitslos, sozial abgestiegen und werden als unnütz betrachtet, während die Reichen und Megareichen Androiden beschäftigen. Diese kostspieligen Kreaturen sind die neuen Feinde der Armen, außerdem sind sie nicht gerade produktiv. Es hat keinen Zweck, über eine gerechte Gesellschaft zu spekulieren. Zuallererst müssen wir dafür sorgen, daß jeder Arbeit hat und mit einer Aufgabe betraut ist, die seinem – oder ihrem – Talent entspricht.«

»Welche Aufgabe sollte das sein?« rief jemand.

»Das Empfangshaus, das ich leite, muß unser Krankenhaus werden«, erwiderte Mary Fangold gelassen. »Ich brauche erweiterte Räumlichkeiten, mehr Stationen und eine bessere Ausstattung. Kommen Sie morgen vorbei, melden Sie sich bei mir.«

Ich hatte zwar vermutet, daß viele eine negative Einstellung gegenüber unserer Isolation auf dem Mars hatten, vielleicht sogar Selbstmordgedanken hegten. Aber ich hatte nicht erwartet, daß so viele eine so eindeutige Kritik am täglichen Leben auf der Erde äußern würden. Darüber wollte die Versammlung als erstes diskutieren – um diese Schreckgespenster zu bannen. Sie ließen sich grob in fünf Kategorien einteilen, wie wir schließlich festhielten. *Falsches Geschichtsverständnis*, *Transzendentismus*, *Diktat des Marktes* und *Öffentliche oder Veröffentlichte Meinung* trugen dazu bei, den Menschen auf unserem grünen Mutterplaneten das Leben schwerer als nötig zu machen. Die fünfte Kategorie betraf ein älteres Problem: die Kluft zwischen Arm und Reich, zwischen Besitzenden und Besitzlosen – ein Problem, das sich mit der Entwicklung einer Kaste von langlebigen Megareichen noch verschärft hatte.

Als es mir zufiel, die mehrtägige Debatte zusammenzufassen, sagte ich folgendes (ich habe es anhand der Aufzeichnung überprüft): »Viele Fragen werden auf der Erde lang und breit erörtert oder geraten zumindest in die Schlagzeilen. Sie betreffen vor allem Verbrechen, Erziehung, Abtreibung, Sex, das Klima und vielleicht noch ein paar andere Probleme, die von eher lokalem Interesse sind. Mit diesen Problemen könnte man recht leicht fertig werden, wenn der Wille dazu da wäre. Beispielsweise könnte man die Erziehung dadurch verbessern, daß man die Lehrer besser bezahlt und höher achtet. Das allerdings setzt voraus, den Kindern und ihrer Zukunft insgesamt stärkere Beachtung zu schenken. Wäre das der Fall, dann würde die Kriminalitätsrate sinken, denn es ist das enttäuschte, zornige Kind, das als Erwachsener straffällig wird. Und so weiter. Leider hat nun ein stillschweigender Niedergang der Kultur dazu geführt, daß die hier erörterten fünf Problembereiche gar nicht mehr ins Licht der Öffentlichkeit geraten. Da diese Probleme schwerer zu fassen sind, kann man sie längst nicht so leicht wie die zuvor genannten bewältigen. Vielleicht gehen sie im allgemeinen Chaos konkurrierender Stimmen und Ängste auch einfach unter. Wir, die hier versammelten sechstausend Menschen, müssen die uns gegebene Zeit und Gelegenheit dazu nutzen, uns mit diesen Problemen auseinanderzusetzen, um sie, falls möglich, aus der Welt zu schaffen. Ich will an dieser Stelle nacheinander jedes Problem einzeln betrachten, wenn sie auch alle miteinander verknüpft sind. Sie stehen unserem Bedürfnis nach einer anständigen Gesellschaft entgegen und behindern deren Aufbau.

Mit dem etwas plumpen Ausdruck *Falsches Geschichtsverständnis* wollen wir Probleme bezeichnen, die damit zu tun haben, eine globale Kultur und unterschiedliche ortsgebundene Traditionen miteinander in Einklang zu bringen. Vielleicht entstehen diese Probleme dadurch, daß man die Geschichte der Menschheit mit evolutionärem Fortschritt gleichsetzt. Wir neigen dazu, tiefgreifende kulturelle Unterschiede lediglich als Episode auf dem Weg zu einer universellen Übereinstimmung zu betrachten – sagen wir als Entwicklungsphase auf dem Weg zu einer einheitlichen Zivilisation. Diese Vorstellung ist überheblich und wird sich nicht mehr lange halten können, denn die Tage der euro-kaukasischen, der weißen Vorherrschaft sind gezählt. Beispielsweise können wir von dem Viertel der Erdbevölkerung, das eine der chinesischen Sprachen spricht, nicht erwarten, daß es sich zum Englischen bekehrt. Genausowenig können wir erwarten, daß sich diejenigen, die an Mohammed glauben, in Kirchgänger verwandeln und die Gottesdienste der Methodisten besuchen. Es mag ja sein, daß die Chinesen und die Moslems noch einige Jahrzehnte mit Flugzeugen herumfliegen, die in den USA hergestellt wurden. Das wird aber keinen Deut daran ändern, daß sie in ihrem tiefsten Innern von der Überlegenheit ihrer eigenen Traditionen überzeugt sind. Selbst innerhalb der Europäischen Union können wir beobachten, wie hartnäckig sich Traditionen halten. Ein Schwede mag etwa sein ganzes Berufsleben in Triest verbringen, wo er Teile für die Kühlwaggons baut. Er mag fließend Italienisch sprechen und für die örtliche Pasta schwärmen. Urlaub macht er vielleicht am Strand von Rimini. Aber wenn er in Rente geht, kehrt er nach Schweden zurück, kauft sich auf irgendeiner Insel einen Bungalow und verhält sich so, als wäre er nie aus Schweden weg gewesen. Es dauert nicht lange, da vergißt er sein Italienisch. Unsere Wurzeln, unsere Traditionen bedeuten uns viel. Es läßt sich darüber streiten, ob das gut und richtig ist, aber die Tatsache bleibt bestehen. Und was dagegen ins Feld geführt wird, ist auch nicht immer stichhaltig. Beispielsweise wird angenommen, daß solche Wurzeln Kriege verursacht haben. Das stimmt auch, in der Vergangenheit war es sicher so. Es gab die Kreuzzüge, die Opiumkriege gegen China und so weiter. Aber die Kriege der Neuzeit werden zumeist nicht zwischen unterschiedlichen Kulturkreisen ausgetragen, sondern innerhalb ein und derselben Zivilisation – nehmen wir etwa die schrecklichen Kriege, die von 1914 bis 1918 und von 1939 bis 1945 in Europa geführt wurden. Die irrtümliche Annahme, daß kulturelle Unterschiede nach und nach verschwinden werden und sich ein einziger Kulturkreis durchsetzt – vielleicht nach Art von H. G. Wells Roman ›A Modern Utopia‹ –, hat konstruktives Denken behindert. Es hat das Nachdenken darüber behindert, wie man die Spannung zwischen den Kulturen entschärfen kann. Denn diese Kulturen sind tatsächlich nachhaltige und recht hartnäckige Bestandteile der Welt, in der wir leben müssen. Die Geschichte des Palästina-Konfliktes belegt als Beispiel aus jüngerer Zeit, wie schädlich sich ein solches *Falsches Geschichtsverständnis* auswirkt. Wenn wir unser *Falsches Geschichtsverständnis* ad acta legen würden, könnten wir vielleicht wirksamere internationale Puffer für die Beziehungen zwischen den Kulturen schaffen.«

An diesem Punkt kam ein wichtiger Einwand. Ein kleiner Mann mit scharfen Gesichtszügen und schütterem weißen Haar stand auf und stellte sich als Charles Bondi, Mitarbeiter des Schlieren-Projektes vor. Wir wußten bereits, daß Bondi ein wesentlicher Motor des Forschungsprojektes war. »Ich verstehe sehr wohl, was Sie über sprachliche Differenzen, religiöse Unterschiede und so weiter gesagt haben«, bemerkte er mit sympathischer, heiserer Stimme. »Das alles sind weltweite Gegebenheiten, mit denen wir inzwischen ganz gut umgehen können und die wir bis zu einem gewissen Grad auch überwinden konnten. Ich glaube, man kann sagen, daß die kulturellen Unterschiede allmählich aussterben, zumindest dort, wo sie eine Rolle spielen, in öffentlichen Angelegenheiten. Ganz sicher gibt es Anzeichen dafür, daß der Wunsch, diesem Aussterben nachzuhelfen, recht verbreitet ist. Sonst hätten wir die Vereinten Nationalitäten ja gar nicht wieder ins Leben gerufen. Man könnte argumentieren, daß das *Falsche Geschichtsverständnis* – auf frühere Zeiten bezogen – tatsächlich falsch *war*, jetzt aber nicht mehr falsch ist. Meinen Sie nicht auch, daß inzwischen eine Annäherung von West und Ost und allem, was dazwischen liegt, zu verzeichnen ist – wenn man an die vorherrschenden, am Materiellen orientierten Lebenseinstellungen denkt? Was wir wollen, ist eine neue Philosophie – etwas, das wichtiger ist als alle kulturellen Unterschiede. Und ich glaube, daß diese umwälzende Philosophie aus den neuen Erkenntnissen resultieren wird, die wir durch die Aufklärung des Schlieren-Phänomens erlangen werden.«

»Diese Frage werden wir erörtern, sobald eine Schliere gefunden ist«, erwiderte ich.

»Und das liegt weitaus eher im Bereich des Wahrscheinlichen als *Utopia*«, gab Bondi scharf zurück.

Ich hielt es für klüger, nicht darauf einzugehen, sondern fuhr mit meiner Aufzählung fort. »Als nächstes kommen wir zum *Transzendentismus*. Ich benutze den Terminus nicht im Sinne Kantscher Transzendenz, sondern ich meine damit, daß die Menschheit alles andere auf dieser Erdkugel transzendiert hat, alles andere durchdrungen und sich darüber erhoben hat. Vielleicht wäre Anthropozentrismus ein besseres Wort dafür. Trotz der gewachsenen Erkenntnisse der Geophysiologie beurteilen die Menschen im großen und ganzen die Dinge nur danach, in wieweit sie *ihren* Zwecken dienen. Ein einleuchtendes Beispiel ist die Sache mit dem Nashorn: Innerhalb der letzten vierzig Jahre wurde das Nashorn so lange gejagt, bis die ganze Spezies vernichtet war. Und zwar ausschließlich deshalb, weil sein Horn als Aphrodisiakum begehrt war. Dieses prächtige Geschöpf wurde nur deswegen ausgelöscht, weil die Menschen einen Irrglauben mit ihm verbanden. Noch viel schwerer wiegt, daß wir unsere Meere immer noch als Kloaken und unsere Erdkugel als Fußabtreter benutzen. Wir nehmen und nehmen, wir konsumieren und konsumieren. Wir halten an dem Glauben fest, daß wir uns jeder nachteiligen Veränderung anpassen, überleben und alles bewältigen können – allen Krankheiten zu Trotz, die um uns herum wüten. Und vielfach sind das Krankheiten, die wir selbst durch die Zerstörung des Gleichgewichts der Natur ausgelöst haben. Ich will auch hier ein Beispiel nennen: Die Kuh ist bekanntlich ein Pflanzenfresser und Weidetier. Als man anfing, Fleischabfälle an sie zu verfüttern, hat der Rinderwahn ganze Herden infiziert und sich bis zu denen weiterverbreitet, die für dieses Verbrechen verantwortlich waren. Der Mythos, daß der Mensch allen anderen Formen von Leben überlegen ist, wird, wie ich leider sagen muß, von den jüdischen und christlichen Religionen noch genährt. In Wahrheit würde die Erde ohne den Menschen blühen und gedeihen. Wenn unsere Gattung von der Erde gefegt werden würde, könnte sie in kürzester Zeit wieder genesen. Und es wäre so, als hätte es uns nie gegeben…«

Als ich über all das Elend nachdachte, das wir auf dieser schönen Erdkugel selbst über uns gebracht hatten, verlor ich die Fassung. Meine eigenen Worte lösten bei mir eine Empörung aus, die mich laut aufschluchzen ließ. Denn tief im Innern war mir klar, daß der Mars nie ein so wunderbarer Ort wie die Erde – oder die Erde früherer Zeiten – sein würde – auch wenn wir hier das Beste aus unseren Möglichkeiten machen mußten.

Vielleicht sollte ich meine Erzählung an dieser Stelle unterbrechen und erwähnen, daß der Saal, in dem wir unsere Diskussionen veranstalteten, von einem überdimensionalen Foto beherrscht wurde. Es war eines der ungewöhnlichsten Bilder aus dem Zeitalter der Technik. Über uns ragte ein schwarzweißer Schnappschuß aus dem Jahre 1937 auf, auf dem ein gewaltiges Feuerwerk zu sehen war. Als das Luftschiff der Nazis, die Hindenburg, nach dem Flug über den Atlantik in Nordamerika angekommen war und an einem Ankermast anlegen wollte, waren seine Wasserstofftanks explodiert. Der Zeppelin wurde ein Opfer der Flammen. Dieses schöne, schreckliche Bild zeigte, wie das riesige Luftschiff auf die Erde stürzte. Als Leitmotiv für diejenigen, die den Weltraum viel weiter als dieses unglückselige Schiff durchquert hatten, mag das Foto deplaziert erscheinen. Aber es hatte etwas Inspirierendes. Es zeigte die Fehlbarkeit menschlicher Technikträume, es rief uns schädliche nationalistische Bestrebungen in Erinnerung und war dabei gleichzeitig ein großartiges,

101

promethisches Bild. Unter diesem prächtigen, janus-
köpfigen Symbol hielten wir unsere Reden.

Aber einen Augenblick lang konnte ich nicht weiterreden. Hal Kissorian, ein Bevölkerungsstatistiker
aus der Gruppe der JAEs, bemerkte meinen Kummer,
sprang mir bei und ergriff munter das Wort. »Wir alle
haben Beschwerden gegen unseren Mutterplaneten
vorzubringen, Tom, so sehr wir ihn auch lieben. Aber
wir müssen die Dinge ganz neu begreifen lernen,
damit wir mit unseren neuen Lebensumständen hier
oben zurechtkommen. Habt keine Angst, frei darüber
zu reden, was ihr denkt. Ich möchte Ihnen, Tom, und
uns allen ein bißchen Mut machen. Ich habe mir die
Statistiken angesehen und entdeckt, daß nur fünfzehn
Prozent von uns, fünfzehn Prozent der hier versammelten Marsianer, die Erstgeborenen, die ältesten Kinder in ihren Familien sind. Die große Mehrheit von
uns besteht aus jüngeren Söhnen und Töchtern.«

Diese Erkenntnis war so offensichtlich nebensäch-
lich, daß Gelächter im Saal laut wurde. Auch Kissorian mußte lachen, so daß ihm seine widerspenstige
Haarmähne über die Brauen fiel. Er war ein fröhlicher,
recht unbeschwert wirkender junger Bursche. »Wir
lachen. Wir verhalten uns so, wie wir es gewöhnt sind.
Tatsache ist jedoch, daß bei sehr vielen wissenschaftlichen Entdeckungen und gesellschaftlichen Umwäl-
zungen, die das Selbstverständnis der Menschheit
verändert haben, die Frage familiärer Geburtenfolge
durchaus ihre Rolle gespielt und Auswirkungen gehabt hat.«

Als der Ruf »Beispiele! Beispiele!« laut wurde,
nannte Kissorian Kopernikus, William Harvey (den
Entdecker des Blutkreislaufs), William Godwin* mit

---

* William *Godwin* (1756–1836), britischer Philosoph und Schriftsteller. – *Anm. d. Ü.*

102

seiner Untersuchung über politische Gerechtigkeit, Florence Nightingale, die ›Dame mit der Lampe‹, den großen Charles Darwin, dessen Kollege Alfred Wallace, Dreiser Hawkwood, Marx, Lenin und viele andere – sie alle waren keine Erstgeborenen.

Ein VES, den ich als John Homer Bateson, den pensionierten Rektor einer amerikanischen Universität, erkannte, gab ihm recht. »Francis Bacon* hat mehr oder weniger dasselbe behauptet«, sagte er, wobei er sich nach vorne beugte und die Stuhllehne vor sich mit seinen knochigen Händen umklammerte, »und zwar in einem seiner Essays oder Traktate. Er sagt, die ältesten Kinder werden geachtet, die jüngsten entwickeln sich zu Luftikussen. Das ist der Ausdruck, den er benutzt: *Luftikus!* Aber die Geschwister dazwischen, denen man keine besondere Beachtung schenkt, erweisen sich als die Besten der ganzen Meute.« Diese Bemerkung wurde so von oben herab geäußert, daß sie zahlreiche Buhrufe auslöste. Worauf der Rektor im Ruhestand feststellte, der Niedergang der Kultur habe bereits den Mars erfaßt.

»Mit Statistiken kann man alles beweisen«, rief irgend jemand Kissorian zu.

»Meine Behauptung wird sich noch als richtig erweisen«, erwiderte dieser ungerührt. »Dafür spricht schon der hier versammelte Widerspruchsgeist und unser gemeinsamer Wunsch, die Welt zu ändern.«

»Ja, wir wollen diese kleine Welt gemeinsam verändern«, pflichtete ich ihm bei und fuhr mit der Aufzählung der fünf (teilweise verborgenen) Ursachen weltweiter Unzufriedenheit fort. »Unser mit Vorurteilen behaftetes Selbstverständnis, die Ansicht, daß die Menschheit alles beherrscht und meistert, hindert uns

---

* Francis *Bacon* (1561–1626), englischer Philosoph, Essayist und Staatsmann (›The Advancement of Learning‹, ›New Atlantis‹). – *Anm. d. Ü.*

daran, brauchbare Institutionen zu schaffen – Institutionen, die dazu dienen könnten, die Raubzüge, von denen wir vorhin gesprochen haben, einzuschränken. Würden wir uns nicht selbst als Nabel der Welt betrachten, hätten wir längst ein von allen respektiertes Gesetz gegen die Ausbeutung der Meere, die Schändung des Bodens und die Zerstörung der Ozonschicht geschaffen. Der Mythos, daß wir alles nach Lust und Laune handhaben können, führt zu großem Elend, angefangen damit, daß wir das Klima durcheinanderbringen. Wie Sie alle wissen, wäre der Mars, wenn wir nach diesem Irrglauben vorgegangen wären, inzwischen von FCKW-Gasen verseucht. Man hätte ihn zu terraformen versucht, wäre da nicht ein guter Mann gewesen, nämlich der Generalsekretär der Vereinten Nationalitäten, samt einer Handvoll weitsichtiger Mitstreiter. Ich bin der Auffassung, daß der *Transzendentismus* etwas Destruktivem im menschlichen Charakter Ausdruck verleiht. Dazu gehört beispielsweise auch die Lust, Dinge zu entwerten, die bisher für Stabilität und Zufriedenheit gesorgt haben – von Gebäuden bis zu überlieferten Gebräuchen. Die Terraformung ist nur ein Ausdruck dieser Haltung. Dabei haben neue Dinge gar keine wesentliche Bedeutung für uns, es sei denn, wir können sie als Weiterentwicklung des Alten betrachten. Das Leben sollte Beständigkeit haben. Ich bin zwar kein gläubiger Mensch, aber ich denke, daß die Kirche – und ihre Architektur – den Gemeinden Stabilität gibt und sie vereint. Trotzdem hat sich innerhalb der Kirche selbst eine Strömung entwickelt, die eine Neuübersetzung der Bibel und der Gebete fordert und für eine sogenannte ›einfache Sprache‹ votiert. Das ist ein Niedergang. Das Empfinden des Geheimnisvollen, der Ehrfurcht und der Tradition wird damit zerstört. Wir brauchen diese Dinge. Ihr Verlust gefährdet das Familienleben noch mehr als bisher.«

»Auf das Familienleben können wir verzichten!«
meldete sich eine Stimme.

»Klar doch, und auf den Sauerstoff gleich mit«,
warf mein neuer Adjutant Beau Stephens schlagfertig ein.

Einige Minuten lang wurde heftig über den Wert
von Familienleben gestritten. Ich sagte nichts. Ich
wußte nicht genau, wo ich in dieser Frage stand.
Meine Kindheit war recht merkwürdig verlaufen. Ich
vertrat eine Auffassung, die ich selbst für altmodisch
hielt. Im Mittelpunkt einer Familie sah ich die Frau,
deren Aufgabe darin bestand, einer neuen Generation
den Weg zu bahnen. Dabei mußte der Mann ihr und
ihren Kindern allen Schutz geben, den sie benötigten.
Zweifellos würde die Zeit kommen, in der man auf
den weiblichen Schoß verzichten konnte. Dann würden sich die Familien vermutlich auflösen und der
Vergangenheit angehören.

Nach einer Weile rief ich zur Ordnung und wandte
mich wieder meiner Aufzählung zu. »Jetzt wollen wir
uns mit dem dritten Stolperstein auf dem Weg zur Zufriedenheit befassen, mit dem *Diktat des Marktes*. Das
ist eine weitere kleine Angelegenheit, der wir entkom-
men sind. Wir alle haben, seit wir hier sind, Erleichterung darüber empfunden, daß wir keinen Geldver-
kehr haben. Zuerst kommt es einem merkwürdig vor,
nicht wahr? Geld und Finanzen bestimmen inzwischen jede Facette unseres Lebens auf der Erde. Insbesondere bestimmen sie das Leben jener Menschen, die
am wenigsten davon haben, die ganz unten im He-
xenkessel der Wirtschaft schmoren. Wie können wir
behaupten, daß alle Menschen gleich sind, wenn es
auf jeder Ebene Ungleichheit gibt? Im Zwanzigsten
Jahrhundert wurde es zur Platitüde, daß mit maxi-
malem Wirtschaftswachstum auch die Lösung aller
menschlichen Probleme einhergeht. Das Streben des

einzelnen nach Gewinn erhielt mehr Gewicht als die Bedürfnisse der Gesellschaft. Daß der Profit auf Kosten des zivilisierten Lebens ging, wurde dabei übersehen. Nicht zuletzt kam das im Abbau der Sozialleistungen zum Ausdruck, etwa im Gesundheitswesen, bei Renten, Kindergeld und Arbeitslosenunterstützung.«

Mary Fangold unterbrach mich. Sie stand aufrecht und stolz da. »Ich bin dankbar dafür, daß wir auf dem Mars leben, während die Dinge auf der Erde immer schlimmer werden. Vielleicht fällt den Menschen dort der Niedergang gar nicht auf. Der Abbau der Sozialleistungen, den Sie erwähnt haben, hat den Abgrund weltweiter Armut noch vertieft. Eine Folge davon ist die Zunahme vieler ansteckender Krankheiten. Sicher wissen Sie, daß inzwischen wieder Pocken auftreten. In den Pazifischen Randstaaten wütet die Cholera. Viele Seuchen, die man Anfang des Jahrhunderts für nahezu ausgerottet hielt, sind jetzt wieder da. Glücklicherweise können diese Krankheiten nicht auf den Mars übergreifen.«

»Dann setzen Sie sich doch!« rief jemand.

Mary blickte in die Richtung, aus der der Zwischenruf gekommen war. »Was jedoch übergegriffen hat, ist ganz offensichtlich rüpelhaftes Benehmen. Ich sage hier etwas, das Hand und Fuß hat, und ich werde mich davon nicht abhalten lassen. Ich möchte, daß auch dem letzten hier bewußt wird, welches Glück wir haben. Die positiven medizinischen Statistiken, die von den Gesundheitsbehörden der Erde herausgegeben werden, beziehen sich häufig nur auf die Kaste der Megareichen. Diese Leute haben natürlich ihre eigenen Krankenhäuser, ihre Privatkliniken. Dort werden die Akten ordentlich geführt, deshalb bieten sich diese Kliniken für statistische Erhebungen geradezu an. Doch die Wirklichkeit sieht anders aus: Gegenwärtig ist eine bedenkliche Häufung von Resistenz gegen bestimmte Medikamente zu verzeichnen. Insbesondere möchte ich die Vancomycin-resistenten Darmbakterien erwähnen, die vor allem in den Intensivstationen allgemeiner Krankenhäuser aufgetreten sind. Verursacht wird diese Resistenz teilweise durch den allzu häufigen Einsatz von Antibiotika. Gleichzeitig ist die Herstellung neuer, wirksamer Antibiotika eingeschränkt worden. Die Folge ist, daß Tausende von Menschen sterben. Hunderttausende. Überall auf der Erde bricht die Krankenversorgung auf den Intensivstationen zusammen. Zwischen Erde und Mars existiert ein *cordon sanitaire*. Aufgrund der langen Reisezeit hat sich jeder, der zufällig Vancomycin-resistente Darmbakterien mit sich herumschleppt – oder irgendeine andere Infektion –, bis zur Ankunft auf dem Mars entweder davon erholt oder er ist daran gestorben. Leider gilt das nicht für Krebs oder irgendeine andere bösartige Zellkrankheit.« Bei diesen Worten warf sie mir einen mitfühlenden Blick zu. »Ja, es sind tatsächlich Menschen während der Reise in ihren Kühlsärgen gestorben. Wir haben es nur nicht an die große Glocke gehängt. Deshalb solltet ihr JAEs und VES euch auch gar nicht wünschen, daß die Reise schneller geht. Wir sind hier vor den Krankheiten der Erde einigermaßen sicher. Und das ist meiner Meinung nach ein noch größeres Plus auf der Haben-Seite als die Tilgung all der trostlosen Hypotheken, von denen wir gerade hören.«

Fangold erhielt Applaus für ihren Beitrag. Was die trostlosen Hypotheken betraf, konnte ich ihr nur beipflichten. Ich kündigte eine Mittagspause an.

Wie üblich, nahmen wir an den langen Gemeinschaftstischen Platz. Auf dem Speiseplan stand eine sogenannte Gemüsesuppe, darauf folgte ein synthetischer Salami-Eintopf, zu dem Brot und Margarine gereicht wurden. Am ganzen Tisch wurde diskutiert. Mehrere Stimmen wurden laut vor Wut. Aktau Badawi fragte mich, was ich noch über das Diktat des Marktes zu sagen hätte. »Geht es dabei um die Multinationalen?«

»Eigentlich nicht. Über das größte Unternehmen von der Sorte, EUPACUS, wissen wir ja alle Bescheid. Schließlich hat EUPACUS uns hier ausgesetzt. Unten auf der Erde ist die Arbeit für all jene, die nicht mit Arbeitslosigkeit und Armut geschlagen sind, zum wichtigsten Lebensinhalt überhaupt geworden... Die gemeinsame Mahlzeit in der Familie wurde schon vor vielen Jahren der Arbeitsmoral geopfert. Aber während dieser Mahlzeit haben die Familien miteinander geredet, gestritten, gelacht – und gesittet und gemeinschaftlich gegessen. Heute schlingt man schnell etwas hinunter, während man sich für die Arbeit fertigmacht. Oder man ißt während der Arbeit selbst oder auf der Straße. Die Generationen kommen nicht mehr zusammen und tauschen sich aus, so wie wir es hier in Amazonis Planitia erleben. Es finden keine Gespräche mehr statt. Wenigstens haben wir das.« Ich schob meinen Teller zur Seite. »Wenn in seinem Heimatort keine Arbeit zu finden ist, muß der Arbeiter anderswo hinziehen. In den Vereinigten Staaten von Amerika ist das vielleicht keine allzu große Härte. Die Gesellschaft ist ohnehin recht beweglich, und die einzelnen Staaten haben dafür gesorgt, daß die Menschen von einem Staat in den anderen ziehen können. Aber anderswo kann die Jagd auf Jobs das Exil bedeuten, manchmal Jahre des Exils.«

»Meine Familie«, sagte Aktau Badawi in seinem gebrochenen Englisch, »ist aus Iran. Mein Vater hat große Familie. Er keine Arbeit. Sein Bruder – sein eigener Bruder – sein Feind. Er reist weit, will arbeiten in Kühlfabrik in Triest, an fernem Meer, wo sie Teile

108

für Kühlwaggons machen. Nach zwei Jahren wir nie von ihm hören. Nie mehr. So ich muß sorgen für meine Brüder. Ich bin, wie Kissorian sagen, zweiter Bruder. Ich gehe nach Norden. Ich arbeite in Dänemark. Ist viele tausend Kilometer von meine liebe Heimat. Dänemark ist anständiges Land mit viel gute Gesetze. Aber ich lebe in einem Zimmer nur. Was kann ich machen? Weil alles Geld ich schicke nach Hause. Dann ich höre nichts von Familie. Vielleicht sie alle tot. Ich weiß nicht, aber ich schreibe Behörden. Mein Herz krank. Meine Seele krank. So ich mache lieber Gemeinschaftsjahr in Uganda in Afrika. Dann ich komme hier, zum Mars. Hier ich hoffe auf Gerechtigkeit. Und vielleicht ein Mädchen, was mich liebt.« Verlegen, daß er so offen geredet hatte, senkte er den Kopf. May Porter, die neben ihm saß, streichelte seinen Arm.

»Der Arbeitsmarkt verlangt große Mobilität, das ist mal sicher«, sagte sie. »Oft haben berufliche Werdegänge mit menschlichen Werten nichts zu tun.«

»Menschliche Werte?« rief Badawi. »Ich weiß nicht die Bedeutung, bis ich heute zuhöre bei Diskussion. Ich wünsche mir sehr die menschlichen Werte.«

»Eine andere Sache«, sagte Suung Saybin, »sind die gigantischen Kaufmärkte. Sie diktieren, was in den Städten passiert. Wenn die Versorgungsmaschinerie erst einmal angelaufen ist, ist sie schwer wieder zu stoppen. Die kleinen Geschäfte können dabei nicht mithalten. Sie machen dicht, und das führt zu sozialer Unruhe und Störungen in der Infrastruktur der Städte. Je größer die Stadt, desto schlimmer wirkt es sich aus.«

Ein kleiner Dravidianer*, dessen Namen ich nie er-

---

* *Dravidianer*: Ureinwohner Indiens, zur Sprachfamilie gehörig, die das Tamilische, Telugu, Kannada, Gondi etc. umfaßt. – *Anm. d. Ü.*

fuhr, mischte sich in die Diskussion ein und sagte: »Die pharma-Produzenten reden sich immer mit denselben Argumenten heraus. Mit dem Verkauf von Düngemitteln und Pestiziden machen sie ungeheure Profite. Aber die wildlebenden Tiere und die Vögel werden dadurch mehr und mehr ausgerottet. In meinem Land gibt es inzwischen kaum noch Vögel. Diese widerlichen Unternehmen behaupten, das Ganze sei nötig, um die Ernteerträge zu erhöhen. Das ist nur *eine* von ihren Lügen. Die Lebensmittelproduktion der Erde würde sogar gut und gern ausreichen, noch einen zweiten Planeten zu ernähren! In der heutigen Welt leiden eineinhalb Milliarden Menschen Hunger – ich persönlich kenne sehr viele. Ihr Problem besteht nicht darin, daß es zu wenig zu essen gibt, sondern darin, daß sie zu wenig verdienen. Sonst könnten sie sich die Lebensmittel kaufen, die anderswo im Überfluß vorhanden sind.«

Dick Harrison gab ihm recht. »Glaubt bloß nicht, daß wir hier nur über das hungernde Indien oder über Zentralasien reden – Länder, die nie in der Lage sein werden, sich selbst zu ernähren. Die Nation mit der am weitesten fortgeschrittenen Volkswirtschaft, die USA, hat vierzig Millionen bedürftige Menschen, die nach Essen in Volksküchen anstehen müssen – vierzig Millionen beim größten Nahrungsmittelproduzenten der Welt! Ich weiß, wovon ich rede. Ich bin von New Jersey auf den Mars gekommen, um endlich einmal etwas Anständiges zwischen die Zähne zu kriegen...«

Nachdem sich das Gelächter gelegt hatte, fuhr ich fort: »Die alles verzehrende Maschinerie ständig wachsender Produktion führt zum Abbau staatlicher Kontrollen. Das betrifft vor allem die Gesetze zum Arbeits- und Gesundheitsschutz. So lange wir leben, haben wir mit angesehen, wie sich die wirtschaftliche Konkurrenz zwischen den Staaten ständig verschärft hat. Wenn die Staaten diesen Kampf überleben wollen, müssen sie zu monströsen Gebilden werden. Sie sind wie riesige Bäume, die mit ihrem Schatten dem Nachbarbaum das Licht zum Wachsen nehmen. Also zwingen schlechte kapitalistische Staaten gute Staaten in die Knie – wie wir in Südamerika beobachten können. Je höher die Profite, desto größer die allgemeinen Mißstände.«

An diesem Punkt meiner Zusammenfassung angekommen, wollte ich eigentlich aufhören, doch meine Zuhörerinnen und Zuhörer warteten gespannt auf mehr.

»Reden Sie weiter, rücken Sie schon mit dem Schlimmsten heraus!« rief Willa Mendanadum.

»Also gut. Die drei erwähnten Mißstände bedingen einen Großteil des Unglücks, unter dem die Völker der Erde leiden. Sie sind sozusagen die unsichtbaren Strömungen hinter den Schlagzeilen. Gegenmittel nützen nicht viel, wenn sie nur gegen die Mißstände verabreicht werden, die Schlagzeilen machen – wie Todesstrafen gegen Mord, Privatversicherungen gegen Unfälle, Abtreibungen gegen unerwünschte Schwangerschaften und so weiter. Diese Dinge machen die Bürde des Lebens nur noch schwerer. Warum aber beläßt man es dabei und wendet sich nicht den tieferen Ursachen zu? Der Grund dafür liegt in der sogenannten *Öffentlichen oder Veröffentlichten Meinung*, unserem vierten Stolperstein.«

»Jetzt kommen wir zu dem wesentlichen Punkt«, sagte Willa. Irgend jemand forderte sie auf, ruhig zu sein.

»Was bedeutet das, öffentliche Meinung?« fragte Aktau Badawi.

»Wir sind so programmiert, daß wir die Mythen der jeweiligen Epoche nicht hinterfragen. Wir stellen das Sprichwort ›Kleider machen Leute‹ nicht in Frage, genauso wenig wie die Auffassung, daß jugendliche Straftäter für mehrere Jahre ins Gefängnis gesperrt gehören – wo sich ihr Elend und ihre Wut nur verfestigt. Als die Hexenjagd populär war, haben wir an Hexen geglaubt. Und glaubten wir nicht daran, haben wir uns dennoch nicht laut und deutlich dagegen ausgesprochen, weil wir nicht dumm dastehen oder uns unbeliebt machen wollten. Und diese Angst ist ja auch durchaus begründet. Das sehen wir am Beispiel der wenigen Menschen, die es wagen, die skrupellosen Machenschaften von riesigen Chemiekonzernen oder Fluggesellschaften anzuprangern. Man entzieht solchen Menschen schnell die Existenzgrundlage.«

»Das ist keine neue Erkenntnis, Tom«, machte sich die hochnäsige Stimme von John Homer Bateson bemerkbar. »Samuel Johnson hat schon vor langer Zeit festgestellt, daß der größte Teil der Menschheit nur deshalb bestimmte Meinungen vertritt, weil sie gerade in Mode sind.«

Ich nickte ihm zu. »Das fünfte unserer Schreckgespenster ist ganz einfach die Existenz von Besitzenden und Besitzlosen – oder die Kluft zwischen Arm und Reich. Es hat sie auf der Erde von jeher gegeben. Vielleicht wird es sie dort auch immer geben. Inzwischen haben wir eine neue Kaste langlebiger Megareicher, die sich hinter ihren goldenen Barrikaden verschanzt. Aber *hier*, auf dem Mars, fangen wir ja ganz von vorn an! Wir sitzen alle im selben Boot. Wir haben kein Geld. Wir müssen mit dem Nötigsten auskommen. Freut euch, daß wir diesem Übel entronnen sind. Einem Übel, das so tiefe Wurzeln hat wie die Krankheiten, von denen Mary Fangold erzählt hat. Wir sechstausend Robinson Crusoes sind von den erwähnten und allen erdenklichen anderen Mißständen abgeschnitten. Unser Leben hat sich auf drastische Weise vereinfacht. Wir können es noch weiter vereinfachen, indem wir hier ein Diskussionsforum beibehalten, das sich zum Ziel setzt, innerhalb unserer Gemeinschaft solche irregeleiteten Vorstellungen mit Stumpf und Stiel auszurotten. Wenn wir alle an einem Strang ziehen, können und werden wir eine perfekte, gerechte Gesellschaft errichten. Die Wissenschaftler werden ihrer Arbeit nachgehen. Was uns übrige betrifft, so haben wir ja auch gar nichts Besseres zu tun!«

7

Unter der Haut

Es versteht sich von selbst, daß meine Zusammenfassung der Menschheitsprobleme nicht nur Zustimmung fand. An einem kritischen Punkt forderte man mich auf zu sagen, worauf meine langen Ausführungen denn eigentlich hinausliefen. Meine Antwort lautete: »Wir haben bereits einige Vorurteile aufgeführt, von denen wir uns freimachen müssen. Es gibt noch mehr. Ich möchte, daß wir uns verändern – schon um unserer eigenen reizenden Egos willen –, während wir hier sind und die Chance dazu haben. Wir müssen die Ketten der Vergangenheit abschütteln und Menschen werden, die weit in die Zukunft denken. Wir müssen den menschlichen Verstand freisetzen. Nur dann können wir Großes leisten.«

»Und das wäre?« rief ein JAE.

»Sobald Sie Ihren Verstand freigesetzt haben, werde ich es Ihnen sagen!«

Willa Mendandum, die schlanke junge Mentaltropistin aus Java, schenkte diesem wichtigen Punkt keine Beachtung. Sie faßte die Gegenposition zusammen: »Diese versteckten Stolpersteine auf dem Weg zum menschlichen Glück mögen ja ganz interessant sein, aber in unserer gegenwärtigen Diskussion sind sie nur von akademischem Interesse. Die Sache ist viel einfacher – wenn Sie beispielsweise an mein Heimatland Indonesien denken. Dort werden die schwerwiegenden Entscheidungen von den wohlgenährten Menschen getroffen. Die Wohlgenährten bestimmen über die Schlechtgenährten, und es liegt in ihrem Interesse, daß es auch so bleibt.«

Wir mußten einräumen, daß an dieser Binsenweisheit einiges dran war. Mitten im allgemeinen Gelächter warf jemand ein: »Dann können wir hier oben ja gerechte Entscheidungen treffen, denn wir sind alle schlecht genährt.«

Eine weitere wichtige Stellungnahme gab May Porter ab, die Technikerin aus dem Observatorium: »Ich mag das Wort Gerechtigkeit. Das Wort Glück mag ich nicht, hab's noch nie gemocht. Es ist mir zu seicht, zu sentimental. Die Verfasser der amerikanischen Unabhängigkeitserklärung hatten kein besonders glückliches Händchen, als sie den Satz aufnahmen, das Streben nach Glück sei ein unveräußerliches Recht. Die Folge war nämlich eine Art Disney-Welt, eine Kultur, die die ernsthafte Seite der Existenz – ihre *gravitas*, wenn man so will – leugnet. Wir sollten nicht davon reden, das Glück zu maximieren, sondern besser davon, das Elend zu minimieren. Aus meiner Studienzeit weiß ich noch, daß Aristoteles – ich glaube, es war Aristoteles – den Ausdruck *Glück* nur in Zusammenhang mit vortrefflichen Leistungen benutzte. Es hat viel für sich, nach vortrefflichen Leistungen zu streben. Das ist ein Ziel, das erreichbar ist und *per se* Zufriedenheit bringt. Das Streben nach Glück führt zu Promiskuität, Fast Food und Elend.«

Dieser Beitrag löste Applaus und allgemeine Heiterkeit aus.

Ich war nicht der einzige, der die langwierigen Diskussionen als äußerst anstrengend empfand. Da ich eine Pause einlegen wollte, begab ich mich nach den gemeinschaftlichen Tai Chi-Übungen auf den morgendlichen Rundgang. Arnold Poulsen, der leitende Computertechniker, begleitete mich. Poulsen gehörte zu jenen, die als erste auf den Mars gekommen waren.

Ich musterte ihn interessiert. Er war feingliedrig und ging leicht gebeugt. Die aschblonde Haarmähne über den hochgewölbten Brauen war nach hinten gekämmt. Er sprach mit hohem Tenor. Seine Gesten waren langsam und wirkten recht zerstreut, als ob er ständig in Gedanken wäre. Ich muß sagen, er beeindruckte mich.

Wir gingen durch den Maschinenpark. Hin und wieder kontrollierte Poulsen beiläufig die angezeigten Meßwerte. Die Maschinen hielten den atmosphärischen Druck in den Kuppeln konstant, überwachten die Zusammensetzung der Luft und schlugen Alarm, wenn die CO_2- oder Feuchtigkeitswerte bedenklich anstiegen.

»Auf meine Computer kann man sich völlig verlassen. In Bruchteilen von Sekunden vollbringen sie Wunder der Analyse, die uns sonst Jahre, vielleicht sogar Jahrhunderte beschäftigen würden«, erklärte Poulsen. »Und sie wissen nicht einmal, daß sie auf dem Mars sind!«

»Und was wäre, wenn Sie es ihnen sagen würden?«

Er schnaubte verächtlich. »Sie wären davon etwa so aufgewühlt wie Marssand… Diese Geräte können rechnen, aber sie können nichts erschaffen. Sie haben keine Phantasie. Und wir haben auch noch kein Programm entwickelt, das ihnen zu Phantasie verhilft«, fügte er nachdenklich hinzu. »Wir können uns nur deshalb ganz und gar auf sie verlassen, weil ihnen jede Phantasie fehlt.«

Wenn man ihnen eine Aufgabe stellte, konnten sie blitzschnell die Lösung finden. Aber welche Handlungsmöglichkeiten sich aus dieser Lösung ergaben, ging über ihren Horizont. Sie diskutierten nie miteinander. Sie waren völlig glücklich. Das bestätigte die Behauptung des alten Aristoteles, die May Porter angeführt hatte: daß Glück im Streben nach vortrefflichen Leistungen liege. Ich dagegen fühlte mich an diesem Morgen verwirrt und bedrückt. Hätte ich mir nicht doch zugestehen sollen, in Abgeschiedenheit um den Tod meiner geliebten Antonia zu trauern? Statt dessen hatte ich mich in Ersatzaktivitäten gestürzt, die darauf abzielten, eine dem Mars angemessene Lebensweise zu finden.

An einer Wand der Rechenzentrale lehnten drei Androiden. Die Computer konnten sie, falls nötig, aktivieren. Jeden Morgen wurden sie hinausgeschickt, um die Oberflächen der Solarzellen zu polieren, die uns mit Energie versorgten. Sie hatten ihr heutiges Pensum erfüllt, standen nun wie Butler herum und warteten auf neue Anweisungen. Unbeseelt.

Ich erwähnte sie Poulsen gegenüber. »Androiden? Eine Verschwendung von Energie und Material«, sagte er. »Wir haben herausgefunden, wie man ein mechanisches Ding erschafft, das einigermaßen geschickt auf zwei Beinen gehen kann – und damit eine der frühesten Errungenschaften der Menschheit imitiert! Aber nachdem wir das erst einmal geschafft hatten…« Er brach ab und baute sich vor einer der Gestalten auf. »Wissen Sie, Tom, sie geben kein EPS ab. Es ist wie bei Toten… Ist Ihnen klar, wie sehr wir Menschen davon abhängen, daß wir unsere Lebenssignale wechselseitig wahrnehmen? Diese Signale werden von unserem elementaren Bewußtsein gesteuert. Man könnte sagen, daß es sich um eine Art Geistesnahrung handelt, die wir an andere weitergeben.«

Ich schüttelte den Kopf. »Tut mir leid, Arnold, aber ich komme nicht mehr mit. Was *ist* ein EPS?«

Poulsen warf mir einen mißtrauischen Blick zu. Er vermutete offenbar, daß ich mich über ihn lustig machte. »Nun ja, Sie selbst geben ein EPS ab, genau wie ich. EPS bedeutet ›Eindeutiges Physikalisches Signal‹. Inzwischen können wir die EPS auch mit einem

Gerät erfassen, das wir ›Mentalometer‹ nennen. Probieren Sie es an diesen Androiden aus: *Null Reaktion!*«
Als ich ihn fragte, warum die Androiden überhaupt hier seien, erklärte er mir, man habe sie zur Wartung der luftdichten Bauten vorgesehen. »Aber ich kann ihnen nicht trauen. Theoretisch haben wir sie von EUPACUS geleast. Wissen Sie, Tom, das sind biotechnische Schöpfungen, Androiden, die organische und anorganische Bestandteile enthalten. Ich hatte den Typ BIA XI bestellt, den EURIPIDES, doch der Händler von EUPACUS hat uns übers Ohr gehauen und diese EUKLIDEN vom Typ VIII geschickt, veralteten Mist. Ich würde unser Leben niemals einem seelenlosen Ding anvertrauen, Sie etwa?«

Die Androiden sahen uns mit ihren sympathischen, geschlechtslosen Gesichtern an. Poulsen wandte sich einem zu und fragte: »Wo befindest du dich, Bravo?« Ohne zu zögern, antwortete der Androide: »Ich befinde mich auf dem Planeten Mars, mittlere Entfernung von der Sonne 1,523691 AU*.«

»Aha. Und was empfindest du angesichts der Tatsache, daß du nicht auf der Erde, sondern auf dem Mars bist?«

»Die mittlere Entfernung des Mars von der Sonne beträgt 1,523691 AU«, wiederholte der Android. »Die mittlere Entfernung der Erde beträgt 1 AU.«

»*Empfindest*, ich habe gefragt, was du *empfindest*. Hältst du das Leben auf dem Mars für gefährlich?«

»Gefährliche Dinge sind Dinge, die das Leben bedrohen. Seuchen, zum Beispiel. Oder Erdbeben. Ein Erdbeben kann sehr gefährlich sein. Auf dem Mars gibt es keine Erdbeben. Also gibt es auf dem Mars auch keine Gefahr.«

»Schlafmodus«, befahl Poulsen und schnippte mit

---

* AU: astronomical unit, astronomische Einheit. – *Anm. d. Ü.*

den Fingern. Als wir uns abwandten, sagte er: »Sehen Sie, was ich meine? Von Androiden geht höchstens Mundgeruch aus, aber kein EPS. Sie verpesten die Luft. Bestimmte Pflanzenarten stufe ich höher ein als Androiden. Diese Pflanzen reinigen immerhin die Luft von hydroxilen Radikalen und schützen uns vor Krankheiten, die ein langer Aufenthalt in geschlossenen Räumen leicht mit sich bringen kann.«

Ich fragte ihn, was es mit diesen Pflanzen auf sich habe. Es sei notwendig, erklärte Poulsen, für eine Umgebung mit sauberer Atmosphäre zu sorgen. Aus den Ozon-Emissionen elektrischer Geräte und den von Menschen abgegebenen chemischen Substanzen bilde sich ein Gemisch, das er ›dicke Luft‹ nenne. In Mary Fangolds Klinik behandle man bereits beunruhigend viele Fälle von Halsschmerzen und Augenentzündungen. Diese schädliche ›dicke Luft‹ könne man mit bestimmten Pflanzenarten filtern.

»Was benötigen wir, um das Problem aus der Welt zu schaffen?« fragte ich. Poulsen antwortete, er sei schon dabei, entsprechende Pflanzen in die Kuppeln zu setzen. Man könne das Problembewußtsein dadurch schärfen, daß man die Straßen und Passagen umbenenne. »Wir könnten ihnen Pflanzennamen geben. Aus der Kim-Stanley-Robinson-Straße würde dann die Wolfsmilch-Straße und aus dem Scholkowski-Platz der Philodendron-Platz.«

»Na, hören Sie mal«, erwiderte ich. »Wer könnte ›Philodendron‹ wohl aussprechen?«

Wir mußten beide lachen.

Über AMBIENT sprach ich mit Kathi Skadmorr, der JAE aus Hobart. Sie wirkte abweisend. »Zufällig bin ich gerade damit beschäftigt, mir Professor Hawkwoods ›Leben ohne Bewußtsein von Leben‹ anzusehen«, schnappte sie und sah mich direkt an.

119

»Tut mir leid, daß ich Sie gestört habe. Was halten Sie von seiner Theorie der Bewußtseinsbildung?«

Ohne auf meine Frage einzugehen, erwiderte sie: »Ich lerne immer gern dazu. Insbesondere, wenn es um klare, naturwissenschaftliche Erkenntnisse geht, an denen nicht zu deuteln ist. Es ist nur so schwer zu erkennen, was tatsächlich harte Fakten sind. Ich muß so vieles aufnehmen und verarbeiten.«

»Es gibt gute Videos, die Theorien über den Mars behandeln. Ich kann Ihnen ein paar Titel nennen.«

»Und was ist mit der Datumsgrenze auf dem Mars? Ist das schon geregelt?«

»Die müssen wir noch festlegen. Im Moment ist das noch nicht so wichtig.«

»So Gott will, wird es aber wichtig werden.«

Ich lachte auf. »Gott hat damit nicht viel zu tun.«

»Das war ja auch nur so dahin gesagt. Ich meine eher ein höheres Bewußtsein. Ein solches Bewußtsein könnte uns wie Gott vorkommen, glauben Sie nicht?« Ich hatte den Eindruck, daß in ihrer Stimme Herablassung mitschwang.

»Einverstanden. Aber welches höhere Bewußtsein? Und wo? Wir haben keinen Beweis dafür, daß so etwas überhaupt existiert.«

»Beweis!« wiederholte sie verächtlich. »Natürlich können Sie es nicht spüren, wenn Sie Ihr Denken davor verschließen. Wir werden hier von elektromagnetischer Strahlung überflutet, aber Sie spüren es nicht. Wir werden auch von unseren wechselseitigen EPS überflutet, nicht wahr? Angenommen, daß hier, auf dem Mars, ein Bewußtsein, ein höheres Bewußtsein... ach, lassen wir das... Warum haben Sie sich bei mir eingeloggt?«

Irgendwie war mir die Frage peinlich. »Mir sind Ihre Diskussionsbeiträge aufgefallen. Ich habe mich gefragt, ob ich Sie auf irgend eine Weise unterstützen kann.«

»Ich weiß, daß Sie Cang Hai sehr geholfen haben. Vielen Dank, Dr. Jefferies, aber ich muß allein zurechtkommen und meiner Unwissenheit abhelfen.«

Kurz bevor sie die Verbindung beendete, huschte die Andeutung eines reizenden Lächelns über ihr Gesicht.

Eine geheimnisvolle Frau, sagte ich mir verwirrt. Geheimnisvoll und eigensinnig.

Eines Tages kam eine andere Frau namens Elsa Lamont in mein Büro. Sie war eine schmächtige Person mit kurzgeschnittenem, blondgefärbtem Haar und wurde von einem düster dreinblickenden Mann begleitet, den ich als Dick Harrison erkannte. Ich hatte ihn mir gemerkt, weil ich annahm, er könne eines Tages Ärger machen. Allerdings war er bei diesem Besuch recht höflich.

Lamont fiel gleich mit der Tür ins Haus. Sie sagte, in meiner Rede über die Mißstände auf der Erde hätte ich das Konsumverhalten der Verbraucher nicht berücksichtigt. Es sei doch bekannt, daß es mit Habgier zu tun habe und zu ungerechter Verteilung führe. Sie hatte für eine große Werbeagentur mit Niederlassungen weltweit gearbeitet und eine erfolgreiche Werbekampagne für die inzwischen allgemein bekannten Sonnendächer geleitet. Diese Glasdächer, die das Sonnenlicht einließen, waren damals sehr in Mode gewesen, obwohl sie niemand wirklich brauchte. Ihre Werbespots im Fernsehen hatten sich, wie sie erklärte, an alle Zuschauer gerichtet, obwohl nur zwanzig Prozent sich ein solches Dach überhaupt leisten konnten – es stellte einen ausgesprochenen Luxus dar. Die übrigen achtzig Prozent wußten zwar, daß sie sich das Dach nie würden leisten können, aber sie hatten Respekt vor den zwanzig Prozent und beneideten sie. Das war der Gruppe der Privilegierten durchaus klar. Der aus-

121

geklügelte Werbespot gab ihnen das Gefühl, daß sich ihr gesellschaftlicher Status mit dem Erwerb eines solchen Daches erhöhe.

Lamont hatte eine Zeitlang Kunst studiert. Eines Morgens war sie aufgewacht und hatte gemerkt, daß ihr der Werbejob zutiefst zuwider war, weil er darin bestand, bei den Menschen entweder Habgier oder Minderwertigkeitsgefühle auszulösen. Also hatte sie gekündigt und eine Ausbildung zur JAE absolviert – sie wollte eine Welt sehen, in der es keine Werbung gab. Jetzt fragte sie sich, ob die Menschen auf dem Mars die Werbespots nicht vermissen würden. Schließlich waren solche Spots ja beinahe zu einer Kunstform geworden.

Wir sprachen die Frage durch. Sie behauptete, wir bräuchten die Werbung, um das Konzept der Einheit wirksam zu propagieren. Auf der Kunsthochschule war sie zur Orthogonistin ausgebildet worden. Die orthogonale Projektion ermöglichte es beispielsweise, lebensecht wirkende Gestalten auf Fußgängerwegen auftauchen zu lassen – amüsante Figuren, die dort tanzen oder händchenhaltend entlangspazieren konnten. An diesem Punkt des Gesprächs stellte sie Dick Harrison vor. Sie sagte, er habe ebenfalls Kunst studiert und werde ihr helfen.

Mir erschien die Idee nicht uninteressant. Wenn jemand außerdem freiwillig etwas in Angriff nehmen wollte, war es nur vernünftig, das Angebot anzunehmen. Zum Experimentieren wurde ihr der Bova-Boulevard zugewiesen. Es dauerte nicht lange, bis Elsa Lamont und Harrison die Straße mit lustigen, gesichtslosen, de-Chirico-ähnlichen Gestalten bevölkerten. Die Figuren tanzten, sprangen und alberten dort herum. Aus der Entfernung sah es so aus, als würden sie aus dem Boden herauswachsen. Es war eine schlaue Idee, die sich dennoch als Fehlschlag entpuppte. Denn kein Fußgänger traute sich, auf die Gestalten zu treten, was bedeutete, daß die Straße praktisch nicht mehr benutzt wurde.

Doch ich mochte Elsa Lamonts Energie und ihre Ideen und machte sie später zu einer meiner engsten Mitarbeiterinnen. Dick Harrisons Zukunft war nicht ganz so rühmlich.

Der Raum, den wir für unsere Diskussionen nutzten, war bereits wieder überfüllt. Die Leute diskutierten, stritten oder lachten miteinander. Das Thema, das sich aus den allgemeinen Gesprächen ergab und auf die Tagesordnung drängte, war die Frage unserer Selbstverwaltung. Beau Stephens schlug sich selbst als Sitzungsleiter vor. Schließlich sei er immer noch offizieller Angestellter von EUPACUS. Wenn EUPACUS wieder das Sagen habe, sei er rechenschaftspflichtig und müsse die Geschäfte ordnungsgemäß übergeben. Er wurde ausgebuht, sein Vorschlag abgelehnt.

Ein Streit brach aus. Die Fraktion der JAEs brüllte laut herum. Schließlich stand der große bärtige Mohammedaner namens Aktau Badawi, mit dem ich mich bereits unterhalten hatte, auf und ergriff das Wort. Er sagte, daß er in der heiligen Stadt Qom geboren sei. Offensichtlich machte sein Englisch Fortschritte. (Später erfuhr ich, daß ihm ein moslemischer Glaubensgenosse, Youssef Choihosla, Sprachunterricht gab.) Badawi fuhr fort, man dürfe niemals Leuten trauen, die herumbrüllten. Im Islam besage ein Sprichwort: Wandle in Demut auf der Erde. In ihrer Mehrheit seien die islamischen Nationen *gegen* den derzeitigen Aufbruch zu anderen Planeten eingestellt. Er selbst wandle jedoch in Demut auf dem Mars. Er sei damit einverstanden, sich einer Regierung zu fügen, wenn es eine weise Regierung sei – geleitet von Menschen, die sich benehmen konnten und nicht herumschrien. »Aber«, fragte er, »wie soll es eine Regierung geben, wenn kein Geld da ist?« Wenn kein Geld vorhanden sei, könne man auch keine Steuern erheben. Also könne es keine Regierung geben. Ein nachdenkliches Schweigen breitete sich aus. Diesen Punkt hatte bislang niemand beachtet.

Ich sprach mich für eine provisorische Regierung aus. Sie brauche nur für eine Übergangszeit bestehen, nämlich solange, bis sich unsere neue Lebensweise fest etabliert habe. Wenn die Botschaft bei jedem angekommen sei, könne die Regierung stillschweigend von der Bühne abtreten.

»Welche Botschaft?« wurde ich gefragt.

»Alle müssen begreifen, daß die uns auferlegten Beschränkungen große Chancen für eine konstruktive Lebensweise in sich bergen. Wir gehen mit einem radikal neuen, psychologischen Ansatz vor.«

Das fand allgemeine Zustimmung, was mich ziemlich überraschte. Dann kam die Frage auf, wie man die neue Regierungsform nennen solle. Nach einer Reihe von – zum Teil ironischen – Vorschlägen einigten wir uns auf ›Administrative Exekutive‹, kurz ADMINEX.

Wir diskutierten die Frage von materiellen Anreizen, denn man konnte nicht von jedem erwarten, nur aus gutem Willen zu arbeiten. Irgend etwas mußte Geld als Anreiz ersetzen, zumindest am Anfang. Wir kamen überein, besonderes Engagement bei der Arbeit für das Gemeinwohl mit einem zusätzlichen Quadratmeter Wohnfläche zu belohnen. Man konnte auch das soziale Prestige anheben. Da Pflanzen Seltenheitswert hatten, konnte man damit kleinere Leistungen belohnen. Wir sprachen uns außerdem dafür aus, möglichst viele Menschen zum Unterrichten heranzuziehen. Schließlich hatten wir bereits gemerkt, daß die Trennung vom Mutterplaneten bei vielen den Wunsch erzeugte, sich aus allem herauszuhalten und über die schlimme Wendung des eigenen Lebens nachzugrübeln. Wir wollten, daß sich auch das persönliche Leben jedes einzelnen verbesserte – denn das gehörte zweifellos zu den Zielen einer gerechten, anständigen Gesellschaft.

Die Bildhauerin und Lehrerin Benazir Bahudur ergriff schüchtern das Wort: »Entschuldigen Sie, aber ich glaube, zu unserem eigenen Schutz müssen wir klare Regeln festlegen. Beispielsweise Regeln für den Wasserverbrauch. Wir sollten grundsätzlich niemanden mit einer größeren persönlichen Wasserration belohnen. Das würde nur zu Streit und Korruption führen. Allerdings schlage ich vor, daß uns Frauen eine größere Wassermenge als den Männern zugeteilt wird, wegen unserer Monatsblutungen. Egal, was man behauptet: Männer und Frauen sind nicht gleich. Manchmal ist das Waschen für uns Frauen wichtiger als für Männer... Da hier keine Gesetze der Erde gelten und kein Geld im Umlauf ist, könnte die Bildung eine größere gesellschaftliche Rolle spielen, vorausgesetzt, daß sie selbst reformiert wird. Sie muß auch aktuelle Informationen berücksichtigen. Beispielsweise die Frage, wieviel Wasser genau uns auf diesem schrecklichen Planeten noch verbleibt.«

Wie ich später erfahren sollte, hatte sich die Wissenschaftsabteilung dieser lebenswichtigen Frage bereits angenommen. An der Analyse unserer Wasservorräte war auch die Dame aus Hobart, Kathi Skadmorr, beteiligt. Ich hatte Dreiser Hawkwoods Interesse an ihr bemerkt. Auch er hatte über AMBIENT mit ihr gesprochen und dabei mehr Glück gehabt als ich. Dreiser hatte ihr angeboten, sie, was die Wissenschaft betraf, unter seine Fittiche zu nehmen, genauer gesagt: sie in dem anzuleiten, was er nun als ›marsianische Wissenschaft‹ bezeichnete. Als er sich nach ihrer Ar-

125

beit bei den ›International Water Resources‹ erkundigt hatte, war Kathi damit herausgerückt, daß sie eine Weile in Sarawak* beschäftigt gewesen war. Später habe ich mir die Aufzeichnung dieses Gesprächs besorgt und selbst gehört, wie Kathi sagte: »Meine Chefs haben mich nach Sarawak in die Höhlen des Mulu-Nationalparks geschickt.«

»Was sind das für Höhlen?« wollte Dreiser wissen.

»Die kennen Sie nicht? Schande über Sie! Es sind riesige Höhlen, ganze Höhlenketten, die miteinander verbunden sind. Mehr als hundertfünfzig Kilometer sind inzwischen erforscht. Die Malaysier, denen dieser Teil der Welt gehört, leiten das Wasser über Rohre nach Japan.«

»Worin bestand Ihre Aufgabe bei dem Projekt?«

»Ich galt als jemand, auf den man notfalls auch verzichten konnte. Also erledigte ich den Teil, der gefährlich war. Die Arbeiten unter Wasser. Bin zu den Verbindungskanälen hinabgetaucht, die noch nicht erforscht waren. Mit mangelhafter Ausrüstung. Das war denen doch egal.«

Dreiser schnaubte. »Sie sehen sich sehr gerne als Opfer, Miss Skadmorr, nicht wahr?«

»Ich heiße Kathi«, schnappte sie zurück. »Und Sie selbst müssen doch wohl eine gewisse Vorstellung von der merkwürdigen Arbeitsweise eines autoritären Verstandes haben. Jedenfalls habe ich diese Arbeit wirklich geliebt. Die Höhlen bilden eine wunderschöne, verborgene Enklave. Weit gestreckt. Kathedralen aus Felsgestein. Manchmal lag das Wasser ganz ruhig da, manchmal strömte es schnell dahin. Das Wasser war wie der Blutstrom der Höhlen. Es war ein Gefühl, als tauche man ins Gehirn der Erde. Also

---

* *Sarawak*: Bundesstaat von Malaysia an der Nordwestküste Borneos. – *Anm. d. Ü.*

rechnete man damit, daß es gefährlich werden konnte. Was interessiert Sie das alles überhaupt?«

»Ich möchte Ihnen helfen«, erwiderte er. »Ziehen Sie zu uns in die Wissenschaftsabteilung.«

»Mir haben schon früher Männer geholfen. Das hatte immer seinen Preis.« Sie schlug die Hände vors Gesicht, um ein unverschämtes Grinsen zu verbergen.

»Diesmal nicht, Kathi. Hier gibt es kein Geld, also gibt es auch keine Preise. Ich schicke ein Fahrzeug, das Sie abholt.«

»Wenn ich wirklich zu Ihrer Abteilung komme, gehe ich lieber zu Fuß. Ich muß die Gegenwart des Mars spüren.«

Sie kam mit eingezogenen Krallen, schließlich brauchte sie meine Unterstützung. Sie war ganz wild darauf, sich die laufenden Forschungsarbeiten anzusehen und die Wissenschaftsabteilung zu besuchen, wollte aber Mitglied unserer Gemeinschaft bleiben und ihre Unterkunft bei uns in den Kuppeln behalten. Sie hatte ungewöhnlich dichte Wimpern... Ich entsprach ihrer Bitte, ohne die anderen Mitglieder von ADMINEX auch nur zu konsultieren.

»Aber wäre es nicht einfacher für Sie, wenn Sie in die Wissenschaftsabteilung zögen?« fragte ich.

»Sie werden's nicht glauben, aber ich habe hier tatsächlich Freunde.«

Sie ging. – Ich will meiner Erzählung zwar nicht vorgreifen, aber ich halte es für sinnvoll, an dieser Stelle zu erwähnen, was passierte, als Dreiser Kathi unter seine Fittiche nahm.

Der Satellit über unseren Köpfen hatte in dem weitgestreckten Gebiet von Valles Marineris, einer Art Grabenbruch, etwas ausgemacht, das Höhleneingängen ähnelte. Valles Marineris, dieses gewaltige Gebilde, erstreckt sich rund 34.500 Kilometer über den Äquator des Mars, über fast ein Viertel der Marsoberfläche, so daß ein Abschnitt im Tageslicht liegen kann, während im übrigen Teil Nacht ist. Wegen des Temperaturgefälles fegen heftige Winde darüber und scheuern die Landschaft glatt. Auf der Erde gibt es kein vergleichbares physikalisches Phänomen. An manchen Stellen ist Marineris hundert Kilometer breit und bis zu sieben Kilometer tief. Wenn der Morgen anbricht, ziehen Nebel über das ganze Gebiet. Es ist kein Ort, der zum Verweilen einlädt.

Diese gewaltige Spalte ist vermutlich bei Umschichtungen entstanden, als die recht spröde Marskruste zerbrach. Die Analyse zeigt, daß am Grunde von Marineris früher einmal Meere existierten. Deshalb befand Hawkwood, es könne sich lohnen, die höhlenähnlichen Einschnitte genauer zu untersuchen. Das war im dritten Monat des Jahres 2064. Er hoffte, dort unterirdische Wasserreservoirs ausfindig zu machen. Doch als er die Expedition vorbereitete, mußte er feststellen, daß er nur einen einzigen Höhlenforscher auftreiben konnte, einen nervösen jungen Tieftemperaturphysiker namens Chad Chester. Nach Dreisers Eindruck war Kathi Skadmorr die weitaus verwegenere der beiden.

Zwei Geländewagen, die sechs Menschen, Ausrüstung sowie Proviant transportierten, brachen zu der schwierigen Fahrt über Land auf. Dreiser hatte es sich nicht nehmen lassen mitzufahren. Mit Kathi konnte er kein Gespräch in Gang bringen, sie hatte sich in völliges Schweigen zurückgezogen und starrte auf die Marslandschaft. Vor langer Zeit hatte sie zu Hause ähnliche Landschaften gesehen. Intuitiv spürte sie, daß man diese steinernen Alleen schon aufgrund ihres Alters als Heiligtum betrachten mußte – wie sie mir später erzählte. Sie wäre gern hinausgesprungen, um die Felsblöcke, an denen sie vorbeifuhren, mit religiösen Symbolen zu bemalen.

Schließlich erreichten sie den relativ ebenen Boden des Grabenbruchs. Seine hohen Wände ragten über ihnen auf. Von der Klippe am anderen Ende konnten sie nichts sehen, sie verlor sich in der Ferne. Wegen des starken Gegenwindes kamen sie nur langsam voran. Als sie die ersten drei Höhlen erreichten, mußten sie feststellen, daß es Sackgassen waren. Nur in die vierte Höhle konnten sie weiter eindringen. Kathi und Chester trugen beide Tauchausrüstung, doch Chester hatte ihr den Vortritt gelassen. Ihre Helmlampe zeigte, daß der Durchgang sich schnell verengte. Plötzlich brach der Boden unter ihr ein, und sie verschwand aus dem Blickfeld der anderen, die bestürzt aufschrien und sich dann vorsichtig dem Loch näherten. Kathi lag zwei Meter tiefer da und streckte alle viere von sich. »Mir ist nichts passiert«, erklärte sie. »Es war eine Zwischendecke. Hier wird's interessanter. Komm runter, Chad.« Sie stand auf und ging voraus, ohne auf die anderen zu warten.

Der Felsblock, den sie vor sich hatte, lag schief und war tückisch. Sie kletterte hinunter, während die Decke über ihrem Kopf immer niedriger wurde, bis sie sich in einer Art Kamin befand und Gefahr lief, mit ihrem Schutzanzug irgendwo hängenzubleiben. Sie riet den anderen Expeditionsteilnehmern, ihr nicht nachzukommen, sie könnten womöglich einen Steinschlag auslösen. Schließlich erreichte sie das Ende des Kamins. Sie rutschte im Geröll aus, schaffte es aber, wieder aufzustehen. Zu ihrer Verwunderung stand sie in einer geräumigen Höhle, die sie über Funk als ›so groß wie eine Hütte‹ beschrieb, »aber das ist gar nichts im Vergleich zu den riesigen Höhlen im Gebiet des Mulu-Nationalparks.« Am Boden der Höhle befand sich ein kleines Eisbecken. Die anderen jubelten, als sie das hörten.

Kathi schlug einen Bogen um das Eis, untersuchte die Höhle und gelangte am anderen Ende zu einer engen Bodenspalte. Sie schob sich auf Händen und Knien kriechend hindurch. Als sie es geschafft hatte, entdeckte sie eine Art natürlicher Treppe, die nach unten führte. Das meldete sie Dreiser.

»Passen Sie auf sich auf, verdammt noch mal!« gab er zurück.

Die Treppe wurde breiter. Kathi quetschte sich an einem Felsblock vorbei und fand sich in einer größeren Höhle wieder, die im Querschnitt einer halb geöffneten Venusmuschel ähnelte. Die Decke war gewölbt und so üppig verziert, als wäre dort vor langer Zeit eine menschliche Hand am Werk gewesen. Doch Wasserstrudel hatten offenbar dafür gesorgt. Und am Boden dieser Höhle hatte sich Wasser gesammelt, *flüssiges* Wasser. Sie warf einen Stein hinein. Das Wasser kräuselte sich, und die Kräusel zogen in perfekten Kreisen nach außen. Ihr Herz schlug schneller. Ihr war klar, daß sie der erste Mensch überhaupt war, der auf dem Roten Planeten ein nicht vereistes Wasserreservoir zu Gesicht bekam.

Sie watete hinein und löste dabei Kräusel aus, die Lichtmuster auf die Höhlendecke zeichneten. Das Wasser reichte ihr nur bis zur Brust. Sie tauchte. Ihr Lichtkegel fiel auf ein dunkles Spundloch am felsigen Grund. Sie schoß steil hinab und fand sich in einem Kamin mit glatten Wänden wieder. Als er enger wurde, mußte sie sich an den Seiten entlanghangeln und konnte kaum noch schwimmen. Das Weiterkommen wurde immer schwieriger, und sie konnte sich auch nicht mehr umdrehen und zurückschwimmen. Ihre Lampe erlosch.

Über Funk riefen die anderen nach ihr. Sie gab keine Antwort. Sie konnte sich selbst mühsam atmen hören. Mit großer Anstrengung zog sie sich nach vorn, und während sie sich so kopfüber nach unten bewegte, kam es ihr vor, als strecke sich der Schacht ins Unendliche. Sie hatte den Eindruck, vor sich ein schwaches Licht zu sehen. Vielleicht war es aber auch nur eine Sinnestäuschung.

Dann schoß sie zu ihrer Überraschung wie ein Sektkorken aus dem Schacht. Durch milchig-trübes Wasser strampelte sie an die Oberfläche, und schwer atmend gelang es ihr, sich auf einen trockenen Felsvorsprung zu ziehen. Sie befand sich in einer Art natürlichem unterirdischem Wasserreservoir. Die Decke lag etwa einen halben Meter über ihrem Kopf. »Was passiert, wenn es regnet?« dachte sie. Aber dieser Gedanke wurde nur durch die Erinnerung an Sarawak ausgelöst. Dort konnte selbst ein weit entfernter Regenschauer die Gefahr mit sich bringen, daß die Wasserpegel gefährlich anstiegen. Auf dem Mars drohte kein Regen.

Während sich ihr Puls wieder beruhigte, musterte sie das phosphoreszierende Becken, dessen Tiefe sie auf mindestens zwölf Meter schätzte. Kathi wußte, daß manche Wassertiere Licht, aber keine Wärme abgaben. Doch gab es nicht auch ein rein chemisch bedingtes Phosphoreszieren? Oder war sie über die ersten Spuren marsianischen Lebens gestolpert? Unmöglich zu sagen. Aber als sie dort auf dem Felsvorsprung lag und nicht wußte, wie sie je wieder an die Oberfläche gelangen sollte, redete sie sich ein, sie hätte ein marsianisches Bewußtsein entdeckt. Sie sah sich im trüben Licht um, doch da war nichts, nur das Wasser, das dumpf gegen die Felsen klatschte, und die niedrige Decke über ihrem Kopf, von der die Geräusche des Wassers widerhallten. Sie schaltete ihr Funkgerät aus und lag völlig still da. Sie befand sich mindestens tausend Meter unter der Oberfläche. Falls der Mars ein Herz hatte, war sie jetzt Teil davon. Irgendwie gefiel ihr dieser Gedanke.

Als sie das Funkgerät wieder einschaltete, drang ein Durcheinander menschlicher Stimmen auf sie ein. Sie kämen sie retten. Chad befinde sich möglicherweise in einer Nachbarkammer. Sie solle sich nicht von der Stelle rühren. Ob sie sich verletzt habe? Ohne auf das Gebrabbel näher einzugehen, meldete sie, daß das Thermometer zwei Grad über Null anzeige und daß sie eine Wasserprobe entnommen habe. Ihre Luftreserve reiche noch für dreieinhalb Stunden. Klar, sie werde an Ort und Stelle bleiben und das Funkgerät eingeschaltet lassen.

Völlig entspannt blieb sie auf dem Felsvorsprung liegen. Nach einer Weile glitt sie wieder in das phosphoreszierende Wasser und schwamm umher. An einer Stelle tropfte es ganz langsam von der Decke, jeder Tropfen bedeutete, daß eine Minute verstrichen war. Sie fuhr mit den Fingernägeln über die Höhlendecke und machte einen Riß im Felsgestein aus. Sie zog sich hoch und stellte fest, daß sie ihren Arm in eine Nische schieben konnte. Mit Hilfe dieser Hebelwirkung konnte sie auch einen Fuß in die Nische zwängen und sich so, tropfnaß wie sie war, über dem Wasser festhalten. Nach und nach tastete sie sich weiter vor. Sie fluchte darüber, daß ihre Lampe den Geist aufgegeben hatte, denn abgesehen vom Schimmer gelegentlich fallender Wassertropfen war es stockdunkel. Zentimeter für Zentimeter zog sie sich mühsam den zerklüfteten Felsen hoch, doch der einzige Weg vorwärts bestand darin, sich auf den Rücken zu drehen und mit Händen und Füßen nach oben zu stemmen. Zehn Minuten lang mühte sie sich damit ab und geriet in ihrem Schutzanzug ins Schwitzen. Dann gelang es ihr, sich auf ihre Hände und Knie aufzustützen.

Sie stand vorsichtig auf und machte einen Schritt nach vorn. Irgend etwas knackte unter ihren Füßen. Sie griff danach und hob ein Eisstückchen auf. Als sie sich weiter vortasten wollte, spürte sie überall scharfes Felsgestein. Verdutzt blieb sie stehen. Sie saß offenbar in einer engen Felsspalte fest, und in der pechschwarzen Dunkelheit war jeder Versuch, die niedergestürzten Felsbrocken zu umgehen, viel zu gefährlich. Also blieb sie, wo sie war, unfähig, sich von der Stelle zu rühren.

Schließlich schimmerte ein unheimliches Licht auf, das nach und nach stärker wurde. Es kam von einem weit entfernten Punkt und zeigte Kathi, daß sie tatsächlich in einem Spalt zwischen zwei rauhen Felsvorsprüngen gelandet war. Der Boden war mit Geröll übersät. Sie erkannte einen furtartigen Einschnitt, der sich gebildet haben mußte, als Wasser eingeströmt war und sich einen Weg durchs Gestein gebahnt hatte. Sie nahm all ihren Mut zusammen. Die Angst mischte sich mit kaltblütiger Erregung. Sie war fest davon überzeugt, daß sie in ein erhabenes Bewußtsein eingedrungen war und ein Teil davon – ob körperlicher oder geistiger Natur – nun Kontakt mit ihr aufnehmen wollte. Heilige Orte waren ihr aus ihrer Kindheit vertraut. Jetzt mußte sie sich dem Zorn oder – bestenfalls – der Neugier eines Wesens stellen, das etwas Uraltes und Unbekanntes verkörperte. Das Licht wurde stärker. Sie merkte, wie ihr Unterkiefer zitterte. Sie konnte nirgendwo hinfliehen. Dann blendete sie das Licht.

»Oh, da bist du ja! Warum bist du so Hals über Kopf davongestürmt?« rief Chad Chester mit ärgerlicher Stimme. »Du hättest jetzt ganz schön in der Scheiße stecken können!«

Einige Zeit später saß sie wieder im Geländewagen und schlürfte ein heißes, kaffeeähnliches Gebräu. Dreiser legte ihr beschützerisch den Arm um die Schultern. »Sie haben uns allen einen ganz schönen Schrecken eingejagt«, sagte er.

»Warum war Ihr verdammter Helmscheinwerfer defekt? Sie sind genauso schlimm wie die Sklaventreiber in Sarawak!«

»Wenigstens wissen wir jetzt, daß unterirdische Wasserreservoirs existieren«, erwiderte er gutgelaunt.

8

Zuckerbrot und Peitsche

Inzwischen ging unser eintöniges Leben in den Kuppeln weiter, aber ich für mein Teil war voller Optimismus, denn unsere Pläne reiften von Tag zu Tag mehr aus. ADMINEX verbreitete unsere Sitzungsergebnisse über AMBIENT und druckte sie auf beschlagnahmten EUPACUS-Druckern aus. Wir betonten, jeder sollte sich klar dazu äußern, was für ihn annehmbar sei. Wir forderten alle auf, sich am Entwurf der Leitlinien zu beteiligen, und schlugen vor, jeden Morgen eine gemeinsame Diskussion im Hindenburg-Saal zu veranstalten. Wir legten großes Gewicht auf Toleranz und Mitgefühl. Unser Schlußsatz lautete: »Was man nicht aus der Welt schaffen kann, muß man ertragen.« Über meinen AMBIENT-Anschluß erhielt ich folgende Antwort: »Kümmern Sie sich bitte auch um die praktischen Dinge. Wir brauchen mehr Toiletten, Chef. Was man nicht ertragen kann, muß man aus der Welt schaffen.« Ich erkannte die Stimme von Beau Stephens.

In jenen Tagen war ich so beschäftigt, daß mir keine Zeit blieb, mich mit mir selbst zu befassen. Es gab viel zu organisieren. Allerdings organisierten sich manche Dinge auch ganz von alleine, darunter Sport und Musik. Ich kam gerade mit dem Elektrobus zurück vom neuen Krankenhausflügel, als ich Bekanntschaft mit dem jüngst erfundenen Spiel ›Himmelsball‹ machte, mit dem sich die Leute auf dem Sportplatz vergnügten. Ich stieg aus, um mir das näher anzusehen. Aktau Badawi begleitete mich.

›Himmelsball‹ war ein Mannschaftsspiel, für das man zwei fußballgroße Bälle benötigte. Ein Ball war blau und halb mit Helium gefüllt, so daß er, wenn man ihn in die Luft stieß, recht langsam wieder herunterschwebte. Gespielt werden durfte nur, wenn sich der blaue Ball in der Luft befand, und man durfte sich nur in der Zeit umgruppieren und Positionen wechseln, während der Ball nach unten segelte. Im Unterschied zu dem weißen Ball, dem sogenannten Spielball, war der blaue Ball ansonsten kein Teil des Spiels.

»Nur gut, daß wir zu alt zum Spielen sind, Tom«, bemerkte Aktau.

Einer der Zuschauer drehte sich um und bot an, uns die Feinheiten des Spiels zu erklären. Lachend winkten wir ab. Wir hätten nicht vor, jemals zu spielen. »Ich auch nicht«, sagte der Mann. »Allerdings habe ich den blauen Ball zu Ehren der verringerten Schwerkraft hier erfunden. Mein Name ist Guenz Kanli, und ich würde mit Ihnen gern über eine andere Erfindung reden, die mir durch den Kopf geht.«

Er gesellte sich zu uns, und wir gingen gemeinsam zu meinem Büro. Guenz Kanli hatte eine merkwürdige Physiognomie. Die Haut spannte sich straff über seinen Schädel, der am Hinterkopf spitz zulief. Er hatte blutunterlaufene Augen, und seine Wangen waren von so vielen kleinen Äderchen durchzogen, daß sie einer nicht zu entschlüsselnden Landkarte ähnelten. Dieser seltsam aussehende Mann stammte aus Kasachstan in Zentralasien. Er war ein JAE. Mit zwanzig hatte er sich in die Öde der marsianischen Landschaft verliebt. Und nun wohnte er ganz oben auf einem unserer Außentürme und hatte einen hervorragenden Ausblick auf die Marsoberfläche, den er wortreich beschrieb: »Alles ist ständig im Wandel. Die dünnen Wolken nehmen seltsame Formen an, man könnte sie den ganzen Tag betrachten. Hin und wieder zieht Nebel auf, und ich habe auch schon winzige Schneeflocken gesehen – vielleicht war es auch Frost. Manchmal ist die Wüste weiß, dann wieder grau oder fast schwarz oder braun oder sogar strahlend orange, wenn die Sonne darauf fällt. Es gibt ganz unterschiedliche Arten von Sandstürmen, von kleinen Staubverwehungen bis zu gewaltigen Orkanen. Nichts davon kann man anfassen. Für mich ist es wie eine Art Musik. Sie, Tom Jefferies, bringen den Menschen bei, in sich hinein zu schauen. Vielleicht ist es aber auch gut, hinaus zu schauen. Wir brauchen mehr Musik dieser besonderen Art. Es gibt sie schon – eine Musik, die teils traurig, teils fröhlich ist. Wenn Sie erlauben, nehme ich Sie heute abend mit, dann können Sie den wunderbaren Beza hören.«

Guenz Kanli war bemerkenswert enthusiastisch. Vielleicht war es diese Eigenschaft, die ich vor allem an ihm schätzte. Ich fürchtete nämlich, es könnte sich eine Stimmung tiefster Depression über unsere Gemeinschaft senken, falls die Schiffe nicht bald zurückkehrten.

An diesem Abend besuchten wir Bezas Konzert. Guenz' Idee faszinierte mich, wenn ich auch, anders als er, den Zusammenhang zwischen Bezas Zigeunermusik und der Marslandschaft nicht ganz begriff. In den Kuppeln war ständig Musik zu hören, klassische Musik, Jazz, Pop oder eine Mischung aus alledem. Aber von jenem Abend an war Beza einer unserer Lieblingsmusiker. Ich überredete die führenden JAEs – Kissorian, Sharon Singh, May Porter, Suung Saybin und einige andere –, ihm zuzuhören. Sie waren begeistert, und von da an war Beza in Mode.

Er war ein alter Romani und stammte aus einem Dorf im Hochland von Transsylvanien. Wie wir erfuhren, war er eigentlich gegen seinen Willen zum VES ernannt worden. Und tatsächlich: Wenn man Beza

tagsüber erlebte, wie er traurig und mit eingezogenen Schultern in seinem schlottrigen, ehemals weißen
Hemd an der Bar oder einem Kaffeehaustisch hockte,
fragte man sich, was so ein armer alter Kerl überhaupt
auf dem Mars zu suchen hatte. Doch wenn er seine
Fiedel in die Hand nahm und zu spielen begann – in
seiner Sprache heißt ›Fiedel spielen‹ *bashavav* – ja,
dann zeigte sich seine wirkliche Größe. Seine dunklen
Augen blitzten durch die grauen Haarsträhnen, die
Haltung war die eines jungen Mannes, und die Musik,
die er spielte... Nun, ich kann nur sagen, daß sie
voller Zauber war und so fesselnd, daß sogar Männer
ihre Gespräche mit Frauen abbrachen, um zuzuhören.
Manchmal nahm auch Guenz seine Fiedel und spielte
die Gegenmelodie.

Beza schöpfte seine Musik aus einem tiefen Quell
der Vergangenheit, die Musik war wie Wein, der aus
Jahrhunderten der Sklaverei und des Umherziehens
strömte. Sie drang aus den dunkelsten Kammern des
Gehirns und aus allen Fasern des Körpers. Wer diesen
Melodien lauschte, begriff, warum man die Musik zuweilen als höchste aller menschlichen Künste bezeichnet, und es kam eine Zeit, in der Guenz' Theorie, daß
dies die wahre Musik des Mars sei, für mich ganz
real wurde. Ich fragte mich, wie sie entstanden sein
konnte, ehe man je an eine Besiedelung des Mars gedacht hatte.

Wenn ich Beza zugehört hatte, lag ich meistens hell-
wach im Bett und versuchte, seine Musik im Kopf
nachzuspielen. Es gelang mir nie. Auf ein langsames,
trauriges *Lassu* mit gedehnten Tönen folgte oft ein
munteres *Friss*, leicht und beschwingt wie ein Stra-
ßenbummel, das sich zur wilden Ausgelassenheit
des *Czardas* steigerte. Dann, ganz unvermittelt, wieder
eine Traurigkeit, die ans Herz griff. Ich muß zugeben,
daß ich diese fremden Begriffe von Guenz lernte oder

auch von Beza selbst, wenn ich ihn hartnäckig genug löcherte. Aber Beza war ein stiller Mann. Seine Fiedel sprach für ihn.

Bezas Musik war so beliebt, daß man sie zu imitieren begann. In einem kleinen Klassik-Quintett spielte ein ehrgeiziger Nigerianer namens Dayo Obantuji mit. Er war ein recht guter Geiger, und das Quintett hatte Erfolg, vielleicht auch deshalb, weil Dayo etwas von einem Angeber hatte. Wenn er Soli spielte, sprang er gern hoch. Überhaupt gefiel er sich darin, wie ein Energiebündel zu wirken.

Während Bezas Musik immer noch Begeisterungsstürme auslöste, sank die Popularität des Quintetts. Dayo war auch Komponist, und so stellte er ein Stück vor, das er ›Der Musiker‹ taufte, eine recht elegante Sonate in B-Dur. Doch nachdem ›Der Musiker‹ mehrmals gespielt worden war, schöpfte Guenz Verdacht. Er behauptete öffentlich, große Teile der Sonate seien aus einem von Bezas Stücken geklaut. Dayo habe sie nur in eine andere Tonart transponiert und das Tempo verändert. Dayo stritt die Anschuldigung energisch ab.

Als Beza zu einem improvisierten Tribunal geholt wurde, das sich mit der Anklage wegen Plagiatentums befassen wollte, lachte er nur und sagte: »Laßt doch den Jungen das Thema übernehmen. Es gehört mir nicht. Es liegt in der Luft. Laßt ihn damit herumspielen – er kann's ja nur schlechter machen.«

Folglich wurde die Sache fallengelassen. Doch ›Der Musiker‹ wurde nie wieder aufgeführt. Statt dessen kam Dayo zu mir und beklagte sich, er sei ein Opfer des Rassismus. Warum habe man ihn ungerechterweise des Plagiatentums beschuldigt? Doch nur deshalb, weil er ein Schwarzer sei. Ich wies darauf hin, daß auch Beza zu einer Minderheit gehörte – zu einer Minderheit sogar, die nur aus ihm selbst bestand. Ich sei davon überzeugt, sagte ich, daß es auf dem Mars keinen Rassismus gebe. Wir alle seien jetzt Marsianer. Dayo müsse sich irren. Wütend erklärte dieser, ich wolle nur nicht sehen, was offensichtlich sei. Die Anschuldigung habe ihn entehrt, sein guter Ruf sei dahin. Man habe ihn ungerecht behandelt und schikaniert.

Es folgte eine längere Auseinandersetzung. Schließlich ließ ich Guenz holen, der jegliche Vorurteile bestritt. Er habe in Dayos Komposition Bezas Melodien wiedererkannt. Allerdings sei diese Ähnlichkeit seiner Meinung nach Zufall und nicht beabsichtigt gewesen – schließlich übe Bezas Musik einen großen Einfluß auf andere aus. Er sei zufrieden, wenn Dayos guter Ruf damit wiederhergestellt sei. Und er entschuldigte sich freundlich, wenn auch recht ironisch, dafür, daß er überhaupt von Plagiat gesprochen habe. Dayo wiederholte, er sei ein Opfer von Vorurteilen, und brach zornig in Tränen aus.

»Du meine Güte, der blaue Ball hängt schon wieder in der Luft«, sagte Guenz.

Dann änderte Dayo seine Taktik. Er gab zu, daß er Beza das Motiv geklaut habe, ihm sei die Melodie nicht mehr aus dem Kopf gegangen. »Ich gesteh's ja, ich bin ein gottverdammter Dieb. Aber ihr habt auch Schuld auf euch geladen. Gegen Beza und die Orientalen hegt ihr keine rassistischen Vorurteile, aber sehr wohl gegen uns Schwarze. Insgeheim glaubt ihr, daß wir nichts taugen, auch wenn ihr's nie zugeben würdet. Ich bin ein recht guter Musiker, aber für euch bin ich immer noch ein *schwarzer Musiker*, nicht einfach ein Musiker. Ist das nicht so? Meine Kompositionen hat niemand geschätzt. Bis ich die romanische Melodie übernommen und umgeschrieben habe. Hat Brahms nicht dasselbe getan? Warum auch nicht? Ich habe sie verändert und zu meiner eigenen gemacht. Aber ihr habt nur auf mir herumgehackt – weil ich ein Schwarzer bin.«

»Vielleicht lag der Fehler darin«, warf Guenz wohl-
wollend ein, »daß du die Komposition nicht *Romanische Rhapsodie* genannt hast. Dann wäre die Anleihe
klargewesen und man hätte dich für den schlauen
Einfall gelobt.«

Aber Dayo beharrte darauf, daß man ihn auch dann
des geistigen Diebstahls beschuldigt hätte. »Ich hatte
nichts Böses im Sinn. Ich wollte nur besser dastehen.
Aber wenn man schwarz ist, steckt man immer im
Schlamassel, egal, was man tut.« Niedergeschlagen
verließ er uns.

Guenz und ich sahen einander erschrocken an.
Dann brach Guenz in Lachen aus. »Ihr Weißen seid
an allem schuld. Selbst daran, daß wir hier sind«,
sagte er.

»Mein Instinkt sagt mir, daß wir Gesetze brauchen«,
erwiderte ich. »Aber was könnten Gesetze in so einem
Fall ausrichten? Wie könnte man so etwas in Worte
fassen? Guenz, darf ich Sie fragen, ob Sie das Gefühl
haben, als Zentralasiate diskriminiert zu werden?«

»Zuweilen hat es sich sogar als Vorteil erwiesen, es
hatte den Reiz des Exotischen. Das hat sich inzwischen abgenutzt. Es gab eine Zeit, da waren die Menschen mir gegenüber mißtrauisch, weil ich so anders
wirkte. Aber so etwas liegt in unserer Natur, es hat
mit dem Kampf ums Überleben zu tun. Ich war ähnlich mißtrauisch euch Weißen gegenüber, bin's zum
Teil immer noch.«

Wir diskutierten, ob wir ›von Natur aus‹ Vorurteile
gegen Dayo, den Nigerianer, pflegten. Hatten wir
verhindern wollen, daß er mit einer solchen Sache
durchkam? Hatte die schändliche Vergangenheit, in
der Weiße Schwarze schikaniert hatten, irgend etwas
damit zu tun? Gab es ein von Aberglauben gespeistes
Mißtrauen gegen die Hautfarbe Schwarz – so wie
es vielleicht auch gegen Linkshänder existierte? Das

141

waren Fragen, auf die wir keine Antwort fanden. Also konnte es durchaus so sein. Ganz sicher würden wir alle mit Argwohn reagieren, sollte plötzlich das sagenumwobene ›grüne Marsmännchen‹ in unserer Mitte auftauchen. Wir konnten nur hoffen, daß solche atavistischen Reaktionen zum Aussterben verurteilt waren, wenn sich rationale Menschen aller Hautfarben zusammentaten, daß sich die Frage der Hautfarbe schließlich eines Tages von selbst erledigen würde. Denn uns einte das gemeinsame Bestreben, zu überleben und unsere Gesellschaft zu vervollkommnen.

Während jener Zeit beriet ich mich mit vielen Leuten und delegierte Aufgaben, soweit das möglich war. Viele suchten auch mein Büro auf, um Vorschläge zu machen oder Beschwerden loszuwerden. Einer dieser Besucher war ein recht farblos wirkender junger JAE, ein Wissenschaftler, der sich als Chad Chester vorstellte.

»Vielleicht kennen Sie meinen Namen schon vom Hörensagen. Ich bin derjenige, der mit Kathi Skadmorr in die Unterwasserhöhlen vor Marineris hinuntergestiegen ist. Ich schätze, im Vergleich zu ihr habe ich dort keine so besonders gute Figur abgegeben.«

»Das geht vielen von uns nicht anders. Was kann ich für Sie tun?«

Chad erklärte, er habe meinen Vortrag über die fünf irdischen Stolpersteine auf dem Weg zur Zufriedenheit gehört und ihm sei aufgefallen, daß ich mich an einer Stelle auf den Leitsatz *Alle Menschen sind gleich* bezogen hätte. Er sei davon überzeugt, daß in diesem Schlagwort eine falsche Auffassung zum Ausdruck käme. Beispielsweise habe er nie das Gefühl, Kathi ebenbürtig zu sein. Das Erlebnis in den Höhlen habe ihn dazu veranlaßt, seine Gedanken zu Papier zu bringen. Seiner Meinung nach dürfe der Satz *Alle Menschen sind gleich* in keiner Grundsatzerklärung für eine utopische Gesellschaft stehen.

Als Chad gegangen war, legte ich seine Stellungnahme erst einmal beiseite. Zwei Tage später nahm ich sie mir dann doch vor. Seine Argumentation lautete wie folgt: *Es ist sinnlos, so zu tun, als wären Männer und Frauen gleich. Zweifellos sind sie in mancher Hinsicht ähnlich. Aber der Unterschied zwischen ihnen macht die Frage der Gleichheit (außer vielleicht vor dem Gesetz) gegenstandslos. Darüber hinaus bringt es die Vielfalt des genetischen Codes mit sich, daß selbst innerhalb einer Familie ganz unterschiedliche Fähigkeiten vererbt werden. ›Alle Menschen sind gleich‹ impliziert, daß alle unter gleichen Voraussetzungen miteinander konkurrieren können. Auch das ist falsch. Ein Musiker kann völlig geschäftsuntüchtig sein, ein Kernphysiker unfähig, eine Brücke zu konstruieren.*

Und so ging es seitenlang weiter. Chad schlug vor, das Motto durch folgenden Satz zu ersetzen: ›*Alle Männer und Frauen müssen die gleichen Möglichkeiten haben, ein erfülltes Leben zu führen.*‹ Die Idee gefiel mir, wenn die Formulierung auch nicht so knapp und prägnant war wie das Motto, das sie ersetzen sollte. Was mir durch den Kopf ging, war: ›Alle sind völlig verschieden.‹

Im Grunde lief jede Suche nach schlagkräftigen Parolen auf eines heraus: Innerhalb der zwangsläufig einengenden Regeln unserer neuen Gesellschaft mußte maximale Freiheit zur Selbstverwirklichung garantiert werden. Jemand erwähnte den Drachen, den JAEs früherer Tage auf einen Felsen gemalt hatten, und hob hervor, welchen Schock der unerwartete Anblick ausgelöst hatte. Und doch müsse die schöpferische Kraft auch weiterhin das Unerwartete schaffen, damit unsere Gemeinschaft nicht zugrunde ging. Spielraum war notwendig, dennoch wurde allgemein akzeptiert, daß unsere Gesellschaft nach festgelegten Regeln funktionieren müsse. Kreativität hatten wir bitter nötig; was wir nicht brauchen konnten, waren Dummheit und Ignoranz.

Wir hatten gerade mit der Diskussion von Bildungsfragen begonnen, als eine schlanke, gutaussehende junge Frau mit dunklen Haaren vortrat. Aus den Taschen ihres Arbeitsanzugs zog sie mehrere verschiedenartig geformte, glitzernde Gegenstände und legte sie auf einen der Tische in der Mitte.

»Ehe wir hier über eine wohlgeordnete Gesellschaft debattieren«, sagte sie, »sollten wir uns lieber mit dem Gedanken vertraut machen, daß der Mars bereits von einer höheren Lebensform besiedelt ist. Sie hat diese schönen Dinge gefertigt und später weggeworfen, da sie offenbar nicht mehr gefielen.«

Im ganzen Raum erhob sich Tumult. Jeder wollte die feinen Gebilde untersuchen, die offenbar aus Glas gemacht waren. Den Umrissen nach wirkten manche wie durchsichtige kleine Modelle von Elefanten, Schnecken, Igeln, Hündchen, Flußpferden, Fossilien, Felsblöcken oder auch Schamlippen und Phalli. Sie alle waren hell und angenehm anzufassen, doch diejenigen, die nach diesen Gegenständen griffen, machten bestürzte Gesichter. Wider jede Vernunft hatten wir im Hinterkopf schon immer den Verdacht gehabt, auf dem größtenteils unerforschten Planeten könne es Leben geben.

Die junge Frau ließ die von ihr inszenierte Aufregung erst einmal ihre Wirkung tun, dann sagte sie laut: »Ich bin Areologin, die marsianische Version einer Geologin. Eine Woche lang habe ich allein auf der Marsoberfläche gearbeitet. Machen Sie sich keine Sorgen: Das ist Felskristall mit der chemischen Formel SiO_2. Nichts anderes als durchsichtiger Quarz, geschaffen von Mutter Natur.«

Das löste ein Geschrei aus, in dem Unmut und Beifall mitschwangen. Lachend erklärte die junge Areologin: »Ich wollte euch nur einen kleinen Schrecken einjagen, wo ihr doch gerade dabei sind, all diese schönen Lebensregeln aufzustellen.«

Während die Menge sich wieder beruhigte, lud ich sie ein, neben mir Platz zu nehmen. Sie war lebhaft und nervös. Sie hieß Sharon Singh und hatte zur einen Hälfte englische, zur anderen indische Vorfahren. Einen Großteil ihres jungen Erdenlebens hatte sie in den Tropen verbracht.

»Dann sagt Ihnen der Mars bestimmt nicht sonderlich zu«, bemerkte ich.

Sie wackelte mit dem Zeigefinger. »Ach, es ist ein Abenteuer. Im Unterschied zu Ihnen habe ich ja nicht vor, für immer auf dem Mars zu leben. Außerdem gibt es hier jede Menge lebenslustige Männer, denen eine kleine Romanze gerade recht kommt. Das macht doch den wahren Sinn des Lebens mit aus, finden Sie nicht? Ich bin der romantische Typ...« Sie blitzte mich lächelnd an, dann musterte sie mich ernsthaft. »Was denken Sie gerade?«

Das konnte ich ihr unmöglich verraten. Statt dessen sagte ich: »Ich habe gerade daran gedacht, daß wir diese hübschen Felskristalle als Erinnerungsstücke verkaufen können, wenn es mit den Matrixreisen wieder losgeht.«

Sharon Singh lachte spöttisch und ließ flüchtig ihre hübschen weißen Zähne sehen. »Manche Dinge sind nicht verkäuflich!« Sie wackelte erneut mit dem Zeigefinger.

In jener Nacht fand ich keinen Schlaf. Die ganze Zeit gingen mir dieses Lächeln, diese dunklen, von dichten Wimpern gesäumten Augen, diese Nonchalance und dieses Wackeln mit dem Zeigefinger im Kopf herum. Vorbei war es mit meinen ernsthaften

Gedanken, vorbei mit den guten Vorsätzen. Ich dachte... nun ja, ich dachte daran, Sharon Singh notfalls (und mit Freuden) zur Erde zu folgen. Und daran, daß ich alles darum geben würde, sie eine Nacht lang in meinen Armen zu halten.

Um diese Sehnsucht nach Sharon Singh zu sublimieren, führte ich Gespräche mit so vielen Männern und Frauen wie möglich. Ich lotete ihre Meinungen aus und gewann ein Bild davon, wie sie unsere Situation und die praktischen Möglichkeiten sahen, anständig zu leben. Die meisten Frauen und auch einige Männer erzählten mir ganz offen von ihrem Leben auf der Erde. Ich traf auf keinen, der keine Probleme gehabt hätte. Manche hatten unter eigenen charakterlichen Mängeln gelitten; andere, vielleicht nicht ganz so ehrlich, hatten alles auf ›das System‹ geschoben. Nur wenige hatten feste religiöse Überzeugungen, allerdings drückten viele ihr Interesse an Astrologie aus oder an anderen altmodischen Methoden der Vorhersage. Ein Mann erzählte mir mit recht theatralischem Getue: »Es ist Bestimmung! Ich wußte vom Tag meiner Geburt an, daß es mir bestimmt war, auf dem Mars zu sterben!«

Es ging mir nicht darum, ihre Glaubensgrundsätze zu erschüttern. Aber ich schloß die Gespräche stets mit der Bemerkung ab: »Hier können wir die Chance nutzen, unser Leben neu zu gestalten.« Mit jeder Begegnung wuchs meine Liebe zu den Menschen und ihren Sorgen.

Als ich eines Tages die Kim-Stanley-Robinson-Straße hinunterging, meldete sich mein Quantencomputer. Die Stimme einer Frau bat um einen Termin. Eine halbe Stunde später sah ich mich mit Willa Mendanadum und ihrer vollschlanken Gefährtin Vera White konfrontiert. Ich empfing sie in meinem Büro. Mit Vera in ihren üppigen lilafarbenen Gewändern wirkte das Zimmer noch kleiner als sonst. Willa hatte eine herrische Stimme, Vera eine ganz zarte.

»Sie wissen sicher, daß Vera und ich Mentaltropistinnen* sind, die besten, die es gibt«, erklärte Willa. »Ihr Bestreben, eine utopische Gesellschaft aufzubauen, unterstützen wir zwar, aber wir müssen Ihnen leider sagen, daß das ein Ding der Unmöglichkeit ist.«

»Und wieso?« fragte ich. Von ihrer hochnäsigen Art war ich nicht gerade angetan.

»Weil die menschliche Natur im allgemeinen und die von einzelnen Individuen im besonderen höchst widersprüchlich ist. Wir glauben, daß wir Ruhe und Ordnung brauchen, aber das autonome Nervensystem verlangt nach einem bestimmten Grad von Unordnung und Aufregung.«

»Ist der Aufenthalt auf dem Mars nicht Aufregung genug?«

»Nein, ganz und gar nicht«, erwiderte sie steif. »Wir haben nicht einmal die Katharsis, die S & G-Filme beim Zuschauer auslösen.«

Ich war leicht verwirrt. Vera bemerkte es und warf mit ihrer Fistelstimme ein: »Sex und Gewalt, Mr. Jefferies. Sex und Gewalt.« Dabei dehnte sie die beiden Silben des Wortes *Gewalt* und stülpte beim W den Mund vor.

»Also betrachten Sie Utopia als aussichtsloses Projekt?«

»Es sei denn, daß…«

»Daß…?«

Vera White richtete sich zu voller Größe auf. »…daß die ganze Belegschaft einen Kurs in Mentaltropie absolviert.«

---

* Im Englischen ›mentatropists‹, Kunstwort aus ›mental‹ (geistig/seelisch) und ›tropist‹ (vom griechischen Wort tropos = Wandel). – *Anm. d. Ü.*

»Einschließlich der Wissenschaftler«, ergänzte Willa mit tiefer Stimme.

Nachdem ich mich bei ihnen für ihr Angebot bedankt hatte – ich versprach, ADMINEX werde sich damit befassen –, rauschten sie mit vollen Segeln ab. Kurz darauf kam Kissorian herein und bemerkte, ich wirke ja wie vor den Kopf geschlagen.

»Ich habe gerade Bekanntschaft mit Mentaltropistinnen gemacht«, erwiderte ich.

Er lachte. »Ach so, das Willa-Vera-Gespann!« Und unter diesem Namen wurden sie bekannt.

Uns war stets bewußt – jedenfalls in diesen frühen Tagen –, daß wir auf dem Antlitz des Mars, dieses düsteren, staubigen Planeten, nicht mehr als eine Pustel waren. Der Mars war immer präsent. Er gab nicht nach, wahrte Distanz. Trotz moderner wissenschaftlicher Hilfsmittel konnte man unsere Lage bestenfalls als prekär bezeichnen.

Die statische Natur der Welt, der wir ausgesetzt waren, schlug vielen schwer aufs Gemüt, vor allem den hochsensiblen Menschen. Die Marsoberfläche war über Äonen seiner planetaren Geschichte hinweg stabil, unverändert, *leblos* geblieben. Verglichen mit seinem unruhigen Nachbarn, unserer alten Heimat, blickte der Mars auf eine nicht sonderlich bewegte tektonische Geschichte zurück. Es war eine Welt ohne Ozeane und ohne Gebirgsketten. Ihre auffälligsten Gebilde waren der Tharsis-Buckel, diese seltsam gravitätisch anmutende Abnormität, und der einzigartige Olympus Mons. Nach der vertrauten ständigen Veränderung auf dem dritten Planeten jagte dieser schon so lange während Stillstand vielen Menschen Angst ein. Es kam ihnen so vor, als habe man sie im Tal der Könige in eines der Pharaonengräber gesperrt. Dieses zwanghafte Gefühl der Isolation wurde als *Areophobie* bekannt, und ADMINEX bestellte eine Gruppe junger Psychurgen ein, die sich mit den schlimmsten Fällen befassen sollten. Einige von ihnen hatten mir wegen der einunddreißig Selbstmorde seinerzeit Vorwürfe gemacht und erklärt, man hätte sie rechtzeitig einschalten müssen, dann hätten sie manches kostbare Leben durch Therapie retten können. Ich stellte fest, daß viele von ihnen enorme Hochachtung vor dem Willa-Vera-Gespann hatten. Die beiden Mentaltropistinnen waren wohl doch nicht die Witzblattfiguren, für die ich sie gehalten hatte. Die Psychurgie hatte sich aus der Kombination aus klassischer Psychotherapie und jüngerer Genomforschung entwickelt. Dagegen schlug sich in der Mentaltropie ein neues Verständnis des Gehirns und des Bewußtseins nieder, und ihr Ansatz für die Therapie geistig-seelischer Probleme war viel direkter.

Wie die Psychurgen uns berichteten, litten die an Areophobie Erkrankten unter widersprüchlichen Vorstellungen: Mit der Furcht vor völliger Isolation ging die Angst einher, es könne plötzlich etwas Lebendiges, Fremdartiges auftauchen. Es handelte sich um eine Variation der ›Angst vor dem Unbekannten‹. Nach Beratungsgesprächen – bei denen die Therapeuten darauf insistierten, daß der Mars eine tote Welt sei, in der kein Leben existieren könne – legte sich diese Angst. Meiner Meinung nach war sie ohnehin vor allem von H. G. Wells und seinen Jüngern geschürt worden. Ich wies darauf hin, daß der Mars im menschlichen Denken eine positive, wissenschaftliche – mit einem Wort: rationale – Funktion gehabt habe. Um das zu untermauern, bat ich Charles Bondi um Erläuterungen. Bondi betrachtete meine Versuche, die Gesellschaft zu neuen Ufern zu steuern, zwar als Zeitverschwendung, aber er war gerne bereit, sich über die Bedeutung des Mars für den Fortschritt menschlichen Denkens auszulassen. Er beendete seine Ausführungen mit den Worten: »Der große Johannes Kepler hat die Umlaufbahn des Himmelskörpers untersucht, auf dem wir uns derzeit befinden, und dadurch die drei Gesetze der Planetenbewegung aufstellen können. Die Raumfahrt hat sich auf diese Gesetze gegründet. Den Namen Kepler werden wir wegen dieser brillanten Berechnungen stets in Ehren halten. Und auch deswegen, weil er rationale Erklärungen für das gesucht hat, was vorher nur Hirngespinste waren. Falls wir lange genug auf dem Mars bleiben, wird sich unser exzentrischer Freund Thomas Jefferies wohl an einem ähnlichen Kraftakt wie Kepler versuchen – allerdings auf soziologischer Ebene. Er wird versuchen, das, was bislang ein Mischmasch gegensätzlicher Verhaltensmuster war – meiner Meinung nach allerdings auch Quelle unserer Kreativität – auf bestimmte Regeln zurückzuführen und zu ordnen.« Diesen abschließenden Seitenhieb hatte sich Bondi nicht verkneifen können.

Er hatte recht, wir hatten uns viel vorgenommen. Aber im Unterschied zu Bondi meinte ich, daß wir es schaffen konnten. Und zwar deswegen, weil wir nur wenige waren und ein besonderer Umstand uns begünstigte: Man hatte uns alle speziell wegen unseres Interesses an sozialen Fragen ausgewählt.

Mitten in der Diskussion stand einmal der JAE Youssef Choihosla auf und erklärte, das alles sei vergebliche Liebesmüh. »Welche Verhaltensregeln wir auch aufstellen mögen – selbst jene, auf die wir uns wirklich alle einigen –, wir werden gegen diese Regeln verstoßen. Das liegt in der menschlichen Natur.« In diesem Tenor machte er weiter, bis ihn eine vornehm wirkende Dame unterbrach und scharf fragte, ob er der Meinung sei, wir bräuchten keine Regeln. Choihosla zögerte mit der Antwort.

»Falls wir jedoch Regeln brauchen«, fuhr die Frau, ihren Vorteil nutzend, fort, »ist es dann nicht vernünftig, sich auf die besten Regeln zu einigen und sich auch daran zu halten, soweit irgend möglich?«

Choihosla ging in die Defensive. Er erklärte, er habe sein soziales Jahr in einem Heim für Geistesgestörte in Sarajewo abgeleistet und dort schreckliche Dinge erlebt. Aufgrund dieser Erfahrung sei er überzeugt, daß sich das, was Carl Jung ›Schattenseiten‹ nenne, immer und überall manifestiere. Folglich sei es sinnlos, sich auch nur ansatzweise um die Verwirklichung einer Utopie zu bemühen. Man könne nicht Moralität in ein System pumpen, das dafür nicht gerüstet sei. (Ein, zwei Jahre später sollte er Anschauungen äußern, die viel positiver ausfielen.)

Mehrere Leute versuchten, darauf zu antworten. Die Frau, die zuvor gesprochen hatte, brachte sie mit ihrer klaren, festen Stimme zum Schweigen. Sie hieß Belle Rivers und leitete die Schule, die man für die Kinder des längerfristig auf dem Mars stationierten Personals eingerichtet hatte. »Sie fragen, warum überhaupt Gesetze? Sind nicht in jeder Gesellschaft Gesetze genau dazu da, menschliche ›Schattenseiten‹ in Schach zu halten? Als wissenschaftlich gebildete Menschen wissen wir, daß unser Körper ein Museum evolutionsbiologischer Geschichte darstellt. Auch unsere Psyche ist uralt. Ihre Wurzeln liegen in Zeiten, in denen wir uns noch gar nicht als *Menschen* bezeichnen konnten. Nur unser individueller Verstand gehört zur Ontologie und ist vergänglich. Es sind die Kreaturen, die im Unbewußten hausen – Jung nennt sie Archetypen –, die der Spezies Mensch ein bestimmtes Verhalten einsoufflieren, genau wie Ihr ›Schatten‹. Diese Archetypen leben in einer inneren Welt, in der der Puls der Zeit nur ganz langsam schlägt. Geburt und Tod einzelner Menschen bedeuten hier kaum etwas. Diese

Archetypen sind recht sonderbar: Als sie ins bewußte Denken Ihrer Patienten in Sarajewo vorstießen, haben sie zweifellos Psychosen heraufbeschworen. Die Psychurgen werden es Ihnen bestätigen. Aber wir moderne Menschen wissen um diese Dinge. Die Archetypen sind uns seit mehr als hundert Jahren vertraut. Anstatt sie zu fürchten und sie nach Möglichkeit zu unterdrücken, sollten wir uns bemühen, mit ihnen zurechtzukommen. Das heißt, mit uns selbst zurechtzukommen. Ich denke, wir müssen unsere Regeln entschlossen und ohne Angst aufstellen und uns dabei von den uns bewußten Wünschen leiten lassen. Darüber hinaus betrachte ich es aber auch als heilsam, wenn wir ebenso unsere unbewußten Wünsche berücksichtigen. Deshalb schlage ich vor, alle sieben Tage ein Bacchanal zu feiern, bei dem die normalen Verhaltensregeln außer Kraft gesetzt sind.«

Ich sah unvermittelt zu der Bank hinüber, auf der Sharon Singh saß. Sie blickte mit heiterer Miene zur Decke und tippte mit ihren langen Fingern sanft gegen die Sitzlehnen. Während um sie herum Gebrüll und Ordnungsrufe laut wurden, blieb sie völlig gelassen.

Ein alter Mann mit zerzaustem Haar stand auf und ergriff das Wort. Früher war er einmal Gouverneur der Seychellen gewesen, er hieß Crispin Barcunda. Wir hatten uns schon oft miteinander unterhalten, und mir gefiel seine Art von Humor. Wenn er lachte, blitzte ein Goldzahn auf, was wie ein geheimes Signal wirkte. »Diese charmante Dame hat einen durchaus praktikablen Vorschlag gemacht«, sagte er und versuchte gleichzeitig, seine weiße Haarmähne zu bändigen. »Warum sollten wir nicht hin und wieder ein munteres Gelage veranstalten? Niemand auf der Erde muß davon erfahren. Hier, auf dem Mars, sind wir ja ganz unter uns, nicht wahr?« Er trug das auf so drol-

152

lige Weise vor, daß manche lachten. Doch dann wurde Crispin ernster. »Es ist doch merkwürdig, nicht wahr, daß, ehe wir überhaupt unsere Gesetze festgelegt haben, der Vorschlag kommt, sie alle sieben Tage außer Kraft zu setzen. Wie sehr wir die Aufhebung von Einschränkungen auch begrüßen mögen, sie birgt Gefahren... Soll der Tag *nach* einem solchen Bacchanal zum *Aufwischtag* erklärt werden? Oder zum *Verbandstag* der eingeschlagenen Köpfe? Oder zum *Tag der gebrochenen Herzen, der Tränen und Streitereien?*«

Sofort sprangen andere auf und brüllten herum. Der Zwischenruf »Versuchen Sie bloß nicht, auch noch unser Sexleben!« zu regulieren wurde von vielen aufgegriffen.

Crispin Barcunda wirkte ungerührt. Als der Lärm sich ein wenig gelegt hatte, setzte er seinen Redebeitrag fort. »Da hier alles außer Rand und Band ist, möchte ich Ihnen gern etwas vorlesen. Dabei haben alle Gelegenheit, sich wieder zu beruhigen.« Er zog ein zerfleddertes, in Leder gebundenes Buch aus der Tasche seines Overalls, schlug es auf und erklärte: »Ich habe dieses Buch auf die Reise zum Mars mitgenommen – für alle Fälle. Es hätte ja sein können, daß ich schon nach drei Monaten Reisezeit aufgewacht wäre, dann hätte ich was zum Lesen gebraucht. Dieses Buch stammt aus der Feder eines Mannes, den ich sehr bewundere. Alfred Russel Wallace* ist eines jener nachgeborenen Kinder, die unser Freund Hal Kissorian neulich in seinem bemerkenswerten Beitrag erwähnt hat. Sein Buch trägt den Titel ›Die malaiische Inselwelt‹. Meiner Meinung nach hat es uns Marsbewohnern Wertvolles zu sagen.«

Barcunda begann vorzulesen: *»Ich habe im Osten in*

---

* Alfred Russel *Wallace* (1823–1913), britischer Naturforscher, Arbeiten zur Theorie natürlicher Selektion. – *Anm. d. Ü.*

Gemeinschaften von Eingeborenen gelebt, die weder Gesetze noch Gerichte kannten. Das einzige, was sie in solchen Dörfern hatten, war die öffentliche Meinung, die freien Ausdruck fand. Dort beachtet jeder peinlich genau die Rechte des anderen, diese Rechte werden selten oder nie verletzt. In einer solchen Gemeinschaft sind alle nahezu gleichgestellt. Die große Kluft zwischen Wissen und Unwissenheit, Reichtum und Armut, Herren und Knechten, Folge unserer Zivilisation, existiert dort nicht. Es gibt auch nicht die bei uns so fein verästelte Arbeitsteilung, die zwar den Wohlstand mehrt, aber auch zu Interessenkonflikten führt. Ebensowenig herrschen dort der erbitterte Konkurrenzkampf, der Kampf ums Überleben oder der Kampf um Profit, den unsere zivilisierten Länder mit ihrer Bevölkerungsdichte zwangsläufig hervorgebracht haben. Deshalb fehlt auch jeder Anreiz zu schwerwiegenden Verbrechen. Kleinere Vergehen verbieten sich zum Teil schon aufgrund des Gewichts der öffentlichen Meinung, vor allem jedoch, weil dort ein natürlicher Gerechtigkeitssinn und Achtung vor den Rechten des Nachbarn herrschen. Offenbar sind diese Empfindungen in bestimmtem Maß in jeder Rasse von Menschen angelegt und ausgeprägt.«

Er klappte das Buch zu und sagte: »Herr Vorsitzender, ich schlage vor, daß wir nur ein einziges Gesetz verabschieden: ›Du sollst nicht mit deinem Nachbarn konkurrieren!‹«

Sofort rief ein JAE: »Für Euch VES mag das ja ganz wunderbar sein. Aber wir Jüngeren müssen konkurrieren – die Frauen reichen nicht für uns alle!« Wieder sah ich zu Sharon Singh hinüber. Sie betrachtete ihre Fingernägel, als gehe sie das überhaupt nichts an.

Nach Ende der Sitzung unterhielt ich mich mit Barcunda. Ich bemerkte, leider sei unsere Lage nicht so günstig wie die der Eingeborenen bei Wallace. Er erwiderte, abgesehen vom Sonnenschein sei unsere Situation sogar überraschend ähnlich. Unsere Arbeit sei nicht anstrengend, unsere Ernährung ausreichend, unser Besitz gering. Außerdem gehe es uns in einer Hinsicht besser als Wallaces Eingeborenen: Unsere Lage sei völlig neuartig. Millionen von Meilen von der Erde entfernt, müßten wir zwangsläufig dazulernen.

»Es ist entscheidend«, sagte er, »daß wir uns gesunden Menschenverstand und Humor bewahren und schnell Regeln für ein Leben in Gerechtigkeit aufstellen. Völlige Übereinstimmung werden wir nie erzielen. Manchen Leuten macht es nämlich schlicht und einfach Spaß, *dagegen* zu sein. Die Mehrheit muß entscheiden. Unser Leitfaden darf nicht so wirken, als hätten nur VES daran mitgewirkt, denn das würde den Heißspornen unter den JAEs Gelegenheit geben, gegen Autoritäten zu rebellieren. Hier können sie ihre Männlichkeit leider nicht dadurch unter Beweis stellen, daß sie hinaus in den Dschungel ziehen und sich mit Löwen und Gorillas herumschlagen. Also würden sie statt dessen gern einen Ringkampf *mit uns* veranstalten.« Er gestikulierte und zog wilde Grimassen, um seinen Standpunkt zu verdeutlichen.

»Sie können doch wohl nicht ernsthaft behaupten, ich sei ein besonders diktatorischer Vorsitzender!«

»Ich nicht. Andere schon. Es könnte passieren. Nehmen Sie sich einen Tag frei, Tom. Überlassen Sie den Vorsitz einem jungen Rebellen. Kissorian wäre ein geeigneter Kandidat – mal abgesehen davon, daß er einen so witzigen Namen hat.«

»Und Kissorian geht dann je nach sexuellen Gunstbezeugungen vor, was?«

Crispin sah mich vielsagend an und stellte fest, es müsse ein Gesetz zur Verbesserung des marsianischen Kaffees her. »Tom, Spaß beiseite, wir haben großes Glück, daß wir das Pech gehabt haben, auf dem Mars zu stranden! Wir beide betrachten das Überleben der

Menschheit auf einem Planeten, auf dem wir nicht geboren wurden, als außergewöhnlichen, als revolutionären Schritt. Ich habe Ihrer Rede über die Stolpersteine mit einiger Ungeduld gelauscht. Sie sollten endlich auf jenen Stolperstein eingehen, den wir eindeutig hinter uns gelassen haben – die allumfassende, systematische Darstellung von Sexualität und Gewalt als wünschenswert und überaus wichtig. Hier strömen diese Dinge nicht mehr ständig aus den Fernsehgeräten und AMBIENT-Schirmen. Ich denke, ohne dieses Zuckerbrot und ohne diese Peitsche kann es uns in moralischer Hinsicht nur besser gehen.«

Bei der folgenden ADMINEX-Sitzung (wie immer wurde sie für AMBIENT aufgezeichnet) diskutierten wir diesen Aspekt: die permanente Ausstrahlung von lebensecht nachgestellten Sex- und Gewaltszenen in den Medien. Kissorian und Barcunda hatten wir dazu geholt. In einem Punkt stimmten wir überein, wenn einige auch gewisse Vorbehalte hatten: Die Medien hatten die meisten von uns durch die ständige Darstellung von Gewalt und Promiskuität soweit indoktriniert, daß wir diese Dinge inzwischen als wesentlichen Bestandteil des Lebens hinnahmen. Zumindest beherrschten sie unser Unterbewußtsein mehr, als wir zugeben wollten.

»Wenn es einen Mann juckt, wird er sich kratzen – da kann er noch so philosophisch daherreden«, umschrieb es Barcunda leidlich elegant.

Wenn die *Sex and Crime*-Kultur sich also nicht ständig selbst mit Bildern feiern konnte, bestand gute Aussicht auf eine Gesellschaft, in der Aggressivität nicht so verbreitet war. Aber Kissorian war anderer Meinung: »Sex ist eine Sache, Gewalt eine ganz andere. Barcunda verrührt das zu einer üblen Mischung, wenn er von ›Zuckerbrot und Peitsche‹ spricht. Ich bin ja auch der Meinung, daß wir hier sehr gut ohne

die Darstellung dieser Aktivitäten im Fernsehen auskommen. Aber glauben Sie mir: Sex brauchen wir!
Was haben wir denn sonst? Alles andere ist doch
Mangelware. Auf jeden Fall brauchen wir Sex. Sie
reden, als sei daran irgend etwas unnatürlich.«

Barcunda wandte ein, er sei nicht gegen Sex, er sei
nur gegen die ständige und unnötige Darstellung aller
denkbaren Sexpraktiken. »Das ist doch Privatsache«,
sagte er und lehnte sich über den Tisch. »Wenn man
aber so etwas auf dem Bildschirm zeigt, verwandelt
man es in einen öffentlichen, in einen politischen Akt.
Und so versumpfen langsam, aber sicher die tiefen
Gewässer des geistigen Lebens.«

Kissorian schielte auf seine Nasenspitze. »Ihr VES
solltet mal zur Kenntnis nehmen, wie hier herum-
gevögelt wird. Man könnte meinen, wir wären auf der
Venus.«

Kathi Skadmorrs Erlebnisse als Höhlenforscherin hatten sie zur Heldin gemacht. Am Ende der Sitzung
kam der Vorschlag, ich solle sie zur Mitarbeit bei
ADMINEX gewinnen – allein schon deswegen, weil
man das Gremium bei den Menschen stärker veran-
kern müsse. Ich war einverstanden, allerdings nicht
sonderlich darauf erpicht, über AMBIENT eine weitere Auseinandersetzung mit Kathi zu führen.

Crispin Barcunda und ich setzten unsere Diskussion
über Zuckerbrot und Peitsche später in privatem Rahmen fort. Eine der Kernfragen lautete: Würden Liebe
und Sex nicht *mehr* Spaß machen, wenn sie zur Privatsache wurden? Würde nicht der Liebesakt eine kostbare Intimität zurückgewinnen, wenn er nicht mehr
ständig in den Medien gezeigt werden würde? Und
wie sollte man das ohne Zensur bewerkstelligen? Wie
die öffentliche Meinung beeinflussen, daß sich die
Menschen freiwillig dafür entschieden, diesem Gift zu

entsagen (so wie die Menschen früherer Zeiten den Vergnügen des Hahnenkampfs, der Sklaverei und des Tabakkonsums entsagt hatten)?

»Sie wollen einen Schritt vorwärts tun«, sagte Crispin, »und die Menschheit bessern? Vielleicht kann man das, vielleicht auch nicht. Aber versuchen wir's, Tom! Immerhin gibt es unserem Leben hier ein Ziel. Verbesserung bedeutet ein Brechen mit der Vergangenheit, nicht deren Fortsetzung. Wenn es nach den Terraformern und Grundstücksmaklern gegangen wäre, hätte sich die Vergangenheit fortgesetzt. Vielleicht können wir es schaffen. Aber jedem, der annimmt, Sexualität und Erotik an sich seien kein Segen für die Menschheit, muß ich energisch widersprechen. Je älter ich werde und je schwieriger Sex wird, desto stärker bin ich davon überzeugt, daß ohne Sex kein erfülltes Leben möglich ist.«

Ich konnte ihm nur beipflichten. »Wir müssen versuchen, das Denken zu beeinflussen. Das ist nicht nur für unseren kleinen Außenposten wichtig. Wir werden hier nicht für immer von allem abgeschnitten sein. Sobald EUPACUS oder seine Nachfolger sich erholt haben, sobald die Weltwirtschaft wieder funktioniert, wird es auch wieder Matrixreisen geben. Bis dahin müssen wir unser Mini-Utopia aufgebaut und ins Laufen gebracht haben. Schon damit wir der Erde, zu der die meisten von uns zurückkehren möchten, ein leuchtendes Beispiel geben können.«

»Dann wird vielleicht auch auf der Erde – wie in der guten alten Inselgemeinschaft von Wallace – das Ideal erreicht, daß jedermann die Rechte seines Mitmenschen achtet.« Bei diesen Worten sah mir Crispin ernsthaft und mit kurzsichtigem Blick in die Augen. »So daß er ihn beispielsweise nicht umlegt oder mit dessen Ehefrau ins Bett geht.«

Er war ein guter Mann. Immer wenn ich mit ihm

sprach, war ich mir sicher, daß wir zu einer besseren, glücklicheren Menschheit werden konnten – ohne das jämmerliche Bedürfnis nach Zuckerbrot und Peitsche.

»Jetzt gehen Sie besser und bewegen Skadmorr zur Mitarbeit«, sagte er. »Sie wird das Durchschnittsalter von ADMINEX um ein paar Jahre senken.«

Am nächsten Morgen war ich früh auf den Beinen. Die immer mal wieder vom Boden abhebenden Jogger tummelten sich bereits auf den Straßen. Zwar hatten wir die Frage der marsianischen Datumsgrenze noch immer nicht geklärt, aber wenigstens das Problem der Einteilung von Tagen und Wochen gelöst. Die Achsenrotation des Mars bringt es mit sich, daß der Tag dort 69 Minuten länger als auf der Erde dauert. Zuzeiten von EUPACUS war nach drei Uhr morgens eine zusätzliche ›Stunde‹ von 69 Minuten eingeführt worden, die sogenannte ›Stunde X‹. Die anderen Stunden entsprachen denen auf der Erde.

Die Einführung einer Stunde X hatte zur Folge, daß anfangs die auf der Erde fabrizierten Uhren jeden Tag neu gestellt werden mußten. Aber ein pfiffiger junger Techniker namens Bill Abramson wurde dadurch berühmt, daß er den sogenannten ›X-Auslöser‹ einführte, einen Chip, der die angezeigte Zeit jede Nacht 69 Minuten lang anhielt. Danach gingen die Uhren ganz normal weiter. Da wir daran gewöhnt sind, das Fortschreiten des Tages in Stunden zu messen, beschwerten sich nur wenige über diese mehr oder weniger provisorische Lösung. Aber sie brachte es mit sich, daß die Menschen der Uhrzeit nach recht früh schon unterwegs waren.

Wenn ich die Szenerie um mich herum betrachtete, konnte ich für den Unterschied zu meiner Heimatstadt auf der Erde nur dankbar sein. Diese Stadt mit ihrer byzantinischen Architektur beherbergte Tausende von Menschen, die wie Bienen in ihren Waben eingesperrt waren, während das AMBIENT-Netz viele ihrer Bedürfnisse erfüllte. Sobald die Sonne sank, überfluteten pornographische Bilder die Hausfassaden. Unterhalb der grandiosen Skyline, unbeachtet vom Gewirr auf den Straßen lebten die Nichtseßhaften, die sich vom Abfall der Stadt ernährten und von den kostenlosen Pornos berieseln ließen.

Doch hier, unter den niedrigen Kuppeldecken, lag eine gesündere Welt. Über unseren Köpfen liefen bunte Plastikröhren nebeneinander her oder kreuzten sich, die Schaumstoff-Fliesen unter unseren Füßen hatten knallige Muster, die Beleuchtung war geschmackvoll. An jeder Kreuzung wuchsen Pflanzen, zwischen denen Vögel umherflogen und zwitscherten. Diese Welt wirkte abstrakter und in ihrer Überschaubarkeit gleichzeitig menschlicher als die Städte auf der Erde. Mir kam eine Ausstellung in den Sinn, die ich mir im Rathaus meiner Heimatstadt angesehen hatte. Die Werke stammten von einem klassischen Künstler des 20. Jahrhunderts, Hubert Rogers. Jene Zukunftsvisionen, von denen ich als junger Mann so inspiriert worden war, hatten hier Gestalt angenommen. Während ich auf einen Jojo-Bus aufsprang, schwelgte ich in der Erinnerung.

Es war kurz vor sechs Uhr morgens, als ich bei Mary Fangold im Krankenhaus vorbeischaute. Mit dieser ebenso vernünftigen wie attraktiven Frau besprach ich immer gerne die aktuellen Ereignisse. Außerdem wollte ich im Krankenhaus auch meine Adoptivtochter besuchen, ihr implantiertes Bein war inzwischen schon fast funktionsfähig.

Doch die erste Person, die mir begegnete, war Kathi Skadmorr. Sie kam mit großen Schritten aus der Sporthalle, um den Hals ein Handtuch geschlungen. Sie sah aus wie der Inbegriff von Gesundheit.

»Hallo! Ich habe mir die Diskussion angehört, in der Sie die ständige Berieselung mit Sex- und Gewaltprogrammen kritisiert haben. Endlich sagt er mal was Vernünftiges, habe ich mir gedacht.« Ihr Ton war freundlich, sie sah mich mit ihren dunklen, wimpernumschatteten Augen aufmerksam an. »Was wir normalerweise privat treiben, sollte auch privat bleiben. Waren das nicht Ihre Worte? Ist doch eigentlich eine recht einfache Angelegenheit.«

»Aber nicht so leicht durchzusetzen.«

»Wie wär's denn, wenn Sie die Leute einfach auffordern, es für sich zu behalten?«

»Besser, man hat ihr Einverständnis, als einfach Anweisungen zu erteilen.«

»Sie könnten zunächst die Anweisung erteilen und nachträglich das Einverständnis einholen. Denken Sie an die alte Redensart, Tom: ›Hat man sie erst einmal bei den Eiern, kommen Herz und Verstand schon nach.‹« Sie kicherte.

»Und was tun Sie hier so früh am Morgen?«

»Ich bin von der Wissenschaftsabteilung rübergekommen, um meine Freundin Cang Hai zu besuchen. Danach habe ich eine Stunde Fitness-Training gemacht. Wollen Sie zu Ihrer Tochter?«

»Äh… ja.«

Dann fragte sie mich, was ich von Cang Hais ›anderer Hälfte‹ halte, ihrer Seelengefährtin in Chengdu. Ich mußte zugeben, daß ich noch gar nicht richtig darüber nachgedacht hatte. Ich sagte, ihre ›andere Hälfte‹ spiele in meinem Leben keine große Rolle.

»Offenbar gilt das auch für Ihre Tochter«, bemerkte sie schnippisch und fiel in ihre alte Widerborstigkeit zurück. »Sie liebt Sie wirklich, wissen Sie das eigentlich? Ich glaube, sie hat, genau wie ich, ein ungewöhnliches Bewußtsein. Vielleicht ist die ›andere Hälfte‹ ja eine Art losgelöste Widerspiegelung ihrer

Psyche. Vielleicht auch eine kleine, eingekapselte Psyche innerhalb ihrer Psyche – eine Art *Einkapselung innerhalb der Seele*. Ich befasse mich damit.«

In diesem Augenblick tauchte Mary auf. Geradeheraus wie immer forderte sie uns auf, auf einen Kaffee und ein Schwätzchen mit in ihr Büro zu kommen. »Aber wir müssen es kurz halten, höchstens zwanzig Minuten oder so. Ich habe heute viel zu tun.«

Während wir Platz nahmen, fragte ich Kathi, ob es sich bei ihrer eigenen Psyche auch um eine ›Einkapselung innerhalb der Seele‹ handelte. Ich benutzte ihre Worte.

»Mein Bewußtsein umfaßt etwas, das außerhalb meines Körpers liegt, es umfaßt den Mars. Das alles hat mit Lebenskraft zu tun. Ob Sie's glauben oder nicht: Ich bin eine Mystikerin. Ich bin in den Schlund – vielleicht auch die Vagina oder die Blase – des Mars hinabgestiegen. Die dreißig oder wie viele es waren, die hier Selbstmord begangen haben, kann ich nur verachten. Das waren hirnlose Versager. Gut, daß sie tot sind! Solche Leute können wir nicht brauchen. Wir brauchen jene, die über ihr eigenes begrenztes Leben hinausblicken.«

»Sie waren alle Opfer der Tatsache, daß sie von ihren Familien abgeschnitten wurden«, warf Mary ein.

»Sie haben ihren Familien sicher einen großen Dienst erwiesen, als sie sich umbrachten, was?« Kathi schlug ihre langen Beine übereinander und nippte an dem Kaffee, den Mary gebracht hatte. Fast wie im Selbstgespräch bemerkte sie: »Ich sehne mich nach dem, was Tom vorgeschlagen hat – nach der Befreiung des Denkens!«

Mary und ich begannen eine Unterhaltung, doch Kathi unterbrach uns erregt. »Man sollte, wie Sie gesagt haben, mit diesem ganzen Sexrummel aufhören. Schließlich dient der Sex nur der Erholung, manchmal

162

ist es angenehm, manchmal auch nicht. Ist doch nichts, was einen zur Besessenheit treiben müßte. Wenn man den Sexrummel erst einmal aus dem Weg geschafft hat, kann man wirklich wertvolle Dinge in die Köpfe stopfen. Und wenn uns weder das Fernsehen noch andere Dinge ablenken, können wir uns auf allen Gebieten weiterbilden. Wir müssen dazulernen. Wir alle. Die Zeit drängt. Zivilisation bedeutet einen Wettlauf zwischen Bildung und Barbarei – erinnern Sie sich an den Spruch? Lebenslanges Lernen. Wäre das nicht toll?«

Aus irgend einem Grund ließ ich an diesem Tag die Gelegenheit ungenutzt verstreichen, Kathi um ihre Mitarbeit bei ADMINEX zu bitten. Ich hatte wohl den Eindruck, sie würde dort einiges Porzellan zerschlagen. Allerdings fragte Kissorian sie einige Wochen später, und sie lehnte das Angebot rundherum ab – sie sei ›kein Mensch für die Arbeit in Gremien‹. Das glaubten wir ihr ohne weiteres.

Kissorian kannte auch den neuesten Klatsch und Tratsch. Er erzählte, Kathi habe eine Affäre mit Beau Stephens. »Die sind dauernd miteinander im Bett«, sagte er. Das gab uns zu denken. Beau hatte in letzter Zeit wenig Ehrgeiz an den Tag gelegt und sich nur mit den Jojo-Bussen beschäftigt.

Jetzt bemerke ich, daß ich in diesem Bericht nur selten Cang Hai erwähnt habe. Sie war treu und opferte sich für mich auf, und es ist schwer, bedingungslose Zuneigung nicht zu erwidern. Mit der Zeit konnte ich mehr und mehr mit ihr anfangen, sie war kein Dummkopf.

Aber natürlich konnte sie Antonia nicht ersetzen.

**Erinnerungen
Cang Hais**

9

Wie man den Menschen bessert

Im Krankenhaus lernte ich, mit meinem künstlichen Bein zu laufen. Anfangs war es wie taub; der Knorpel wuchs nur langsam. Inzwischen hatten sich wieder Nerven gebildet und miteinander verbunden. Es kribbelte, allerdings nicht unangenehm. Als ich das Krankenhaus jeweils für eine Stunde verlassen konnte, machte ich einen Spaziergang durch die Kuppeln und merkte dabei, wie sich meine Muskelkraft von Minute zu Minute wiederherstellte.

Während meiner Zwangspause hatte man versucht, die Atmosphäre unserer unfreiwilligen Heimstatt etwas aufzulockern. Auch die Jojo-Busse hatten einen neuen bunten Anstrich erhalten; manche waren mit phantastischen Figuren, beispielsweise mit dem ›Marsdrachen‹, verziert. Als Trennwände dienten Aquarien mit lebenden Fischen, die wie in Sonnenlicht getauchte Raumschiffe in ihren engen Behältnissen umherglitten. Die blühenden Bäume, die man jüngst entlang der Hauptverkehrsstraßen eingesetzt hatte, entwickelten sich gut, nachdem der Boden weiter aufgeschichtet worden war. Zwischen den Bäumen flatterten Aras und Papageien mit grellbuntem Gefieder umher, die genetisch so verändert waren, daß sie süß zwitscherten. Ich mochte die Vögel, obwohl ich wußte, daß sie geklont waren. Von diesen Verbesserungen angeregt, versuchte ich, Toms spartanische Behausung zu verschönern.

Als ich wieder soweit hergestellt war, daß ich mich zu meinen Kollegen gesellen konnte, entwickelte ich auch ein größeres Selbstvertrauen. Vielleicht gab mir die Freundschaft mit Kathi den nötigen Rückhalt.

So verging ein ganzes Jahr – ich meine ein Erdjahr –, und immer noch saßen wir, von allem abgeschnitten, auf dem Mars fest. Unsere Gemeinschaft setzte sich folgendermaßen zusammen: 412 ›Nicht-Besucher‹, das heißt Angehörige des Stammpersonals samt ihrer Kinder (das Stammpersonal umfaßte alle, die wissenschaftliche Versuche durchführten, Techniker, ›Betreuer‹, leitende Angestellte und weitere Personen, die vor dem Zusammenbruch von EUPACUS als Festangestellte auf dem Mars gearbeitet hatten). Diese Gruppe bestand aus 196 Frauen, 170 Männern und 46 Kindern im Alter von wenigen Monaten bis zu 15 Jahren. Nicht einbezogen sind dabei 62 Babys, die jünger als sechs Monate waren. Von den 2025 VES waren 1405 männlichen und 620 weiblichen Geschlechts; von den 3420 JAEs waren 2071 Männer und 1349 Frauen. Darüber hinaus war eine Inspektionsgruppe auf dem Mars hängengeblieben, die aus neun Ärzten (fünf Frauen und vier Männern) und 30 Flugtechnikern (28 Männern und zwei Frauen) bestand. Folglich umfaßte die Gesamtbevölkerung des Mars im Jahre 2064 5958 Personen, die Säuglinge unter sechs Monaten mit eingerechnet. Außerdem muß ich an dieser Stelle ergänzen, daß zwei Betreuerinnen aus der Gruppe der VES und 361 der weiblichen JAEs, also rund ein Sechstel der insgesamt 2172 Frauen, schwanger waren. Mit anderen Worten: Die Bevölkerung des Planeten sollte sich innerhalb der folgenden sechs Monate um rund sechseinhalb Prozent vermehren.

Das löste einige Besorgnis und viele Diskussionen aus. Es gab Vorwürfe, vor allem von den VES, obwohl sie als Gruppe nicht ganz unbeteiligt waren. Manche äußerten sich besorgt über den zusätzlichen Wasser- und Sauerstoffbedarf, den die Babys benötigten. Ein

Apotheker gestand, daß der Krankenhausapotheke die Verhütungspillen ausgegangen seien, da man auf den Zusammenbruch von EUPACUS und den Lieferstopp von Arzneimitteln nicht vorbereitet gewesen war. Danach schlugen einige VES vor, die jungen Leute sollten sich in ihrem Sexualleben etwas zügeln. Der Vorschlag kam nicht gut an – nicht zuletzt, weil viele Paare entdeckt hatten, daß Sex in der verringerten Schwerkraft des Mars einen besonderen Reiz ausübte und man den Geschlechtsakt länger ausdehnen konnte.

Ich versuchte, mit meinem Schatten-Ich in Chengdu zu kommunizieren. Meine Botschaft lautete: »Wieder einmal erhebt das Schreckgespenst der Überbevölkerung sein Haupt – und das auf einem fast leeren Planeten!« Zu meiner Verwirrung empfing ich als Antwort das Bild eines kahlen Heidemoors, das anscheinend von einer Schneeschicht bedeckt war. Doch als ich mir diesen Schnee genauer ansehen wollte, löste er sich in eine große Schar weißer Gänse auf. Die Gänse sammelten sich und stiegen in den Himmel empor. In dichter Formation zogen sie ihre Kreise. Ihre Flügel rauschten dabei so, als werde ein lederner Gong angeschlagen. Der Boden unter ihnen war verschwunden. Das alles war sehr schön, aber nicht sonderlich hilfreich.

Eines Abends machten Tom und ich einen Spaziergang und diskutierten dabei über das Bevölkerungsproblem. Ein Streifen des Bürgersteigs war mit Rasen bedeckt. In der Kuppel gezüchtet, ahmte er ein natürliches Wachstum nach und wurde regelmäßig gestutzt. Wir befanden uns in der Spinnengras-Straße, der früheren Heinlein-Straße. Man hatte sie umgetauft und nach den Pflanzen benannt, die Hydroxyle absorbierten, genau wie Poulsen es beschrieben hatte. Wenn es abend wurde, mochte ich diese Straße besonders gern. Dann nämlich dämpfte der Quantencomputer, der die atmosphärischen Bedingungen in unseren Habitaten steuerte, die Beleuchtung und senkte die Temperatur für die Nacht um fünf Grad. Eine leichte Brise ließ die Pflanzen rascheln. Obwohl von Menschenhand gesteuert, war es ein sanftes, natürliches Geräusch.

Bei Tom eingehakt, fragte ich ihn, wann und wie er unser Sexualverhalten zu regulieren gedenke. Er antwortete, jeder Versuch einer Regulierung wäre zum Scheitern verurteilt. Sexualität sei ein lebenswichtiger und dominierender Bestandteil unserer Existenz. Angesichts der Tatsache, daß wir andere Aspekte dieser Existenz auf dem Mars nicht ausleben könnten, sei es kein Wunder, daß die sexuelle Aktivität zugenommen habe. »Außerdem, meine liebe Tochter, mußt du verstehen, daß das sexuelle Vergnügen einen Wert an sich darstellt. Es ist ein harmloses Vergnügen, das unser Leben bereichert.« Er sah lächelnd zu mir herunter. »Warum sonst haben sich so viele Respektspersonen aller Epochen darüber aufgeregt und es zu steuern versucht? Natürlich liegen jenseits des reinen Geschlechtsaktes auch ethische Probleme. Kann sein, daß wir damit fertig werden. Ich meine... nun ja, die Konsequenzen des Geschlechtsaktes, die Babys, die Krankheiten. Und all diese eilig gegebenen Versprechen ewiger Liebe, wenn die Lust das Blut so erhitzt wie Feuer das Stroh entflammt, um es mit Hamlets Worten auszudrücken.«

Wir gingen weiter. »Natürlich«, ergänzte ich, »ist es wesentlich, daß beide Beteiligten einer körperlichen Vereinigung zustimmen.« Ich dachte daran, daß ich selbst stets Hemmungen gehabt hatte, eine solche Zustimmung zu geben. Jetzt war ich Toms Adoptivtochter. Vermied ich es dadurch wieder, mich auf eine Entscheidung einzulassen? Ich wußte es selbst nicht. Ich war zwar einer ständigen Informationsflut ausgesetzt, doch meine inneren Beweggründe waren mir immer noch ein Rätsel.

»Du rechtfertigst Sex einfach damit, daß er Spaß macht?« fragte ich.

»Nein, nein. Sex rechtfertigt sich *selbst* durch das damit verbundene Vergnügen.«

Wir schwiegen beide, bis Tom – mit einigem Zögern, wie ich dachte – sagte: »Mein Vater hat sein ganzes Erbe für ein Krankenhaus in einem fremden Land ausgegeben. Dort bin ich aufgewachsen. Als ich mit fünfzehn Jahren wieder in die Heimat zurückkehrte, waren meine Eltern beide tot. Ich fühlte mich dort völlig fremd. Meine Tante Letitia erhielt das offizielle Sorgerecht für mich.« Er blieb stehen. Wir standen im Halbdunkel, ich hielt seine Hand. »Ich habe mich in meine Cousine Diana verliebt – ›Diana, die keusche, liebreizende Jägerin‹, wie der Dichter sagt. Glücklicherweise war diese Diana liebreizend und unkeusch. Ich war damals sehr zurückhaltend und in mich gekehrt – traumatisiert, nehme ich an. Diana war etwas älter als ich und brannte darauf, die Freuden der sexuellen Vereinigung kennenzulernen. Ich kann gar nicht in Worten ausdrücken, wie hin und weg ich beim ersten Kuß war. Dieser Kuß war für mich ein mutiger Schritt, ich offenbarte damit mein Verlangen nach einem anderen Menschen.«

»Ist es das, was man dafür braucht? Mut?«

Er ging nicht darauf ein. »Innerhalb weniger Stunden lagen wir nackt beieinander, erforschten unsere Körper und schliefen miteinander – unter der Sonne, unter dem Mond, einmal sogar im Regen. Oh, diese unschuldige Freude brachte mich zur Raserei… Ich war wie besessen von ihren Augen, ihrem Haar, ihren Schenkeln, ihrem Duft… Es tut mir leid, Cang, das ist dir sicher zuwider. Ich will damit nur sagen, daß man dabei, abgesehen von sinnlichem Genuß, ein Gespür für ein neues, noch nicht entdecktes Leben entwickelt. Inzwischen bin ich zwar ein alter Mann, aber ich wäre ein Ungeheuer, wenn ich unseren Mitbürgern ein solches Vergnügen verwehren wollte…«

Da mir langsam kalt wurde, schlug ich vor, wieder hineinzugehen. »Trotzdem halten dich die Leute für eine Art Diktator«, sagte ich dann schärfer als beabsichtigt.

Tom erwiderte, er halte sich eher für eine Zielscheibe des Spottes. Das seien Idealisten immer. Glücklicherweise sei er nicht ehrgeizig, sondern nur optimistisch. Er habe so viel Hoffnung, sagte er leichthin, daß er einen ganzen Zeppelin damit füllen könne. So viel Hoffnung, wiederholte er… Und doch schwang in der Art, wie er es sagte, Resignation mit.

In dieser Nacht weinte ich, als ich allein war, und ich konnte nicht aufhören. Vor allem weinte ich um mich selbst, aber auch um die von ihren Fortpflanzungsorganen so besessene Menschheit. Unsere Marsbevölkerung war Sklave eines uralten ungeschriebenen Gesetzes und vermehrte sich nach Lust und Laune. Das Vergnügen, von dem Tom gesprochen hatte, brachte stets auch Pflichten mit sich.

Wenigstens konnte sich die R&A-Klinik in Ruhe auf die Geburtenschwemme vorbereiten, da sie ihrer ursprünglichen Aufgabe in diesen Tagen nicht nachkommen mußte. Es gab keine neuen Besucher von der Erde, und so wurde eine ganze Abteilung in eine hellerleuchtete, antiseptische Wöchnerinnen-Station umgewandelt, in der Geburten wie am Fließband vonstatten gehen konnten.

Auch sonst herrschte rege Betriebsamkeit. Viele Gebäude wurden umgewandelt und neuen Zwecken zugeführt. Man erweiterte die Küchen, in denen synthetische Nahrung erzeugt wurde, und es entstanden Fabriken zur Herstellung synthetischer Kleidungsstoffe. Jede Art von Talent wurde für die unterschiedlichsten Aufgaben genutzt. Wir bemühten uns um angenehme Lebensbedingungen – wie lange unser Aufenthalt auch dauern würde.

Außerdem war Musik in den Kuppeln zu hören. Die Begeisterung für Beza war so groß wie nie, doch nicht jede Musik der Erde war nach unserem Geschmack. Wir suchten Komponisten, die *marsianische* Musik schrieben – was immer das auch sein mochte.

Die Visionäre unter uns richteten ihren Blick in eine fernere Zukunft. Zu ihnen gehörte natürlich Tom. Ob er wirklich Hoffnung hatte, sei dahingestellt. Jedenfalls preschte er mitsamt seinem Ausschuß regelmäßig mit Plänen vor, die jeden Marsbewohner einbezogen. Jeder sollte sich zum Wohle aller engagieren. Das nahm ihn völlig in Anspruch. Manchmal hatte ich den Eindruck, daß er überhaupt kein Privatleben hatte.

Er erklärte, die Erziehung der Kinder müsse an erster Stelle stehen. Auf diesem Gebiet zumindest konnte ich ihn bis zu einem gewissen Grad unterstützen.

Mehrere Ausschüsse für bestimmte Bereiche des Zusammenlebens wurden gewählt. Sie hielten Kolloquien ab, anfangs in lockerem Rhythmus, später wurden die interessanteren Kolloquien fester Bestandteil unseres Lebens. Manchmal lösten sie Ungeduld und Feindseligkeit aus, obwohl allgemein verstanden wurde, daß sich die Lebensbedingungen in den Kuppeln rapide verschlechtern konnten, wenn man nicht zügig an ihrer Verbesserung arbeitete. Verbesserung war eine Sache, die wir wirklich erreichen wollten, und viele Anstrengungen stützten sich auf eine alte Bemerkung von Emerson: daß Verbesserungen innerhalb der Gesellschaft, mit denen sich die Menschen gerne brüsten, keineswegs bedeuten müssen, daß sich irgend ein Mensch persönlich gebessert hat. Grundlage einer gerechten Gesellschaft war unserer Auffassung nach die gegenseitige Unterstützung; folglich mußten wir unsere Hoffnung darauf setzen, den einzelnen Menschen zu bessern und zu bestärken, seine Talente in den Dienst der Gemeinschaft zu stellen. Andernfalls würde jede Verbesserung nur die Position der Mächtigen weiter stärken und die der weniger Mächtigen weiter schwächen – und die auf der Erde so weit verbreitete Unterdrückung wäre wiederhergestellt. Irgendwo im Leben einzelner Menschen mußte etwas existieren, das die Rettung ganzer Gemeinschaften bewirken konnte – sonst war unser Experiment zum Scheitern verurteilt.

So sehr ich mich auch bemühte – das Lernen fiel mir schwer. Ich sagte mir, wenn ich nur viel dazulernte, würde Tom mich auch mehr lieben. Doch oft saß ich einfach nur in einem Café herum und lauschte der Musik, die durch den Raum klang. Kathi Skadmorr und ich führten viele Gespräche. Ihr fiel das Lernen offenbar leicht. Sie arbeitete mit Dreiser Hawkwood zusammen und fand ihn, wie sie sagte, als Persönlichkeit ein wenig erdrückend. (Insgeheim dachte ich, daß jeder große Achtung verdiente, den Kathi als erdrückend empfand.) Sie hatte sich in die Untersuchung des Olympus Mons vertieft, zeitweise schien der große Vulkankegel ihr Denken ganz und gar auszufüllen. Über AMBIENT hatte sie Dreiser eine gründlich durchdachte Stellungnahme zukommen lassen, in der sie auch eine Namensänderung vorgeschlagen hatte: Olympus sei ein veralteter Name, sie habe nach einem Gespräch mit dem Wissenschaftler Georges Souto aus Ecuador einen besseren gefunden. Dieser hatte ihr von einem erloschenen Vulkan in Ecuador erzählt, dessen Gipfel aufgrund der an den Polen abgeflachten sphäroiden Form der Erde offenbar den Punkt bildete, der am weitesten von der Erdmitte entfernt war. Tatsächlich lag er 2150 Meter weiter von dieser Mitte weg als der Mount Everest, den man gemeinhin als höchsten Ort der Erde betrachtete.

Kathi amüsierte sich sehr über die Spitzfindigkeit dieses Arguments. Als sie erfuhr, daß der Vulkan *Chimborazo* hieß, was so viel wie ›Wachturm des Universums‹ bedeutete, plädierte sie ebenfalls dafür, den Olympus Mons in *Chimborazo* umzutaufen. Anfangs hatte sie damit keinen Erfolg. Wie sie berichtete, hatte sich Dreiser sogar darüber geärgert, daß sie ›solchen Unsinn‹ erzähle. Kurz darauf nahm sie Satellitenphotos des Tharsis-Buckels unter die Lupe und entdeckte dabei etwas an der am weitesten entfernten Seite des Olympus, das sie für aufgeworfenes und verstreutes Regolith hielt – als habe sich dort etwas in den Boden gegraben. Als sie Dreiser darauf hinwies, erwiderte er, sie solle ihn nicht mit solchen Dingen aufhalten, andernfalls werde man sie zurück zu den Kuppeln schicken.

In unserem Exil hier hatten wir viele von den Zwängen beseitigt, die auf der Erde – oder ›unten‹, wie der inzwischen gängige Ausdruck für unseren Mutterplaneten lautete – nach wie vor herrschten. Der Druck des ständigen Wettbewerbs war ebenso von uns genommen wie tiefgreifende kulturelle Konflikte. Wir ruderten nicht mehr in vielen kleinen Booten und rempelten uns dabei an – wir saßen alle im selben Boot.

Vor allem gab es kein Geld, das faulige Schmiermittel der politischen Maschinerie. Allerdings muß man einräumen, daß anfangs eine Art Kreditsystem installiert wurde: Zahlungen wurden bis zu dem Zeitpunkt aufgeschoben, an dem wir wieder ›unten‹

waren. Doch nach etwa einem Jahr löste sich dieses System langsam auf. Zum einen hatten wir festgestellt, daß wir auch ohne auskommen konnten, zum anderen hatten wir das Vertrauen in die Grundlage dieses Systems völlig verloren.

Es war oft vergebliche Liebesmüh, einem Menschen von ehrgeizigen Plänen vorzuschwärmen, wenn es ihm (oder ihr) schlechtging. Viele vermißten ihre Familien ›da unten‹ und sorgten sich um sie. Als unsere Kommunikationskarten ihre Gültigkeit verloren, bestand keine Möglichkeit, sie zu erneuern, und die Telekom-Station auf der Erde hatte ihren Betrieb inzwischen eingestellt – auch das eine Folge des EUPACUS-Fiaskos. Es wurden Beratungsgespräche angeboten, die Psychurgen hatten viel zu tun... Zum Heilungsprozeß trugen Gemeinschaftsgeist und Abenteuerlust wesentlich bei. Wir lebten an einem neuen Ort, in einem neuen Umfeld und nach ›anderen psychologischen Wertmaßstäben‹ als bisher, wie Tom es ausdrückte.

Eines der Kolloquien beschäftigte sich mit neuartiger Musik, vor allem mit *a capella*-Gesang, den wir zu höchsten Höhen führten. Wir bauten auch bislang unbekannte Musikinstrumente; mit großem Erfolg kam etwa das ›marsianische Meritorium‹ zur Anwendung. Immer noch denke ich gerne daran, wie wir nur unsere Einzelstimmen miteinander verbanden, um die selbst geschriebenen Lieder zu singen – wie das folgende:

> *Kein Vogel fliegt in den Abgrund,*
> *wo sein buntes Gefieder verblaßt.*

> *Kein Auge strahlt im Dunkel,*
> *wo der Blick nur Schwärze umfaßt.*

> *Kein Funke, der zündet,*
> *doch die Hoffnung verkündet:*

Wo die Sonne nur siecht,
liegt der Aufbruch zum Licht.

Setzt Segel für die Arche –
Für jedes Menschen Arche!*

Kurse wie ›Körper-Geist-Haltung‹ sollten zur positiven Entwicklung des Einzelmenschen beitragen. Anfangs leitete Ben Borrow, ein Schüler der resoluten Belle Rivers, diesen Kurs. Borrow war ein kleingewachsener Mann voller Energie, den man ebenso schnell in Rage wie zu schallendem Lachen bringen konnte. Den Kursteilnehmern trichterte er seine Auffassung ein, daß das Geheimnis eines guten Lebens darin verborgen lag, wie man in der verringerten Schwerkraft stand, saß und umherging.

Unser Kolloquium ›Die Kunst der Imagination‹ klappte ausgezeichnet. Vielleicht lag es an der öden Umgebung, die unsere Gedanken in andere Richtungen lenkte. Wir benutzten Swift und Laputa – die beiden Trabanten, deren Namen auf die Träume eines gewissen irischen Dekans verwiesen und die in regelmäßigen Abständen über unsere Köpfe hinwegsausten – dazu, unsere Lebenswirklichkeit mit einer größeren Form der Realität zu verbinden, deren allzu flüchtiger Bestandteil wir selbst waren. Eine Möglichkeit der Selbsterkenntnis lag darin, die eigene Lebens-

---

* *No bird flies in the abyss*
Its bright plumage failing
No eye lights in the dark
Its sight unavailing
The air carries no spark
Only this –
Only this
Where sunlight lies ailing –
Our human hopes sailing
In humankind's ark.

erfahrung dem Fluß aus Sprache, Gedanken und Vorstellungen in unserer neuen Umgebung gegenüberzustellen und dadurch ein neues Weltbild zu gewinnen. Die Übung ›Erkenne dich selbst‹ verlangte vor allem Vorstellungskraft. Auf diesem Gebiet erwies sich das Willa-Vera-Gespann, dessen eine Hälfte so sehr einem Drahthaarterrier und die andere einem dicken Pfannkuchen ähnelte, als von unschätzbarem Wert.

Die an diesen Leitlinien orientierte intensive Arbeit weckte einige außergewöhnliche Talente. Nicht zuletzt ist hier das abstrakte Videokunstwerk ›Diagramm der Dämmerung‹ zu nennen, eine Endlosschleife, die in vier Felder unterteilt war und die Zuschauer mit ihrer Rätselhaftigkeit und Erhabenheit stark berührte. Es war zu sehen, wie sich aus dem Molekularzustand menschliche Wesen entwickelten, Gestalt gewannen, sich aufrichteten, umherliefen, aufblühten und sich in einer Explosion entluden, die Sonnenstrahlen, Regen oder auch Basaltbrocken symbolisieren mochte, und schließlich, in Dämmerlicht oder Samenflüssigkeit getaucht, starben – bis sich alles wiederholte. Gleichzeitig war in einem anderen Bildausschnitt der uralte Teiresias zu betrachten. Er las in einem dicken, in Kalbsleder gebundenen Buch und blätterte immer wieder dieselbe Pergamentseite um. Das alles lief simultan und in kürzester Zeit ab.

›Die Kunst der Imagination‹ hatte sich zum Ziel gesetzt, bei Erwachsenen die seit der Kindheit verschüttete unschuldige Phantasie neu zu beleben – allerdings machte das Programm auch Kindern selbst Spaß, und sie trugen viel dazu bei. »Ich weiß, daß die Sonne nicht viereckig ist. Ich mag sie so aber einfach lieber.« Diese Bemerkung, mit der ein Siebenjähriger seine seltsame Zeichnung ›Ich und mein Universum‹ kommentierte, wurde später Bestandteil einer großen Multimedia-Wand, die am Eingang zur Abteilung

›Die Kunst der Imagination‹ (früher Imigrationsabteilung) installiert wurde.

Zu den Teilnehmern des Kolloquiums zählten auch Menschen, die anfangs nicht mit der Tatsache klarkamen, daß sie überlebt hatten und sich auf dem Mars befanden. Ihre Phantasie war so verschüttet, daß sie das Wunderbare an unserer Wirklichkeit gar nicht erfassen konnten, und man mußte ihr Gespür für den bildlichen Ausdruck erst wieder wecken. Wenn es gelang, freuten sie sich sehr und beglückwünschten sich dazu, daß sie ›oben‹ leben durften.

Zu unserem Bedauern blieben die Wissenschaftler die meiste Zeit über in ihren Quartieren, die nicht weit von den Kuppeln entfernt lagen. Nicht, daß sie Distanz wahren wollten – sie behaupteten, ihre Forschung nehme sie zu sehr in Anspruch.

Als Tom also einmal zur Wissenschaftsabteilung hinüberging, um ein privates Gespräch mit Dreiser Hawkwood zu führen, begleitete ich ihn. Eine Frau, die sich als Dreisers persönliche Assistentin vorstellte, bat uns, in einem kleinen Vorzimmer zu warten. Wir konnten Dreiser in seinem Büro etwas knurren hören. Tom wartete ungeduldig, bis wir von der Assistentin endlich hereingebeten wurden.

Hawkwood war ein dunkler Typ und sah eigentlich gar nicht schlecht aus. Seine Gesichtszüge waren die eines Mannes, der fest in den Apfel vom Baum der Erkenntnis gebissen hatte. Vermutlich hat er seine Zähne direkt ins Kerngehäuse geschlagen, ging mir durch den Kopf, als ich bemerkte, daß sie unter seinem Oberlippenbart leicht vorstanden. Im Augenblick beschäftigte ihn vor allem die Tatsache, daß der Papiervorrat zur Neige ging.

»Manche Vorhersagen sind wirklich zum Lachen«, sagte er. »Als man dazu überging, Computer einzusetzen, wurde prophezeit, Papier wäre bald nicht mehr nötig. Weit gefehlt! Beispielsweise erfordern hochtechnologische Waffensysteme jede Menge schriftlicher Unterlagen. Wenn die amerikanischen Marineschiffe früher in See stachen, waren sie mit 28 Tonnen Bedienungsanleitungen beladen. Genug Papier, um ein Schlachtschiff zum Sinken zu bringen!« Er deutete mit dem Kopf hinter sich auf die überladenen Bücherregale.

Tom fragte ihn, an was er gerade arbeite.

»Poulsen und ich versuchen, das Programm zu verbessern, das unsere internen Wetterbedingungen reguliert. Es verschwendet zu viel Energie. Die Kapazität des Computers könnten wir für bessere Dinge nutzen.«

Dann gab er technische Erläuterungen zu diesem Thema ab. Ich konnte ihm nicht folgen. Die beiden Männer unterhielten sich eine Weile, und ich verstand nur, daß die Wissenschaftler immer noch hofften, einen HIGMO* zu entdecken.

Da ich die Wissenschaftsabteilung immer als eine Art Außenposten betrachtet hatte, überraschte mich die gute Raumausstattung, mit richtigen Sesseln anstelle der Klappstühle, die wir in den Kuppeln benutzten. Leise symphonische Musik drang durch den Raum, ich glaube, es war etwas von Penderecki. An den Wänden hingen Sternenkarten, die Reproduktion eines späten Kandinsky und das Querschnittsdiagramm einer MP500, einer in Amerika hergestellten Maschinenpistole.

In einer Zimmerecke hatte die persönliche Assistentin ihren eigenen Schreibtisch. Sie war blond, um die Dreißig und trug anstelle der bei uns üblichen Schutz-

---

* HIGMO: ›Hidden Symmetry Gravitational Monopole‹, ›Gravitatives Monopol verborgener Symmetrie‹. In der Übersetzung wird HIGMO als Abkürzung und Fachterminus beibehalten. – *Anm. d. Ü.*

kleidung ein grünes Kleid. Beim Anblick dieses Kleides wurde ich richtig neidisch. Ich sah, daß es aus klassischem, gediegenem Stoff geschneidert war, der verschliß und folglich sehr teuer war, fast unbezahlbar. Dagegen trugen wir übrigen Kleidung aus NOW (die Abkürzung für ›nicht-originäre Wolle‹), die ewig und drei Tage hielt. Die NOW-Kleidung paßte sich dem Körper perfekt an, da sie aus einem halb-sensorischen synthetischen Material bestand, das sich erneuerte, wenn man es mit Flüssigkeit abbürstete. NOW-Kleidung war billig. Aber dieses Kleid... Als die Assistentin meinen Blick bemerkte, lächelte sie flüchtig. Nervös machte sie sich im Zimmer zu schaffen und trug Papiere und Kaffeebecher von hier nach dort, während ich stumm neben Tom sitzen blieb.

»Dreiser«, sagte Tom, »ich bin hergekommen, weil ich Sie bitten wollte, an unseren Diskussionen teilzunehmen und uns zu unterstützen. Aber ich möchte auch noch eine ernstere Angelegenheit mit Ihnen besprechen. Was sind das für weiße Streifen, die aus dem Regolith auftauchen und wieder darin verschwinden? Sind die lebendig?« Er meinte die ›Zungen‹ (wie ich sie nannte), die wir auf dem Weg zur Wissenschaftsabteilung gesehen hatten. »Oder ist es etwas, das Sie selbst installiert haben?«

»Sie halten sie für lebendig?« fragte Dreiser und musterte Tom ernst.

»Was denn sonst – wenn sie nicht zu Ihren Anlagen gehören?«

»Ich dachte, Sie hätten sich darauf geeinigt, daß es auf dem Mars kein Leben gibt.«

»Sie wissen über die Situation doch bestens Bescheid. Wir haben keine Spur von Leben entdecken können. Aber diese Streifen sind kein rein geologisches Phänomen.«

Hawkwood erwiderte nichts. Er sah mich an, als

wolle er mich zu einer Stellungnahme herausfordern. Ich blieb stumm. Dann schob er seinen Sessel zurück und ging zu einem Wandschrank auf der anderen Seite des Zimmers. Tom sah betont gleichgültig zur Decke. Mir fiel auf, daß Dreiser den Hintern seiner Assistentin tätschelte, als er an ihr vorbeiging. Sie lächelte selbstgefällig.

Er kam mit einem Hologramm zurück, auf dem einige ›Zungen‹ zu erkennen waren. Tom musterte es eingehend. »Das sagt mir wenig«, ließ er dann verlauten. »Handelt es sich um eine Form von Leben oder einen Teil davon? Oder um was sonst?«

Dreiser zuckte lediglich die Achseln.

Tom erklärte, er hätte nie damit gerechnet, auf dem Mars oder sonst irgendwo Leben zu entdecken. Der Weg, den die Evolution genommen habe – von bloßen chemischen Substanzen bis zur Herausbildung von Intelligenz –, erfordere zu viele spezielle Bedingungen.

»Meine Schülerin Skadmorr glaubt offenbar, daß uns ein körperloses Bewußtsein oder etwas ähnliches heimsucht«, sagte Dreiser. »Australische Ureinwohner wissen über so etwas Bescheid, nicht wahr?«

»Kathi ist keine Ureinwohnerin«, bemerkte ich.

Tom nahm eine Haltung ein, die er selbst für ›optimistisch‹ hielt. Für ihn stellte die Tatsache, daß sich die Menschheit im Laufe ihrer Entwicklung des Kosmos bewußt geworden war, ein nicht wiederholbares evolutionäres Muster dar. In der ganzen Galaxie war seiner Meinung nach die Menschheit der einzige Träger eines höheren Bewußtseins. Unsere Bestimmung sah er darin, weiter zu den Sternen vorzustoßen und uns im All zu verteilen – um Auge und Verstand des Universums zu werden. Was spreche denn dagegen? Schließlich sei das Universum so seltsam, daß solche Dinge durchaus geschehen könnten.

182

Dreiser strich sich schweigend über den Schnurrbart.

»Deshalb setze ich meine Hoffnung darauf, hier eine gerechte Gesellschaft zu schaffen«, erklärte Tom. »Wir müssen unser Verhalten verbessern, ehe wir zu den Sternen vorstoßen.«

»Nun ja, wir wissen nicht so recht, was wir hier vor uns haben«, erwiderte Hawkwood nach einer Pause. Offenbar maß er Toms Bemerkung keinerlei Wert zu. Er deutete mit dem Daumen auf das Hologramm. »Was dieses Phänomen betrifft, so ist es uns zumindest nicht feindlich gesonnen, wie wir annehmen.«

»Es? Sie meinen doch sicher *sie*, Plural?«

»Nein, ich meine *ES*. Die Streifen arbeiten koordiniert. Ich wünschte bei Gott, daß wir besser bewaffnet wären. Die wirksamsten Waffen, die wir besitzen, sind Schweißbrenner...«

Als wir uns auf den Heimweg machten, nannte Tom Dreiser einen ›verschlossenen Mistkerl‹ und wurde dann ungewöhnlich still. Er brach das Schweigen nur, um mir zu sagen: »Wir verlieren wohl besser kein Wort über diese Streifen, bis die Wissenschaftler mehr darüber wissen. Wir wollen die Leute nicht unnötig beunruhigen.« Er warf mir einen grimmigen, prüfenden Blick zu.

»Warum sind Wissenschaftler solche Heimlichtuer?« fragte ich.

Er schüttelte nur den Kopf.

10

Mein heimlicher Tanz

Manche Unzufriedenen verweigerten sich allem, was man ihnen zur Weiterbildung anbot, so ungeduldig warteten sie auf die Rückkehr zur Erde. Sie gründeten eine eigene Gruppe, die von zwei Brüdern multi-ethnischer Herkunft geleitet wurde, Abel und Jarvis Feneloni. Abel hatte mehr Einfluß als sein Bruder. Er war ein kräftig gebauter Sportler, der seinen Gemeinschaftsdienst in einer technischen Abteilung auf dem Mond abgeleistet hatte. Jarvis gefiel sich als Amateurpolitiker. Als ihre Familie noch auf einer der hawaiischen Inseln gelebt hatte, war er Teil eines Vulkan-Forschungsteams gewesen.

Um Sauerstoff und Wasser zu sparen, hatten wir die Ausflüge auf der Marsoberfläche rigoros eingeschränkt. Doch die Fenelonis hatten etwas Bestimmtes vor. Eines Mittags besorgten sie sich ohne Erlaubnis einen Geländewagen und fuhren mit vier weiteren Männern hinaus, im Gepäck Wasserstoffzylinder, die sie aus einem abgesperrten Lagerraum geklaut hatten.

Im Amazonisgebiet nahe bei den Kuppeln standen noch vereinzelt Ausrüstungsgegenstände und Maschinen. Darunter befand sich auch eine kleine EUPA-CUS-Fähre, der ›Clarke‹-Zubringer, der seit dem Zusammenbruch des riesigen internationalen Verbundes nicht mehr verwendet worden war. Die Feneloni-Gruppe machte sich daran, die Fähre aufzutanken. In einer nahe gelegenen beheizten Fertigbauhalle gab es auch einen Zubrin-Reaktor*, der trotz der das Material strapazierenden Temperaturschwankungen noch betriebsfähig war. Es dauerte nicht lange, bis er bei 400 Grad Celsius arbeitete: Atmosphärisches Kohlendioxid und der geklaute Wasserstoff begannen, Methan und Sauerstoff zu erzeugen. Die Wasser-Gas-Umkehrreaktion setzte ein. Kohlendioxid und Wasserstoff samt Katalysator lieferten Kohlenmonoxyd und Wasser. Dieser Teil des Prozesses wurde durch die erzeugte überschüssige Energie gewährleistet. Das Wasser wurde sofort einer Elektrolyse unterzogen, um weiteren Sauerstoff zu produzieren, der das Methan im Raketenantrieb verbrennen würde.

Dann wurde der Reaktor durch Schläuche mit der Fähre verbunden. Das Auftanken begann. Nachdem die sechs Männer im Geländewagen Schutz gesucht hatten und darauf warteten, daß sich die Tanks füllten, brach ein Streit unter den Feneloni-Brüdern aus, in den sich dann auch die anderen einmischten. Jeder hatte ein Päckchen mit Lebensmitteln dabei. Ihrem Plan nach sollten alle bis auf Abel, wenn sie das über ihren Köpfen kreisende interplanetarische Schiff erreichten, in die Kühlsärge steigen und die Heimreise über schlafen. Abel sollte das Schiff eine Woche lang steuern, es auf elliptischen Kurs zur Erde bringen, dann auf Autopilot schalten und selbst in die Gefriertruhe gehen. Wenn das Raumschiff etwa noch eine Flugwoche von der Erde entfernt war, würde er als erster aufwachen und wieder die Steuerung übernehmen.

Während der Planungsphase hatte Abel großes

---

* *Zubrin-Reaktor*: Anspielung auf Robert Zubrin, der sich in ›The Case for Mars‹ (dt. ›Unternehmen Mars‹, München 1998) für die Terraformung des Mars ausspricht und der Menschheit Versagen attestiert, falls sie diese Aufgabe nicht zügig in Angriff nimmt. – *Anm. d. Ü.*

185

Selbstvertrauen an den Tag gelegt und die anderen mitgerissen, doch jetzt fragte sein jüngerer Bruder zögernd, ob er die Tatsache berücksichtigt hätte, daß Methan weniger Antriebsenergie als der übliche Treibstoff besaß.

»Wir berechnen das, wenn wir an Bord des Kühlwaggons sind«, erwiderte Abel. »Du hast doch nicht etwa Schiß, oder?«

»Das ist keine Antwort, Abel«, bemerkte einer der anderen. Es war Dick Harrison, der sich vor kurzem noch damit beschäftigt hatte, orthogonale Kunstwerke auf dem Bova-Boulevard anzubringen. »Du hast dich als Ober-Guru geriert, der weiß, wo's beim Heimflug langgeht. Warum gibst du deinem Bruder keine klare Antwort?«

»Fang nicht an, auf mir herumzuhacken, Dick. Wir müssen oben im Kühlwaggon sein, bevor sie kommen und uns schnappen. Der Bordcomputer wird die nötigen Berechnungen durchführen.« Er trommelte mit den Fingern gegen das Armaturenbrett und seufzte tief. Im Schatten der Fähre saßen sie da und starrten einander an.

»Du bist es, der nervös wird, nicht ich«, sagte Jarvis.

»Halt's Maul, Junge.«

»Ich will dich noch etwas anderes fragen, etwas Grundsätzliches«, sagte Harrison. »Stehen Mars und Erde gegenwärtig in Opposition oder in Konjunktion? Die Reise macht man am besten, wenn sie in Konjunktion stehen, stimmt's?«

»Würdet ihr, verdammt noch mal, die Freundlichkeit besitzen, die Klappe zu halten – und euch darauf vorbereiten, an Bord der Fähre zu gehen?«

»Du hast keine gottverdammte Ahnung«, sagte Jarvis. »Du hast uns erzählt, es komme auf den richtigen Zeitpunkt an – und du hast nicht den blassesten Schimmer davon?«

Sie gerieten sich in die Haare. Abel schlug seinem

186

Bruder vor, er solle sich auf dem Mars begraben lassen, wenn er solchen Bammel habe. Jarvis erwiderte, er traue Abel nicht zu, einen Kühlwaggon zu navigieren, wenn er nicht einmal diese einfachen Fragen beantworten könne.

»Du bist eine Memme. Warst du schon immer!« brüllte Abel. »Hau ab und bleib mir vom Leib! Wir brauchen dich nicht!«

Ohne weitere Worte stieg Jarvis aus, blieb etwas hilflos neben dem Wagen stehen und schnappte in seinem Raumanzug mühsam nach Luft. Eine Minute später gesellte sich Dick Harrison zu ihm. »Es läuft alles schief«, war sein einziger Kommentar.

Die beiden Männer sahen zu, wie Abel und die anderen aus dem Wagen stiegen und zur inzwischen aufgetankten Fähre gingen. Als sie an Bord kletterten, rannte Jarvis hinüber und warf Abel seine Speiseration zu.

»Das wirst du brauchen, Abel. Viel Glück! Und grüß die Familie von mir!«

Sein Bruder bedachte ihn mit einem finsteren Blick. »Du elende kleine Memme«, sagte er, warf sich das Päckchen mit der Speiseration über die freie Schulter und verschwand in der Fähre. Die Luke schloß sich hinter ihm.

Jarvis Feneloni und Dick Harrison suchten im Geländewagen Schutz. Sie warteten, bis die Fähre in den düsteren Himmel emporgestiegen war, dann machten sie sich auf den Rückweg zu den Kuppeln. Keiner von beiden sagte auch nur ein Wort.

Der Start des Kühlwaggons, der bislang in der Umlaufbahn gekreist war, sorgte ein, zwei Tage für Aufregung. Jarvis beschönigte die Flucht, so gut er konnte, indem er behauptete, sein Bruder werde an die Vereinten Nationalitäten appellieren und dafür sorgen, daß sie alle bald gerettet würden. Doch die Zeit verging, ohne daß irgend etwas über das Schiff bekannt wurde, und niemand wußte, ob es die Erde je erreicht hatte. Nach und nach geriet die Sache dann in Vergessenheit. So wie Krankenhauspatienten sich mit der Zeit immer mehr mit dem Geschehen auf ihrer jeweiligen Station befassen und keine Nachrichten von ›draußen‹ mehr hören wollen, kümmerten sich die Marsianer fast nur noch um ihre eigenen Angelegenheiten – falls dieser Vergleich nicht hinkt!

Ständig wurden Glücksspiele veranstaltet, bei denen man alles mögliche gewinnen konnte. So gewann ich einmal einen Ausflug zur Wissenschaftsabteilung. Zehn von uns durften mit einem Geländebus hinausfahren. Die Sonne strahlte außergewöhnlich hell vom Himmel an diesem Tag, und die Polymerspiegel funkelten wie Diamanten am Horizont. Als wir nach Norden aufbrachen und die Kuppelanlagen langsam in der Ferne verschwanden, erstarben auch die Gespräche. Ein ausgetrocknetes Flußbett diente uns als Straße. Das unnachgiebige Felsgestein, das Fehlen jeglichen Anzeichens von Leben hatte etwas Angsteinflößendes an sich. Nichts rührte sich, bis auf den Staub, den wir im Vorüberfahren aufwirbelten. Es dauerte lange, bis er sich wieder setzte – als stünde auch der Staub unter einem Bann.

Es war ein kalter, fragiler Ort, der wegen seiner dünnen Atmosphäre Meteoren oder sonstigen Raumtrümmern schutzlos ausgeliefert war. Überall lagen Bruchstücke herum, Überreste von Explosionen, die von Meteoreinschlägen ausgelöst worden waren, und erinnerten uns an die weitaus heftigeren Explosionen, mit denen sich das Sterben eines Sterns ankündigt.

»Der Mars ist wie ein Grab oder ein Museum«, bemerkte die Frau, die neben mir saß. »Mit jedem Tag, der vergeht, habe ich größere Sehnsucht nach der Erde. Geht es Ihnen nicht auch so?«

»Manchmal«, erwiderte ich. Ich wollte sie nicht ent-
täuschen, aber ich hatte das Leben auf der Erde fast
schon vergessen. Allerdings wußte ich noch, welcher
Kampf damit verbunden gewesen war.

Als ich aus dem Fenster blickte, mußte ich wieder
daran denken, daß selbst diese vorzeitig gealterte
Landschaft den ›göttlichen Aspekt der Dinge‹ (wie
Toms verblüffende Formulierung lautete) mit einschloß, etwas Heiliges an sich hatte, das wie eine verborgene Melodie war. Vielleicht klang diese Melodie
für jene, die dafür empfänglich waren, ganz unterschiedlich. Dann jagte ich mir plötzlich selbst einen
Schrecken ein, indem ich mich fragte, wie es wohl
wäre, wenn ich diese kleine Melodie nicht mehr vernehmen würde? Wie könnte ich den Mars dann ertragen? Ich war Tom dankbar dafür, daß er dem,
was diese eindrucksvolle Erfahrung ausmachte, einen
Namen gegeben und mir dadurch ins Bewußtsein gerufen hatte. Und dennoch mißfiel mir das stumpfe
Rosa des niedrig hängenden Himmels.

Die hohe Antenne und die auf dem Dach des Labors und der damit verbundenen Büroräume ange-
brachten Sonnenkollektoren zeichneten sich vor uns
ab. Die Fahrt von ›Mars City‹ (wie wir unsere Kup-
pelsiedlung manchmal scherzhaft nannten) hatte nur
fünf Minuten gedauert. Wir kamen näher heran,
als Leute auf den Vordersitzen des Busses plötzlich
begannen, aufgeregt um sich zu deuten. Anfangs
dachte ich, in der Nähe der Wissenschaftsabteilung
liege Papier herum. Doch dann fiel mir ein, daß Tom
und ich diese unerklärlichen Objekte, die wie weiße
Zungen aussahen, bereits während unserer Fahrt
zu Dreiser Hawkwood entdeckt hatten. Als wir uns
näherten, schlängelten sie sich aus unserem Blickfeld
und verschwanden in den ausgetrockneten Regolith-
krusten.

»Leben?... Es muß eine Form von Leben sein...«, wurde ringsum gemurmelt.

Seitlich am Gebäude glitt ein Tor auf. Wir fuhren hinein, das Tor schloß sich hinter uns, und zischend machte sich Luftdruck bemerkbar. Als ein Gongzeichen ertönte, konnten wir den Bus ohne Risiko verlassen. Die Luft war kühl und schmeckte metallisch.

Wir gingen zu einem kleinen Empfangsraum, wo wir von Arnold Poulsen begrüßt wurden. Als leitender Computerspezialist war er Hawkwood persönlich unterstellt und trat nur selten öffentlich in Erscheinung. Ich musterte ihn eingehend, da Tom mit solcher Hochachtung von ihm erzählt hatte. Schmächtig stand er vor uns und gab die üblichen Begrüßungsfloskeln von sich. Er sah durchaus sympathisch aus, vergaß allerdings zu lächeln. Dann verschwand er, offensichtlich erleichtert, seiner gesellschaftlichen Pflicht Genüge getan zu haben.

Uns wurde Kaffee-Ersatz angeboten, während einer der Teilchenphysiker, ein Skandinavier namens Jon Thorgeson, mit uns sprach. Er wirkte jugendlich, aber in sein Gesicht hatten sich tiefe Linien gegraben. Er hatte leichte Ähnlichkeit mit Poulsen, war ebenfalls schlank gebaut und von schwer bestimmbarem Alter – allerdings war er mitteilsamer. Kannte er mich noch von meinem früheren Besuch her? Jedenfalls kam er herüber und begrüßte mich äußerst herzlich.

Thorgeson bereitete uns auf das vor, was wir sehen würden. Eigentlich, so räumte er ein, gäbe es aber nur sehr wenig zu sehen. Die Abteilung teile sich in zwei Gruppen von Wissenschaftlern. Die eine reflektiere in fast klösterlicher Stille über das, was sie gerade tat oder vielleicht tun würde – es herrsche hier kein Zwang, irgend etwas zu produzieren, insbesondere keine ›großen wissenschaftlichen Ergebnisse‹. Die andere Gruppe bestehe aus jenen Leuten, die die Forschungsprojekte tatsächlich durchführten. Diese zweite Gruppe sei immer noch mit der Anordnung eines Versuchs beschäftigt, von dem man sich die Entdeckung der von Rosewall postulierten Omega-Schliere erhoffe.

Während Thorgeson uns herumführte, erklärte er, ihre Forschung hätte zum Ziel, das Geheimnis der Masse im Universum zu lüften. Rosewall habe triftige Gründe dafür angeführt, daß es etwas geben müsse, das als ›HIGMO‹ bezeichnet wurde. Im Prinzip sei das Team derzeit mit einem Pilotprojekt beschäftigt, für das ein relativ kleiner Beschleunigerring benutzt werde, da die Dichte dieser HIGMOs eine nach wie vor unbekannte Größe darstelle. Der Ring, sagte er, liege hinter der Wissenschaftsabteilung unter einem Schutzschild.

Einer der Zuhörer stellte die Frage, die auf der Hand lag: Warum waren diese ganze Ausrüstung und die vielen Wissenschaftler zu solch enormen Kosten überhaupt auf den Mars verfrachtet worden?

Thorgeson wirkte beleidigt. »Rosewall hat erkannt, daß man keinen teuren Supercollider benötigt, sondern lediglich eine große, ringförmige Röhre, die mit entsprechender Supraflüssigkeit* gefüllt ist. Immer dann, wenn ein HIGMO den Ring durchläuft, macht sich das als Unregelmäßigkeit in der Supraflüssigkeit bemerkbar. Jede heftige Erschütterung außerhalb der Röhre würde unseren Versuch naturgemäß empfindlich stören.«

Zu meinem eigenen Erstaunen stellte ich die Frage, wie HIGMOs den Ring überhaupt duchlaufen könnten. Er schien mich eingehend zu mustern, ehe er antwortete, so daß ich mir recht dämlich vorkam.

»HIGMOS, junge Dame, können direkt durch den

---

* *Supraflüssigkeit*: Flüssigkeit mit sehr niedriger Viskosität und hoher thermischer Leitfähigkeit. – *Anm. d. Ü.*

Mars laufen, ohne irgend etwas aufzuscheuchen oder jemanden zu belästigen.«

»Warum baut man den Ring nicht auf dem Mond?« fragte jemand.

»Dafür ist es zu spät! Dort gibt es bereits Tourismus, Bergbau, die neue Untergrundbahn, die quer hindurch führt… Der ganze Trabant zittert wie ein Vibrator in einem Wespennest.« Er wandte sich mir zu und fragte: »Verstehen Sie das?«

Ich nickte. »Deshalb sind Sie hier draußen. Hier gibt's keine Wespennester.«

»Ins Schwarze getroffen.« Er kam zu mir und schüttelte mir die Hand, was mir überaus peinlich war. »Deshalb sind wir hier draußen. Es hat keinen Zweck, auf der Erde oder auf dem Mond nach der Schliere zu suchen. Dort ist es viel zu unruhig. Die Omega-Schliere ist ein schüchternes Tier.« Er kicherte.

»Und wenn Sie diese Schliere aufgespürt haben, was dann?« fragte die rothaarige und dunkelhäutige Helen Panorios aus der Gruppe der JAEs.

»Sie wird uns verraten, wie sich der Mikrokosmos zum Makrokosmos verhält. Das bedeutet, sie wird uns präzise Parameter für die Scheidelinie zwischen der winzigen Quantenwelt der Atome und Elementarteilchen und der größeren Welt der klassischen Physik liefern, die von Staubflecken bis zu Galaxien und weiter reicht. Ich vertrete die Position, die derzeit als ›harter wissenschaftlicher Ansatz‹ bezeichnet wird – daß nämlich diese Parameter uns auch darüber Aufschluß geben müßten, welcher Zusammenhang zwischen äußerem Universum und menschlichem Bewußtsein besteht. Die spezifischen Eigenschaften des Universums scheinen darauf hinzudeuten, daß es geradezu nach bewußten Beobachtern verlangt. Das mag die Menschheit sein oder auch eine Spezies, die uns überlegen ist. Falls das zutrifft, dann ist das Bewußtsein keine zufällige Entwicklung, sondern, nun ja, ein wesentlicher Bestandteil des universalen Bauplans. Letztendlich werden wir damit eines Tages alles, was existiert, begreifen können.«

»Hoffen Sie …«, sagte eine skeptische Stimme.

»Hoffen *wir* …«, erwiderte Thorgeson. »Wenn die Schiffe zurückkehren und wir weiteres Material bekommen, haben wir vor, einen Detektorring mit Supraflüssigkeit zu bauen, der den ganzen Planeten umfaßt. Dann sehen wir weiter.«

»Denn jetzt sehen wir durch einen dunklen Spiegel …«, sagte Helen mit Bewunderung in ihrer Stimme.

»Wir zitieren hier nicht oft aus der Bibel, aber … mehr oder weniger könnte man es wohl so ausdrükken.«

Ein Mann, der zuvor bereits eine Frage gestellt hatte, warf mit ironischem Unterton ein: »Was genau ist denn dieser von Ihnen erwähnte Schlüssel, der die Tür zwischen dem Großen und dem Kleinen öffnen soll? Ist das menschliche Bewußtsein nicht einfach eine Auswirkung dessen, was die Quantencomputer in unseren Köpfen bewerkstelligen?«

»Das mag im Prinzip stimmen, doch ohne genauere Kenntnis einiger wesentlicher physikalischer Parameter kommen wir nicht weiter. Vor allem nicht ohne genauere Kenntnis des sogenannten HIGMO-Faktors, dessen Bedeutung gegenwärtig noch völlig unklar ist. Wir bezeichnen ihn auch als das *missing link* in der Physik.«

»Und was geschieht, wenn Sie dieses Bindeglied entdeckt haben? Geht's dann mit dem Universum zu Ende?«

Jon Thorgeson lachte und sagte, für die meisten Menschen werde das Leben wohl ganz normal weitergehen. Aber selbst wenn das Universum tatsächlich an sein Ende gelange... »Nun ja, vielleicht kann man die kühne Vermutung äußern, daß sich aus derselben Wurzel noch viele weitere Universen entwickeln werden. Jedenfalls weist alles in der Mathematik darauf hin.«

Mitten auf dem Gang blieb er plötzlich stehen. Während er sprach, scharten wir uns um ihn. »Wie Sie wissen, gibt es in Sternen eine ständige exotherme Verschmelzung, durch die Wasserstoff zu Helium 4 wird. Wenn der Wasserstoff im Kern fast aufgebraucht ist, setzt die gravitative Kontraktion ein. Der damit verbundene Temperaturanstieg sorgt dafür, daß das Helium verbrennt. In unserem Universum wird die Kernsynthese bei allen schwereren Elementen durch diesen kontinuierlichen Prozeß des Brennstoffverbrauchs erreicht, der zur Kontraktion, zu höheren Kerntemperaturen und zu einer neuen Quelle von Brennstoff führt, durch welche die nukleare Energieerzeugung aufrechterhalten wird. Allerdings treten bei diesem Vorgang auch merkwürdige Anomalien auf. Beispielsweise wird der dabei entstehende Kohlenstoff, eine Begleiterscheinung der Kernsynthese, nicht wieder aufgezehrt. Wir leben also in einem Universum mit einem Übermaß an Kohlenstoff. Und wie Sie wissen, ist Kohlenstoff das grundlegende Element unseres Lebens. Mein Chef würde das ja nicht gern hören, aber wer weiß, vielleicht treten in einem benachbarten Universum diese Anomalien nicht auf. Vielleicht gibt es dort kein Leben und keine Beobachter. Oder vielleicht nimmt dort das Leben einen anderen Verlauf und basiert, sagen wir, auf Silikon. Solche Möglichkeiten werden deutlicher werden, wenn wir unsere Schliere gefunden haben.«

Einer aus unserer Gruppe fragte, ob die Möglichkeit bestehe, in ein anderes Universum einzudringen, oder ob etwas aus einem anderen Universum in das unserige eindringen könnte.

Die Linien in Thorgesons Gesicht vertieften sich vor Belustigung. »Da stoßen wir in die Gefilde der Science Fiction vor. Ich kann dazu leider nichts sagen.«

Am Ende unseres Rundgangs gelang es mir, mit ihm unter vier Augen zu reden. Ich erzählte ihm, daß viele Menschen in den Kuppeln, insbesondere die JAEs, wissenschaftlich interessiert seien. Ihnen fehle jedoch das Verständnis für jene Dinge, an denen die Teilchenphysiker arbeiteten. Die Heimlichtuerei der Wissenschaftler würde sogar mißtrauisch beäugt.

Er senkte seine Stimme und sagte, in den Reihen der Forscher gebe es Meinungsverschiedenheiten. Es handle sich um komplexe Fragen. Viele in der Gruppe hielten die Suche nach der Omega-Schliere für reine Zeitverschwendung und die angewandte Forschung für wichtiger, etwa die Einrichtung eines wirklich leistungsfähigen Kometen- und Meteor-Überwachungssystems. Andererseits... An dieser Stelle brach er ab.

Als ich ihn aufforderte, weiter zu reden, sagte er: »Praktische Ziele sind etwas für Menschen ohne Vision – schlaue Leute natürlich, aber ohne Vision. Dachte Kepler praktisch, als er mitten im Getümmel des Dreißigjährigen Krieges die Umlaufbahnen von Planeten berechnete? Ganz sicher nicht. Und dennoch haben uns seine drei Planetengesetze erst hierher gebracht. Das ist Grundlagenforschung, reine Wissenschaft. Die Schliere, das ist reine Wissenschaft. Ich selbst bin nicht besonders rein«, sagte er mit einem süffisanten Lächeln, »aber ich unterstütze die reine Wissenschaft.«

Da ich mich mit einem solchen verschlagenen Lächeln auskannte, fragte ich ihn unverblümt, ob er nicht Lust habe, den Kuppeln einen Besuch abzustatten und dort einen Vortrag über dieses Thema zu halten.

»Wollen Sie mitkommen und etwas mit mir trinken,

damit wir das Ganze in aller Ruhe besprechen können?«

»Ich muß bei meiner Gruppe bleiben, tut mir leid.«

»Schade. Sie sind eine attraktive Frau. Aus Korea, hab ich recht? Wir haben hier nur wenig Abwechslung, leben wie die Mönche.«

»Dann verlassen Sie doch Ihr Kloster und halten uns einen Vortrag über Teilchenphysik.«

»Könnte sein, daß Sie's recht langweilig finden werden«, erwiderte er. Dann lächelte er. »Ich will sehen, was ich tun kann. Wir bleiben in Verbindung.«

Zu diesem Zeitpunkt war mir natürlich noch nicht klar, wie prophetisch diese Worte waren.

Während wir im Empfangsbereich warteten, bis sich die Batterien unseres Busses wieder aufgeladen hatten, kam ich mit der diensthabenden Technikerin ins Gespräch. Ich fragte sie nach den kleinen weißen Zungen, die wir außerhalb des Gebäudes gesehen hatten.

»Oh, die Beobachter? Ich kann sie Ihnen auf den Bildschirmen zeigen, wenn Sie möchten.«

Ich trat hinter ihren Schreibtisch, um einen Blick auf das Überwachungssystem werfen zu können. Die weißen Zungen waren deutlich zu erkennen. Sie rührten sich nicht. Die Technikerin schaltete von Schirm zu Schirm: Die Zungen hatten die Siedlung umzingelt; hinter ihnen war in der Ferne der alles beherrschende Olympus Mons zu sehen.

»Man kann das Ganze klarer sehen, wenn ich auf Infrarot gehe«, sagte die Technikerin.

Im Infrarotlicht sahen die Dinger tatsächlich nicht mehr wie Zungen, sondern viel schrecklicher aus. Sie erinnerten mich an hohe, unerschütterliche Grabsteine, wie ich sie einmal auf einem alten Friedhof gesehen hatte. Um die Siedlung herum bildeten sie fast eine geschlossene Mauer. Es sah so aus, als hätten sie eine Art

Haut, ölig, schuppig und von stumpfem Grün. Ich blickte erschrocken auf und fragte, ob sie schon Anstalten machten, in die Siedlung einzudringen.

»Sie sind recht harmlos und mischen sich nicht ein. Wir glauben, daß sie uns beobachten.«

Während wir auf die Schirme blickten, kam ein Wartungstechniker ins Bild. Er trug einen Schutzanzug und schleppte eine Schweißerausrüstung mit sich herum. Als wollten sie die Worte der Technikerin bestätigen, schnellten die ›Beobachter‹ sofort zurück und verschwanden im Regolith. Als sich der Mann entfernte, kamen sie sofort wieder zum Vorschein.

Unwillkürlich packte mich nackte Angst. »Also gibt es doch Leben auf dem Mars«, sagte ich.

»Aber nicht unbedingt marsianisches Leben«, erwiderte die Technikerin. »Setzen Sie sich eine Minute, Kindchen. Sie sehen ja furchtbar blaß aus. Ich habe nur einen Witz gemacht. Es gibt kein Leben auf dem Mars. Das wissen wir doch alle.«

Doch leider haben es Witze manchmal an sich, daß sie eine bittere Wahrheit enthalten. Die Existenz von ›Beobachtern‹ sprach sich herum und löste eine Bestürzung aus, die sich allerdings bald wieder legte. Ob lebendig oder nicht, jedenfalls unternahmen die Zungen nichts, was auf Feindseligkeit hindeutete. Wir gewöhnten uns an ihre Gegenwart und beachteten sie schließlich gar nicht mehr.

Nach meiner Rückkehr erzählte ich Kathi über AMBIENT, wie sehr mich Thorgesons Intellekt beeindruckt habe. Auf ihre Frage, was er denn gesagt habe, versuchte ich zu erklären, daß er das Bewußtsein der Menschheit oder einer anderen Spezies, die uns möglicherweise überlegen sei, als – wie hatte er es ausgedrückt? – ›Bestandteil des universalen Bauplans‹ beschrieben hatte.

Sie lachte verächtlich. »Und woher hat er deiner Meinung nach diese Idee?« Nach einer kurzen Pause fuhr sie fort: »Wenn wir es nicht schaffen, uns besser zu verhalten, wenn wir der Utopie nicht näher kommen, geschieht es uns recht, wenn uns eine andere Spezies überflügelt, stimmt's?«

Ich wechselte das Thema und schnitt die Frage der zungenartigen Objekte rund um die Wissenschaftsabteilung an.

»Mach dir keine Sorgen«, sagte sie leichthin. »Wir finden schon noch heraus, wozu sie dienen. Weißt du über die Reduktion der quantenmechanischen Zustandsfunktion* Bescheid? Nein? Ich arbeite mich gerade ein. Dabei geht es um den Zusammenbruch der Wellenfunktion – so wie bei Schrödingers Katze. Du kennst dich doch mit Schrödingers Katze aus, oder?«

»Ich habe davon gehört…«

»Na dann… Der Zusammenbruch der Wellenfunktion löst das Problem dieses armen, hypothetischen, zustandsüberlagerten Kätzchens. Es wird entweder zu einem toten Tier oder zu einem lebendigen. Das heißt, es befindet sich nicht mehr in einer quantenmechanischen Überlagerung von Zuständen, in der es sowohl das eine – *Katze tot* – als auch das andere – *Katze lebendig* – darstellt.«

»Aha… Ist das für die Katze ein Vorteil oder ein Nachteil?«

Sie warf mir einen finsteren Blick zu. »Spar dir deine Witze, meine Liebe! Solche quantenmechani-

---

* Gemeint ist der Zusammenbruch der Wellenfunktion, wobei diese Zustandsfunktion zu einem einzigen Wert wird (bei einer Messung, sogenannte ›Kopenhagener Deutung‹). Die einzelnen Werte, die eine physikalische Größe haben kann (diskrete oder stetige Werte), treten dabei mit unterschiedlichen Wahrscheinlichkeiten auf, die mit Hilfe der Wellenfunktion ermittelt werden können. – *Anm. d. Ü.*

schen Überlagerungen von Zuständen treten auch bei Verschiebungen von Elektronen in einem Quantencomputer auf. Die Versuche, die Heitelmann Anfang des Jahrhunderts durchgeführt hat, haben deutlich gezeigt, daß die Reduktion der quantenmechanischen Zustandsfunktion tatsächlich stattfindet – und zwar dann, wenn die infragravitativen Effekte signifikant werden. Verstehst du, was daraus folgt?«

Ich schüttelte den Kopf. »Ich fürchte nein, Kathi.«*

»Ich auch nicht, aber ich arbeite dran, Schätzchen!« Sie winkte mir fröhlich zu, dann verblaßte ihr Bild.

Verwirrt blieb ich sitzen und versuchte das, was sie gesagt hatte, zu begreifen. Der Zusammenhang mit der Gravitation gab mir Rätsel auf. Einer Eingebung folgend, kontaktierte ich Jon Thorgesons Anschluß in der Wissenschaftsabteilung, doch auf dem Schirm tauchte ein unbekanntes Gesicht auf.

»Hallo! Ich bin Jimmy Gonzales Dust, Jons Kumpel. Wir trainieren gerade für den Marathonlauf, Jon ist auf dem Laufband. Kann ich weiterhelfen? Er hat mir von Ihnen erzählt. Er findet Sie süß.«

»Ach… wirklich? Also gut, wissen Sie etwas über das – wie nennt man's doch gleich? – das Gravitations… nein… die magneto-gravitative Anomalie? Haben Sie irgendwelche Informationen darüber?«

Er sah mich scharf an. »Wir nennen es die m-gravitative Anomalie.« Er fragte mich, was mich das kümmere, und ich erwiderte, es sei mir selbst nicht ganz klar – ich versuche eben, mir ein paar naturwissenschaftliche Kenntnisse anzueignen.

---

* Allen Leserinnen und Lesern, denen es an dieser Stelle ähnlich geht wie Cang Hai, sei folgende Lektüre empfohlen: ›Die Geheimnisse der Quantenphysik‹, S. 71ff. in: Roger Penrose: ›Das Große, das Kleine und der menschliche Geist‹, Heidelberg/Berlin 1998. – *Anm. d. Ü.*

Jimmy zögerte. »Ich schicke Ihnen ein Foto des Überwachungssatelliten, aber behalten Sie's für sich. Was die Anomalie betrifft, ist eine leichte Verschiebung aufgetreten.«

Das Foto kam durch den Schlitz. Ich starrte es an. Es war eine Luftaufnahme des Tharsis-Buckels aus sechzig Meilen Höhe. Deutlich konnte man darauf den Umriß des Olympus Mons erkennen – oder des ›Chimborazo‹, wie Kathi ihn nannte. Über das Foto hatte jemand mit Markierungsstift

G – WSW +0.13 Grad

gekritzelt.

Warum und wie, fragte ich mich, sollte sich die Anomalie verschoben haben? Und wieso diese Richtung – in Richtung Amazonis Planitia, direkt auf unseren Standort zu?

Als ich das Foto näher betrachtete, fiel mir östlich der Hänge des Olympus das durchfurchte Regolith auf. Kathi hatte mich schon einmal auf diese Furchen hingewiesen. Jetzt… sah es so aus, als hätten sich die Furchen ausgedehnt. Ich verstand nicht, was es bedeutete.

Schließlich wandte ich mich, nicht gerade zufrieden mit mir selbst, wieder meinen Studien zu. Süß? Ich?

Inzwischen waren die Kuppeln zu einem großen Bienenstock geworden, in dem es nur so vor Gesprächen summte. Zum Ausgleich konzentrierten wir uns in einigen Kursen auf das Schweigen – hier sprachen nur die Zungen von Holzklöppeln. Die Stille, die Meditation, das Umhergehen im Kreis und das stumme Dasitzen stärkten sowohl Gemeinschaftsgeist als auch individuelle Verfassung. Diejenigen, die sich auf diese buddhistischen Übungen einließen, berichteten, ihr Cholesterinspiegel habe sich gesenkt und ihr Wohlergehen gesteigert. Jahre später bildeten diese Seminare die Grundlage der Universität von Amazonis.

Auch die Abende sexueller Aktivität waren ein großer Erfolg. Maskierte Partner, oft drei, vier, fünf, taten sich dabei unter Anleitung erfahrener Lehrer zu *karezza* – Sexualverkehr ohne Penetration und Orgasmus – und gewissen oralen Künsten zusammen. Während sie, ohne sich zu bewegen, beieinander lagen, übten sie sich in visueller Befriedigung, erfanden aber auch ganz neue Formen des Gruppensex. Großen Stellenwert hatte die Atemkontrolle als Technik, die Lust zu steigern.

In einem der Seminare ging es um nichts anderes als um Atmung. Im schwach beleuchteten Übungsraum nahmen die Teilnehmer die Lotus-Stellung ein, kontrollierten das Ein- und Ausatmen und konzentrierten sich dabei auf das *Hara*. Die Ansammlung von Kohlendioxyd im Blut konnte zu Phasen der ›Abwesenheit‹ führen, in denen man jegliches Zeitgefühl verlor. Es galt als wichtig und wertvoll für die eigene Persönlichkeit, solche Stadien zu erreichen.

Diese Öffnung des Bewußtseins, für die man keine schädlichen Drogen benötigte, erhielt in unserer Gemeinschaft eine solche Bedeutung, daß der Atemkurs durch Lektionen in *Pranayama*, eine spezielle Meditation, ergänzt wurde. Anfangs galt *Pranayama* als exotisch und ›nicht-westlich‹. Doch es wurde uns immer deutlicher bewußt, daß wir eigentlich keine ›westlichen‹ Menschen mehr waren – und das hatte zur Folge, daß *Pranayama* schließlich als *marsianische* Disziplin betrachtet wurde.

Konzentrierten wir uns deshalb so stark auf das Einatmen durch die Nase und das Ausatmen durch den Mund, weil uns in dieser Umgebung stets bewußt war, daß jedes Sauerstoffmolekül erst einmal aufgebaut werden mußte? Jedenfalls hatte diese Übung, der sich fünfundfünfzig Prozent aller Erwachsenen regelmäßig unterzogen, eine sehr beruhigende Wirkung – weite Teile unseres Unterbewußtseins gewöhnten sich offenbar an die Aussicht auf ein friedliches, glückliches Leben.

In all diesen Kursen, die schnell zum normalen Bestandteil unseres Lebens wurden, war die Beziehung zwischen Lehrern und Schülern nicht so starr wie üblich. Niemand hatte es nötig, die Ehre seines Berufsstandes zu verteidigen. Es war also nicht ungewöhnlich, daß der Lehrer einem aufgeweckten Schüler erklärte: »Hör mal, darüber weißt du mehr als ich – laß uns die Plätze tauschen.«

Uralte Hierarchien lösten sich auf. Es begann das, was Tom prophezeit hatte: Der menschliche Geist befreite sich aus seinen Fesseln.

Verwundert beobachtete ich das großartige Treiben um mich herum. Um meinen Körper zu regenerieren, vertiefte ich mich ebenfalls in *Pranayama*, wobei mir die östliche Tradition innerhalb unserer Gemeinschaft klarer bewußt wurde. Ich fragte mich, ob sie tatsächlich so ausgeprägt war oder ob das nur eine durch mein eigenes östliches Erbe bedingte, persönliche Wunschvorstellung war. Das fragte ich auch Tom; vielleicht waren wir uns im Laufe des vergangenen Jahres doch nähergekommen.

»Hier und heute«, erwiderte er, »kann ich deine Frage nicht beantworten. Vielleicht morgen.«

Als wir uns am Tag darauf wieder einmal mit Belle Rivers trafen, um weiter über das Bildungsprogramm zu diskutieren, wirkte er sehr heiter und sagte: »Hast du über Nacht Antwort auf deine Frage erhalten?«

Ich ließ mich auf diese vom Zen inspirierte Haltung ein und konterte: »Keine Religion hat die Weisheit für sich gepachtet.«

Daraufhin gähnte er und tat so, als langweile er sich. Er sagte, er glaube, allerdings ohne gesicherte Grundlage, daß es eine Zeit gegeben habe, in der die westliche Welt – die kleine westliche Welt, die sich damals zum Christentum bekannt habe – einmal ein Hort der Mystik gewesen sei. Mit Anbruch der Renaissance hätten die Menschen jedoch das ständige Beten vergessen und sich statt dessen für die Schätze und Zerstreuungen in ihrer direkten Umwelt begeistert. Sie hätten sich ganz auf weltliche Dinge konzentriert und sogar die Liebe vernachlässigt – anfangs die Liebe zu anderen Menschen, später auch die Liebe zu sich selbst. Angesichts der eingeschränkten Lebensbedingungen auf dem Mars könnten wir nun vielleicht wieder lernen, uns selbst auf eine neue mystische Art zu lieben.

»Und auch Gott?« fragte ich.

»Gott ist die große Sackgasse am Himmel.«

»Nur für die spirituell Kurzsichtigen«, bemerkte Belle leicht verärgert.

Ich konnte es mir nicht verkneifen, Tom zu necken – darin lag auch ein wenig Schmeichelei – und sagte, er sei der neue Mystiker, gekommen, um uns den rechten Weg zu zeigen.

»Das schlag dir besser aus dem Kopf, meine liebe Cang Hai. Und versuche auch nicht, mir so etwas einzureden. Ich kann niemandem den rechten Weg zeigen. Ich weiß ja selbst nicht, wo wir hinsteuern.«

Doch dann erzählte er mir gutgelaunt eine Geschichte: Ein frommer Mann hörte eines Tages damit auf, ständig zu Allah zu beten, denn niemals gab Allah Antwort, niemals sagte er: Hier bin ich. Bald darauf hatte der Mann eine Vision, in der ihm ein Prophet erschien, den Allah losgeschickt hatte und der ihm folgende Worte Allahs brachte: War nicht ich es, der dir befohlen hat, mir zu dienen? War nicht ich es, der dir aufgetragen hat, meinen Namen zu preisen? War deine Anrufung *Allah!* nicht auch meine Antwort: *Hier bin ich?*

Ich bemerkte darauf, wie froh ich sei, daß Tom neben seiner praktischen auch eine mystische Seite habe.

Er erwiderte, er klammere sich an einen Rest von Mystik, weil er sich praktischen Nutzen davon erhoffe. Vielleicht würden unsere Enkel aufgrund dieses Nutzens eines Tages Erfüllung in echter Mystik finden.

Ich dachte darüber nach. Es kam mir so vor, als würde Tom den Glauben an Gott leugnen und sich dennoch an einem dünnen religiösen Fädchen festhalten.

Er räumte diese Möglichkeit ein: »Schließlich sind wir alle voller Widersprüche. Unabhängig davon, ob da draußen ein Gott ist oder nicht, gibt es etwas Göttliches tief in unserem Inneren.« Deshalb glaube er an die Kraft des einsamen Gebets, das wie ein Brennglas wirke und helfe, die Gedanken zu klären. »Zumindest glaube ich das hier und jetzt«, sagte er neckisch. »Meine liebe Cang Hai, bei jedem von uns besteht das Gehirn aus zwei Hemisphären. Warum sollten wir nicht in der Lage sein, zwei verschiedenen Melodien gleichzeitig zu folgen? Hast du nie den Wunsch, zu schweigen und diesen Melodien in deinem Inneren zuzuhören?«

Während wir all diese theoretischen Diskussionen führten, vergnügten sich unsere Freunde auf praktische Art: Sie verliebten sich, gingen miteinander ins Bett und zeugten Kinder. Die wachsende Zahl an Kindern drohte allerdings, unser Leben aus dem ohnehin prekären Gleichgewicht zu bringen. Die Tatsache, daß Tom zwei Menschenalter im voraus plante, versetzte mich in Ungeduld.

»Wir müssen uns zuerst um unsere unmittelbaren

Probleme kümmern«, sagte ich zu ihm, »und dürfen sie nicht noch schlimmer machen. Diese Fortpflanzung nach Lust und Laune bedroht die Grundlage unserer Existenz. Warum warnst du nicht öffentlich vor schrankenloser Promiskuität?«

»Aus vielen guten Gründen, Cang Hai«, erwiderte er. »Der wichtigste besteht darin, daß jede Warnung völlig sinnlos wäre. Außerdem würde man eine solche Warnung, wenn sie von mir, einem VES, käme, in weiten Kreisen und vielleicht auch zu Recht als Fehdehandschuh betrachten, den ein neidischer alter Mann den Jüngeren um die Ohren haut.«

Ich mußte kichern. »Davor brauchst du doch keine Angst zu haben. Aufgrund deines Alters kennst du dich einfach besser aus. Oder nicht?«

Ich bemerkte, wie er zögerte. »Nein, ehrlich gesagt, kenne ich mich in diesen Dingen nicht besser aus. Mit dem Alter nimmt die sexuelle Versuchung zwar nicht unbedingt ab, doch was abnimmt, ist die Unbekümmertheit, mit der man ihr nachgibt.« Er lachte. »Unsere Generationen haben einfach zuviel Tamtam um die Sexualität gemacht. Denk an das, was Barunda gesagt hat: ›Unsere Beziehungen zu den natürlichen Dingen sind auf den Straßen verkümmert und abgestorben. Wir gärtnern nicht mehr und schlafen auch nicht mehr unter freiem Himmel, es sei denn, wir gehören zu den Obdachlosen. Fern jeder Natur verlieren wir uns in den schalen Gedanken der Großstädte. Wir können uns nur noch aufeinander beziehen – und das ist unnatürlich, denn wir sollten auf Instanzen außerhalb unseres Selbst achten. Die Sucht nach immer größerer sexueller Befriedigung verhindert wahre Zufriedenheit. Sie verhindert Liebe, Freude, Seelenfrieden und die Fähigkeit, anderen zu helfen.‹«

»Ach ja, diese *Instanzen außerhalb unseres Selbst* ... ja ...«

Eine Weile saßen wir da, ohne zu reden. Schließlich sagte ich: »Manchmal ist es schwierig, das auszusprechen, was einem auf der Seele liegt. Ich habe große Hochachtung vor dir, und vielleicht gebe ich dir deshalb recht. Aber das ist es nicht allein... Mir hat Sex noch nie besonders Spaß gemacht – weder mit Männern noch mit Frauen. Fehlt mir in dieser Hinsicht etwas? Offenbar besitze ich nicht genug... Wärme? Ich kann zwar lieben, aber nur auf platonische Art, wie ich zu meiner Schande gestehen muß.«

Tom legte seine große Hand auf meine. »Das muß dir nicht peinlich sein. Wir sind in einer Kultur aufgewachsen, die jenen Menschen, die Einsamkeit suchen oder sexuelle Abstinenz praktizieren, suggeriert, daß mit ihnen etwas nicht in Ordnung ist. Daß sie genau die Leute sind, die sich einer dieser neuen Gehirntherapien, Psychurgie oder Mentaltropie, unterziehen sollten – weil sie sich fast schon außerhalb dessen bewegen, was unsere Gesellschaft erlaubt. Das ist ja nicht immer so gewesen und wird auch nicht ewig so sein. Früher einmal wurden Einsiedler und Asketen verehrt. Wie man diese Dinge handhabt, hängt also nicht unbedingt nur von genetischen Voraussetzungen, sondern auch von der Erziehung ab.« Er schwieg einen Augenblick. »Was deine Erziehung betrifft, Cang Hai: Kissorian hat doch dieses Schema in der Rangfolge von Geschwistern entwickelt. An welcher Stelle stehst du? Du bist eine Zweit- oder Drittgeborene, nehme ich an?«

»Nein, mein Lieber. Ich bin ein Doppel.« Ich sah ihn prüfend an und wunderte mich, daß er es nicht gleich verstand.

»Ein Doppel?«

»Ein Klon, um den altmodischen Ausdruck zu benutzen. Ich weiß, daß Vorurteile gegen uns bestehen. Aber da unsere Andersartigkeit nach außen hin nicht auffällt, verfolgt man uns nicht. Mein Ebenbild lebt in China, in Chengdu. Manchmal haben wir psychischen Kontakt. Allerdings glaube ich nicht, daß meine Haltung zur Sexualität davon beeinflußt wird. Tatsächlich verbringe ich viel Zeit damit, mich mit diesen Archetypen auseinanderzusetzen, die jemand, wie du sagst, in einer Diskussion erwähnt hat. Ich glaube, daß ich mit meinem Inneren kommuniziere, und diese seltsamen inneren Stimmen geben mir Rätsel auf. Sie haben mich zum Mars gebracht – und zu dir.«

»Dann habe ich allen Grund, deinen inneren Stimmen dankbar zu sein«, sagte er und lächelte mich vielsagend an. »Also gehörst du zu den seltenen Geschöpfen, die nicht aufgrund direkter sexueller Vereinigung zur Welt kommen…«

Ich erwiderte, so selten sei das nicht. Ich wisse von mindestens einem Dutzend anderer Doppel innerhalb unserer Marsgemeinschaft.

Offenbar einer plötzlichen Eingebung folgend, fragte mich Tom, ob auch Kathi ein Doppel sei. Ich verneinte und wollte wissen, ob er sich für sie interessiere. Er ging nicht darauf ein. »Offenbar liegt meine Bestimmung darin«, sagte er und senkte seinen Blick, »als Organisator zu wirken. Ich bin dazu verdammt, als Redner aufzutreten. Dabei halte ich in meinem tiefsten Innern die Stille für viel wesentlicher.«

»Aber doch sicher nicht die Stille, die jahrhundertelang auf dem Mars geherrscht hat?«

Sein Gesicht nahm einen nachdenklichen Ausdruck an, wie ich ihn schon früher oft an ihm bemerkt hatte. Er starrte zu Boden. »Du hast recht. Diese Stille ist tot… Das Leben muß sich einer solchen Grabesstille zwangsläufig widersetzen.« Mit einem Lächeln gab er mir zu verstehen, nun besser zu gehen.

Ich bedauerte, nicht erwähnt zu haben, daß Kathi

die Stille des Mars keineswegs als tot empfand. Sie behauptete, man könne diese Stille hören, wenn man sich nur richtig darauf einlasse. Aber ihre Meinung war, genau wie meine, kaum maßgeblich. Schließlich war Tom ein berühmter, erfolgreicher Mann – und wer war ich schon? Zwar hatte ich mich in seiner Aufmerksamkeit und seinen liebevollen Blicken gesonnt, aber seit jenem Abend in der Gasse der Spinnenpflanzen, an dem er mir von seiner ersten Liebe erzählt hatte, war seine persönliche Geschichte kein Thema mehr gewesen. Tat es ihm leid, daß er so offen zu mir gewesen war? Hätte ich weitere Einzelheiten überhaupt ertragen?

Ich muß zugeben, daß ich häufig über das glückliche Mädchen nachdachte, das in Toms jungen Jahren seine erste Geliebte gewesen war. Ich konnte sie mir in jeder Einzelheit vorstellen. Selbst wenn ich meine Atemübungen machte, ertappte ich mich dabei, wie ich an sie dachte. Und an Tom. Und an sie beide. An ihre ineinander verschlungenen nackten Körper, die im Regen badeten.

Mein Bericht ist keine strenge Chronologie historischer Ereignisse. Was ich jetzt niederschreibe, habe ich noch niemandem erzählt.

Wider Erwarten setzte sich der Gedanke in mir fest, daß sich Tom Jefferies überhaupt nichts aus mir machte. Ich fühlte mich elend, denn insgeheim hielt ich mich für schön und meinen Körper für begehrenswert, auch wenn es Tom nie aufgefallen war – auch wenn es niemandem auffiel. Außer Jon, der mich für ›süß‹ hielt.

Einmal kam Kathi aus der Wissenschaftsabteilung herüber. Sie hatte ein paar CDs dabei – einen alten Jazzer namens Sydney Bechet – und Alkohol, den sie im Labor destilliert hatte. Sie wollte den Abend mit ihrem Freund Beau Stephens verbringen und lud mich ein, etwas mit ihnen zu trinken.

Nach einigen Drinks fragte ich Beau, ob er mich hübsch fände.

»Auf die orientalische Art«, gab er zur Antwort, worauf ich erwiderte, das sei eine ganz blöde Bemerkung und sage überhaupt nichts aus.

»Natürlich bist du hübsch, meine Liebe«, sagte Kathi und plötzlich sprang sie auf, fiel mir um den Hals und küßte mich mitten auf den Mund.

Das stieg mir nicht weniger zu Kopf als der Alkohol. Das Stück, das gerade lief, hieß ›I Only Have Eyes for You‹. Ich hatte es noch nie gehört. Es war gut. Ich begann, mich aus meiner NOW-Kleidung zu schälen und zu tanzen – einfach so, aus Spaß. Mein neues Bein sah toll aus und funktionierte wunderbar.

Als ich nur noch BH und Slip anhatte, fiel mir ein, daß ich es wohl besser dabei belassen sollte. Doch Kathi und Beau feuerten mich an und sahen aufgeregt zu, also: weg mit den Sachen! Meine Brüste waren so hübsch und so fest – ich war stolz auf sie. Ich warf Beau die Unterwäsche zu. Und was tat er? Er schnappte sich meinen Slip und vergrub sein Gesicht darin. Kathi lachte nur.

Als das Stück zu Ende war, schämte ich mich auf einmal. Ich rannte ins Badezimmer und versteckte mich. Kathi kam mir nach, um mich zu beruhigen. Ich heulte. Leise sang sie: *Weiß nicht, ob wir im Garten sind. Oder bei einem Rendezvous. Zu viele Menschen sehen zu.* Wieder küßte sie mich auf den Mund und schob ihre Zunge zwischen meine Lippen.

Am nächsten Morgen fühlte ich mich gräßlich. Und wie gesagt: Ich habe noch nie einem Menschen davon erzählt.

11

Tom, Belle und Alpha

»Besonders liebevoll müssen wir uns um die Kinder kümmern«, sagte Tom, als ADMINEX über die Erziehung diskutierte, »damit sie kein negatives Selbstbild als von der Erde Verbannte entwickeln. Wir müssen sie so erziehen, daß sie später weise und zufrieden leben können – und in erster Linie sollten sie mit sich selbst zufrieden sein. Dafür brauchen wir auch einen neuen Begriff, einen Begriff, der bewußte Wahrnehmung und Verständnis beinhaltet...«

»Im Chinesischen heißt das *juewu*. Es bedeutet, sich einer Sache bewußt zu werden, sie zu begreifen«, warf ich ein.

»*Juewu, juewu*...« Er testete den Klang des Wortes. »Klingt irgendwie nach Juwel, *Erziehung* dagegen nach verstaubten Klassenzimmern. Ich kann schon hören, wie die Dreijährigen zum ersten Mal zur Vorschule gehen und dabei zwitschern: juhu, juhu...« Wir entschieden uns für diesen Begriff.

Als nächstes entwickelte sich eine Debatte darüber, mit welchen Dingen sich die Grünschnäbel am besten beschäftigen sollten. Sharon Singh war davon überzeugt, daß Musik und Verse mit Stabreimen kleinen Kindern am meisten Spaß machten. Mit Rhythmus und Klatschen, sagte sie, fange das Zählen an, mit dem Zählen das Rechnen und mit dem Rechnen das wissenschaftliche Arbeiten. Mary Fangold fügte hinzu, in Platons ›Staat‹ werde viel darüber diskutiert, welches Versmaß sich am besten dazu eigne, Gemeinheit, Wahnsinn oder das Böse auszudrücken, und welches der Anmut angemessen sei – und man komme zu dem Schluß, daß die Liebe zur Schönheit durch Musik erzeugt wird.

Mutig warf ich ein, ›Schönheit‹ sei ein recht fragwürdiger, zumindest aber sehr spezieller Begriff. Bezas Musik beispielsweise rufe Gefühle hervor – Melancholie, Übermut –, stärke aber nicht die Liebe zur Schönheit.

Tom räumte ein, ›Schönheit‹ klinge inzwischen tatsächlich ein wenig peinlich, doch der Begriff habe immer noch etwas mit Aufrichtigkeit und Wahrheit zu tun. Es sei schwer zu definieren, wenn man keine Analogien benutze; die richtige Musik zur rechten Zeit zu finden sei gewiß eine Kunst, viel mehr noch als die Fähigkeit, gewandte Reden zu halten, was ja schon einiges an Talent erfordere. Und die Musik müsse man mit Tätigkeiten verbinden, beispielsweise mit dem Tanzen – auf diese Weise könne *juewu* dazu beitragen, die Einheit von Körper und Geist herzustellen.

Wir waren uns darin einig, daß ein guter Unterricht vor allem gute Lehrer voraussetzt, und bis jetzt hatte man noch keine zuverlässige Methode zur Ausbildung fähiger Lehrer gefunden – man brachte ihnen eben das bei, was sie den Kindern eintrichtern sollten. »Aber wenn das Bildungssystem hier erst einmal auf festen Füßen steht«, sagte Tom, »dann werden aus unseren gut ausgebildeten Kindern die besten Lehrer werden. Geduld, Liebe und Mitgefühl sind wertvoller als Wissen.«

Der nächste Punkt war, Unterrichtspläne für die einzelnen Altersstufen zu erstellen. Es lag uns viel daran, der ersten Generation von Marskindern die Einheit und Verbundenheit allen Lebens auf der Erde zu vermitteln. Außerdem sollten sie ein besseres Selbstverständnis als jede Generation vor ihnen entwickeln. Evolutionsbiologie war daher ein wichtiges Fach, denn nur daraus konnte das Verständnis der Gattung Mensch für sich selbst erwachsen.

Computer- und AMBIENT-Kurse fanden bereits statt, darüber hinaus Unterricht in Geschichte, Geophysiologie, Musik, Zeichnen und Malen, Weltliteratur und Mathematik. Und demnächst sollten auch ›Stunden der persönlichen Aussprache‹ eingerichtet werden, in denen die Kinder all ihre Probleme diskutieren konnten. So würde man schwierige Situationen rasch und solidarisch klären können.

Tom schien die Arbeit Spaß zu machen. Er schlug vor, den ganzen Unterrichtsplan Belle Rivers vorzulegen, die während unserer Debatten so engagiert über die ›Archetypen‹ gesprochen hatte und die Kinder des Stammpersonals unterrichtete.

Belle war schlank und elegant und strahlte eine gewisse Würde aus. Ihr Kopf war immer ein wenig zur Seite geneigt, als lausche sie etwas, das wir anderen nicht hören konnten. Sie war um die Vierzig, vielleicht auch älter. Als Mitglied des ursprünglichen Personals war sie schon so lange hier, daß sie den typischen ›Mars-Look‹ angenommen hatte, wie wir es nannten: eine bleiche Haut und sehr sprödes Haar.

Tom eröffnete das Gespräch damit, daß er sich für den Eingriff in ihren Lehrplan entschuldigte. Die veränderten Umstände hätten es notwendig gemacht, doch der revidierte Plan, von dem wir eine Kopie ausgedruckt hatten, werde ihr hoffentlich zusagen.

Belle überflog die Seiten, legte sie dann auf einen Schreibtisch und sagte: »Wie ich sehe, wollen Sie auf den Religionsunterricht verzichten.«

»Richtig.«

»Bisher hatten wir die Kinder mit dem Unterricht auf ihre künftige Berufslaufbahn vorbereitet. Dennoch haben wir stets darauf geachtet, daß die Weltreligionen Teil des Lehrplans waren. Glauben Sie nicht, daß Gott auf dem Mars ebenso sehr herrscht wie auf der Erde?«

»Oder ebenso wenig. Wir können es keinem Gott mehr überlassen, die Mißstände abzustellen, die er – oder sie – in der Vergangenheit zu beheben versäumt hat. Das müssen wir schon selbst versuchen.«

»Das ist recht überheblich, nicht wahr?« Offenbar strafte sie ihn lieber mit Verachtung, als seine Worte als persönliche Beleidigung zu nehmen.

»Ich denke nicht. Die alten griechischen Sagen, in denen Götter und Göttinnen direkt in die Angelegenheiten der Menschen eingreifen, belustigen uns doch heute nur noch. Wir sollten über jede Religion lachen, die von der Vorstellung allmächtiger Götter ausgeht und darauf setzt, daß diese unsere Fehler ausbügeln. Wir sollten versuchen, die Dinge selbst zu ändern, falls möglich.«

»Und wenn sich das eben als unmöglich erweist?«

»Wenn wir es nicht versuchen, werden wir auch nicht herausfinden, ob es unmöglich ist, Belle.«

»Das mag ja sein. Doch warum spannen Sie Gott nicht für Ihr Vorhaben ein? Soweit ich mich erinnere, hat der große Thomas Morus in seinem Utopia dafür gesorgt, daß die Kinder im Glauben erzogen werden und Religionsunterricht erhalten.«

»Im sechzehnten Jahrhundert dachte man eben anders über solche Dinge. Morus war ein guter Mann, der in einer doch sehr begrenzten Welt lebte. Wir müssen uns nach dem Denken unserer eigenen Zeit richten. Alle Utopien haben ihre Verfallsdaten, wissen Sie.«

»Und Ihre Utopie läßt jedes Gespür für den göttlichen Aspekt der Dinge vermissen.«

Tom bot Belle Rivers einen Stuhl an und bat sie, Platz zu nehmen. Er verhielt sich nun so, als müsse er sich bei ihr entschuldigen. Er sagte, ihm sei klar, daß er einen Fehler gemacht habe. Es sei falsch gewesen, ADMINEX einen neuen Lehrplan aufstellen zu lassen, ohne zuerst ihren Rat einzuholen. Ihr müsse es wohl so vorkommen, als habe er ihre Kompetenzen beschnitten, auch wenn das keinesfalls in seiner Absicht gelegen habe. »Ich bin zu voreilig gewesen. Es gibt eben noch so vieles, um das wir uns kümmern müssen.« Allerdings werde sie feststellen, daß man einige ihrer Ideen doch berücksichtigt hat. Schon bei den Kleinsten sei die Evolutionsbiologie Teil des Stundenplans, und im Rahmen dieser Stunden könne man die Herausbildung des menschlichen Bewußtseins und die Archetypen behandeln, über die sie so viel wisse.

Belle starrte mit finsterem Blick in eine Zimmerecke. Tom wand sich ein wenig und bat sie schließlich, ihm nicht zu unterstellen, daß ihm jedes Verständnis für ihre religiösen Gefühle fehle. Er selbst sei sich des göttlichen Aspekts der Dinge nur allzu sehr bewußt. »Hat nicht jeder, wenn er nicht gerade völlig am Boden zerstört ist, ein Gespür für die Heiligkeit des Lebens?«

Während er Belle fixierte, wurde seine Sprache recht blumig, und ich hatte den Eindruck, daß er dahinter auch eine gewisse Unaufrichtigkeit verbarg.

»Zieht sich durch unser ganzes Leben nicht die Freude an bestimmten Ereignissen, am Erwachen, an unseren Träumen, an der Kraft des Denkens?« fuhr er fort. »Dieses so schwer zu fassende Element, das die besten Maler, Schriftsteller, Musiker, Wissenschaftler, ja selbst ganz normale Menschen mit ganz normalen Berufen spüren... Dieses Besondere, dieses Wunderbare, über das zu reden so schwerfällt, aber das dem Leben seinen Zauber verleiht... Vielleicht ist es nur das Ticken der biologischen Uhr, die Lust, am Leben zu sein. Aber was immer dieses Glühwürmchen auch sein mag, genau das hat der Dichter Marlowe gemeint, als er schrieb: ›Zumindest ein Gedanke, Liebreiz, Wunder irgendwann, die keine Macht in Worte fassen kann.‹*«

Belle Rivers hatte die Hände vor sich auf dem Schreibtisch gefaltet und schien sie eingehend zu betrachten, während sie Tom zuhörte. Die Religion, zumindest die christliche, sagte er, habe sich im Laufe der Zeit verändert. Man habe den reizbaren, grausamen Jehovah des Alten Testamentes durch den aufgeschlosseneren Glauben an die Erlösung ersetzt, und doch stützte sich das Christentum immer noch auf solche unmöglichen Dinge wie Jungfrauengeburt, Auferstehung von den Toten und die Vorstellung vom ewigen Leben, Dinge, die im vorwissenschaftlichen Zeitalter des Jesus Christus dazu gedient hätten, schlichte Gemüter zu beeindrucken. Die Entdeckung der Omega-Schliere werde uns wohl ein wahres Wunder vor Augen führen, vorausgesetzt wir begriffen ihre Bedeutung. (Würde ich dieses Gebiet der Wissenschaft je verstehen? fragte ich mich an dieser Stelle. Ich nahm mir fest vor, mir noch mehr Wissen anzueignen…)

»Indem die Menschheit zwei Schritte vorwärts und einen Schritt zurück getan hat«, fuhr Tom fort, »hat sie sich seit Jesu Tagen einige Kenntnisse erarbeitet. Kenntnisse über die Welt, das Universum und sich selbst. Und inzwischen – in der Mitte des 21. Jahrhunderts – ist es so, daß Gott der Erkenntnis im Wege steht. Gott ist dunkle Materie und behindert uns eher bei der Entwicklung des richtigen Gespürs für den göttlichen Aspekt der Dinge, als daß er dazu beiträgt. Wir haben viel Gutes auf der Erde zurücklassen müs-

---

* Eigene Übersetzung, im Original:
  ›One thought, one grace, one wonder, at the least
  Which into words no virtue can digest. – *Anm. d. Ü.*

215

sen. Wir sollten auch Gott zurücklassen. Ohne ihn ist die Welt viel wunderbarer.«

Belle, die immer noch ihre Hände betrachtete, bemerkte lakonisch: »Sie kann gar nicht wunderbarer ohne ihn sein, wo er sie doch geschaffen hat.«

Bis zu diesem kritischen Augenblick hatte Mary Fangold geschwiegen und Tom und Belle mit einem leichten Lächeln auf den Lippen beobachtet. (Später sagte Tom, Mary, der Vernunftsapostel, sei sich die ganze Zeit darüber im klaren gewesen, daß wir einen typisch menschlichen Fehler begangen hätten, als wir die schwer arbeitende Belle nicht in die Konzeption des Bildungsprogramms einbezogen. Das habe Belle das Gefühl gegeben, ihre Stellung werde untergraben.) Nun mischte sie sich ein. »Das Projekt ist erst in der Planungsphase, Belle. Wir vertrauen darauf, daß Sie auch weiterhin unterrichten, genauso, wie die Kinder Ihnen vertrauen. Wie wäre es, in Ihren Stundenplan ein Fach aufzunehmen, das wir ›Persönlichkeitsbildung‹ oder so ähnlich nennen? Religion könnte ein Teil davon sein, aber auch archetypische Verhaltensmuster und die Wechselbeziehung zwischen Bewußtem und Unbewußtem.«

Belle warf ihr einen mißtrauischen Blick zu. »Das klingt nicht gerade nach dem, was ich mir unter dem Fach Religion vorstelle.«

»Dann nennen wir es ›Glaube und Vernunft‹…«

Nach einem kurzen Schweigen lächelte Belle und sagte: »Denken Sie bitte nicht, daß ich störrisch sein will, doch Ihr Vorhaben, den Unterricht zu verbessern, kann im Grunde nur dann blühen und gedeihen, wenn ein weiterer Faktor berücksichtigt wird.«

Sie wartete darauf, daß wir nachhakten. Schließlich erklärte sie, es gebe Kinder, die sich ständig gegen das Lernen sträubten und Lesen und Schreiben als Schwerstarbeit betrachteten – dagegen mache es anderen Kindern großen Spaß und fülle sie aus. Woran liege das? Nun, manchen Kindern werde vom Tag der Geburt an von Mutter und Vater vorgesungen und vorgelesen, einigen sogar schon vor der Geburt. Anderen Kindern nicht. »Das Lernen«, sagte Belle, »beginnt mit dem ersten Tag. Wenn es das Kind mit dem Glück und der Sicherheit verbindet, die ihm durch die elterliche Liebe zuteil werden, steht dem Lernen und der Freude, sich neue Dinge anzueignen, nichts im Wege. Dagegen haben es die Kinder, deren Eltern nicht mit ihnen reden oder sie gleichgültig behandeln, viel schwerer, sich im Leben zu behaupten. Die Grundlage all dessen, was im Leben gut ist, besteht schlicht aus Liebe und Zuwendung, bewirkt durch die Liebe zu Jesus.«

Tom stand auf und griff nach ihrer Hand. »In diesem Punkt stimmen wir völlig überein«, sagte er. »Zumindest, soweit es die Liebe und die Zuwendung für das Kind betrifft. Sie haben das benannt, was im Leben am wichtigsten ist. Und es kann nicht schaden, Jesus als Beispiel dafür zu benutzen. Wir freuen uns sehr darüber, daß Sie diese Schule leiten und für den Unterricht hier verantwortlich sind.«

Die in mancher Hinsicht rätselhafte Beziehung zwischen Tom und mir vertiefte sich. Bei einer kleinen Zeremonie wurde ich seine rechtmäßige Adoptivtochter und erhielt den Namen Cang Hai Jefferies. Einträchtig lebten wir zusammen, nun ja, mehr oder weniger einträchtig. Es war nicht leicht, einander näherzukommen. Wenn mir mein neues Bein mit Nervenentzündungen zu schaffen machte, was häufig der Fall war, lag ich in seinen Armen. Ich genoß es – aber eine sexuelle Annäherung unternahm er nie.

Im Laufe des ersten Jahres hatten die gesellschaftlichen Aktivitäten feste Formen angenommen. Hallensport, Theateraufführungen, Revues, Rezitationen, Tanzdarbietungen und die Vorstellung der neuen Babys – die zahlreichen Schwangerschaften hatten inzwischen zur Geburt der ersten Generation ›echter Marsianer‹ geführt – standen Woche für Woche auf dem Programm. Es wurde bereits für den ersten Marathonlauf auf dem Mars trainiert. Und eine Frau französischer Herkunft, Paula Gallin, inszenierte ein düsteres, nüchternes Theaterstück voll schwarzen Humors – eine Verbindung von echten Schauspielern und Simulationen, die der Quantencomputer erzeugte. Ein Großteil der Handlung spielte auf einer leicht schrägen Ebene, deren Neigungswinkel im Verlauf des Stückes immer steiler wurde. ›Meine Kultur‹; so der Titel, wurde zwar anfangs mit Zurückhaltung aufgenommen, bald jedoch als Meisterwerk gefeiert und hatte einen wichtigen Anteil daran, daß unsere Gemeinschaft zur ersten Zivilisation wurde, die sich an der modernen Psychologie orientierte.

Gegen Ende des Jahres 2065 stand die Vorbereitung des Schlieren-Experiments kurz vor dem Abschluß – obwohl Materialknappheit die Entwicklung beeinträchtigt hatte. Via AMBIENT hielt uns Dreiser regelmäßig mit kurzen Berichten auf dem laufenden. Viele von uns spürten jedoch, daß die technisch geprägte Zivilisation der Erde hier oben nach und nach an Einfluß verlor und dem Gefühl Platz machte, völlig im ›Sein und Werden‹ aufzugehen, Begriffe, die im Heranwachsen unserer Kinder tatsächlich einen ganz praktischen Kern hatten. Die Beschäftigung mit Fragen unserer Existenz und unserer Zukunft entsprang der Sorge darüber, wie sich die Kleinen in dieser begrenzten, weitgehend auf Innenräume beschränkten Welt entwickeln würden. Aber der düstere Mars förderte ohnehin den Blick nach innen, und, ja, das Einfühlungsvermögen. Schon in den frühen Tagen unse-

218

res Exils hier fiel uns auf, daß die meisten von uns ungewöhnlich lebhafte und seltsame Träume hatten. Unserem Verständnis nach stellten diese Träume die innere Verbindung zu unserer evolutionsgeschichtlichen Vergangenheit her, möglicherweise als eine Art von Therapie.

Das *falsche Geschichtsverständnis* hatte die Idee des Fortschritts in der ganzen Welt verbreitet und dazu geführt, daß sich eine ständig wachsende Zahl von Menschen einem ständig wachsenden Druck ausgesetzt sah, daß Megastädte emporschossen und daß eine befriedigende Verständigung mit dem eigenen Ich verlorenging. Stephen Jay Gould, ein Weiser des 20. Jahrhunderts, hat einmal gesagt: ›Fortschritt ist eine schädliche, kulturell bedingte und zum Scheitern verurteilte Vorstellung, die wir durch etwas anderes ersetzen müssen.‹ Wir versuchten, sie durch etwas anderes zu ersetzen. Nicht rückwärts gewandt, sondern vorwärts gewandt, in der Absicht, unser ›wahres Ich‹ zu leben – oder all die ›Ichs‹ mit ihren jeweiligen Erfahrungen innerhalb der Kette der Evolution. Also machten wir uns daran, ›die Technokratie durch die Metaphysik zu ersetzen‹ – um es mit Belles Worten auszudrücken.

Mein ›wahres Ich‹ brachte mich dazu, mich auf eine Schwangerschaft einzulassen. Nicht lange nach der Adoptionszeremonie ging ich ins Krankenhaus und ließ mir dort etwas von Toms DNA injizieren. Mein Körper genoß die wohltuende Schwere, die die Schwangerschaft mit sich brachte, und ohne Schmerzen kam im März 2067 meine wunderschöne Tochter Alpha zur Welt. Tom war während der Geburt an meiner Seite, und auch danach, als das Baby mit hochrotem Köpfchen in meinen Armen lag. Sie hatte die feinsten kleinen Finger, die man je gesehen hat, dunkles Haar und Augen so blau wie der Sommerhimmel über der Erde. Und ein genauso heiteres Gemüt. Leider gestand mir das Krankenhaus nicht den Luxus einiger Zeit von Frieden und Stille zu. Fast unmittelbar nach der Entbindung wurde ich auf Fangolds Anweisung zurück in die Gemeinschaftsunterkünfte geschickt. Der Umzug machte meinem Kind ein Weilchen zu schaffen, dann gewöhnte es sich an die neue Umgebung.

Kathi schickte aus der Wissenschaftsabteilung einen Gruß: »Bist du Tom erlegen – oder den Zwängen der Gesellschaft? Warum machst du dir selbst vor, ein ganz normaler Mensch zu sein? Besser man tut so, als wäre man etwas ganz Besonderes. Kathi.« Das war nicht besonders nett, doch nach der Geburt von Alpha befand ich mich in einer Art von Glücksrausch – und ich denke gern, Tom auch. Die Trauer um seine Frau war nicht vergessen, aber Tom hatte ihren Tod verarbeitet; er akzeptierte den Verlust als einen jener Schicksalschläge, die aufgrund unserer biologischen Existenz nicht zu vermeiden sind. Zu meiner damaligen Zufriedenheit trug auch ein Spruch bei, an dem ich beinahe jeden Tag vorbeiging. Jemand hatte an die Wand draußen vor dem Frisörsalon gemalt: GEWALT ERZEUGT GEWALT – FRIEDE ERZEUGT FRIEDEN. Die Worte sprachen mir aus dem Herzen.

Mir war zwar klar, daß die Schiffe von der Erde – und damit die Geschäftigkeit – eines Tages zurückkehren würden, ich hoffte aber inständig, daß es bis dahin noch lange dauern würde – damit wir die wunderbare Erfahrung der Selbstfindung ungestört fortsetzen konnten.

Belle Rivers hatte sich offenbar zu geistigen Höhen aufgeschwungen. Ihre Seminare über Persönlichkeitsbildung, an denen die Eltern oft gemeinsam mit ihren

Kindern teilnahmen (wie auch ich es bald darauf mit Alpha tat), waren äußerst beliebt. Anfangs schien dieses neue Wissen die Einheit der Persönlichkeit auf unangenehme Weise in Frage zu stellen, und vielen Menschen fiel es auch schwer, die Bedeutung der Archetypen, die in unserem Unbewußten eine ganz bestimmte Rolle spielten, richtig zu erfassen. Aber mit der Zeit ließen sich mehr und mehr Leute auf die symbolischen Aspekte von Erfahrung ein.

»Wir entwickeln langsam ein Verständnis dafür«, dozierte Belle, »daß Gesundheit ebenso im gelebten Sein wie im Leben selbst gründet – und in der Akzeptanz der Tatsache, daß wir überlieferte Rollen nachspielen. Auf dem Mars werden wir eines Tages neue Rollenmuster brauchen.«

Während meiner Schwangerschaft dachte ich oft über diese Bemerkung nach. Ich wollte mich ändern. Ich wollte, daß sich die Dinge änderten.

Ich besprach diesen Aspekt auch mit Ben Borrow. Er war ein wortgewandter JAE, der seinen Sozialdienst auf dem Mond abgeleistet hatte und sich, wie er es ausdrückte, ›mit spirituellen Dingen‹ befaßte. Was es damit auch auf sich haben mochte, jedenfalls war er ein treuer Jünger von Belle Rivers. Oft traf er sich mit ihr noch spätabends zu vertraulichen Gesprächen.

Je mehr wir spüren, daß wir selbst ›gelebt‹ werden, desto unabhängiger können wir leben.

Das Verschmelzen der Gegensätze – von Geist und Materie, von Mann und Frau, von Gutem und Bösem – führt zur Vollendung.

Nur die Technologie kann uns von der Technologie erlösen.

Wahre Spiritualität kann nur erreichen, wer den Blick zurück in die grüne Ferne richtet.

Das waren einige von Borrows Sprüchen. Er hatte vor, ein Guru zu werden, doch selbst mir entging nicht, daß er auch etwas von einem Fiesling hatte. Unter Belles Patronage hielt Borrow eine Vorlesungsreihe mit dem Titel ›Wie man die Persönlichkeit nährt‹. Die Vorlesungen waren gut besucht und entwickelten sich häufig zu ausgesprochen erotischen Veranstaltungen. Rivers und Borrow lehrten, neurophysiologische Vorgänge wie das Träumen würden die Verarbeitung jener Dramen fördern, die sich im limbischen System des Gehirns abspielten. Dabei werde die bewußte Wahrnehmung verstärkt und die Verschmelzung von kognitiven und gefühlsbetonten Sphären unterstützt. Am besten greife man nach einer Analogie: Wie manchmal Schwimmer im Ozean Angst vor unbekannten Lebewesen irgendwo da unten in der Tiefe hätten, gebe es auch Menschen voll Angst vor dem, was die tieferen Ebenen ihrer Seele enthalten könnten. Mit der Zeit werde sich diese kulturell bedingte Phobie jedoch legen und die bewußte Wahrnehmung stärker werden.

Nach einer dieser Vorlesungen gestand ich Borrow ein, daß ich keine Ahnung hatte, ob meine bewußte Wahrnehmung stärker geworden war. Woran sollte ich das festmachen?

»Vielleicht«, bemerkte er, während er die Fingerspitzen zu einem Giebeldach zusammenlegte, »kann man es so ausdrücken: Die Bewußten entdecken in sich die Fähigkeit, in die ferne evolutionsgeschichtliche Vergangenheit zurückzureisen, und stoßen dort auf wunderbare Dinge – Dinge, die der Rationalität Würze und der Existenz Fülle verleihen. Nicht zuletzt spielen dabei die Einheit mit der Natur und das instinktive Leben, das vom Tod nichts weiß, eine wichtige Rolle. Das Bewußtsein ist etwas dermaßen Komplexes und Sinnliches, daß eine künstliche Intelligenz es nie nachbilden könnte. Meinst du nicht auch?«

»Mmmm«, machte ich. Borrow ging schnell weiter, die Fingerspitzen immer noch aneinandergelegt. Es wirkte nicht ganz so wie wenn man die Hände zum Gebet erhebt, vielleicht wollte er damit eher signalisieren, daß er engen Kontakt mit seinem Selbst pflegte – und nicht vorhatte, engen Kontakt mit mir zu pflegen.

Unsere Gemeinschaft war gierig auf diese Art von physiologisch-biologisch-philosophischer Spekulation. Wir gingen davon aus, daß die geistig-seelischen Errungenschaften der Menschheit jeweils im Zusammenhang mit den evolutionsgeschichtlichen Stadien gesehen werden mußten und Wahrnehmungsprobleme aus eben diesem Zusammenhang resultierten.

Wenn das, was wir wahrnehmen, eher eine Interpretation der Wirklichkeit ist als die Wirklichkeit selbst, dann müssen wir unsere Wahrnehmungen gründlich überprüfen. So viel ist mir klar. Aber wenn es doch gerade die uns *nicht bewußte* Wahrnehmung ist, die den lebenslangen Zustrom von Informationen steuert – wie kommt dann das *bewußte* Denken damit klar? Wie macht es sich diese Informationen begreiflich? Welche Informationen verwirft es, welche läßt es zu? Und was geht im Verarbeitungsprozeß zwischen Unbewußtem und Bewußtem verloren? Welche wichtigen Dinge gehen uns dabei verloren?

Das fragte ich May Porter, als sie bei uns einen kurzen Vortrag über Wahrnehmungsfähigkeiten hielt.

»Die Verhaltensforschung«, sagte sie, »hat folgendes gezeigt: Alle Tier- und Insektenarten sind so programmiert, daß sie die Umwelt auf eine ganz bestimmte Art und Weise sehen; jede Art ist ihrer speziellen Wahrnehmungswelt verhaftet. Fakten werden nur in soweit aufgenommen, als sie dem Überleben dienen; alles, was nicht dem Überleben dient, wird links liegengelassen. Ein früher Mystiker namens Aldous Huxley hat dafür einmal den Frosch als Beispiel angeführt: Seine Wahrnehmung ist so ausgerichtet, daß er nur Objekte sieht, die sich bewegen, beispielsweise Insekten. Sobald sich die Insekten nicht mehr bewegen, sieht sie der Frosch auch nicht mehr und er kann seinen Blick in eine andere Richtung lenken. ›Welcher Philosophie, um Himmels willen, würde demnach ein Frosch anhängen?‹, fragt sich Huxley. ›Der Metaphysik des Erscheinens und Verschwindens?‹ Ähnlich verhält es sich mit den Menschen, die dem westlichen Denken verhaftet sind. Sie messen nur dem Wert bei, was sich bewegt. Schweigen und Stille werden eher negativ bewertet.«

Kathis Bemerkungen gingen mir durch den Kopf, als ich May fragte: »Könnte es nicht sein, daß es auf dem Mars eine Art von höherem Bewußtsein gibt und wir einfach noch nicht fähig sind, es als solches zu erkennen?«

Sie lachte kurz auf. »Es gibt kein höheres Bewußtsein auf dem Mars. Nur uns, meine Liebe.«

Solche und viele weitere Lektionen wirkten sich auch auf unser Verhalten als Teil einer Gemeinschaft aus. Jedenfalls dachten wir mehr nach als zuvor – wenn man unter ›Denken‹ das Verfolgen von Visionen mit einbezieht. Es war so, als hätten wir mit der Suche nach den Geheimnissen des ›wahren Lebens‹ auch die quälende Frage nach dem Leben an sich und seinen tieferen Gründen – jenseits aller biologischen Aspekte – besser im Griff.

Die Alleinstehenden zogen es – genau wie die Paare oder die Familien – vor, für sich zu leben. Mit anderen traf man sich nur zu besonderen Anlässen, etwa, wenn wieder einmal ›Meine Kultur‹ aufgeführt wurde oder ein Vortrag in der Reihe ›Wie man die Persönlichkeit nährt‹ stattfand. So lebten die meisten Men-

224

schen mit der Zeit auf so individuelle Art und Weise, wie es der begrenzte Raum eben zuließ. Unser Utopia in spe war nicht autoritär strukturiert – und hob sich damit deutlich von Platos Definition einer idealen Gemeinschaft ab.

Damit möchte ich keineswegs sagen, daß der Gemeinschaftsgeist dabei auf der Strecke blieb. Immer noch nahmen wir täglich ein- oder zweimal gemeinsam unsere Mahlzeiten ein. Und oft kam es vor, daß, wenn ich mit Alpha auf dem Arm den Jojo-Bus zur Arbeit nahm, es dort wie in einem Bienenstock summte und vibrierte – so viele Menschen praktizierten *Pranayama*-Yoga und gaben dabei unablässig ihr ›Om‹ von sich. Ach, welche Freude ich jedesmal dabei empfand! Für mich war das die beste Zeit unseres Lebens auf dem Mars – auch wenn diese Phase von zu großer Empfindsamkeit und Introvertiertheit geprägt war, als daß sie hätte Bestand haben können. Ich drückte mein liebes Kind an mich und dachte: Ganz sicher werden die Bewohner des Mars nie wieder so einig sein wie in diesem Moment!

Da alle Vorträge und Seminare mit Videokameras aufgezeichnet und zur Erde gesendet wurden, hatten wir später die Gelegenheit zu überprüfen, welche Fortschritte wir inzwischen in unserer Persönlichkeitsbildung gemacht hatten. Die meisten mußten bei der Konfrontation mit ihren früheren Egos, mit ihren naiven Fragen und ihrer Unsicherheit unwillkürlich kichern.

Während wir uns also um einen gewissen Grad an heiterer Gelassenheit bemühten, erlebte ich einen kleinen Schock, als ich eines Tages ein AMBIENT-Gespräch zwischen Belle Rivers und meinem geliebten Tom mithörte.

»...auf der Erde«, sagte Belle gerade. »Und da ist

ein Wissenschaftler, der Jon Thorgeson heißt. Er sagt, er will mit Cang Hai reden. Angeblich hat sie vorgeschlagen, daß er einen Vortrag über die Omega-Schliere hält. Sind Sie damit einverstanden?«

»Solange Sie mir Cang Hai vom Halse halten, Belle... Thorgeson soll es ruhig machen.«

Belle war immer noch zu sehen; mit geneigtem Kopf musterte sie Tom. Dann fragte sie: »Haben Sie das Gefühl, daß in der Wissenschaftsabteilung irgend welche merkwürdigen Dinge vor sich gehen?«

»Nein. Allerdings habe ich in letzter Zeit auch nichts mehr von Dreiser gehört. Warum fragen Sie?«

»Ach, ich hatte einfach das Gefühl, daß sich da etwas zusammenbraut, als ich mit Thorgeson sprach. Könnte auch mit dem kommenden Marathonlauf zusammenhängen, nehme ich an.«

Während ihre Bilder verblaßten, begann ich schon zu grübeln. Was meinte Tom mit den Worten: *Solange Sie mir Cang Hai vom Halse halten?* Er war doch immer so lieb und freundlich zu mir. Er stützte sich doch auf mich. Oder etwa nicht? Sicher, er war in letzter Zeit tatsächlich recht mieser Laune gewesen. Vielleicht lag es auch schlicht daran, daß er Alphas Gebrüll nicht mehr hören konnte. Dabei klang es doch wunderschön. Tom tat mir leid.

12

Schliere gesucht

Da wir bei der Arbeit ein Rotationsprinzip eingeführt hatten, wurde ich bald der Abteilung für synthetische Lebensmittel zugeteilt. Ich zog sie der Biogas-Abteilung ohnehin vor, es roch hier einfach besser. Ich kam gerade recht, um bei der Entwicklung eines Produktes zu helfen, das einem Blätterteigteilchen ähnelte. Natürlich versuchten wir zu vertuschen, daß unsere Lebensmittel aus Exkrementen hergestellt wurden, trotzdem zogen mich meine Freunde damit auf.

Vor allem Kathi, eine meiner engsten Freundinnen, neckte mich oft und gern mit allem möglichen, seitdem ich nackt vor ihr und ihrem Freund getanzt hatte. Sie meldete sich eines Tages unerwartet – und unerwartet ernst – bei mir und lud mich zu einem Ausflug ein, um mir das anzusehen, was sie als das ›Schlieren-Experiment‹ bezeichnete. Ich war immer bereit dazuzulernen. Obwohl Alpha noch so klein war, ließ ich sie für ein paar Stunden in der Obhut von Paula Gallin und fuhr zu Kathi.

Hinter der Wissenschaftsabteilung breitete sich das trostlose Amazonisgebiet unter einer staubigen Schicht aus, die manchmal rosa oder rosé, manchmal auch orange wirkte. Am Himmel spiegelten sich diese Färbungen im Kondensstreifen einer Wolke wieder, der einer Schwanenfeder glich. Kathi und ich hatten Schutzanzüge angelegt, bevor wir die Wissenschaftsabteilung verlassen hatten. Als wir einen Pfad entlanggingen, den Maschendraht und Stützpfosten für

227

Freilandkabel säumten, hatte ich einen leichten Anfall von Platzangst. Ich griff nach Kathis Hand – sie war an Freiflächen besser gewöhnt als ich. Und dennoch empfand ich den offenen Raum des Mars als irgendwie begrenzt. Vielleicht lag es an der dünnen Atmosphäre, vielleicht auch daran, daß man sich wie in einem Innenraum vorkam, weil überall Staub lag. Staub, der viel älter war als jeder Staubfilm, der jemals eine Tischfläche unten auf der Erde bedeckt hatte.

Auf der linken Seite stieg der Boden langsam an, um schließlich in Olympus Mons zu gipfeln. Aus den Augenwinkeln heraus beobachtete ich eine Bewegung: Ein kleiner, von der morgendlichen Hitze aus seiner Position gedrängter Gesteinsbrocken rollte ein paar Meter bergab, traf einen anderen Stein und blieb liegen. Dann gingen wir wieder durch eine Welt, in der sich nichts rührte – und mich packte Entsetzen. War es weise gewesen, Alpha in diese Welt zu setzen? Zugegeben, es ist eher Leidenschaft als Weisheit im Spiel, wenn es um Babys geht, aber ich hatte Leidenschaft nie erlebt. Angenommen, unsere anfälligen lebenserhaltenden Systeme brachen zusammen... dann würde alles wieder in Leblosigkeit erstarren... selbst mein geliebtes Baby. Wie ein Sargdeckel würde die Vergangenheit in die alte Position zurückschnappen.

Als habe sie meine Gedanken gelesen, begann Kathi, über eine andere Art von Vergangenheit zu reden, die einer wissenschaftlichen Obsession. Sie sagte, das, was ich zu sehen bekäme, sei das jüngste Ergebnis einer Forschungsreihe, die bis ins letzte Jahrhundert zurückreiche. »Dreiser vermittelt mir gerade die Geschichte der Elementarteilchenphysik«, sagte sie. »Es ist eine Geschichte rationaler Gedankengänge und irrationaler Hoffnungen. Voriges Jahrhundert schlugen amerikanische Physiker vor, einen riesigen, unterirdischen Teilchenbeschleuniger in Texas zu bauen. Der Durchmesser sollte mehrere Kilometer betragen. Sie tauften ihn ›Supraleitenden Superbeschleuniger‹, ›Superconducting Supercollider‹, abgekürzt SSC. Der SSC sollte das finden, was sie als ›Higgs-Boson‹ bezeichneten, dabei Milliarden von Steuergeldern verschlingen und einen gewaltigen Brocken aus dem Forschungsetat in Anspruch nehmen. Ein Projekt, unter dem sich das Zwanzigste Jahrhundert Grundlagenforschung in großem Stil vorstellte.« Sie lachte trocken. »Der amerikanische Kongreß fragte immer wieder, warum irgend jemand dermaßen viel Geld in die Suche nach einem einzigen Teilchen investieren solle. Nachdem drei Milliarden Dollar ausgegeben waren, wurde das ganze Unternehmen als überflüssig zu den Akten gelegt.«

Ich fragte sie, warum man es überhaupt für notwendig gehalten habe, dieses Higgs-Boson aufzuspüren.

»Die Physiker behaupteten, dieses schwer faßbare Higgs-Teilchen werde ihnen überaus wichtige Antworten liefern und ihr Bild von den fundamentalen Bausteinen des Universums vervollständigen. Sie waren wie Detektive, die ein Rätsel lösen wollen. Nun, das Rätsel ist noch immer nicht gelöst – deshalb das Omega-Projekt auf dem Mars. Man könnte sogar sagen, daß wir wegen diesem Rätsel hier sind. Je tiefer wir in die Natur eindringen, desto deutlicher wird, daß diese grundlegenden Bausteine des Universums masselos sein müssen. Und genau darin besteht das Rätsel aller Rätsel: Wo hat die Masse ihren Ursprung? Ohne Masse würde nichts zusammenhalten. Beispielsweise würden sich unsere Körper in ihre Bestandteile auflösen.«

Ich kam nicht umhin, sie zu fragen, was das Higgs-Teilchen mit der Masse zu tun habe. Kathi erwiderte, das sei ihr selbst auch noch nicht ganz klar, die dama-

229

ligen Physiker hätten jedoch folgende Vorstellung gehabt: Der hochgradig symmetrische Bauplan des Universums impliziere, daß die Störung dieser Symmetrie einem Prinzip folge, das sie als ›spontane Symmetriebrechung‹ bezeichneten – und das Higgs-Teilchen habe mit dieser Vorstellung zu tun. »Verstehst du: Die reine Theorie vollständiger, ungebrochener Symmetrie setzte voraus, daß alle Teilchen masselos waren. Wenn das Higgs-Teilchen ins Spiel kommt, ändert sich alles. Die meisten Teilchen erhalten eine Masse. Das Photon ist eine bemerkenswerte Ausnahme.«

»Ich verstehe. Das Higgs-Teilchen wurde als eine Art Zauberstab betrachtet. Sobald es ins Spiel kommt – Simsalabim! – ist die Masse da, richtig?«

»Ein Hobbydichter hat es so ausgedrückt: *Die Teilchen war'n viel leichter als Gase. / Kaum greift Higgs ein, hat alles Masse.* Wegen dieser magischen Fähigkeit wurde das Higgs-Teilchen von Journalisten ›Gottesteilchen‹ getauft.«

»Und die Physiker jener Zeit glaubten, der SSC werde ihnen einen flüchtigen Blick auf Gott gestatten.« Ich stellte fest, daß meine Angst größtenteils überwunden war, und ließ Kathis Hand wieder los.

»Nach der damals gängigen Theorie«, sagte sie, »gab es nur eine begrenzte Anzahl von Möglichkeiten für die Masse des Higgs-Bosons. Andernfalls wäre ein Widerspruch zu anderen Ergebnissen aufgetreten, die bereits durch Experimente gesichert waren. Demnach mußte sich das Gottesteilchen dazu herabgelassen haben, inmitten seiner Untertanen zu leben, gerade so, als sei es ein ganz gewöhnliches, sterbliches massebehaftetes Teilchen.«

Ich mußte nachfragen, was damit gemeint war.

»Nach Einsteins berühmter Gleichung $E = mc^2$ mußte die Masse des Higgs-Bosons, wie man annahm, einer bestimmten Energie äquivalent sein, und man ging davon aus, daß diese Energie innerhalb des Leistungsbereichs des SSC liegen würde. Aber... der SSC wurde nie gebaut, wie ich dir ja schon gesagt habe. Wie es der Zufall wollte, befand sich ein konkurrierendes Vorhaben bereits im Planungsstadium, und zwar am internationalen Forschungszentrum CERN bei Genf in der Schweiz... Das CERN-Projekt war bedeutend preiswerter, als der SSC je gewesen wäre. Denn es wurde ein Tunnel verwendet, der bereits für ein früheres Experiment genutzt worden war.«

Ich stellte mir eine riesige Röhre vor, die sich in der Dunkelheit verlor, einen gigantischen Kreis.

»Im späten 20. Jahrhundert«, fuhr Kathi fort, »hatten die CERN-Experimente sehr viele Informationen über Leptonen geliefert. Allerdings reicht die zur Erzeugung von Leptonen nötige Energie nicht annähernd für die Erzeugung eines Higgs-Bosons aus. Ein Lepton gehört übrigens zur Familie der leichtesten subatomaren Teilchen, genau wie ein Elektron oder ein Myon. Aber die schlaue Gruppe, die den LEP, wie der Beschleuniger genannt wurde, konstruiert hatte, sah, daß es nicht viel kosten würde, ihre Versuchsanordnung abzuändern und Positronen und Elektronen durch Protonen zu ersetzen. Protonen, Neutronen und ihre Antiteilchen gehören zu den massebehafteten Teilchen, die man ›Hadronen‹ nennt. Deshalb die Bezeichnung LHC – für ›Large Hadron Collider‹.« Kathi blieb stehen.

»Stell dir die Dramatik vor! Die Welt schien kurz vor einer großen Entdeckung zu stehen. Würde man es mit dem LHC schaffen, das Higgs-Teilchen aufzuspüren? Schließlich war alles bereit, und im Jahre 2005 legte man los. Ein Jahr später wurden langsam Energiestufen erreicht, bei denen der Nachweis des Higgs-Bosons tatsächlich möglich schien. Doch auf der Skala theoretischer Möglichkeiten, die Higgs-Masse zu finden, war dieser Versuch immer noch niedrig angesiedelt. Deshalb bereitete die Tatsache, daß kein eindeutiger Kandidat entdeckt wurde, den man als Higgs-Teilchen hätte identifizieren können, den Physikern auch kein übermäßiges Kopfzerbrechen.«

Wir standen an diesem unnatürlichen Ort und starrten auf unsere Stiefel. »Glaubst du, daß wir eines Tages alles verstehen werden?« fragte ich.

Kathi brummte irgend etwas, dann fuhr sie mit ihrem Bericht fort: »Es hat nie eine Garantie dafür gegeben, daß der LHC die für den Nachweis des Higgs-Bosons nötige Energie liefern würde. Der SSC hätte ganz andere Kapazitäten gehabt.«

»Also wurde noch mehr Geld zum Fenster hinausgeworfen...«

»Verstehst du denn nicht, daß sich die Wissenschaft – genauso wie die Zivilisation, deren Rückgrat sie ist – nur langsam, Stück für Stück weiterentwickelt? Daß sie sich aus ehrgeizigen Vorhaben, Fehlschlägen und Korrekturen unseres mit Irrtümern behafteten Denkens heraus bildet? Geduldig forschen – das ist alles, was wir tun können. Eines Tages in ferner Zukunft werden wir vielleicht alles begreifen. Sogar, wie unser Verstand funktioniert!«

Mir fiel etwas ein, das man mir als Kind beigebracht hatte: »Aber Karl Popper hat behauptet, daß der Verstand sich selbst nie wird verstehen können.«

»Mit Spiegeln können wir mühelos schaffen, was früher unmöglich war – unseren eigenen Hinterkopf betrachten. Ein Schritt vorwärts kann sich aus einer Reihe winzigster Fortschritte zusammensetzen. Beispielsweise ist die Teilchenjagd durch eine scheinbar läppische Neuerung enorm erleichtert, nämlich durch die Einführung von selbstleuchtendem Papier, AM-Papier und 3 D-Papier. Welche Bedeutung so etwas für die wissenschaftliche Entwicklung hat, läßt sich gar nicht abschätzen…«

»Also haben sie das Higgs-Teilchen wirklich irgendwann gefunden?«

»Bis zum Jahre 2009 hatten sie alle Bereiche der Energie, die irgendwie Bedeutung für das Higgs-Boson hätten haben können, gründlich abgeklopft. Es wurde kein Teilchen gefunden, das man eindeutig als Higgs-Boson hätte identifizieren können. Aber was die Physiker statt dessen fanden, war mindestens ebenso interessant.«

Wir waren weitergegangen. Als wir den Kamm einer kleinen Höhe erreicht hatten, sagte Kathi: »Später mehr darüber. Wir sind fast da!«

Jenseits der Höhe wurde menschliche Aktivität sichtbar. Eine Gruppe von Männern in Schutzanzügen stand bei drei geparkten Geländewagen. Ihre Aufmerksamkeit galt einer langgestreckten silbernen Röhre, über die etwas gespannt war, das mich sofort an einen riesengroßen Topfdeckel erinnerte. Offenbar sollte dieser Deckel die Röhre vor Meteoriteneinschlag schützen.

Nachdem uns die Männer herzlich begrüßt hatten und wir näher herangegangen waren, sah ich, daß der Schutzdeckel aus einem maschenartigen, stahlverstärkten Kunststoff bestand und sich darunter eine große Hülle befand, von der Kabel ausgingen. Unweit waren Schuppen zu sehen, aus denen der Lärm von Generatoren drang.

Die Bedeutung dieser Anlage wurde durch die eiserne Version einer UN-Fahne unterstrichen, die gerade an einem behelfsmäßigen Fahnenmast emporgezogen wurde.

Dreiser Hawkwood gab uns einen Wink, noch näher zu kommen. Flüchtig umarmte er Kathi – beide wirkten recht linkisch in ihren Schutzanzügen –, dann schüttelte er mir mit mechanischer Geste die Hand. Ich war nicht *sein* Gast, sondern Kathis. Unter den Männern weiter hinten entdeckte ich auch Jon Thorgeson. Ich hatte die Organisation seines Vortrages wegen meiner Schwangerschaft hinausgeschoben.

Dreiser stieg auf eine Metallkiste und setzte zu einer kurzen Rede an. »Dies ist ein solch bedeutsamer Tag, daß wir ihn meiner Meinung nach ein bißchen feiern müssen. Denn endlich ist es uns gelungen, die Hülle vollständig zu füllen. Es war ein langwieriger Prozeß. Wie Sie wissen, mußten wir vermeiden, daß in der Supraflüssigkeit elektrische Ströme entstehen. Aber nun, von diesem Augenblick an können wir ernsthaft mit der Suche nach der Omega-Schliere beginnen.« Er hielt einen Moment inne, um über seinen Bart zu streichen, mußte sich jedoch mit dem Visier des Schutzhelms begnügen. »Jon und ich hatten gerade eine Diskussion – obwohl sich der Ort hier draußen wohl nicht besonders dafür eignet. Wir haben über eine Sache gesprochen, die schwer zu definieren ist: über das *Bewußtsein*. Jon vertritt die harte wissenschaftliche Position, die Auffassung, daß das Bewußtsein aus der Wechselwirkung reiner Rechenoperationen resultiert – das heißt aus Quantenkohärenz, Quantenverschränkung, wenn man so will, und aus der Reduktion des Quantenzustands. Aus dem Zusammenspiel jener Faktoren also, die ein ›Eindeutiges Physikalisches Signal‹, den eindeutigen Indikator von Verstand, erzeugen… Viele Menschen und vor allem unsere Quantencomputer würden ihm recht geben. Er vertritt die Meinung, daß die Wissenschaft schon *fast soweit* ist, das Phänomen zu erklären – beziehungsweise bald dort ankommen wird, und das mitten in diesem Ödland. Gibt das deine Position angemessen wieder, Jon?«

»Annähernd«, erwiderte Thorgeson.

»Kathi Skadmorr und ich vertreten eine radikalere Ansicht. Wir wissen, daß noch einige kleinere Fragen geklärt werden müssen, die Einzelheiten der Teilchenphysik, vor allem die Schlierenparameter, betreffen. Ihre Beantwortung wird erhellen, was jetzt noch unbekannt ist. Allerdings behaupten wir Radikalen – die Bezeichnung *Visionäre* ist mir eigentlich lieber –, daß nach wie vor etwas *Grundsätzliches* fehlt.«

»Ja«, bestätigte Kathi, »wir nehmen an, daß bei dieser noch zu klärenden grundsätzlichen Sache *magnetogravitative* Felder eine wesentliche Rolle spielen.«

Dreiser vertiefte diesen Gedanken noch etwas, dann wandte er sich einem anderen Thema zu. »Sie alle haben doch schon mit der Ng-Robinson-Darstellung gearbeitet, nicht wahr? Denken wir kurz über diese so wichtige kleine Neuerung nach, die nach ihren Erfindern benannt wurde. Ng stammt aus Singapur, Robinson aus Großbritannien – in diesem Fall hat die Begegnung von Ost und West also zu einer fruchtbaren Zusammenarbeit geführt. Diese Darstellung hat uns eine wunderbare Methode an die Hand gegeben, gewaltige Mengen von Information, die der Quantencomputer erzeugt, graphisch abzubilden. Als man die Darstellung erstmals benutzte, machten die Supercomputer bereits unseren Quantencomputern Platz, viel schnelleren und flexibleren Geräten. Der Computer trägt die Masse eines Teilchens auf einer Achse ein, seine Lebenszeit auf einer anderen und den Vektorparameter auf einer dritten. Das alles farbkodiert, entsprechend der jeweiligen Quantenzahlen, die den fraglichen Teilchen eigen sind: Ladung, Spin, Parität und so weiter. Eines der entscheidenden Elemente, die Ng-Robinson eingeführt haben, ist ein Intensitätsparameter, der anzeigt, mit welcher Wahrscheinlichkeit der Nachweis als zuverlässig gelten kann. Ein sehr scharfes, helles Bild zeigt die sichere Identifizierung eines Teilchens an, während ein verschwommenes Bild darauf hindeutet, daß an der vorgeschlagenen Identifizierung eines Teilchens beträchtliche Zweifel anzumelden sind. Der Kern vieler Versuchsreihen, der früher so große Probleme bereitet hat, wird also sofort transparent. Die Ng-Robinson-Darstellung hat sich in der experimentellen Teilchenphysik als außerordentlich wertvoll erwiesen. Denn bei uns besteht ja ein Großteil aller Tätigkeiten darin, winzig kleine Effekte aus einer Riesenmenge weitgehend nichtssagender Informationen herauszufiltern! Man ging nun davon aus, daß sich das Higgs-Boson als scharf umrissener, heller, sehr *weißer* Fleck bemerkbar machen würde. Das hätte den Festlegungen entsprochen, wie sie in diesem System der Farbcodierung verwendet werden. Der Fleck hätte sich deutlich gegen die bunten Flecken an anderen Stellen des insgesamt schwarzen Hintergrunds der N-R-Darstellung abheben müssen. Diese anderen Flecken zeigen übrigens die komplexe Menge andersartiger Teilchen an, die ebenfalls durch das Experiment erzeugt werden. Zeig uns das Vidbild, Euklid.«

Bei diesen Worten trat ein Android vor, um die Darstellung zu projizieren. Das Bild, aufgelöst in schwache Lichtpunkte, leuchtete vor der kleinen Zuhörerschar auf. Man hätte es für den Abglanz eines anderen Universums halten können.

»Und was sah man anstelle eines Flecks?« meldete sich Dreiser wieder. »Man sah eine *Schliere*... eine trübe, verschwommene Schliere. Sie tauchte in etwa an der richtigen Stelle auf, ziemlich genau dort, wo die Teilchenphysiker etwas vermutet hatten. Es paßte zu all dem, was sie schon früher beobachtet hatten. Aber: Was sie fanden, war kein klar umrissenes Higgs-Boson, sondern lediglich eine große, dicke Higgs-Schliere. Und das, was wir, angefangen mit dem heutigen Tag, irgendwann dingfest machen werden, ist letztlich der Nachkömmling dieser Schliere!«

Wir alle klatschten Beifall. Selbst Euklid.

Ich war irgendwie deprimiert, und selbst als ich mein Baby wieder in den Armen hielt, wollte sich das Minderwertigkeitsgefühl nicht legen. So war es eine willkommene Abwechslung, daß ich mit Jon Thorgeson endlich seinen Vortrag über die Omega-Schliere planen konnte. Bei den Vorbereitungen half mir Paula Gallin; sie machte einen kleinen Vortragssaal ausfindig, den wir benutzen konnten. Vor Publikum gehaltene Vorträge hatten sich inzwischen als wirksamer erwiesen als die Vorträge über AMBIENT. Allerdings hätte ich nie gedacht, daß dieser Vortrag einen solchen Verlauf nehmen würde... Während ich Jon aufgrund meiner Beschäftigung mit Alpha kurzzeitig völlig vergessen hatte, war ihm sein Versprechen noch in bester Erinnerung.

»Ah, meine kleine Süße!« begrüßte er mich. Ich ließ es mir gefallen, denn es war schön zu sehen, wie sich sein Gesicht bei meinem Anblick aufhellte. Ins Vorzimmer folgte ihm ein Träger, der eine mannshohe Kiste hereinrollte. Gleich nachdem sie abgestellt war und aufrecht dastand, klopfte Jon dagegen. »Da ist jemand drin, der alles mitbekommt, was wir tun. Gib mir einen Kuß, ehe ich ihn herauslasse.«

Abwehrend hielt ich meine Hände hoch. »Nein, so was mach ich nicht.«

»Schade«, seufzte er. Ich war wütend. Eigentlich war er ja recht attraktiv, nur verhielt er sich allzu aufdringlich. In einem Anfall von Vertrauensseligkeit erzählte er mir nun, er habe auf der Erde eine chinesische Geliebte gehabt und ich sähe ihr ähnlich. Er sehne sich danach, zu ihr zurückzukehren. Auf dem

237

Mars fühle er sich ganz und gar nicht wohl, für ihn sei das hier wie ein Gefängnis. »Tut mir leid, wenn ich dir zu nahegetreten bin«, sagte er mit Sündermiene.

Er drehte sich um und öffnete die Kiste. »Das hier ist mein pädagogisches Hilfsmaterial«, sagte er über die Schulter. Die Tür der Kiste sprang auf, und ein kleiner Android trat aus dem gepolsterten Innenraum. »Wo bin ich?« fragte er auf fast lebensechte Weise.

»Auf dem Mars, du Idiot.« Jon wandte sich mir zu und sagte mit gespielter Förmlichkeit: »Cang Hai, ich möchte dir meinen Freund Euklid vorstellen...«

»Ich habe ihn schon kennengelernt«, erwiderte ich. Der Android jedoch gab kein Zeichen des Wiedererkennens von sich. Ich bot ihm die Hand. Er rührte sich nicht, und auch sein wohlgeformtes Gesicht brachte nicht mehr als die Andeutung eines Lächelns zustande.

»Er ist einer von denen, die Poulsen ausrangiert hat«, erklärte Jon. »Ich habe ihn mir eigens für diesen Anlaß ausgeliehen. Er ist stubenrein.«

Dabei fiel mir ein, wie Poulsen über diese Automaten geschimpft hatte. Der Android trug einen blauen Overall, ganz ähnlich dem von Thorgeson. Im Unterschied zu Jon, dessen Haare kurzgeschoren waren, hatte er einen Haarschnitt in modischer Länge. Sein Gesicht zeigte einen leeren, freundlichen Ausdruck, der nur wenig variierte, doch seine Regungslosigkeit hatte etwas Beunruhigendes. Er hatte keine Präsenz, strahlte kein EPS aus. Ihm fehlte jede Körpersprache.

Jon grinste mich an. »Kathi hat mir erzählt, daß du Mutter geworden bist. War es eine unbefleckte Empfängnis?«

»Das geht dich gar nichts an! Ich hoffe, du bist nicht deshalb hierhergekommen, um mich zu beleidigen.«

Achselzuckend wechselte er das Thema. »Auch gut. Also hast du mich nur zu einem wissenschaftlichen

Vortrag eingeladen. Sobald ich den Saal betrete, werde ich mich, wie gewünscht, über die aktuellen Ergebnisse bei der Suche nach der letzten Schliere auslassen!«

»Also gehen wir, die Zuhörer warten schon. Wie lange wirst du reden?«

»Mein Vortrag ist für Zehnjährige konzipiert«, sagte Thorgeson. »Euklid sorgt dafür, daß sie auch während der technischen Einzelheiten bei der Stange bleiben.« Er griff nach meinem Handgelenk. »Glaubst du, daß das Publikum irgendwelche Vorkenntnisse über die Geschichte der Teilchenphysik hat?« Nun hatte er auch noch einen Arm um meine Taille geschlungen.

»Ich glaube, davon kannst du ausgehen«, erwiderte ich und löste mich von ihm, obwohl ich ihn eigentlich durchaus anziehend fand.

»Na, wunderbar. Dann gehe ich wohl besser nicht auf alle Einzelheiten ein. Wieviel Zeit habe ich?«

»Bis sie dir nicht mehr zuhören wollen. Jetzt komm schon, und nicht nervös sein!«

Bei mir war er alles andere als nervös. »Sei doch nett zu mir«, bettelte er. »Ich bin nur 'rübergekommen, weil ich dich wiedersehen wollte.«

Ich sagte, er solle keinen Unsinn reden, doch eigentlich nahm ich ihm diesen Unsinn nicht besonders übel.

Gefolgt von dem Androiden, betraten wir den Saal. Das Publikum applaudierte. Ich stellte Jon kurz vor und fügte hinzu: »Professor Thorgeson wird uns erklären, warum so viele Wissenschaftler auf dem Mars sind, und von den Problemen erzählen, die sie zu lösen hoffen. Er wird Dinge ansprechen, die uns alle angehen. Sein künstlicher Freund wird ihn dabei unterstützen.«

Tom saß in der ersten Reihe, und nach meiner kurzen Ansprache, der ersten Rede, die ich vor so großem Publikum gehalten hatte, nickte er anerkennend.

Thorgeson war anfangs aufgeregt, er räusperte sich zu oft, gestikulierte zu viel. Er begann: »Je gründlicher wir die Natur untersuchen, desto deutlicher wird, daß die Grundbausteine des Universums masselos sein müssen. Also ergibt sich ein großes Rätsel: Woher stammt die Masse?« Er gab einen kurzen Überblick über die Geschichte der Teilchenphysik, wie ich ihn schon von Kathi gehört hatte, und fuhr dann fort: »Dir ist doch klar, Euklid, daß die Teilchen in *massebehaftete* und *masselose* eingeteilt werden? Photon und Graviton – die fundamentalen Feldquanten der elektromagnetischen beziehungsweise Gravitationswechselwirkung – sind Teilchen ohne Ruhemasse. Jene Quanten, aus denen die Materie besteht, die Protonen und Neutronen oder ihre Quarkkonstituenten, sind massebehaftete Teilchen. Aber woher stammt die Masse? Wo hat sie ihren Ursprung?«

»Warum ist die Masse so wichtig?« fragte der Android.

»Die Antwort ist bei Kindern besonders beliebt. Ohne Masse würde nichts zusammenhalten. Wir – auch du, Euklid – würden uns auf der Stelle auflösen und mit Lichtgeschwindigkeit verteilen. O ja, Masse ist wichtig.«

»Schön und gut. Aber welche Rolle spielt das Higgs-Teilchen?«

»Inzwischen ist das ja alles Geschichte. Aber soweit ich mich erinnere, ging es um folgende Annahme: Die Physiker stellten sich ein hochgradig symmetrisches Schema vor, dessen Störung einem bestimmten Prinzip folgt, der sogenannten *spontanen Symmetriebrechung.* Und das Higgs-Teilchen war damit verbunden. Verstehst du: Das reine, ungebrochene Schema exakter Symmetrie setzt voraus, daß alle Teilchen masselos sind. Aber mit dem Higgs-Boson ändert sich alles, und die meisten Teilchen erhalten Masse. Als der ›Large

Hadron Collider‹, der LHC, bei CERN in Genf den Betrieb aufnahm, machten sich die Physiker wieder Hoffnungen, das Higgs-Boson endlich aufzuspüren.«

»Haben sie es mit dem LHC geschafft, das Higgs-Teilchen aufzuspüren? Haben sie es mit dem LHC geschafft, das Higgs-Teilchen aufzuspüren? Haben sie es mit dem LHC geschafft, das...«

Thorgeson klopfte Euklid kräftig auf den Rücken. »Nun ja, sie konnten den LHC schließlich in Betrieb nehmen. Aber sie fanden nichts, was man eindeutig als Higgs-Boson identifizieren konnte.«

An dieser Stelle verlor ich den Faden. Ich merkte, daß Euklid mit Thorgesons Stimme sprach. Allerdings klang es, da jede Modulation fehlte, fast so, als rede er in einer Fremdsprache. Thorgeson selbst hatte ihn so programmiert. Mich belustigte der Gedanke, daß er – dieser stramme Vertreter ›harter wissenschaftlicher Fakten‹, soweit es Fragen des menschlichen Verstandes betraf (schließlich war er der Ansicht, der menschliche Geist funktioniere nicht anders als ein Quantencomputer) – es sich nicht verkneifen konnte, sich hin und wieder über sein eigenes Geschöpf lustig zu machen. Kathi hatte einmal versucht, mir diese Auffassung von ›harten wissenschaftlichen Fakten‹ begreiflich zu machen, die bei heutigen Wissenschaftlern offenbar als ganz selbstverständlich gilt. Sie sagte, daß solche Wissenschaftler die wichtigste Sache übersehen würden. Nach dieser Auffassung ist die Geistesverfassung des Menschen lediglich ein Ergebnis physikalischer Operationen, die auch ein ganz normaler Quantencomputer beherrscht. Ich kenne mich mit den zugrundeliegenden Prinzipien nicht richtig aus, aber Kathi gab sich wirklich große Mühe, sie mir zu erklären. Anscheinend arbeiten Quantencomputer und ihre kleineren Brüder, die Quantencomps, so, daß sie rohe, mechanische Rechenoperationen (im Sinne des

20. Jahrhunderts) mit verschiedenen Quanteneffekten kombinieren, die man als *Kohärenz, Verschränkung* und *Reduktion der quantenmechanischen Zustandsfunktion* bezeichnet. Mir ist zwar nie richtig klar geworden, was hinter diesen Bezeichnungen steckt, aber Kathi erklärte mir, daß Mentaltropie und EPS-Detektoren (oder ›Mentalometer‹) auf genau diesen Quanteneffekten basieren.

»Das Rätsel der Masse«, sagte Thorgeson gerade, »verlangte nach einer Lösung. Ein koreanischer Wissenschaftler namens Tar Il-Chosun erarbeitete in den Folgejahren ein brillantes Konzept, mittels dessen der energetische Meßbereich des LHC um fast hundert Prozent erweitert werden konnte. Deshalb waren sie 2009 so weit, daß sie den ganzen Bereich, der für das Higgs-Teilchen relevant war, gründlich durchforstet hatten. Sie fanden kein Higgs-Boson. Aber etwas anderes.«

»Und was war das?« fragte Euklid.

»Mit Hilfe der neu entwickelten Ng-Robinson-Darstellung fanden sie eine Schliere… Schon damals wurden die Versuchsergebnisse des Beschleunigers automatisch analysiert, und nur die endgültigen, gründlich aufbereiteten Informationen wurden graphisch dargestellt. Aber eine der wesentlichen Errungenschaften der Ng-Robinson-Darstellung besteht im Intensitätsparameter. Er zeigt an, mit welcher Wahrscheinlichkeit der Nachweis eines Teilchens verläßlich ist. Demnach bestätigt jedes scharfe, helle Bild, daß ein Teilchen zuverlässig identifiziert werden konnte. Ein verschwommenes Bild dagegen deutet darauf hin, daß erhebliche Zweifel am Ergebnis anzumelden sind. Soweit klar, Euklid?«

»Also fanden sie das Higgs-Teilchen doch noch?«

»Wenn sie ein Higgs-Teilchen gefunden hätten«, erwiderte Jon, »dann hätte es als deutlicher *weißer* Fleck auftreten müssen. Statt dessen sahen sie etwas Verschwommenes, Streifenartiges... ungefähr an der erwarteten Stelle.«

»Also daher der Name *Schliere*...«

»Genau.«

»Aber wenn sie diese Schliere 2009 gefunden haben, wozu dann dieser ganze Zirkus? Warum ein Zig-Milliarden-Dollar-Projekt, um hier, auf dem Mars, wiederum nach der Schliere zu suchen?« An Euklids leerem, freundlichem Gesichtsausdruck hatte sich nichts geändert.

»Ich bin noch lange nicht fertig. Sie können sich nicht vorstellen, liebe Zuhörerinnen und Zuhörer, welche Aufregung diese Schliere in den Reihen der Wissenschaftler auslöste. Das war übrigens zu jenem Zeitpunkt, an dem das Konsortium, das wir als EUPACUS kennen, erstmals zusammentrat. Da CERN ohnehin schon beteiligt war, haben sich die Europäer darauf geeinigt, große Summen in das Schlierenprojekt zu investieren. Wetten, daß es ihnen heute leid tut? Das erste große Problem nämlich, das diese Schliere aufwarf, war folgendes: Ihr Auftauchen auf der Ng-Robinson-Darstellung deutete lediglich darauf hin, daß sich dort etwas befand. Die Higgs-Schliere war von sehr schwacher Intensität. Und das bedeutete, daß eine nur geringe Wahrscheinlichkeit für die Existenz eines Teilchens sprach, das mit dieser spezifischen Position auf der Ng-Robinson-Darstellung korrelierte. Andererseits nahm die Schliere einen so großen Bereich der Darstellung ein, daß die Summenwahrscheinlichkeit für *irgendein* dort angesiedeltes Phänomen praktisch gleich eins war. Es waren weitere Versuche nötig. Die Schliere tauchte jedesmal auf. Und schließlich bauten die Amerikaner, unterstützt von asiatischen und europäischen Geldgebern, den SHC, den ›Superconducting Hypercollider‹, an den

243

ich mich gern erinnere. Mein Vater hat dort als junger Mann gearbeitet, wenn auch nur als Techniker. Dieses Monument der Grundlagenforschung haben sie nicht in Texas gebaut, sondern quer über die Staatsgrenzen – von Utah nach Nevada.«

Jon zeigte ein künstlerisch gestaltetes Vidbild, eine große Röhre, die sich in den Wüstensand grub. »Und als sie es in Betrieb genommen hatten, lieferte es doch tatsächlich genau dieselben verdammten Ergebnisse wie die früheren Experimente. Es sah ganz so aus, als hätten sie ein weiteres Mal jede Menge Geld buchstäblich in den Sand gesetzt! Das Higgs-Teilchen war und blieb nichts anderes als eine Schliere, zudem eine Schliere auf einem völlig abstrakten Gebilde, der Ng-Robinson-Darstellung. Ein wirkliches Higgs-Teilchen konnten sie nicht identifizieren. Und dennoch war die Annahme, daß sich dort etwas befand, zur Gewißheit geworden.«

Der Android meldete sich wieder: »Und kein anderes, wirklich existierendes Teilchen hätte eine solch rätselhafte Schliere in der Darstellung hervorrufen können?«

»Kein anderes Teilchen – ganz recht, Euklid. Sie hatten es mit einem Rätsel erster Güte zu tun. Und an dieser Stelle, an der es wirklich spannend wird, machen wir eine zehnminütige Pause.«

Das Publikum klatschte begeistert. Ich ging mit Jon in das Vorzimmer. Euklid ließen wir, wo er war – mit dem Gesicht zum Publikum, seinen ewig freundlichen, ewig leeren Gesichtsausdruck zur Schau stellend.

Thorgeson schloß die Tür hinter uns, kam auf mich zu und sagte: »All das tu ich nur für dich, meine kleine asiatische Prinzessin.« Er schlang einen Arm um meine Taille, zog mich an sich und küßte mich auf die Lippen.

Asiatische Prinzessin, also wirklich! Bei seinem Kuß schrie ich vor Überraschung leise auf. Er ließ mich nicht los, sondern überhäufte mich mit Komplimenten. Er sagte, er schwärme schon seit jenem Tag für mich, als er mich in der Wissenschaftsabteilung zum ersten Mal gesehen hatte. Die Komplimente gingen mir runter wie Öl. Als er wieder anfing, mich zu küssen, und ich seinen warmen Körper spürte, begann ich zu meiner Überraschung die Küsse zu erwidern, und ich genoß es, als seine Zunge in meinen Mund glitt. Ich war schon recht in Fahrt, als die Tür aufging und Tom und einige andere hereinkamen, um Thorgeson zu seinen Ausführungen zu gratulieren. Das war eine der seltenen Gelegenheiten, bei denen ich wirklich sauer auf Tom war.

Wir marschierten in den Saal zurück. Thorgeson wirkte recht gelassen, ich dagegen fühlte mich zitterig. Er war gerade dabei gewesen, meine Bluse hochzuschieben und nach meinen Brüsten zu tasten, und ich wußte nicht recht, was ich davon halten sollte. Die ganze Situation machte mich ausgesprochen wütend. Doch alles, was ich tun konnte, war herumzusitzen und Jon zuzuhören. Wie sollte ich mich ihm gegenüber verhalten, wenn der Vortrag vorbei war? Noch dazu unter Euklids Blicken?

Aber als Jon über die nächste Epoche wissenschaftlicher Entdeckungen zu sprechen begann, fiel mir eine andere Art von Leidenschaft an ihm auf, keine körperliche, sondern eine geistig bedingte Leidenschaft.

»Euklid und ich haben uns vorhin über das Schlierenrätsel unterhalten«, sagte er, nachdem das Publikum wieder Platz genommen hatte. »Ich überspringe einige Jahre der Verwirrung und der Frustration und wende mich jetzt dem Jahr 2024 zu, in dem es zwei Durchbrüche gegeben hat. Der eine Durchbruch war experimentell, der andere theoretisch. Der experimentelle Durchbruch kam, als der SHC voll hochgefahren wurde, weit höher, als man es sich je für den nicht gebauten SSC hätte vorstellen können. Dazu nutzte man eine weitere Innovation, die der indonesische Physiker Jim Kopamtim beisteuerte. Und siehe da: Bei einer viel höheren Energiestufe fand man eine *weitere Schliere*! Also wurde die Higgs-Schliere *Alpha*-Schliere getauft, während die neue den Namen *Beta*-Schliere erhielt. Der theoretische Durchbruch... nun, ich sollte wohl anmerken, daß er zeitlich etwas vor den neuen Versuchsergebnissen des SHC lag. Eine brillante junge Mathematikerin, die Chinesin Chin Lim Chung, stellte die Theorie der Elementarteilchenphysik auf eine völlig neuformulierte mathematische Grundlage. Sie wies nach, auf welche Weise es tatsächlich geschehen kann, daß auf der Ng-Robinson-Darstellung immer wieder eine Schliere auftaucht. Allerdings konnte es kein Teilchen im üblichen Sinne sein – es mußte sich um einen gänzlich neuartigen Baustein der Natur handeln. Als reiche diese theoretische Revolution noch nicht aus, sorgte Chin Lim Sung gleich für den nächsten Schock: Bald nach der Veröffentlichung der neuen SHC-Ergebnisse fand sie heraus – damals arbeitete sie mit Dreiser Hawkwood zusammen –, daß die Alpha- und Beta-Schlieren zu einer ganzen Serie von Schlieren gehören müssen, die jeweils bei immer höheren Energiestufen auftreten. Es wurde deutlich, daß man das Geheimnis der Masse nicht würde aufklären können, bevor die ganze Serie bekannt war. Mutter Teresa! Es war so, als hätten wir eine Reihe von Galaxien direkt vor unserer Haustür entdeckt.«

Wie von seinem eigenen Schwung mitgerissen, fügte er hastig hinzu: »Die bemerkenswerte Chin Lim Chung lebt und arbeitet immer noch. Zufällig kenne ich ihre Tochter.« Etwas in Jons Art, vor allem in seiner Körpersprache, ließ mich vermuten, daß es sich bei dieser Tochter um seine chinesische Geliebte handelte, die er auf der Erde zurückgelassen hatte.

»Man kann ja nicht ewig immer größere Anlagen bauen«, warf Euklid ein. »Warum haben die Physiker die Lösung dieses Rätsels nicht einfach aufgegeben?«

»Na ja, so leicht geben wir eben nicht auf.« Bei diesen Worten warf Jon mir einen vielsagenden Blick zu. »Man hat gehofft, das Geheimnis der Masse werde sich dennoch lösen lassen – sobald die Gamma-Schliere gefunden sei.«

»Also bauten sie einen noch größeren, noch besseren Supercollider, was? Wo diesmal? In Sibirien?«

»Nein, auf dem Mond.« Jon zeigte das Vidbild eines funkelnden Röhrenabschnitts, der sich über das Mare Imbrium erstreckte.

»Ein vollständiger Ring rund um die Mondoberfläche. Schade um die Mühe! Das Mondprojekt entpuppte sich als völliger Fehlschlag, zumindest im Hinblick auf die Gamma-Schliere, die nie gefunden wurde. Das einzige, was es brachte, waren einige Daten, recht bescheidene, aber nützliche Daten. Aber keine neue Schliere.«

»Ein vor allem kostspieliger Fehlschlag, nicht wahr? Woran ist das Projekt gescheitert?«

»Die Kosten gingen in die Gesamtausgaben für den Mond ein, als er eben der ›heiße Tip‹ war, in den frühen 2040er Jahren. Nach einigen Kinderkrankheiten schien der lunare Beschleuniger ja mehr oder weniger zu tun, was er tun sollte. Ich nehme an, daß letztendlich die Natur selbst für die Katastrophe gesorgt hat. Sie lieferte einfach keine Schliere – nicht einmal bei dem phantastischen Energiepotential, das einem Beschleuniger dieser Größenordnung zur Verfügung steht.«

»Warum wurde die ganze Idee dann nicht fallengelassen? Wollen Sie uns etwa erzählen, daß man nach dieser Katastrophe noch Gelder locker machen konnte, um *hier*, auf dem Mars, von vorne anzufangen?« Euklid sah sogar ein wenig entspannt aus.

»Da kommt die Politik ins Spiel. Natürlich war die Tatsache verlockend, daß der Mars ein UN-Protektorat darstellte. Außerdem ist es in der Regel so, daß sich selbst die Grundlagenforschung, wie kostspielig sie uns auch vorkommen mag, letztendlich irgendwie bezahlt macht. Man denke nur an das genetisch veränderte Gemüse und wie es dazu beigetragen hat, das Leben vieler Menschen zu verlängern. Doch manchmal sind die Menschen auch bereit, für die Erweiterung ihres Horizonts Geld auszugeben – weil sie den menschlichen Geist von alten Fesseln befreien wollen. Es gab außerdem zwei Fortschritte auf dem steinigen Weg wissenschaftlicher Erkenntnis – das machte Mut. Und einen dritten Durchbruch auf ganz anderem Gebiet, der sich schon seit geraumer Zeit abgezeichnet hatte.«

»Und der wäre?«

»Nicht so hastig… Bereits im letzten Jahrhundert war einer ganzen Reihe von Physikern klar, daß man das Rätsel der Masse nicht würde lösen können, wenn man sich auf die für das Higgs-Teilchen relevanten Energien beschränkte. Warum? Nun, weil der Begriff der Masse stets mit der *Gravitation* verbunden ist. Laß mich zu einer Analogie greifen, Euklid: Ein weiteres altes ›Geheimnis‹ der Teilchenphysik besteht in dem Rätsel elektrischer Ladung. Es ist schon eine Art Geheimnis, wenn man so will, auch wenn viele Physiker behaupten, daß sie begriffen, wie elektrische Ladung entsteht. Das Problem ist folgendes: Zwar gibt es gute Gründe dafür, daß elektrische Ladung stets ein ganzzahliges Vielfaches einer grundlegenden Ladungseinheit ist – die ein Zwölftel der Ladung des Elektrons beträgt – aber man versteht eben nicht, warum diese

Ladungseinheit genau diesen speziellen Wert besitzt... Ich sollte hier anmerken, daß es eine Zeit gegeben hat, Ende des letzten Jahrhunderts, in der man den Wert dieser grundlegenden Ladungseinheit für ein *Drittel* der Ladung des Elektrons hielt... und davor hielt man ihn für die Ladung des Elektrons selbst. Der Wert, der ein Drittel beträgt, ist tatsächlich die Ladung eines Quarks, und damals hielt man die Quarks immer noch für die elementaren Bausteine. Erst nachdem Henry M'Bonokos Theorie der Leptonen und Pseudo-Leptonen experimentell bestätigt war, wurde man sich bewußt, daß es noch weitere Grundbausteine gibt. Dinge, die man Kliks und Pseudo-Kliks nennt, liegen diesen Teilchen in derselben Weise zugrunde wie Quarks den Hadronen. Diese Kliks, Pseudo-Kliks und Quarks führten dazu, daß heute ein Zwölftel der Elektronenladung als grundlegende Ladungseinheit gilt. Ein Diagramm wird das veranschaulichen.«

Er projizierte ein Vidbild. Es hing vor uns in der Luft und sah wie das Skelett eines dreidimensionalen Rubikwürfels* aus. »Nun gibt es auch für das Universum gewisse fundamentale *natürliche Einheiten* – Einheiten, die die Natur selbst dazu benutzt, Dinge im Universum zu messen. Manchmal bezeichnet man sie als *Plancksche* Einheiten – Planck-Masse, Planck-Länge, Planck-Zeit und so weiter –, nach dem deutschen Physiker, der sie zu Beginn des letzten Jahrhunderts entdeckt hat. Sie sehen also, meine Damen und Herren, wie eine Entdeckung auf der vorhergehenden aufbaut. Das ist Teil der Faszination, die die Wissenschaftler antreibt. In diesen Einheiten ausgedrückt,

---

* *Rubikwürfel*: mathematischer Spielwürfel mit sechs Farben, konzipiert als Puzzle, benannt nach dem ungarischen Professor Erno Rubik. – *Anm. d. Ü.*

entpuppt sich der Grundwert der elektrischen Ladung ungefähr als die Zahl 0,007, doch diese Zahl ist nie überzeugend erklärt worden. Deshalb verstehen wir selbst jetzt noch nicht richtig, was es mit der elektrischen Ladung auf sich hat. Es ist immer noch ein Geheimnis. Ende der Analogie!«

»Und was folgt daraus?« fragte Euklid.

»Beim Geheimnis der Masse ist folgendes zu berücksichtigen: Wie einzelne Physiker schon im letzten Jahrhundert feststellten, kann man keine grundsätzliche Lösung für das Rätsel der Ladung finden, ohne das elektrische Feld in die Überlegungen mit einzubeziehen, denn die elektrische Ladung ist die Quelle des elektrischen Feldes. In gleicher Weise – so wurde argumentiert – wäre es unsinnig, das Geheimnis der Masse lösen zu wollen, ohne das Gravitationsfeld mit einzubeziehen – die Masse ist die Quelle des Gravitationsfeldes. Und dennoch, so überraschend das auch klingen mag, nahmen die damaligen Theorien, die das Rätsel der Masse durch das Aufspüren des Higgs-Teilchens zu lösen hofften, gar keinen Bezug auf die Schwerkraft. Verstanden, Euklid?«

»Hm, was halten Sie von all dem?«

»Es war reines Wunschdenken. Weißt du, Euklid, das Aufspüren des Higgs-Teilchens galt damals als gerade noch machbar. Wenn also das Geheimnis der Masse auf diese Weise gelöst werden konnte, also gut. Wenn jedoch die Schwerkraft ernsthaft berücksichtigt werden mußte, dann bestand nicht die geringste Aussicht darauf, durch Versuche eine Antwort auf die Frage zu erhalten, wo die Masse ihren Ursprung hat. Die Energie, die dazu nötig gewesen wäre, ist die sogenannte Planck-Energie – und die liegt um einige tausend Abermillionen höher als die Energie, bei der man das Higgs-Teilchen gesucht hat... Formulieren wir es einmal so: Selbst ein Super-Supercollider mit dem Durchmesser der Erdumlaufbahn hätte dazu nicht ausgereicht…« Bei diesem Gedanken verzog sich Jons Gesicht zu einem breiten Grinsen.

»Und trotzdem werden Sie uns gleich erzählen, daß die Leute immer noch nicht aufgegeben haben. Warum nicht?«

»Wie gesagt, war der Wunsch Vater des Gedankens. Sie glaubten, es würde ausreichen, wenn sie nur das Higgs-Boson entdeckten. Überhaupt kommt die Wissenschaft oft ja nur dadurch voran, daß sie allzu optimistisch ist. Das ist eben die Methode, mit der man bestimmte Fragen mit der Zeit löst – mit der Zeit, wohlgemerkt. Wir halten es für möglich, daß unser Projekt hier oben auf dem Mars nahe an eine Lösung für das Geheimnis der Masse heranführt.«

»Noch mehr Wunschdenken?«

»Nein, diesmal ist die Sache recht handfest. Denn jetzt setzen wir uns wirklich mit dem Problem der Planck-Energie auseinander…«

»Ich mag ja nur ein Android sein, aber soweit ich weiß, umfaßt unser Versuch keinen Supercollider, der auch nur annähernd eine solche Kapazität besitzt, ja, eigentlich überhaupt keinen Teilchenbeschleuniger mit gegeneinander laufenden Teilchen…«

Jon projizierte ein 3D-Bild in den Vortragssaal, das wie eine Autobahn durch die Matrix aussah. Während er weitersprach, ließ er das Bild in der Luft stehen. Schlieren schossen auf dieser Straße der Unendlichkeit entlang und verloren sich in der Ferne; eine Galaxie weiterer bunter Flecken eilte ihnen nach. »Wir sehen hier die virtuelle Projektion einer Serie von Alpha-, Beta-, Gamma- und Delta-Schlieren – natürlich nur eine künstlerische Impression. Du hast recht, Euklid, auf dem Mars haben wir keinen Beschleuniger mit gegeneinander laufenden Teilchen. Wie bereits angedeutet, hat es zwei neue Meilensteine wissenschaftlicher

Erkenntnis gegeben, die unser Mars-Projekt erst möglich machen. Der erste Durchbruch bestand in der Erkenntnis, daß es unsinnig ist, sich mit immer größeren Kollisonsenergien durch die ganze Schlieren-Skala hindurchzuarbeiten – daß es letztlich unsinnig ist, eine Liste abzuarbeiten, die sich ins Unendliche fortsetzen läßt...«

Jon schaltete die Projektion aus. Die Schlieren verblaßten. Er fuhr fort: »Ein Physiker aus Island, Iki Bengtsoen, hat folgendes gezeigt: Wenn man Einsteins Allgemeine Relativitätstheorie – die inzwischen bis auf eine noch nie dagewesene Genauigkeit bestätigt wurde – in die Chin-Hawkwoodsche Schlierentheorie einfügt, wird deutlich, daß die Energien der unterschiedlichen Schlieren – der Alpha-, Beta-, Gamma-Schliere und so weiter – zwar ansteigen, aber nicht über alle Grenzen hinaus, vielmehr konvergieren sie gegen die Planck-Energie. Verstehen Sie, meine Damen und Herren, was das bedeutet? Das Problem wäre gelöst, wenn man einen einzigen Versuch so anlegen könnte, daß dabei die endgültige Schliere entdeckt wird, die ›Grenz-Schliere‹, gegen deren Energie die niedrigeren Energien der anderen Schlieren konvergieren, wie wir annehmen. Und diese mutmaßlich letzte Schliere nennen wir *Omega-Schliere*.«

»Endlich geht's zur Sache!« rief Euklid. »Aber vielleicht können Sie mal erklären, wieso ein Experiment hier oben auf dem Mars besonders gut dazu geeignet sein soll, diesen Fliegenden Holländer von einer Schliere zu schnappen – falls er überhaupt existiert.«

»An dieser Stelle kommt unser zweiter Meilenstein ins Spiel. Harrison Rosewall hat überzeugend vertreten, daß man für die Omega-Schliere einen völlig anderen Detektor verwenden kann. Warum? Nun, es hat mit dem Phänomen zu tun, das als *verborgene Symmetrie* bekannt ist.«

»Und worin besteht es?«

Jon starrte die niedrige Decke an, als erwarte er sich von dort eine Eingebung. »Aus jeder Erklärung«, sagte er, »ergibt sich gleich die nächste Frage. All diese Dinge hätten eigentlich Pflichtstoff in der Schule sein müssen, anstatt daß sich die Schüler mit vergangenen Kriegen und der Geschichte uralter Staaten befassen... Nun, ich will hier nicht in Einzelheiten gehen, Euklid, aber eine verborgene Symmetrie ist eine *theoretische* Symmetrie, die in gewissem Sinn dual zu einer beobachtbaren Symmetrie in einem anderen Teilbereich der Gesamttheorie verläuft. Die Vorstellung reicht bis zu Theorien zurück, die im letzten Jahrhundert weit verbreitet waren. Allerdings konnte man damals das Theorem verborgener Symmetrie noch nicht in den richtigen Zusammenhang stellen. Für Rosewalls Theorie war die Annahme wichtig, daß es Objekte geben könnte, die man *Monopole* nennt und möglicherweise mit Feldern verborgener Symmetrie wechselwirken. Ein magnetischer Monopol wäre demnach ein Teilchen, dem nur ein magnetischer Nordpol oder aber ein magnetischer Südpol zugeschrieben wird. Wie Sie wissen, hat ein Dauermagnet an einer Seite einen Nordpol und an der anderen einen Südpol – weder Nord- noch Südpol treten einzeln auf. Doch Paul Dirac*, ein großer Physiker des 20. Jahrhunderts, hat gezeigt, daß, wenn man auch nur einen einzigen isolierten magnetischen Nord- oder Südpol nachweisen konnte, die Ladung ein ganzzahliges Vielfaches von *irgend etwas* sein mußte. Dann müßten, wie tatsächlich auch festgestellt wurde, sämtliche Ladungen Vielfache einer Basisladung sein. Also machten sich einige Jahre später mehrere Experimen-

---

* Paul Adrien Maurice *Dirac* (1902–1984), englischer Physiker, 1933 Nobelpreis für Physik. – *Anm. d. Ü.*

talphysiker daran, solche magnetischen Monopole zu suchen.«

»Und hat's geklappt?«

»Nein. Bis heute hat niemand einen magnetischen Monopol gefunden. Aber bei Rosewall ist die verborgene Symmetrie an eine duale Symmetrie des Gravitationsfeldes gekoppelt. Er brachte überzeugende Argumente dafür, daß ein gravitativer Monopol verborgener Symmetrie – ein ›hidden-symmetry gravitational monopole‹, abgekürzt HIGMO, wirklich existieren muß. Tatsächlich gibt es eine Lösung der Einsteinschen Feldgleichungen – ich glaube, aus den frühen Sechzigern des letzten Jahrhunderts –, die die klassische Version dieses Monopols beschreibt, die die klassische Näherung darstellt. Rosewalls geniale Eingebung bestand in folgendem: Ihm wurde klar, daß, vorausgesetzt man baut eine große ringförmige Röhre und füllt sie mit entsprechender Supraflüssigkeit – wir benutzen wegen des verminderten Drucks Argon 36 –, jeder HIGMO, der den Ring durchläuft, dingfest gemacht werden kann. Allerdings nur schwach nachweisbar, lediglich als eine Form von *Unregelmäßigkeit*, die sich in der Supraflüssigkeit bemerkbar macht.«

Eine Stimme aus dem Publikum fragte: »Warum Argon 36? Warum nicht Argon 40?«

»In Argon 36 ist die Anzahl von Protonen und Neutronen gleich, daher auch die bemerkenswerte Suprafluidität von Argon 36 unter verringertem Druck. Der niedrige Druck der Marsatmosphäre ist in technischer Hinsicht von Vorteil, und glücklicherweise ist Argon 36 nicht radioaktiv. Ist Ihre Frage damit beantwortet?«

An dieser Stelle projizierte Jon ein Vidbild, eine Szene, die ich wiedererkannte: Die massive Röhre unter dem Schutz des Deckels war zu sehen. Da stand auch Dreiser und hielt seine kleine Ansprache.

Und ich war bei diesem geschichtsträchtigen Moment dabeigewesen! »Natürlich ist dies ein großangelegter, störungsanfälliger Versuch, der voraussetzt, daß es keinerlei externe Einflüsse auf die Supraflüssigkeit in der Röhre gibt. Wir müssen unser Möglichstes tun, um die Flüssigkeit vor Erschütterungen zu schützen. Jedes signifikante äußere Geschehen kann den Versuch ganz leicht zum Scheitern bringen. Kein Ort auf der Erde ist für ein solches Experiment auch nur annähernd ruhig genug. Abgesehen von den Tätigkeiten der Menschen ist vor allem das Magma unter der Erdkruste aktiv, so als grummele es in einem gewaltigen Bauch. Die Erde ist ein nervöser Planet.«

»Und wie steht's mit dem Mond?« warf Euklid ein.

»Der Mond ist inzwischen unbrauchbar geworden. Dort hat sich der Tourismus schon zu sehr ausgebreitet, außerdem sind Schürfarbeiten im Gange. Vielleicht hätten wir den Mond vor vierzig Jahren noch nutzen können, heute allerdings nicht mehr, vor allem nicht, nachdem sie mit dem Bau der translunaren Untergrundbahn begonnen haben. Aber der Mars... Der Mars bietet ideale Bedingungen für die Suche nach der Omega-Schliere – keine tektonischen Umschichtungen, keine vulkanischen Aktivitäten... Das heißt, die Bedingungen sind dann ideal, wenn sich die menschlichen Aktivitäten auf das gegenwärtige Ausmaß beschränken.«

»Terraformung verboten?«

Thorgeson lachte. »Nun, Euklid, die Vereinten Nationalitäten haben sich auf einen Kuhhandel eingelassen. Ein paar Jahre Aufschub für die Terraformung. Der Gedanke war, uns bei der Suche nach der Omega-Schliere ein bißchen Luft zu lassen. Entsprechend haben sie uns die Pistole auf die Brust gesetzt, daß wir Ergebnisse liefern.«

Das Publikum reagierte aufgebracht, eine wütende Stimme rief: »Und wie lang sind *ein paar Jahre*?«

Nach einer kurzen Pause sagte Thorgeson: »Das Stillhalteabkommen sollte für fünf Jahre gelten – erst danach wollten sie anfangen, die Marsoberfläche mit FCKW-Gasen zu bombardieren, um den Erwärmungsprozeß einzuleiten. Das war die Vereinbarung, die Thomas Gunter durchgesetzt hat.«

Dies löste erneut wütende Zwischenrufe aus. Thorgeson beruhigte die Lage, indem er beschwichtigend die Hand hob. »Natürlich hat der Zusammenbruch von EUPACUS das alles nichtig gemacht. Wir starten das Experiment jetzt mit einem relativ kleinen Ring, dessen Durchmesser sechzig Kilometer beträgt. Werden wir irgendwelche HIGMOs entdecken? Das hängt von der HIGMO-Dichte im Universum ab, über die es bislang nur Schätzungen gibt. Wir brauchen Ergebnisse. Sonst bekommen die Terraformer womöglich Oberwasser und lassen FCKW-Gase abregnen…«

»Dann beeilt euch gefälligst!« rief jemand aus dem Publikum, unterstützt vom Gebrüll anderer.

»Die Wirtschaft der Erde«, sagte Thorgeson, »liegt immer noch am Boden, keine Sorge. Unser gegenwärtiger Versuch ist im Grunde ein Pilotprojekt. Wir wollen damit nicht zuletzt testen, wie wir unter widrigen Bedingungen vorankommen. Vielleicht klappt es. Falls nicht, möchten wir gern einen Ring mit Supraflüssigkeit um den ganzen Planeten herum bauen.«

»Auch eine Methode, den Mars kaputtzumachen!« sagte jemand.

»Wir müssen das Problem endlich lösen«, fuhr Jon ungerührt fort. »Wenn wir einen Ring um den Mars gelegt haben, können wir das verflixte Rätsel der Masse endgültig aufklären. Vielleicht hat sich der Mars ja nur deshalb gebildet, damit wir diese Lösung finden können.«

»Viktorianische Wir-sind-der-Nabel-der-Welt-Ideologie!« rief ein anderer Zuhörer.

»Na, dann sagen Sie mir doch, wozu der Mars sonst gut sein soll? Sie haben mich hierher eingeladen, also hören Sie dem zu, was ich zu sagen habe. Vernünftige Fragen nehme ich später entgegen. Bis dahin halten Sie bitte den Mund!«

Als wollte er Jon beispringen, stellte Euklid eine neue Frage: »Sagen Sie mal, warum ist es überhaupt so wichtig, das Rätsel der Masse zu lösen? Was nützt es denn den ganz normalen Menschen, wenn ein paar Physiker ihre Neugier befriedigen?«

»Es ist immer problematisch, wissenschaftliche Neugier damit zu rechtfertigen, daß man behauptet, letztendlich werde sie der Gesellschaft zugutekommen. Das kann man vorab nie sagen. Trotzdem kann eine solche Grundlagenforschung, die dem Laien völlig abstrakt vorkommen mag, ungeheure Auswirkungen haben. Ein Beispiel ist Alan Turings Analyse von Apparaten, die hochkomplexe Rechenoperationen durchführten – das war in der 30er Jahren des letzten Jahrhunderts! Diese Analyse hat die Welt, in der wir leben, völlig verändert. Aufgrund dieser Analyse sind wir heute auf dem Mars.«

»Aber Sie müssen doch irgendeine Vorstellung davon haben, in welcher Weise diese ungeheuer kostspielige Forschung anderen Bereichen zugute kommt!«

»Die Schlierenforschung wird große Bedeutung für andere Gebiete der Physik und der Astrophysik haben. Schließlich befaßt sie sich mit den Bausteinen des Universums, den Teilchen, aus denen wir alle bestehen, und ihren Konstituenten. Ein vollständiges Verständnis von Masse könnte zu Matrix-Flügen führen, die uns ins Zentrum unserer Galaxis bringen. Außerdem befaßt sich diese Forschung auch mit der

Gravitation und der Natur von Matrix und Zeit und trägt damit bedeutsame Erkenntnisse zum Verständnis des Urknalls, also der Entstehung des Universums, bei. Letztendlich befaßt sich die Schlierenforschung mit dem ganzen Rätsel des Universums, mit den Fragen, wo es seinen Ursprung hat und aus welchen Grundbausteinen es besteht.«

Aus dem Publikum kam wieder ein wütender Zwischenruf: »Selbstbeweihräucherung ist keine Rechtfertigung!«

Ich sah in Jons Augen Zorn aufblitzen, doch er antwortete bewundernswert beherrscht. »Sie mögen sich fragen, ob sich irgend etwas von all dem wirklich auf die Gesellschaft auswirkt. Also gut, ich beziehe mich auf einen bereits angedeuteten Durchbruch, der mit der Natur des menschlichen Verstandes zu tun hat – oder auch mit der *Seele* des Menschen, wie es manche Nicht-Wissenschaftler ausdrücken. In den ersten Jahrzehnten dieses Jahrhunderts wurden die elektronischen Computer nach und nach durch Quantencomputer abgelöst. Diese Entwicklung förderte die bereits weit verbreitete Auffassung, daß der Verstand nichts anderes ist als etwas, das sich herausbildet, wenn weitreichende und wirksame Rechenoperationen stattfinden. Mit ihren groben, aber schnellen Berechnungen hatten die Maschinen im Laufe der Entwicklung gelernt, Schach und schließlich sogar das orientalische Spiel Go zu spielen. Aber unabhängig davon, wie tüchtig sie auch waren – man merkte ihnen stets an, daß sie keinen Verstand besaßen. Man konnte sie nicht einmal im landläufigen Sinne intelligent nennen. Etwas Wesentliches fehlte.«

Er machte eine Kunstpause und fuhr dann fort: »Mit der Entwicklung des Quantencomputers wurden bestimmte neue – physikalische – Operationsmöglichkeiten in die Rechner installiert. Dafür nutzte man grundlegende quantenmechanische Prinzipien, und alles deutet darauf hin, daß die Arbeitsweise des menschlichen Gehirns denselben Prinzipien folgt. Deshalb kann man annehmen, daß wir in einem Quantencomputer all das vorfinden, was für das Denken des Menschen wesentlich ist. Bis jetzt fehlen uns jedoch noch wichtige Einsichten in die Gesamtheit der dazu notwendigen physikalischen Parameter. Im Jahre 2039 bestätigten Experimente in Frankreich, daß es ein EPS, ein ›Eindeutiges Physikalisches Signal‹ gibt, das nur Lebewesen mit einem Bewußtsein aussenden. Unbewußte Wesenheiten wie unsere Quantencomputer strahlen kein EPS aus.«

Jon schwieg einen Augenblick, damit das Publikum seine Worte verdauen konnte. Dann fügte er hinzu: »Wir müssen den Quantencomputer aufrüsten! Wenn wir über alle physikalischen Parameter verfügen – und die Schliere müßte eigentlich dafür sorgen –, dann werden wir einen Quantencomputer konstruieren können, der ein EPS ausstrahlt – anders ausgedrückt: Dieser Quantencomputer wird ein Bewußtsein besitzen!«

Das Publikum verhielt sich weiter unruhig. Immer wieder waren Stimmen zu hören, die riefen, der Mars sei kein Forschungslabor. John Homer Bateson erhob sich von seinem Stuhl und ergriff das Wort, die Arme abwehrend vor der Brust verschränkt. »Professor Thorgeson, ich muß zu meiner Schande gestehen, daß ich den Faden Ihrer umfassenden Argumentation verloren habe. Und zwar an der Stelle, an der Sie anfingen, über den *Verstand* zu sprechen – was immer das auch sein mag. Sind Sie dabei nicht von Ihrem eigentlichen Thema abgewichen? Und ist das nicht geradezu typisch für Physiker, daß sie sich auf Gebiete vorwagen, die eigentlich den Philosophen vorbehalten sind?«

»Ich bin keineswegs von meinem eigentlichen Thema abgekommen«, gab Jon seelenruhig zurück.

Ebenso seelenruhig sagte Crispin Barcunda: »Zumindest sind wir hier auf dem Mars vor den Machenschaften des GenIng-Instituts sicher, wo man eifrig daran bastelt, die Megareichen zu klonen. Die erzeugen Doppel genauso wie lebende Rumpsteaks. Solange ihr Jungs euch von den biologischen Wissenschaften fern- und an die Physik haltet...«

»Wie lautet Ihre Frage, Crispin?« unterbrach ich ihn schroff. Ich nahm ihm übel, daß er Doppel und lebende Rumpsteaks in einem Atemzug genannt hatte.

Er räusperte sich. »Welches Problem ist heute am dringlichsten zu lösen? Gehe ich richtig in der Annahme, daß der Schlierenring etwas mit Bewußtsein und Verstand zu tun hat? Und daß dieses Problem am meisten auf eine Lösung drängt?«

»Das ist genau das, was wir herausfinden möchten«, erwiderte Jon. Andere Stimmen riefen dazwischen. Ich forderte das Publikum auf, sich ruhig zu verhalten, damit Thorgeson mit seinem Vortrag fortfahren könne. An diesem Punkt stand Ben Borrow auf und streckte die Hand aus, um sich bemerkbar zu machen. »Als Philosoph muß ich fragen, was durch die Suche nach dieser Omega-Schliere zu gewinnen ist. Hat uns nicht genau diese ganze Suche, die Sie so vehement verteidigen, auf diesen trostlosen Planeten gebracht und unser Leben zerstört?«

Ehe Jon antworten konnte, ergriff ich das Wort. »Warum sprechen Sie nur von der Zerstörung unseres Lebens? Warum nicht von Bereicherung? Ist es nicht ein Privileg, daß wir hier sein dürfen? Können wir kraft unseres Willens unsere Lebenseinstellung nicht so ändern, daß wir diese einzigartige Situation genießen?«

Diese Attacke schien zu treffen, doch Borrow überspielte es geschickt und fuhr fort: »Wir stammen von der Erde und gehören dort auch hin. Sie ist die Quelle unseres Lebens und unseres Glücks, Cang Hai.«

»Glück? Ist Glück alles, was Sie verlangen? Wie bescheiden! Ist der ganze Rummel darum, daß jeder glücklich werden soll oder will, nicht eine Hauptursache des Elends in der westlichen Welt? Und das seit fast zweihundert Jahren!«

»Ich habe nicht behauptet, daß...«

Ich ließ ihn nicht ausreden. »Ist das Streben nach wissenschaftlicher Erkenntnis nicht eine viel wertvollere Sache als die Befriedigung des Egos? Bitte nehmen Sie wieder Platz, damit wir mit dem Vortrag fortfahren können.«

Jon warf mir einen dankbaren Blick zu (obwohl er mir bald darauf höchstpersönlich eine widerliche Lektion in Sachen ›Befriedigung des Egos‹ erteilen sollte). Er baute sich ganz vorne auf dem Podium auf, stemmte die Hände in die Hüften und stellte sich den Zwischenrufern. »Sie müssen verstehen, daß alles im Universum, Chemie, Biologie, Technik und jede menschliche – und unmenschliche – Handlung, letztendlich von den Gesetzen der Teilchenphysik abhängt. Geht das nicht in Ihre Köpfe?«

Das Publikum lärmte weiter. Und Jon fuhr eisern fort: »Die meisten dieser Gesetze sind bereits bekannt. Eine wesentliche Sache, die uns noch nicht bekannt ist, dreht sich eben um die Frage, woher die Masse stammt. Wenn wir erst einmal die Parameter der Omega-Schliere kennen, also dann, wenn wir genügend Daten über den HIGMO haben, werden wir im Grunde *alles* wissen, zumindest im Prinzip. Ist das nicht an sich schon wichtig genug, um etwas Geld dafür auszugeben? Es ist Banausentum, weitere Begründungen zu verlangen.«

»Nicht, wenn man hier auf Jahre festsitzt«, rief jemand und löste damit Gelächter aus.

Jon ging nicht darauf ein. »Zufällig hielten einige Leute das Mars-Experiment noch aus einem anderen Grund für gerechtfertigt. Sie waren der Ansicht, daß am menschlichen Verstand *mehr* dran sein muß, als das, was sie als ›rein quantenmechanische Arbeitsweise‹ bezeichneten. Sie glaubten, das Aufspüren der HIGMOs werde irgend etwas Rätselhaftes offenbaren und uns damit ein besseres Verständnis des menschlichen Bewußtseins ermöglichen. Vielleicht sollte ich an dieser Stelle wieder den Begriff *Seele* verwenden.« Er lachte verächtlich. »Es gibt immer noch Leute – sogar ein paar wichtige Leute, die am Projekt beteiligt sind, ihre Namen will ich hier nicht nennen –, die dieser Vorstellung weiterhin anhängen. Meiner Meinung nach ist das völliger Blödsinn...«

Inzwischen sprach er mit großer Gelassenheit. Er ging wieder hinter das Rednerpult zurück und plauderte munter drauflos. »So etwas wie eine *Seele* gibt es nicht, das ist eine mittelalterliche Vorstellung. Unsere Gehirne sind nichts anderes als kunstvoll konstruierte Quantencomputer. Vielleicht müssen wir noch die Feinabstimmung bei einigen Parametern verbessern, aber das ist auch schon alles. Selbst Euklid hier hätte Verstand, wenn man ihn kunstvoller konstruiert und mit feiner abgestimmten Parametern ausgestattet hätte. Aber Sie sehen ja selbst, daß ihm dazu noch einiges fehlt – stimmt's, Euklid?«

»Ich besitze meiner Meinung nach bereits Verstand«, antwortete der Android. »Vielleicht eine andere Art von Verstand. Noch ein paar Jahre, dann wird die Forschung vielleicht entdecken, daß...«

»Bis jetzt besitzen – soweit wir direkte und begründete Anhaltspunkte dafür haben – nur Menschen und Tiere eine Art von Verstand. Denn nur sie strahlen das ›Eindeutige Physikalische Signal‹ aus, das in dem französischen Experiment als existent bestätigt wurde.«

»Sie äußern nur menschenzentrierte Vorurteile und versuchen zu beweisen, daß Sie besser sind als ich.«

»Ich *bin* besser als du, Euklid. Ich kann dich abschalten.«

»Also gut, was hat das alles mit den Schlieren zu tun?«

»Der Verstand wird vom Gehirn erzeugt, von einem physischen Etwas, also hängt er auch von der Physik unseres Gehirns ab. Und diese Physik müssen wir einfach noch näher kennenlernen – wie es geschehen wird, wenn die Omega-Schliere alles offenbart. Werden wir bald soweit sein, daß wir Verstand künstlich erzeugen und reproduzieren können? Für solche Fragen ist die Schliere wesentlich... Und nun muß ich mich für fünf Minuten zurückziehen, sonst werde ich noch heiser. Ich bin gleich wieder da, um Ihre Fragen zu beantworten.«

Er gab mir einen Wink mitzukommen. Gemeinsam mit Euklid räumten wir die Rednerbühne, während das Publikum applaudierte.

Seine Vortragsweise hatte mein Mißtrauen in Bewunderung verwandelt. »Ein glänzender Vortrag«, sagte ich, als wir in den Vorraum gingen. »Er hat mit Sicherheit zum besseren Verständnis der...«

»Diese Dummköpfe da draußen!« schimpfte Jon unvermittelt los. Gleichzeitig verriegelte er hinter sich die Tür. »Was haben die schon verstanden? Das war doch reines Fachchinesisch für die. Die wollen gar nichts dazulernen. Ich gehe da nicht wieder hinein. Ich habe das alles mitgemacht, weil ich dich wiedersehen wollte, du kleines Biest, und jetzt will ich dich haben!«

Bei diesen Worten riß er sich den Overall herunter.

Sein Gesicht veränderte sich völlig, der Ausdruck philosophischer Kontemplation wich einer Maske aus Lust und Entschlossenheit, in der es heftig arbeitete. Noch nie hatte ich an einem Mann eine dermaßen schnelle Veränderung bemerkt. Mir wurde ganz elend bei dem Gedanken, welche Phantasien sich während des langen Vortrags in seinem Kopf angestaut haben mußten.

»Hör mal, Jon, laß uns einfach reden…«

»Du wirst mich dafür entschädigen…« Aus seiner Unterhose zog er das Instrument, mit dem er mich zu vergewaltigen beabsichtigte. Ich betrachtete es interessiert. Es hatte am Ende einen wulstigen Kolben, was die Penetration zweifellos erleichterte. Diese evolutionäre Errungenschaft, dachte ich, hatte wohl zum Ziel, die Beziehungen zwischen den Geschlechtern zu verbessern. Trotzdem: Wenn ich auch das Design bewunderte, konnte ich mir doch nicht vorstellen, das Ding in mir zu haben. Jedenfalls nicht ohne Bedenkzeit.

Während ich absurde, schmeichelhafte Bemerkungen über das Ding machte, griff ich danach und begann es auf und ab zu bewegen. Und als ich das Tempo steigerte, wurde aus Jons ›nein, nein, nein‹ schnell ein ›oh oh oh‹. Ich rückte von ihm ab: Sein Samen ergoß sich auf den Fußboden.

Euklid hatte die ganze peinliche Episode mit leerem Lächeln beobachtet. Ich rannte an ihm vorbei, entriegelte die Tür und stürzte auf den Gang.

Aussagen des
Tom Jefferies

13

Der Wachturm des Universums

Der marsianische Marathonlauf wurde von einer Gruppe junger Wissenschaftler organisiert, die alle am Schlieren-Projekt mitarbeiteten. Sie hatten eine raffinierte, sechs Kilometer lange Route quer durch die Kuppeln ausgearbeitet, die auch Sprünge von Dächern vierstöckiger Gebäude mit einschloß, wobei die Teilnehmer mit Flügeln ausgestattet wurden, damit sie in der geringen Schwerkraft hinuntergleiten konnten. Der Marathonlauf galt als willkommener Vorwand für eine große Party, die Beza und Dayo gemeinsam mit *Razmataz*-Musik einläuteten. Mehr als siebenhundert junge Männer wie Frauen hatten sich zusammen mit ein paar älteren Semestern zum Rennen angemeldet, und viele erschienen in phantasievoller Kleidung. Die Marsgesellschaft trug Brillen und Perücken und war völlig aufgedreht: Maria Augustas Marsdrache war ebenso vertreten wie mehrere kleine Drachenkinder. Viele kleine und große grüne Marsmännchen, denen selbst die Antennen nicht fehlten, liefen Seite an Seite mit halbnackten grünen Göttinnen und wurden immer wieder von anderen bizarren Geschöpfen angerempelt.

All jene, die nicht am Rennen teilnahmen, waren zumindest als Zuschauer präsent, denn der Marathonlauf erwies sich als aufregendes Ereignis. Der erste Preis bestand aus der Skulptur eines mehrbeinigen Drachen, die unsere Bildhauerin Benazir Bahudur aus Stein gemeißelt und phantasievoll bemalt hatte. Die Läufer, die an zweiter und dritter Stelle das Ziel erreichten, wurden mit kleineren und nicht ganz so kunstvollen Versionen des Drachen geehrt.

Sieger wurde schließlich der Teilchenphysiker Jimmy Gonzales Dust; er hatte den Lauf in 1154 Sekunden geschafft. Jimmy war jung, sah gut aus und hatte etwas recht Verschmitztes an sich. Und er war sehr schlagfertig. Bei dem kleinen Bankett, das man ihm zu Ehren veranstaltete, hielt er eine, wie es später hieß, ›bemerkenswerte‹ Rede. Ich konnte an diesem Essen nicht teilnehmen, da ich mich irgendwie benommen fühlte, doch wie ich über AMBIENT erfuhr, sagte Jimmy folgendes: Früher einmal sei er der Meinung gewesen, man hätte sofort nach unserer Landung die Terraformung des Mars einleiten sollen. Moralische Bedenken gegen ein solches Unternehmen habe er nicht gehabt, schließlich sei ja bekannt gewesen, daß auf dem Mars kein Leben existiere, das unter diesem Prozeß hätte leiden müssen. Die Tage der Erde, fuhr er fort, seien gezählt. Mit zunehmendem Alter werde sich die Sonne ausdehnen und die inneren Planeten verschlingen. Schon lange vorher werde die Erde kein Leben mehr tragen können, die Gattung Mensch werde zu dieser Zeit entweder in die Matrix vorgedrungen oder zugrunde gegangen sein. Es gebe jedoch Anlaufhäfen, so Jimmy, die auf die Menschheit warteten. Insbesondere hätten, wie allgemein bekannt, die Trabanten des Jupiter einiges zu bieten. Während der Sprung von der Erde zum Mars allerdings im Schnitt nur 0,5 astronomische Einheiten betrage, sei ein sehr viel größerer Sprung von 3,5 astronomischen Einheiten nötig, um diese Monde zu erreichen. Nur wenn die Menschheit die Korruption überwinde, die so große Vorhaben bislang gebremst habe, könne sie eine bessere Antriebskraft entwickeln als die gegenwärtig benutzte – vielmehr gegenwärtig *nicht benutzte*, wie er zu allgemeinem Gelächter hin-

268

zufügte – chemischen Treibstoff. Dann sei dieser Sprung auch nicht mehr so schwierig, im Grunde eher ein Katzensprung, verglichen mit dem Sprung, den man eines Tages – sicher schon innerhalb der nächsten hundert Jahre – würde wagen müssen, um zu den Sternen zu gelangen.

In der Zwischenzeit werde, fuhr er fort, ein großartiges Projekt die Völker der Erde zum Mars locken. Das Vorhaben nämlich, den Mars mit einer atembaren Atmosphäre, einem erträglichen atmosphärischen Druck und annehmbaren Temperaturschwankungen auszustatten. Dieses Projekt werde die Menschheit dazu anregen, den Blick nach außen zu richten und das in Angriff zu nehmen, was viele bislang wohl noch als unmögliches Unterfangen betrachteten – den mühseligen Prozeß, der auch notwendig gewesen sei, um die Erde zur Heimstätte vieler unterschiedlicher Arten zu machen. Wenn man diesen Prozeß vorantreibe, könne man eines Tages allen möglichen Arten einen angemessenen Lebensraum bieten. Denn irgendwann werde auf der Erde eine Situation eintreten, in der die dort lebenden Arten gezwungen seien, wie ein Schwarm von Zugvögeln den erschöpften Mutterplaneten zu verlassen. Erste Rast könnten sie eben auf den Jupitermonden machen, vor allem auf Ganymed und Callisto. Und Europa werde ihnen riesige Wasservorräte bieten.

»Das ist doch alles nur politisch geschickte Rhetorik!« rief jemand dazwischen, doch es war noch nie klug, einen populären jungen Helden auf offener Bühne anzugreifen. Die Festgäste buhten, während Jimmy lächelnd konterte: »Das war ganz sicher *keine* politisch geschickte Bemerkung.« Dann fuhr er mit seiner Rede fort: Oft betrachte man die Terraformung des Mars als ersten Schritt der Menschheit auf dem Weg zur Besiedelung des Weltraums, doch als er sich persönlich dafür ausgesprochen habe, sei er von falschen Voraussetzungen ausgegangen. Er habe nicht die Absicht, die Zuhörer zu beunruhigen, wolle diesen Irrtum jetzt jedoch richtigstellen.

Es waren bestürzende Neuigkeiten... »Lange Zeit haben die Menschen geglaubt, der Mars sei bewohnt«, sagte er. »Die quasi-wissenschaftlichen Meinungen Percival Lowells, Verfasser des Buches ›Der Mars und seine Kanäle‹, haben das Interesse daran sehr gefördert. Diese Vorstellung gründete auf der irrtümlichen Annahme, der Mars sei älter als die Erde. Derartige Spekulationen haben sich als haltlos erwiesen, als man über bessere astronomische Geräte verfügen und Bodenproben entnehmen konnte. Nach den ersten bemannten Marslandungen galt die Frage als geklärt – man wußte jetzt, daß auf dem Mars kein Leben existierte. Natürlich: Vor vielen Millionen Jahren hatten sich auf dem Mars Archebakterien entwickelt, doch als sich die Bedingungen verschlechterten, starben sie aus. Allgemein wird angenommen, daß es seitdem kein Leben mehr auf dem Mars gegeben hat. Seit Millionen von Jahren nicht mehr.«

Jimmy machte eine Pause und schien sich für die schwerwiegenden Sätze zu wappnen, die er gleich sagen würde.

»Aber das trifft nicht zu. In Wirklichkeit *hat* es seit Millionen von Jahren Leben auf diesem Planeten gegeben. Vermutlich haben Sie von den weißen Zungen rund um unsere Labors gehört. Sie sind weder pflanzlich noch mineralisch und auch keine unabhängigen Objekte. Wir haben Grund zur Annahme, daß sie die Wahrnehmungsorgane eines gewaltigen... Etwas... darstellen. Oder sagen wir: eines Lebewesens. Sie alle werden mit der M-gravitativen Anomalie vertraut sein, die mit dem Tharsis-Buckel zusammenhängt.

Diese Anomalie wird von einem Lebewesen verursacht, das so groß ist, daß man es mit Teleskopen selbst von der Erde aus sehen kann. Wir kennen es als *Olympus Mons*. Dieser Olympus Mons ist kein geologisches Objekt – er ist ein einzigartiges fühlendes Lebewesen.«

Sofort brach Chaos aus. ›Das kann nicht sein!‹-Geschrei mischte sich mit ›Ich hab's doch schon immer gesagt!‹-Rufen. Als wieder Ruhe eingekehrt war, fuhr Jimmy fort; er lächelte ein wenig schuldbewußt und freute sich doch gleichzeitig über den Schock, den er ausgelöst hatte. »Meine Kolleginnen und Kollegen in diesem Raum werden das, was ich sage, bestätigen. Dieses riesengroße Wesen, dessen Durchmesser mehr als fünfhundertfünfzig Kilometer beträgt, ist ein Meister der Tarnung – falls es nicht eine riesige Art von ›Entenmuschel‹ ist. Einem Chamäleon gleich ähnelt sein Rückenschild der Umgebung. Unter diesem Schutzschild ist organisches Leben. Sein Zeitgefühl unterscheidet sich offenbar sehr von unserem – schließlich sitzt es seit vielen, vielen Jahrhunderten an der jetzigen Stelle, ohne sich zu rühren.« Jimmy lachte nervös. »Die Terraformung würde es sicher verletzen, wenn nicht gar töten. Meine Damen und Herren, wir teilen diesen Planeten mit einer überdimensionalen Entenmuschel!«

John Homer Bateson, der ganz in der Nähe an einer Säule lehnte und die Hände in seinem Kittel vergraben hatte, sagte: »Eine überdimensionale Entenmuschel! Irgendwie macht einen der Gedanke schwindlig. Nun ja… war es nicht Isokrates, der den Menschen das Maß aller Dinge genannt hat? Ein solch ptolomäisches Denken muß nun wohl revidiert werden. Offenbar ist es diese Molluske, die das Maß aller Dinge darstellt.«

Andere Anwesende hatten besorgte Fragen, und

Jimmy bemühte sich, sie zu beruhigen. »Wir können nur darüber spekulieren, woher das Lebewesen gekommen ist und wohin es geht. Ist es Freund oder Feind? Das können wir jetzt noch nicht sagen.«

»Ihr verrückten Wissenschaftler!« konnte man Crispin Barcunda rufen hören. »Was könnte dieses Ding tun, wenn man es stört? Was wäre geschehen, wenn mit der Terraformung begonnen und entsprechende atmosphärische Veränderungen und Erdumwälzungen eingeleitet hätten?«

Jimmy spreizte die Hände. »Olympus hat seine äußeren Rezeptoren, seine *Exterozeptoren*, auf uns eingestellt«, sagte er. »Wir wissen nur, daß er bis jetzt noch keinen feindseligen Schritt unternommen hat.«

Selbst die Inszenierungen von Paula Gallin wurden nach diesen Neuigkeiten nur spärlich besucht, denn die den *Olympus* (wie man ihn jetzt nannte) betreffenden Spekulationen gingen auf allen Ebenen weiter. Viele Gespräche drehten sich darum, ob man ihn als bös- oder als gutwillig betrachten könne. Dachte dieses seltsame Wesen, der Mars gehöre ihm? In diesem Fall war es gut möglich, daß er die Menschen als Eindringlinge und Parasiten betrachtete. Oder war Olympus nur eine gigantische, außerirdische Qualle und hatte gar keine Absichten?

Weitere Bestürzung wurde ausgelöst, als Jimmy Dust und seine Kollegen berichteten, sie hätten schon vor einiger Zeit ein Exemplar der weißen Zungen abgehackt und sichergestellt. Dessen komplizierter Zellenaufbau habe sie davon überzeugt, daß Olympus – was immer er auch sein mochte – über Sinneswahrnehmungen verfüge. Einigermaßen beruhigend wirkte sich nur die Tatsache aus, daß sich Olympus für diesen Angriff auf seine Exterozeptoren nicht gerächt hatte – doch vielleicht wartete er auch nur den richtigen Augenblick ab.

Zu diesem Zeitpunkt war mir noch nicht klar, wie krank ich wirklich war. Noch hatte ich genügend Energie, um Dreiser Hawkwood über AMBIENT anzurufen und zu fragen, warum sie uns die Neuigkeit, daß es sich bei Olympus Mons um ein Lebewesen handelte, auf so beiläufige Art, nämlich durch Jimmy Dust, den Marathonsieger, mitgeteilt hatten. Wollten sie uns einen üblen Streich spielen? Und überhaupt – man sei doch der felsenfesten Überzeugung gewesen, daß es auf dem Mars kein Leben gebe.

Dreiser hörte geduldig zu. Dann erwiderte er: »Wir haben uns dazu entschlossen, es so locker wie möglich anzukündigen, schließlich wollten wir die Menschen ja nicht beunruhigen. Sie werden feststellen, daß diese Strategie im großen und ganzen funktioniert hat. Die Leute sind zwar jetzt aufgebracht, aber bald werden sie ihre Alltagsgeschäfte wieder aufnehmen. Und Sie, Tom, werden, wie ich hoffe, bald wieder so gutgelaunt sein, wie man es von Ihnen gewöhnt ist.«

Es war diese Art sülziger Antwort, die einen noch mehr auf die Palme bringt. »Als wir uns über Olympus Mons unterhielten, haben Sie mir gesagt, er sei in keinerlei Hinsicht lebendig. Und als wir uns im ersten Jahr auf die Ansprachen für die Versammlung vorbereiteten, haben Sie mir da etwa nicht versichert, es gebe kein Leben auf dem Mars?«

»Nein, mein Freund. Vielleicht habe ich gesagt, wir haben kein Leben auf dem Mars gefunden. Vielleicht habe ich auch gesagt, wir müssen davon ausgehen, daß marsianisches Leben ganz anders ist als das Leben da unten. Beides hat sich ja nun als richtig erwiesen. Es ist so groß, daß es unserer Aufmerksamkeit entging...«

»Sie wollen mir also weismachen, daß dieses monströse Ding einfach so vom Himmel gefallen ist?«

»Ich könnte Ihnen vieles erzählen, Tom, wenn Sie in

der Lage wären, mir zuzuhören. Im Augenblick sage ich nur, daß Olympus ein wahrer Ureinwohner des Mars ist.«

Als ich ihn fragte, wie er auf all das gekommen sei – noch dazu nach so langer Zeit, im zweiten Jahr unserer Isolation auf dem Mars –, antwortete Dreiser, die genaue Auswertung von Satellitenfotos habe ihn davon überzeugt, daß es eine gewisse Bewegung in der Region gebe.

»Wem haben Sie dies als erstes mitgeteilt?«

Er zögerte. »Tom, es gibt zwei Dinge, die Sie wissen sollten. Erstens: Wir verdanken diese Erkenntnis – eine Erkenntnis, die ich anfangs zurückgewiesen habe, wie ich zugeben muß – einem jungen Genie, das Sie entdeckt haben: Kathi Skadmorr. Was für eine gescheite junge Frau! Und wie schnell ihr Verstand arbeitet!«

»In Ordnung, Dreiser. Die zweite Sache?«

»Dieses Wesen, das Kathi hartnäckig den ›Wachturm des Universums‹ nennt, ist zweifellos in Bewegung. Und es bewegt sich in unsere Richtung – langsam, aber sicher. Alles weitere später. Auf Wiedersehen.«

Er beendete das Gespräch. Ich fühlte mich gedemütigt und schämte mich, weil ich so unbedacht dahergeredet hatte und die ganze Unterhaltung aufgezeichnet worden war. Ich legte mich hin.

Die Physiker schlugen vor, eine Forschungsexpedition zum Olympus zu schicken, doch wir entschieden, noch abzuwarten. Vorsicht war angesagt. Der Olympus mochte ein langsameres Zeitgefühl als biologische Wesen besitzen und vielleicht einen Gegenangriff planen, so daß jede Annäherung möglicherweise menschliches Leben aufs Spiel setzen würde.

Ich führte viele private Gespräche mit Jimmy Dust und seinen Kollegen.

»Offenbar ist es Teil unserer Natur, daß die Menschen stets an etwas glauben möchten, das größer ist als sie selbst«, bemerkte eine der Frauen. »Aber wir müssen der Vorstellung entschieden widersprechen, die inzwischen schon mancherorts vorherrscht – daß Olympus ein Gott ist. Soweit wir das mit unserem begrenzten Wissen sagen können, ist er nur ein riesiger Klumpen recht trägen organischen Materials.«

»Und dennoch nennen wir ihn Olympus. Traditionell war der Olymp die Heimstätte der Götter.«

»Das ist doch Semantik. Wir nehmen an, daß dieses Wesen lediglich niedere Intelligenz besitzt und rupikolös ist.«

»Bitte? Was ist rupikolös?«

»Das heißt, daß es auf und von Steinen lebt. Nicht besonders helle, so was zu tun.«

»Wieso? Zumindest gibt's hier in der Gegend doch jede Menge Steine...«

Die Gespräche führten nur zu wenig konkreten Ergebnissen, also lud ADMINEX Hawkwood ein, im Hindenburg-Saal vor versammeltem Publikum einen Vortrag über den Olympus zu halten. Dreiser willigte ein, machte allerdings zur Bedingung, daß sein Vortrag in Form eines Interviews gestaltet werden sollte, bei dem ich die entsprechenden Fragen stellte.

Die Versammlung wurde einberufen, und da es sich um ein so wichtiges Ereignis handelte, wurden auch Kinder zugelassen. Mit ihren ›Tammys‹ auf dem Arm, den Simulationen, die sie vorher noch schnell gefüttert und gehätschelt hatten, strömten sie in den Saal. (Mehr über diese Geschöpfe an anderer Stelle.) Dreisers Einmarsch war stilvoller. Er wurde von einem Vierer-Troß begleitet: von dem stillen Poulsen, einem anderen, mir unbekannten Wissenschaftler und seiner blonden Assistentin, der wir schon in Dreisers Büro begegnet waren. Die vierte im Bunde erkannte ich an-

275

fangs kaum. Die dicken, kastanienbraunen Kräusel-
locken waren verschwunden, ihr Haar war jetzt
schwarz, glatt und kurz. Es war Kathi Skadmorr. Als
sie mir die Hand schüttelte, erkannte ich sie an ihrem
Lächeln wieder. Der Troß ließ sich in der ersten Reihe
nieder, während Dreiser und ich im blendenden Licht
von Suung Saybins Scheinwerfern unter dem Bild des
brennenden Zeppelin Platz nahmen.

Dreiser eröffnete die Versammlung mit den Worten, er wolle das wenige, das er über die Natur der
Lebensform namens Olympus wisse, mit uns teilen.
Olympus existiere in seiner gegenwärtigen Form weitaus länger als alle auf den Mars gerichteten Teleskope
der Erde. Olympus sei ein ›Ding‹, eine Lebensform
von ungeheurem Alter, fast so alt wie das Gestein, an
dem sie hafte. Um uns den Umfang des Olympus zu
verdeutlichen, zeigte er eine dreidimensionale Auf-
nahme des Gebildes. Die höheren Ausläufer lagen im
Dämmerlicht, während die ausgezackten Ränder noch
in dunkelrotes Zwielicht getaucht waren; die Spann-
breite umfaßte mehr als fünfhundertfünfzig Kilometer
Bodenfläche.

»Da ist er und wartet auf weiß Gott was«, sagte
Dreiser, »inmitten einer von Kratern durchzogenen
Topographie, die mehr als drei Milliarden Jahre alt
ist.« Ein Bild des Mount Everest wurde darüber ge-
blendet; er wirkte wie eine winzige Erhebung. »Wie
Sie sehen, ist Olympus für einen Vulkan ungewöhnlich groß. Als Lebensform betrachtet, widersetzt er
sich eigentlich jeder Vorstellungskraft.«

Ein unbehagliches Schweigen senkte sich über die
Versammlung. Ich bemerkte, man habe früher doch
ausgeschlossen, daß es auf dem Mars Leben geben
könne. Dreiser konterte, das habe sich lediglich auf
Untersuchungen der Boden- und Gesteinsproben, auf
die Analyse der Atmosphäre und auf Bohrungen in

die Marskruste hinein gestützt. Nichts davon habe auf marsianisches Leben irgendwelcher Art schließen lassen, selbst wenn man in Rechnung stellte, daß das Leben hier sich womöglich ganz und gar vom Leben auf der Erde unterscheide.

Und doch sei es immer noch schwierig, erwiderte ich, in Olympus etwas anders als einen außergewöhnlich großen Vulkan unter anderen marsianischen Vulkanen wie Elysium, Arsia oder Pavonis zu sehen. Oder seien auch diese Vulkane die Rückenschilde von Lebewesen?

Dreiser war nicht dieser Ansicht. »Die Reproduktion ist zwar eine grundsätzliche Aufgabe in der evolutionären Kette. Dennoch scheint Olympus keine Nachkommen in die Welt gesetzt zu haben. Vielleicht handelt es sich um einen Zwitter, vielleicht fehlt ihm auch einfach ein Partner.« Wem Olympus ähnle – darauf würden wir später noch zu sprechen kommen, fügte er hinzu. Er wolle klarstellen, daß er den früheren Forschern, die sich auf die Suche nach Leben auf dem Mars begeben haben, keineswegs widersprechen wolle. Ihre Schlußfolgerungen seien eindeutig. Olympus sei ein einzigartiges Phänomen.

An dieser Stelle jedoch, fuhr er fort, müsse er jene Kollegin ins Rampenlicht rücken, die als erste das wissenschaftliche Augenmerk auf die Bewegungen des Olympus gelenkt habe. Für diese Bewegungen habe es keinerlei Präzedenzfall gegeben, deshalb habe man sie zuerst auch nicht ernst genommen. »Ich möchte Ihnen jetzt Kathi Skadmorr vorstellen. Viele von Ihnen kennen sie bereits als die JAE, die mutig in den Schlund von Valles Marineris hinabgetaucht ist und dort beträchtliche unterirdische Wasserreservoirs entdeckt hat.«

Kathi stieg aufs Podium, und während hier und

da noch geklatscht wurde, legte sie schon los: »Ich kämpfe dafür, daß Olympus Mons einen lebendigeren Namen erhält. Er wurde vor langer Zeit so getauft, als man noch nichts über ihn wußte. Angesichts der neuen Erkenntnisse schlage ich vor, ihn *Chimborazo* zu nennen – das bedeutet ›Wachturm des Universums‹. Bis jetzt hat meine Kampagne nur eine einzige Anhängerin, nämlich mich, aber ich habe die Hoffnung noch nicht aufgegeben… Wir wissen nicht, was wir da vor uns haben. Es steht zwar fest, daß sich Chimborazo bewegt, doch man weiß, daß sich ganze Gebirgszüge bewegen können. Also bedeutet Bewegung nicht unbedingt auch Leben. Hier ist der Ort, an dem wir die Bewegung entdeckt haben…« Sie führte ein Vidbild vor, das eine Satellitenkamera von der Ostseite des Chimborazo aufgenommen hatte. »Das verstreute Regolith weist darauf hin, daß unser Freund Fühler nach oben ausgestreckt und sich zu bewegen begonnen hat. Wir haben eine dieser ›weißen Zungen‹, die sie wohl alle schon gesehen haben, sichergestellt. Eigentlich sind sie anorganisch, aber von organischen Nerven und Fühlern durchsetzt. Nicht alle ›Zungen‹ sind identisch, sondern erfüllen unterschiedliche Aufgaben. Gegenwärtig nehmen wir an, daß diese – wissenschaftlich ausgedrückt – Exterozeptoren und Propriozeptoren einmal Verdauungsorgane waren, die sich über die Äonen hinweg verändert haben, und nun Chimborazo nicht nur mit Nahrung versorgen, sondern auch als rudimentäre Detektoren dienen. Daraus können wir, wie Ihnen einleuchten wird, schließen, daß Chimborazo nicht nur eine ungeheuer große Lebensform darstellt, sondern auch eine Lebensform mit irgendeiner Art von Intelligenz… Jetzt übergebe ich wieder an Tom und Dreiser.« Kathi verließ das Podium nicht, sondern nahm neben mir Platz.

Nachdem ich ihr gedankt hatte, fragte ich Dreiser,

woher dieses monströse Ding denn gekommen sei. Aus dem Weltraum?

»Keineswegs«, erwiderte er. »Der Olympus Mons... also gut, der *Chimborazo* ist eine ganz und gar marsianische Angelegenheit, die auch nichts Unheimliches an sich hat. Unserer Meinung nach ist er das Ergebnis einer merkwürdigen Form von Evolution – das heißt, merkwürdig nur für denjenigen, der gewohnt ist, in irdischen Begriffen zu denken. Merkwürdig also, aber keineswegs unsinnig.«

»Aber wenn sich diese Lebensform tatsächlich auf dem Mars entwickelt hat, wie Sie behaupten«, wandte ich ein, »dann muß es doch auch Anzeichen für weiteres Leben in der Atmosphäre geben. Und nicht nur in der Atmosphäre, sondern auch in Stein und Regolith. Impliziert nicht Evolution eine natürliche Selektion? Es muß also weitere Lebensformen gegeben haben, mit denen dieser monströse Organismus konkurriert hat. Es wäre doch unsinnig, Darwins Erkenntnisse jetzt links liegenzulassen – schließlich ist die natürliche Selektion ein allgemein anerkanntes Prinzip.«

Dreiser hatte inzwischen eine recht lässige Körperhaltung eingenommen, als sei er an dem Thema, das wir diskutierten, nicht sehr interessiert. Doch nun setzte er sich auf und sah mich scharf an. »Ich bestreite diese Grundsätze ja auch gar nicht, Tom. Weit gefehlt. Aber man macht es sich zu leicht, wenn man annimmt, daß die natürliche Selektion nur so wirken kann, wie sie auf der Erde gewirkt hat. Die Bedingungen hier sind völlig anders. Was nicht heißen soll, daß Darwins Erkenntnisse nicht immer noch anwendbar sind.«

Selbstverständlich hätten wir hier andere Bedingungen, räumte ich ein. »Aber ich verstehe nicht, wie Olympus alle anderen Lebensformen auf dem

Planeten ausgelöscht haben kann, wenn er einfach immer nur wie ein großer Klumpen am selben Ort geblieben ist.«

»Ziemlich lange haben wir genau wie Sie gedacht. Heute muß ich leider sagen, daß dies ein sehr beschränkter Blickwinkel ist. Die sich häufenden Anzeichen dafür, daß Olympus ein lebendiges Wesen ist, haben uns dazu gebracht, unsere engstirnigen, erdverhafteten Meinungen zu ändern. In Wirklichkeit war auch die Evolution auf der Erde nicht nur ein ›blutiger Kampf mit Zähnen und Klauen‹. Ich könnte viele Beispiele dafür anführen, wie unterschiedliche Arten zusammengearbeitet haben, um sich einen lebenswichtigen Vorteil innerhalb der Evolution zu verschaffen. Ich betone: Es gab auch *Kooperation* anstelle von *Konkurrenz*. Leider haben wir unseren loyalen Freund, den Hund, nicht mit hierher gebracht, was wirklich schade ist. Wir werden ihn ganz bestimmt brauchen, wenn wir zu den Sternen aufbrechen und uns unbekannten Gefahren stellen müssen. Mitgebracht haben wir allerdings die Bakterien in unseren Mägen – ohne sie könnten wir nicht überleben. Das ist ein Beispiel für eine nützliche symbiotische Beziehung.«

»Und was hat das mit Ihrem olympischen Organismus zu tun, der das übrige marsianische Leben vernichtet hat?«

»Das habe ich nicht behauptet, ganz und gar nicht… Die Symbiose hat in der Evolution eine überlebenswichtige Rolle gespielt. Nehmen wir etwa die Flechte. Zwei verschiedene Organismen, ein Pilz und eine Alge, haben sich zusammengetan, um die widerstandsfähigste Form des Lebens auf der Erde überhaupt zu bilden. Die Flechten sind die ersten, die wieder auf einen Berghang vordringen, nachdem ein Vulkanausbruch dort alles weggefegt hat. Auch wir Menschen mit all unseren Ressourcen hängen von unseren

280

Bakterien ab, so wie das umherschwebende mikrobische Leben von uns abhängt.«

Ich wandte ein, wir hätten auf dem Mars keine flechtenartigen Organismen gefunden.

»Hören Sie weiter zu, ich bin noch nicht fertig. Ich kann Beispiele von Zusammenarbeit anführen, die noch schlagender sind. Denken Sie etwa an die eukaryotische Zelle, aus der alle gewöhnlichen Pflanzen und Tiere bestehen, eine Zelle, die einen abgegrenzten Kern enthält, innerhalb dessen die Chromosomen genetisches Material befördern. Es ist seit langem wissenschaftlich erwiesen, daß die ersten eukaryotischen Zellen durch die Vereinigung von zwei anderen, primitiveren Organismen entstanden sind – der frühen prokaryotischen Zelle und aus einer Art Spirochete*. Die Entwicklung aller vielzelligen Pflanzen und Tiere – und des Menschen – geht auf diese Vereinigung zurück. Im übrigen können Sie sich, was das Leben betrifft, ja selbst einmal fragen, wie die Chancen dafür stehen, daß sich ein solcher Zufall auch anderswo in unserer Galaxis ereignet. Darauf kann man lange warten, würde ich sagen.«

Ich teilte Dreisers Meinung, wollte ihn aber wieder auf unser Thema zurückbringen: »Und was hat all das damit zu tun, daß Olympus das übrige marsianische Leben ausgelöscht hat?«

»Nein, nein, Sie haben immer noch eine falsche Vorstellung von der ganzen Sache, Tom. Unserer Meinung nach ist das hier gar nicht geschehen. Es gab kein Auslöschen.« Er machte eine kurze Pause und dachte offenbar darüber nach, wie er es am besten erklären konnte – so daß es auch wirklich einleuchtete. »Wie gesagt, herrschen auf dem Mars ganz andere Bedingungen als auf der Erde. Folglich stellt sich auch

---

* *Spirochete*: spiralförmige, stabähnliche Bakterien. – *Anm. d. Ü.*

die Frage, was im evolutionären Prozeß von Vorteil ist und was nicht, ganz anders als bei uns. Selbst auf der Erde sind im Laufe der Evolution zwei verschiedene Kräfte wirksam geworden. Wir haben uns angewöhnt, die *Konkurrenz* als den wesentlichen Faktor zu betrachten, was daran liegen mag, daß Darwins wundervolle Erkenntnisse 1859 auf eine kapitalistische Gesellschaft losgelassen wurden. Wenn man dem Szenario der Evolution die Konkurrenz zugrunde legt, dann kämpfen die verschiedenen Arten die Dinge miteinander aus, und am ›tüchtigsten‹ sind im großen und ganzen diejenigen, die tatsächlich überleben. Mitunter hat sich aber auch das *kooperative* Moment in der Evolution als wichtig erwiesen – als lebenswichtig sogar –, das haben wir an den bereits erwähnten Beispielen symbiotischer Entwicklung gesehen. Und dennoch neigen wir zu der Annahme, daß die Konkurrenz dominiert – obwohl in Wirklichkeit die gesamte Biomasse der Erde auf gleichsam unbewußte Weise Wege der Zusammenarbeit sucht, um eine für sie günstige Umgebung zu schaffen.«

Im Publikum begann ein Tammy zu zwitschern und wurde abrupt wieder zum Schweigen gebracht. Ich fragte Hawkwood, ob die Evolution auf dem Mars einen anderen Weg eingeschlagen habe.

»Die Chancen zur Entwicklung von Leben stehen hier, wie schon erwähnt, ganz anders als auf der Erde. Auf dem Mars sind die Bedingungen stets hart gewesen, und inzwischen sind sie weitgehend lebensfeindlich. Wir haben nur geringen atmosphärischen Druck, kaum Sauerstoff, eine ungewöhnliche Trockenheit. Doch die grundlegenden Naturgesetze haben auch hier stets gewirkt, und bei der Evolution hat sich die Zusammenarbeit eindeutig als vorteilhafter erwiesen als die Konkurrenz. In den frühen Tagen des Mars ähnelten die Bedingungen denen der Erde, doch nach und nach banden die Steine den Sauerstoff, während das Wasser verdampfte. Als die Bedingungen immer feindseliger wurden, gewann die Zusammenarbeit unter den einheimischen Lebensformen immer größere Bedeutung. Hier konnte sich nie eine so enorme Vielfalt von Leben wie auf der Erde entwickeln, die Evolution auf dem Mars war also gezwungen, andere Wege zu gehen: Die Lebensformen verbanden sich miteinander. Nach und nach taten sie sich zusammen, um sich gegen die feindseligen Bedingungen des Mars zu schützen. Es war die einzige Strategie, die ihnen übrigblieb.«

»Sie bildeten also etwas«, sagte ich, »das wir stets für einen Vulkan gehalten haben – Olympus Mons. Warum haben sie gerade diese spezielle Form gewählt?«

»Eine Kegelform ist hinsichtlich des Stoffwechsels besonders ökonomisch. Und da die Lebensformen nicht auf besonders große Wendigkeit aus waren, haben sie eine Art der Verteidigung gewählt, die auch zahllose Geschöpfe auf der Erde anwenden – die Tarnung. Tarnung vor etwas, das wir nicht kennen. Und das auch sie nicht kennen, wie ich annehme. Aber ihre Instinkte sind durchaus verständlich. Tatsächlich stellt der ganze Berg einen Panzer dar, einen Panzer aus Horn und Lehm, sehr hart und widerstandsfähig.«

»Und er hält die Kälte ab…«

»Ja, und auch recht große Meteoriten.«

Eine Kinderstimme aus dem Publikum fragte: »Und wie sehen die Leute unter dem Panzer aus?«

»Da sind keine Leute, wie wir sie uns vorstellen«, erwiderte Dreiser. »Da Horn als Bindemittel des Rückenschildes dient, ist anzunehmen, daß es dort Haare, Nägel, Hörner, Hufe, Federn…« Bei den Worten ›Hufe, Federn…‹ lief ein Schauer durch die Menge, es klang wie das Rauschen großer Flügel.

»Olympus Mons«, fuhr Dreiser fort, »…oh, Entschuldigung, Kathi, *Chimborazo* hat nach und nach die Form eines riesigen Vulkans angenommen. Die Geschöpfe darunter haben offenbar überlebt, ja, vielleicht blühen und gedeihen sie sogar, denn Olympus befindet sich in einer Wachstumsphase. Er dehnt sich sehr langsam aus, wie wir annehmen, und zwar nach oben. Unsere Untersuchungen deuten darauf hin, daß er alle zwanzig Jahre um rund 1,1 Zentimeter wächst.«

Wovon sich Chimborazo ernähre, wurde gefragt.

»Seine Exterozeptoren saugen Nährstoffe und Feuchtigkeit aus dem Gestein… Doch wie Sie von Kathi bereits gehört haben – Chimborazo bewegt sich auch langsam in horizontaler Richtung. In jedem Marsjahr dringt er ein paar Meter weiter vor.«

Aus dem Publikum kamen Zwischenrufe. Dreiser musterte die Reihen mit ernsthafter Miene und sagte dann mit Nachdruck: »Das Vorrücken hat erst angefangen, als Kuppeln und Wissenschaftsabteilung errichtet wurden. Vermutlich wird Chimborazo von einer Wärmequelle angezogen…«

»Sie wollen damit sagen, er kommt auf uns zu?« fragte jemand verängstigt.

»Keine Sorge, sein Vorrücken geht zwar schneller als sein Wachstum vonstatten, aber nach den Maßstäben der Erde ist er nicht gerade einer von der schnellen Sorte. Im Vergleich zu Chimborazo läuft eine Schnecke wie ein Gepard. Beim gegenwärtigen Tempo wird er… nun ja, noch viele, viele Jahre brauchen, bis er sich hierher geschleppt hat.«

»Ich packe auf der Stelle die Koffer«, war eine Stimme aus dem Saal zu vernehmen, worauf allgemeines Gelächter ausbrach.

Dreiser ließ sich gerade einmal zu einem frostigen Lächeln herab und fuhr dann fort: »Als erstes haben wir lediglich eine horizontale Bewegung festgestellt.

Sie können sich sicher denken, daß wir unseren Augen nicht trauten. Wir haben nicht gleich erkannt, daß es sich um ein Lebewesen handelte – um das zweifellos größte im Sonnensystem. Anfangs brachten wir die Bewegung auch nicht mit diesen weißen Zungen in Zusammenhang, die so schnell aus dem Blickfeld flitzen. Sie sind die Sensoren des Geschöpfes und erfüllen komplexe Aufgaben. Augen im eigentlichen Sinne sind sie nicht, aber offenbar reagieren sie empfindlich auf elektromagnetische Signale verschiedener Wellenlängen. Als Gesamtheit dienen sie wohl dazu, eine Art Bild zu erfassen, und wenn irgendein unerwartetes Signal sie trifft, ziehen sie sich erst einmal zurück.«

»Ich kann das, was Sie uns hier erzählen, einfach nicht glauben«, sagte eine Frau. »Wie kann dieses gewaltige Ding denn überhaupt lebensfähig sein?«

Kathis scharfe Antwort lautete: »Sie müssen mehr Phantasie entwickeln. Falls Chimborazo denken kann, fragt er sich wahrscheinlich gerade, wie ein so kleiner und schwacher Zweifüßler wie Sie lebensfähig sein kann – ganz zu schweigen von intelligent.«

Die Frau, die die Frage gestellt hatte, sank zurück auf ihren Stuhl. Kathi fuhr fort: »Sie können sich bestimmt alle unseren Schock vorstellen, als wir merkten, daß Chimborazo auf die Wissenschaftsabteilung zukommt. Nichts kann ihn aufhalten – es sei denn, wir wenden uns ganz bewußt mit einer Art Appell an ihn…«

Ich fragte Dreiser, ob Olympus seiner Meinung nach einen Verstand besitze, der unserem ähnlich sei.

»Wir neigen eher zu der Ansicht, daß er einen Verstand besitzt, der sich radikal von unserem unterscheidet. Davon hat uns Kathi mehr oder weniger überzeugt. Einen Verstand, der sich aus einer Vielzahl kleiner Einheiten zusammensetzt. Ja, es ist durchaus möglich, daß er Bewußtsein und Intelligenz besitzt, wie ich zugeben muß. Wir haben ein schwankendes EPS entdeckt, das auf bewußtes Denken hindeutet. Nach unseren Maßstäben mag die Übermittlung dieses Signals lange dauern, aber die Geschwindigkeit des Denkens ist ja nicht ausschlaggebend. Es kann sein, daß *sein* Verstand deutlich langsamer als *unser* Verstand arbeitet – wenn man *unsere* Zeitmaßstäbe zugrunde legt.«

»Jetzt geben Sie aber antropomorphe Vorstellungen von sich«, sagte eine Stimme aus dem Publikum.

Dreiser blieb ungerührt. »Intelligenz äußert sich unter anderem darin, mit Unterscheidungsvermögen auf die Ereignisse innerhalb des eigenen Erfahrungsraums zu reagieren. Genau das tut Olympus. Die Landung von Menschen auf dem Mars beantwortet er damit, daß er sich in Bewegung setzt. Ob diese Reaktion als feindselig oder als freundlich zu verstehen ist oder ob Olympus damit nur auf eine Wärmequelle anspricht, können wir noch nicht entscheiden. *Er* hat sich schon entschieden...!« Dreiser legte eine kurze Gedankenpause ein. »Kann durchaus sein, daß er Bewußtsein besitzt. Ein Bewußtsein ist ja nicht nur irdischen Geschöpfen wie uns selbst vorbehalten. In unseren Diskussionen ist mir aufgefallen, wie oft sich die Rednerinnen und Redner auf alte Autoritäten berufen, von Aristoteles und Platon bis zu... meinetwegen, Count Basie. Das liegt daran, daß unser Bewußtsein ein kollektives Element besitzt. ›Keine Stimme geht je verloren‹, wenn ich auch einmal zitieren darf. Unser Bewußtsein ist durch das Denken jener Männer und Frauen bereichert worden, die vor uns gelebt haben. Vielleicht kann man das als praktisch wirkendes Prinzip der Zusammenarbeit in der geistigen Evolution betrachten... Im Unterschied zu allen anderen Phänomenen umfaßt das Bewußtsein auf der quantenmechanischen Ebene vieles, was eigentlich unvereinbar scheint. In der Enge unter dem Rückenschild haben die zusammengepferchten Lebewesen, die den Olympus ausmachen, vermutlich eine Art Bewußtsein entwickelt, und ich möchte kühn behaupten, daß auch wir hier, in unseren engen Quartieren, einen neuen Schritt in der Entwicklung des *menschlichen* Bewußtseins tun können – einen Schritt nach vorn, für den der Begriff *Utopia* stehen mag. Indem wir Gedankengänge entwickeln, die einander gleichen und auf das Allgemeinwohl ausgerichtet sind... Falls das gelingt – und das hoffe ich –, wird die Ich-Bezogenheit schwinden. Genau das ist bei unserem Freund Chimborazo geschehen, wenn ich mich nicht täusche. Er ist die symbiotische Vereinigung allen Lebens auf dem Mars.«

»Wieso nehmen Sie eigentlich an, daß dieser seltsame Verstand gutartig ist?« warf jemand ein.

Dreiser gab eine wohlüberlegte Antwort: »Ich sage es noch einmal – auf dem Mars hat die individuelle Entwicklung keine Chance gehabt. Um zu überleben, mußte dieses Wesen einen kollektiven Verstand schaffen – und dabei hat es gelernt, sein Denken zu steuern... Natürlich können wir über das alles nur spekulieren. Voller Ehrfurcht. Voller Ehrerbietung.«

An dieser Stelle meldete sich Kathi wieder zu Wort: »Uns mag dieses Wesen langsam und schwerfällig vorkommen. Doch was spricht eigentlich dagegen, daß sein kollektiver Verstand unserem eigenen, fragmentarischen Denken überlegen ist?«

Nach dem Ende der Veranstaltung kam Helen Panorios zu uns vor und fragte schüchtern, warum Olympus sich als Vulkan getarnt habe.

»Er liegt zwischen anderen Vulkanen«, erwiderte Dreiser. »Auf diese Weise kann er recht gut in der Menge untertauchen.«

»Ja, Herr Professor, aber warum hat er sich überhaupt getarnt?«

Dreiser sah sie fest an, ehe er antwortete. »Wir können nur annehmen – obwohl das erdverhaftetes Denken ist –, daß er Angst vor irgendeinem großen, schrecklichen Angreifer gehabt hat.«

»Aus dem Weltraum?«

»Vermutlich aus dem Weltraum. Aus der Matrix.«

In der darauf folgenden Zeit verbrachten Dreiser und ich viele Stunden miteinander, um über dieses ungewöhnliche Phänomen zu diskutieren. Manchmal bat er Kathi Skadmorr hinzu, während ich zuweilen Youssef Choihosla mitbrachte, der uns gestand, daß er mit Olympus fühle.

Eine der ersten Fragen, die ich Dreiser stellte, lautete: »Werden Sie jetzt Ihre Suche nach der Omega-Schliere aufgeben?«

Er strich über seinen Schnauzbart, warf mir einen wissenden Blick zu und sagte: »Werden Sie jetzt Ihre Pläne für Utopia aufgeben?«

Also verstanden wir einander. Die alltägliche Arbeit mußte weitergehen, doch von nun an hing der Schatten dieser gigantischen Lebensform über uns, die sich unermüdlich, Zentimeter für Zentimeter, auf uns zubewegte.

Trotz aller Warnungen fuhren wir vier – Dreiser, Kathi, Youssef und ich – einmal an einem ruhigen Tag hinaus, um uns Olympus aus nächster Nähe anzusehen. Durch zerklüftetes Gelände ging es immer weiter bergauf. Wir rumpelten unsanft über die Risse im Gestein. Kathi, die mit Youssef hinten im Wagen saß, wirkte auffallend nervös und umklammerte die große Hand ihres Nachbarn. Als ich mit einer scherzhaften Bemerkung auf ihre Nervosität anspielte, gab sie zurück: »Vielleicht täten Sie auch gut daran, nervös zu sein. Wir fahren über den heiligen Boden des Chimborazo. Spüren Sie denn gar nichts dabei?«

Das Gelände wurde immer steiler und zerklüfteter, und Dreiser mußte das Tempo drosseln. Um uns herum wimmelte es nur so von Exterozeptoren, die hier dicker wirkten und sich auch mehr Zeit für den Rückzug ins gefrorene Regolith ließen. Der Wagen kroch bald nur noch dahin. Dreiser blendete die Frontscheinwerfer auf und ab, um den Weg freizumachen. »Mein Gott, am liebsten würde ich Vollgas geben«, murmelte er. Wir alle waren angespannt; niemand sprach.

Wir überwanden eine Felskuppe und gelangten an den Rand, der wie eine Klippe über dem Boden hing. Dort hielten wir an. »Steigen wir aus?« fragte ich, aber Kathi war schon aus dem Fahrzeug geklettert und ging langsam auf den Chimborazo zu. Ich stieg ebenfalls aus und ging ihr nach, gefolgt von Dreiser und Choihosla. In unseren Schutzanzügen konnten wir kein Geräusch von draußen vernehmen.

Selbst aus der Nähe betrachtet hatte Olympus große Ähnlichkeit mit einem natürlichen Phänomen. Seine terrassenartigen Ränder folgten einem fast konzentrischen Muster, und er hatte Wasserläufe, Kanäle und Dämme ebenso nachgebildet wie die Umrisse von Kratern. All das mochten Imitationen der Wirklichkeit sein – oder auch die Wirklichkeit selbst. Wir konnten seinen fünfhundertfünfzig Kilometer breiten Durchmesser unmöglich ganz überblicken. Selbst die Caldera war kaum sichtbar, obwohl eine kleine Dampfwolke auszumachen war, die darüber schwebte. Weder als Vulkan noch als lebendigen Organismus konnte man Olympus richtig erfassen – doch ich spürte, wie sich meine Nackenhaare angesichts seiner Gegenwart sträubten. Ich stand einfach nur da, starrte hin und versuchte, das alles zu verstehen. Dreiser und Choihosla waren mit den Instrumenten beschäftigt und stellten zu ihrer Zufriedenheit fest, daß keine Strahlung, aber ein EPS angezeigt wurde.

»Natürlich gibt er ein EPS ab«, sagte Kathi. »Brauchen Sie wirklich Geräte, die Ihnen das verraten? Was spüren Sie denn in Ihrem Nacken?«

Mutig kletterte sie auf den Berg und legte sich flach hin, so daß ihr Hintern in die Luft ragte. Es sah so aus, als ob... ich unterdrückte den Gedanken sofort... sie sich nach sexueller Vereinigung mit Olympus sehnen würde.

Nach einiger Zeit stand sie wieder auf und kam zurück. »Man kann ein Vibrieren spüren«, sagte sie. Sie ging zum Wagen und setzte sich hinein, die Arme über der Brust verschränkt und den Kopf gesenkt.

Erinnerungen
Cang Hais

14

Eifersucht im ›Oort-Haufen‹

In dieser Zeit ging ich mit meiner Tochter gern in ein kleines Café in der Percy-Lowell-Straße, das ›Oort-Haufen‹* hieß und wo sich die Gespräche vor allem um Chimborazo drehten. Die äußere Bedrohung ließ die Menschen näher zusammenrücken, das Café war so gut besucht wie nie zuvor.

Auf meinem AMBIENT stauten sich Mitteilungen von Thorgeson, die zwischen demütigen Bitten, Beschimpfungen und Zärtlichkeiten schwankten. Das Leben im Café sagte mir mehr zu, und Alpha auch. Ich wollte zwar nicht unhöflich sein, schickte Jon aber irgendwann die Nachricht: ›Geh doch mitsamt deiner Bauchrednerpuppe zum Teufel!‹ Ich erhielt auch ein paar Wissenschaftsdateien aus dem AMBIENT-Netz und versuchte mir ein besseres Verständnis der Teilchenphysik anzueignen. Ich kam nicht recht weiter, also rief ich Kathi an und fragte sie, ob wir uns treffen könnten.

»Tut mir leid, Cang Hai, ich hab zu tun. Es gibt einige Probleme.«

Ich versuchte, sie meine Enttäuschung nicht merken zu lassen, und fragte sie, was das für Probleme seien.

»Ach, das würdest du ja doch nicht verstehen. Schwierigkeiten mit dem Schlieren-Ring. Verstreute Wirbel in der Supraflüssigkeit. Verfälschen die Ergeb-

---

* *Oort-Haufen*: Kometenmasse, benannt nach dem niederländischen Astronomen Jan Hendrick Oort (1900–1992), der deren Existenz erstmals 1950 behauptete. – *Anm. d. Ü.*

nisse. Tut mir leid, muß auflegen, wir haben eine Sitzung. Küß Alpha von mir.« Und weg war sie.

Vielleicht war es das, wovor mich meine andere Hälfte in Chengdu gewarnt hatte. Ich war mit einem König auf einen Berg gestiegen – zumindest war es ein Mann mit einer Krone auf dem Kopf. Die Luft war wunderbar rein, und wir lauschten dem Gesang von Vögeln. Ein anderer Mann kam vorbei; er trug ebenfalls etwas auf dem Kopf, aber vielleicht war es auch eine Maske. Ich wollte, daß er sich zu uns gesellte. Er lächelte ein wunderschönes Lächeln, dann rannte er mit großen Schritten vor uns den Berg hinauf. Als nächstes erblickte ich einen See.

Der Geschäftsführer des ›Oort-Haufens‹ hieß Bevis Pascin Peters. Er hatte ein altes Marvelos-Reisebüro in ein Lokal verwandelt und betrieb es ziemlich locker, da er noch einer anderen Beschäftigung nachging: Er war Modedesigner, der erste auf dem Planeten Mars. Peters war ein recht schwergewichtiger Mann und hatte oft einen mürrischen Zug im Gesicht, der allerdings verschwand, wenn er einem zulächelte. In diesen Momenten sah er erstaunlich gut aus.

Doch es lag nicht an Peters, daß ich den ›Oort-Haufen‹ so oft besuchte. Er war ohnehin nicht so häufig da und überließ die Geschäftsführung des Cafés seinem Assistenten, einem schmächtigen blonden Bürschchen. Ich ging vor allem hin, weil Alpha sich so gern die Kraken ansah. Die Vorderseite des Cafés nahm ein Aquarium aus dünnem Glas ein, und wie Kometen schossen sie dort umher. Ein Meeresbiologe aus der Gruppe der JAEs hatte seine Lieblingstierchen so ins Herz geschlossen, daß er zwei Paare mit auf den Mars gebracht hatte. Von ihrer Intelligenz überzeugt, hatte er ihnen ein computergesteuertes Labyrinth gebaut, das aus buntem Plexiglas bestand und fast das ganze Aquarium ausfüllte. Die Passagen und Sackgassen veränderten sich von Tag zu Tag automatisch, und die zehn Kraken, die das Aquarium bevölkerten, hatten offensichtlich ihren Spaß daran, sich durch das Labyrinth zu schlängeln. Alpha konnte stundenlang zufrieden dasitzen und zusehen. Besonders bewunderte sie, wie die Tintenfische jeweils andere Färbungen annahmen, wenn sie durch die bunten Passagen glitten.

Eines Tages – ich unterhielt mich gerade mit ein paar anderen Müttern – kam Peters mit einem mir unbekannten dunkelhäutigen Mann herein, gefolgt von der berühmten Paula Gallin, die auch Alpha gut kannte. Sie nahm meine Kleine hoch, küßte sie verzückt, rief Koseworte und entlockte ihr ein wunderschönes Kichern. Die beiden Männer legten hinten an der Bar inzwischen eine Kassette ein.

Dann bat Paula die Gäste um ihre Aufmerksamkeit: »Ich möchte, daß ihr euch kurz ein paar Filmszenen anschaut. Eine Schnupper-Vorschau auf meine neue Produktion. Es wird nicht lange dauern.«

Der große Spiegel hinter der Bar wurde dunkel, und es tauchten Gestalten auf. Sie befanden sich in einem langgestreckten Saal, aufgenommen in einer Totalen. Alles war in Bewegung. Ein Mann und eine Frau stritten miteinander inmitten einer Menschenmenge. Zumeist vermieden sie es, dem anderen in die Augen zu sehen, doch hin und wieder schossen sie wütende Blicke aufeinander ab. Während sie weitergingen und ihre Stimmen immer lauter wurden, erstarrten die Menschen um sie herum langsam zu einem Standbild.

»Versteh doch, alles was ich tue, tue ich nur für dich«, sagte der Mann.

»Das ist nicht wahr. Du tust es für dich selbst«, erwiderte die Frau.

»Du bist der Egoist. Warum hackst du immer auf mir herum?«

»Das mache ich ja gar nicht, du Lügner. Ich hab dich doch nur gefragt, weshalb…«

»Du hast mich ins Kreuzverhör genommen«, fiel er ihr ins Wort. »Ständig kritisierst du mich.«

»Ich wollte ja nur einen kleinen Vorschlag machen, aber du willst ja nicht zuhören. Nie hörst du mir zu.«

»Ich hab schon gehört, was du zu sagen hast.« Mittlerweile war sein Gesicht rot angelaufen.

»Für dich mache ich doch alles! Und was tust du für mich?«

Schlagartig veränderte sich seine Haltung. »Ich mache wohl überhaupt nichts für dich, was?« Er wirkte völlig niedergeschlagen. Die Frau wandte wütend den Kopf ab.

Schnitt. Ende. Der Spiegel war wieder ein Spiegel, und Paula lachte ihr glucksendes Lachen. »Okay, wer von den beiden war eurer Meinung nach im Unrecht – oder mehr im Unrecht als der andere?«

Die paar Leute, die im Café herumsaßen, äußerten ihre Meinungen. Manche waren der Ansicht, der Mann zeige ein schlechtes Gewissen, er müsse wohl irgendwie Mist gebaut haben. Andere hielten die Frau für eine Nervensäge. Die meisten ergriffen Partei für die eine oder andere Seite, doch ich sagte, sie hätten sich in eine Situation gebracht, in der beide im Unrecht seien. Sie müßten aufhören zu streiten und sich um eine Einigung bemühen – und falls nötig auch eine dritte Partei hinzuziehen.

»Meine Güte, seid ihr ein aufgeklärter Haufen«, bemerkte Paula ironisch. »Jetzt sagt mir mal, wie ihr die letzte Bemerkung der Frau interpretiert: ›Für dich mache ich doch alles! Und was tust du für mich?‹«

Also kauten wir die Sache weiter durch, während Paula mit Alpha turtelte. Wir waren uns mehr oder weniger darüber einig, daß die Bemerkung der Frau destruktiv war, Uneinigkeit bestand jedoch darüber, wann sie als schlimmer anzusehen war – wenn sie der Wahrheit entsprach oder wenn sie eine hinterhältige Lüge darstellte. Die Reaktion des Mannes schätzten wir unterschiedlich ein: Wies er ihre Bemerkung mürrisch zurück oder gestand er geknickt die Wahrheit ein?

»Das reicht«, sagte Paula scharf. »Danke. Bevis, Vance…«

Was uns entgangen war: Der Spiegel hinter der Bar war transparent, und später konnten wir eine redigierte Fassung unserer Diskussion in Paulas neuem Spielfilm ›Meins? Ihrs?‹ sehen. Und da wir ja nicht erfahren hatten, worum sich der Streit des Paars drehte, wirkten unsere Urteile leichtfertig. Es war einer von Paulas weniger angenehmen Streichen, und vielleicht war es gerade diese Angewohnheit von ihr, die zu der folgenden Tragödie führte – eine Tragödie, die für einige Zeit Chimborazo von der Tagesordnung völlig verdrängte.

Paula hatte ein schönes, ausdrucksstarkes Gesicht mit prägnanten Zügen, vor allem fielen ihr energisches Kinn und die Hakennase auf. Obwohl sie oft Geliebte hatte, die sie ebenso schnell wieder fallenließ, galten ihre wahren Interessen meinem Eindruck nach anderen Dingen. Ihr unersättlicher und kreativer Verstand wollte sich die Erfahrungen anderer Menschen einverleiben und dadurch den eigenen Horizont erweitern. Vielleicht wollte sie auf diese Weise auch ihre eigenen Spannungen lösen.

Bevis Paskin Peters entwarf ihre Kleidung, denn die normalen Unisex-NOW-Overalls lehnte sie ab. So wurde Peters zum ersten populären Modedesigner des Planeten; er entwickelte eine klassische Linie, wobei er die Stoffknappheit phantasievoll kaschierte. Der andere Mann in Paulas *Menage à trois* hieß Vance Alysha. Er war Techniker, ein ziemliches Genie, wie man hörte; außerdem kümmerte er sich um die kleinen Tintenfische im Aquarium des Cafés.

Ich kann nicht behaupten, daß ich Paula besonders mochte – sie war stärker als ich und unberechenbar. Dennoch war ich recht oft mit ihr zusammen, weil sie ganz verrückt nach Alpha war oder es zumindest faszinierend fand, meine Tochter heranwachsen zu sehen. Oft unterbrach sie die Arbeit, um einige Stunden lang mit ihr zu spielen. Das war für Alpha das höchste. Und auch mir gefiel es, dabei zuzusehen, wie sich ihre beiden Intellekte – der eine reif, der andere erwachend – bei Rätseln, Tricks, scherzhaften Täuschungsmanövern und purem Unsinn miteinander maßen. Mir war klar, wie uralt diese Spielchen waren, und das trug zu meinem Glücksgefühl noch bei. Welcher Gegensatz war es doch zwischen der wunderbaren Energie und Wärme, die wir drei ausstrahlten, und der erstarrten Welt da draußen!

Natürlich lief nicht immer alles so glatt. Bei einer so extrovertierten Persönlichkeit wie Paula lag schnell ein Streit in der Luft. Als ich einmal eine anerkennende Bemerkung über Tom Jefferies machte, erwiderte sie schnippisch: »Von dem Scheißkerl solltest du dich besser fernhalten.«

Auf meinen Einwand, Tom sei doch ein mutiger, altruistischer Mensch, gab sie zurück: »Das stimmt nicht. Er ist ein Scheißkerl. Er ist in seinen eigenen Plan verliebt und will, daß wir uns alle diesem Plan anpassen. Er will, daß wir bessere Menschen werden – und zwar deshalb, weil er uns nicht sonderlich leiden kann. Vielleicht machen wir ihm auch angst – nein, du natürlich nicht, Cang Hai, aber du bist ja auch nur so ein kleines, sexloses Ding, nicht wahr?«

»Ich bin ganz bestimmt nicht sexlos. Genausowenig wie Tom.«

»Aber du hast keinen Sex, oder?« Sie lachte. »Du

mußt endlich aufwachen. Geh mit mir ins Bett, dann zeige ich dir, was du versäumst.«

Ich ließ mich zwar nicht auf das Angebot ein, doch das lag eher an meiner Feigheit als an meiner Tugendhaftigkeit. Mir wurde klar, warum ihre beiden derzeitigen Gespielen so scharf auf sie waren. Ihr Interesse – das wurde auch in ihren Theaterstücken deutlich – galt eher Menschen als Verhaltenstheorien. Sie liebte das Chaos. Es entsprach ihrer Natur.

Damals arbeitete Paula gerade an dem Projekt ›Meins? Ihrs?‹ und verbrachte die Tage damit, daß sie den Film schnitt, redigierte, ihm langsam Gestalt gab … und fluchte. Ich erlebte so manche Wutausbrüche mit, die ihren männlichen Freunden galten. Auf diese Freunde jedoch konnte und wollte Paula nicht verzichten, auch wenn sie sie von ihrer Arbeit ablenkten.

Inzwischen wurde der Kreativität allgemein mit mehr Verständnis und größerer Achtung begegnet; trotzdem ging ich zur Computerkonsole, um den einschlägigen Text eines alten Gelehrten namens Anthony Storr abzurufen, dessen Werk über die Dynamik des kreativen Prozesses immer noch lesenswert war. Er behauptet, daß ein Kind, das von einem Elternteil schlecht behandelt wird und gleichzeitig von ihm abhängig ist, in der Regel diesen Aspekt elterlicher Gewalt verleugnet und den eigenen Haß unterdrückt. Manche Kinder entwickeln in der Folge Symptome wie das Abkauen von Fingernägeln oder das Ausreißen von Haaren, die auf eine verdrängte Aggression hinweisen, welche sich dann gegen das eigene Ich wendet.

»Allerdings besteht wohl auch die Möglichkeit«, fährt Storr fort, »auf andere Weise mit solchen Unvereinbarkeiten und Widersprüchen fertig zu werden – vorausgesetzt, man ist robust genug, die Spannung auszuhalten. Zu dieser Möglichkeit greifen kreative Menschen. Typisch für sie ist genau diese Fähigkeit, Dissonanzen zu ertragen. Sie erkennen Probleme, wo andere keine sehen, und versuchen nicht, deren Existenz zu leugnen. Letztendlich kann das Problem gelöst werden und aus dem, was vorher unvereinbar war, ein neues Ganzes entstehen. Allerdings ist die neue Lösung nur dadurch möglich, daß kreative Menschen die unangenehme Zwischenphase der Unstimmigkeit ertragen.

Bei wissenschaftlichen Entdeckungen ist dieser Prozeß leicht zu erkennen. Vielleicht vollzieht sich etwas ganz ähnliches, wenn ein Kunstwerk entsteht. An anderer Stelle habe ich die Suche nach Identität erörtert, die zumindest für einen Teil der kreativen Künstler typisch ist. Ich habe die These gewagt, daß diese Suche – für solche Menschen offenbar ein zwingendes Bedürfnis – mit dem Versuch einhergeht, unvereinbare oder gegensätzliche Dinge miteinander zu versöhnen. Selbstverständlich ist dieser Prozeß eng mit der Frage von Identität verbunden. Schließlich besteht Identität oder, besser ausgedrückt, das Gefühl von Identität ja in dem Gefühl von Einheit, Vereinbarkeit, Ganzheitlichkeit.

Man kann kein Gespür für die Kontinuität der eigenen Existenz entwickeln, wenn man sich stets bewußt ist, daß zwei oder mehr Seelen in der eigenen Brust wohnen – Seelen, die einander befehden. Nehmen wir Tolstoi: Sein asketisches Ich und sein sinnliches Ich haben sich nie miteinander ausgesöhnt. Aber eine Seite seiner schöpferischen Existenz bestand ganz sicher in dem Versuch, diese Versöhnung herbeizuführen.«

Ich wunderte mich. Zum ersten Mal erkannte ich, daß die Thesen Storrs, so begründet sie auch sein mochten, nicht jene Gegensätze und Konflikte berücksichtigten, die dem Verstand aufgrund blinder evolutionärer Entwicklung innewohnen. Um es in der recht poetischen Sprache des Doktors auszudrücken: Stets wohnen *zwei Seelen, ach, in einer Brust* und befehden einander. Und daraus resultierte eben der unermüdliche Drang des *homo sapiens sapiens,* sich kontinuierlich weiterzuentwickeln, es war Teil der Kreativität – ein Teil, den wir jetzt nutzbar zu machen versuchten, denn wir waren dabei, uns zu einer Gesellschaft zu entwickeln, die mit den dem Menschen innewohnenden Widersprüchen umzugehen wußte und sie akzeptierte. Diese Widersprüche offenbarten ja nur das ›Natürliche‹, das Naturbedingte der Gattung Mensch.

Paulas Drama ›Meins? Ihrs?‹ thematisierte genau dieses Wechselspiel zwischen zwei unterschiedlichen Arten des Konflikts, dem uralten, gattungsbedingten Konflikt auf der einen und dem persönlichen Konflikt auf der anderen Seite. Ich dachte intensiv über diese Konzepte nach. Doch selbst bei meinen *Pranayama-*Übungen verfolgte mich der Gedanke, wie es wohl mit Paula im Bett sein mochte – wenn sich ihr dunkler, ungestümer Körper an meinen schmiegte.

Vance Alysha und Bevis Paskin Peters bemühten sich beide um Paulas Gunst. Beide sprühten nur so vor Ideen, und beide arbeiteten an den Simulationen, die Paula für ihr Drama benötigte. Alysha stammte aus Jamaika und war dort früher ein Fernsehstar, worauf er immer noch ziemlich stolz war. Peters hatte schon mit sechs Jahren einen Preis für Computeranimation gewonnen. Er war eingebildet und geriet schnell in Rage; und angeblich lief er zu Hause in selbstentworfenen extravaganten Damenkostümen herum.

Eines Tages kam es zwischen den beiden Männern zu einer Auseinandersetzung. Anlaß war die Frage, wie eine bestimmte Wendung in Paulas Drama interpretiert werden sollte. War die Entscheidung einer Figur, sich in die Wildnis zurückzuziehen, tapfer oder feige? Daraus entwickelte sich ein Streit darüber, wer von ihnen Paulas sexuelle Bedürfnisse besser befriedige. Die beiden rangen miteinander und schlugen aufeinander ein. Peters griff sich ein Computerkabel und schlang es Alysha um den Hals. In diesem Augenblick kam Paula herein und brüllte Peters an, er solle aufhören. Er hörte nicht auf. Trotz Gegenwehr wurde Alysha erdrosselt.

Mars City hatte keine Polizei im eigentlichen Sinne. Paula rief Sicherheitsbeamte, deren Aufgabe eigentlich die Pflege und Wartung unserer Anlagen war. Sie verhafteten Peters, der keinen Widerstand leistete. Da es auch so etwas wie ein Gefängnis nicht gab, sperrten sie ihn in ihr Büro, wo er hemmungslos über das weinte, was er angerichtet hatte.

Tom und Guenz beriefen eine Versammlung des Rechtsforums ein, um den Fall zu erörtern. Wir tagten wieder unter dem explodierenden Luftschiff, doch diesmal waren wir still und niedergeschlagen – jeder auf seine eigene Art. Ich saß gemeinsam mit Paula hinten im Saal und hatte Alpha im Arm. Paula war verbittert. Zwar vergoß sie keine Tränen, aber ihr schmales Gesicht war aschfahl. Als ich ihr tröstend den Arm um die Schultern legen wollte, stieß sie ihn weg.

Wenn ich zurückdenke, wundere ich mich, daß wir nicht schon viel früher mit einer solchen Krise konfrontiert worden sind. Es hatte natürlich Animositäten und Streitereien gegeben, aber sie waren alle friedlich beigelegt worden. Ohne Geld und ohne die Probleme, die eine von altmodischen Besitzansprüchen geprägte Ehe mit sich bringt, hatte sich die Unzufriedenheit merklich gelegt.

Jarvis Feneloni machte sich zum Sprecher derjeni-

302

gen, die für Peters' Hinrichtung votierten. Seit der blasse junge Mann versucht hatte, mit seinem Bruder vom Mars zu fliehen, hatte er sich einen gewissen Ruf von Aufsässigkeit erworben. »Wir haben keinerlei Zweifel daran, daß dieser Mann schuldig ist«, sagte er. »Er gesteht das Verbrechen selbst ein. Wir können ihn nirgendwo einsperren, außerdem steht auf Mord von jeher die Todesstrafe. Wir sollten uns nur darüber einig werden, auf welche Weise er hingerichtet werden soll.«

»Sein Geständnis verschafft ihm mildernde Umstände, und mit seiner Reue bestraft er sich schon selbst«, entgegnete Tom. »Auf welche Weise sollen wir ihn umbringen? Wie lautet Ihr Vorschlag? Auf die Art, wie er Alysha umgebracht hat? Oder sollen wir ihn auf der Marsoberfläche aussetzen? Sollen wir ihm den Kopf abschlagen? Oder ihm Sauerstoff verweigern? Niemand hat das Recht zu töten, weder er noch wir. Zivilisierten Menschen sollte jede vorsätzliche Tötung ein Greuel sein.«

»Na gut, dann bin ich eben kein zivilisierter Mensch! Wir müssen ein Exempel statuieren, strenge Maßnahmen ergreifen. Das ist unser erster Mord hier, noch dazu Mord an einem…« Er bremste sich gerade noch, doch wir konnten uns selbst zusammenreimen, was er hatte sagen wollen. »…noch dazu Mord an einem so jungen Menschen«, fuhr er fort. »Wir müssen ein Exempel statuieren, damit so etwas nie wieder geschieht. Außerdem müssen wir ein Gefängnis bauen.«

Tom erwiderte, auch er sei der Meinung, daß ein Exempel statuiert werden müsse – allerdings gelte dies für die ganze Gemeinschaft. »Wenn sich in einer Familie ein Junge danebenbenimmt, wird ihn die Bestrafung vermutlich zu einem noch größeren Bengel machen. Die Familie muß also versuchen, die Ursache für sein Fehlverhalten herauszufinden und zu beseitigen. Höchstwahrscheinlich wird sie feststellen, daß sie selbst einen Teil der Schuld trägt.« Anstatt Peters zu bestrafen, müßten wir uns darum bemühen, die Ursachen seiner Gewalttätigkeit aufzudecken.

»Sex, natürlich«, sagte Feneloni lachend. »Da braucht man gar nicht weiter zu suchen – der Sex ist schuld. Warum liegen Ihre Sympathien beim Mörder und nicht bei seinem Opfer?«

Guenz gab mit blitzenden Augen Antwort: »Ich fürchte, Jarvis, Mitgefühl bringt dem Opfer nicht mehr allzuviel.«

»Na, dann versuchen Sie doch herauszufinden, ob Peters noch andere Motive als sexuellen Neid gehabt hat. Und dann knüpfen wir ihn auf. Beides natürlich öffentlich.«

»Das darf nicht geschehen«, erklärte Tom, »es sei denn, wir alle wollen einen zweiten Mordfall mitverantworten. Peters muß sich einer Einzeltherapie unterziehen.«

»Dafür muß erst einmal eine entsprechende gesetzliche Grundlage her!« rief Jarvis. »Ist ein *Verbrechen aus Leidenschaft* etwa ein Sonderfall, der besondere Maßnahmen rechtfertigt?«

Minutenlang kamen Zwischenrufe aus dem Saal. »Wir wollen hier keine weiteren Todesfälle!« brüllte Choihosla. Jemand erklärte, Freiheit sei nichts, was man per Gesetz verordnen könne – worauf eine andere Stimme sagte: »Wir sind ja gar nicht frei. In Wirklichkeit sind wir von der Heimat abgeschnitten. Allerdings haben wir eine Gesellschaft gegründet, in der die Menschen zufrieden sind. Also hängt ein erfülltes Leben nicht unbedingt von Freiheit ab.«

Das löste weiteren Tumult aus. Eine Frau erklärte, diese ›glückliche Gesellschaft‹ sei gerade dabei auseinanderzubrechen. Bestenfalls sei sie eine von Tocquevilles* ›freiwilligen Zusammenschlüssen‹ gewesen – nur so lange lebensfähig, wie jeder einzelne sie unterstütze.

»Aber wie bei Tocqueville«, mischte sich ein anderer Mann ein, »hängt auch hier alles von einer Art Hierarchie ab. Vielleicht haben wir die ganze Zeit unter der falschen Hierarchie gelebt.« Gelächter erhob sich, und die hitzige Stimmung kühlte ein wenig ab.

Nach dem einige Zeit zurückliegenden Vorfall mit Dayo wagte niemand mehr vorzubringen, daß der Mord an Alysha auch eine rassistische Komponente haben könnte. Vielleicht entbehrte diese Annahme ja jeder Grundlage, allerdings waren derartige Vermutungen bereits über AMBIENT verbreitet worden. Doch wer könnte das Gegenteil beweisen? Besser, man kehrte diesen Aspekt ganz und gar unter den Teppich.

Bill Abramson stand auf und sagte, man habe dem Aufbau einer guten Gesellschaft allzu große Aufmerksamkeit geschenkt und der Erde zu wenig Druck gemacht, Maßnahmen einzuleiten, um sie alle zum Heimatplaneten zurückzubringen. »Was passiert, wenn das unterirdische Wasserreservoir zur Neige geht? Wir können uns zwar zugute halten, daß wir eine Struktur aufgebaut haben, die uns ein wohlgeordnetes Leben ermöglicht. Aber habt ihr schon vergessen, auf welch knallharten Fakten diese Ordnung basiert? Auf mich zumindest wartet zu Hause in Israel eine Familie. Und ich bete jeden Abend, daß die Erde endlich Schiffe schickt.«

---

* Alexis de *Tocqueville* (1805–1859), französischer Politiker und Essayist. Hauptwerke: ›De la Démocratie en Amérique‹ (1835–1840) und ›L'Ancien Régime et la Révolution‹ (1856). – *Anm. d. Ü.*

»Bete lieber dafür, daß es hier keine weiteren Morde gibt«, rief eine Stimme aus den hinteren Reihen.

Paula hatte all dem schweigend zugehört. Nun stand sie auf und lenkte die Diskussion wieder auf das eigentliche Thema, indem sie mit ruhiger Stimme erklärte: »Ihr macht *mich* nicht verantwortlich, obwohl es bei dem Streit der Männer um mich ging. Aber ich muß einen Teil der Schuld auf mich nehmen. Die beiden haben gewetteifert, um mir zu gefallen, und ich habe es genossen. Es hat mein Geltungsbedürfnis befriedigt, ganz abgesehen von anderen Bedürfnissen. Ich giere nach Leben, genau wie Peters. Und das galt auch für Alysha. Aber, ehrlich gesagt, würde ich mich lieber aufknüpfen lassen als mich irgendeinem Seelenklempner auszusetzen, der in meinem früheren Leben herumstochert. Meine Vergangenheit ist genauso Teil von mir wie jeder Atemzug, den ich mache.«

Tom fragte sie, ob sie sich die Sympathie der Versammlung verscherzen wolle. »Vielleicht würden Sie anders darüber denken, wenn Sie selbst eines so furchtbaren Verbrechens angeklagt wären«, sagte er. »Wir müssen Peters zu einer Therapie verurteilen, es führt kein Weg daran vorbei. Das kann sich auf ihn nur besser auswirken, als wenn man ihn hängen würde...«

Wir stimmten über die Strafe ab. Vier Fünftel sprachen sich gegen eine Exekution aus.

Jarvis Feneloni verbeugte sich vor Tom, als dieser die Sitzung für geschlossen erklärte. Er hatte sich die ganze Zeit über höflich verhalten, doch ich sah jetzt, welcher Haß in seinem Blick lag. Jarvis hatte ehrgeizige Pläne, die seine eigene Zukunft und die unseres Justizwesens betrafen. Und er mochte es gar nicht, wenn er in einer Streitfrage den Kürzeren zog.

15

Henker gesucht

Nach der Debatte über Peters ging es Tom nicht sehr gut. Er zog sich zurück, war leicht reizbar und gab nur lakonische Antworten. Ich hätte ihn am liebsten in die frische Luft und Einsamkeit der chinesischen Lushan-Berge mitgenommen. Zum ersten Mal sehnte ich mich nach der Erde und ihren die Sinne so ansprechenden Landschaften. Doch als ich Tom das erzählte, forderte er mich – recht höflich – auf, zu verschwinden.

Ich machte mich also daran, zu meinem (und Alphas) Vergnügen die Berge mit Wasserfarben zu malen. Ich erzählte Alpha von den Nebelschwaden am frühen Morgen, den schönen Wolken, dem Tempel auf den Klippen, der unendlich weiten Aussicht. Wie sich später herausstellen sollte, war das ein Fehler – es legte den Samen der Sehnsucht in meiner Tochter.

Mein anderes Ich in Chengdu übermittelte mir eine wunderbare sexuelle Phantasie, in der mich ein Raumschiff umhüllte. Wir flogen durch die blaue Luft, ich war der Antrieb des Schiffes.

Eines Tages erhielt ich wie alle anderen eine Mitteilung via AMBIENT. Die barsche Stimme von Jarvis Feneloni meldete sich:

Freunde,
allzu lange haben wir mit unsinnigen utopischen Plänen unserer Senioren Zeit vergeudet. Da wir der Erde all unsere Diskussionen übermittelt haben, fühlt man sich dort beruhigt und sieht keinen Grund, sich mit unserer Rettung

zu beeilen. Diese Übertragungen dürfen nicht mehr stattfinden.

Ich bin nicht der einzige, der sich bei Videoaufnahmen von Strand, Meer und Palmen langweilt. Ich möchte wieder die echten Dinge sehen. Ohne mein Zuhause, ohne meine Familie kann ich nicht leben.

Falls wir etwas ausstrahlen, darf es nur einem einzigen Ziel dienen: Wir müssen die Mächte der Erde unmißverständlich auffordern, uns aus diesem Dreckloch herauszuholen.

Andernfalls wird es hier ein Chaos geben, das kann ich heute schon versprechen.

»Wir müssen eine Versammlung einberufen«, erklärte Tom.

»Ihnen geht es nicht gut«, bemerkte Guenz. »Wenn Sie erlauben, werde ich mit ihnen reden. Ich glaube, ich bin ein ganz eloquenter Redner.« Tom schien fast erleichtert, daß ihm jemand diese Bürde von den Schultern nahm.

In seiner Ansprache sagte Guenz, es gebe Zeiten, in denen man die Belastungen, denen wir ausgesetzt seien, kaum mehr ertragen könne. Doch diese Mühen seien lebenswichtig. Er erinnere sich noch an ein lateinisches Sprichwort aus seiner Studentenzeit: »Sine efflictione nulla salus« – ohne Erleiden keine Erlösung.

Er fuhr fort: »Durch den beispiellosen Versuch, eine ›Gemeinschaft spiritueller Kultur‹ aufzubauen, wenn ich einen alten chinesischen Ausdruck bemühen darf, streben wir nach einer Art von Erlösung. Und wir alle sind Teil dieses anspruchsvollen Vorhabens. Die Labileren unter uns können sich glücklicherweise mit Simulationen eines leichteren Lebens samt Palmen und goldenen Stränden vergnügen. Wir übrigen begnügen uns mit der unwirklichen Wirklichkeit um uns herum – und die Chance, eine gerechte Gesellschaft aufzubauen, ist uns Belohnung genug. Ich möchte Ihnen eine persönliche Überzeugung anvertrauen, die aus tiefstem Herzen kommt: Wenn die Schiffe eines Tages hierher zurückkehren und diejenigen von uns mitnehmen, die den Mars verlassen wollen, werden wir diese folgenschwere Zeit, diese tapfere Zeit nie wieder vergessen. Die Zeit, in der wir einen Kampf mit uns selbst ausfochten, um ein besseres Sozialwesen zu schaffen – und den Sieg davontrugen. Nie wieder werden wir ein solches Glück wie hier und jetzt finden, obwohl die Sonne so fern ist.«

Viele dachten, das sei das Ende der Rede, und manche klatschten. Doch Guenz, von seinem Erfolg als Redner beflügelt, blies die Backen auf, bis die Äderchen hervortraten – sein Gesicht sah aus wie eine imaginäre Landkarte des Mars – und hob noch einmal an: »Manche von uns träumen einfach nicht intensiv genug. Und manche von uns glauben, sie kämen ohne eine Utopie aus. Aber man kann die Utopie nicht aufhalten, wir haben sie bereits in die Welt gesetzt...«

Jarvis Feneloni, der in der ersten Reihe saß, unterbrach ihn »...und sie ist durch eine Entenmuschel bereits bedroht...«

Aus dem hinteren Teil des Saals drang der Klang einer Geige. Und dann ließ uns Bezas mitreißende Musik Guenz' schwülstige Bemerkungen und Fenelonis Zwischenruf einfach vergessen.

Viele Vorschläge befaßten sich mit der Frage, welche Strafe man Peters und allen künftigen Verbrechern (falls es welche gab) zukommen lassen sollte. So manchen gefiel die Idee, Bußgewänder einzuführen; es wurde auch die Prügelstrafe gefordert. Doch letztendlich kamen wir zu dem Schluß, daß solch demütigende Maßnahmen den Täter in seiner gesellschaftsfeindlichen Haltung nur noch bestärken würden, und es setzte sich der Vorschlag durch, die Bestrafung auf ein ziviles Maß zu beschränken: Der Übeltäter sollte sich täglich mit einer Mentaltropistin treffen und einmal die Woche mit einem Gesprächskreis, dessen Themen sich auf alltägliche Ereignisse beziehen und nicht gegen den Gefangenen gerichtet sein sollten.

Manche wandten ein, daß eine solche Behandlung zu milde sei und Verbrecher geradezu ermutige. Doch ihnen wurde vorgehalten, daß die Abschaffung öffentlicher Hinrichtungen seinerzeit ähnliche Unkenrufe hervorgerufen habe. Wir alle könnten stolz auf unsere zivilisierte Vorgehensweise sein.

Nicht lange nach dieser Debatte verbreitete Bill Abramson eine Mitteilung über AMBIENT. Sein Bild erschien und er sagte: »Die milde Bestrafung von Peters befriedigt zwar unsere freiheitlichen Instinkte, stellt jedoch einen Fall kognitiver Dissonanz dar, das heißt Wunsch und Wirklichkeit klaffen dabei auseinander. Bei Anhängern von Utopien ist das nicht ungewöhnlich. Doch da wir nicht frei von Fehlern sind, müssen wir uns auch an irdische Gesetze halten. Peters hat einen Mord begangen. Daß er diese Tat jetzt angeblich bereut, tut nichts zur Sache. Üblicherweise wurden und werden Mörder mit dem Tode bestraft. Auch Peters sollte so bestraft werden.«

Abramson hielt kurz inne und fuhr dann fort: »Trotz des wirtschaftlichen Zusammenbruchs auf unserem Heimatplaneten kann es nicht mehr lange dauern, bis Schiffe kommen und uns wieder zu unseren Familien bringen. Nehmen wir dennoch einmal an, daß wir noch ein weiteres Jahr hierbleiben müssen – oder auch nur ein halbes Jahr, vorausgesetzt, daß jetzt schon Schiffe starten. Ich schätze, daß bis dahin rund fünfhundert zusätzliche Mäuler zu stopfen sind – Folge unseres unkontrollierten Bevölkerungswachstums aufgrund wahlloser sexueller Vereinigung ohne

Verhütung. Unsere Lebensmittelproduktion jedoch können wir kaum noch steigern, und vielleicht geht auch unser kostbarer Wasservorrat bald zur Neige. Diejenigen also, die sich wie die Karnickel vermehren, stellen für unsere kleine Gemeinschaft eine Bedrohung dar. Ich schlage vor, daß auch sie bestraft werden. Wenn nicht mit dem Tod, dann zumindest mit Isolationshaft. Meiner Meinung nach brauchen wir ein Gefängnis viel dringender als eine Utopie... Danke, daß Sie mir zugehört haben. Ich hoffe, daß Sie Ihrerseits nicht mit billigen Beleidigungen kommen, sondern freue mich auf konstruktive Vorschläge.«

ADMINEX reagierte sofort. Auf dem Bova-Boulevard wurde ein Galgen errichtet, an dem ein großes Schild baumelte. Darauf stand:

> **Henker gesucht,**
> **der öffentlich**
> **seines Amtes waltet**

Unten auf der Erde hätten sie wohl für den Job Schlange gestanden. Aber in unserer kleinen aufgeklärten Gemeinschaft wollte niemand als Henker gebrandmarkt werden. Das war die Antwort an Bill Abramson.

Ein Ausschuß sprach mit den erfahrensten Mentaltropistinnen, dem Willa-Vera-Gespann. Schwer mit Material beladen, trabten sie in die Sitzung – Mendanadum ganz in Weiß, White ganz in Lila – und erläuterten, wie jeder Bereich des Gehirns in den letzten Jahrzehnten erforscht worden war und Verbindungen zwischen Körper und Geist hergestellt werden konnten; in jüngerer Zeit habe sich vor allem die Nano-Neurochirurgie als segensreich erwiesen. Mit Hilfe des

Quantencomputers könne der Mentaltropist via Fernsteuerung die ganze Struktur des Gehirns und des Nervensystems erforschen. Vera erzählte begeistert von ›verdrahteten Neuronen‹, die diesem Zweck dienten: »Diese synthetischen Neuronen senden Signale zurück, und man kann sie so programmieren, daß sie die Ausschüttung chemischer Substanzen bewirken, die Erinnerungen speichern. Wir lenken sie einfach zu den entsprechenden Synapsen. Doch wir erwarten eigentlich gar nicht, daß Sie die naturwissenschaftliche Seite unserer Tätigkeit begreifen. Laien mag sie wie Zauberei vorkommen. Aber Willa und ich können Ihnen versichern, daß unsere Arbeit eine Mischung aus technischer Fertigkeit und wirklicher Kunst ist, und eigentlich befremdet es uns ein wenig, daß Sie unsere Fähigkeiten in Frage stellen. Schließlich haben Sie doch unsere Lebensläufe erhalten.«

Man engagierte also das Gespann für die Aufgabe, Bevis Pascin Peters zu therapieren, eine langwierige Angelegenheit, wie sich herausstellen sollte. Es wurde mir erlaubt, der ersten Sitzung beizuwohnen.

Die ferngesteuerten künstlichen Neuronen traten langsam ihre Reise durchs Gehirn an, und während sie verschiedene Abschnitte des Zellaufbaus sondierten, leuchteten auf dem Monitor tatsächliche Neuronen wie kleine Alarmsignale auf und erloschen wieder. Die Spürhunde stellten jedes Neuron, das eine bestimmte Nervenbahn markierte, als einzelnen Stern dar, während die makroskopischen Systeme um sie herum ganzen Galaxien voller Sonnen und dunkler Materie ähnelten. Manche von ihnen bogen zum Zwischenhirn ab, einer Ansammlung von Zellkernen unterhalb der Hemisphären des Großhirns, und drangen in Thalamus und Hypothalamus ein. Andere wieder stießen zu einer grauen Substanz vor und durchdrangen deren Ausläufer, Hülle und Kern, während weitere durch die Großhirnrinde wanderten. Der Mantel rund um das Großhirn stellt eine gewaltige, komplexe Zusammenballung von Hirnaktivität dar und ist nach bestimmten Messungen doch nur drei Millimeter dick – und dort entdeckten die künstlichen Neuronen eine Zone, in der die Neurotransmitter nicht richtig arbeiteten. Sie drangen ein und begannen, die entsprechenden Zellgruppen zu aktivieren. Hier stießen sie auf die Quantenkohäsionen, die für die Erzeugung von Bewußtsein wesentlich sind.

Auf den Monitoren, auf denen Willa und Vera die Sondierung verfolgten, wurden Aktivitäten sichtbar. Während die künstlichen Neuronen angrenzende Synapsen bombardierten, bestand die Kunst der beiden Frauen darin, diese Bilder zu interpretieren.

»Leicht grünlich pigmentiert«, bemerkte Willa.

»Braucht nicht so viele Nervenfasern«, sagte Vera. Sie hatten ihren eigenen Fachjargon. »Gleich haben wir eine Kohäsion.«

Einige besonders eng miteinander verbundene Neuronengruppen verhielten sich wie eine Einheit, und für den Zusammenhalt dieser Einheiten sorgte ein kohärenter quantenmechanischer Prozeß, vergleichbar mit dem, was in einem Supraleiter oder einer Supraflüssigkeit vor sich geht. Die Feineinstellung zeigte, daß die Nervenfasern einen riesigen schwarzen Körper bildeten, dessen Kopf kaum sichtbar war. Im Hintergrund waren grelle, cremefarbene Gebilde zu erkennen. Ein gestürzter Schokoladenpudding inmitten von Vanillesoße.

Das Familienleben des dreijährigen Bevis Paskin Peters. Wie hatte es jemand einmal ausgedrückt: Alles hängt von der persönlichen Wahrnehmung ab. Also konnte die Sonne auch die Form eines Quadrats haben und vor Fischen nur so wimmeln.

Willa und Vera fingen das Signal einer Neuronensonde auf, die sich auf der Amygdala niedergelassen hatte. Tief im limbischen Gehirn flackerte eine einfach strukturierte Erinnerung auf. Sie hatte sich hier auf Dauer festgesetzt, da der elektrische Widerstand in den hier angesiedelten Hochspannungsstrukturen sich auf Null verringert hatte – ganz ähnlich wie bei den Hochtemperatur-Supraleitern in unseren elektrischen Kabelnetzen.

Zwar hatte man gegen Mitte des letzten Jahrhunderts ein theoretisches Verständnis der normalen Supraleitfähigkeit entwickelt, aber die entsprechenden Prozesse im Gehirn hatte man erst Anfang dieses Jahrhunderts richtig erfassen können. Die Erkenntnisse waren mit großem Erfolg in den neuen Wissenschaften angewandt worden, die sich mit dem menschlichen Geist befaßten.

Die Neuronensonde wurde jetzt Teil des allgemeinen Quantenzustands. Der Monitor, auf dem die mentaltropische Analyse zu verfolgen war, zeigte einen verwischten Fleck, aus dem sich nach und nach ein der Deutung zugängliches Bild herauskristallisierte: ein Oval, das wie eine zusammengequetschte Zitrone aussah. Ein Monster von Mann tauchte auf, der so brüllte und tobte, daß die Farbe ein dunkleres Grün annahm, während Wellen des Zorns das Bild verzerrten. Das Ungeheuer ragte bedrohlich über einem schlaffen weißen Wurm auf. Dieses hilflose blaßrosa Ding schwenkte mit etwas herum, das eine Hand sein mochte... Beide voneinander unabhängigen ferngesteuerten Neuronengeschwader aktivierten jetzt ihre Nervenzellengruppen. Die Quantenverschränkung begann, Wirkung zu zeigen. Der vor langer Zeit abgespeicherte Kummer des Patienten wurde zur unmittelbaren, *gegenwärtigen* Erfahrung... Doch dann schlug eine gallertartige Tür zu und wischte das Oval von der Bildfläche.

»Er verweigert uns den Zugang«, murmelte Willa. »Wir gönnen ihm eine kleine Pause und versuchen es später noch einmal.«

Man brauchte viel Einfühlungsvermögen, um den Code zu entschlüsseln, aber Willa und Vera schafften es, in dem weißen Wurm das Wesen zu erkennen, das sich später zu dem riesigen schwarzen Körper auswachsen würde – dem Vater.

»Väterliche Dominanz«, murmelte Vera. »Will der Sohn der Vater sein?«

Ich hielt es nicht mehr aus und fragte, was hier eigentlich vor sich gehe.

»Im Grunde ist es recht einfach«, erwiderte Willa Mendanadum und stellte sich voller Erklärungseifer auf die Zehenspitzen. »Unsere Neuronensonden dringen in jene Zonen vor, in denen sich die Reduktion des Quantenzustands als erstes signifikant auswirkt. In diesen Zonen wird die Superposition von Quantenzuständen tatsächlich zu einer der klassischen Alternativen. Das ganze Phänomen des Bewußtseins wird offenbar nur dann in Gang gesetzt, wenn bestimmte quantenkohärente Zustände sich zu diesen klassischen Alternativen aufzulösen beginnen.«

»Aber ich weiß überhaupt nicht, was Sie mit ›klassischen Alternativen‹ meinen!« jammerte ich.

»Ach, auch das ist ganz einfach«, sagte Vera und warf Willa ein wissendes Lächeln zu. »Stellen Sie sich einfach die nebulöse Grenze zwischen der quantenphysikalischen und der klassisch-physikalischen Ebene bei physikalischer Aktivität vor. Es geht um das Problem der Messung von quantenmechanischen Zuständen: Woran liegt es, daß wir dabei entweder die eine oder aber die andere Antwort erhalten – die klassischen Alternativen? Warum keine quantenphysikalische Superposition alternativer Zustände, obwohl das

315

eigentlich integraler Bestandteil der quantenmechanischen Beschreibung von Natur ist?«

Ich schüttelte den Kopf und kam mir ziemlich dämlich vor.

»Nun ja, wenn ein Beobachter ins Spiel kommt, ändern sich die Regeln, müssen Sie wissen. Das stört die normalen quantenmechanischen Vorgänge. Eine Reduktion des Quantenzustands tritt ein, so daß entweder das eine oder das andere geschieht. Und das entspricht eben den klassischen Alternativen.« Vera drehte sich zu ihrer kleinen Partnerin um. »Bist du soweit, daß wir eine weitere Sondierung vornehmen können? Versuch mal die Koordinaten zwischen D 60 und… laß uns E 75 aufmachen.«

Sie konzentrierten sich auf die Monitore. Dahinter lag Peters, bewegungsunfähig, aber bei vollem Bewußtsein, während die winzigen Sonden die Reise durch sein Gehirn antraten. Er schrie, doch aus seinem Mund drang kein Laut…

Immer noch wurden Funksprüche an die Kontrollstation auf der Erde und an die Vereinten Nationalitäten gesandt, und im großen und ganzen entsprach ihr Inhalt dem, was Feneloni vorgeschlagen hatte. Doch die Erde reagierte ausweichend: Der Zusammenbruch von EUPACUS bedeute einen tiefen Einschnitt in die sozialpolitische Struktur des Planeten, und man habe Matrixreisen solange auf Eis gelegt, bis ein Ende der Rezession abzusehen sei. Monatelang erhielten wir keine weiteren Signale von der Erde.

Nach dem Mord an Alysha machte der ›Oort-Haufen‹ dicht. Die Kraken verschwanden, und den Kontakt zu Paula Gallin brach ich ab – sie ließ sich ohnehin nur noch selten irgendwo sehen. Viele von uns trafen sich nun regelmäßig im ›Kapitän Nemo‹. Dort saßen wir abends herum, unterhielten uns und schlürften Kaffee-Ersatz. Meistens drehte sich das Gespräch um Chimborazo.

Kathi ließ sich nicht blicken, also rief ich sie über AMBIENT an: »Was gibt's Neues? Warum meldest du dich nie? Hast du unsere Freundschaft zu den Akten gelegt?«

»Unsere Freundschaft hält ewig, Cang Hai – wie lange das auch immer sein mag«, sagte sie mit schönstem Sarkasmus. »Um dir's zu beweisen, verrate ich dir ein Geheimnis. Tratsch es nicht herum, ja?«

»Um was geht's? Hast du dich verliebt?«

»Klar, in den großen fremden Geist vor unserer Haustür, du Dussel! Nein, wir haben entdeckt, daß er sich jetzt schneller auf uns zubewegt.«

»Was?« Ich war schockiert.

»Er kommt jetzt viel schneller voran, meine Liebe! Er legt inzwischen ein solches Tempo vor, daß er in zwei Jahren, vielleicht auch schon in einem, mit der Wissenschaftsabteilung zusammenstoßen könnte...«

»Kathi! Was heißt das? Das ist doch schrecklich!«

»...und ich locke ihn hierher!« Sie lachte schallend und beendete das Gespräch. Ihr Bild verblaßte.

Es gelang mir, Kathis Neuigkeit für mich zu behalten, doch ich fragte mich natürlich, ob Tom davon wußte. Mit Alpha auf dem Schoß saß ich im ›Kapitän Nemo‹, als wüßte ich von nichts. Eines Tages tauchte dort Belle Rivers in Begleitung von Crispin Barcunda auf. Sie hatte mehrere Dokumente dabei, die sie sich von AMBIENT heruntergeladen hatte und nun vor uns ausbreitete. Wie immer war sie ganz königliche Hoheit – eine Perlenkette aus Felskristall baumelte bis zur Taille ihres langen Kleides –, und neben ihr wirkte Crispin ziemlich klein, obwohl er sich für sein Alter gut gehalten hatte. Uns fiel auf, mit welch altmodischer Höflichkeit er Belle becirkte. Er hatte einen langen weißen Schnauzbart, der schlaff herunterhing,

317

aber seine Augen strahlten voller Lebenslust, wenn er in die Runde lächelte.

»Crispin und ich sind enge Freunde geworden«, erklärte Belle und legte den Kopf schief. »Beide haben wir viel Erfahrung im Umgang mit schwierigen Menschen. Von der Einteilung in gute und schlechte Menschen möchte ich im übrigen wegkommen – ich spreche lieber von schwierigen Menschen. Ich habe mit den Schwierigen zu tun, wenn sie noch Kinder sind, Crispin kennt sie als Erwachsene, und zwar aus jener Zeit, als er Gouverneur der Seychellen war. Wir haben uns überlegt, wie wir die Probleme, die schwierige Menschen haben, vermindern können, und wollen euch davon erzählen.«

»Ja, wir müssen darüber reden«, ergänzte Crispin. »Vielleicht wird es auch nie mehr als Gerede sein. Denn es wird viele Jahre brauchen, bis der Plan Früchte trägt – und wer weiß, ob wir diese Zeit haben.«

»Also, schießt los, das klingt ja alles sehr geheimnisvoll«, sagte Tom recht mürrisch.

»Ganz im Gegenteil, Tom«, erwiderte der Alte lachend. »Wie alle guten und radikalen Pläne zur Beglückung der Menschheit beinhaltet unser Plan nur, was die meisten vernünftigen Menschen ohnehin schon wissen.«

Belle machte den Anfang. Sie sagte, ihr Unterricht funktioniere inzwischen einwandfrei. Er umfasse – bislang noch inoffiziell – auch die Erziehung der Eltern; ihnen zeige man, welchen Spaß es machen kann, für Kinder zu sorgen, ihnen vorzulesen und zuzuhören. Die von ihr eingerichteten Kurse in ›Persönlichkeitsbildung‹ kämen bei den Kindern gut an. Mit Interesse habe sie festgestellt – und bei diesen Worten warf sie Tom einen strengen Blick zu –, daß die meisten Kinder etwas hätten, das sie als ›religiöses Lebensgefühl‹ bezeichne.

318

»Das bestreitet doch niemand«, fuhr Tom dazwischen. »Es ist der göttliche Aspekt der Dinge, Belle – das, was Sie selbst als gattungsgeschichtlichen Aspekt von Wahrnehmung bezeichnet haben. Ihre Schützlinge haben gerade erst den Molekularzustand der Existenz hinter sich gelassen. Selbstverständlich staunen sie über alles, und ich freue mich, daß Sie dieses Gespür für das Wunderbare fördern und ihm Ausdruck verleihen.«

Sie nickte und fuhr fort: »Ich habe meine Kinder lieb und mache mir Sorgen darüber, daß ihnen womöglich auch der beste Unterricht nicht helfen wird, sich in der rauhen Wirklichkeit der Erde zu behaupten. Vorausgesetzt, daß wir jemals zur Erde zurückkehren – ich persönlich habe gar nicht die Absicht. Es ist hier viel darüber diskutiert worden, wie Verbrecher bestraft werden sollen, und ich glaube, wir haben das Richtige beschlossen: Anteilnahme und Beratung bewirken mehr als eine wirkliche Bestrafung. An dieser Stelle möchte ich Crispin bitten, kurz etwas zur schlimmen Lage auf der Erde zu sagen.«

16

Java-Joes Geschichte

Crispin Barcunda lächelte, so daß sein Goldzahn zu sehen war. »Ich brauche nicht lange«, begann er. »Als Gouverneur der Seychellen mußte ich mich ständig mit Kleinkriminalität herumplagen: Straßenräuberei, Überfälle auf Touristen, Rücksichtslosigkeit im Straßenverkehr, Einbrüche. Und mit Morden, die ihre Ursache in diesen manchmal recht belanglosen Verstößen hatten. Natürlich gab es bei uns auch die Drogenbarone und ihre Opfer, und oft hingen andere Verbrechen mit Drogen oder Alkohol zusammen. Kurz gesagt: Die Seychellen waren ein kleines Abbild der großen weiten Welt. Nur waren sie eben ein tropisches Paradies... allerdings empfand ich es nicht so, das kann ich euch versichern. Genau so schnell, wie wir die kleinen Schurken einlochten, tauchten andere auf und nahmen ihren Platz ein. Unsere Gefängnisse waren primitiv, schmutzig und veraltet. Und häufig wurden die Strafgefangenen verprügelt, das sollte der Abschreckung dienen. Wir wußten natürlich, daß Prügelstrafen keine abschreckende Wirkung haben. Sie dienen nur dazu, die Mittelschicht bei Laune zu halten. Aus kleinen Schurken werden auf diese Weise große, die einen Haß gegen die Gesellschaft hegen. Ich möchte Ihnen davon erzählen, wie wir das alles geändert haben.«

Er machte eine kurze Pause und fuhr dann fort: »Es sagt viel über die Gattung Mensch aus, daß das Gute selbst in den schlimmsten Gefängnissen überlebt. Unter jenen, die kalt, erbarmungslos und rachsüchtig sind, begegnet man immer wieder Menschen, denen Anstand und Freundlichkeit aus dem Gesicht strahlen. So ein Gesicht besaß ein Strafgefangener namens Java-Joe. Möglich, daß er noch einen anderen Namen hatte, aber ich habe den nie gehört. Er war ein ganz normaler Schwarzer, der an dem Nachmittag, an dem ich eine große öffentliche Rede hielt, bewachten Freigang erhalten hatte. Die Ansprache hielt ich auf dem Marktplatz von Victoria, an dem berühmtem Glockenturm. Ich forderte meine Zuhörer auf, ein Selbstwertgefühl zu entwickeln und von Verbrechen Abstand zu nehmen. Ich nannte sie sogar – heute werde ich rot, wenn ich es erwähne – die edelsten Geschöpfe des Universums. Als ich mich von dieser Pflichtübung in Heuchelei ausruhte, ließ man Java-Joe zu mir vor. Er war die Höflichkeit selbst, ja, er verhielt sich sogar fast unterwürfig. Trotzdem strahlte er Würde aus. Ich fragte ihn, ob das Gefängnis einen besseren Menschen aus ihm gemacht habe. Seine Antwort war schlicht – ohne jeden Vorwurf sagte er einfach: ›Die Hölle ist zur Bestrafung da, nicht zur Besserung, oder?‹«

Crispin zwirbelte an seinem Bart, um ein Lächeln zu unterdrücken. »Java-Joe war zu mir gekommen, um mir etwas vorzuschlagen. Er erzählte mir, er habe während der Einzelhaft im Gefängnis ein bemerkenswertes Buch gelesen. Er betonte, er sei ja nicht pingelig, aber der Zustand der Örtlichkeit im Gefängnis, die er als ›Scheißhaus‹ bezeichnete, sei eine Schande und diene nur dazu, alle zu demütigen, die zu ihrer Benutzung gezwungen seien. Gerade deswegen habe ihn ein Abschnitt in jenem alten Buch, das ihm in die Hände gefallen sei, so beeindruckt. Ich fragte ihn natürlich nach dem Buch. Joe wußte nicht genau, ob es ein Geschichtsbuch oder ein Roman gewesen ist. Vielleicht war ihm der Unterschied auch nicht ganz klar. Ein Teil des Buches handelte jedenfalls vom Bau eines idealen Hauses, das der Verfasser als ›Crome‹ bezeichnete. Der Architekt von Crome hatte sich Gedanken darüber gemacht, wo er jene Örtlichkeit am besten unterbringen könne, und hier begann Joe, wörtlich aus dem Buch zu zitieren: ›Bei der Installation der häuslichen Sanitäranlagen war sein Leitgedanke, sie so weit wie möglich von der Kanalisation entfernt einzuplanen. Daraus ergab sich zwangsläufig eine Anordnung, bei der sie ganz oben im Haus plaziert waren und durch Schächte mit den Gruben oder Kanälen im Erdboden verbunden waren.‹ Joe musterte mich aufmerksam, weil er sichergehen wollte, daß ich diese umständliche Sprache aus dem Buch auch verstand. Als er merkte, daß dem offenbar so war, zitierte er weiter: ›Man darf nicht denken, daß Sir Fernando (der Architekt, sagte Joe) dabei nur an das Material und die Hygiene dachte. Für die Plazierung der Sanitäranlagen hatte er auch spirituelle Gründe. Er sagte, die Zwänge der Natur seien so grundlegend und roh, daß man, wenn man ihnen nachgebe, leicht vergessen könne, daß wir die edelsten Geschöpfe des Universums sind.‹ Ich fragte ihn, ob er sich auf meine Kosten lustig machen wolle. Doch das lag Java-Joe fern. Er erklärte, der Verfasser des seltsamen Buches rate dazu, als Maßnahme gegen diese entwürdigenden Wirkungen die Toiletten in jedem Haus in größter Himmelsnähe unterzubringen. Außerdem solle man auch Fenster einplanen, die sich zum Himmel hin öffneten, den Raum bequem einrichten und mit einem leicht greifbaren Stapel Bücher und Comics bestükken. Auf diese Weise zeige man Ehrerbietung vor der Würde der menschlichen Seele. ›Warum belästigst du mich mit diesen Zitaten?‹ wollte ich wissen. ›Ist es nicht eher angemessen, die Toiletten in unseren Gefängnissen in den *Gedärmen* der Erde unterzubrin-

322

gen?‹ Java-Joe erklärte mir, er habe während der ›Verrichtung seiner Geschäfte‹ viel über diesen wundersamen Ort Crome nachgedacht. Crome war für ihn offenbar eine Metapher, auch wenn er den Ausdruck gar nicht kannte. Er machte eine Pause und musterte mich wieder mit seinem gutmütigen Blick. Ich forderte ihn auf, fortzufahren. ›Uns Schweine‹, sagte er, ›sollte man in Ihren Gefängnissen soweit wie nur möglich von der Kanalisation fernhalten. Unser ganzes Leben lang haben wir diesen Gestank aus nächster Nähe erfahren. Man sollte uns an einem angenehmen Ort unterbringen, mit Aussicht auf den Himmel. Vielleicht hören wir dann damit auf, Schweine zu sein.‹«

Crispin blickte in die Runde, um zu sehen, welche Wirkung seine Geschichte hatte. »War an dem, was Java-Joe sagte, etwas dran? Vielleicht war sein Vorschlag vernünftiger als all die politischen Phrasen meiner Rede auf dem Marktplatz. Ich beschloß, etwas zu unternehmen. Auf den Seychellen hatten wir einige unbewohnte Inseln – im Norden lag Booby Island, ein netter Ort mit einem kleinen Fluß. Was konnten wir schon verlieren? Ich veranlaßte, daß Booby Island in Crome Island umbenannt wurde, und ließ hundert Sträflinge dorthin bringen, damit sie im Tageslicht statt im Dunkel leben konnten. Was für ein Geschrei war da von den so achtbaren Mittelschichten zu vernehmen! Es könne doch nicht angehen, Verbrechen damit zu ahnden, daß sich die Täter unter angenehmen Lebensbedingungen amüsierten. Dieses Experiment werde dem Tourismus schaden, außerdem viel zu viel kosten. Und so weiter…«

»Lassen Sie uns das Ende der Geschichte hören, Crispin«, warf Tom ein wenig ungeduldig ein. »Offenbar ist das Experiment ja nicht gescheitert, sonst würden Sie uns nicht davon erzählen.«

Crispin nickte herzlich und bemerkte: »Aus dem Scheitern können wir allerdings ebenso lernen wie aus dem Erfolg.«

»Machen Sie schon, Crispin«, drängte Sharon. »Erzählen Sie uns, was aus Ihren Verbrechern geworden ist. Ich wette, die sind alle in die Freiheit geschwommen!«

»Sie befanden sich auf einer Insel, die ringsum von heftigen Strömungen umgeben war, und konnten gar nicht fliehen, meine Liebe. Sie hoben Latrinen aus, bauten eine Gemeinschaftsküche und Häuser – und das alles nur aus dem dort vorhandenen Material. Sie fischten und zogen Mais, saßen herum, rauchten und hielten ein Schwätzchen. Sie waren Gefangene – aber sie waren auch Menschen. Sie gewannen ihre Selbstachtung zurück. Einmal pro Woche legte ein Versorgungsschiff, das von bewaffneten Männern geschützt wurde, auf Crome Island an, doch niemand unternahm einen Fluchtversuch. Und als sie ihre Strafe abgesessen hatten, wurden nur sehr, sehr wenige rückfällig. Sie hatten selbst geschafft, was ich nicht fertigbringen konnte: Sie haben sich zum Besseren verändert.«

»Und wie ging's mit Java-Joe weiter?« fragte ich.

Crispin kicherte. »Die Sträflinge gaben ihm den Spitznamen ›König Crome‹. Nach Abbüßung seiner Strafe blieb er auf der Insel.«

In diesem Moment kamen Paula Gallin und Ben Borrow herein und nahmen an einem Nebentisch Platz. Zuerst waren sie in ein Gespräch vertieft, doch nachdem sie ihre Drinks bestellt hatten, begannen sie sich für die Diskussion zu interessieren – die ja keineswegs eine Privatveranstaltung war.

»Wir sollten dem Beispiel, das Crispin angeboten hat, nacheifern«, erklärte Belle. »Die Erde ist ein Planet, der vor Gefängnissen nur so wimmelt. Eine solche Entwicklung darf hier nie eintreten. Einmal hat mir die britische Regierung während einer kurzen Phase der Liberalisierung erlaubt, Gefangenen das Lesen und Schreiben beizubringen. Wie ich feststellen mußte, waren die meisten Gefängnisinsassen verwirrte junge Männer, ungebildet und verroht, und zu beidem trug die Justiz noch bei. Viele waren ohne Familie aufgewachsen, und die Schule hatten sie ständig geschwänzt. Die meisten verbargen unter ihrer rauhen Schale tiefen Kummer. Kurz gesagt, die Gefängnisse – nicht nur das, in dem ich arbeitete – waren voller Menschen, die Elend, Arbeitslosigkeit, soziale Benachteiligung und Depression zu dem gemacht hatten, was sie waren. Die Politiker sperrten die Opfer gesellschaftspolitischer Verbrechen ein.«

»Entschuldigen Sie, aber gehen Sie in diesem Punkt nicht etwas zu weit?« unterbrach Hal Kissorian. »Wir können von Politikern nicht erwarten, daß sie Dinge in Ordnung bringen, die außerhalb ihres Einflußbereiches liegen. Daß es neben Wohlhabenden und Erfolgreichen auch Arme und Versager gibt und jede Schattierung dazwischen, ist doch ein natürliches, nicht ausrottbares Phänomen.« Ich sah, wie er Sharon einen beifallsheischenden Blick zuwarf. Sie zwinkerte ihm aufmunternd zurück.

Belle erstarrte so plötzlich, daß ihre Perlen klimperten. »Es kann genausogut an der Erziehung wie an den Genen liegen. Gefängnis und Bestrafung tragen jedenfalls nicht dazu bei, diese Jugendlichen mit der Gesellschaft auszusöhnen. Ganz im Gegenteil. Wenn sie aus dem Gefängnis herauskommen, gehen sie bei der nächsten Straftat nur geschickter vor. Natürlich spreche ich nur von der besserungsfähigen Mehrheit – anders mag es bei den Wahnsinnigen und den wirklich Gemeingefährlichen sein… Erst wenn wir die Lage außerhalb der Gefängnismauern betrachten, merken wir, wie rückständig wir wirklich

325

sind. Die Richter werden von den Regierungen dazu angehalten, für bestimmte Verbrechen genau festgelegte mehrjährige Strafen zu verhängen – was sie daran hindert, bei der Rechtsprechung die Umstände des Einzelfalls ausreichend zu berücksichtigen. So agieren beide Seiten der Justiz ähnlich wie Automaten. Genauso gut könnten Quantencomputer das Ganze übernehmen, was sie sicher auch bald tun werden... Warum ist das zwingend vorgeschriebene Strafmaß zur Regel geworden? Zum einen wurde auf diese Weise das Verfahren beschleunigt. Ähnlich hat sich auch die Abschaffung von Geschworenengerichten ausgewirkt. Zum anderen wurde so tatsächlich in den Folgejahren die Umstellung auf Computer erleichtert – eine Umstellung, die Kosten senkt. Und all das deswegen, weil die Verbrechensrate zugenommen hat. Immer mehr Menschen werden eingesperrt, was zur Folge hat, daß sie noch gewalttätiger werden und immer geschickter darin, Gewalt anzuwenden. Doch die wirklich großen Gangster schlüpfen dem Gesetz natürlich durch die Maschen – wie es ja offenbar auch den EUPACUS-Betrügern gelungen ist. Meiner Meinung nach dauert unsere Isolation hier nur deswegen so lange, weil das Rechtssystem nicht in der Lage ist, die Schuldigen vor Gericht zu bringen... Die meisten Regierungen versuchen der steigenden Kriminalitätsrate dadurch zu begegnen, daß sie noch mehr Gefängnisse bauen. Crispins Idee, die Verbrecher auf einer unbewohnten Insel auszusetzen, wo sie eine eigene Lebensweise entwickeln können, ist für sie offenbar nicht durchführbar...«

»Genauso ausgesetzt sind wir hier...«, warf Kissorian ein.

»...also bauen sie weiter Gefängnisse«, fuhr Belle fort, »deren einziger Zweck darin besteht, Ruhe und Ordnung aufrechtzuerhalten, aber nicht darin, die

Sträflinge umzuerziehen oder in einem Beruf auszubilden. Jetzt kommt das, worauf ich eigentlich hinauswill: Alles, was derzeit getan wird, ist nicht nur sinnlos, sondern macht die Sache nur noch schlimmer. Verbrecher sind Leute, die sich in ungerechten Gesellschaftssystemen zur Wehr setzen. Dayos vergleichbar harmloser Streich mit seinen Kompositionen ist ein Beispiel dafür – er wollte nichts anderes als Gleichstellung in einer Gesellschaft, die seinem Gefühl nach unberechtigte Vorurteile gegen Menschen wie ihn hegt. Hinter jedem jungen Straftäter steckt ein notleidender Mensch, der während seines kurzen Lebens mißhandelt wurde, der Angst hat und wahrscheinlich auch nicht gerade der hellste Kopf ist. Und er ist ohne Hoffnung. Das Mittel gegen Verbrechen besteht nicht in Bestrafung, sondern, ganz im Gegenteil, in der Liebe, in der Nächstenliebe… Wir brauchen eine Revolution, die kein Politiker gutheißen würde – fundamentale Änderungen in der Gesellschaft. Und die müssen eine wirklich gute Ausbildung unserer Kinder vom frühesten Lebensalter an mit einschließen. Dazu gehört auch die Stärkung des Familienlebens, die Förderung von Kunst und Kultur, die Sorge dafür, daß jeder staatsbürgerliche Rechte genießen kann. Der Sozialdienst war ein guter Anfang, ein erster Schritt in Richtung einer sozial verantwortlichen Gesellschaft, aber er ging nicht weit genug. Die sogenannten zivilisierten Länder müssen die Steuern erhöhen und diese zusätzlichen Gelder in den Wiederaufbau von Elendsvierteln und in die Verbesserung der allgemeinen Lebensbedingungen stecken. Und sie müssen auf diejenigen hören, die bisher nichts zu sagen hatten. Ich garantiere Ihnen, daß die jetzt immens hohen Kosten der Verbrechensbekämpfung in wenigen Jahren zusammenschrumpfen würden. Das Ergebnis wäre eine bessere, glücklichere, ausbalancierte Gesellschaft. Und man würde feststellen, daß sie sich in jeder Hinsicht bezahlt macht.«

Sharon klatschte in die Hände. »Das ist ja wunderbar. Ich kann es direkt schon vor mir sehen.«

»Und wie geht diese glückselige Gesellschaft Ihrer Meinung nach mit dem Problem der Abtreibung um?« fragte dagegen Kissorian.

Es war Crispin, der antwortete. »Ein ungewolltes Kind hat oft sein Leben lang das Gefühl, nicht erwünscht zu sein. Natürlich kann das auch dazu führen, daß es sich zum Philosophen entwickelt. Wahrscheinlicher jedoch ist, daß es zum Vergewaltiger oder Brandstifter wird. Oder zum Angestellten einer Sicherheitsagentur, die ihm die Möglichkeit gibt, mit einem großen Knüppel herumzufuchteln.«

»Also sind Sie für die Abtreibung?«

»Aus Gründen, die wir hoffentlich deutlich gemacht haben, sind wir für das Leben«, antwortete Belle gelassen. »Und das bedeutet unter den derzeitigen Bedingungen, daß wir den Frauen das Recht auf den eigenen Körper zugestehen. Also auch das Recht abzutreiben, wenn sie sich zu einem so schwerwiegenden Schritt gezwungen sehen.«

»Dann sprechen Sie es doch aus!« rief Guenz Kanli. »Sie sind für das Recht auf Abtreibung.«

»Wir sind für das Recht auf Abtreibung, stimmt«, erklärte Belle und fügte hinzu: »Solange, bis Männer wie Frauen gelernt haben, ihren sexuellen Drang zu beherrschen.«

Ich sah, wie Sharon Kissorians Blick erwiderte und ihm ein verstohlenes Lächeln zuwarf. Auch das, dachte ich, ist eine Form von Glück, die man nicht per Gesetz verordnen kann. Ob ich wollte oder nicht – irgendwie mochte ich sie und spürte gleichzeitig Neid.

Paula mischte sich in die Diskussion ein. Bei Belles Bemerkung, daß die Menschen ihren sexuellen Drang zügeln sollten, war sie unruhig geworden. »Haben Sie dabei denn gar nicht an die *Mütter* gedacht?« fragte sie. »Sie wissen schon, die Menschen, die die Babys tatsächlich in ihren Schößen austragen und später in die Welt setzen. Ich nehme an, die *Mütter* haben Sie schlicht vergessen, da das alles ja Ergebnis sexueller Betätigung ist.«

»Das haben wir nicht…«, begann Belle, doch Paula schnitt ihr das Wort ab.

»Diesen ganzen Behördenkram brauchen Sie überhaupt nicht, wenn Sie die Mütter so in Ehren halten, wie man sie in Ehren halten sollte. Wenn Sie sie anständig behandeln und fördern. Denken Sie lieber mal an die Menschen selbst als an die Gesetzgebung.«

»Wir denken ja an die Menschen. Wir denken an die Kinder«, erwiderte Belle scharf. »Wenn Sie zu dieser Diskussion nichts Besseres beizutragen haben, schlage ich vor, daß Sie den Mund halten.«

»Ja, ja… wenn jemand nicht so denkt wie Sie, soll er besser die Klappe halten…«

»Ich denke«, sagte Belle frostig, »Ihre Abtreibung jüngeren Datums zeigt recht deutlich, wie hoch Sie die Mutterschaft bewerten.«

Paula sah völlig verblüfft aus. Belle wandte ihr den Rücken zu und fragte mich: »Und wie entwickelt sich Alpha, meine Liebe?« Doch ich konnte nicht antworten. Paula stand auf und marschierte aus dem Café. Beim Gehen schnippte sie mit den Fingern. Auch Ben Borrow erhob sich, warf uns einen entschuldigenden Blick zu und lief Paula nach.

Erst später, als ich mich mit Kissorian und Sharon über diese Auseinandersetzung unterhielt, wurde mir klar, welche Emotionen dabei im Spiel gewesen waren. Der Grund war ganz einfach: Belle war aus ihrer üblichen, lehrerhaften Rolle gefallen, weil sie eifersüchtig war. Ben Borrow war früher ihr Schützling gewesen, und als sie merkte, daß er mit Paula angebandelt hatte, war sie wütend geworden. Dabei hatte er gar nichts gesagt – seine bloße Gegenwart hatte ausgereicht, sie in Rage zu bringen... Meine Unfähigkeit, Motive richtig zu deuten, gab mir wieder einmal zu denken.

Nach einigem Zureden und etlichen Tassen Kaffee-Ersatz beruhigte sich Belle jedenfalls soweit, daß sie sich wieder an dem Gespräch beteiligte. »Seit einigen Jahrhunderten«, sagte sie, »haben die sogenannten zivilisierten Nationen eine staatlich gelenkte Gesundheitsversorgung. Immer wieder hat diese Versorgung versagt, vor allem aufgrund von unzureichender finanzieller Deckung. Für unser Programm ist jedoch Kontinuität wesentlich: Ein benachteiligtes Kind muß jemanden haben, an den es sich immer wenden kann und der sich auch wirklich einmal in der Woche mit ihm auf eine Tasse... egal, was... trifft.«

»Wir nennen es das ›Z&A-System‹«, erklärte Crispin. »Es kann sich, falls nötig, über das ganze Leben erstrecken. Z&A – Zuwendung und Anteilnahme. Immer ist jemand da, mit dem man seine Probleme teilen, mit dem man reden kann.«

Kissorian lachte. »Um Himmels willen, ist das nicht genau die Rolle von Ehepartnern? Ihr Z&A ist so etwas wie Ehe ohne Sex, nicht wahr?«

»Nein, es ist elterliche Fürsorge ohne Sex«, erwiderte Crispin barsch.

»Meine Kindheit war so schwer wie nur irgend denkbar. Aber ich habe nie daran gedacht, mich an einer fremden Schulter auszuheulen.«

»Denken Sie doch einfach mal über Folgendes nach, Kissorian«, sagte Belle. »Angenommen, es hätte... keinen Fremden, sondern einen verläßlichen Freund gegeben, an den Sie sich immer hätten wenden können...«

»...dann hätte ich ihm seinen Geldbeutel geklaut!«

»Aber mit unserem Z&A-System wäre Ihre Kindheit nicht so schwer gewesen, folglich hätten Sie auch nicht das Bedürfnis gehabt, einen Geldbeutel zu stehlen. Sie können doch nicht etwa froh darüber sein, daß Sie eine so schwierige Kindheit hatten?«

Kissorian lächelte, wobei er aus den Augenwinkeln Sharon anblitzte. »O doch, das kann ich – jetzt, wo sie vorüber ist. Weil sie fester Bestandteil meines Lebens ist, meinen Charakter geprägt hat und ich daraus gelernt habe.«

Es wurde still, während wir über das Gesagte nachdachten. Schließlich ergriff Tom das Wort: »Sie beide haben einige konkrete Vorschläge gemacht, Belle und Crispin. Diese Vorschläge sind gewiß vernünftig und voller guter Absichten. Wie allerdings Politiker der Erde so aufgeklärt...«

Belle unterbrach ihn. »Wir haben hier einen einzigartigen Vorteil, Tom – keine Politiker!«

»Zumindest nicht im gewöhnlichen Sinn«, ergänzte Crispin lächelnd.

»Wir integrieren diesen Plan in unsere Verfassung und setzen ihn so weit wie möglich um – in der Hoffnung, daß die Erde ihn später vielleicht einmal aufgreift. Manchmal sorgt die Kraft des Beispiels für eine Umkehr...« Belle wandte plötzlich ihre Aufmerksamkeit mir zu. »Und was hält unser stilles, wachsames Fräulein Cang Hai von all dem?« In ihrem Gesichtsausdruck sah ich Ehrgeiz und Feindseligkeit, allerdings legte sich schnell eine Maske aus Geduld darüber.

»Die Absicht ist gut, aber die Durchführung schwierig«, erwiderte ich. »Wer würde freiwillig die Bürde auf sich nehmen, die jungen Menschen zu unterstützen – etwa in ihrer Auseinandersetzung mit den natürlichen Eltern? Wen könnten Sie dafür gewinnen?«

»Die Menschen helfen erstaunlich gern, wenn sie

331

einen Sinn darin sehen. Auch ihr Leben würde dadurch reicher werden... Für eine zivilisierte Gesellschaft gibt es keinen anderen Weg.«

Ich legte eine Gedankenpause ein, in der ich mich fragte, ob es der Mühe wert sei, dieser von sich überzeugten Frau zu widersprechen. »Doch«, sagte ich schließlich, »es gibt einen anderen Weg. Den Weg der Medizin. Die schlichte Überwachung des kindlichen Hormonspiegels – Östrogen, Testosteron, Serotonin – bewirkt mehr als viele Predigten.«

Als sei ihr der Gedanke eben erst gekommen, sprang mir Sharon bei. »Und was, wenn all diese wohlgemeinten Dinge nicht funktionieren? Was, wenn die Jugendlichen trotzdem gegen die Gesetze verstoßen?«

Ohne zu zögern, antwortete Belle: »Dann müßte man sie vor Zeugen schlagen. Wo Freundlichkeit versagt, muß Strafe möglich sein.«

Sharon lachte schallend, wobei sie das Innere ihres Mundes zur Schau stellte. Es sah aus, als öffne sich plötzlich eine Tulpe. »Würde das den Jugendlichen wirklich guttun?« fragte sie.

»Zumindest bietet es den Lehrern ein Ventil...«, bemerkte Crispin.

»Also gut«, sagte Tom. »Am besten, wir bringen es vor die Vollversammlung und versuchen, Unterstützung für Ihr Konzept zu bekommen. Mal sehen, was unser Freund Feneloni dazu zu sagen hat.«

Die Tage, Wochen und Monate schwanden einfach so dahin, und als das dritte Jahr unserer Isolation auf dem Mars anbrach, sah ich mich genötigt, Tom auf das beschleunigte Vordringen von Olympus anzusprechen.

»Ich weiß Bescheid«, antwortete er. »Dreiser hat's mir erzählt.«

Er saß da, den Kopf in die Hände gestützt, und sagte kein weiteres Wort.

Aussagen des Tom Jefferies

Ausgaben des
Torn Uterial

17

Das Leben spielt mal so – mal so

Ich hatte furchtbare Kopfschmerzen. Daher konnte ich nicht an der Diskussion teilnehmen, bei der sich Belle Rivers unter der abstürzenden Hindenburg aufbaute und für ihr Erziehungskonzept plädierte. Wie erwartet, war Feneloni dagegen. Cang Hai, Guenz und die anderen berichteten mir das Wesentliche.

Nachdem Belle und Crispin ihr Vorhaben skizziert hatten, gab es allgemeinen Beifall. Viele meldeten sich zu Wort und bekräftigten, daß das Geheimnis einer besseren Gesellschaft in der Pflege und Erziehung der Kinder liege. Einer der Wissenschaftler zitierte Sokrates: Nur ein wohlbedachtes Leben sei wirklich lebenswert. Ein solches Nachdenken müsse man schon in jungen Jahren wecken, so daß man ein Leben lang darauf zurückgreifen kann.

Feneloni dachte anders. Der Plan sei seiner Meinung nach nicht durchführbar, da er der menschlichen Erfahrung zuwiderlaufe. Er nannte ihn ein ›Verhätscheln übelster Art‹ und redete sich in Rage. Alle Lebewesen müßten sich den Erfolg im Leben schwer erkämpfen – entweder sie schafften es oder sie scheiterten. Mit ihrem Plan wolle Rivers gewährleisten, daß niemand mehr scheitert, und gerade deshalb werde er dazu führen, daß niemand mehr Erfolg hat. »Sind Sie sich denn nicht der tragischen Aspekte des Lebens bewußt?« fragte er. »Alle großen Dramen der Welt drehen sich um den Irrtum oder das Scheitern eines sonst edlen oder edeldenkenden Charakters.« Er zitierte Sophokles, Shakespeare und Ibsen als Meister dieser

Kunstform, die uns, indem wir mitleiden, läutere. Die Tragödie sei ein wesentliches Element menschlicher Zivilisation, da sie zu unserem Verständnis der Welt essentiell beitrage.

An dieser Stelle lachte jemand. Es war Peters, der Mörder und Patient der Mentaltropie – und für viele immer noch ein Ausgestoßener. Andere stimmten in das Lachen ein, auch wenn sie gar nicht wußten, warum Peters lachte. Feneloni sah verwirrt auf. Er setzte sich wieder, wobei er murmelte, daß jene Leute, die ihn für einen Dummkopf hielten, sehr bald eines Besseren belehrt werden würden.

Die Versammlung einigte sich darauf, den ›Rivers-Plan‹ eine Zeitlang zu testen – die Welt war zu jung, als daß man der Tragödie allzu große Bedeutung zumessen wollte. Freiwillige wurden aufgefordert, sich zu melden. Man würde von ihnen einen Nachweis ihrer Eignung verlangen und sie auf Herz und Nieren prüfen.

Wie üblich, wurde auch diese Sitzung aufgezeichnet und das Protokoll später über unser Computernetz verbreitet.

Meine Stimmung war gedrückt. Zwar erzielten wir Fortschritte, dennoch fürchtete ich, eine bösartige Kraft im Innern unserer Gemeinschaft könne sich wie Krebs nach außen fressen und all unsere Pläne und Hoffnungen zunichte machen. Draußen, jenseits unserer Türme und Kuppeln lag die Matrix, ein Wirrwarr aus Partikeln, gleichgültig gegenüber den Menschen. Und da war auch Olympus, monströs und rätselhaft. Nie weit entfernt, soweit es unsere Gedanken betraf. Sein langsames Vordringen wirkte ebenfalls wie das Paradigma einer fortschreitenden Krankheit.

In dieser düsteren Stimmung besuchte ich ›A für B‹, den ›Ausschuß für das Böse‹, der gerade seine wöchentliche Sitzung abhielt. Den komischen Namen hatte sich Suung Saybin ausgedacht, doch das Ziel war durchaus ernsthaft: Die Mitglieder versuchten, die Natur und Ursache des Bösen verstehen zu lernen und es so in den Griff zu bekommen. Vielleicht lag ja die Komik in der Tatsache, daß sie dieses Unterfangen selbst für unmöglich hielten und sich mit dem Ausschuß nur die Zeit vertrieben.

Suung Saybin amtierte als Vorsitzende, Elsa Lamont (die seinerzeit die orthogonalen Figuren geschaffen hatte) und ein ADMINEX-Vertreter waren ständige Sekretäre. Ansonsten wechselten die Teilnehmer von Monat zu Monat. Als ich eintrat, stand gerade John Homer Bateson auf und ergriff das Wort.

»Der letzte Redebeitrag war reine Zeitverschwendung«, erklärte er. »Wir können das Böse nicht durch Religion ausmerzen, nicht einmal beherrschen, wie die Geschichte beweist. Denn in ihr ist das Böse überall am Werk. Wie Thomas Hardys* *immanenter Wille* ›webt es so unbewußt wie ehedem und nutzt in alle Ewigkeit die Gunst der Stunde‹. Auch die Vernunft ist kein Gegenmittel, oft verbündet sie sich sogar mit dem Verbrechen. Wir sind auf dieser kleinen vertrockneten Orange von einem Planeten gestrandet und wollen das Ungeheuer von hier aus aus der Welt schaffen? Meine Güte, es hat uns in seinen Klauen. Woraus besteht das Böse, was sind seine Gliedmaßen, was seine Tentakeln? Habgier, Ehrgeiz, Aggression, Angst, Macht… all das war ganz und gar typisch für EUPACUS. Welch unglaublich naive Ansichten haben Sie denn über die Staaten, die uns hier ausgesetzt haben? Die USA sind da keinesfalls die schlimmsten. Allerdings versuchen sie, ihren Herrschaftsbereich in den Raum, Verzeihung, in die *Matrix* auszudehnen.

---

* Thomas *Hardy* (1840–1928), britischer Dichter. – *Anm. d. Ü.*

All die großen Pläne, die wir bezüglich der Erforschung dieser Matrix hegen, bedeuten denen, die diese Forschung bislang finanziert haben und jetzt auf der Flucht sind, rein gar nichts. All unser Gerede über Utopien ist diesen habgierigen Machtmenschen völlig egal, und wenn man die derzeitige Bande irgendwie loswerden würde, würden gleich die nächsten in die Lücke stoßen. Ich möchte Ihnen eine Geschichte erzählen. Eigentlich ist es eine Parabel, aber ich will Sie mit dem Begriff nicht abschrecken...«

»Sie haben fünf Minuten, John«, unterbrach Suung Saybin.

Bateson schenkte ihr keine Beachtung, sondern fuhr fort: »Ein Mann ist ganz allein auf einem unbewohnten Planeten gestrandet. Er lebt das untadelige Leben eines Einsiedlers und freundet sich mit allem an, was da kreucht und fleucht: Fledermäuse, Ratten, Schnecken, Spinnen – was immer ihn bei Laune hält. So erwirbt man sich langsam einen Heiligenschein, nicht wahr? Eines Tages kommt ein Raumschiff aus dem Weltraum... aus der Matrix angeflogen, ein großartiges Raumschiff, das blitzt und blinkt. Nachdem es gelandet ist, steigt ein Mann in einem goldenen Raumanzug aus, der einen großen Picknickkorb mit sich trägt. ›Ich bin dein Retter‹, ruft er aus und umarmt den Einsiedler, doch der greift dem Mann fest an die Gurgel und erwürgt ihn. Jetzt gehört das Raumschiff ihm. Und auch der Picknickkorb... Was, frage ich Sie, hat ihn dazu bewogen? Haß, weil jemand in seine Privatsphäre eindringt? Hunger? Neid, weil der andere einen so schönen Raumanzug trägt? Ärger darüber, daß der Eindringling so arrogant Schicksal spielen will? Die Gier, das Raumschiff zu besitzen? Der Ehrgeiz, selbst Macht auszuüben? Alles zusammen? Oder hat ihn die Einsamkeit schlicht in den Wahnsinn getrieben? Das sind Fragen, die sich nicht beantworten lassen – und ich habe Ihnen nur ein simples Schulbeispiel gegeben. In uns allen gibt es die Versuchung, Böses zu tun, und das Böse ist nichts, was man auf ein Element reduzieren könnte, sondern es schillert in vielen Facetten. Wenn Sie anders darüber denken, verschwenden Sie hier nur Ihre Zeit.«

Ich schlich mich aus dem Zimmer.

Da ich kein Mittagessen zu mir nehmen konnte und ohnehin allein sein wollte, stieg ich zu einem etwas abgelegenen Ort hinauf, einer Art Empore. So gern ich Cang Hai auch mochte – ihrem endlosen Geschnatter hoffte ich da oben zu entgehen. Doch ich rannte direkt in meine Adoptivtochter hinein, die dort mit ihrem Kind saß. Als Alpha mich sah, lief sie auf mich zu. Ich umarmte sie und küßte sie auf beide Wangen. Währenddessen griff Cang Hai nach einigen Blättern und tat so, als habe sie darin gelesen.

»Ich bin überrascht, dich hier zu sehen, Tom. Wie geht es dir?«

»Gut. Und dir?«

»Ich versuche, mir ein paar wissenschaftliche Kenntnisse anzueignen, das mit den Supraflüssigkeiten zu begreifen. Offenbar nennt man sie Bose-Einstein-Kondensate.«

»Mami guckt aus dem Fenster«, sagte Alpha.

»Ja. Ich glaube, Dreisers Ring enthält genau das.« Ich lächelte Alpha zu.

»Mami guckt meiste Zeit aus dem Fenster!« brüllte sie.

»Dabei kann man sich sicher wichtige wissenschaftliche Kenntnisse aneignen«, erklärte ich.

Unter dem endlosen Dekor aus Sternen, dunkler Materie und Partikeln verlor sich die Dünenlandschaft des Mars in der Ferne. Ewig gleich, durch die Gezeiten hindurch in Hitze oder Kälte erstarrt. Warum den

Mars nicht in einen Garten verwandeln? Was würde ein Versuch schaden?

»Liegt dir etwas auf der Seele?« fragte ich Cang Hai.

»Nein«, antwortete sie. »Ich versuche hier zu lernen. Allein mit Alpha. Aber ich bin froh, dich zu sehen... immer froh.« Sie verzog den Mund. »Diese geilen Böcke, mit denen ich in der Mandschurei arbeiten mußte... nein... es ist nur die Komplexität dieser Forschung.« Sie tippte gegen die 3 D-Blätter. »Das Licht verhält sich als Welle und als Teilchen zugleich. Das ist schwer zu begreifen.«

»Wir erleben die Auflösung absoluter Werte... Vielleicht stellen wir deshalb alles in Frage. Aber das ist es nicht, was dir Kopfzerbrechen bereitet, oder?«

Cang Hai nahm ihr Kind auf die Knie. »Ich habe dir ja von Jon Thorgeson erzählt. Er geht mir immer noch durch den Kopf – und das macht mich unglücklich. Das oder mein eigenes Verhalten.«

»Er war einfach unverschämt.«

»Das meine ich gar nicht. Ich meine... er wollte mich. Er war nicht unsympathisch – in körperlicher Hinsicht. Warum habe ich ihn nicht... du weißt schon... näher an mich herangelassen? Warum zieht mich so etwas nicht an? Liegt es daran, daß ich...? Na ja, ich weiß es nicht. Es ist absurd, wenn man sich selbst ein Rätsel ist, oder?«

»Mama, laß uns spielen, bitte, bitte, Mama«, sagte das Kind und sah ihre Mutter mit zuckersüßem Blick an. Woran es Cang Hai auch mangeln mochte, für einen Klon besaß sie sehr viel Mutterinstinkt.

Während Mutter und Tochter also miteinander schmusten, starrte ich wieder auf die Welt hinaus, die wir geerbt hatten. Wir – die wir einen tieferen Grund für dieses Mars-Abenteuer finden mußten. Wir – Geschöpfe, die erst seit kurzem den aufrechten Gang erlernt hatten, die das Feuer erst vor einigen Hunderttausend Jahren gezähmt hatten und aus längst vergessenen Tierarten hervorgegangen sind. Wir – die Vorläufer von Myriaden weiterer Arten. O ja, man kann schon nachvollziehen, warum Sex unsere Gedanken so sehr beherrscht...

In diesem Moment unterbrach Alphas Lachen meinen Tagtraum. Als ich meine Aufmerksamkeit wieder Cang Hai, dieser nervösen, scharfsinnigen kleinen Frau zuwandte, die ich liebhatte (ach, aber nicht ein Viertel so lieb wie seinerzeit meine Antonia!), mußte ich daran denken, daß mir der Mars nicht wie eine Landschaft, sondern wie eine ›höchst seltsame Ansammlung von Ideen‹ erschien – eine Formulierung, die Charles Darwin in einem seiner Briefe verwendet hatte. »Es muß nicht immer *entweder-oder* heißen, meine Tochter«, sagte ich. »Wir haben inzwischen ein Verständnis von *sowohl-als auch* erreicht.«

»Ich will wissen«, erwiderte sie, »bin ich nun eine Heilige, bin ich prüde oder bin ich eine Lesbe...?«

»Erzwinge keine Entscheidung. Du bist noch jung. Mach dir klar, daß du, Cang Hai, verschiedene Facetten besitzt. Was allerdings diesen aufdringlichen Thorgeson betrifft, so hast du dich einer Vergewaltigung entzogen – wie es wohl jede Frau mit kühlem Kopf getan hätte.«

»Und mit warmer Hand!« Sie lachte und drückte Alpha. »Hätte ich mich anders verhalten, wäre ich jetzt schwanger. Aber mich wird kein Mann *terraformen*, nicht ohne meine Zustimmung.«

Warum machten mich ihre Worte so glücklich? Hatte sie das beabsichtigt? Waren menschlicher Verstand und Mut nicht großartige Dinge? Ich küßte sie und ihre Tochter.

An diesem Nachmittag führten wir wieder eine unserer leidigen Diskussionen über das Geld. Zweifellos war eines der Dinge, die das Leben ›hier oben‹ von dem ›da unten‹ fundamental unterschieden, die Tatsache, daß wir keine Kreditkarten mit uns herumtrugen. Manche wollten allerdings auch hier einen Geldkreislauf einführen. Sie behaupteten, es würde dazu beitragen, daß sie sich wie tätige Menschen fühlten. Dagegen argumentierten die Wirtschaftswissenschaftler von ADMINEX, es sei unmöglich, dort Preise festzulegen, wo es kein Eigentum an Vermögenswerten gebe.

Wir hatten uns ein elektronisches Punktesystem ausgedacht, das über AMBIENT lief; eine Einheit hieß *Kredit*. Um es in Gang zu setzen, hatte unsere ›Bank‹ – früher einmal ein Marvelos-Büro – jedem Marsbewohner tausend hypothetische Krediteinheiten zugewiesen, so ähnlich wie das Spielgeld, das man am Anfang von ›Monopoly‹ erhält. Auf diese Krediteinheiten konnte man jederzeit zurückgreifen, doch insgesamt gesehen waren die Preise der wenigen Dinge, die man für den persönlichen Bedarf erwerben konnte, lächerlich niedrig. Beispielsweise kostete eine Tasse Kaffee-Ersatz zwei Krediteinheiten, ›Abendröte‹- oder ›Morgenröte‹-Drinks drei. In der Praxis führte das dazu, daß es sich kaum lohnte, dieses System weiter aufrechtzuerhalten. So wurde Geld immer unwichtiger – wir stellten fest, daß wir sehr gut ohne auskamen. Niemand erhält hier Lohn oder Gehalt, niemand zahlt Steuern. Die Rechnung wird uns präsentiert werden, wenn – falls das je geschehen wird – die Schiffe zurückkehren. Aber schließlich gehört der Planet dank der von den Vereinten Nationalitäten garantierten Verfassung des Mars uns – und so können wir unsere Angelegenheiten auch selbst regeln.

Eines Abends war Cang Hai auf dem Weg zu einer Freundin – auch sie ein Klon –, die über dem ›Wir reparieren alles‹-Schild im Rückgebäude eines alten Personalkomplexes wohnte. Die Gasse war menschenleer. Plötzlich wurde vor ihr eine Tür aufgerissen, und drei maskierte Männer stürmten heraus. Cang Hai hatte sich kaum umgedreht, um zu fliehen, da schlugen sie schon auf sie ein und zerrten sie in einen leerstehenden Lagerraum. Sie hörte, wie sie die Tür abschlossen, während sie an einen Stuhl gefesselt wurde. Mit einer grellen Lampe leuchteten sie ihr in die Augen. Das Licht blendete so, daß sie kaum die Silhouetten ihrer Angreifer ausmachen konnte. Doch sie konnte sie atmen hören…

»Keine Angst, Mädchen. Wir wollen nur mit dir reden«, sagte eine Stimme, die Cang Hai als die von Jarvis Feneloni erkannte. »Wir haben nicht vor, dir irgend etwas anzutun – auch wenn wir's ohne weiteres könnten. Zum Beispiel, dich vergewaltigen oder dir dein künstliches Bein abreißen…« Irgend jemand weiter weg kicherte.

»Gelegenheit zu reden ist bei der Vollversammlung«, sagte sie – allerdings brachte sie die Worte kaum heraus, da ihre Lippen so zitterten.

»Also, hör uns jetzt einfach mal zu. Von eurem Gequassel haben wir nämlich mehr als genug. Von dir und von deinem Busenfreund Jefferies ebenso. Diese Scheiße mit dem Rivers-Plan und Utopia muß aufhören. Das ist nichts als Zeitverschwendung. Wie willst du Leute einfach so zu besseren Menschen machen – dazu noch Leute, die auf dem Mars festsitzen? Ist doch reiner Mist! Wir werden hier sterben, wenn wir nur herumhocken und quasseln.«

»Laß mich mal an sie ran. Sie ist ein appetitlicher kleiner Happen«, sagte ein anderer Mann.

»Gleich«, erwiderte Feneloni. »Sie ist eine Zicke und hat für Sex nicht viel übrig, nicht wahr? Vielleicht kannst du ihr was beibringen.«

Sie lachten. Cang Hai flehte sie an, sie nicht anzufassen.

»Wir wollen dir ja nur ein wenig Vernunft beibringen. Hört auf, eure Weisheiten überall herumzuposaunen. Hört auf, eure blöden Sitzungen zur Erde auszustrahlen, als ob hier alles in Ordnung wäre. Nichts ist in Ordnung. Das Raumschiff meines Bruders ist unglücklicherweise verschollen – sonst hätte er etwas unternommen, um uns hier herauszuholen. Wir müssen zur Abwechslung einmal praktisch denken: Wir sollten Bilder von Aufruhr, Gemetzel und Hungersnot inszenieren. Wir müssen die Vereinten Nationalitäten zum Eingreifen zwingen. Verstehst du das?«

»Ja, natürlich«, erwiderte sie. »Aber...«

»Also geh zu Jefferies und sag ihm, er soll von jetzt an sein Mundwerk zügeln – sonst wird dir etwas zustoßen, dir und deinem Kind. Kapiert?«

»Gönn uns doch ein bißchen Spaß mit ihr«, rief einer der Männer. »Damit sie uns ernst nimmt...«

»Halt's Maul«, herrschte Feneloni ihn an.

In diesem Moment sprang die Tür auf, und zwei Männer vom Sicherheitsdienst, bewaffnet mit Fackeln und Schlagstöcken, stürmten herein.

Der Speicher war ursprünglich zur Lagerung von Trockengütern vorgesehen gewesen, und überall waren noch funktionierende Überwachungskameras installiert – etwas, das Feneloni übersehen hatte. Er befahl den anderen, ihm zu folgen, und stürzte sich auf die Eindringlinge. Die Wachen traten ihm die Beine weg, so daß er zu Boden ging. Die übrigen Männer stürmten hinaus und flohen die Gasse hinunter.

Nachdem Feneloni gefesselt war, befreiten die Sicherheitsleute Cang Hai. Sie stand unter Schock und brach zusammen. Man benachrichtigte mich, und ich kam herüber, um sie in unsere Wohnung zu bringen. Nachdem sie geduscht hatte, schlief sie ein, und als sie am Morgen aufwachte, hatte sie sich zumindest teilweise wieder erholt.

Wir mußten nun entscheiden, was wir mit Feneloni machen sollten. Ich besuchte ihn in seiner Wohnung in der Tharsis-Straße, wo er unter Arrest stand. Wie nicht anders zu erwarten, blickte er finster drein. Ich fragte ihn, was er zu seiner Verteidigung vorzubringen habe.

»Sie sind doch hier der Redner.«

Ich erwiderte nichts, sondern sah ihn nur an und versuchte, meinen Zorn zu bändigen. Schließlich platzte er mit einem ganzen Wortschwall heraus. Er habe nichts Übles im Schilde geführt, aber er könne seinen Ansichten eben nicht angemessen Gehör verschaffen – obwohl alle diese Ansichten teilten. Jeder hasse mich wie die Pest. Er handle nur stellvertretend für alle anderen, die zum normalen Leben auf der Erde zurückkehren wollen und keine Lust mehr haben, ihre Zeit auf diesem gräßlichen Gesteinsbrocken zu vergeuden. Alles, was er sich wünsche, sei die Rückkehr zu einem anständigen Leben...

»Und Ihre Vorstellung von einem anständigen Leben besteht also darin, eine unschuldige Frau zu kidnappen und ihr zu drohen, sie zu vergewaltigen oder ihr das Bein abzureißen? Sie sind ein Feigling und ein brutaler Kerl, Feneloni. Und es ist wahrlich keine Entschuldigung, daß sie dieses Verhalten nicht auf der Erde, sondern auf dem Mars an den Tag legen. Ist es nicht gerade als Schutz vor Menschen wie Ihnen gedacht, wenn wir versuchen, trotz der schwierigen Umstände ein anständiges Leben zu führen? Sind unsere Beschlüsse nicht genau dazu da?«

»Sehen Sie, wir haben dem Mädchen doch nur einen Schrecken einjagen wollen.«

»Und hatten Sie die Situation im Griff? Jede Art von Gewalt setzt niedrige Instinkte frei. In diesem Augenblick würde ich Ihnen am liebsten das Hirn aus dem

Kopf prügeln, aber wir wollen uns auf diesem Planeten zu so etwas nicht herablassen. Was, zum Teufel,
sollen wir jetzt mit Ihnen machen? Eine mentaltropische Therapie?«

Er zog die Schultern hoch und ließ den Kopf hängen.

Ich wartete. »Nun?«

Nach langem Schweigen sagte er: »Keine Mentaltropie... Ich bin nicht der brutale Kerl, für den Sie
mich halten. Es gibt viel schlimmere als mich. Ich habe
nicht Ihre Redegabe. Das heißt aber nicht, daß ich
nicht leide... Warum sollen wir uns von Leuten mit
größerem rhetorischen Geschick herumkommandie-
ren lassen?«

Ich hatte eigentlich keine Lust, mich mit ihm zu
unterhalten, zwang mich jedoch zu einer Antwort.
»Bis jetzt hat es in jeder Gesellschaft ›die da oben‹
und ›die da unten‹ gegeben. Die Frage ist, wie wir
hier auf dem Mars die Trennlinie zwischen den beiden so durchlässig wie möglich machen können. Was
ist Ihnen lieber? Eine Regierung, die aus Leuten besteht, die, wie Sie es ausdrücken, ›rhetorisches Geschick‹ besitzen? Oder eine Regierung aus Leuten,
die brutal durchgreifen?«

Er starrte zu Boden. »Die Frage ist falsch gestellt.
Alle Menschen sollen doch gleich sein – aber wenn
man ihnen kein Gehör schenkt, sind sie eben nicht
gleich«, sagte er leise.

»Man hat Sie angehört und abgewiesen. Und ich
kann Ihnen von einem Mann mit großem rhetorischen
Geschick erzählen, John Homer Bateson, der bei
jedem Redebeitrag von seinem Publikum ausgelacht
wird... Wir wissen, daß die Menschen nicht gleich
sind. Allerdings steht es jeder Regierung, egal welcher
Couleur, gut an, wenn sie sich so verhält, als wären
alle Menschen gleich.«

»Aber Sie richten sich mit Ihrer kleinen Regierung hier oben ein, anstatt alles daran zu setzen, uns zur Erde zurückzubringen.«

»Machen Sie sich nicht lächerlich. Welches Druckmittel haben wir denn gegenüber der Erde? Nichts, rein gar nichts wird uns nach Hause bringen, bevor sich die Auswirkungen der EUPACUS-Katastrophe gelegt haben. In der Zwischenzeit müssen wir uns anstrengen, um wie Menschen leben zu können.«

Mir waren die Alternativen, vor denen wir standen, völlig klar. Nicht so Feneloni. Er sagte, unsere Ausschüsse und Versammlungen seien reine Zeitverschwendung.

»Ich will mit Ihnen keine Diskussion anfangen, Feneloni. Ich habe mir nicht nur in den Kopf gesetzt, eine gerechte Gesellschaft zu schaffen. Ich erwarte von der damit verbundenen intellektuellen Anstrengung auch, daß Gewalttätigkeit und Unruhen der Vergangenheit angehören. Jeder zu Gewalt entschlossene Aufrührer muß isoliert werden – wie bei einer ansteckenden Krankheit.«

»So etwas wie Gerechtigkeit gibt es nicht«, murmelte Feneloni und ließ wieder den Kopf hängen.

Ich wartete. Mich interessierte, wie sein Verstand arbeitete. Ich wußte, daß es Gutes in ihm gab. Nach einem kurzen Schweigen sagte er: »Ihnen macht es natürlich nichts aus. Aber einige von uns haben unten auf der Erde Familie, Frauen und Kinder.«

Ich gab ihm keine Antwort – wie gern hätte ich dasselbe von mir behauptet. Feneloni blickte zornig auf. »Warum sagen Sie nichts, wo Sie doch so gut im Reden sind?«

»Wir können einfach nicht zulassen, daß Sie jemanden überfallen und dann ungeschoren davonkommen. Morgen werden wir eine Gerichtssitzung abhalten und über Ihre Strafe entscheiden. Vermutlich wird es eine mentaltropische Therapie sein. Sie dürfen natürlich ein Plädoyer zu Ihrer Verteidigung halten.«

Ich machte auf dem Absatz kehrt und verließ seine Wohnung. Später bedauerte ich, daß einiges unausgesprochen geblieben war. Ich wünschte, ich hätte ihm gesagt, daß rhetorisches Geschick nicht unbedingt eine Tugend darstellt, jedoch geordnete Gedanken voraussetzt und, was vielleicht noch wichtiger ist, Erfahrung und Wissen. Natürlich kam darin auch ein Privileg zum Ausdruck, wenn auch nur ein genetisches Privileg. Erinnerungen an meine eigene schwierige Kindheit drängten sich mir auf.

Wir versuchten erst gar nicht, Fenelonis Kumpel aufzuspüren, sondern wir hofften, daß sie, ihres Anführers beraubt, keinen Ärger mehr machen würden. Diese Annahme erwies sich zwar als richtig, dennoch waren wir uns ihrer Gegenwart stets bewußt. Uns war klar, daß sie bereit waren, Gewalt anzuwenden, falls sich eine Gelegenheit bot.

Cang Hai war nach diesem Erlebnis mehr als beunruhigt. »Tom, das ist schon das zweite Mal, daß man mir mit Vergewaltigung droht. Was ist nur mit mir...?«

Immer wieder sprachen wir darüber, und Ben Borrow kam und sorgte dafür, daß sie sich ihre Last von der Seele redete, soweit das möglich war. Eines Abends sagte sie zu mir: »Wir wissen, daß es solche Menschen auf der Erde gibt. Warum also sollten wir überrascht sein, sie auch hier zu finden? Vielleicht weil wir beide, du und ich, solche Unschuldslämmer sind...«

Ich wunderte mich darüber, daß sie mich für ein Unschuldslamm hielt, ging jedoch nicht darauf ein. »Sie werden sich solange an unsere Spielregeln halten, wie es ihnen in den Kram paßt.«

»Ich weiß nicht. Vielleicht gibt es hier einen unterschwelligen Hang zur Gewalttätigkeit – und wir sind blind dafür. Wie wir ja auch blind dafür sind, was sich hier jede Nacht in sexueller Hinsicht abspielt. Woran liegt es, daß uns Diskussionen mehr Spaß machen als Sex? Sind wir die Ausnahmen von der Regel?«

Ihre Worte trafen mich wie ein Schlag. Soweit ich wußte, hatte ich mit meinem aktiven Sexualleben in jener Zeit abgeschlossen, als ich um meine Frau getrauert hatte. Was jedoch Cang Hai betraf, so brauchte sie eindeutig eine Einführung in die Freuden der Erotik. Als nun die Kuppeln in dieser Nacht von dem Ächzen der Sauerstoffmaschinen vibrierten, das hier als ›Stille‹ galt, und Laputa und Swift erhaben über den Himmel glitten, zog ich mich aus und ging zu Cang Hais Bett hinüber.

Sie setzte sich wütend auf. »Ich will nicht, daß du etwas zu beweisen versuchst. Das ist kein Akt der Liebe«, rief sie.

»Red keinen Unsinn. Wir können ebensogut ein bißchen Spaß haben.«

»Hau ab! Ich habe meine Periode. Du bist zu alt. Ich bin auf so was nicht vorbereitet. Warum hast du mich nicht vorgewarnt? Du nutzt mich aus…« Sie stieß meine Beine weg.

Nachdem sie mich fortgeschickt hatte, lag ich in meinem eigenen Bett da und fand keinen Schlaf. Ich lauschte auf die große Maschine, die uns Leben gab, die atmete und atmete… Was war Cang Hais wahre Motivation gewesen, was meine? Wie sehr brauchte die Gattung Mensch doch eine Zeit der Ruhe, Zeit zum Nachdenken, Zeit, sich mit ihren tiefsten Beweggründen auseinanderzusetzen…

Nach nur kurzer Diskussion beschlossen wir, Feneloni in jenem Lagerraum einzusperren, in dem er Cang Hai gefesselt hatte. Die Tür sollte verstärkt werden, und er sollte mit keinem Menschen reden. Allerdings würde man ihm einmal in der Woche Besuch gestatten, wie es auch auf der Erde Regel war. Zweimal am Tag würde er zu essen bekommen, und auch ein Bildschirm wurde ihm zugestanden, damit er die Tagesereignisse in den Kuppeln verfolgen konnte. Die Haftstrafe sollte drei Monate dauern, danach würden wir ihn erneut anhören. Falls er bis dahin größere Klarheit über sich selbst gewonnen hatte, sollte er freigelassen werden. Falls nicht, sollte Mentaltropie angewandt werden.

Um Cang Hais seelisches Gleichgewicht wiederherzustellen und als Ausgleich für meine anstrengende Organisationsarbeit, die offenbar auch zu Lasten meiner Gesundheit ging, nahmen wir beide an einigen von Alphas Schulstunden teil. Der Unterricht im ›sozialen Verhalten‹ begann mit einem Lied:

> Menschen vieler Religionen,
> Menschen vieler Nationen
>
> reisten ins Reich der Gedanken,
> fanden Möglichkeiten und Schranken,
>
> ließen Raumschiffe entstehen,
> wie sie die Erde nie gesehen,
>
> geschmiedet aus Stahl und Flammen.
> So zogen sie von dannen,
>
> ließen die Erde zurück,
> den Roten Planeten im Blick,
>
> und betraten fremdes Land,
> das Menschen nie gekannt.

Das Lied hatte mehrere Strophen, und die Kinder sangen mit Lust und Freude. Doch es fiel auf, daß die Mädchen sich auf die Musik konzentrierten, während viele Jungen sich heimlich anrempelten und Grimassen schnitten. Später fragte ich Alpha, was sie von dem Lied hielt, das mir doch recht schwierig vorgekommen war.

»Wir alle mögen es«, erwiderte sie. »Es ist ein schönes Lied, es handelt von uns.«

»Was gefällt dir daran?«

»*Ließen Raumschiffe entstehen, wie sie die Erde nie gesehen* – das ist wirklich *toll*. Was bedeutet es? Was denkst du?«

Die Bildhauerin Benazir Bahudur unterrichtete Mädchen und Jungen zwar im selben Klassenzimmer, aber getrennt voneinander. »Der Unterschied liegt in den Genen«, erklärte sie. »Die Jungen tun sich schwer damit, soziales Verhalten zu erlernen, wie Sie wissen. Die Mädchen haben größeres Einfühlungsvermögen. Wir glauben, daß die Jungen die Mädchen im Klassenzimmer brauchen, damit sie sehen, daß man sich auch anders verhalten kann. Sie werden den Unterschied merken, wenn wir zu den Spielen kommen. Aber zuerst gibt es einen naturgeschichtlichen Film. Seid ihr soweit, Kinder?«

Benazir war eine schmächtige Frau, und ihre langsamen Bewegungen schienen eine gewisse Erschöpfung zu verraten. Doch wenn einen der direkte Blick ihrer tiefliegenden Augen traf, konnte man Schwung und Energie entdecken.

An der Wand wurde ein Bildschirm hell, und man konnte das Summen von Insekten hören. Eine strahlend schöne Landschaft tauchte auf – Ostafrika. Die Kamera schwenkte auf eine Gruppe von Bäumen.

»Das sind Akazien«, sagte Benazir und erklärte den Kindern, was Bäume sind und wie sie sich entwickeln. Während sie gerade erzählte, daß äsende Tiere das Leben aller Baumarten bedrohen, zoomte die Kamera auf einen bestimmten Baum, als wolle sie sich in dessen Schatten niederlassen. Die Kinder staunten. Eifrig eilten Ameisen am ganzen Baum entlang, und die Kamera folgte ihnen auf ihrem Weg vom Erdboden hinauf zu den weißen Akazienblüten.

»Ich bin froh, daß es diese kleinen Dinger hier nicht gibt, Fräulein«, sagte eines der Mädchen.

»Ameisen sind schlaue Geschöpfe«, antwortete Benazir. »Sie bilden eine gut organisierte Gemeinschaft. Sie schützen die Akazien vor Pflanzenfressern und vor anderen Insekten, und als Gegenleistung gewähren die Bäume ihnen Unterschlupf. Ihr hättet wohl keine Lust, auf diesen Baum zu klettern, nicht wahr? Und warum nicht?«

»Weil sie einen beißen und bei lebendigem Leib verspeisen würden«, riefen die Kinder ausgelassen.

»Aber wie kommen die Bienen an die Blüten heran, wenn sie von diesen kleinen Krabbeltierchen angegriffen werden?« fragte ein nachdenklich wirkender Junge.

Benazir erklärte, daß die Akazienblüten, die sehr süßlich duften, ein chemisches Signal aussenden würden. Dieses Signal halte die Ameisensoldaten fern, so daß die Bienen die Blüten bestäuben könnten.

»Aber wie riechen die Blüten denn eigentlich?« fragte der Junge weiter.

Cang Hai und ich unterhielten uns kurz darüber, ob solche Eindrücke vom Leben auf der Erde die Kinder nicht zum Grübeln darüber bringen würden, was sie hier auf dem Mars entbehren mußten.

Als wir dies Benazir fragten, antwortete sie: »Meine Schützlinge müssen auf die Rückkehr zur Erde vorbereitet werden.«

Die Spiele draußen auf dem Zuchtrasen hatte man klugerweise so abgeändert, daß sie die Jungen *ermu*tigten, ohne die Mädchen zu *ent*mutigen. Die Unterschiede zwischen den Geschlechtern wurden allerdings deutlich, als Alpha eine Geschichte erzählte. Sie handelte von ›Frau Maulwurf‹, die mit ihrer kleinen Familie unter dem Rasen wohnte. Sie sagte ihren Kindern, wenn sie sich anständig benehmen würden und lieb seien, dann würden sie zur Belohnung ein paar Extra-Tassen Zitronentee, ihr Lieblingsgetränk, bekommen. Später gingen alle zu Bett – ihre Betten waren kleine Plastikbehälter – und sie schliefen selig bis zum nächsten Morgen. Ende der Geschichte.

Ein Junge namens Morry erzählte spöttisch dieselbe Geschichte ein wenig anders. Bei ihm ging die Maulwurfmama aus, um ein paar Lebensmittel einzukaufen. Sie steckte ihren Kopf genau in dem Augenblick aus dem Boden, als der Rasenmäher vorbeiratterte, und zummmm – schnitt er ihr den Kopf ab, der mit einer Blutspur hintendran wie ein Komet davonschoß und in einem alten Schuh landete.

»Nein, das stimmt ja gar nicht!« rief Alpha wütend.

»Also gut, laßt uns mal sehen, was an diesen Geschichten wirklich dran ist«, sagte Benazir und lächelte beiden zu.

»Ihr Kopf ist nicht hops gegangen«, sagte Alpha nachdrücklich. »Das war wohl eher Morrys Kopf.«

Da Morry für eine verbale Auseinandersetzung die nötige Schlagfertigkeit fehlte, steckte er die Zunge nach ihr aus.

Benazir sagte nichts mehr, sondern begann, vor ihren Schülerinnen und Schülern zu tanzen. Ihre Schritte waren bedächtig, ihre Handbewegungen kompliziert, als wolle sie damit ausdrücken: *Seht, liebe Kinder, das Leben spielt mal so – mal so. Und es gibt so vieles, über das man sich freuen kann, daß man sich wirklich nicht streiten muß...*

Während wir zurück zu unserer Wohnung gingen, diskutierten Cang Hai und ich darüber, wie sich diese Kinder später einmal als Bürger von Utopia machen würden. Wir kamen zu dem Schluß, daß es sich bei dem asozialen Verhalten, das sie hier und da an den Tag legten, nur um eine vorübergehende Phase handelte. Und wir hatten die Hoffnung, daß sich ihre Phantasie und Vorstellungskraft auf Dauer erhalten würde. Uns war deutlich geworden, wie wichtig die Fähigkeiten von Eltern und Lehrern im Umgang mit Kindern waren.

In der Wohnung angekommen, mußte ich mich gleich hinlegen. Die Müdigkeit schien mich aufzufressen...

18

Das Gebärzimmer

Trotz wiederholter Schwindelanfälle und des Rates von Cang Hai, Guenz und anderen, einen Arzt zu konsultieren, arbeitete ich weiter regelmäßig mit ADMINEX daran, die Pläne für Utopia Schritt für Schritt umzusetzen. Guenz wandte ein, es sei eine sinnlose Arbeit, da Olympus jederzeit erwachen und unsere Siedlung zerstören könne. Mary Fangold erwiderte, es sei auch nicht sehr sinnvoll, herumzusitzen und auf eine Katastrophe zu warten, die vielleicht niemals eintreten werde. Sie benutzte eine Redewendung, die man inzwischen fast als Motto der Marsgemeinschaft betrachten konnte: »Man muß einfach immer weitermachen!«

Dreiser Hawkwood und Charles Bondi riefen eine geheime, nicht an AMBIENT angeschlossene Arbeitsgruppe ins Leben, zu der auch Kathi Skadmorr, Youssef Choihosla und ich gehörten. Unter Dreisers Leitung diskutierten wir die Frage, ob man die Erde über Olympus informieren solle. Wir betrachteten die jüngsten Aufnahmen des Satelliten. »Wie Sie sehen können«, sagte Dreiser, »bewegt er sich jetzt schneller, obwohl er durch unwegsames Gelände muß.«

»Er hat seine Exterozeptoren aus dem Gebiet rund um die Wissenschaftsabteilung abgezogen«, ergänzte Kathi. »Eine mögliche Erklärung ist, daß er sie nun als eine Art Paddel unter dem Regolith einsetzt. Daher die plötzliche Beschleunigung.«

Bondi war eifrig mit Messungen beschäftigt. »Wenn wir das aufgewühlte Regolith als Grundlage nehmen,

hat Chimborazo im letzten Erdjahr etwa sechsund-
neunzig Meter zurückgelegt. Das ist eine ziemlich
hohe Beschleunigungsrate. Falls sich diese Rate fort-
setzt – was meiner Meinung nach eine recht unsinnige
Annahme ist –, wird er mit seinem ›Bug‹ die Wissenschaftsabteilung… warten Sie, mhm, er muß noch fast
dreihundert Kilometer zurücklegen, also… nun, wir
haben immer noch jede Menge Zeit… wenigstens vier
Jahre, selbst wenn man von dieser höheren Beschleunigungsrate ausgeht.«

»Vier Jahre…«, wiederholte ich.

Choihosla fragte, ob der Berg Spuren von Exkrementen auf seinem Weg hinterlasse.

»Reden Sie doch keinen Unsinn«, rief Kathi. »Chimborazo ist eine in sich geschlossene Einheit, die nichts
verschwendet. Bestimmt hat er Kotfresser – Kophro-
phagen – unter seinem Schild.«

»Zurück zur Frage, ob wir die da unten informieren
sollen oder nicht. Ich würde gern Ihre Meinung hören,
Tom«, sagte Dreiser. »Die Sache muß ja nicht an AD-
MINEX weitergeleitet werden. Wir fünf sollten darüber entscheiden.«

»Vermutlich haben sie Darwin auf den Mars gerichtet«, erwiderte ich. »Also werden sie auch die Spuren
sehen, die dieses Ding hinterläßt.«

»Vielleicht haben sie das Teleskop aber auch seit
dem Zusammenbruch nicht mehr benutzt«, sagte
Dreiser. »Und falls doch, werden sie eine gewisse Zeit
brauchen, das aufgewühlte Regolith zu deuten. Vielleicht denken sie, wir hätten einen Erdrutsch ausgelöst.«

»Wir sollten ihnen mitteilen, daß der Vulkan sich
verlagert hat«, schlug Kathi vor. »Ohne weiteren
Kommentar. Wir erzählen ihnen doch nicht von unserer Annahme, daß Chimborazo lebendig ist. Und
schon gar nicht, daß er unserer Meinung nach Intelli-

genz besitzt. Die würden das Gebiet wahrscheinlich mit Kernwaffen bombardieren...«

Nach einer kurzen Debatte einigten wir uns auf diesen Vorschlag. Bondi bemerkte sarkastisch: »Man kann nicht voraussagen, was die da unten unternehmen werden. Vielleicht nehmen sie einfach an, daß wir durchgedreht sind.«

»Das denken die vermutlich ohnehin schon längst«, murmelte ich.

In dieser Nacht schossen mir Tausende von Fragen durch den Kopf, teils vermischt mit gespenstischen Traumbildern. Ich fühlte mich wie eine Ratte in einem Labyrinth, nein, eher wie Ratte und Labyrinth gleichzeitig. In der Stunde X stieg ich aus dem Bett und ging in meinem kleinen Zimmer auf und ab. Woran lag es eigentlich, daß die Menschheit trotz der Unendlichkeit der Matrix in so winzigen Kästen haust?

Ich sehnte mich danach, Antonia an meiner Seite zu haben, ihre Gesellschaft zu genießen, ihren Rat zu hören. Während mir Tränen an den Wangen herunterrannen – ich konnte sie nicht zurückhalten, auch wenn Antonia bereits drei Jahre tot war –, meldete sich mit sanftem Signalton mein AMBIENT.

Das Gesicht von Kathi Skadmorr erschien auf dem Bildschirm. »Ich wußte, daß Sie wach sind, Tom. Ich muß mit Ihnen reden. Das Universum ist kalt heute nacht«, sagte sie.

»Man kann in einer Menschenmenge eingezwängt und dennoch einsam sein«, erwiderte ich. Es war so, als ob wir geheime Kennworte austauschen würden.

»So sehr wir auch nach Einsamkeit streben mögen, nie können wir so einsam sein wie... Sie wissen schon, unser Haustier da draußen. Schon die Tatsache, daß es da draußen ist, liegt mir schwer auf der Seele. Man könnte heulen.«

Wie auf frischer Tat ertappt, wischte ich mir rasch

die Tränen weg. »Es ist ein ungeheuer großes, dahin-
vegetierendes Ding, Kathi, eine Art Fungus, nahezu
immun gegen äußere Einwirkungen. Trotz seines EPS
wissen wir nicht, ob es etwas besitzt, das unserer Art
von Intelligenz ähnlich ist.«

Kathi hielt ihren Blick gesenkt. »Ihnen muß doch
die merkwürdige Parallele zwischen ihm und uns auf-
fallen… Genau wie Chimborazo leben wir unter einer
Kuppel…«

Da ich merkte, daß sie etwas ganz Bestimmtes im
Sinn hatte, sagte ich nichts. Es gefiel mir, ihr Gesicht
zu betrachten und ihre Sensibilität zu spüren. Endlich
einmal hatte sie ihre Stacheln abgelegt… Und zweifellos warteten wir beide, in einer einsamen Gegend des
Universums gestrandet, auf etwas, das bald eintreten
würde.

Sie sah mit Schalk in den Augen auf und bemerkte:
»Ich bewundere Sie, Tom, und Ihren heldenhaften
Versuch, uns alle zu besseren Menschen zu machen.
Natürlich wird es nicht funktionieren, und ich bin ein
Musterbeispiel dafür, warum es nicht funktionieren
wird: Ich bin mit einem Sturkopf zur Welt gekom-
men.«

»Nein, irgend etwas kann Sie auch zu einem Sturkopf gemacht haben. Sie sind… Sie sind genau die Art
von Mensch, die wir in Utopia brauchen. Jemand, der
denken kann… und Gefühle hat.«

Sie blickte auf etwas außerhalb des Bildes und sagte
leise: »Chimborazo ist sehr wohl bei Bewußtsein. Ich
spüre es. Ich habe es auch gespürt, als wir dort waren,
direkt bei ihm. Und ich spüre es jetzt.«

»Zweifellos haben wir ein EPS empfangen. Aber…
ich fürchte, daß sich unser Verständnis der Welt völlig
ändert, falls dort, unter dem Schild, wirklich ein denkendes Wesen am Werk ist. Es muß sich ändern.« Ich
starrte auf die digitalen Ziffern meiner Armbanduhr.

Lebenssekunden... »Wenn es auf dem Nachbarplaneten der Erde ein denkendes Wesen gibt, dann ist das ganze Universum gefüllt mit Myriaden völlig unterschiedlicher Lebensformen. Als ob Intelligenz das natürliche Ziel, der Zweck des Universums wäre.«

»Ja, falls Bewußtsein nicht einfach nur eine ortsgebundene Anomalie ist. Aber das ist zu anthropozentrisch gedacht, nicht wahr? Ich bin erst vor zu kurzer Zeit auf solche Ideen gestoßen, als daß ich mich darin wirklich auskennen würde. Ausgerechnet ich – mit meinem Aborigines-Erbe.« In ihrer Stimme schwang wieder etwas von dem gewohnten Spott mit. Sie sagte, vielleicht habe das Ding vor unserer Haustür in seiner Abgeschiedenheit, in den zu Stein erstarrten Jahrhunderten der Meditation etwas Allumfassendes zu begreifen gelernt. Der Mensch sei stets von einigen wenigen Imperativen zum Handeln getrieben worden – Hunger, Sex, Macht – und habe nur aufgrund der Vielfalt überlebt. Vielleicht sei ja die Einheit dieses riesigen Wesens der Beweis für viel, *viel* mehr Möglichkeiten des Verständnisses... Sie seufzte. »Beau ist hier bei mir, Tom. Er schläft. Er spürt Chimborazos Gegenwart nicht so wie ich... Selbst die Stärksten von uns brauchen die Verbindung mit einem anderen Lebewesen – ich mit Beau, denke ich, aber noch viel stärker mit dem großen C. Vielleicht ist seine Einheit wirklich Beweis größeren Verstehens. Eines Verstehens, das sich durch unheimlich lange Zeiträume hindurch – was immer die Dimension, die wir uns als Zeit vorstellen, sein mag – ansammelt, bis es zu vollständigem Wissen, zu vollständiger Weisheit wird...« Sie mußte über sich selbst lachen. »Klingt das nach einer Wunschvorstellung?«

»Nehmen wir einmal an, es wäre so, Kathi. Wären wir dann in der Lage, uns mit ihm zu verständigen? Oder würde sein Wissen es für immer und ewig von uns trennen – weil es eben einen Bereich jenseits unseres Verständnisvermögens erreicht hat? Ihre Formulierung ›die Dimension, die wir uns als Zeit vorstellen‹ ist ein Beispiel dafür… Also ist es für uns eine Art Gott – ein Gott, der sich für nichts und niemanden außerhalb seines Selbst interessiert.«

»Da wäre ich nicht so sicher…« Sie stützte das Gesicht in die Hände. »Es ist jene Stunde der Nacht, in der die Phantasie Flügel bekommt… Könnte ja auch sein, daß es sich nur um ein ulkig geformtes Weichtier handelt, das auf einem öden Planeten gestrandet ist… Gehen Sie schlafen, Tom! Ich wünschte, ich wäre bei Ihnen…«

Ihr Gesicht verblaßte und verschwand dann ganz.

Doch ich fand immer noch keinen Schlaf. Das Gespräch ging mir im Kopf herum. Mein Schädel brummte, und ich hatte das Gefühl zu ersticken. Auf der Suche nach Gesellschaft stolperte ich aus meinem Zimmer und stürmte ohne anzuklopfen in Choihoslas Wohnung gegenüber. Er kniete gerade auf einem kleinen Teppich, und seine Stirn berührte den Boden. Eine schwach leuchtende Lampe stand daneben.

Ich blieb in der Tür stehen. Choihosla blickte mit zornig gerunzelten Augenbrauen auf und ließ einen Schwall von Schimpfworten los, biß sich jedoch auf die Zunge, als er mich erkannte. »Tom? Sie sehen ja fürchterlich aus! Kommen Sie doch herein, kommen Sie. Was gibt's? Es ist die Stunde X.« Er erhob sich, als ich eintrat.

»Sie waren mitten im Gebet«, sagte ich. »Es tut mir leid, daß ich Sie gestört habe.«

»Allah ist groß. Er wird die Unterbrechung verzeihen. Kommen Sie, setzen Sie sich.«

Ich nahm erschöpft Platz. Er rückte mit seinem massigen Körper näher an mich heran, setzte sich ebenfalls und stützte die Hände auf die Knie. Ich erzählte ihm von meiner Verwirrung, die durch die Grübelei über dieses Ding, diese Lebensform in unserer Nähe ausgelöst wurde. Er vertraute mir an, aus ähnlichem Grund habe er Stärkung im Gebet gesucht – in einem fast wortlosen Gebet, wie er sagte.

Wir führten ein langes, um Spekulationen kreisendes Gespräch. Schließlich konnte ich meine Neugier nicht mehr zügeln. Auf dem Fußboden neben Choihoslas Gebetsteppich war mir ein kleines Gerät mit winzigem Bildschirm aufgefallen. Im Moment war nichts darauf zu sehen. Ich fragte ihn, was das sei. Er zögerte, dann hob er es auf und reichte es mir. Es lag leicht in der Hand, und als ich auf einen Knopf drückte, setzten sich auf dem Schirm goldene Körper in Bewegung. Gleichzeitig flimmerten Zahlen über die untere Bildhälfte.

Das Gerät berechnete für jeden Tag des Jahres die Positionen von Sonne, Mond, Erde und Mars – und den Standort der Heiligen Stadt Mekka. So konnte sich Choihosla während des Gebets immer dann Richtung Mekka wenden, wenn die Erdrotation die Heilige Stadt an einen Punkt brachte, der Amazonis und unserer Siedlung gegenüberlag. Choihosla sagte, es sei eine armselige religiöse Übung, wenn man bete, solange sich Mekka auf der anderen Seite der Erdkugel befand.

»Also, das ist ja genial«, bemerkte ich.

Er wog den kleinen Computer in der Hand. »Diese Geräte kann man für ein bißchen Kleingeld auf jedem Basar kaufen«, sagte er beiläufig. »Selbstverständlich ist es eine westliche Erfindung…« Da er mir meine Verwirrung ansah, fügte er hinzu: »Sie wundern sich über meinen Glauben? Und vielleicht auch darüber, daß ich unbeirrt daran festhalte? Brauchen Sie denn nichts in Ihrem Leben, das größer ist als Sie selbst?«

Ich deutete in die Richtung, in der ich den Olympus Mons vermutete: »Da draußen ist es.«

Bei allen wundersamen Ereignissen um uns herum war mir natürlich bewußt, daß wir ohne anständige Lebensbedingungen gar nichts erreichen würden. Die dünne Marsatmosphäre setzte uns Meteoriteneinschlägen aus. Also machten wir uns daran, die Siedlung durch Ausschachtungen zu erweitern, und so entstand eine neue unterirdische Etage mit Wohnungen, die größer als unsere alten Behausungen waren. Es gab nun mehr Möglichkeiten als früher, sich auch einmal zurückzuziehen. Außerdem hatten die Wohnungen Balkone und Terrassen. Die Ziegelsteine, die wir verwendet hatten, leuchteten in verschiedenen Schattierungen. Wir setzten auch gentechnisch veränderte Pflanzen, vor allem Kletterpflanzen, die unter künstlichem Licht gediehen.

Als wir gerade dabei waren, die Zimmer in hellen Farben anzustreichen, verriet mir die Leuchtanzeige auf meinem AMBIENT, daß eine Nachricht auf mich wartete. Es war Charles Bondi, der mit mühsam beherrschter Stimme sprach.

»Was treibt ihr eigentlich da drüben? Warum, glauben Sie, wurde die Wissenschaftsabteilung auf den Mars verlegt? Nur deshalb, weil wir völlige Stille und ein schwingungsfreies Umfeld brauchen, stimmt's? Unsere Forschung ist der einzige Grund, warum dieser Planet überhaupt besiedelt wurde, und Ihre Bohrarbeiten gefährden nun die Suche nach der Omega-Schliere. Wir erhalten seltsame Werte. Ich muß Sie auffordern, alle Bohrungen und Ausschachtungen unverzüglich einzustellen.«

Ich ließ sein Gesicht zum Standbild erstarren und sah es mir genauer an. Die Verärgerung, die aus seinen Worten sprach, war von seiner Miene nicht abzulesen.

Meine Antwort war kurz und bündig: »Es tut mir leid, Charles, daß wir Sie in Ihrer Abgeschiedenheit gestört haben. Aber bis jetzt haben Ihre Forschungen zu keinerlei Ergebnis geführt – und wir müssen leben. Ich habe nicht die Absicht, den Bau dieser neuen, so dringend benötigten Wohnungen zu stoppen. Im übrigen lade ich Sie herzlich ein, die Gebäude zu besichtigen, wenn sich Ihr Ärger gelegt hat.«

Seine Antwort wiederum bestand nur aus einem einzigen Wort: »Luddit!«*

Danach hörten wir nichts mehr von der Sache. Zwar staunte ich über die Arroganz der Wissenschaftler, sah allerdings auch, daß ihr Protest durchaus berechtigt war. Also drängte ich die Arbeiter, die Bauten so schnell wie möglich fertigzustellen, damit die Vibrationen aufhörten.

Je mehr die Pläne für unser Utopia praktische Gestalt annahmen, desto drängender wurden einige Fragen. In welchem Umfeld würde sich ein selbstherrlicher Charakter wie Bondi wohl fühlen? Wie die kreative Rastlosigkeit der Forschung mit utopischer Gelassenheit in Einklang bringen? Und wie würde es unserer utopischen Gesellschaft gelingen, sowohl für Stabilität als auch für Wandel zu sorgen?

Vor allem diskutierten wir über das Wesen von Macht und das Machtstreben. Choihosla schlug vor, unsere Vorstellung von Macht grundsätzlich in Frage

---

* *Luddit*: Der Ausdruck bezieht sich auf Ned Ludd, einen Arbeiter aus Leicestershire, England, der im 18. Jahrhundert industrielle Maschinen zerstörte. Als Ludditen bezeichnete man später die englischen Textilarbeiter, die zwischen 1811 und 1816 aus Angst vor Arbeitslosigkeit ihre Wut an den neu eingeführten Maschinen ausließen. Inzwischen wird der Terminus ganz allgemein als Bezeichnung für Gegner industrieller Produktion und Innovation verwendet. – *Anm. d. Ü.*

zu stellen. Er stellte uns eine Frage: Wer hat die größte
Macht über Leben und Tod eines anderen Menschen?

Die Antworten aus dem Publikum waren vielfältig.
Scharfrichter, Feldwebel in der Hitze des Gefechts,
Mörder, Stammeshäuptlinge, Politiker und – wie
gehässig – Wissenschaftler wurden genannt, doch
Choihosla schüttelte den Kopf. »Es ist gar kein Mann,
sondern die Mutter, die Macht über ihr neugeborenes
Kind hat. Behalten Sie das bei den folgenden Ausführungen stets im Hinterkopf«, sagte er. »Mir ist klar,
daß meine Vorschläge all jenen, deren Hirne sich aufgrund der westlichen Lebensart zersetzt haben, ein
Greuel sein müssen. Aber die Angelegenheit erfordert etwas Nachdenken. Und dieses Nachdenken muß
zum Ziel haben, die herkömmliche Vorstellung von
Macht als ›Gelegenheit zur Bereicherung‹ zu revidie-
ren. Wir dürfen hier oben den diversen Präsidenten,
Monarchen oder Diktatoren, die auf der Erde Macht
ausgeübt haben, auf keinen Fall nacheifern. All diesen
Herrschern ging es um persönliche Bereicherung –
und unter ihrer Herrschaft haben auch die Bürger versucht, sich zu bereichern. Zum Glück besitzen wir hier
keine Reichtümer. Trotzdem brauchen wir jemanden –
ob Mann oder Frau –, an den wir uns in allen Fragen gerechter Lebensverhältnisse wenden können. Ich
schlage vor, daß wir dieser Person den Titel ›Oberster
Architekt‹ verleihen, denn damit drücken wir aus, daß
hier etwas Neues aufgebaut wird. Allerdings müssen
wir die Vorstellung über Bord werfen, daß Macht
einem einzelnen Menschen ermöglicht, sich mehr anzueignen, als ihm zusteht. Macht muß in der Entschlossenheit gründen, eine wohlorganisierte und gerechte Gesellschaft aufzubauen und zu erhalten, und
bestärkt wird diese Entschlossenheit durch die Hoffnung – wie illusorisch sie auch sein mag –, die
Menschheit zur Vollkommenheit zu führen. Nur unter

diesen Voraussetzungen werden die Machtlosen nicht unter den Mächtigen leiden müssen – ebensowenig, wie ein Kind unter der Macht der Mutter leiden muß. Im Gegenteil: Wenn die Mutter Macht ausübt, nützt das Mutter und Kind. Das ganze Machtgefüge – von den Regierungsvertretern bis zu den Eltern, von den Kindern bis zu den Haustieren – wird von einer Hoffnung getragen sein, der Hoffnung auf ein gutes Leben für alle.«

»Sie versuchen, den Konfuzianismus wieder einzuführen!« warf Cang Hai ein.

»Falsch«, erwiderte Choihosla. »Der Konfuzianismus war zu dogmatisch und zu beschränkt, obwohl er viele aufklärerische Ideen umfaßte. Aber heutzutage hören wir allzu viel von ›Menschenrechten‹ und allzu wenig von ›Menschenpflichten‹. In unserer utopischen Gesellschaft bringt die gegenseitige Verpflichtung Zufriedenheit mit sich.«

»Wie also soll das Wesen der Macht nach Ihrer Definition aussehen?« fragte jemand.

»Nein, nein.« Choihosla schüttelte seinen großen Kopf, als bedaure er, überhaupt etwas gesagt zu haben. »Ich versuche nicht, das Wesen der Macht zu ändern – der Versuch wäre lächerlich. Nur unsere Einstellung dazu. Macht an sich ist etwas neutrales. Es kommt darauf an, zu was man sie nutzt, und wir müssen dafür sorgen, daß sie für Gutes statt Böses genutzt wird – durch Nachdenken, durch Einfühlungsvermögen. Dann wird Macht uns die Möglichkeit bieten, das Leben aller zu verbessern, ein Ziel, das die Belohnung in sich selbst trägt. Sowohl der Oberste Architekt als auch die Bürger werden von dem profitieren, was ich ›Ausübung mütterlicher Macht‹ nenne.«

Er sah merkwürdig demütig aus, als er seine Rede beendete und die massigen Arme vor der Brust verschränkte.

Nach längerem Schweigen im Saal sagte Crispin Barcunda leise: »Sie möchten, daß sich die Natur des Menschen ändert.«

»Aber nicht völlig«, antwortete Choihosla. »Manche von uns haben jetzt schon nichts als Verachtung übrig für einen neuen Begriff von Macht, der gleichbedeutend mit Habgier ist. Und ich glaube, Sie gehören auch dazu, Mr. Barcunda!«

Während die Ausschachtungen für den Neubau zügig vorangingen, hatte ich mehr zu tun denn je. Zum Glück machte unsere Sekretärin, die famose Elsa Lamont, die Termine für mich aus und achtete darauf, daß ich sie auch einhielt. Elsa und Suung Saybin nahmen sich außerdem derjenigen an, die sich um die neuen Räumlichkeiten bewarben.

Als Elsa und ich einmal noch zu später Stunde arbeiteten, anstatt, wie eigentlich bitter nötig, den Abend zu genießen, drehte sie sich zu mir um und sagte: »Bei meinen Liebesaffären bin immer ich diejenige gewesen, die geliebt wurde.«

Ich war verblüfft, da ich Elsa, die eher wie eine graue Maus aussah, nie mit irgendwelchen Liebesaffären in Verbindung gebracht hatte. Für mich war sie nur eine ehemalige Werbegraphikerin mit Talent, orthogonale Kunstwerke zu schaffen.

»Warum haben die Figuren, die ich schaffe, keine Gesichter? Mir ist klar, daß ich zu tiefer Liebe nicht fähig bin, Tom. Meinen Partnern gegenüber ist das doch unfair, nicht wahr?«

Ich zog meine Augenbrauen hoch. »Wie kommen Sie eigentlich auf dieses Thema, Elsa?«

Sie hatte über Choihoslas Neudefinition von Macht nachgedacht. Es sei richtig, sagte sie, daß Mütter tiefe Liebe empfänden. Aber vielleicht sei für jene Menschen, die dazu nicht fähig seien, Macht ein ausreichender Ersatz. »Es kann doch sein, daß Machtausübung eine Fehlentwicklung des Fortpflanzungsprozesses bedeutet.«

»Mir ist klar, daß das Bedürfnis, sich ungehindert fortzupflanzen, zu allen möglichen Formen von Machtkämpfen führt...«, begann ich.

Elsa wiederholte meine Worte langsam, als handle es sich um ein Mantra. Dann sagte sie: »Das gilt für alles in der Natur, nicht wahr? Wir müssen also wieder zu einer Einheit finden. Und so beweisen, daß Choihoslas Hoffnung begründet ist.« Unvermittelt fügte sie hinzu: »Einige Frauen halten morgen früh im Hindenburg-Saal eine Versammlung ab. Sie wollen darüber diskutieren, wie man bessere – oder angenehmere – Bedingungen für die Geburt schaffen kann. Können Sie teilnehmen?«

»Hmm... Sie wollen damit doch nicht andeuten, daß Sie schwanger sind, Elsa?«

Die Andeutung eines Lächelns huschte über ihr Gesicht. »Ganz bestimmt nicht«, sagte sie. »Es wäre ja schon schön, wenn ich mit wahren Empfindungen schwanger ginge...« Sie wandte sich wieder ihrer Arbeit zu. »Habe ich mehr Macht, wenn ich lieber auf Distanz gehe, als meinen Gefühlen nachzugeben und die Liebe meines Partners zu erwidern?« fragte sie etwas später.

Ich sah das eher als eine charakterliche Schwäche und tat vorsichtigerweise so, als habe sie eine rhetorische Frage gestellt.

Am nächsten Morgen um Punkt zehn Uhr versammelte sich eine Gruppe von Frauen unter dem Bild der Hindenburg. Helen Panorios sprach als erste. Sie stemmte ihre Hände in die Hüften und blieb während ihrer ganzen Rede so stehen, ohne ihre Worte durch Gesten zu unterstreichen.

»Wir wollen etwas diskutieren, das den meisten von

Ihnen zunächst merkwürdig vorkommen mag. Aber bitte hören Sie uns bis zum Ende zu. Wir Frauen fordern einen eigenen Raum in den neuen Gebäuden. Er braucht nicht allzu groß sein, wenn er entsprechend ausgestattet ist. Er soll ›Gebärzimmer‹ heißen, und Männern soll jeglicher Zutritt verwehrt sein. Wir möchten eine Tabuzone schaffen, eine Zone, die ausschließlich den Vorgängen rund um die Geburt vorbehalten ist.«

Mary Fangold, die Personalchefin des Krankenhauses, fuhr dazwischen. »Entschuldigen Sie, doch der Vorschlag bedeutet eine unsinnige Verdoppelung von Arbeit – einer Arbeit, die unsere Entbindungsstation bereits wunderbar erledigt. Wir haben glänzende Ergebnisse, was Entbindungen betrifft. Schon einen Tag nach der Geburt sind die Mütter wieder auf den Beinen und können entlassen werden, ohne jede Komplikation. Ich bin gegen dieses sogenannte Gebärzimmer, weil es den Ruf unseres Krankenhauses schädigt.«

Helen zuckte kaum mit der Wimper. »Wir hoffen eigentlich, daß Sie mit uns zusammenarbeiten, Mary. Ihre eigenen Worte offenbaren die Schwachpunkte Ihres Systems. Das Krankenhaus geht immer noch nach Fließbandmethoden vor: An einem Tag kommen die Mütter herein, am nächsten heraus. Gerade so, als wären wir Maschinen und produzierten Babys wie… Schuhe oder Autos. Das alles ist so altmodisch und gegen die Natur.«

Eine andere Frau sprang ihr bei. »Wir haben so viel Zeit darauf verwendet, über Erziehung und Ausbildung unserer Kinder zusprechen. Aber wir haben uns nicht mit der wesentlichen Frage befaßt, wie sie ihre ersten Stunden auf dieser Welt verbringen. Genau in dieser Zeit entsteht die Bindung zwischen Mutter und Kind. Die Hektik in unserem Krankenhaus fördert diesen Prozeß nicht, sondern trägt im Gegenteil dazu bei, daß Mütter ihre Kinder nicht mit Liebe annehmen und die Kinder so Störungen entwickeln. Ein Gebärzimmer würde das alles ändern.«

»Wollt ihr auf diese Weise die Männer ausschalten?« fragte Crispin Barcunda.

»Ganz und gar nicht«, antwortete Helen. »Aber mit gutem Grund ist die Geburt stets von einem Geheimnis umgeben. Männer sollten dabei nicht zugegen sein. Ich weiß, daß das reaktionär klingt. Es ist Mode geworden, daß die Männer bei der Entbindung dabei sind, und oft genug sind es männliche Ärzte, die den Geburtsvorgang überwachen. Aber Moden ändern sich. Wir möchten etwas anderes ausprobieren... nicht unbedingt etwas Neues, denn eigentlich ist das Gebärzimmer eine alte Idee, nur ist sie in Vergessenheit geraten. Es ist ein Raum, in dem die Frauen während der Qualen der Geburt Trost finden. Bei der Niederkunft werden sie von Hebammen unterstützt, und nach der Geburt können sie dort bleiben, faulenzen, ihrem Baby die Brust geben und sich mit anderen Frauen unterhalten. Denn alle Frauen haben dort Zutritt – ob schwanger oder nicht. Männer müssen draußen bleiben – bis eine Woche nach der Geburt. Die Frauen brauchen ihr eigenes Territorium. Irgendwie haben wir bei unserem Kampf um die Gleichstellung einige der Privilegien verloren, die wir früher einmal genossen haben. Dieses kleine Privileg sollten Sie uns wieder zugestehen. Sie werden bald sehen, daß es sich äußerst positiv auswirken wird.«

»Und was sollen die Väter in dieser Zeit machen?« fragte ich.

Helens Gesicht verzog sich einem breiten Lächeln. »Ach, Väter machen einfach das, was sie immer machen. Amüsieren sich in ihren Vereinen, hocken zusammen, haben ihre eigenen Treffs. Lassen Sie uns das Gebärzimmer doch einfach ein Jahr lang ausprobieren. Wir sind überzeugt davon, daß es sich bewähren wird.«

Einigen männlichen Protesten zum Trotz wurde das Gebärzimmer schließlich eingerichtet, und es entwickelte sich zu einem allgemein anerkannten Bestandteil unserer Gemeinschaft – obwohl Männer keinen Zutritt hatten. Nach der Geburt blieben Mutter und Kind in friedlicher, warmer Atmosphäre bei abgedämpftem Licht beieinander – mindestens eine Woche lang, auf Wunsch der Frauen aber auch länger. Wenn die junge Mutter das Zimmer verließ und dem Mann das Neugeborene präsentierte, wurde gefeiert. Im Laufe der Zeit entwickelte sich daraus eine kleine Zeremonie, die ›Wiedervereinigung‹ genannt wurde. Man lud Leute dazu ein, brachte Kuchen mit, tauschte Küsse aus. Die Kuchen waren synthetisch, die Küsse zumindest echt genug.

19

Die Debatte über Sex und Ehe

Ein weiteres Jahr verging, und es gab immer noch viele, die trotz des Pechs, auf dem Mars festzusitzen, unsere Gesellschaft als fair und gerecht betrachteten und somit als eine Bereicherung ihres Lebens. Was mich betraf, so sah ich Utopia inzwischen als einen Zustand des Werdens, als Licht in der Ferne, als eine Reise, die aufgrund menschlicher Schwächen nie ein Ende finden würde. Und dennoch gab es hier Anzeichen dafür, daß sich wirklich etwas verbesserte.

Kissorian und Sharon waren unter den ersten, die die Möglichkeit zu einem ungestörten Leben in den neuen unterirdischen Wohnungen nutzten. Zur Freude vieler (und zum Neid einiger weniger) wurde ihre Hochzeit groß gefeiert; danach zogen sie sich eine Weile aus dem öffentlichen Leben zurück.

Zu etwa derselben Zeit schlugen sich unsere Wissenschaftler mit neuen Problemen herum. Eine der positiven Folgen der Erkenntnis, daß Chimborazo lebte, bestand in der Annäherung von Wissenschaftlern und Nicht-Wissenschaftlern. Die meisten der Marsbewohner waren sich bewußt, daß wir in einer der großen wissenschaftlichen Epochen lebten, und stolz darauf, die neuen Entwicklungen dieser Zeit mitzuerleben. Deshalb fühlten wir uns alle in gewisser Weise betroffen, als Dreiser bekanntgab, in der Supraflüssigkeit sei eine winzige Unregelmäßigkeit aufgetreten. Man habe endlich ein Signal empfangen, und nach Meinung der Wissenschaftler zeige das Signal an, daß ein HIGMO den Ring durchlaufen habe. »Wenn wir noch zwei weitere HIGMOs finden – oder auch nur ein einziges –, dann haben wir eine Basis für die wesentlichen Parameter der Omega-Schliere«, fügte er hinzu.

»Wie lange müssen wir noch warten?« fragte jemand.

»Das kommt darauf an. Mit nur zehn oder fünfzehn weiteren HIGMOs können wir vermutlich recht genaue Werte für diese Parameter ermitteln. Damit wird, abgesehen von anderen wichtigen Dingen, die Auseinandersetzung um den ZETA-Faktor* ein- für allemal erledigt sein.« Dreiser warf einen grimmigen Blick auf Kathi Skadmorr, deren Gesicht in diesem Moment auf dem AMBIENT erschien.

Sie legte gleich los: »Was die Unregelmäßigkeiten betrifft, die in der Supraflüssigkeit entdeckt wurden, sollten wir sagen, daß es sich um winzige Anomalien handelt. Vielleicht haben wir da wirklich ein Signal, daß ein HIGMO den Ring durchläuft, vielleicht auch nicht. Manche von uns haben diesbezüglich einige Bedenken. Also warten wir auf den zweiten HIGMO. Wir müssen Geduld haben.«

Doch bereits zwei Tage später wurde ein weiterer HIGMO angezeigt.

»Nun ja, es riecht tatsächlich ein bißchen faul«, erklärte Dreiser skeptisch. »Der Ring ist erst seit einem Jahr störungsfrei in Betrieb… Ein Jahr, bis wir überhaupt ein Signal erhalten, und dann so bald darauf ein zweites…?«

»Vielleicht treten sie gruppenweise auf?« sagte ich, doch offenbar bekam Dreiser meine Bemerkung nicht

---

* ZETA: ›Zero Energy Thermonuclear Apparatus‹, ringförmige Versuchsanlage zur Untersuchung thermonuklearer Reaktionen. ZETA-Faktor: gemeint ist hier die Auseinandersetzung um die Wirkungsweise (Effizienz und Außenwirkung) der Anlage auf dem Mars. – *Anm. d. Ü.*

mit oder er wollte nicht darauf eingehen. Jedenfalls tuschelte er mit jemandem außerhalb unseres Sichtfeldes. Als er dann sein Gesicht wieder den Zuschauern zuwandte, sagte er: »Diese zweite Unregelmäßigkeit hat etwas besonders Merkwürdiges an sich. Sie ist nicht so verlaufen, wie wir erwartet haben. Die Schwingungen haben sich nach und nach aufgebaut und nicht stufenweise*, wie man es beim Durchlauf eines HIGMO eigentlich erwarten würde. Sie müssen bedenken, daß die erste Unregelmäßigkeit für uns völlig überraschend kam. Wir konnten Merkmale und Verlauf nicht in allen Einzelheiten erfassen… Wir halten Sie auf dem laufenden.«

Also setzten wir unser Leben normal fort. Die Verbesserungen, die der Ausbau des Kellergeschosses (wie wir den Neubau nannten) mit sich gebracht hatte, hoben bei allen die Moral. Allerdings sorgten sie, wie so viele andere auch, keineswegs für dauerhafte Zufriedenheit.

Ich hatte mich inzwischen mit Dayo angefreundet, dem eifrigen jungen Nigerianer, der großes Interesse für unsere Lebensbedingungen zeigte. Oft besprachen wir den Ausbau des Kellergeschosses, denn Dayo, der das Komponieren inzwischen aufgegeben hatte, bewies großes Geschick darin, mit dekorativen, vor Lebensfreude und Farben geradezu explodierenden Fliesenmustern den Hauptkorridor zu verschönern.

»Wenn wir an die Hauptstädte des 19. Jahrhunderts denken«, sagte ich zu ihm, »dann waren das ekelhafte Orte. In New York, Paris und London waren Schmutz und Gestank Bestandteil des täglichen Lebens. Diese Städte – vor allem London – waren Kohlestädte. Die Kohle war überall, wurde in Kellerschächten gelagert,

---

* Gemeint ist die Wellenform, die von einer Ebene zur anderen verläuft (steigt oder fällt). – *Anm. d. Ü.*

die Treppen hinaufgeschleppt, in Millionen von Öfen geschüttet und verheizt, so daß Ruß und Rauch, Schlacke und Asche die ganze Umgebung verpesteten. Die Kohleemissionen vermischten sich mit den Exkrementen der Pferde, die die Kohlekarren und alle möglichen anderen Kutschen und Wagen durch die Straßen zogen. Die ganze Stadt war ein Mikrokosmos aus Dreck. Im 20. Jahrhundert wurde dann vieles besser. Kohle wurde weitgehend aufgegeben, rauchfreie Zonen wurden eingeführt. Inzwischen war Londons berühmter Smog Vergangenheit. Erst kamen die elektrischen Heizungen, dann die Zentralheizungen und Klimaanlagen. Auf den Dächern traten Solaranlagen an die Stelle der Schornsteine. Tiere verschwanden aus dem Stadtbild. Statt dessen kamen Automobile, und als auch sie sich bis zur Unerträglichkeit vervielfacht hatten, wurden sie ebenfalls aus den Innenstädten verbannt. Aber galten der neue Komfort und die häuslichen Erleichterungen – auch Staubsauger und andere technische Hilfsmittel gehörten ja dazu und trugen zur Verbesserung der hygienischen Bedingungen zu Hause bei – als große Errungenschaften? Keineswegs. Die Verbesserungen kamen nach und nach – und sobald sie einmal da waren, wurden sie als selbstverständlich betrachtet.«

»Ich wünschte, man hätte sie in meiner Heimat auch als selbstverständlich betrachten können«, bemerkte Dayo. »Unseren Regierungen lag das Wohl der Menschen nie am Herzen.«

»Das«, erwiderte ich, »ist mehr oder weniger typisch für alle Regierungen. Zufällig war eben in den westlichen Ländern eine gebildete Bevölkerungsschicht stark genug, die Regierung zu beeinflussen oder selbst die Regierung zu übernehmen. Dieses Bildungsbürgertum verschaffte sich außerdem die Mittel, um in dauerhafte Verbesserungen zu investieren, und das hat weitere Verbesserungen auch in Bereichen vorangetrieben, in denen gar nicht damit zu rechnen war. Ich will ein Beispiel dafür geben: In den 30er Jahren des 20. Jahrhunderts, als die allgemeine Motorisierung noch eine recht neue Sache war, konnte sich eine Normalfamilie durchaus einen Kleinwagen leisten – sie konnte sich also das kaufen, was in vergangenen Tagen ›die Freiheit der Straße‹ genannt wurde. So primitiv damals die Verhütungsmethoden auch waren, die Familie hatte die Wahl: Noch ein Baby oder lieber einen kleinen Austin? Ein weiteres Maul stopfen oder einen Ford betanken? Wenn sich die Familie für das Auto entschied, trug sie dazu bei, das Bevölkerungswachstum zu bremsen. Was wiederum dazu führte, daß sich der familiäre Lebensstandard hob und die Befreiung der Frauen gefördert wurde.«

Dayo wirkte verstimmt. »In Nigeria können wir wohl kaum von der Befreiung der Frauen reden. Aber wenn ich bedenke, wie intelligent meine Mutter war – viel klüger als mein Vater…« Den Blick zu Boden gerichtet, fügte er hinzu: »Ich wäre am liebsten tot, wenn ich daran denke, wie ich mich ihr gegenüber verhalten habe… Jetzt ist sie nicht mehr da, und es ist zu spät, es wiedergutzumachen…«

Da ich unter einer Migräne litt, leiteten Belle Rivers und Crispin Barcunda die Debatte über Sex und Ehe. John Homer Bateson und Beau Stephens sprachen sich dabei gegen den vorgelegten Antrag aus.

»Wenn wir uns mit der Geschichte der Ehe befassen, können wir vor ihrer Grausamkeit nicht die Augen verschließen«, sagte Bateson auf die ihm eigene, blumige Art. »Die Liebe zwischen Mann und Frau kommt dabei kaum zum Tragen, letztendlich läuft alles auf Besitz, Mitgift und Versklavung hinaus. Entweder versklavt der Mann die Frau – was häufiger ist –, oder die Frau den Mann. Im letzten Jahrhundert hat es einmal eine Frau namens Greer oder Green so ausgedrückt: ›Wenn eine Frau ihre Lage verbessern will, dann muß sie die Ehe verweigern.‹ Ich behaupte, daß auch ein Mann die Ehe verweigern muß, wenn er die innere Distanz bewahren will, die Gelehrsamkeit mit sich bringt. Er muß die Besitzgier unterdrücken, die dieser Angelegenheit zugrunde liegt. Bis vor kurzem war die Frau gesetzlich dazu verpflichtet, mit der Heirat alles aufzugeben – ihre Freiheit, ja sogar ihren Namen. Gleichzeitig wurde vom Mann erwartet, die Freiheit der Wahl zu opfern und für die mit seiner Frau gezeugten Kinder aufzukommen...« Er machte eine Kunstpause und fuhr dann fort: »Das Wort *Hochzeit* mag ja ein Hochgefühl in manchem Busen auslösen, ähnlich wie das Wort *Mahlzeit*, aber dieses Hochgefühl legt sich schnell, wenn dem verheirateten Paar die Wahrheit über die Natur der Ehe dämmert. Irgendwie müssen die beiden es dann auch noch bewerkstelligen, ihren Nachwuchs zu lieben, der, wie man ehrlicherweise sagen muß, diese Liebe nur in den seltensten Fällen mit gleicher Zuneigung oder Dankbarkeit erwidert... Meiner Meinung nach treffen wir hier ausreichende Vorsorge für die Kinder – ganz zu schweigen davon, daß das Bevölkerungswachstum ohne Rücksicht auf Verluste vorangetrieben wird. Sollen die Kinder doch ›der Gemeinde zu Last fallen‹, wie man früher sagte. Sollen sie doch Belle Rivers und ihren Fürsorgeprofis anheimfallen. Nur weiter so mit der Vereinigung überhitzter Körper. Sollen's die Männer mit Frauen treiben oder Frauen mit Frauen oder Männer mit Männern... aber eine Etablierung der Ehe, egal in welcher Form, dürfen wir hier, auf dem Mars, auf keinen Fall in Betracht ziehen. Wir sind jetzt schon eingeschränkt genug!«

Bateson nahm Platz, und Crispin Barcuda trat ans

Rednerpult. »Der geniale Oliver Goldsmith*«, sagte er, »hat einmal bemerkt, daß ein Mann, der heiratet und für seine Familie sorgt, der Gemeinschaft mehr dient als derjenige, der ledig bleibt und über das Bevölkerungswachstum jammert. Dieser Ausbruch an Menschenfeindlichkeit, den wir gerade erlebt haben, berücksichtigt in keiner Weise, daß es so etwas wie Liebe gibt. Ich weiß, Liebe ist ein Begriff, hinter dem sich ebenso viele Sünden wie Tugenden verbergen können, doch wenn wir die Liebe an ihrem Widerpart, dem Haß, messen, sehen wir, wie mühelos sie die Oberhand behält. Es stimmt, daß die Liebe früher einmal mit Besitz zu tun hatte. Das ist Geschichte. Hier oben verfügen wir ohnehin über keinen Besitz, abgesehen von uns selbst. Hier heiraten wir deshalb, weil wir unsere Bindungen auch öffentlich machen wollen. Und weil wir, soweit möglich, Stabilität in unser Leben bringen wollen – unseren Kindern zuliebe, die das gerade in den ersten Lebensjahren so dringend brauchen. Wenn wir keine Kinder wollen, brauchen wir auch nicht zu heiraten – allerdings müssen wir dann verhüten. So lange, bis uns eines Tages die Lust verläßt und wir den einen Partner für einen anderen verlassen. Wie befriedigend das ist, überlasse ich Ihrem Urteil. Aber es wäre unsinnig, so etwas per Gesetz zu untersagen. Ist die freie Liebe ein Rezept für Zufriedenheit? Nun, es gibt eine alte Spruchweisheit, die ich vor langer Zeit auf den Seychellen gehört habe: ›Denk daran: Wie hübsch das Mädchen auch sein mag, das als nächstes auftaucht, irgendwo gibt es auch einen Verflossenen, der von ihrem Blödsinn genug hatte.‹«

---

* Oliver *Goldsmith*: irischer Dichter, Dramatiker und Romancier des 18. Jahrhunderts, Werke u.a. ›The Vicar of Wakefield‹ (1766), das Gedicht ›The Deserted Village‹ (1770) und die Komödie ›She Stoops to Conquer‹ (1773). – *Anm. d. Ü.*

Crispin grinste breit, so daß sein Goldzahn zu sehen war. »Und das gilt natürlich ebenso für das andere Geschlecht, meine Damen... An dieser Stelle möchte ich Ihnen sagen, daß ich, im Gegensatz dazu, Ehe und Beständigkeit für etwas halte, das den Menschen erhöht und in unserer Verfassung gefördert werden sollte. Ich bin davon sogar so überzeugt, daß ich hier voller Stolz etwas bekanntgeben möchte: Belle und ich wollen bald heiraten, trotz eines gewissen Altersunterschieds.«

Er lachte vor Freude und deutete galant auf Belle, die sichtlich errötete. »Ach, das sollte doch geheimbleiben«, rief sie, selbst zwischen Tränen und Lachen hin- und hergerissen. Crispin nahm sie in die Arme. Ich wünschte, Kissorian und Sharon hätten es miterleben können, aber wir hatten eine ganze Weile nichts von ihnen gesehen.

»Nach dieser Vorstellung können wir nur gewinnen«, flüsterte Cang Hai mir zu.

In diesem Moment stand Beau Stephens mit finsterem Blick auf. »Freunde, das ist doch ein abgeschmacktes Spektakel, zweifellos sorgfältig einstudiert, um uns dazu zu bringen, mit dem Herzen statt mit dem Kopf abzustimmen. Wenn die beiden Alten hier Gefühle für einander hegen, sollten sie's besser für sich behalten, als uns diese peinliche Farce vorzuführen... Was gegen die Heirat spricht, ist, daß sie sich überholt hat und inzwischen nur noch dafür taugt, Scheinheiligkeit und Sentimentalität zur Schau zu stellen. Wenn die Party vorüber ist, wenn das Paar die Geschenke ausgepackt hat, lassen sich die meisten doch schon wieder scheiden – noch ehe sich das Konfetti im Straßendreck festgetreten hat. Das einzige, was dabei herauskommt, sind vor Gericht ausgetragene Zankereien, die sich über Jahre hinziehen. Und genau dann sehen wir, daß es bei der Ehe nur um Besitz und sexuelle Lust geht. Die Sorge um Kinder spielt dabei überhaupt keine Rolle. Das ist reine Heuchelei – eine jener schlechten alten Angewohnheiten, die abgeschafft gehören.«

Stephens sah Crispin fest an. »Offenbar mögen Sie Zitate berühmter Leute, also will ich Ihnen ein Zitat von Nietzsche vortragen. Ich habe ›Also sprach Zarathustra‹ während meines Studiums gelesen, und soweit ich mich erinnere, nimmt er eine spirituelle Haltung ein. Die Ehe, sagt er, ist eine Herausforderung, der man sich nur mit ausreichender Reife stellen sollte. Nur dann kann man auch durch die Ehe wachsen. Hat man Kinder, dann sollen sie von der Geisteshaltung der Eltern so profitieren, daß sie Vater und Mutter noch überflügeln. Er nennt die Ehe den Willen zweier Menschen, ein Etwas zu schaffen, das mehr darstellt als jene, die es geschaffen haben. Das ist eine sehr anspruchsvolle Sichtweise, ich weiß. Aber als Kind von Eltern, die einander haßten und sich schließlich scheiden ließen, weiß ich, von was Nietzsche spricht. Die schlimme, ja widerwärtige Seite der Ehe hat dazu geführt, daß sie als Institution erledigt ist. Was nach unserem Vorschlag in der Verfassung festgeschrieben werden sollte, ist ein Verbot der Ehe. Statt dessen soll es einen unauflöslichen Vertrag geben, der die Betreuung der Kinder regelt. Das setzt einiges voraus, gewiß, aber mit diesem Vertrag sollen Zuwendungen und Vergünstigungen verbunden sein. Alle Paare, die sich für ein Kind entscheiden, können ihn abschließen – Paare, die einen solch brillanten und liebevollen Menschen großziehen wollen, wie ihn sich Belle Rivers als Produkt eines ganzen Bataillons von Seelenklempnern vorstellt… Der Vertrag kann auch nicht durch Scheidung für ungültig erklärt werden, da die Scheidung ebenfalls verboten ist. Also wird er von allen eingehalten. Abgesehen davon kann man freie

Liebe praktizieren, im wesentlichen so wie jetzt auch – allerdings muß jedes Paar, das ungewollten Nachwuchs zeugt, mit strengen Strafen rechnen.«

Stephens nahm wieder Platz. Im Saal herrschte eine angespannte Stille – die Versammlung mußte seine Worte erst einmal verdauen.

Schließlich erhob sich Crispin wieder. »Beau hat über das Kinderkriegen geredet, nicht über die Ehe. Auch wenn seine – oder besser: Nietzsches – Ideen auf ihre Art Bewunderung verdienen, heißt das nicht, daß sie praktikabel sind. Sie gehen zu weit. Wir könnten es nicht ertragen, auf immer und ewig in eine Zweisamkeit gezwängt zu werden, wenn sie ihren ursprünglichen Reiz verloren oder keinen neuen hinzugewonnen hat. Wenn wir Größe entwickeln wollen, wie Beau es fordert, dann können wir das nur in Freiheit tun… An dieser Frage haben sich schon klügere Köpfe als wir die Zähne ausgebissen, und wir wollen sie nicht mit derart drakonischen Maßnahmen beantworten, wie Beau sie vorschlägt.« Er seufzte und fuhr bedächtiger fort: »Allerdings wissen wir natürlich, daß eine Ehe nur so gut ist wie die Gesellschaft, in der sie gedeiht – oder eben nicht gedeiht… Vielleicht erweist sich die altmodische Institution der Ehe – und, falls nötig, auch die der Scheidung – als durchaus tauglich, wenn wir eine gerechte Gesellschaft geschaffen haben. Wie tauglich – das kann nicht von Gesetzen abhängen, denn Gesetze kann man brechen, sondern nur von den Menschen.«

Crispin wirkte ziemlich niedergeschlagen, als er Platz nahm. Einen Augenblick lang herrschte Stille. Dann brach ein Beifallssturm los.

Zu jener Zeit war mir oft schwindlig, ich fühlte mich krank und kaum in der Lage, meine Arbeit fortzusetzen. Es kam mir so vor, als nehme ich seltsame Ge-

räusche wahr, die mich an Ziegengemecker und Mö-
wenschreie erinnerten. Schon die Gegenwart anderer
Menschen war mir zuviel.

Oft saß ich oben auf der Empore und starrte auf die
versteinerte Marslandschaft. Im Westen konnte ich die
Ebene mit ihren spärlichen Brüchen erkennen, die wie
mit dem Lineal gezogen parallel zueinander verliefen.
Diese Linien waren, zumindest nach menschlichen
Maßstäben, seit ewigen Zeiten da! Das einzige, was
sich veränderte, war der Einfall des Sonnenlichts. Zu
einer bestimmten Tageszeit konnte ich von hier aus
sehen, wie die Sonne auf einen Abschnitt des Schlie-
ren-Ringes fiel.

Als ich diesen stillen Ort am Tag nach der Debatte
über die Ehe aufsuchte, mußte ich feststellen, daß
schon jemand dort war, und es war ausgerechnet John
Homer Bateson, der in seiner Rede solch große Verachtung für den Menschen gezeigt hatte. Leider war
es zu spät, den Rückzug anzutreten. Bateson zeigte
durch ein Nicken, daß er mich bemerkt hatte, und
dann fing er unvermittelt zu reden an. Vielleicht hatte
er Angst, ich würde das Thema der letzten Debatte
zur Sprache bringen.

»Falls ich Sie richtig verstanden habe«, sagte er,
»teilen Sie die allgemeine Auffassung, daß Olympus
Mons lebendig ist. Woran liegt es, daß die arme, lei-
dende Menschheit den Gedanken, allein im Universum zu sein, einfach nicht ertragen kann und ständig
andere Lebensformen erfinden muß – von Göttern bis
zu Comic-Helden? Machen Sie sich nichts vor. Wie
emsig Sie sich auch mit Entwürfen für eine gerechte
Gesellschaft – die ohnehin nicht erreichbar ist, da auch
sie nur eine jüdisch-christliche Wunschvorstellung
ist – befassen mögen, wir alle werden hier, auf dem
Mars, sterben.«

Ich erinnerte ihn daran, daß wir nach einer neuen,

besseren Lebensweise Ausschau hielten und ich in dieser Hinsicht immer noch optimistisch sei.

Bei dieser so profanen Äußerung von Hoffnung seufzte er. »Sie sagen das zwar, trotzdem sehe ich, daß Sie krank sind… Es tut mir leid, aber man muß ja nur aus dem Fenster blicken, um zu erkennen, daß der Mars ein toter Planet ist und wir in einem Schwebezustand, in einer Art Limbo, existieren – abgetrennt von allem, das dem Leben einen Sinn gibt.«

»Wie wir feststellen mußten, gibt es auf diesem Planeten Leben. Leben, das sich gegen ungeheure Widerstände behauptet hat – genau wie wir es vorhaben.«

Er faßte sich an die Nase, um seiner Skepsis Ausdruck zu geben. »Ich nehme an, Sie beziehen sich auf Olympus? Den können Sie vergessen. Ist doch nichts als wissenschaftliche Scharlatanerie, erfunden von akademischen Wichtigtuern, die alle in eine junge australische Eingeborene verknallt sind.«

»Bald werden hier wieder Schiffe auftauchen«, sagte ich. »Die hektische Welt der Erde wird uns wieder einholen. Und dann werden wir diese Zeit des Exils als eine Art Atempause betrachten, in der wir über unser Leben und unsere Bestimmung nachdenken konnten. Ist das nicht genau der Grund, warum wir VES und JAEs hierhergekommen sind? Ein unreflektiertes Leben ist ein vertanes Leben.«

»Ach, ich bitte Sie!« Er lachte trocken. »Als nächstes werden Sie mir wohl erzählen, daß ein unreflektiertes Universum ein vertanes Universum ist.«

»Das könnte sich tatsächlich als richtig erweisen.« Ich hatte das Gefühl, einen Treffer gelandet zu haben, aber er ging nicht darauf ein, sondern hing weiter seinen düsteren Gedanken nach.

»Ich fürchte, unsere Bestimmung liegt gerade darin, hier zu sterben. Nicht, daß es wichtig wäre. Aber warum können wir unser Schicksal nicht mit der Würde eines Seneca hinnehmen? Warum müssen wir den Wissenschaftlern nachlaufen und glauben, daß ein erloschener Vulkan da draußen, in dem luftleeren Niemandsland, Leben oder sogar Bewußtsein besitzt?«

»Nun, es gibt Beweise dafür, daß ...«

»Mein lieber Jefferies, *Beweise* gibt es immer. Ich bitte Sie, belästigen Sie mich nicht mit Beweisen. Die gibt es auch für Atlantis, für die Sintflut, für Feen, für fliegende Untertassen und tausend andere Ammenmärchen ... Sind diese absurden Annahmen nicht einfach ein Eingeständnis, daß unser Bewußtsein begrenzt ist und wir es durch andere Dinge erweitern möchten? Sind die alten Götter des griechischen Olymp – dazu erdacht, das Unerklärliche zu erklären – nicht ein Musterbeispiel dafür? Ich denke, daß das Universum und alle Universen drumherum in Wirklichkeit sehr leicht zu begreifen sind – uns fehlt dazu nur der Verstand.«

»Wir haben genügend Verstand, wie unsere geistige Entwicklung während der letzten Jahrhunderte gezeigt hat.«

»Glauben Sie das wirklich? Damit legen Sie aber einen selbstgefälligen Mangel an Bescheidenheit an den Tag, Jefferies. Ich weiß, daß Sie Gutes tun wollen, aber der Himmel bewahre uns vor Leuten, die es gut meinen. Charles Darwin, der ein vernünftiger Mann war, hat gezeigt, daß sich der menschliche Verstand aus dem Verstand niedrigster Arten entwickelt hat.«

»Das Wort, auf das es ankommt, ist *entwickelt*«, erwiderte ich mit bemühtem Lachen. »Die Summe ist stets größer als ihre Teile. Halten Sie uns doch zugute, daß wir unsere Grenzen überwinden und das Universum begreifen möchten. Irgendwann wird es uns gelingen.«

»Ihren Optimismus kann ich nicht teilen. Was die

seltsame, ewige Wiederholung betrifft, die wir als Leben und Tod bezeichnen, sind wir in unserem Verständnis heute auch nicht weiter als… nun ja, versuchen wir, genau zu sein, da Genauigkeit ja allgemein als wünschenswert gilt… als zu der Zeit, in der Hochwürden Bede* seine Kirchengeschichte schrieb, also irgendwann im siebenten Jahrhundert. Ich nehme an, Sie sind mit seinem Werk vertraut?«

»Nein, ich hab noch nie davon gehört.«

Er verzog den Mund. »Es hat sich wohl nicht bis zu Ihnen herumgesprochen, was? Mein Gedächtnis läßt mich zwar allzu oft im Stich, aber lassen Sie mich aus Bedes Betrachtungen zu jenen großen Fragen zitieren, die wir gerade diskutieren. Er sagt etwa Folgendes: ›Verglichen mit der uns unbekannten Spanne der Zeit, o König, ist das heutige Leben des Menschen auf der Erde wie der Flug eines Sperlings durch den Saal, in dem Ihr und Eure Gefährten im Winter zu sitzen pflegt. Durch ein Fenster fliegt der Vogel herein, durch das andere hinaus, doch drinnen findet er vorübergehend Schutz vor den Stürmen des Winters. Kurz nur währt dieser Augenblick der Ruhe. Er kehrt in den Winter zurück, aus dem er kam, verschwindet für immer aus unserem Blickfeld. Und so ist auch das Leben des Menschen. Wir wissen nicht, was vorher war – und nicht, was kommen wird.‹«

Ich seufzte und sagte, ich müsse zurück an die Arbeit. Während ich mich entfernte, rief Bateson mir etwas nach.

»Wissen Sie, wie kalt es dort draußen ist, Jefferies?« Er deutete mit seiner zitternden Hand auf die Marsoberfläche. »Soweit ich weiß, etwa 76 Grad Celsius

---

* *Bede* (673–735), englischer Mönch, Gelehrter und Theologe, schrieb die ›Kirchengeschichte des englischen Volkes‹ (731). Lateinischer Name: Baeda. – *Anm. d. Ü.*

unter dem Gefrierpunkt. Kälter als ein Leichnam in seinem Erdengrab. Egal, was die Menschheit tut: Nichts könnte den Boden hier so erwärmen, daß er die Temperaturen einer angenehmen Klimazone annimmt. Können Sie sich vorstellen, daß jemals ein großes Kunstwerk bei minus 76 Grad geschaffen wurde?«

»Dann werden wir eben die ersten sein, John«, erwiderte ich und ließ ihn allein auf der Empore zurück. Er starrte auf die bleiche Landschaft des Mars.

20

Die R & A-Klinik

Am nächsten Tag, ich hatte mich gerade hingelegt, kam mich Dayo wieder einmal besuchen. Er wollte mir zeigen, was die ›Computerleute‹ (wie er sie nannte) so machten. Gegen seine Überredungskünste war kein Kraut gewachsen, also rappelte ich mich hoch.

Als wir in den Kontrollraum kamen, bemerkte ich, daß Dayo dort äußerst beliebt war. Er hatte gelernt, gemeinsam mit dem größtenteils amerikanischen Bedienungspersonal am zentralen Quantencomputer zu arbeiten. Die Fliesenmuster für das Kellergeschoß hatte er mit Hilfe dieses Computers entworfen. Ursprünglich war der Großrechner für die Organisation unserer Kolonie zuständig gewesen – für die Regelung der Luftfeuchtigkeit, des atmosphärischen Drucks, der zirkulierenden chemischen Substanzen, der Temperatur und so weiter. Mittlerweile wurden diese Funktionen jedoch alle von einem umprogrammierten Quanten-Laptop gesteuert. Der bärtige Steve Rollins, unter Arnold Poulsens Leitung verantwortlich für das Programm, erklärte, sie hätten ein Schema entwickelt, das ihnen ermögliche, alle Funktionen in einer einfach zu rechnenden Formel miteinander zu verbinden. Die Umstellung auf den Laptop habe vor etwa fünf Monaten in der Stunde X stattgefunden, und niemand habe auch nur den kleinsten Unterschied bemerkt. Der Großrechner habe dadurch freie Kapazitäten für anspruchsvollere Aufgaben gewonnen.

Und was für Aufgaben! Ich hatte mich immer gefragt, warum das Kontrollpersonal so wenig Interesse an unseren Versammlungen und dem Aufbau einer utopischen Gesellschaft gezeigt hatte. Hier lag die Antwort: Sie waren anderweitig beschäftigt gewesen.

Auf Dayos Bitte hin führte Steve mir das neue Programm vor. Er sprach leicht schleppend. »Sie mögen das ja für eine unorthodoxe Nutzung der technischen Anlagen halten«, bemerkte er, strich sich über den Bart und grinste mich an. »Aber wenn man die Wissenschaft als ein Duell mit der Natur betrachtet, darf man sich niemals eine Blöße geben. So, wie wir hier, auf dem himmlischen Ayers Rock, festsitzen, können wir nur immer weitermachen – sonst kommt alles zum Stillstand. Ich schätze, Sie wissen das …«

»Schätze auch.«

»Nun ja, als Kind habe ich auf meinem alten Computer gern ein Spiel namens ›Sym-Galaxis‹ gespielt, das wirkliche Dinge simulierte – von Menschen bis zu Planetensystemen. Wenn man lange genug weiterspielte, Entropie und Naturkatastrophen bekämpfte, konnte man irgendwann eine ganze bevölkerte Galaxie beherrschen.«

Steve erklärte, sein Team habe eine modifizierte Version dieses Spiels bearbeitet und alle Protokolle hinzugefügt, die der Quantencomputer von jedem Menschen und jedem Ereignis auf dem Mars aufgezeichnet hatte. Je sorgfältiger sie das Programm verfeinert hatten, desto akkurater war auch die Simulation geworden. Jede Einzelheit unserer Marssiedlung und der darin wohnenden Menschen fand sich dort aufs i-Tüpfelchen genau wieder. Sie nannten das Programm ›Sym Weißer Mars‹.

Wir sahen es uns auf einem Großbildschirm an. Und tatsächlich: Menschen tauchten auf, die sich bewegten und ihren alltäglichen Dingen nachgingen. Es war eine perfekte Nachbildung unserer kleinen Welt.

387

Das einzige, was fehlte, war Olympus, den man noch nicht hatte einspeisen können... Der Maßstab des Schirms löste bei mir Schwindelgefühle aus. Dayo war sofort zur Stelle und brachte einen Stuhl, so daß ich mich setzen konnte.

Ich schlug mich einige Zeit mit dem Verdacht herum, es handle sich gar nicht um eine echte Kopie, sondern um irgendeinen Trick. Bis Steve beiläufig erwähnte, daß sie dazu einen neuen, modifizierten Quantencomputer benutzten, der schneller und genauer arbeitete als der alte – und natürlich auch schneller und genauer als alle anderen Quantencomputer, die Menschen mit sich herumtrugen.

In lebensechten Farben und in Echtzeit war zu sehen, wie die Marsbewohner in der Siedlung und im Labor ihrer Arbeit nachgingen. In einem der Klassenzimmer sprach Belle Rivers gerade mit einer *juewu*-Gruppe, die aus zehn Kindern bestand. Steve markierte die Lehrerin, berührte eine Taste, und eine Liste mit persönlichen Daten erschien: Belles Geburtsdatum und Geburtsort, ihr kompletter Lebenslauf und viele weitere Angaben. Auf einen weiteren Tastendruck hin verschwand die Liste wieder.

»Wir nennen diese simulierten Menschen und Dinge ›Nachahmungen‹, weil sie so präzise sind«, sagte Steve. »Ihnen kommt ihre Welt völlig real vor. Jedenfalls denken und handeln sie so, als wäre alles real.«

»Aber sie sind doch nur elektronische Abbilder. Sie denken doch nicht.«

Steve lachte. »Natürlich merken sie gar nicht, daß sie nur eine Zahlen- und Farbenfolge in einer Computersimulation sind, falls Sie das meinen.« Leiser fügte er hinzu: »Wie oft sind wir uns denn selbst bewußt, daß wir auch nichts anderes als eine Art von Code darstellen?«

Ich erwiderte nichts. Die Nachahmungen auf dem

Bildschirm versammelten sich gerade auf der Hauptstraße. Es war der Tag, an dem der dritte Marathonlauf stattgefunden hatte. Ein Pfiff ertönte – die Läufer rannten los. Genau wie vor einigen Wochen.

»All das erfordert, selbst mit dem Quantencomputer, natürlich enorme Rechenkapazität«, bemerkte Steve. »Daher hinken wir der Echtzeit einige Wochen hinterher. Doch wir arbeiten an dem Problem.« Die Läufer rempelten einander an, um freie Bahn zu gewinnen. »Wir holen nach und nach auf.«

»Wollen Sie eine Wette auf den Sieger abschließen?« fragte Dayo grinsend.

»Es ist ein Wiederholungslauf in mehrfacher Hinsicht«, sagte Steve. »Und jetzt drücke ich einfach auf zwei Tasten…« Und der Bildschirm war plötzlich voller Phantome – graue Skelette mit grotesk auf- und niederstampfenden Storchenbeinen, nackten Birnen statt Köpfen und großen, gebleckten Zähnen. Die seltsamen Wesen drängten vorwärts, lautlos, freudlos… Der Wettlauf des Todes, dachte ich.

»Die Röntgenfilme haben wir aus dem Krankenhaus bekommen«, erklärte Steve. »Das ist diagnostisches Hilfsmaterial, das nicht mehr benötigt wird…«

Die Skelette rannten durch eine stille, transparente Welt, in deren Hintergrund sich gespenstische, graue Bauten abzeichneten. Erneut bediente Steve die Tastatur, und die Welt auf dem Schirm wurde wieder zu unserer Welt. »Sie haben Ihr Utopia, Tom«, sagte er. »Das hier ist unser Baby. Wie gefällt es Ihnen?«

»Was ist, wenn es in die falschen Hände gerät…«, begann ich, doch ein erneutes Schwindelgefühl hinderte mich am Weiterreden.

Dayo legte seine Hand auf meinen Arm. »Ich möchte, daß Sie sich selbst in der Simulation ansehen, Tom. Bitte, Steve…«

Steve bediente einige Tasten. Die Szenerie veränderte sich. Ins Blickfeld kam eine Büroetage entlang der Marathon-Route. Ein Fenster. Ein Mann und zwei Frauen, die nahe beieinander standen und zusahen, wie die Läufer an dem Gebäude vorbeirannten. Ich erkannte Cang Hai, Mary Fangold – und mich selbst.

Meine Nachahmung griff sich an die Stirn und ging in den hinteren Teil des Zimmers, um auf einem Sofa Platz zu nehmen. Cang Hai kam herüber, blieb schweigend stehen und blickte auf den gesenkten Kopf – meinen Kopf – hinunter. Dann lächelte ich Cang Hai schwach zu, stand auf und kehrte zum Fenster zurück, um den Läufern weiter zuzusehen.

»Daran erinnere ich mich ja gar nicht«, sagte ich.

»Der Lebenslauf, Steve«, bat Dayo.

Meine persönlichen Daten erschienen, und dann war ich als Skelett zu sehen, grau und fast bis zur Durchsichtigkeit ausgezehrt. Lange, knochige Finger griffen an das Straußenei von Kopf.

Diagnose: Bislang nicht behandelter Hirntumor. Falls ich an jenem Tag gestorben wäre, hätte meine Imitation weitergelebt – zumindest noch eine gewisse Zeit. Aber das fiel mir erst später ein.

Ich merkte, daß Steve mich anstarrte und über seinen Bart strich. »Sie sollten sich behandeln lassen, Kumpel«, sagte er.

Die R&A-Klinik war inzwischen erweitert worden, damit sie ihrer neuen Aufgabe gerecht werden konnte. Der Eingang bestand aus einer Luftschleuse, denn die Atmosphäre im Krankenhaus basierte auf einem geschlossenen und vor äußeren Einwirkungen geschützten System und enthielt etwas mehr Sauerstoff als die Kuppeln – was den Gesundungsprozeß der Patienten fördern sollte. Neue große Krankenstationen waren entstanden, außerdem ein Zentrum für Nanotechnologie, in dem Geräte für die Behandlung einzelner Zellen untergebracht waren.

Ich muß zugeben, daß ich ziemlich nervös war, als ich die Schleuse betrat, doch Mary Fangold begrüßte mich äußerst herzlich. »Hier sind Sie in guten Händen, Tom Jefferies«, sagte sie. »Wir alle bewundern Ihre Vision und versuchen sie in unserem Krankenhaus so weit wie möglich umzusetzen. Ich hoffe, daß ich mich persönlich um Sie kümmern kann. Im Augenblick haben wir hier nur ein paar hartnäckige Halsentzündungen und Augenkrankheiten.« Ihre dunklen blauen Augen musterten mich mit mehr als beruflichem Interesse.

»Sehen Sie, wir betrachten die Menschen, die erkrankt sind und hierher kommen, weniger als Patienten denn als Lehrer. Sie geben uns die Gelegenheit, uns mit der entsprechenden Krankheit zu befassen und sie zu heilen. Unser Wissensfortschritt ist weniger an der Gesundheit als an der Vernunft orientiert, denn Gesundheit ist vor allem eine Frage der Vernunft.«

Als ich einwandte, trotz dieser positiven Einstellung könnten die alten Menschen irgendwann zur Last werden, widersprach sie heftig. »Nein, die Last des Alters ist in früheren Zeiten stark übertrieben worden. Die Alten und Lebenserfahrenen, die VES, verursachen nur sehr geringe Kosten. Auf der Erde haben viele von ihnen Ersparnisse, die sie im Ruhestand nach und nach für Reisen und andere Dinge ausgeben. Auf diese Weise tragen sie zur Volkswirtschaft und zum gesellschaftlichen Leben bei. Sie fordern viel weniger als die jungen Leute.«

Ich fragte sie, ob sie gern zur Erde zurückkehren würde, um dort zu praktizieren.

Sie lächelte fast mitleidig. »Nein«, antwortete sie. »Hier oben haben sich die Dinge derart vereinfacht, daß man sie gut bewältigen kann.« Sie beabsichtige, auf dem Mars zu bleiben und das interessante Experiment fortzusetzen. »Viele Krankheiten, mit denen die Erde geschlagen ist, treten hier gar nicht auf. Und ich möchte Geburtshelferin einer utopischen Epoche im Leben der Menschheit sein. Was mein Gehalt betrifft, so können wir meinetwegen für immer und ewig von der Erde abgeschnitten bleiben! Für jeden denkenden Menschen besteht das größte Vergnügen doch darin, eine interessante Arbeit auszuüben und dazuzulernen, meinen Sie nicht?«

Sie führte mich in ein Wartezimmer. Dort tranken wir Kaffee und blickten aus den Fenstern – auf Strand, Palmen und blaues Meer. Windsurfer glitten über die Wellen. Mary knüpfte an unser Gespräch an. »Es sind die Jungen«, sagte sie, »die so viele Kosten verursachen – Kindergeld, Gesundheitsversorgung, ständige Arztbesuche mit den Kleinen, Kosten für Schulen. Dazu kommen die schlimmen Auswirkungen von Alkohol und Drogen und – zumindest auf der Erde – die Straftaten. Das alles zusammengenommen sorgt in jedem Staat für erhebliche volkswirtschaftliche Belastungen.« Im Gegensatz zum allgemeinen Konsens hielt Mary Kinder eher für einen Fluch als einen Segen: »Nicht nur, daß sie Kosten verursachen, sie zwingen ihre Eltern, während sie heranwachsen, auch, eine zweite Kindheit zu durchleben. Für die jungen Erwachsenen ist das doch eine Verschwendung von Lebensjahren.«

»Es stimmt«, sagte ich, »daß die meisten Straftaten auf der Erde von jungen Leuten begangen werden. Dagegen machen die über Siebzigjährigen, soweit ich mich recht erinnere, nach der Statistik nur eineinhalb Prozent aller Straftäter aus.«

»Ja. Vor allem fahren sie zu riskant! Zum Glück haben wir dieses Problem hier nicht.«

Wir lachten beide. Als würde sie laut denken, fuhr

sie fort: »Belle Rivers' *juewu* geht nicht weit genug. An sich habe ich ja nichts gegen Kinder. Allerdings würde ich es lieber sehen, wenn man sie nach der Geburt von den Eltern trennen und in Einrichtungen großziehen würde, in denen sie jede nur denkbare Zuwendung erhalten. Wenn man sie vor den stümperhaften und verkorksten Erziehungsmethoden – in manchen Fällen sogar völliger Gleichgültigkeit – ihrer Eltern bewahren könnte, würden sie viel vernünftiger aufwachsen... viel vernünftiger...«

Da ich wußte, daß die Einrichtung des Gebärzimmers damals für Mary ein Schlag ins Gesicht gewesen war, fragte ich sie, wie sie die Sache inzwischen beurteile.

»Als rationaler Mensch«, antwortete sie, »akzeptiere ich das Gebärzimmer als ein Experiment. Ich bin nicht dagegen. Meinen Hebammen erlaube ich sogar, hinüber zu gehen, wenn sie dort gebraucht werden. Aber das Zimmer wirkt sich zweifellos so aus, daß es die Menschen entzweit. Es trägt zur Trennung der Geschlechter bei. Und die Rolle des Vaters wird geschmälert.«

»Meinen Sie nicht, daß die so wichtige Bindung zwischen Mutter und Kind dadurch gestärkt wird? Tun wir nicht recht daran, die Auffassung zu fördern, daß die Geburt eine feierliche Angelegenheit ist? Die Rolle des Vaters wird doch durch das Fest der Wiedervereinigung unterstrichen.«

»Aber, aber... da sollten Sie lieber *Ehemann* als *Vater* sagen. Den Männern ist die Rolle des Ehemanns allemal lieber als die des Vaters. Ich will offen mit Ihnen reden. Ich habe mich nur deshalb nicht gegen das Gebärzimmer gestellt, weil die jungen Mütter dort mindestens eine Woche lang sicher vor männlichen Zudringlichkeiten sind. Sie glauben ja gar nicht, wie viele Männer sofort nach der Entbindung, wenn die Vagina

der Frau noch sehr empfindlich ist, wieder Ge-
schlechtsverkehr haben wollen. Die Vorschriften im
Gebärzimmer sorgen dafür, daß den Frauen diese
schmerzhafte Erniedrigung erspart bleibt.«

»Offenbar bekommen Sie in der Klinik die schlimmsten Seiten der menschlichen Natur mit.«

»Die schlimmsten und die schönsten. Wir sehen
Lust, sicher, und Angst und Mut... alle Seiten der
menschlichen Natur.« Nach einer Pause fügte sie
hinzu: »Es gibt immer noch Frauen, die lieber hier, in
der Klinik, entbinden und ihre Männer dabeihaben
wollen.«

»Aber mit der Zeit werden es immer weniger sein,
denke ich.«

»Wir werden sehen.« Ihr Gesicht verhärtete sich. Sie
drehte sich um und rief nach einer Schwester. »Ich
kann mir durchaus vorstellen«, sagte sie dann, »wie
das Leben hier einmal sein könnte. Für mich stellt
Olympus eine Inspiration dar. Bestimmt haben ihn die
Ewigkeiten der Isolation weise werden lassen.«

»Ewigkeiten der Isolation? Meiner Meinung nach
können sie einen genauso leicht in den Wahnsinn treiben«, wandte ich ein. »Könnten Sie es ertragen, lange
allein zu sein?«

Sie warf mir einen belustigten, fragenden Blick zu.
»Sie sind doch derjenige, der wirklich allein ist, Tom,
nicht wahr? Was für das riesige Lebewesen gut sein
mag, muß nicht unbedingt gut für Tom Jefferies
sein...«

Sie trete für eine Gesellschaft ein, fuhr sie fort, in
der die jungen Leute bis zum achtzehnten Geburtstag
mit finanzieller Unterstützung rechnen könnten. Das
gebe ihnen die Chance, »zu sich selbst zu finden«, wie
sie es nannte. Erst danach sollten sie zum Nutzen der
Gesellschaft, die sie genährt hat, arbeiten müssen.
»Und die andere Seite der Medaille besteht darin, daß

die Zwangspensionierung von Männern und Frauen im Alter von fünfundsiebzig Jahren abgeschafft werden muß. Die Molekulartechnik ist so weit gediehen, daß die fürchterliche Alzheimer-Krankheit keine Gefahr mehr darstellt. Bis zum hundertsten Lebensjahr und darüber hinaus können sich Männer wie Frauen bester Gesundheit erfreuen, mal abgesehen von Unfällen. Die Megareichen leben sogar bis an die zweihundert Jahre lang. Die Medizin hat in den letzten Jahrzehnten große Fortschritte gemacht, auch wenn die Epoche, in der die Menschen fünfhundert Jahre lang leben, noch Zukunftsmusik ist. In, sagen wir, zwanzig Jahren könnte es soweit sein – vorausgesetzt natürlich, die Menschen leben, wie hier auf dem Mars, in Ruhe und Frieden... Und die Langlebigkeit wird sich vererben.«

Als ich sie fragte, was denn an einer Lebensspanne von fünfhundert Jahren so reizvoll sei, musterte sie mich neugierig. »Sie wollen mich wohl auf den Arm nehmen, Tom. Ausgerechnet Sie fragen so etwas! Du meine Güte, wenn Sie fünf Jahrhunderte vor sich hätten, könnten Sie Ihre Intelligenz – die Intelligenz, mit der die Natur sie ausgestattet hat – völlig ausschöpfen. Wenn die niederen Instinkte überwunden sind, könnten Sie sich zu wahrer Rationalität aufschwingen und die Annehmlichkeiten eines von Sorgen unbelasteten Intellekts genießen. Sie würden die Vollendung der Welt miterleben, zu der Sie so vieles beigetragen haben.«

»Die niederen Instinkte?« hakte ich lächelnd nach. »Welche niederen Instinkte?«

Als sie sich zu mir herüberbeugte, um einen leichten Gurt an meinem Kopf zu befestigen, nahm ich einen Hauch ihres Parfüms wahr. »Ich meine damit nicht die Liebe, falls Sie darauf anspielen. Die Liebe kann uns nur erhöhen... Sie schenken Ihren emotionalen Bedürfnissen zu wenig Beachtung, Tom. Verstehen Sie, was ich damit sagen will?« Mit tiefblauem Blick sah sie mir direkt in die Augen.

Während wir uns unterhielten, war die Krankenschwester damit beschäftigt gewesen, ein Kabel an meinem Handgelenk zu befestigen und mit einer winzigen Nadel in eine Vene einzuführen. Das andere Ende des Kabels führte zu einer Computerkonsole, an der ein Techniker mit dem Rücken zu mir saß. Die Konsole war ihrerseits mit dem Nanotank verbunden.

»Der Fortschritt in der Chirurgie«, bemerkte Mary, »entspricht im Kern Ihren eigenen Reformvorstellungen. Die Technik hat sich deshalb weiterentwickelt, weil sich die öffentliche Meinung nach und nach geändert hat. Bemerkenswert ist vor allem, daß man sich von der Vorstellung gelöst hat, ein operativer Eingriff müsse stets mit Schmerzen verbunden sein. Das hat mit der Entdeckung der Äther-Narkose, um die Mitte des 19. Jahrhunderts angefangen. In ähnlicher Weise möchten Sie, daß sich die Menschen von der Vorstellung lösen, ein Gesellschaftssystem müsse stets mit Aggression verbunden sein – wenn ich Sie richtig verstehe.«

Ehe ich zustimmen oder widersprechen konnte, redete Mary hastig weiter. Während unserer Unterhaltung, sagte sie, habe der Computer mit der Analyse dessen begonnen, was die Nanoboter gefunden hätten. Sie seien in mein Gehirn eingedrungen, um in den kranken Zellen die Konzentration von Salz, Zucker und ATP – Adenosin Triphosphat – zu überprüfen, kurz gesagt, um eine Biopsie durchzuführen. Der Computer würde ihnen die Anweisung geben, die Energie bösartiger Zellen in eine andere Richtung zu lenken oder diese gegebenenfalls zu eliminieren.

»Also haben die Worte *Schmerz* und *Skalpell* in…«,

begann ich, aber in diesem Moment flutete ein seltsames Licht herein. Woher, wußte ich nicht, ich konnte die Quelle nicht ausmachen. Vielleicht war es eine Blüte, die vorübergehend meine Sicht trübte – so als wäre ich eine Biene, die Honig suchte, Blütenstaub aufnahm, tiefer und tiefer eindrang, mitten durch die weißen Wellen der Blütenblätter, durch die endlosen weißen Wellen, die schön aussahen, aber auch irgendwie tot... Gleichzeitig war da ein schwerer Duft, der sich mit einem unwirklichen Summen mischte. Als wären mir neue Sinne erwacht... Mittendrin ein trüber orangefarbener Fleck, der mit winzigen Mündern saugte, während er sich weiter und weiter schob. Aber die Rädchen Gottes rollten vorwärts und löschten den Fleck aus, während dazu – Trompeten? Honig? Geranien? – schallten. Es ging so schnell, daß ich es nicht unterscheiden konnte. Dann waren Licht und Ton plötzlich verschwunden, nur die endlose Reihe weißer Wellen war noch da und ergoß sich in ein weites Meer verwirrter Gedanken. War das Antonias Gesicht? War sie mir nahe? Marys Lippen, Marys Augen? Mich ergriff ein Gefühl großen Verlustes...

Ich fühlte mich so schwach, als wäre ich meilenweit geschwommen. Ich konnte mich kaum auf diese veilchenblauen Augen konzentrieren, die in meine blickten.

»Es ist alles vorbei«, sagte Mary lächelnd und streichelte meine Hand. »Die Nanoboter haben den Tumor beseitigt. Jetzt werden Sie wieder gesund. Aber Sie müssen sich eine Weile ausruhen. Ich habe ein hübsches kleines Krankenzimmer, gleich neben meiner Wohnung. Es wartet auf Sie.«

In der Stunde X, als das Seufzen der Ventilation zu einem Flüstern herabgesunken war, trat sie schweigend in mein Zimmer. Ihre Lippen waren gerötet. Ihr

Haar umfloß die Schultern. Durch das halb durchsichtige Nachthemd waren ihre blassen Brüste zu sehen. Sie stellte sich an mein Bett und fragte, ob ich schlafe, obwohl sie die Antwort sehr wohl kannte.

»Zeit für eine kleine Physiotherapie«, murmelte sie. Ich setzte mich auf. »Leg dich zu mir, Mary.«

Sie streifte das Nachthemd ab und stand nackt vor mir. Ich küßte den dunklen Haarbusch auf ihrem Venushügel und zog sie ins Bett. Unsere Glieder verschlangen sich ineinander. Zeitweilig kam es uns so vor, als wären wir wieder auf der fruchtbaren Erde, als drehten wir uns mit ihr, umgeben von ihrer Hülle aus blauem Himmel und Wolken, umflossen von ihren ruhelosen Meeren.

Ich blieb eine Woche lang in der Klinik. Was anderswo geschah, interessierte mich nicht. Nacht für Nacht kam Mary zu mir. Wir sättigten uns aneinander. Bei Tag wurde sie wieder zu der rationalen, tüchtigen Person, als die ich sie früher gekannt hatte – bevor sie mir ihren wunderbaren Körper enthüllt hatte.

Während meiner Genesungszeit besuchten mich häufig Cang Hai und ihre frühreife Tochter. Es kamen auch viele andere, darunter Youssef Choihosla.

Nachdem sie festgestellt hatte, daß ich völlig gesund aussah, faßte Cang Hai den Mut, mich nach meiner verstorbenen Frau zu fragen: »Warum ist man nicht mit Nanochirurgie gegen den Krebs vorgegangen?«

Ich war betroffen, als mir klar wurde, daß ich fast aufgehört hatte, um Antonia zu trauern.

»Wenn ich mißtrauisch bin, was religiöse Dinge betrifft«, sagte ich, »kommt es zum Teil daher. Antonia war ihr ganzes Leben lang Anhängerin der ›Christian Scientists‹. Sie wurde im Glauben ihrer Eltern erzogen und dachte, Gebete könnten den Krebs heilen. Nichts konnte sie vom Gegenteil überzeugen. Ich konnte sie nicht zwingen. Sie hatte jedes Recht auf ihre religiösen Überzeugungen – wie verhängnisvoll sie auch sein mochten.«

Unter Cang Hais hübscher mongolischer Augenfalte trat eine Träne hervor. »Du kannst doch unmöglich immer noch so denken, Tom.« Allerdings hatte ich, als sie die Träne wegwischte, den Eindruck, sie bei dem Gedanken zu ertappen, daß aus dem Tod meiner Frau dennoch etwas Gutes erwachsen ist: Ich habe die Trauer dadurch sublimiert, daß ich mich daran gemacht habe, die Gesellschaft zu verändern.

Die kleine Alpha hörte gerne Geschichten über Rokkergangs und ihre Bandenkriege aus der Zeit, ehe ich geboren wurde. In jenem unterprivilegierten Teil der Welt, in dem ich meine Kindheit und Jugend verbracht hatte, war ich gelegentlich an eine Zeitschrift namens ›Rockerkriege‹ herangekommen und hatte sie mit Wonne verschlungen. Als ich dem Kind gerade eine dieser Geschichten erzählte, wurden wir von einem leisem Zirpen unterbrochen, das wie eine Mischung aus Ziegengemecker und dem Geschrei von Möwen klang.

»Tschuldigung, Onkel«, sagte Alpha. »Ich muß mich um mein kleines Iah-Iah kümmern.« Aus dem Korb, den sie mitgebracht hatte, holte sie eine Art Käfig. Drinnen saß etwas Rotes mit großen Augen. Nachdem sie es gefüttert hatte, zeigte Alpha es mir. So sah ich zum ersten Mal ein Tammy aus nächster Nähe.

»Crispin hat's mir geschenkt«, sagte sie stolz.

Die Männer und Frauen der Brandabwehr hatten auf dem Mars nicht allzuviel zu tun, und anstatt müßig herumzusitzen, hatten sie einen Teil ihrer Ausrüstung ausgeschlachtet und die verbesserte Version eines Spielzeugs hergestellt, das auf der Erde vor vielen Jahrzehnten groß in Mode gewesen war. So befand sich nun in Alphas Käfig ein kleines VR-Tier, ein virtuelles Schmusetierchen. Nach der Geburt wuchs es heran und mußte von seinem Herrchen oder Frauchen gefüttert, saubergehalten und liebevoll betreut werden. Wenn man es vernachlässigte, konnte es vorkommen, daß es einging oder aus seinem Käfig ausbüchste. In der ersten Zeit verhielt es sich recht aufsässig, doch zum Glück gab sich das, wenn sich ein Tier des anderen Geschlechts dazu gesellte und den Käfig mit ihm teilte. Wenn Herrchen oder Frauchen ein wenig nachhalfen, paarten sich beide Tiere und zeugten Nachwuchs – eine weitere Generation von Tammys.

Im virtuellen Käfig verlief die Zeit sehr schnell: Die Lebensspanne eines Tieres betrug kaum mehr als achtundzwanzig Tage. Die Chefin der Brandabwehr hatte die virtuellen Konstruktionen als pädagogisches Spielzeug angelegt; als ich mich einmal mit ihr unterhielt, sagte sie: »Belle Rivers hat uns erklärt, wie sehr die Kinder Liebe brauchen. Doch sie vergißt, daß die Kinder auch Liebe geben müssen, und zwar nichtmenschlichen Lebewesen. Das hilft ihnen bei der Entwicklung ihrer Persönlichkeit. Kinder mit Tammys wachsen zu Erwachsenen heran, die Anteil nehmen – und in der Zwischenzeit haben sie ihren Spaß.«

Das war weitsichtig, aber nicht weitsichtig genug. Jedes Kind wollte ein Tammy besitzen. Das Seufzen, Jammern und Zirpen der VR-Tierchen, die es in allen Variationen gab, konnte einen in den Wahnsinn treiben. Konzerte und Theateraufführungen mußten abgebrochen werden, weil die Spielzeuge im Zuschauerraum unablässig Aufmerksamkeit forderten. Es war schließlich unumgänglich, die Tammys von solchen Veranstaltungen auszuschließen – wie auch von den gemeinsamen Mahlzeiten, damit sich die Kinder ungestört zu den Erwachsenen gesellen konnten. ADMINEX berücksichtigte dabei einen Abschnitt aus Thomas Morus' ›Utopia‹, in dem es heißt: ›Während der Mahlzeiten unterhalten sich die Älteren in angemessener Weise mit der Jugend und schneiden dabei keine betrüblichen oder unangenehmen Themen an. Sie reißen das Gespräch nicht an sich, sondern haben ein offenes Ohr für das, was die Jugend zu sagen hat. Sie ermutigen die jungen Menschen zum Gespräch, damit diese ihre Begabungen offenbaren können, denn das fällt während eines gemeinsamen Essens leichter.‹

Nicht immer war die gute Absicht auch von Erfolg gekrönt. Zuweilen wurde den Erwachsenen das kindliche Geplapper zuviel, doch zur Entspannung der Atmosphäre trug stets die Musik bei – nicht Bezas Musik, sondern eine viel eintönigere, die gut zu unserer kargen Kost paßte.

21

Ein kollektiver Verstand

Mit Müh und Not gelang es mir, mich aus dem Rausch zu lösen, in den mich Mary mit ihrer wunderbaren Physiotherapie versetzt hatte. Der Alltag holte mich wieder ein, und ich konnte mich vor Ort davon überzeugen, daß sich langsam, Schritt für Schritt, eine Gesellschaft herausbildete, in der mehr Gerechtigkeit herrschte. Doch ich wollte Mary ein Geschenk machen.

Ich wandte mich an Sharon Singh und bat sie, mir ihre Sammlung von Felskristallen zu zeigen. Es gab Kristalle in allen Formen. Ich suchte ein Stück aus, das mit seinen fein modellierten Falten an Schamlippen erinnerte. Als Sharon es mir herüberreichte, bemerkte sie süffisant lächelnd: »Ist es nicht seltsam, daß der kalte Mars ein derart heißes kleines Ding hervorbringt?«

Olympus – nun praktisch offiziell als Chimborazo bezeichnet (Kathi hatte sich in diesem Punkt durchgesetzt) – beschäftigte weiterhin die Phantasie der Menschen. Regelmäßig kamen Gruppen zusammen, um über das rätselhafte Phänomen zu diskutieren. Es war ein Thema, das sowohl in öffentlichen Versammlungen als auch via AMBIENT erörtert wurde, und die meisten Kuppelbewohner konnten sich nur schwer damit abfinden, daß Chimborazo Bewußtsein besitzen sollte. Der Gedanke, daß dieser große, einsame Verstand seit ewigen Zeiten auf einem lebensfeindlichen Planeten thronte, machte ihnen angst. Auf was wartete er? Diese Frage war immer wieder zu hören.

Sicher nicht auf eine Bombardierung mit FCKW-Gasen, lautete eine der Antworten.

Es dauerte jedoch nicht lange, bis vielen bewußt wurde, daß zwischen Chimborazo, der offenbar verschiedenen Lebensformen Schutz bot, und unserer Lage in den Kuppeln eine gewisse Parallele bestand. Die Menschen reagierten mit wachsender Sympathie, Anteilnahme trat an die Stelle der Angst.

Dennoch gab es natürlich immer noch Befürchtungen. Über AMBIENT verbreitete Charles Bondi die Nachricht, daß das imposante Wesen inzwischen noch schneller vorrückte. Er fügte hinzu: »Trotzdem wird der große Chimborazo, wenn er dieses Tempo beibehält, noch ein paar Jahre brauchen, bis er vor unserer Tür steht. Kein Grund zur Sorge...«

Oft ging mir Dreisers Bemerkung durch den Kopf, bei Chimborazo handle es sich um einen fünfundzwanzig Kilometer hohen ›Gedankenspeicher‹. Was würde man finden, wenn man den Schutzpanzer aufbrechen und ins Innere blicken, gar eindringen würde?

Eine weitere interessante Theorie behauptete, Chimborazos Bewußtsein habe eine viel größere Reichweite als bisher angenommen. Über die Matrix hinweg habe er seine Aufmerksamkeit auf Punkte gerichtet, wo er andere, kleinere Funken von Bewußtsein ausmachen konnte. Und er habe den Erdenbürgern den Gedanken eingegeben, sie müßten unbedingt den Mars besuchen – weil er das Alleinsein satt hatte...

Das alles waren Spekulationen ohne viel wissenschaftlicher Substanz, doch als ich mit Dreiser und Kathi Kontakt aufnahm, mußte ich feststellen, daß sie ebenfalls voller Sorge herumspekulierten. Ihre aktuellen Entdeckungen stellten uns auf jeden Fall vor neue Probleme, und ich veranlaßte ADMINEX, sofort eine Versammlung im Hindenburg-Saal einzuberufen.

Eine ganze Phalanx von Wissenschaftlern trat dazu an, und ohne Einleitung legte Dreiser los: »Im Augenblick herrscht ein Wirrwarr unterschiedlicher Auffassungen, und Sie haben das Recht, all diese Meinungen zu hören. In einigen Punkten laufen sie auf ernsthafte Dispute zwischen uns hinaus... Tatsache ist, daß im Laufe der letzten Woche nicht weniger als siebenundzwanzig Unregelmäßigkeiten in der Supraflüssigkeit auftraten, und wir sind uns nicht klar darüber, wie wir diese Phänomene zu interpretieren haben. Bei näherer Untersuchung hat der Phasenverlauf dieser Unregelmäßigkeiten eine merkwürdige, komplizierte Struktur. Die meisten von uns sind daher zu dem Schluß gekommen, daß sie entgegen bisheriger Annahmen gar nicht von HIGMOs verursacht werden. Also stellt sich die Frage: *Was* verursacht sie? Ich möchte Jan Thorgeson bitten, seinen Standpunkt darzulegen.«

Wie schon bei seinem letzten Vortrag war Thorgeson anfangs nervös, doch das legte sich bald. »Ich setze bei Ihnen als wissenschaftliche Laien gar nicht voraus«, sagte er, »daß Sie die Situation in allen Feinheiten begreifen. Vielleicht haben Sie schon gehört, daß im Ring etwas falsch läuft. Es kann sein, daß es sich um atmosphärische Störungen, um Streuwirbel in der Supraflüssigkeit handelt, die zu Pseudoeffekten führen. Ich selbst bin der Ansicht, daß genau das der Fall ist. Es ist die Erklärung, die auf der Hand liegt. Ehe wir weiterarbeiten und auf irgendwelche verrückten Ideen kommen, müssen wir die Kühlanlagen abschalten, damit die Supraflüssigkeit wieder ihren normalen, flüssigen Zustand annehmen kann. Als nächstes überprüfen wir die Röhre gründlich und reinigen sie. Danach schalten wir die Kühlung wieder ein und fahren sie sehr, sehr langsam hoch, so daß sich keine Strömungen entwickeln können... Leider benötigen wir für diese Prozedur etwa ein Jahr, und bis dahin sind die Schiffe zurück, da bin ich mir sicher, und machen mit ihren Vibrationen vielleicht alles kaputt. Das Risiko müssen wir eingehen. Um ehrlich zu sein: Ich habe den Verdacht, daß die unverantwortlichen Bauarbeiten der letzten Zeit für all dies verantwortlich sein könnten…« Er nahm wieder Platz und verschränkte die Arme vor der Brust.

Mir war aufgefallen, daß Kathi während seines Redebeitrags den Kopf geschüttelt hatte. Doch zunächst ergriff Charles Bondi das Wort, um Thorgeson entschieden zu widersprechen.

»Tut mir leid, aber das ist alles völliger Blödsinn. Wirbelströme in der Supraflüssigkeit sind sehr wohl erforscht – sie würden ganz andere Wirkungen zeitigen als die von uns beobachteten Muster. Um das zu erkennen, reichen ganz simple Berechnungen. Davon abgesehen, können wir nicht ein ganzes Jahr damit verplempern. Wir müssen jetzt eine Lösung finden. Leo Anstruther hat für einen ›Weißen Mars‹ plädiert, aber auf irgendeine Weise hat man es geschafft, ihn als Leiter der UN-Abteilung zur Erhaltung des Mars auszuschalten. Wenn die Schiffe zurückkehren, sind die Leute wahrscheinlich wieder von dem Gedanken besessen, den Mars zu terraformen. Deshalb die große Eile.«

Eine Technikerin aus der Gruppe der JAEs stand auf und sagte: »Wir sind dagegen, daß das Argument des Zeitdrucks dazu herhalten soll, sich um ein wirkliches Verständnis der Vorgänge herum zu drücken. Ich schlage vor, wir warten erst einmal ab, was als nächstes geschieht – ich meine, was im Ring geschieht. Offenbar ist der Vorrat an HIGMOs für diese Woche erschöpft. Wir sollten die nächste Woche abwarten.«

Als nächster sprach Georges Souto. »Im großen und

ganzen gebe ich meiner Vorrednerin recht. Schon deshalb, weil wir nicht wissen, was genau da unten, auf der Erde, vor sich geht. Es könnte ja sein, daß sie alle Matrixreisen eingestellt haben und nie wieder hierherkommen. Denken Sie auch an diese Möglichkeit!«

Daß das Publikum daran dachte, wurde an der allgemeinen Aufregung deutlich, die sich bei diesen Worten erhob. »Es könnte ja sein«, fuhr Souto fort, »daß die bisherige Hypothese, daß die HIGMOs nach dem Zufallsprinzip gleichmäßig im Universum verteilt sind, schlicht falsch ist. Unsere Ergebnisse weisen auf ein außerordentlich konzentriertes Auftreten von HIGMOs im Ring hin. Die Erklärung dafür ist ganz einfach: Wir sind Zeuge eines HIGMO-Schauers.«

Er hatte seine Hände, die er zur Verdeutlichung weit von sich gestreckt hatte, noch nicht gesenkt, da rief schon jemand, er rede Unsinn, und aus dem Zuschauerraum fragte Suung Saybin: »Könnte es nicht sein, daß die Unregelmäßigkeiten, die Ihnen zu schaffen machen, von ein- und demselben HIGMO verursacht werden? Von einem HIGMO, der im Schwerefeld des Mars gefangen ist und im Ring… hin und her pendelt?«

»Das ist nicht möglich«, erwiderte Souto, unterstützt von einigen anderen.

»Gut, ihr Klugscheißer, war ja nur ein Vorschlag«, bemerkte Saybin verärgert.

»Zur Verdeutlichung«, sagte Dreiser, »führe ich Ihnen vor, was wir auf unseren Schirmen tatsächlich beobachtet haben.«

Er warf eine Projektion auf einen großen, dreidimensionalen Vidschirm, der über dem Podium in der Luft hing. Das Bild war fast so scharf wie graphische Darstellungen in einem Lehrbuch. Vor einem verschwommenen grauen Hintergrund zeichnete sich ein farbloser Nebel ab, der oszillierte, ehe er zur Bildmitte hin hochschoß und dann auf waagerechter Bahn weiterzog.

»Die Vertikale ist die Phasenachse«, erklärte Dreiser, »die Horizontale die Zeitachse. In diesem Fall dauert es von einem Bildschirmrand zum anderen etwa 0,5 Nanosekunden. Der Abstand von einer Phasenstufe zur nächsten beträgt 4 p*. Wie Sie sehen können, ist das Signal keineswegs eindeutig. Aber die stufenartige Zustandsfunktion zeigt deutlich, daß etwas den Ring durchlaufen hat – und zwar von oben nach unten. Andernfalls hätte sich die Stufe ebenfalls um 4 p nach unten verschoben. Das Oszillieren vor dem Eintritt in die nächste Stufe hat während der von uns beobachteten Serie von Unregelmäßigkeiten immer komplexere Formen angenommen.«

Die Projektion über unseren Köpfen verblaßte, und Schweigen senkte sich über den Saal.

»Sie alle sind auf der falschen Fährte«, sagte Kathi leise von ihrem Platz aus. »Vergessen Sie die HIGMOs. Für die Unregelmäßigkeiten ist Chimborazo verantwortlich.«

Von einigen Wissenschaftlern und aus dem Zuschauerraum war Gelächter zu hören.

»Chimborazo verursacht die Unregelmäßigkeiten«, wiederholte Kathi lauter, worauf auch das Lachen lauter und spöttischer wurde.

»Hören wir, was sie zu sagen hat«, fuhr Dreiser dazwischen. »Geben Sie ihr eine Chance.«

Kathi warf ihm einen dankbaren Blick zu, dann

---

* 4 p: Veränderung des Impulses pro Zeiteinheit. Jedes Teilchen im Phasenraum hat drei Orts- und drei Impuls-Koordinaten – jeweils eine Koordinate für die drei unabhängigen Richtungen im dreidimensionalen Raum (vgl. auch Roger Penrose: Computerdenken, S. 170 ff., Heidelberg 1991). – *Anm. d. Ü.*

erhob sie sich und erklärte: »Arnold Poulsen führt gerade Versuche durch, mit denen er feststellen will, ob Schallschwingungen bei sechzehn Hertz die Menschen dazu bringen können, freundlicher miteinander umzugehen. Bis jetzt liegt noch kein Ergebnis vor... Ich habe jedoch während der letzten Monate das sichere Gefühl gewonnen, daß wir eine Phase durchleben, in der sich unsere persönlichen Beziehungen von Grund auf verbessern. Den Unterschied bemerke ich sogar an mir selbst...« Das löste wieder Lachen aus. »Ein ebenso sicheres Gefühl sagt mir, daß das nichts mit Arnolds Experiment zu tun hat. Und auch nicht damit – nehmen Sie mir's nicht übel, Tom –, daß die Utopie ihre Wirkung tut. Nein, es ist Chimborazo, der auf uns einwirkt. Der Wachturm des Universums.« Sie schwieg einen Augenblick, um ihre Worte wirken zu lassen, stemmte die Arme in die Hüften und sah ihre Zuhörer herausfordernd an. »Wir wissen, daß dieses Lebewesen ein mächtiges Bewußtsein besitzt. Wir empfangen ein EPS, das inzwischen auch durch einen ganz normalen Mentalometer bestätigt wurde, den wir so geeicht haben, daß er auch außerordentlich niedrige Frequenzen erfassen kann. Unser Freund, der jetzt so schnell auf uns zueilt, ist sehr wohl mit Wahrnehmungsfähigkeit ausgestattet, sogar mit ungeheuer großer Wahrnehmungsfähigkeit. Darüber hinaus wissen wir – oder glauben zu wissen –, daß es sich bei Chimborazo um ein symbiotisches und epiphytisches* Wesen handelt. Alle Lebensformen, die Chimborazo umfaßt, haben gelernt, miteinander zusammenzuarbeiten, anstatt zu konkurrieren. Eine starke, bindende Kraft scheint hier am Werk zu sein... und ich würde mich überhaupt nicht wundern, wenn sich diese

---

* *Epiphytisch*: Pflanze, die auf einer anderen Pflanze wächst, aber nicht deren Parasit ist. – *Anm. d. Ü.*

›Kraft‹, worin Sie auch bestehen mag, ebenso auf unser Verhalten auswirkt. Wir wissen, daß sich Quanteneffekte über große Entfernungen erstrecken können. Bei Photonen hat man Quantenverschränkungen nachgewiesen, die sich über mindestens hunderttausend Kilometer auswirken. Wahrscheinlich gibt es gar keine Obergrenze.«

»Klingt mir ganz nach dem Mystizismus des 15. Jahrhunderts«, bemerkte Thorgeson. »Der Wille Gottes am Werk…«

»Na und, was beweist das schon?« erwiderte Kathi scharf. »Nicht alle Mystiker des 15. Jahrhunderts waren Dummköpfe!«

Dreiser ging über diesen Wortwechsel hinweg und sagte, an Kathi gerichtet: »Sie behaupten, daß Ihr Chimborazo – wenn ich so sagen darf – ein mächtiges Bewußtsein besitzt. Wären Sie so nett, uns das näher zu erläutern?«

Bei einigen der Männer, die hinter ihm saßen, machte sich Ungeduld bemerkbar. Offenbar gefiel es ihnen gar nicht, daß Dreiser diesem wissenschaftlichen Neuling solche Achtung entgegenbrachte. Doch da er Kathi nun schon Redezeit eingeräumt hatte, machte sie auch unbekümmert weiter: »Nun, was das Bewußtsein betrifft, tappen wir ein wenig im dunkeln. Dieses Rätsel wartet noch auf seine Lösung. Das EPS-Gerät ist nur ein passiver Detektor, ähnlich wie ein Geigerzähler, mit dem man radioaktive Strahlungen messen kann. Er wirkt sich in keiner Weise verändernd auf das Bewußtsein aus. Er stellt nur fest, daß Bewußtsein vorhanden ist, und zwar anhand der Wirkung, die dieses Bewußtsein ausübt. Es kann bekanntlich bewirken, daß eine Reduktion der quantenmechanischen Zustandsfunktion, die ›Auflösung‹ von Überlagerungen eintritt – etwa bei einer Überlagerung von kohärenten Quantenzuständen, bei der eine große Anzahl von Kalziumionen beteiligt sind.* Mit Sicherheit wissen wir, daß das Bewußtsein eines Lebewesens ein Faktor ist, der sich zu einer solchen Reduktion auswirken kann und der in umgekehrter Weise vom Quantenzustand selbst beeinflußt wird. Schließlich basiert die Mentaltropie auf dieser Wirkung. Dabei wird die Überlagerung von Quantenzuständen durch die Präsenz des Bewußtseins beeinflußt – und beeinflußt ihrerseits das Bewußtsein. Also kann man durchaus annehmen, daß der Faktor Bewußtsein sich auch auf die Quantenkohärenz in unserem Detektorring auswirkt.«

»Entschuldigen Sie«, warf Willa Mendanadum ein, »aber ein mentaltropisches Gerät arbeitet nicht mit Supraflüssigkeit. Die Überlagerung von Quantenzuständen basiert auf der Verschiebung diverser Kalziumionen, wie sie in einem Quantencomputer auf der Verschiebung von Elektronen basiert.«

»Aber ein Quantencomputer«, entgegnete Kathi, »gibt keinerlei Werte ab, die auf dem EPS-Detektor oder einem mentaltropischen Gerät meßbar wären. Die Anordnung von Kalziumionen in einem mentaltropischen Gerät ist von völlig anderer Natur als die in einem Quantencomputer – sie ähnelt viel eher der Supraflüssigkeit in unserem Ring, wo die ganze betroffene Masse signifikant wird.«

Willa blieb hartnäckig. »Tut mir leid, ich weiß, Sie bemühen sich nach Kräften, als Guru oder Ähnliches zu wirken. Aber nichts, gar nichts deutet auf irgend eine Ähnlichkeit zwischen diesem Ring und einem mentaltropischen Gerät hin. Zum einen ist der Maßstab völlig unterschiedlich. Zum anderen aber auch

---

* Reduktion des Zustandsvektors bei einer Ja/Nein-Messung. Durch die Messung ›springt‹ der quantenüberlagerte Zustand und wird entweder zu der einen oder zu der anderen Größe. – *Anm. d. Ü.*

die Geometrie. Die verwendeten Substanzen. Der Zweck des ganzen.«

»Aber...«

»Lassen Sie mich bitte ausreden. Ich muß an dieser Stelle klar und deutlich sagen: Nichts deutet darauf hin, daß die Nähe eines mit Bewußtsein begabten Menschen sich irgendwie auf die Funktionsweise des Ringes auswirkt. Meines Wissens ist das Argon 36 in der Supraflüssigkeit genau dazu da, die gravitativen Wirkungen eines Monopols verborgener Symmetrie, eines HIGMOs, aufzuspüren – und nicht die einer Hirnstromwelle*.«

An Kathi schien das alles abzuprallen. »Wir wissen nicht, welche Parameter bei Chimborazo einen Zustand der Quantenüberlagerung herbeiführen. Für ihn gelten völlig andere Maßstäbe als für uns Menschen. Höchstwahrscheinlich kann er seine Geistesaktivitäten in spezifischer Weise auf den Ring ausrichten.«

»Unsinn!« rief Jimmy Gonzales Dust aus den Reihen der Wissenschaftler.

Kathi drehte sich zu ihm um und sagte ruhig: »Unsinn, ach ja? Angesichts eines fremdartigen Verstandes, der fünfundzwanzigtausend Meter in die Höhe ragt? Wie können wir uns erdreisten, Aussagen darüber zu machen, was er kann oder was er nicht kann?«

»Aber Sie spekulieren hier wild durch die Gegend«, sagte Jimmy.

»Ich würde sagen, daß an diesem Punkt der Diskussion ein Schuß wilder Spekulation nicht schaden kann«, warf Dreiser ein. »Fahren Sie bitte fort, Kathi.«

»Nebenbei bemerkt, stützt sich meine Spekulation auf Tatsachen«, sagte Kathi. In ihrer Stimme schwang

---

* *Hirnstromwelle*: im Original Wortspiel: ›Brainwave‹ hat auch die Bedeutung von ›Geistesblitz‹ oder ›verrückter, toller Idee‹. – *Anm. d. Ü.*

eine Spur der alten Bissigkeit mit, und mir fiel ein, daß sie auch früher schon gern Menschen über den Mund gefahren war, die im Grunde auf ihrer Seite standen. Welche Beziehung sie zu Dreiser hatte, war schwer einzuschätzen. »Wir wissen, *daß* die Mentaltropie funktioniert, aber wir wissen nicht, *warum*. Die Entdeckung des Reynaud-Damien-Effekts war purer Zufall. Man hat daraus gefolgert, daß das Bewußtsein einen subtilen Einfluß auf die Reduktion eines Quantenzustands ausübt.«

»Da bin ich anderer Meinung«, sagte Jimmy hastig. »Allerdings bestand *ein* Ergebnis der Forschungen, die diese französischen Jungs betrieben haben, darin, daß der EPS-Detektor entwickelt wurde…«

Obwohl ihre Augen vor Zorn blitzten, bemerkte Kathi mit entwaffnender Sanftmütigkeit: »Und der EPS-Detektor führte zur Entwicklung des mentaltropischen Geräts, das nun in der Psychiatrie eingesetzt wird. Sehr schön, danke für Ihren Beitrag. Wenigstens wissen wir jetzt, daß ein mentaltropisches Gerät tatsächlich etwas mit dem Detektor-Ring gemein hat. In beiden Fällen besteht der wesentliche Faktor darin, daß eine Reduktion des Quantenzustands stattfindet. Ich habe mich mit der Geschichte dieser Sache befaßt. Ihr dagegen habt euch alle so sehr auf die Technik des Ringes konzentriert, daß ihr gar nicht mehr wißt, wie sich das alles entwickelt hat.«

Jimmy fuhr wieder aufgebracht dazwischen: »Wir kennen uns mit der Reduktion des Quantenzustands sehr gut aus. Das alles wurde ja schon Anfang des Jahrhunderts durch das maßgebliche Experiment Walter Heitelmans geklärt.«

Kathi nickte kurz, lächelte ihn an und redete weiter: »Außerdem wurden im letzten Jahrhundert auch einige Hypothesen dazu entwickelt, wie bestimmte Verbindungslinien zwischen dem Bewußtsein und der

Reduktion des Quantenzustands aussehen könnten. All diese Hypothesen haben zu nichts geführt, weil sie in Experimenten falsifiziert wurden – in manchen Fällen widersprach die Beobachtung ihnen ganz direkt. Aber die allgemeine Hypothese, daß eine solche Verbindung besteht, gibt es nach wie vor. In der wissenschaftlichen Literatur hat es hitzige Diskussionen darüber gegeben, die heute fast vergessen sind. Wenn man all diese Vorstellungen miteinander verbindet und davon ausgeht, daß die Unregelmäßigkeiten im Ring tatsächlich Auswirkungen einer Reduktion des Quantenzustands sind, kann man meiner Meinung nach mit gutem Grund folgende Annahme vertreten: Zwischen den Unregelmäßigkeiten im Ring und dem Bewußtsein Chimborazos besteht ein Zusammenhang.«

Thorgeson lachte spöttisch. »Als nächstes erzählen Sie uns bestimmt, daß im Ring eine *Seele* am Werk ist.«

»›Seele‹ ist noch schwieriger zu definieren als Bewußtsein. Aber wenn man es recht bedenkt – warum nicht?«

»Der nächste Schritt liegt auf der Hand«, unterbrach sie Dreiser. »Wir müssen eine mentaltropische Untersuchung des Ringes durchführen. Genau wie Kathi bin ich der Meinung, daß die Unregelmäßigkeiten, die wir beobachtet haben, möglicherweise darauf schließen lassen, daß Chimborazo mit seinem Bewußtsein auf den Ring einwirkt. Wir müssen prüfen, ob wir mit dieser Annahme richtig liegen. Bis heute wissen wir nicht, über welche Kräfte Chimborazo verfügt. Wir haben endlose Diskussionen darüber geführt und gehen davon aus, daß es sich wahrscheinlich um eine gutartige, ja defensive Lebensform handelt. Es mag sein, daß dieser kollektive Verstand ungeheure Kräfte besitzt. Vielleicht könnte er mit einem zielgerichteten Vorstoß seiner Gedanken uns alle mit einem Schlag auslöschen. Aber Panzertiere sind im allgemeinen friedfertig – wenn wir von den Beispielen auf der Erde ausgehen.« Er machte eine kurze Pause, um seine Worte wirken zu lassen. »Ein Grund für Chimborazos Tarnung könnte darin bestehen, daß er vor langer Zeit die Existenz anderer Wesen wahrgenommen hat, die ebenfalls ein Bewußtsein besitzen. Auf der Erde. Über die riesige Entfernungen hinweg, die zwischen den beiden Planeten liegt, hat er es gespürt, Angst bekommen und sich, so gut er konnte, versteckt.«

»Und was wollen Sie unternehmen, falls man feststellt, daß der Ring Spuren von Bewußtsein zeigt?« fragte jemand aus dem Publikum.

Dreiser fuhr sich nachdenklich über seinen kleinen Schnauzbart. »Falls sich das als richtig erweist, müssen wir das ganze Schlierenexperiment neu überdenken. Die Kühlung abzustellen käme dann einem Mord gleich – oder einer Abtreibung... Angesichts der Tatsache, daß Chimborazo über uns wacht, könnte es sich außerdem als gefährlich erweisen. Es ist ein Dilemma... Der Ring wäre für die Suche nach der Omega-Schliere nicht mehr tauglich, worüber die UN-Behörden – angenommen, es gibt sie noch – ganz bestimmt nicht sehr froh wären. Andererseits wäre das eine andere große Entdeckung. Wir würden damit dem Verständnis von Bewußtsein näherkommen, würden mehr und mehr begreifen, was Bewußtsein eigentlich ist, wie es entsteht, wodurch es genährt wird...«

»Nur eine kurze Anmerkung zu dem, was Charles Bondi vorhin gesagt hat«, ergänzte Kathi. »Falls der Ring in Betrieb bleibt, dürfen wir natürlich niemals irgendeine Art von Terraformung zulassen...«

Mir gingen so viele Dinge durch den Kopf, daß ich nicht schlafen konnte. Im Halbdunkel ging ich die

Spinnengras-Straße in östlicher Richtung hinunter, als plötzlich zwei maskierte Männer, bewaffnet mit Spatenstielen, Baseballschlägern oder ähnlichem, aus dem Schatten sprangen.

»Das ist für dich, du widerliche Tunte, dafür, daß du uns die Religion madig gemacht und das Leben versaut hast!« brüllte einer der Männer, als sie sich auf mich warfen. Es gelang mir, dem einen einen Schlag ins Gesicht zu versetzen, doch der andere traf mich am Kopf. Ich ging zu Boden.

Das Fallen kam mir wie eine Ewigkeit vor.

Als ich erwachte, war ich wieder mal im Krankenhaus und wurde einen Gang hinunter gerollt. Ich versuchte, etwas zu sagen, aber brachte kein Wort heraus.

Cang Hai und Alpha erwarteten mich. Alpha saß auf dem Fußboden und sah zu, wie ihre Mutter immer wieder einen Ball gegen die Wand prallen ließ. Mir fiel auf, daß Cang Hai immer noch etwas Kindliches an sich hatte. Ihre Tochter war eine Ausrede dafür, selbst wie ein Kind zu spielen. Als sie mich sah, hörte sie mit dem Ballspiel auf, nahm Alpha auf den Arm und kam zu mir herüber.

»Meine liebe… kleine Tochter«, stammelte ich.

Sie legte ihre Hand auf meinen Arm. »Du brauchst Ruhe, Tom, dann bist du bald wieder gesund. Wir sind für dich da.«

Mary Fangold kam mit forschem Schritt dazu, begrüßte Alpha und rollte mich, Cang Hai überhaupt nicht beachtend, in ein anderes, kleineres Zimmer, das mit winzigen schwebenden Lichtpunkten gefüllt war. Es kam mir so vor, als triebe ich ihnen entgegen.

Mühsam versuchte ich, einen klaren Kopf zu bekommen. Mein Blick fiel wieder auf Cang Hai, die nahe bei mir stand. In ihren Augen blitzte Wut. Resolut und mit lauter Stimme erklärte sie: »Jedenfalls hat mir mein anderes Ich in Chengdu, wie schon gesagt,

415

einen Traum erzählt. In diesem Traum spielte ein Orchester...«

»Vielleicht wäre es besser, wenn wir Tom allein lassen«, sagte Mary zuckersüß. »Er braucht Ruhe. In ein, zwei Tagen wird er völlig wiederhergestellt sein.«

»Ich werde mich schon früh genug verabschieden, vielen Dank auch«, schnappte Cang Hai. »Das Sinfonieorchester könnte man als Symbol für eine Evolution interpretieren, die auf Zusammenarbeit beruht. Eine große Anzahl von Männern und Frauen, die ganz unterschiedlich leben, ganz verschiedene Probleme haben, ganz verschiedene Instrumente spielen, schaffen es, ihre individuellen Persönlichkeiten soweit zu synchronisieren, daß eine wunderbare Harmonie entsteht. Aber in diesem Traum musizierten sie und nahmen gleichzeitig eine Mahlzeit ein. Frag mich bloß nicht, wie sie das geschafft haben.«

Ich gab Mary zu verstehen, daß sie Cang Hai noch einen Augenblick weiterplappern lassen sollte.

»Weißt du, Tom, da mußte ich an das allererste Gasthaus denken, das vor vielen Jahrhunderten in China eröffnet wurde. Es hatte zum Ziel, andere glücklich zu machen. Und das setzte voraus, Fremden so zu vertrauen, daß man mit ihnen eine Mahlzeit teilte. Umgekehrt mußten die Fremden Speisen zu sich nehmen, die ein für sie vielleicht unsichtbarer Koch zubereitete, und darauf vertrauen, daß diese Speisen nicht vergiftet waren... Meinst du nicht auch, daß dieses Gasthaus in der gesellschaftlichen Entwicklung ein riesiger Schritt nach vorn war...?«

»Also wirklich, ich bitte Sie, wir haben jetzt genug von Ihren Träumen gehört, meine Liebe«, unterbrach Mary.

»Wer ist diese unhöfliche Frau, Mama?« fragte Alpha.

»Ein Niemand, mein Küken«, sagte Cang Hai und stapfte voller Empörung aus dem Zimmer.

Es gelang mir gerade noch, ihr ein ›Auf Wiedersehen‹ nachzurufen. Mein Kopf wurde langsam klarer. Mary sah mich streng an. »Man hat dich wieder meiner Pflege anvertraut, Tom!« Sie unterdrückte ein fröhliches Lachen. »Ich hoffe, dir ist dieses ganze unsinnige Geschwätz nicht auf die Nerven gegangen. Deine Adoptivtochter glaubt offenbar, daß sie Kontakt mit jemandem in… wo war es doch gleich… in Chengdu hat.«

»Ich weiß auch nicht so recht, was ich von ihrer Phantom-Freundin halten soll. Aber dieses Phantom bereichert ihr einsames Leben.«

Mary gab meinen Namen zur Anmeldung in einen Computer ein. »In diesem Punkt muß ich dir widersprechen«, sagte sie. »Wir müssen versuchen, das Irrationale aus unserem Leben zu verbannen. Es ist so wichtig, daß wir uns von Vernunft leiten lassen. Mit deinen tapferen Bemühungen zielst du ja selbst darauf ab.« Sie drohte mir scherzhaft mit dem Finger. »Du darfst in deinem Privatleben keine Ausnahme machen. Wenn wir eine ideale Welt schaffen wollen, ist das nicht der richtige Weg. Aber es ist nicht meine Aufgabe, *dir* Vorträge zu halten…«

Bei dem Überfall war mir ein Rückenwirbel zerschmettert worden. Die Nanoboter ersetzten ihn durch einen künstlichen. Allerdings war auch ein Nervenstrang verletzt worden, der offenbar nicht wieder zusammengeflickt werden konnte, jedenfalls nicht mit den begrenzten Mitteln unserer Klinik.

Zehn Tage blieb ich in dem Krankenzimmer, das ich erst vor so kurzer Zeit geräumt hatte, und ließ mich erneut von Marys Physiotherapie verwöhnen. Ich lebte für die Stunden, die wir miteinander im Bett verbrachten. Vielleicht, dachte ich, basieren alle Vorstellungen von Utopia auf dieser Art von Nähe. Im

Dunkeln dachte ich an George Orwells ›1984‹, in der die beste aller Welten ein schäbiges Zimmer ist, in dem einer mit seinem Mädchen allein sein kann…

Mary sah mich mit ernstem Blick an. »Wenn wir die Burschen, die dich überfallen haben, erwischen, habe ich ein paar Medikamente aus meinem pharmazeutischen Waffenarsenal parat. Medikamente, die dafür sorgen, daß sie nie wieder gewalttätig werden… Wir haben uns darauf geeinigt, daß wir hier keine Zuchthäuser wollen. Als mein Untersuchungshäftling möchtest du natürlich, daß ich dich bei Laune halte…«

»Leidenschaftlich gern«, erwiderte ich und küßte sie.

Auf den Arm einer Krankenschwester gestützt, übte ich mich tagsüber im Laufen. Es war nie sicher, ob ich mein Gleichgewicht würde halten können, und von da an verwendete ich beim Gehen einen Stock.

Als ich das Krankenhaus verließ, verabschiedete sich Mary von mir: »Mach mit deiner Arbeit weiter, Tom, und belaste deinen Kopf nicht mit Rachegedanken. Die Kerle, die dich überfallen haben, müssen den Verstand verloren haben. Sie haben allen Grund, sich vor einer rationalen Gesellschaft zu fürchten. Aber solche Menschen sterben allmählich aus.«

»Da bin ich nicht so sicher, Mary… Und zu welcher Sorte Mensch gehören wir?«

Sie lachte glucksend, auf mütterliche Art, und drückte meinen Arm. Sie war ganz die tüchtige Tages-Mary, voll im Dienst, doch plötzlich umarmte sie mich. »Ich liebe dich, Tom! Nimm's mir nicht übel. Du bist unser Prophet! Bald werden wir eine Epoche reiner Vernunft erleben.«

Während ich zurück zu Cang Hai humpelte, mußte ich an Jonathan Swifts wunderbare Satire denken, die allgemein als ›Gullivers Reisen‹ bekannt ist. Beson-

418

ders an den vierten Teil, in dem Gulliver zu den kalten, uninteressanten, gleichgültigen Kindern der Vernunft reist, zu den Houyhnhnms. Falls unsere neue Lebensweise eine solche Spezies hervorbrachte, würden wir in eine Sphäre ohne Wärme und ohne Mitleid eintauchen. Wo wäre dann Platz für Marys Liebe? Und dennoch: Mußte man dieses blutleere Leben der Vernunft nicht einem Leben unter dem Wolfsgesetz vorziehen – der Welt der Keule, der Welt nach dem Sündenfall, wo ständig in diesem oder jenem Landstrich Kriege tobten, die Verheerung und Entsetzen mit sich brachten?

Mein Vater, dessen Nächstenliebe auf mich übergegangen war, hatte sein Heimatland verlassen, um an der östlichen Adria als Arzt zu wirken, unter den Armen des Küstenstädtchens Splon. Dort hatte er eine Klinik aufgebaut, in der alle gleich behandelt wurden – ob Katholiken, orthodoxe Christen oder Protestanten. Er hatte geglaubt, der Westen bewege sich aufgrund der ihm eigenen analytischen Geisteshaltung auf ein Zeitalter der Vernunft zu, wie zögerlich dieser Fortschritt auch sein mochte.

In Splon verbrachte ich trotz der Armut, die uns umgab, viele glückliche Jahre meiner Kindheit. Ungehindert streifte ich durch die Berge jenseits der Stadt. Meine ältere Schwester Patrizia war mir eine wunderbare Freundin und Verbündete. Sie war ein großherziges Mädchen und hatte eine unersättliche Neugier auf alles, was in der Natur vor sich ging. Oft schwammen wir gemeinsam zu einer kleinen Insel namens Isplan, wo wir Schiffbrüchige spielten. Im nachhinein kommt es mir so vor, als hätten wir damals schon in weiser Voraussicht für den Fall geübt, daß wir auf einem anderen Planeten strandeten.

Im Jahre 2024 – ich war damals neun Jahre alt – brach ein Bürgerkrieg aus. Mein Vater und meine

Mutter weigerten sich, das Land mit allen anderen Ausländern zu verlassen. Sie waren blind für die Gefahr und hielten es für ihre Pflicht, auszuharren und den unschuldigen Bürgern von Splon zu helfen. Allerdings brachten sie Pat zu einer Tante in Sicherheit. Eine Zeitlang vermißte ich sie schrecklich...

Bürgerkrieg ist wie eine Krebsgeschwulst. Die Bewohner von Splon schlugen sich entweder auf die eine oder auf die andere Seite und begannen, einander zu mißhandeln und umzubringen. Als Vorwand diente ihnen das Gefühl, man habe sie ungerecht behandelt, es gehe nur darum, Gerechtigkeit herzustellen. Aber unter dieser Tünche scheinbar vernünftiger Argumente, die ihr Gewissen beruhigen und ihnen die Sympathie des Auslands sichern sollten, lauerte eine hirnlose Brutalität, der Wunsch, jeden zu vernichten, der einem anderen Glauben als man selbst anhing. Sie machten sich daran, alles zu zerstören – nicht nur die leicht verwundbaren Körper ihrer ehemaligen Nachbarn und neuen Feinde, sondern auch deren Häuser und jegliches Gut, das historischen oder ästhetischen Wert besaß.

So war die Brücke über den Fluß Splo eines der wenigen erhaltenswerten Werke örtlicher Architektur. Die Ottomanen hatten sie vor fünfhundert Jahren errichtet, und sie war auf allen Urlaubsprospekten abgebildet. Menschen aus aller Welt kamen, um sich die anmutig geschwungene alte Brücke von Splon anzusehen. Doch als sich in den Bergen jenseits der Stadt Panzer sammelten, als ein uraltes Kriegsschiff vor der Küste auftauchte und als sich Granatwerfer und Geschütze an der Straße eingruben, die zur Stadt führte, da bot sich die berühmte Brücke von Splon als Zielscheibe für Gefechtsübungen an. Es dauerte nicht lange, bis sie fiel und in einer Wolke von Staub in den Fluß stürzte.

Der Feind unternahm keinen Versuch, in die Stadt einzumarschieren. Die Soldaten lungerten an der Straße herum, rauchten und soffen. Feige belagerten sie Splon und begannen ihr Zerstörungswerk. Nicht aus strategischen Gründen, sondern nur deshalb, weil sie Haß und Granaten im Überfluß hatten.

Jeder, der aus der Stadt zu flüchten versuchte, riskierte, in Gefangenschaft zu geraten. Die Gefangenen wurden auf barbarische Weise mißhandelt. Nicht nur Frauen, sondern auch Kinder wurden vergewaltigt und als Zielscheiben für Schießübungen benutzt. Hin und wieder wurde einem der Gefangenen erlaubt, sich zurück nach Splon zu schleppen – damit er dort über die Greueltaten berichtete und bei den hungernden Einwohnern noch mehr Angst und Schrecken auslöste. Oft starben solche Menschen schließlich im kleinen Operationssaal meines Vaters.

Die großen Organisationen der westlichen Staatenwelt hielten sich heraus und sahen dem Gemetzel auf ihren Fernsehschirmen zu. Angesichts der fanatischen Kampf- und Todesbereitschaft beider Seiten und der so schwer zu begreifenden Ursachen dieses Krieges war es ihnen tatsächlich ein Rätsel, wie sie diesem Bürgerkrieg ein Ende machen sollten.

Während der zwölfmonatigen Belagerung lebten wir zumeist in Kellern. Es wurden behelfsmäßige sanitäre Einrichtungen geschaffen. Die Lebensmittel waren knapp. Im Schutz der Dunkelheit wagte ich mich mit meinem Freund Milos des öfteren hinaus, um von der Kaimauer aus Fische zu angeln, doch mehr als einmal wurden wir von Heckenschützen beschossen und mußten uns auf allen vieren in Sicherheit bringen. Es dauerte nicht lange, bis in der Stadt eine Hungersnot ausbrach. Ich verbrachte ein paar Tage im hohen Gras, um mit einer Steinschleuder ein Kaninchen zu erlegen. Als ich stolz mit erlegter Beute nach Hause zurückkehrte, erfuhr ich, daß meine Mutter im Sterben lag. Es war Cholera. Noch heute verfolgen mich Schuldgefühle und Kummer, wenn ich daran denke. Und nie werde ich vergessen, wie mein Vater vor Verzweiflung und Selbstvorwürfen – über den Körper meiner Mutter gebeugt – heulte wie ein Hund.

Schließlich lief sich der Krieg buchstäblich tot. Bei den kämpfenden Parteien machte sich Erschöpfung bemerkbar, und es folgten Tage, an denen wir nicht mit Granaten beschossen wurden. Dann kam eine Abordnung des Feindes mit einem Lastwagen in die Stadt und schwenkte weiße Fahnen, um einen Waffenstillstand anzukündigen. Der Anführer war ein Kommandant in schneidiger Uniform, der – ganz und gar unpassend – weiße Handschuhe trug, ein recht junger Mann, aber schon mit Orden behängt.

Das war die Gelegenheit, auf die unsere Leute gewartet hatten. Sie stürzten sich mit Gewehren, Messern und Bajonetten auf die Parlamentäre und metzelten die ganze Gruppe, mit Ausnahme des Kommandanten, nieder. Ich sah dem Massaker zu, genoß es, fand die Schreie der Todeskandidaten erregend. Es war wie im Film, wie in einer meiner Rocker-Geschichten.

Der Kommandant wurde die Straße hinunter, in eine ausgebrannte Fabrik gezerrt. Sie rissen ihm Handschuhe und Uniform weg, so daß er nackt dastand. Ein paar Frauen erlaubten sie – oder forderten sie sogar auf –, ihm Hoden und Penis abzuschneiden und in den Mund zu stopfen. Sie schlugen ihn schließlich mit Eisenstangen tot… Ich war neugierig und wollte nachsehen, was in der Fabrik vor sich ging, doch ein Mann versperrte mir den Zutritt. Andere Jungen schafften es hinein und erzählten mir später von der Greueltat.

Am nächsten Tag rollte ein Lastwagen des Roten Kreuzes in die Stadt. Mein Vater und ich wurden evakuiert. Doch er hatte seinen Lebenswillen verloren und starb ein paar Wochen später im Schlaf. Das war in einem Krankenhaus der deutschen Stadt Mannheim...

Nun, während ich selbst in einem Krankenhaus auf dem Mars lag, kamen all diese Erinnerungen wieder hoch. Ich durchlebte sie noch einmal so intensiv, wie ich es früher nie getan hatte. Mir wurde dabei klar, daß mein Wunsch, eine bessere Gesellschaftsordnung zu schaffen, in diesen Erfahrungen, in dieser Angst vor nackter Brutalität wurzelte. Es ging mir darum, eine Zeit und einen Ort zu begründen, wo die Herrschaft der Vernunft garantiert war.

Ich erzählte Mary meine Geschichte. Sie hörte mit Anteilnahme zu, und reine, klare Tränen traten ihr in die Augen und rannen die Wangen hinunter... Vielleicht hatte das Rätsel Olympus meine Ängste neu geschürt. Vielleicht herrschte unter diesem riesigen Rückenschild Trauer oder sogar Zorn. Zorn über die eigene Lebensweise, Zorn darüber, daß die Arten sich selbst hatten einschließen müssen, um zu überleben – als das alte freie Leben dem Untergang geweiht war. Milliarden Jahre des Zorns und der Trauer...?

Während meiner Genesungszeit hatte ich mehrmals Besuch, unter anderem auch von Benazir Bahudur, der Erzieherin.

»Bis Sie sich erholt haben und wieder völlig beschwerdefrei bewegen können, lieber Tom, werde ich für Sie tanzen«, sagte sie. »Damit Ihnen wieder einfällt, was Bewegung ist.«

Mit langem Rock und bloßen Armen vollführte sie ihren Tanz, den ich schon einmal gesehen hatte, der aus Schritten und Gesten bestand und dabei so fein und geschmeidig wie tiefes klares Wasser wirkte. *Das Leben spielt mal so – mal so. Und es gibt so vieles, über das man sich freuen kann.*

Es war schön und überaus berührend. »Sie schaffen es, ohne Musik wundervoll zu tanzen«, sagte ich.

»Ach, ich höre die Musik ganz deutlich. Ich nehme sie mit den Füßen wahr, nicht mit den Ohren.«

Eine weitere willkommene Besucherin war Kathi Skadmorr. Sie schlappte in ihrem NOW-Overall herein und ließ sich lächelnd am Bettende nieder.

»Hier also enden alle Utopien – in einem Krankenhausbett!« sagte sie lächelnd.

»Manche Utopien nehmen hier ihren Anfang. Man denkt viel nach. Ich habe gerade an Dystopien gedacht. Wahrscheinlich denken Sie die ganze Zeit über Quantenphysik und das Bewußtsein nach…«

Sie runzelte die Stirn. »Reden Sie keinen Unsinn. Ich denke auch viel über Sex nach – obwohl ich kaum welchen habe. Tatsächlich verbringe ich viel Zeit damit, in der Lotus-Position dazusitzen und eine kahle weiße Wand anzustarren. Das ist etwas, das ich von Ihrem Verein gelernt habe. Offenbar hilft es. Und manchmal fällt mir auch ein Zitat ein: ›Und ich sah einen neuen Himmel und eine neue Erde; denn der erste Himmel und die erste Erde sind vergangen.‹ So heißt es doch bei euch Christen, stimmt's?«

»Ich bin kein Christ, Kathi, und ich bezweifle, daß der Bursche, der diese Worte niedergeschrieben hat, einer war.«

Sie beugte sich vor. »Natürlich faszinieren mich wissenschaftliche Theorien. Aber nur deshalb, weil ich gern darüber hinaus gelangen möchte. Die kahle weiße Wand ist eine wunderbare Sache. Sie sieht mich an. Sie fragt mich, warum ich existiere. Sie fragt mich, was mein bewußter Verstand gerade tut. Warum er es tut. Sie fragt, ob es Wissen gibt, an das wir nicht herankommen. Vielleicht deswegen, weil wir uns nicht trauen.«

Ich fragte sie, ob sie damit das ›Übersinnliche‹ meine.

»Du meine Güte, wie Sie dieses Etikett benutzen! Liebster Tom, mein Held, Ihre Adoptivtochter, die Sie so sehr vernachlässigen, hat ständig nicht erklärbare *übersinnliche* Erlebnisse. Für sie sind sie ganz alltäglich, doch niemand kann sie erklären. Wir müssen unser Denken überdenken – genau so, wie Sie die Gesellschaftsordnung überdacht haben. Hören Sie auf, sich an die gefühlskalte Vernunft zu klammern! Chimborazo ist millionenmal seltsamer als Cang Hais Welt, und doch meinen wir, wir könnten ihn wissenschaftlich erklären, ihn mit der *Umwelt** in Einklang bringen. Dabei vollbringt er ständig Wunder. Wenn man bedenkt, daß er einen Behälter mit Supraflüssigkeit in ein Wesen verwandelt hat, das mit Bewußtsein begabt ist... Das ist ein Wunder à la Jesus Christus, und trotzdem sträubt sich kein Härchen an Dreisers Schnauzbart... Wie dem auch sei, ich muß jetzt gehen. Ich habe nur hereingeschaut, weil ich Ihnen dieses kleine Geschenk bringen wollte.« Aus den Taschen ihres Overalls zog sie einen Fotowürfel hervor, in dem eine komplizierte Spirale rotierte, deren Stränge mit samenähnlichen Punkten besetzt waren. Ich hielt den Würfel gegen das Licht und fragte sie, was das sei.

»Sie haben die Exterozeptoren analysiert, die sie Chimborazo abgehackt haben«, antwortete sie. »Das hier ist seine DNA-Struktur. Sehen Sie, wieviel komplexer sie ist als die menschliche? Es sind vier Stränge nötig, um das genetische Erbe abzuspeichern. Eine verdoppelte Doppelhelix.«

---

* Umwelt: im englischen Original deutsch. – *Anm. d. Ü.*

Als ich wieder auf den Beinen war, stattete ich Choi-hosla einen Besuch ab. Diesmal klopfte ich vorsichts-halber an seine Tür. Wir sprachen die Dinge durch, und ich äußerte die kühne Vermutung, daß die Menschheit möglicherweise Millionen von Jahren bedauern werde, zu bewußter Existenz gelangt zu sein. Denn damit habe sie sich jede Menge Probleme aufgehalst.

»Wir alle leiden zuweilen unter der dunklen Seele der Nacht«, stellte er fest.

»Sie meinen, unter der dunklen Nacht der Seele?«

»Nein, nein. Werfen Sie einen Blick nach draußen! Ich meine die dunkle Seele der Nacht.«

Ist es der alte, verschrobene, geniale Bernard Shaw gewesen, der behauptet hat, bislang habe man Uto-pien nur auf dem Papier verwirklicht? Nun, vielleicht hatte Steve Rollins Utopia inzwischen in seiner Simu-lation verwirklicht. In der Welt seines Quantencom-puters gingen die Menschen ihren Geschäften nach. Ohne jede Empfindung, ohne sich um das Morgen zu scheren. Und nur mit entsprechender Eingabe fiel in dieser Welt ein Sperling vom Himmel… Ein benei-denswerter Zustand?

Es war Zeit, sich wieder an die Arbeit zu machen, also bestellte ich die Berater von ADMINEX zu mir. Das war am ersten Tag des zehnten Monats 2071 (inzwi-schen waren wir dazu übergegangen, die Monate mit Ziffern anstelle von Namen zu versehen).

»Hallo«, sagte Dayo, als er mich zum ersten Mal mit Stock sah. »Was ist denn mit Ihnen passiert?«

»Menschliches, Allzumenschliches«, erwiderte ich.

Wir mußten uns endlich daran machen, eine Verfas-sung für unsere Gemeinschaft zu entwerfen – die best-mögliche Lebensweise in Form einer Denkschrift ver-ewigen und sie damit allen so ausführlich wie mög-lich verdeutlichen.

Die Versammlung zu diesem Thema war gut besucht. Die äußere Bedrohung durch Chimborazo – wenn es denn eine Bedrohung war – hatte eindeutig unser Denken angeregt, vielleicht sogar Einigkeit zwischen uns gestiftet. Nur einmal war es bisher vorgekommen, daß so viele Menschen teilgenommen hatten – beim Vortrag von Dreiser Hawkwood. Die Leute versammelten sich unter der Hindenburg und nahmen schweigend Platz. Mittlerweile, dachte ich voller Sympathie, kannte ich alle Gesichter und fast alle Namen dieser Wesen – die zusammen einen menschlichen Olymp darstellten.

Einer der Nachzügler war Arnold Poulsen. Es war lange her, daß ich ihn gesehen hatte, denn er besuchte unsere Versammlungen nur selten. Er hatte die Hände zwischen den Knien gefaltet, während sein langes, fahles Haar über das Gesicht fiel, und steuerte nichts als seine Anwesenheit bei.

Mir war klar, daß sich die Dinge verändert haben mußten, während ich im Krankenhaus gewesen war. Ich erwartete Streit und offenen Widerstand, doch selbst Feneloni hatte offenbar einen Sinneswandel durchgemacht.

»Ich muß meine Vorbehalte gegen den Aufbau einer gerechten Gesellschaft beiseite schieben«, sagte er bedächtig. »Als ich eingesperrt war, habe ich gemerkt, wie klug ihr alles überlegt habt, und habe meine Meinung geändert. Zwar will ich noch immer unbedingt zur Erde zurück, aber das ist kein Grund, hier oben Probleme zu machen. Wenn ich mich auch nicht gerade dazu durchringen kann, euch zu unterstützen, will ich euch zumindest keine Steine in den Weg legen.«

Wir schüttelten einander die Hände, und es gab einen kurzen Applaus.

Crispin Barcunda war mit Belle Rivers da. Sie sah

jünger aus und war anders gekleidet als früher, allerdings war sie immer noch mit Perlenketten aus Felskristall behängt. Es fiel auf, mit welch großer Zuneigung sie und Crispin einander ansahen.

»Nun, Tom Jefferies, Sie werden uns doch noch in einen Mönchsorden verwandeln«, bemerkte Crispin in seiner scherzhaften Art. »Aber Sie dürfen diese Grundsatzerklärung zu Utopia – oder wie immer Sie das Gebilde nennen wollen – nicht mit Ihren eigenen Vorurteilen spicken. Vielleicht erinnern Sie sich noch an den Abschnitt aus dem ›Malaiischen Archipel‹, den ich hier zum besten gegeben habe: Darin behauptet der gute Alfred Wallace, daß offenbar jedem Menschen ein natürlicher Gerechtigkeitssinn angeboren ist. Das mag sein, wie es will. Vielleicht hat es Wallace nur mit dem Feuer des viktorianischen Optimismus geäußert – einem Feuer, das sich längst selbst verzehrt hat. Allerdings glauben Belle und ich, daß jedem Menschen eine natürliche Religiosität eigen ist. Manchmal kommt sie nicht zum Tragen, und daraus ergeben sich Probleme. Dann fangen die Menschen wieder an, der Kraft des Gebetes zu vertrauen. Seit wir von Olympus – Chimborazo, meine ich – und seinem Vorrücken erfahren haben, ist die kleine überkonfessionelle Kirche, die wir geschaffen haben, immer gut besucht gewesen. Uns ist allerdings auch klar, daß Sie *gegen* die Religion und die Vorstellung, daß ein Gott existiert, eingestellt sind. Aber unsere Unterrichtserfahrung hat uns davon überzeugt, daß Religion einem evolutionären Instinkt entspricht und in Ihrem Utopia, das wir ansonsten bereitwillig unterstützen, einen Platz haben sollte. Als verantwortlicher Gesetzgeber müssen Sie sich, wie wir meinen, darüber bewußt sein, daß hier auch Gesetze verabschiedet werden, die Ihnen persönlich gegen den Strich gehen – genauso wie es Gesetze geben wird, die uns allen gegen den Strich gehen.«

Belle nahm mich mit ihrem suggestiven Blick ins Visier und unterstrich Crispins Worte: »Unsere Kinder brauchen Anleitung in religiösen Dingen, genauso wie beim Sex und in anderen Fragen. Es hat keinen Zweck, die Augen vor einer Sache zu verschließen, nur, weil sie einem nicht ins Konzept paßt – so wie wir früher abgestritten haben, daß es Leben auf dem Mars geben könnte, weil wir uns dadurch ein bißchen sicherer fühlten. Sie haben die Kinder mit ihren Tammys erlebt – uns mag all das nerven, aber offensichtlich brauchen die Kleinen das. Sie sollten auch dem Göttlichen ihre Aufmerksamkeit widmen... Wenn wir ein Leben führen wollen, das sich auf Vernunft gründet, müssen wir auch akzeptieren, daß es gewisse Fragen gibt, die wir mit all unserer Vernunft nicht lösen können. Zumindest heute nicht, vielleicht auch nie. Es ist bestimmt nicht falsch, Ehrfurcht vor dem Wunder des Lebens zu empfinden, vor der Welt und vor dem Universum. Macht die Entdeckung Chimborazos dieses Wunder nicht noch größer? In diese Ehrfurcht mischt sich schnell die Vorstellung, daß es einen Gott geben muß. Menschen sind keine Computer mit einfachen ja/nein-Entscheidungen. Sie können zu ein und demselben Zeitpunkt ganz widersprüchliche Dinge denken. Genau daran liegt es auch, daß wir uns manchmal im Widerstreit mit uns selbst zu befinden scheinen.«

Ich hörte zwar aufmerksam zu, aber in diesem Moment fiel mir dennoch auf, daß ein Lächeln über Poulsens Gesicht huschte. Bis dahin hatte er ohne jede Regung dagesessen, weder seine Körperhaltung verändert, noch einen Kommentar abgegeben.

»Die Menschen«, fuhr Belle fort, »die am schärfsten gegen die Religion zu Felde ziehen, erweisen sich oft

als diejenigen, die ihres Trostes bedürfen... Es hat eine
Zeit gegeben, in der es mutig war, eine antireligiöse
Haltung einzunehmen. Diese Zeit ist vorbei. Inzwischen ist uns klar, daß die Religion in unserer Geschichte eine wesentliche Rolle gespielt hat. Seit vielen
hundert Jahren ist die Religion ein weltweites Phänomen und...«

Dayo unterbrach sie. »Auch die Sklaverei ist ein
weltweites und jahrhundertealtes Phänomen«, rief er.
»Millionen von Menschen wurden aus Westafrika verschleppt, um den weißen Rassen in der Neuen Welt zu
dienen. In einem einzigen Jahrhundert wurden in Ostafrika fünfundzwanzig Millionen Menschen von islamischen Händlern entführt. Und die Sklaverei ist immer noch nicht abgeschafft. Stets sind es die Reichen
und Mächtigen, die gegen die Armen und Ohnmächtigen vorgehen!«

Es erhob sich Beifall, und Dayo strahlte vor Freude –
er konnte gar nicht mehr aufhören zu strahlen.

Belle nickte ihm zu, lächelte hintergründig und
setzte ihren Monolog fort, als sei sie gar nicht unterbrochen worden. »Für alle Generationen ist das Leben
voller Ungerechtigkeit, Krankheit und Tod gewesen.
Gott ist ein Trost, ein Mittler, ein Richter, ein strenger
Vater und eine höchste Instanz, die das ordnet, was zu
ordnen kaum möglich erscheint. Für viele ist Gott –
oder die Götter – etwas, was sie täglich brauchen, eine
natürliches Maß aller Dinge. Nach christlicher Tradition denken wir gern, daß Gott uns nach seinem Bilde
geschaffen hat – wahrscheinlicher ist jedoch, daß wir
ihn nach unserem Bilde geschaffen haben. Und wo
existiert er? Jenseits der Matrix, jenseits der Zeit. War
Intuition im Spiel, als man sich einen solchen Ort ausgedacht hat, einen Ort, von dem die Physiker mittlerweile annehmen, daß er vielleicht wirklich existiert?«

»Sie stellen die Religion so dar«, wandte ich ein,

»als sei sie eine Sache, die die Menschen vereint. Tatsächlich hat sie in der Geschichte der Menschheit ständig Kriege und Blutvergießen ausgelöst.«

»Aber jetzt machen wir auf dem Mars Geschichte«, sagte Crispin lächelnd, so daß sein Goldzahn sichtbar wurde. Doch Belle warf mir einen finsteren Blick zu und bemerkte: »Lassen Sie mich einen Satz zitieren, den Oliver Cromwell einst geäußert hat: ›Bei den Eingeweiden Christi flehe ich Euch an, auch die Möglichkeit in Betracht zu ziehen, daß Ihr hier irrt!‹«

»Solange ihr nicht anfangt, Ziegen zu opfern…«, sagte ich beschwichtigend.

»Zeigen Sie mir eine einzige Ziege auf dem Mars!« gab Crispin zurück.

Nach allgemeinem Gelächter wandte sich die Diskussion anderen Fragen zu, bei denen auffallend mühelos ein Einverständnis erzielt wurde. Mit Zustimmung aller Anwesenden legte ADMINEX unsere Gesetze in entsprechender Form schriftlich nieder.

Als Arnold Poulsen gerade genauso stillschweigend gehen wollte, wie er gekommen war, faßte ich ihn am Ärmel und fragte ihn, wie er die Diskussion beurteile.

»Trotz großer Meinungsverschiedenheiten«, erwiderte er, »wart ihr kompromißbereit und fähig, zu einem allseits akzeptierten Ergebnis zu gelangen. Kam das für Sie nicht ein wenig überraschend?« Er strich sich das Haar aus der Stirn und musterte mich eingehend.

»Sie drücken sich ein bißchen geheimnisvoll aus, Arnold. Worauf wollen Sie hinaus?«

»Aus meiner Kindheit erinnere ich mich noch an einen Satz: ›Ihre Herzen schlugen wie eins.‹ Sie geben mir doch recht, daß genau das soeben der Fall war. Selbst Feneloni war bis zu einem bestimmten Grad zugänglich…«

»Angenommen, es war so, was folgt daraus?«

Poulsen fuhr sich unwillkürlich an den Mund, als hätte er die nächsten Worte am liebsten unausgesprochen gelassen. »Wir haben hier oben jede Menge Probleme, Tom. Sie selbst haben jede Menge Probleme, dem widersprüchlichen Verhalten der Menschen durch Vernunft beizukommen.«

»Und weiter?«

Gequält lächelnd setzte er sich auf einen der leeren Stühle und lud mich mit einer Geste ein, neben ihm Platz zu nehmen, was ich auch tat. Er rief mir den Abschnitt aus Wallaces ›Malaiischer Archipel‹ ins Gedächtnis, den Crispin – ›in sehr hilfreicher Weise‹, wie Poulsen sagte – vorgelesen hatte. Poulsen hatte offenbar lange darüber nachgedacht. Wie gelang es einer menschlichen Gemeinschaft – Inselbewohner, die Wallace als ›Wilde‹ bezeichnet hatte – so frei zu leben, ohne all die Auseinandersetzungen, die in der westlichen Welt ausgetragen wurden? Und sogar ohne Existenzkampf? Solche utopischen Zustände, sagte er, könne man nicht allein durch Verstand und Vernunft erreichen. Hatte also die Einheit der sogenannten Wilden vielleicht physikalische Ursachen? Er sagte, er habe mit seinem Quantencomputer alle bekannten Faktoren analysiert, und die Ergebnisse deuteten darauf hin, daß die von Wallace beschriebenen Stämme allesamt klein waren – zahlenmäßig vergleichbar mit unserer auf dem Mars gestrandeten Gemeinschaft. Es sei nicht allzu weit hergeholt, wenn man annehme – und hier habe er die Sachverständigen der Klinik, einschließlich Mary Fangold, konsultiert –, daß *eine* Auswirkung von Isolation und Nähe die Synchronisation der Herzschläge sei. Genauso wie Frauen, die im selben Wohnheim schliefen, einen synchronen Monatszyklus entwickelten. »Auf dem Mars«, fuhr er fort, »schlagen alle Herzen tatsächlich wie eines. Und das führt zu einem unbewußten Gemeinschaftsgeist, der bis zu Einmütigkeit reichen kann.«

Innerhalb der Wissenschaftsabteilung hatte er eine kleine Forschungsgruppe eingerichtet, die Kathi zuvor kurz erwähnt hatte, und man war zu dem Schluß gelangt, daß eine bestimmte Tonfolge, etwa eine Art Trommelrhythmus, die Synchronisation vielleicht fördern könne. Schließlich hatten sie mit Hilfe einiger Gerätschaften, die Mary Fangold entbehren konnte, Töne unterhalb der bewußten Wahrnehmungsfähigkeit ausgestrahlt. Genauer gesagt: Sie hatten die Kuppeln mit einem Infraschall-Trommelrhythmus unterhalb der Frequenz von sechzehn Hertz beschallt.

»Sie haben diesen Versuch gestartet, ohne sich mit irgend jemandem abzusprechen?«

»Wir haben uns *miteinander* abgesprochen«, erwiderte er in dem leichten, recht belustigten Ton, den er häufig an sich hatte. »Uns war klar, daß die Allgemeinheit dagegen protestieren würde – wie immer, wenn etwas Neues eingeführt wird.«

»Aber was hat Ihr Experiment ergeben?«

Poulsen legte seine schmale Hand auf meine Schulter. »Oh, wir strahlen den Rhythmus schon seit sechs Tagen aus. Das Ergebnis haben Sie ja selbst erlebt – in unserer Debatte. Alle Herzen schlugen wie eins. Die Wissenschaft war Geburtshelferin Ihrer Utopie, Tom… Der menschliche Geist wurde freigesetzt.«

Ich glaubte ihm nicht. Aber ich widersprach ihm auch nicht.

Als ich später mit Mary im Bett lag, erzählte ich ihr ein wenig empört davon, denn Poulsens Stolz auf den wissenschaftlichen Erfindungsgeist hatte mich geärgert. »Er behauptet, daß eine Schallwelle Utopia herbeigeführt hat«, sagte ich, »nicht unsere eigenen

Bemühungen. Du meine Güte, genauso gut könnte man behaupten, da sei Gott am Werk gewesen...«

Sie schwieg erst. Dann bemerkte sie flüsternd: »Nicht, daß du denkst, ich wäre verrückt geworden – aber vielleicht haben all diese Dinge zusammengewirkt...«

Ich küßte sie auf die Lippen. Das war eine bessere Methode, sie zum Schweigen zu bringen, als ihr zu widersprechen.

Erinnerungen
Cang Hais

22

Utopia

Mein geliebter Tom ist jetzt zwanzig Jahre
tot. Er starb jung, mit siebenundsechzig Jahren. Nach
dem alten Kalender wäre es jetzt Mitte 2102. Am Eingang zum ›Saal der Fremden‹ in Aeropolis, Amazonis
Planitia, steht ein Denkmal von Tom, das ihn in einer
lächerlichen Siegerpose zeigt. Nie habe ich ihn so gesehen. Tom Jefferies war ein bescheidener Mann, und
er empfand sich selbst als ganz normalen Menschen.
Doch vielleicht drückt die Inschrift unter seinem
Namen etwas Richtiges aus:

Oberster Architekt des Mars
2015-2082
Der Mann, der Utopia zur Realität verhalf

Hat Tom mich geliebt? Ich weiß, daß er Mary Fangold
geliebt hat. Sie haben nie geheiratet, aber sie sind eine
Bindung eingegangen, wie es nach der Wortschöpfung
des neuen Rationalismus heißt.

Fehlt er mir? Wahrscheinlich schon. Ich bin nicht
auf dem Mars geblieben. Auf meine alten Tage habe
ich mich dazu entschlossen, weiter zu ziehen – gerin-
gerer Schwere nach. Meine Tochter Alpha dagegen ist
die Lushan-Berge auf der Erde suchen gegangen, die
ich für sie gemalt habe, als sie noch ein Kind war...
Und ich habe festgestellt, daß ich sehr gut allein leben
kann – solange ich Kontakt mit meiner anderen Hälfte
halte. Das Leben geht weiter.

Als Toms *Utopia*, umrahmt von ausgedehnten Feierlichkeiten, offiziell in Kraft trat und die utopische Verfassung laut verlesen wurde, waren wir alle in Jubelstimmung. Wir Menschen hatten einen Schritt nach vorn getan. Wie üblich, wurden unsere Versammlungen und die anschließenden Feiern aufgezeichnet und zur Erde gesendet.

Ich erinnere mich lebhaft an eine Begebenheit dieses Tages. Ich hatte meine Freunde Hal Kissorian und Sharon Singh lange nicht gesehen, eigentlich nicht mehr, seitdem sie geheiratet hatten, und ich sehnte mich nach ihrer Gesellschaft. Also besuchte ich sie unangemeldet in ihrer Wohnung. Beide waren nur spärlich bekleidet, und als sie mich umarmten, roch ich süße, schwere Düfte im Zimmer. Wir sprachen über alles, was vor sich ging. Besser gesagt: Ich sprach. Ich sprach über Chimborazo und das wunderbare Gemeinschaftsgefühl, das nun bei uns herrschte. Sie sahen mich mit verkrampftem Lächeln an, und ich merkte, daß diese Themen sie recht wenig interessierten.

An der Wand hinter dem Sofa, auf dem sie saßen, hing ein handgemaltes Gemälde, auf dem ein blauhäutiger Krishna mit Flöte zu erkennen war. Er war plump dargestellt, seine Figur hatte fast mädchenhafte Rundungen, und seine Augen waren groß und leuchteten. Um ihn herum räkelten sich rosahäutige Frauen in durchsichtigen Gewändern. Sie hielten Blumen in den Händen oder berührten eine der öligen Locken des Gottes, die seine Krone kaum bändigen konnte, und alle warfen begehrliche Blicke auf seine riesengroße, zartlila Erektion.

»Ich glaube, ich hab jetzt genug von mir geredet«, sagte ich. »Was habt ihr zwei denn so getrieben?«

Sie brachen in ein fröhliches Gelächter aus. »Sollen wir's dir vorführen?« fragte Sharon.

Ich reagierte mit dieser merkwürdigen Mischung aus Scham und Neid, die Verstandesmenschen für offen sinnliche Menschen empfinden. Damals wurde mir klar, daß ich eine Einzelgängerin bin. Mit taubem Herzen ist es leicht, eine wackere Streiterin für Utopia zu sein.

Fünf Jahre nach dem Zusammenbruch von EUPACUS hatte die Marsgemeinschaft eine gewisse Stabilität erreicht, und all unsere Unternehmungen blühten und gediehen. Vor allem das Gebärzimmer fand großen Zuspruch. Wir hatten Räumlichkeiten gefunden, in denen die unterschiedlichsten Temperamente friedlich zusammenleben konnten.

In dieser Zeit suchte ich das Gebärzimmer häufig auf. Jetzt, wo es solche Einrichtungen nicht mehr gibt, fehlt es mir sehr. Ich ging nicht nur deshalb hin, weil ich dort Gesellschaft hatte, es gefiel mir auch, wie sich die Frauen untereinander verhielten, wenn sie ein Weilchen hier waren. Anders als unter Männern, einfacher, direkter. Vielleicht sollte ich sagen: weniger kontrolliert, da sie hier den Blicken der Männer entzogen waren.

Oft wurde dort über eine mögliche Rückkehr zur Erde gesprochen. Nicht viele Frauen sprachen sich dafür aus. Das Leben hier oben war zwar karg, aber weniger aufreibend als früher das auf der Erde. Mit Sicherheit war es hier leichter, Kinder großzuziehen, und außerdem waren die hier geborenen Kinder aufgeweckter und umgänglicher – trotz oder gerade wegen ihrer Tammys.

Olympus kam näher, und zu unserer Bestürzung zeigten die Werte, daß er sich immer schneller bewegte. Mehrere Versuche, sich mit ihm zu verständigen, schlugen fehl. Willa und Vera, die Mentaltropistinnen, fuhren zu ihm hinaus und empfingen vor Ort ein EPS, auf das ein äußerst kompliziertes Signal folgte. Es sollte noch einige Zeit dauern, bis man es entschlüsseln konnte.

Im fünften Jahr unseres Exils entdeckte die Meteoritenüberwachung ein Objekt, das sich dem Mars mit beträchtlicher Geschwindigkeit näherte. Wir wurden alle in Alarmbereitschaft versetzt, doch dann wurde das Objekt langsamer und eine Kapsel schoß heraus, die mit einem Heliumschirm wenige Kilometer nördlich von den Kuppeln landete. Sofort brach eine Expedition auf, um sie zu untersuchen.

An einer Seite der Kapsel stand in großen Buchstaben IUVE. Als wir sie zu den Kuppeln transportierten und öffneten, stellten wir fest, daß sie diverse Arzneimittel, wissenschaftliche Gerätschaften und jede Menge Lebensmittel enthielt, deren Namen wir größtenteils fast schon vergessen hatten. Darunter befand sich auch eine Begleittafel mit der Inschrift: »Als Ausdruck der Bewunderung – Von der Internationalen Utopischen Vereinigung der Erde.« Wir staunten über diesen Namen – er ließ darauf schließen, daß sich dort unten die Dinge verändert hatten.

In den ersten Monaten des sechsten Jahres – des sechsten *Erd*jahres, denn wir hielten am alten Kalender fest und zählten die Tage wie Robinson Crusoe auf seiner Insel – tauchte der äußere Rand von Chimborazo am Horizont auf. Er war sowohl von den Kuppeln als auch von der Wissenschaftsabteilung aus deutlich zu sehen, und man konnte sich vorstellen, wie seine ›Paddel‹ oder ›Flossen‹ heftig ins Regolith tauchten.

Willa-Vera kündigten an, daß sie die aufgezeichneten Signale bald entschlüsselt hätten. Chimborazos ›Stimme‹ schwanke auf der elektromagnetischen Skala, klettere hinauf und hinunter und sei wohl eher als

Musik denn als Sprache im engeren Sinne zu interpretieren. In einem Jahr, höchstens zwei, würden sie das alles verstehen können, doch sie machten keinen Hehl aus ihrer Überzeugung, daß dieses Wesen sich nach so vielen Jahrhunderten der Meditation zu einem Gott der Weisheit entwickelt haben mußte. »Wenn wir Chimborazos Sprache erst einmal verstehen«, sagten sie, »wird er die Menschheit mit seinen Fähigkeiten zu geistigen Höhen führen, wie wir sie uns heute noch gar nicht vorstellen können. Wir werden dann zu der *letzten Wirklichkeit* vorstoßen.«

Gegen eine solche Wirklichkeit, eine Wirklichkeit jenseits meines alltäglichen Lebens, hatte ich ganz und gar nichts einzuwenden...

Sechs Jahre und hundert Marstage nach dem Zusammenbruch von EUPACUS und damit auch der Infrastruktur der Erde näherte sich uns ein bemanntes Schiff und trat in die Umlaufbahn des Mars ein. Es war riesig und ähnelte, wie manche meinten, der auf den Kopf gestellten St.-Pauls-Kathedrale. In der Geschichte der Matrixreisen war ein neues Kapitel aufgeschlagen worden, denn dieses Schiff wurde, wie sich herausstellte, durch Kernfusion angetrieben. Die Epoche unökonomischer, chemisch betriebener Raketen gehörte der Vergangenheit an.

Eine Fähre schwebte von diesem Wunderding herab. Diejenigen, die es miterlebten, erzählten später, sie sei sanft wie ein riesiges stählernes Blatt herabgeglitten. Unsere Abgeschiedenheit hatte ein Ende... In den Kuppeln brach Jubel aus, denn die Aussicht auf *wirkliche* grüne Wiesen, goldene Strände und blaue Meere war überwältigend.

Wir hielten gespannt nach den Gesichtern unserer Befreier Ausschau, doch die drei Männer, denen wir uns schließlich gegenüber sahen, hatten kein Lächeln für uns übrig. Sie verkündeten, Großbritannien habe die Konkursmasse des EUPACUS-Konsortiums übernommen und habe damit Anspruch auf alle EUPACUS-Eigentümer. Vor fünf Jahren sei ein EUPACUS-Schiff gestohlen worden. Der Pilot, ein Mann namens Abel Feneloni, sei zwar zusammen mit seinen Komplizen verhaftet, doch das Schiff bei seiner Notlandung im Norden Kanadas schwer beschädigt worden. »Zu seiner Verteidigung«, fuhren sie fort, »hat Feneloni behauptet, er sei auf Befehl einer sogenannten Marsregierung mit dem Schiff zur Erde entsandt worden. Daher schuldet der Mars der britischen Regierung eine beträchtliche Summe. Bevor diese Rechnung nicht beglichen ist, werden wir keine Flüge zur Erde gestatten.«

So wurden wir schnell wieder an die Bedeutung des Geldes erinnert – und daran, daß manche Leute davon und dafür leben.

Tom trat vor. »Wir verwenden hier kein Geld«, sagte er.

»Dann verwenden Sie auch nicht unser Schiff.«

Die drei Männer wurden zu einem Gespräch eingeladen, doch sie sagten, es gebe nichts zu besprechen. Alles, was sie verlangten, sei die Begleichung einer offenen Schuld. In ihren Raumanzügen waren sie ziemlich unbeholfen, und so konnten wir sie mühelos überwältigen. Zu unserer Empörung mußten wir feststellen, daß sie Waffen trugen – die ersten Waffen, die man je auf dem Mars, auf unserem *Weißen Mars*, gesehen hatte. Wir sperrten die Männer ein und nahmen Verbindung mit den Vereinten Nationalitäten auf der Erde auf.

Wir wiesen nachdrücklich darauf hin, daß Waffen auf dem Mars verboten seien und ihr Import gegen unsere Gesetze verstoße. »Und wir sind auch nicht bereit«, fügten wir hinzu, »die Verantwortung für Abel

Fenelonis Taten zu übernehmen. Wir betrachten ihn als Verbrecher, und niemand kann uns für seine Verbrechen haftbar machen.« Um diesen feindseligen Ton abzumildern, erklärten wir außerdem, wir hätten hier etwas von unschätzbarem Wert entdeckt und seien als Utopisten bereit, es mit allen zu teilen.

Die Antwort, die wir empfingen, war äußerst positiv: »Die Sache mit dem gestohlenen Raumschiff muß später geklärt werden. Sie sollten die Männer, die Sie festgenommen haben, davon überzeugen, daß sie im Unrecht sind, und wieder freilassen. Alle Marsbewohner, die zur Erde zurückkehren wollen, können sofort an Bord des wartenden Schiffes gehen. Auf der Erde wird man sie willkommen heißen.«

Und so geschah es. Etliche von uns drängten sich an Bord des Schiffes, das den Mars umkreiste – vor allem diejenigen, die Kinder hatten. Ich weinte, als ich meinen Freunden Lebewohl sagen mußte.

Ich kann hier nicht die Geschichten all derer erzählen, die nach unten zurückkehrten. Manche paßten sich der Hektik und höheren Schwerkraft des Mutterplaneten wieder an und wurden glücklich. Andere scheiterten in einer Welt, die ihnen fremd geworden war. Sharon Singh und Hal Kissorian etwa trennten sich. Vielleicht war ihre Beziehung einfach allzu intensiv gewesen, als daß sie diesen Zustand auf Dauer hätten ertragen können. Kissorian wurde ein großer Utopist und übernahm Regierungsverantwortung in der skandinavischen Gemeinschaft, während Sharon zum Merkur auswanderte und sich den KGD-Rebellen anschloß, den ›Kämpfern gegen die Diktatur‹, die dort für Utopia stritten.

Doch alle Marsianer wurden, als sie aus dem Rettungsschiff stiegen und in das blendende, gleißende Licht ihres Mutterplaneten traten, wie Helden empfangen. In vielen Großstädten der Welt wurden offizielle Empfänge für sie veranstaltet, und einige von ihnen stellten zu ihrer Überraschung fest, daß sie Berühmtheiten geworden waren. Man kannte ihre Gesichter, und selbst ihre Reden hatten sich manche Leute gemerkt. Unsere Überspielungen hatten ihre Wirkung getan...

Dreiser Hawkwood war der Star dieser Gruppe von Auserwählten. IUVE, die ›Internationale Utopische Vereinigung der Erde‹, die die Versorgungskapsel auf den Mars geschickt hatte, stellte in manchen Ländern praktisch die Regierung und sorgte dafür, daß Dreisers Leistungen breite Beachtung fanden.

Wer diese breite Akzeptanz mit befördert hatte, fanden wir bald heraus: Leo Anstruther hatte IUVE begründet. Trotz vieler Repressalien und Verbote hatte seine Vereinigung unsere Übertragungen vom Mars aufgezeichnet und sie via Satellit rund um die Welt ausgestrahlt. Und zu diesem Zeitpunkt war diese gedemütigte, verunsicherte Welt bereit gewesen, zuzuhören, zuzusehen – und dazuzulernen.

Die katastrophalen Auswirkungen des Zusammenbruchs von EUPACUS hatten das kapitalistische System diskreditiert und in manchen Staaten seinen völligen Bankrott herbeigeführt. Nach wie vor waren die Gerichte in Kalifornien, Deutschland, China, Japan, Indonesien und vielen weiteren Ländern mit den komplizierten Rechtsverfahren beschäftigt.

Auch das Klima, dessen Wirkung in der Geschichte der Menschheit so sehr unterschätzt wird, hatte zu dem auffälligen Wandel im politischen Denken beigetragen. Die globale Erwärmung hatte dazu geführt, daß das Meer Teile von New York, London, Amsterdam und anderer tief gelegener Städte überflutet hatte. Diese Städte waren jetzt praktisch verlassen und zerbrachen unter der Gewalt der Gezeiten. Die klimatische Veränderung hatte so viele Volkswirtschaften

ruiniert und anderen neuen Aufschwung gegeben –
darunter das Vereinigte Korea. Mitten in dieser Um-
bruchsituation hatte sich die Möglichkeit aufgetan,
eine freie und gerechte Gesellschaft zu errichten.
Unser Beispiel erwies sich als attraktiver, als wir uns
das vorgestellt hatten.

Wir stellten fest, daß die Erde jetzt zu einem großen
Teil ein Han-Planet war. Damit will ich sagen, daß
sanfte chinesische Denkmodelle vorherrschten, so wie
im Jahrhundert zuvor aggressivere westliche Denkmu-
ster dominiert hatten. Doch die Sehnsucht nach einem
besseren Leben war auch in jener Zeit in der Gesellschaft immer latent gewesen, und wir erlebten nun eine
Epoche der Renaissance. Eine ihrer Auswirkungen war
die Gründung von sogenannten ›Huochans‹ in vielen
Hauptstädten der Erde. ›Huochan‹ ist ein chinesisches
Wort für Frachtschiff, und so bezeichnete man jetzt mo-
bile Einrichtungen, die, beladen mit Wissen und Weisheit, von Stadt zu Stadt flogen. In einem solchen Ge-
fährt befaßte sich eine ganze Abteilung mit ›Huiyan‹,
dem ›Denken, das Vergangenheit und Zukunft umfaßt‹, wie inzwischen die Bezeichnung für Systeme lautete, die Lebensgeschichten abspeichern.

Während die Frage der Nationalität im Umgang
der Menschen miteinander an Bedeutung verlor,
wurde die Einteilung in Altersgruppen immer wichtiger. Grundsätzlich sollten alle Tätigkeiten auf das je-
weilige Lebensalter abgestimmt sein. Für diesen Para-
digmenwechsel spielten Einteilungen wie jene in JAEs
und VES eine wichtige Rolle, und es stellte sich heraus, daß Menschen um die Dreißig am meisten von
den Lehren der ›Huochans‹ profitierten.

Außerdem konnten sich diejenigen, deren Leben
auf falsche Bahnen geraten war, von den ›Huochans‹
beraten und behandeln lassen. Mit einer neu entwickelten Methode war es inzwischen möglich, sich

Wort für Wort an Gespräche zu erinnern, die vor langer Zeit stattgefunden hatten, und ihnen eine andere, bessere Richtung zu geben. Jeder hatte die Chance, sein Leben zu überdenken und dessen Ziele neu zu definieren oder die berufliche Laufbahn zu ändern. Als Gegenleistung steuerten die Nutznießer dieses Systems Vidfilme, schriftliche Aufzeichnungen oder Disketten zum ›Huiyan‹ bei, die Leben dokumentierten. Auf diese Weise konnten die ›Huochans‹ eine große Sammlung anlegen, in der die Erfahrungen von Generationen in Form psychisch-genetischer Profile abgespeichert waren. Zum ersten Mal in der Geschichte der Menschheit wurden so individuelle Lebensgeschichten, in denen sich ›Kummer und Freude so seltsam mischen‹, wie es in einem alten Volkslied heißt, in all ihrer Vielfalt bewahrt. Diese Aufzeichnungen dienten auch als öffentliche Unterhaltungs- und Aufklärungsprogramme (sogenannte ›Tuokongs‹). Sie erinnerten an manche seriösen Fernsehdokumentationen des 20. Jahrhunderts.

Mit der Verbreitung von genetisch veränderten Gemüsesorten und Früchten gehörte der Fleischkonsum in vielen Regionen der Welt inzwischen der Vergangenheit an. Haustiere wurden zur Seltenheit, obwohl Katzen, Hunde und Singvögel fast ehrfürchtig behandelt wurden (ebenso wie die halbzahmen Rentiere im hohen Norden); und in vielen Zoos wurden die Türen der Käfige aufgerissen und ihre Insassen freigelassen.

Die Menschen lebten anders als früher. Sie dachten anders als früher. Ihre Städte hatten sie inzwischen im Griff. Über AMBIENT hielten sie Kontakt miteinander, so wie in der Vergangenheit die Schiffe auf dem Meer über Satellitenfunk Verbindung gehalten hatten. Das alte Autobahnnetz verfiel. Jenseits der Stadtgrenzen durfte sich wieder Wildnis ausbreiten, wo man sich –wie auf dem Mars – in eine gewisse Abgeschiedenheit zurückziehen konnte.

›Die Utopisten!‹ wurde zum Zauberwort. Während ein Teil der Heimkehrer vom Mars Opfer irdischer Krankheiten wurde, breitete sich das ›Virus‹ utopischen Denkens, das sie eingeschleppt hatten, immer weiter aus. Man hat mir erzählt, daß im ›Saal der Vereinten Welt‹ (wie der wieder eingerichtete Versammlungsort der Vereinten Nationalitäten jetzt heißt) eine Reihe von Bronzebüsten steht. Sie zeigen diejenigen von uns, die Geschichte gemacht haben: Dreiser Hawkwood, Tom Jefferies, Kathi Skadmorr, Arnold Poulsen. Ich bin auch dabei – und wenn künftige Generationen sich fragen, warum ausgerechnet die bescheidene kleine Cang Hai dort bei den Großen steht, gibt es eine plausible Antwort: Schließlich war sie es, die mit Kathi und Dreiser hinausgefahren und Chimborazo gegenübergetreten ist, als er Leben gebar.

Die Eingebung, das zu tun, vermittelte mir meine andere, meine irdische Hälfte in einem Wachtraum. Ich ging mit einem Begleiter – ob Mann oder Frau wußte ich nicht mehr – durch eine Art Wüste, als ein seltsames Phänomen am Himmel auftauchte. Es sah sehr beängstigend aus, wie eine Explosionswolke. Ich nahm meinen Begleiter schützend in die Arme. Ich hatte keine Angst. Trompeten schmetterten, als sich aus der Wolke etwas Wunderschönes herauskristallisierte. Ich kann es nicht beschreiben. Kein Engel, nein. Es sah eher wie ein… wie ein Krake mit Flügeln, der eine Lichtspur hinter sich herzog mit großem Wohlwollen auf mich herabblickte…

Ich nahm all meinen Mut zusammen und rief Kathi an. Sie sprach mit Dreiser. Wir legten unsere Schutzanzüge an und stapften auf die Marsoberfläche hinaus. Vor uns ragte Chimborazo auf, zerklüftet und unermeßlich groß. Die Regolithwelle, die er vor sich herschob, hatte schon beinahe die Wissenschaftsabteilung erreicht; der Schlierendetektorring war bereits mit einer Kieselschicht bedeckt. Ein beängstigender Sturm fegte über uns hinweg. Dann waren die Töne zu hören, eine Art Fanfare, Jagdhörner, unterlegt von Cellomusik.

Wir rührten uns nicht von der Stelle, während sich das mächtige Wesen aufzurichten schien. Wir erhaschten einen Blick auf emporgereckte Exterozeptoren und eine Art Schleimvorhang, aus dem ein bleicher, schrumpeliger Schwengel schoß, am ehesten vielleicht mit einem Elefantenrüssel vergleichbar. An seinem Ende hatte er einen Mund und Schamlippen, die feucht waren und dampften. Dieses seltsame erigierte Ding drang in den Ring ein.

Erneut die Siegesfanfare. Ich griff nach Kathis Hand.

»Amniotische Flüssigkeit*«, flüsterte Dreiser.

Nach einiger Zeit erschlaffte der Rüssel und rührte sich nicht mehr. Auf dem zerwühlten Regolith lag ein Ding, das einem kleinen Gesteinsbrocken glich. Ich ging hin und hob es mühelos hoch. Während ich es zur Wissenschaftsabteilung trug, begann es sich zu öffnen… Nach Milliarden von Jahren war es Chimborazo gelungen, sich fortzupflanzen – indem er Spermatozoen und Eizellen, männliche und weibliche Gameten in die aufnahmebereite Supraflüssigkeit gepumpt hatte.

Eine große Sehnsucht nach Utopia erfaßte die Erde und löste Revolutionen aus, zuerst in Europa, das schon so oft Nährboden für Veränderungen gewesen war. War es Chimborazos Einfluß, der bewirkte, daß

---

* *Amniotische Flüssigkeit*: Flüssigkeit, die den Fötus im Mutterleib umgibt. – *Anm. d. Ü.*

wir uns einig waren wie nie zuvor? Sei es, wie es will, wir müssen davon ausgehen, daß wir Utopia aus eigenem Entschluß geschaffen haben. Wir müssen an die Freiheit und Kraft des eigenen Willens glauben.

Inzwischen lebt meine Tochter Alpha weit von mir entfernt. Und ich selbst bin von der Erde noch weiter weg als damals auf dem Mars. Alpha hat Mann und Kind und lebt ein ausgefülltes und, wie ich hoffe, glückliches Leben. Ich werde sie nie wiedersehen, sie nie wieder umarmen, wie ich auch ihre kleine Tochter niemals werde küssen können. Doch mich tröstet die Gewißheit, daß Alpha die wundervolle Zukunft noch erleben wird, die wir uns versprochen haben. Die Zukunft, zu der mir selbst der Zutritt verwehrt ist.

23

Nachwort von Beta Greenway,
Tochter von Alpha Jefferies

Ich bin eine Jupiterin. Ich lebe ein geordnetes Leben. Meine Handlungen sind wohlüberlegt. Ich freue mich, daß ich zu diesem Bericht etwas beitragen darf.

Da die Jupitermonde wenig an sich haben, das Menschen in emotionaler Hinsicht berührte, wurden sie nicht so rücksichtsvoll wie der Mars behandelt. Raumsonden, begleitet von einem Frachtschiff, kamen um die Jahrhundertwende in der Region an, die Galilei ursprünglich als die ›Medici-Sterne‹ bezeichnet hatte, unsere vier Monde. Auf Ganymed wurde eine Basis errichtet, während Maschinauten die anderen Trabanten, vor allem Io und Europa, untersuchten.

Mit Hilfe biotechnisch gezüchteter Insekten wurde Ganymed bewohnbar gemacht. Diese kurzlebigen Arten hatte man vorab entsandt, damit sie den Boden aufweichten und auf menschliches Leben vorbereiteten. Ihre Geschwader schwärmten zur Landnahme aus, lange bevor wir hier ankamen. Bei den ersten Marslandungen war ein solches Vorgehen noch gar nicht möglich.

Das Leben hier ist angenehm, an Beschäftigung mangelt es nicht. Gerade stelle ich ein Dossier mit dem Titel ›Pluto als Hort des Lebens‹ zusammen. Die Sonne ist zwar weit entfernt, aber wir genießen den wunderbaren Anblick von Jupiter am Himmel. Und auch den der anderen Monde.

Die Suche nach Erkenntnis geht weiter und erstreckt

sich in immer weitere Fernen. Seit einiger Zeit wird jenseits des Sonnensystems, jenseits der Oort'schen Kometenwolke, gearbeitet. Dort wird demnächst ein Chheeth-Rosewall in Betrieb gehen, viel größer als der winzige HIGMO-Detektor, der vor hundert Jahren auf dem Mars gebaut wurde und sich als Fehlschlag erwies. Der Durchmesser des neuen Detektorrings ist etwa so groß wie der eines äußeren Saturnrings, doch er ist nur wenige Millimeter dick. Die Supraflüssigkeit hat daher auch kein allzu großes Volumen, aber wir gehen dennoch davon aus, daß wir dort schließlich einen gravitativen Monopol verborgener Symmetrie, einen HIGMO, entdecken werden. Die HIGMO-Dichte ist sehr viel geringer als erwartet, und doch gilt diese Forschung inzwischen als überaus wichtig: Es wird angenommen, daß sie nicht nur wesentliche Erkenntnisse über die Natur des Bewußtseins bringen, sondern auch das Rätsel der Masse lösen wird – und dann werden wir auch in der Lage sein, unsere Gedanken kreuz und quer durch das Universum zu schicken… Wer weiß, auf was wir dort stoßen werden?

Ich habe keine Verbindung zu der Person, die meine Mutter war. Sie lebt auf Iapetus, draußen beim Saturn. Aber ich werde ihr dieses Nachwort übermitteln, so daß sie es den Erinnerungen ihrer Mutter hinzufügen kann. Ehrlich gesagt, belustigt mich die Vorstellung, daß Babys früher von Müttern zur Welt gebracht wurden. Wie umständlich und ineffizient – und wie unangenehm für die Frauen! Wir haben keine Familien. Die Jupiter-Generationen wachsen inzwischen alle außerhalb des Uterus heran, wobei unsere Gene mit denen von Pflanzen verbunden werden. Wenn unsere Lungen ausatmen, atmet unser Blattwerk ein; was das Blattwerk emittiert, atmen wiederum die Lungen. So sind wir über längere Zeit hinweg unabhängig von Schutzanzügen.

Wir sind ein Volk von Mathematikern. Bis zum Ende ihres ersten Lebensjahres können die Kinder die Umlaufbahnen aller Matrixkörper berechnen, die wir hier kreisen sehen.

Nachdem wir Chimborazo beigebracht haben, wie er sich vermehren kann, haben wir immer und überall kleine Chimbos mit dabei. Wir profitieren von ihrem Scharfsinn. Man kann sogar sagen, daß Menschen und Chimbos eine symbiotische Einheit bilden. Gemeinsam mit ihnen werden wir durch das Universum reisen, zu Regionen weit jenseits der Heliopause, und ihm seine Geheimnisse entlocken. Da wir Utopisten sind, werden wir es schaffen.

Man kann mit Stolz feststellen, daß die Menschheit, die aus Lebensformen hervorgegangen ist, deren Verstand, wie Darwin sagte, ›so wenig ausgeprägt war wie bei den niedrigsten Tierarten‹, endlich zur *Vernunft* gekommen ist.

Anhang

Charta der Vereinten Nationalitäten für die Besiedlung des Mars

Die Völker der Erde, vertreten durch die Vereinten Nationalitäten, treffen hiermit Vorsorge für die menschliche Besiedlung unseres Schwesterplaneten Mars. Leitlinie ist dabei Gleichstellung und Gleichberechtigung des Mars mit den Staaten der Erde innerhalb des Sonnensystems.

In Anbetracht des empfindlichen Gleichgewichts der marsianischen Umwelt und im Bewußtsein dessen, daß wir gegenwärtig nicht beurteilen können, ob und wie das Ökosystem des Mars Eingriffe und Veränderungen verkraftet, legen die Vereinten Nationalitäten hiermit fest:

Artikel I
Alle in den Vereinten Nationalitäten vertretenen Staaten verzichten als Einzelne und als Kollektiv auf jegliche territorialen Eigentumsansprüche auf irgendeinen Teil des Mars wie auch auf die Kontrolle seines Luftraums. Ebenso verpflichten sie sich, auch alle künftigen derartigen Ansprüche zurückzuweisen, sollten diese von einer politischen Körperschaft auf dem Planeten Erde erhoben werden.

Artikel II
Der Mars wird von den Vereinten Nationalitäten treuhänderisch für die ganze Bevölkerung der Erde verwaltet. Der Planet wird als Einheit behandelt und darf weder aufgeteilt noch einzelnen Regierungen unterstellt werden. Die Umwelt des Mars ist unantastbar. Alle Projekte, die eine Bedrohung seiner spezifischen

Natur darstellen könnten, werden hiermit untersagt und sie bleiben zumindest solange untersagt, bis der ganze Planet wissenschaftlich untersucht und erforscht ist.

Artikel III

In Anbetracht dessen, daß der Mars den Einfall einer fremden Zivilisation nur sehr begrenzt wird verkraften können, gelten strikte Beschränkungen für seine Besiedlung. Die Siedler müssen bestimmte, von den Vereinten Nationalitäten festgelegte Qualifikationen erfüllen. Die Mitgliedstaaten der Vereinten Nationalitäten wählen, um ihren Anteil an der festgelegten Siedlerquote zu erfüllen, die zu entsendenden Staatsbürgerinnen und Staatsbürger in Selbstverantwortung aus. Dabei darf niemand aufgrund von Rasse, Hautfarbe, Geschlecht und religiöser oder politischer Überzeugung benachteiligt werden.

Artikel IV

Alle Fragen, die wirtschaftliche oder anderweitige Beziehungen mit der auf dem Mars errichteten Siedlung betreffen, werden im Einvernehmen mit den Delegierten der Vereinten Nationalitäten geregelt. Die Delegierten müssen dabei stets die Verpflichtungen berücksichtigen, die sich aus ihrer Treuhänderschaft ergeben.

Artikel V

Der Mars darf nur für friedliche Zwecke genutzt werden. Alle Unternehmungen militärischer Natur, etwa die Errichtung militärischer Basen und Befestigungsanlagen oder das Testen von Waffensystemen, werden hiermit strikt untersagt.

Dieses Verbot erstreckt sich nicht auf bedeutende wissenschaftliche Vorhaben, sofern die Umwelt des Mars dafür günstige Bedingungen bietet.

Artikel VI
Es ist strikt untersagt, auf der Erde erzeugten Abfall
jeglicher Art auf dem Mars zu entsorgen. Ebenso ist es
verboten, straffällig gewordene Bürgerinnen und Bürger der Erde auf den Mars ins Exil zu schicken.

Artikel VII
Die Vereinten Nationalitäten ernennen Beobachter,
deren Aufgabe darin besteht, die Einhaltung der oben
genannten Vorschriften sicherzustellen. Den Beobachtern ist jederzeit ungehinderter Zutritt zu jeder Einrichtung und Anlage auf dem Mars zu gewähren.

Wie alles anfing: APIUM
(Association for the Protection & Integrity of an Unspoilt Mars)

Flugblatt, das im Januar 1997 am Green College in Oxford/England verteilt wurde:

Es existieren bereits Pläne, Menschen zum Mars zu entsenden. Hinter den aufregenden Möglichkeiten, die damit verbunden sind, steckt allerdings ein nicht ganz ehrenwertes Ziel: die Annahme, man könne den Roten Planeten in eine Kolonie, in eine Art zweitrangige Erde umwandeln. Ein derartiger Prozeß würde die jetzt schon vorherrschenden dystopischen Tendenzen ins nächste Jahrhundert hinein verlängern.

Planeten verfügen über eine spezifische Umwelt mit eigener Integrität. Alle ehrgeizigen technischen Projekte bedeuten einen gewaltsamen Eingriff in eine solche Umwelt. Letztendlich laufen sie nur darauf hinaus, den Mars in eine triste Vorstadt der Erde zu verwandeln – in einen Abklatsch terrestrischer Städte, der ihre weniger angenehmen Seiten reproduziert und vermutlich von militärisch-industriellen Interessen beherrscht wird.

APIUM tritt zwar für das Recht der Menschheit ein, den Mars zu betreten, wendet sich aber gegen die Vergewaltigung und Zerstörung des Planeten. Der Mars muß als Protektorat den Vereinten Nationen unterstellt und als ein Planet behandelt werden, der Wissenschaft und Forschung vorbehalten ist – ähnlich wie die Antarktis, zumindest in weiten Teilen, als unversehrte ›weiße Wildnis‹ erhalten bleibt. Wir treten für einen Weißen Mars ein!

Der Mars sollte eine Art Ayers Rock am Himmel bleiben. Es müssen Möglichkeiten dafür geschaffen werden, daß ihn auch ganz normale Frauen und Männer besuchen können (die Reisekosten könnten von ihren Heimatstaaten als Gegenleistung für ihren Dienst an der Gemeinschaft übernommen werden). Die abgeschiedenen Gebiete des Mars sollen der Stille, der Meditation und den Flitterwochen vorbehalten bleiben. Vom Mars, dem Gott des Krieges, wird so ein Friedensmythos ausgehen und auf die Erde zurückwirken. Dieser Mythos wird an die Stelle des Mythos von Machbarkeit, Macht und Ausbeutung treten, der das 20. Jahrhundert so sehr verdunkelt hat.

Nach Auffassung von APIUM ist es für beide Planeten von großem Vorteil, wenn wir den Mut aufbringen, den Mars als Weißen Mars zu erhalten.

Brian W. Aldiss
Vorsitzender von APIUM

Danksagung der Übersetzerin

Mein besonderer Dank gilt neben Kurt Wiessner, Experte in Fragen der Evolutionsbiologie, dem Diplomphysiker Michael Wolf für seine Hilfe und wissenschaftliche Beratung, vor allem bei dem zentralen, wissenschaftshistorischen Kapitel ›Schliere gesucht‹. Falls sich dennoch – in anderen Teilen des Romans – Ungenauigkeiten oder Fehler bei der Übersetzung quantenphysikalischer Termini eingeschlichen haben sollten, so bin ich allein dafür verantwortlich.

Usch Kiausch

Von Theoremen und Teilchen

> *In der Platonischen Welt der*
> *präzisen Mathematik gibt es*
> *so viel Schönheit und Geheimnis,*
> *wie man sich nur wünschen kann...*
>
> ROGER PENROSE

»Warum nehmen wir überhaupt wahr; warum sind wir da; warum ist überhaupt ein Universum vorhanden, in dem wir tatsächlich existieren können? Das sind Rätsel, die mit dem Erwachen des Bewußtseins in fast jedem von uns auftauchen...«, heißt es in *Computerdenken* von Roger Penrose (Heidelberg 1991). Von eben diesen Rätseln und den Versuchen ihrer Lösung handelt der vorliegende Roman, der seine Spannung nicht zuletzt aus den Abenteuern des menschlichen Geistes bezieht. ›The Mind Set Free‹, die Befreiung des menschlichen Geistes – so lautet der Untertitel der englischen Ausgabe von *Weißer Mars*.

Der englische Mathematiker und Physiker Roger Penrose, dessen Forschungsschwerpunkte von der Relativitätstheorie über die Quantenphysik bis zur Hirnforschung reichen, verleiht in diesem Roman einer seiner zentralen Hypothesen literarischen Ausdruck: Die Physik des menschlichen Geistes – die Physik, die der Arbeitsweise unserer Gehirne zugrunde liegt – behauptet er, folgt Gesetzen, die für alle Grundbausteine des Universums gelten (von besonderem Interesse ist hier sein Buch *Schatten des Geistes – Wege zu einer neuen Physik des Bewußtseins*, Berlin 1995). Die noch ausstehende ›Grand Unified Theory‹, die Vereinigung der

Mikro- und Makroebenen von Quantenmechanik und Gravitationstheorie, so hofft Penrose, werde auch die Physik unserer Denkprozesse erhellen und entschlüsseln.

Ist unser Bewußtsein ein ›integraler Bestandteil des universalen Bauplans‹, wie es in *Weißer Mars* heißt? »Man kann auf dem Standpunkt stehen«, schreibt Penrose in *Computerdenken*, »daß ein Universum, das von Gesetzen beherrscht wird, die kein Bewußtsein zulassen, überhaupt kein Universum ist. Ich würde sogar sagen, daß bislang sämtliche mathematischen Beschreibungen des Universums diesem Kriterium nicht genügen. Erst das Phänomen des Bewußtseins vermag einem mutmaßlichen, ›theoretischen‹ Universum tatsächlich Existenz zu verleihen.«

Mit seinen kühnen, spekulativen Thesen hat Roger Penrose weit über die naturwissenschaftliche Fachwelt hinaus heftige Kontroversen ausgelöst. Dokumentiert sind sie u.a. in *Raum und Zeit* (Reinbek bei Hamburg 1998) und in dem Sammelband *Das Große, das Kleine und der menschliche Geist* (Heidelberg 1998), zu dem auch der bekannte Astrophysiker Stephen Hawking und die Philosophen Nancy Cartwright und Abner Shimony ihre Kritik und Gegenpositionen beigesteuert haben. Penroses stilistisch prägnante, humorgespickte Wissenschaftspublikationen haben inzwischen auch in Deutschland eine breite Leserschaft. Mit *Weißer Mars* hat er sich einen persönlichen Wunsch erfüllt – als Science-Fiction-Autor seiner wissenschaftlichen Phantasie freien Lauf zu lassen.

Selbstverständlich ist *Weißer Mars* ein spekulativer, kein prognostischer Roman, aber er operiert mit der Plausibilität wissenschaftlicher Denkmodelle (und über weite Strecken auch mit ›harten wissenschaftlichen Fakten‹). Und selbstverständlich gibt es ihn, den grundlegenden Baustein der Elementarteilchenphysik, der bislang experimentell nicht nachgewiesen ist. In der Theorie der elektroschwachen Wechselwirkungen wird nach dem hypothetischen Teilchen namens ›Higgs-Boson‹ (benannt nach dem englischen Physiker Peter Higgs) gefahndet, das zur Entschlüsselung der Problems der Masse als wesentlich angesehen wird. Zugrunde liegt dabei die Annahme, daß in der Frühphase des Universums ein konstantes makroskopisches ›Higgs-Feld‹ im gesamten Raum entstanden ist, an das sich Teilchen aufgrund ihrer schwachen Ladungen ›ankoppeln‹ und dabei Energie ›auftanken‹ (die aufgenommene Energie müßte demnach der Masse des Teilchens entsprechen). Wie bei elektromagnetischen Kraftfeldern wird auch mit diesem skalaren Feld ein Teilchen assoziiert, und der experimentelle Nachweis des Higgs-Bosons würde diese Theorien zur Erzeugung von Masse in entscheidender Weise bestätigen.

Der von Roger Penrose in fiktiver Rückschau behandelte Proton-Beschleuniger LHC des CERN bei Genf soll in der kommenden Dekade in Betrieb genommen werden und die Jagd nach dem Higgs-Boson vorantreiben. Dessen Entdeckung würde die Einsichten in den ›Bauplan des Universums‹, wie es in *Weißer Mars* heißt, gründlich vertiefen… *und wer weiß, auf was wir dann stoßen werden?*

Usch Kiausch

»Vielleicht hat die Zukunft Verwendung dafür...«
– Ein Gespräch mit Brian W. Aldiss*

von Usch Kiausch

F: *Als ich Ihre ›Utopie des 21. Jahrhunderts‹ zu lesen begann, war mein erster Gedanke: Ist es heute – nach dem Zusammenbruch so vieler Systeme, die sich irgendwann einmal auf utopische Ideen berufen haben – überhaupt noch möglich, eine Utopie zu entwerfen, die sich auf eine Gesellschaft als Ganze bezieht? Die vorschreibt, was sein soll? Hat die Realität der letzten Jahrzehnte nicht gezeigt, daß diese Art spekulativen Denkens recht negative Auswirkungen hat, sobald Menschen es zum politischen Programm erheben und in eine Staatsform zu gießen versuchen?*

A: Natürlich *sind* Utopien spekulativ. Sie gehören zu einer merkwürdigen Kategorie von Texten: Im Unterschied zum Roman muß man möglichst daran glauben, daß die darin beschriebenen Welten tatsächlich Wirklichkeit werden könnten. Krishan Kumar, der gegenwärtig als Autorität auf diesem Gebiet gilt, nennt die Utopie in seinem Buch *Utopia and Anti-Utopia in Modern Times* deshalb auch ein ›genau abgegrenztes literarisches Genre‹. Ist Utopia jemals erreichbar? Ich selbst glaube eigentlich nicht, daß Utopien Wirklichkeit werden können. Die menschliche Natur steht da-

---

* Das Gespräch führte Usch Kiausch im März 1999 in Fort Lauderdale/Florida. Brian W. Aldiss war dort Ehrengast der ›20th International Conference on the Fantastic in the Arts‹ – des jährlichen internationalen Treffens von Literaturwissenschaftlern und Schriftstellern, das er selbst vor zwanzig Jahren mit ins Leben gerufen hat.

gegen. Deshalb siedeln wir unsere Utopien ja auch in der Zukunft an, so wie man sie in der Vergangenheit in weite räumliche Fernen verlegt hat. Utopia ist niemals leicht zugänglich. Und dennoch halte ich es für gut, Menschen dazu anzuregen, über die Tragfähigkeit von Utopien nachzudenken. Wir dürfen nicht damit aufhören, uns eine bessere Welt zu wünschen.

Wo hat diese Sehnsucht nach Utopia ihren Ursprung? Sie läßt sich weit in die Vergangenheit zurückverfolgen, aber die moderne Utopie ist vor allem von jüdisch-christlichen Vorstellungen geprägt. Andere Gesellschaften haben andere Paradiese, Paradiese verschiedenster Art. Kein uns bekanntes Fahrzeug kann uns dorthin befördern. Das Utopia, das Roger Penrose und ich geschaffen haben, kann man erreichen – zumindest irgendwann in den nächsten Jahren. Wir geben uns größte Mühe zu erklären, wie das gehen kann. Natürlich kann man nicht wissen, wie sich die Situation in fünfzig Jahren darstellt. Ich werde dann tot sein, genau wie viele meiner Leserinnen und Leser.

Damit ich die Geschichte überzeugend erzählen konnte, brauchte ich einen Kern von Leuten, die in gewisser Weise bereits aufgeklärte Menschen waren. Eine ausgewählte Gruppe von Menschen, die ihrem Staat auf bestimmte Weise gedient hatten. Sie hatten schon bewiesen, daß sie Bürgersinn besaßen – und sie finden sich plötzlich auf dem Mars wieder. Aber das brachte natürlich eine weitere Schwierigkeit mit sich, die das Vertrauen unserer Leser auf eine harte Probe stellt. Heute mögen Reisen zum Mars noch unmöglich erscheinen, aber in einigen Jahren wird man sehr wahrscheinlich so weit sein. Und wenn man diese Hürde erst einmal genommen hat, wird unsere Utopie plausibel. Auf dem Mars muß man zusammenarbeiten – oder man stirbt.

Wie transportiert man Tausende von Menschen auf den Mars? In *The Case for Mars* (dt. *Unternehmen Mars*, München 1997) plädiert Robert Zubrin dafür, den Mars zu kolonisieren und zu terraformen. Er berücksichtigt jede Einzelheit. Die Terraformung kann zu relativ geringen Kosten bewerkstelligt werden. Aber ich finde die Vorstellung recht abstoßend, daß wir den Mars in eine schlechte Kopie der Erde verwandeln und wahrscheinlich auch die ganzen alten Denkmodelle der Erde mit hinauf schleppen sollen. Dieser Gipfelpunkt des technischen Zeitalters sollte einen Wendepunkt in unserem Denken bedeuten, keine Wiederholung kolonialistischer Bestrebungen des 19. und 20. Jahrhunderts.

Wer würde überhaupt auf dem Mars landen? Sehr wahrscheinlich das Militär. Zubrin sagt das zwar nicht, aber überall, wo teure Technologie im Spiel ist, hat man es mit dem Militär und ›Schutzmächten‹ zu tun. Schließlich war auch der frühere Wettstreit zwischen den Vereinigten Staaten und der Sowjetunion in der Raumfahrt nichts anderes als ein Ausdruck des Kalten Krieges.

Hinter der verlockenden Vorstellung, den Mars zu terraformen – ein Experiment, dessen Dimension Katastrophen ja geradezu herausfordert –, steckt die Ideologie, den Planeten in eine Art Vorstadt der Erde zu verwandeln. Oder zumindest in eine Art Wilden Westen, nur, daß es dort noch rauher zugeht. Es läuft darauf hinaus, daß irgend jemand den Mars in Besitz nimmt. Terraformung heißt in Besitz nehmen und abkassieren – schon für die Möglichkeit zu atmen. Doch der Mars sollte niemandem gehören. Ganz sicher ist es ein Schritt nach vorn, wenn Menschen dort landen, und das sollte ein Wendepunkt in der wechselhaften Geschichte der Menschheit sein.

Wenn man nach Parallelen des Umweltschutzes in

größerem Maßstab sucht, stößt man auf die Antarktis: Präsident Eisenhower erwies sich als überraschend weitsichtig, als er sich dafür aussprach, die Antarktis der Forschung vorzubehalten. Ähnlich muß auch der Mars geschützt werden. Daher der Titel unseres Romans: *Weißer Mars*. Natürlich ist mir klar, daß auch andere Farben für unseren Nachbarplaneten verwendet worden sind: Man denkt sofort an Kim Stanley Robinsons vielgelobte Trilogie, in der sich der rote Mars in den grünen, und der grüne in den blauen Mars verwandelt (dt. *Roter Mars, Grüner Mars, Blauer Mars*, München 1997–99). Roger Penroses und mein Mars ist schlicht und einfach weiß – und frei zugänglich. Unsere Robinson Crusoes sind von der Erde abgeschnitten und haben deshalb allen Grund, sich anständig zu benehmen und zusammenzureißen. Das wird durch zwei Umstände sehr begünstigt: Auf dem Mars gibt es kein Geld und keine Waffen. Ein guter Ausgangspunkt für Utopia, oder?

F: *Wenn kein Geld mehr im Umlauf ist, bedeutet das natürlich die Rückkehr zu einem früheren Modell gesellschaftlichen Zusammenlebens, zu einem früheren Stadium in der Menschheitsgeschichte, in der es noch den direkten Tausch gab. Gebrauchsgut gegen Gebrauchsgut, oder Arbeitsleistung gegen Gebrauchsgut, oder Arbeitsleistung gegen Arbeitsleistung. Ist das die Lösung für das 21. Jahrhundert?*

Als ich die Kapitel über die fünf ›Stolpersteine‹ auf dem Weg zu irdischer Zufriedenheit las, die Tom Jefferies anführt, habe ich mich gewundert: Er ist Sozialphilosoph, praktischer Philosoph, und trotzdem bezieht er sich nie auf anarchische, sozialistische oder kommunistische Konzepte von Gesellschaft, auch nicht auf frühe französische Utopisten wie Saint-Simon, die Pariser Commune oder was auch immer an egalitären Modellen früher in Umlauf war.

Warum wird in dem Roman nie über Ideologien und Revolutionen des 19. und 20. Jahrhunderts diskutiert?

A: Ich bin da nicht so sicher, ob die Abschaffung des Geldes wirklich einen Rückschritt bedeutet. Wenn man, sagen wir, Griechenland besucht, wundert man sich darüber, wie viele Menschen noch Stapel von Geldscheinen mit sich herumtragen. Im Westen haben wir uns inzwischen für Kreditkarten entschieden. Das Geld verschwindet in elektronischen Kanälen.

Natürlich haben Sie recht, wenn Sie sagen, daß eigentlich gar nicht politisch diskutiert wird. Wenn wir auch noch frühere politische Modelle ins Spiel gebracht hätten, dann wäre der Roman doppelt so lang geworden. Wir wollten möglichst schnell und direkt auf die besondere Situation der Crusoes eingehen, die wir sehr spannend fanden. Vor allem wollen sie sich auf dem Mars erst einmal selbst Mut machen, indem sie die unschönen Seiten des Lebens auf der Erde diskutieren. Und die meisten dieser unschönen Seiten sind natürlich politisch begründet. Aber ich wollte zu den ganz persönlichen Dingen vordringen. Ich wollte nicht zu sehr in die Geschichte des 20. Jahrhunderts einsteigen – das wäre anachronistisch gewesen. Ich wollte, daß sie sich auf eine bessere Gesellschaft zubewegen.

Während des Schreibens habe ich oft überlegt: Welche Aspekte zwischenmenschlicher Beziehungen habe ich zu wenig beachtet? Also fügte ich solche Aspekte nachträglich ein, wieder und wieder. Es kam ja noch dazu, daß ich mit Roger Penrose zusammengearbeitet habe, was großen Spaß gemacht hat. Als ich diese ungeheuer große Lebensform, den Chimborazo, einführte, lieferte Roger sofort eine phantastische Erklärung für dessen Evolution – eine Erklärung, die genau zu dem zentralen Thema des Romans paßt. Es geht ja vor allem darum, daß Zusammenarbeit besser ist als Konkurrenz. Darwins revolutionäre Erkenntnis wurde zur Zeit des Hochkapitalismus und Imperialismus veröffentlicht, deshalb hat sie die Vorstellung vom Wolfsgesetz, vom Überleben der Stärksten oder der am besten Angepaßten noch bestärkt. Aber das war ja nicht das Einzige, was Darwin zu sagen hatte. Roger geht mit gutem Grund davon aus, daß es in der Evolution auch jede Menge Zusammenarbeit unter den Arten gegeben hat und gibt. Wir selbst sind ein Beispiel dafür: Unsere Spezies ist ohne das Zusammenspiel von Körpern und Bakterien nicht denkbar. Das war ein sehr starkes Argument für unsere Utopie: Die Zusammenarbeit ist notwendig, und es hat sie auf der Erde immer wieder gegeben. Ich glaube, diese Vorstellung, diese Einsicht durchzieht den ganzen Roman.

F: *Ist die Zusammenarbeit der Menschen auf dem Mars eine rein pragmatische Sache? Sind diese Leute Ihrem Verständnis nach Pragmatisten – im philosophischen Sinne?*

A: Die Schwierigkeit mit dem Pragmatismus als Philosophie besteht darin, daß Pragmatisten in der Regel keine Phantasie haben. Das, was gerade machbar ist, ziehen sie allen anderen Alternativen vor. Unsere Crusoes auf dem Mars können sich sehr leicht eine bessere Welt vorstellen, weil sie sich in einer äußerst schwierigen Situation befinden. Würden wir uns freiwillig dafür engagieren, einer Utopie zur Realität zur verhelfen? Teilweise schon, denke ich. Wir würden gern eine Welt sehen, in der es keine ethnischen Säuberungen, keine Drogen, keine Vergewaltigungen gibt. Aber das menschliche Leben hat stets auch seine Schattenseite, und diese Schattenseite werden wir nicht los. Sie läßt sich weder durch Religion noch durch Philosophie bannen.

1905 hat G. K. Chesterton auf gewisse Schwächen in den utopischen Ideen von H. G. Wells (die übrigens auch auf *Superman* zutreffen) hingewiesen. Er hat gesagt: Der Mangel all dieser Utopien liegt darin, daß sie davon ausgehen, man habe das größte menschliche Problem, die Erbsünde, bereits überwunden. Also erzählen sie ausführlich davon, wie man mit den kleineren Sünden fertig wird. Sie setzen voraus, daß niemand mehr haben will, als ihm zusteht, und dann erklären sie sehr einfallsreich, wie man jedem das Seine per Auto oder per Ballon zukommen läßt. Das ist witzig formuliert, aber es deckt nicht alles ab. Genauso wenig wie Lord Macaulays Bemerkung: »Ein Hektar von Middlesex ist besser als ein Fürstentum in Utopia.« Der Spatz in der Hand ist besser als die Taube auf dem Dach. Da haben Sie Ihren Pragmatismus! Aber wenn man in Middlesex festsitzt, wie sollte man sich da nicht nach unmöglichen Dingen sehnen?

Angesichts solch hoffnungslos konservativer Haltungen haben wir doch jedes Recht zu der Annahme, daß wir unsere Schattenseite bannen können, genauso wie wir die Pocken aus unserem Leben verbannt haben. Und das bedeutet auch, daß wir den Nebel auflösen müssen, den die Religion darum verbreitet, was keineswegs einfach ist. Inzwischen wissen wir, daß alle geistigen Entscheidungen auf Emotionen gründen. Also kann man den Kopf wohl auch umgekehrt dazu bringen, auf Gefühle einzuwirken. Doch selbst unser Protagonist Tom Jefferies, der jede Gottesvorstellung ablehnt, stellt fest, daß er sich mit dieser überall verbreiteten Idee abfinden muß.

Mir kommt es tatsächlich so vor, als ob sich ein Großteil des Romans damit abmüht, die Religion loszuwerden – aber sie läßt sich nicht loswerden. Warum? Weil Gott oder ein Gott offenbar Teil der menschlichen Vorstellungskraft, Teil der uns eigenen Phantasie ist. In die Spezies Mensch ist die Vorstellung von Gott irgendwie ›eingebaut‹: Gott steht für das Gute schlechthin, das wir nicht erreichen können. Ich selbst halte die Gottesvorstellung eigentlich für eine Sache, die uns schadet. Es ist höchste Zeit, daß die Spezies Mensch sich unabhängig macht, erwachsen wird und sich bemüht, die eigenen Angelegenheiten besser in den Griff zu bekommen. Früher hat man ja so argumentiert, daß Gott der Vater für Moralität sorgt. Ich begreife nicht, wie das funktionieren soll. Die Angst vor dem Höllenfeuer trägt zu moralischem Verhalten recht wenig bei. Wir alle können recht klar zwischen Gut und Böse unterscheiden, ohne eine Seite der Bibel gelesen zu haben. Wir können eigennütziges Handeln von uneigennützigem unterscheiden. Die Religion trägt nur zur Verwirrung bei. Und trotzdem beten die Atheisten zu Gott, wenn ihr Boot am Sinken ist. Es gibt ja niemanden sonst, zu dem sie beten könnten. Wenn *ein* Mensch, ganz für sich, zu Gott betet, ist das ja gut und schön. Wenn aber eine ganze Gemeinde oder eine ganze Nation zu ihrem Gott betet, ist das eine ganz andere Sache. Im Ersten Weltkrieg haben beide Seiten als gute Christenmenschen für den Sieg gebetet, zu ein- und denselben Gott – und sich danach gegenseitig umgebracht.

F: *Woher kommt Ihrer Meinung nach dieses Unterscheidungsvermögen, das wir besitzen? Glauben Sie, daß wir es als Spezies durch die Evolution hindurch entwickelt haben? Ist das ein Instinkt?*

A: Ich halte das für angeboren, es ist von Anfang an da. Schließlich kümmern sich auch die Affen um den eigenen Nachwuchs und trauern, wenn Artgenossen sterben. Ohne menschliches Urteilsvermögen, ohne Selbsteinschätzung könnte die Gesellschaft kaum funktionieren.

F: *Wenn also Gott als moralische Richtschnur für Utopia ausfällt, was dann? Was tritt an seine Stelle?*

A: Wenn die Menschen nur irgendwie das Wissen,

die Erkenntnis an sich als ›sexy‹, als belebend, als genauso begehrenswert wie Eis oder Schokolade empfinden könnten… dann wäre es zweifellos eine bessere Welt. Vor langer Zeit hat Aldous Huxley einmal gesagt: Ein ungebildeter Mensch ist wie jemand, der die U-Bahn ohne jeden Übersichtsplan benutzt, er kennt weder Verbindungen noch Anschlüsse. Nur wenn man einen Übersichtsplan hat, versteht man, wie das System funktioniert. Die meisten von uns versuchen ihr Leben lang zu begreifen, wie das System oder wenigstens Teile dieses Systems funktionieren.

Wir leben in einer Epoche, in der so viele große Schritte erfolgt sind, Schritte in alle möglichen Richtungen: Wir haben den genetischen Code geknackt, wir machen kosmologische Entdeckungen und so weiter. Warum also stehen die Leute nicht an den Straßenecken herum und diskutieren über *diese* Dinge, anstatt über die Fußballergebnisse? Was bedeutet es schon, wenn der langweilige kleine Ball in das langweilige kleine Netz geht? Sollten wir nicht lieber Roger Penrose zuhören, wenn er sich um eine Analyse des menschlichen Bewußtseins bemüht? Die Erkenntnis fängt doch damit an, daß einem die eigene Unwissenheit stinkt, nicht wahr?

F: *Also wäre Utopia doch so eine Art Gelehrtenrepublik, eine Gemeinschaft der Wissenden… Aber ich möchte noch einmal auf meine erste Frage zurückkommen, weil sie meiner Meinung nach noch nicht beantwortet ist. Ich meine den Entwurf von Utopia als Staatsphilosophie. Ich glaube, es besteht ein großer Unterschied zwischen einer Utopie, die auf dieser Ebene angesiedelt ist, und einer kleinen Gemeinschaft, die in ihrem Alltag utopische Vorstellungen zu leben versucht – eine Gemeinschaft, in der jeder jeden kennt. Mit anderen Worten: Der Maßstab ist wichtig, wenn Ihre Mars-Utopie funktionieren soll, meinen Sie nicht?*

A: Ja, ganz recht. Unsere 6000 Marsbewohner ken-

472

nen einander. Das macht viel aus. In einem National-
staat ist solche Nähe, solche Vertrautheit unmöglich.
Aber immerhin reichen 6000 Menschen aus, um eine
Vielfalt von Möglichkeiten, Ereignissen, Beziehungen
herzustellen.

Wissen Sie, alle Utopien haben offenbar ihre konstruktive und ihre destruktive Komponente. Irgendwann habe ich etwas über die Anfänge von Pol Pot in
Kambodscha gelesen, das mich sehr beschäftigt hat.
Nach dieser Darstellung erkannte er, daß das 20. Jahrhundert – also die Überschwemmung mit ausländischen Waren und ausländischem Kapital – die innere
Stabilität seines kleinen Landes bedrohte. Und er sah
eine Möglichkeit der Stabilisierung darin, das Land von
ausländischen Einflüssen abzuschneiden und zur traditionellen Lebensweise zurückzukehren, zu ›traditionellen Werten‹, könnte man sagen. Anders ausgedrückt:
Ursprünglich hatte er utopische Vorstellungen im Kopf.

Also befahl er, Kambodscha von allen Radio- und
Fernsehübertragungen aus dem Ausland abzuschneiden und alle Rundfunk- und Fernsehgeräte zu zerstören. Aber wenn man einen solchen Prozeß erst einmal in Gang gesetzt hat, gerät man in gefährliches
Fahrwasser. Als nächstes werden die Computer abgeschafft, dann die Faxgeräte und Schreibmaschinen.
Und was ist mit Füllhaltern und Papier, sind die nicht
auch gefährlich? Also weg damit! Technische Geräte
in Krankenhäusern? Ab in den Mülleimer – wir keh-
ren zu den traditionellen Heilungsmethoden zurück,
zu homöopathischen Mitteln. Weg mit den Medika-
menten aus dem Ausland.

Bleibt noch die Stadt an sich… war das nicht eine
französische Erfindung? Also machen wir Phnom
Penh dicht. Und dann holt man die Menschen aus
ihren Büros und verfrachtet sie auf die Felder. Und die
Felder werden zu Schlachtfeldern.

473

Falls Pol Pots ursprünglicher Plan tatsächlich von utopischen Vorstellungen geprägt war, illusionären aber nicht unbedingt böswilligen Vorstellungen – so unwahrscheinlich einem das auch vorkommen mag –, handelt es sich zumindest um ein interessantes Gedankenexperiment. Ich habe durchaus schon mal daran gedacht, einen Roman über ein solches Experiment zu schreiben, eine Geschichte, die in Europa spielt.

Ein weiterer prägender Einfluß war, wie Sie sich sicher denken können, Platons *Staat*. Anfangs hatte ich vor, einen Utopisten in den Vordergrund zu stellen, der einem gerade angekommenen Schüler Utopia erklärt. Auf diese Weise kann man so viel darlegen, wie man möchte. Der Utopist kann zum Beispiel sagen: In dem großen Palast, den du vor dir siehst, unterrichten wir unsere Kinder. Sie fangen morgens um neun an und lernen hier fröhlich bis zehn Uhr abends. Und dann kann der Schüler antworten: Das ist ja wirklich wunderbar, darauf wäre ich nie gekommen... Ich merkte schnell, daß diese Erzählweise selbst mich langweilte. Vor allem fehlten dabei wirkliche Charaktere, Menschen aus Fleisch und Blut. Also mußten sie 'rein. Platons Idee des Dialogs griff ich insofern auf, als zwei Erzähler die Geschichte des *Weißen Mars* erzählen, Tom Jefferies und Cang Hai. Die beiden Sichtweisen geben der Diskussion einen dreidimensionalen Effekt. Auch Sex spielt eine wichtige Rolle und sorgt für einige Komik, genauso wie die Frage des Stuhlgangs. Crispin Barcunda zitiert Aldous Huxley, wenn er davon spricht, daß die Toilette möglichst oben im Haus angesiedelt sein sollte, soweit wie möglich von der Kanalisation entfernt.

F: *Haben Sie schon bei den ersten Entwürfen an eine Zusammenarbeit mit Roger Penrose gedacht, oder kam das erst später?*

A: Nein, ich habe sofort daran gedacht. Ich sollte an dieser Stelle erwähnen, daß ich die ganze Geschichte des *Weißen Mars* geträumt habe. Für mich ist das immer ein Volltreffer: Wenn man etwas ganz plastisch träumt, sprudelt es aus der Quelle der Kreativität, also ist es verläßlich. Meine Frau und ich waren Essen gegangen und kamen spät zurück. Um vier Uhr morgens wachte ich auf, nach diesem ungewöhnlichen Traum vom Leben auf dem Mars. Die Menschen lebten dort mehr oder weniger zufrieden, manche waren sogar glücklicher als auf der Erde. Ich setzte mich sofort an den Computer und skizzierte fünf Seiten. Nichts von dieser Vision ging verloren. Vielleicht ist der Roman deshalb eher spirituell als politisch motiviert... Jedenfalls, als ich morgens um vier nach meinem Traum die Synopsis schrieb, dachte ich gleich an Roger, weil er, wie ich wußte, dem Roman das nötige Gerüst spekulativer Wissenschaft geben konnte. Wenn Menschen auf dem Mars landen, ist das ein Meilenstein in der Geschichte der Menschheit. Und es wird zweifellos auch einen Wandel in unserer Wahrnehmung, in unserem Bewußtsein mit sich bringen. Roger beschäftigt sich intensiv mit diesem Forschungsgebiet, mit dem Bewußtsein. Seine Forschung, die Fragen, die er aufwirft, ziehen sich wie ein roter Faden durch den ganzen Roman. Wenn ich mich nicht irre, sind gelehrte Menschen wie Hans Moravec und K. Eric Drexler der Ansicht, daß man Computer nur mit größerer Komplexität ausstatten muß, damit sie Bewußtsein erlangen. Roger teilt diese Ansicht nicht, ich mit meiner unmaßgeblichen Meinung ebensowenig. Bewußtsein, bewußte Wahrnehmung resultieren nicht aus Berechnungen, so schnell die Rechenoperationen auch sein mögen.

Außerdem hat Roger mir gegenüber einmal erwähnt, daß er früher daran gedacht habe, Science Fiction zu schreiben. Also kam es mir ganz selbstverständlich vor, mich an ihn zu wenden. Und ich habe mich wirklich sehr gefreut, als er mich, nachdem er die Synopsis gelesen hatte, anrief und sagte: Ja, wunderbar, das machen wir!

F: *Wie sah die Zusammenarbeit in praktischer Hinsicht aus? Wie haben Sie beide Ihre Ideen ausgetauscht?*

A: Jedesmal, wenn ich einen Teil fertig hatte, habe ich ihn Roger geschickt, und er hat dann seine Anmerkungen dazu gemacht. Sein enormes Wissen hat mir immer Mut gemacht. Er war auch gut darin, die zeitliche Abfolge der Ereignisse und die entsprechenden Daten auf die Reihe zu bringen, was ich nie geschafft habe. Sein ganz eigenständiger Anteil war die Jagd nach der ›Schliere‹, die dem Roman eine ganz neue Dimension, ein ganz neues Ziel gibt – nicht ohne eine Spur Satire.

Wir haben mehr als drei Jahre gebraucht, um dieses Buch zu schreiben. Wir haben trotz persönlicher Krisen, Schicksalsschlägen und trotz Rogers Vortragsreisen und häufiger Auslandsaufenthalte immer weiter gemacht. Viele von seinen Vorschlägen waren Mitteilungen, die er vom Flughafen Heathrow an mich abschickte. Erst in einer recht späten Phase der Zusammenarbeit haben wir uns mit dem Wesen befaßt, das wir Chimborazo nennen. Da hat Roger mich wirklich inspiriert. Diese Teile des Romans mußten wir nach vorne verlegen, um der Erzählung mehr Spannung zu geben. Roger hat zwar nicht ganze Kapitel geschrieben – das war meine Aufgabe –, aber er hat lange Passagen beigetragen, ohne daß ich ein Wort daran geändert hätte.

Ich muß an dieser Stelle hinzufügen, daß wir auch mit Laurence Lustgarten zusammengearbeitet haben. Laurence wohnt in Oxford und lehrt an der Universität von Southampton Internationales Recht. Er hat die Verfassung für den Mars entworfen. Wer weiß, vielleicht hat die Zukunft Verwendung dafür, und dann liegt sie bereits gedruckt vor.

F: *Sehen Sie den Roman als Teil des gegenwärtigen Diskurses unter Science-Fiction-Autoren – neben Kim Stanley Robinson haben sich ja auch Greg Bear, Ben Bova, Stephen Baxter und viele andere beteiligt – über künftige Besiedlungen des Mars, über künftige Formen des Zusammenlebens auf dem Mars?*

A: Der Mars ist immer so etwas wie ein Hafen der Vernunft innerhalb der Science Fiction gewesen, schon seit der Zeit, als sich Schiaparelli und Lowell ihn als Hort des Lebens vorstellten. Unter all den illustren Autoren muß man unbedingt auch Kurd Laßwitz und H. G. Wells nennen – es gibt Regale von Marsromanen. Sie haben vor allem amerikanische Autoren erwähnt. Der Titel *Weißer Mars* ist auch tatsächlich eine Verbeugung vor der amerikanischen Tradition. Aber unser Untertitel ›The Mind Set Free‹ verweist auf die englische Tradition der Utopien, die Wells begründet hat – in Anspielung auf seinen Roman *The World Set Free* (dt. *Befreite Welt*, Wien 1985).

Noch 1964 konnte Philip K. Dick in seinem Roman *Martian Time Slip* (dt. *Mozart für Marsianer*, Frankfurt/M. 1973) den Roten Planeten mit einer Spezies von Ureinwohnern bevölkern, die er die ›Bleekmen‹ nannte. Doch als wir feststellen mußten, daß es auf dem Mars kein Anzeichen von Leben gibt – nach der Landung der Viking I im Jahre 1976 – war es mit der Romantik fremder Lebensarten, wie sie beispielsweise Edgar Rice Burroughs propagiert hat, ein für allemal vorbei. Natürlich kann man Überraschungen auch heute noch nicht ausschließen. Aber daß wir anderswo im Sonnensystem auf Leben stoßen – intelligentes Leben –, ist recht unwahrscheinlich.

Doch *Weißer Mars* handelt ja nicht ausschließlich

vom Mars. Es geht um eine Utopie, die auf dem Mars Wirklichkeit wird. Nach und nach breiten sich diese utopischen Ideen wie Viren auf der Erde aus. Wir erfahren, daß Tiere aus ihren Käfigen freigelassen werden. Das ist natürlich eine Metapher. Man kann dabei nicht in die Einzelheiten gehen. Wenn man von dieser zukünftigen Epoche redet, muß man sich klarmachen, daß man eine Art Märchen erzählt.

Copyright © 1999 by Usch Kiausch

Die große Mars-Trilogie

Ein absoluter Höhepunkt der Science Fiction-Literatur

Die Geschichte der Besiedlung unseres Nachbarplaneten

»Kim Stanley Robinson – der beste SF-Autor der Neunziger Jahre!« *WASHINGTON POST*

Roter Mars
06/5361

Grüner Mars
06/5362

Blauer Mars
06/5363

HEYNE-TASCHENBÜCHER

Kurd Laßwitz
Auf zwei Planeten

Ein Meilenstein der
Science Fiction!

Der vor 150 Jahren geborene
Kurd Laßwitz war der erste
bedeutende deutsche
SF-Autor. Sein wichtigstes
Werk »Auf zwei Planeten«
liegt nun endlich wieder
in kommentierter Ausgabe vor.
Mit zahlreichen Abbildungen.

06/8007

HEYNE-TASCHENBÜCHER